Elettra Doner

Dark Students

Cherry Publishing

Prima edizione dicembre 2021

© 2021 Cherry Publishing, Londra.

ISBN 9781801162319

Vuoi ricevere gratuitamente un ebook della collezione Cherry Publishing? clicca sul link di seguito:

https://mailchi.mp/853bfa356f64/free-ebook

Per essere, invece, aggiornato con le nostre nuove uscite, iscrivetevi alla Newsletter con il link di seguito:

Trovaci su Instagram:
https://www.instagram.com/cherrypublishing_italia/

Prologo

Dieci anni prima

Il preside Digby Pearson aveva un solo mese di vacanza all'anno e non lo sprecava certo sorseggiando bevande fresche in riva al mare.

L'estate precedente aveva esplorato il Gran Deserto Victoria in Australia, scoprendo una nuova razza di lucertola quasi per caso; aveva, tuttavia, patito una gran sete. Così, per contrappasso, quest'anno la sua scelta era ricaduta sulle foreste pluviali Mizoram-Manipur-Kachin, più precisamente nella parte che rientrava nel territorio del Bangladesh.

Se un osservatore esterno avesse visto la scena da lontano, l'avrebbe giudicata buffa: Digby era un omino sulla cinquantina, dai capelli sale e pepe e barba incolta, che arrancava sudando e sbuffando nell'intricata vegetazione, tra un serpente e un aracnide mortale, con un sorriso a trentadue denti. Sembrava affaticato e distrutto dall'impresa in corso, eppure i suoi occhi scuri brillavano di genuina gioia e curiosità. Di tanto in tanto, si soffermava ad ammirare emozionato un insetto, o a intascare una foglia dalla forma particolare con un sospiro soddisfatto.

Poteva anche essere un preside. Ma di base, restava uno scienziato. Aveva una mente curiosa, sempre attiva. Quando incontrava qualcosa di nuovo, rimaneva piacevolmente meravigliato, desideroso di scoprire come funzionasse.

Probabilmente fu grazie a questo che, quando vide la realtà iniziare a tremolare davanti ai suoi occhi, non gridò.

E questo gli salvò la vita.

Spalancò però la bocca per la sorpresa, sistemandosi gli occhiali tondi sul naso adunco e osservando il tremolio farsi lungo, assottigliarsi. Divenne ben presto uno squarcio, come una ferita nel tessuto dell'esistenza. Digby intravide un'oscurità più intensa del cielo notturno oltre esso, ma fu ben altro ad attirare la sua attenzione: la figura che ne uscì.

Per fortuna, lo fece dandogli le spalle e non avvedendosi della sua presenza.

Era qualcosa di vagamento umanoide, alto quasi due metri, ricoperto di quella che sembrava essere pelle rossa, lucida come un paio di mocassini da festa. Aveva zampe digitigradi, dotate di artigli lunghi e spaventosi e un enorme paio d'ali formate da membrane scure, ripiegate su loro stesse. Dalla sua posizione, l'uomo non poté osservarne il muso, né capire se avesse o meno le braccia, ma notò sul suo capo un paio di spaventose corna viola, lunghe e ricurve come quelle d'un giovane ariete.

L'essere non badò a lui e fece un paio di passi, alzando gli occhi sui rami che lo circondavano. Così rapido da non poter quasi essere percepito dall'occhio del testimone alle sue spalle, esso allungò uno dei suoi arti anteriori – che si rivelò più artigliato di quelli posteriori – e afferrò un pitone che stava pigramente dormendo tra gli alberi. Se lo portò al muso e, dal rumore di sgranocchio che ne conseguì, Digby intuì quale fine avesse fatto il rettile.

Fu in quel momento che un mormorio di sorpresa gli sfuggì dalla bocca, lieve ma sufficiente per essere percepito dal sensibile udito della creatura. Essa si voltò lentamente, e l'uomo poté osservarne quello che catalogò come un viso: occhi ardenti come braci, un naso vagamente canino e bocca nera, dalle zanne prominenti. Stava ancora masticando il pezzo di pitone che aveva strappato dal resto del corpo e sembrava piuttosto stupito dalla sua presenza.

«Un umano! Che ci fai qui?» borbottò risentito, portandosi alla bocca ciò che rimaneva della sua vittima e spingendosela tra le fauci per farcela stare tutta.

«Sono in vacanza.» Fu tutto quello che riuscì a dire l'essere umano, seguitando a studiare la figura davanti a lui, non tanto intimorito quanto, piuttosto, incuriosito.

L'altro roteò gli occhi al cielo reso invisibile dalle fronde della foresta e seguitò a dire: «Adeffo defo uccideti!»

«Ehm, prego?»

La creatura alzò l'indice, chiedendogli un minuto per poter finire di masticare l'abbondante boccone. Lo mandò giù con un singulto e si diede un pugno al poderoso petto, per ingoiarlo meglio; fu con quel movimento che Digby notò il simbolo che si snodava tra i suoi muscoli addominali, una sorta di circolo dalle linee zigzagate.

«Adesso» ripeté la creatura, una volta che la sua bocca fu libera, «devo ucciderti.»

Finalmente nel cervello di Digby scattò quel minimo istinto di sopravvivenza necessario a fargli provare paura, e l'uomo sudò freddo nell'udire il proposito appena enunciato dalla creatura.

Retrocedette d'un passo quando l'essere fece per avanzare nella sua direzione, ma una parte di lui non smise di studiare ammirato la scoperta appena fatta. Per cui disse: «Quel simbolo».

«Hm?» lui si bloccò, abbassando lo sguardo verso il proprio ventre, fonte della curiosità dell'umano.

«L'ho studiato, è sumero antico. Significa *demone*» rammentò Digby, ammirato. Ebbe un lampo d'intuizione: «Sei un demone sumero?»

«Certo che no» fu la replica piccata dell'altro. «*Un* sumero ha visto *un* mio antenato. *Una volta*. Tanto è bastato perché il nostro simbolo diventasse sinonimo di demone nella loro stupida lingua.»

«Oh.»

«L'errore fu del mio simile, che lasciò in vita un testimone. A tal proposito» e riprese ad avanzare nella sua direzione.

«Sì, ma...»

«Implorarmi di risparmiarti la vita non servirà a nulla, umano»

«Non è quello... fermo!»

Il demone non si arrestò. Digby comprese che la sua vita sarebbe finita di lì a pochi istanti e infine riuscì a retrocedere rapido, cercando di sfuggirgli.

Tuttavia, indicò le corna dell'essere e chiese: «Quelle che funzione hanno?»

Nella sua secolare esistenza, la creatura aveva incontrato ben pochi esseri umani, ma la sua povera esperienza gli fu sufficiente per rendersi conto di avere di fronte un tizio assai strano rispetto alla media.

Aggrottò la fronte ma non smise di avanzare, degnandolo però di una risposta sommaria: «Sono corna. Che funzioni possono avere?»

«Svariate, per la verità. Combattimento, dismorfismo sessuale, difesa.»

«Smettila di indietreggiare, stai solo allungando la faccenda, ho altro da fare» lo rimbrottò, sguainando dalle zampe anteriori artigli lunghi almeno una ventina di centimetri.

«Wow» balbettò Digby, suo malgrado impressionato. «Hai molto in comune con i felidi. Tuttavia, hai anche elementi dei chirotteri.»

«Chirottero sarà tua sorella» allungò una zampa per decapitarlo sul posto, ma l'uomo fu tanto fortunato da inciampare e cadere, evitando il colpo mortale.

Sdraiato a terra, con la creatura che incombeva su di lui, il preside lo studiò ancora, sbalordito. «Hai le ossa cave?»

«Che razza di domanda sarebbe?» si stizzì l'essere alzando una zampa e cercando di abbatterlo con un calcio. Digby rotolò a destra, con un mugolio di terrore.

«Devi averle» ansimò, puntellando le mani contro il terreno per rialzarsi. «O ti sarebbe impossibile volare. Non con quelle ali.»

«Le mie ossa sono piene, grazie.»

«Allora come...» si alzò appena in tempo per saltare all'indietro, evitando un nuovo fendente.

«Vuoi stare fermo?» sbottò a quel punto, spazientendosi.

«Ho capito, vuoi uccidermi!» urlò a sua volta l'essere umano, alzando le mani in segno di resa. «Va bene, sto per morire! Lo accetto! Gesù! Non puoi solo aspettare un attimo?»

«Perché?»

«Perché io sono uno scienziato e tu... tu sei una scoperta straordinaria!»

«Scoperta che rimarrà in questa foresta, dacché non ne uscirai vivo.»

«D'accordo! Ma non puoi rispondere a qualche domanda, prima?»

L'essere esitò.

«Tanto poi mi ucciderai lo stesso, no?»

«Certo che ti ucciderò. Ti sventrerò. Ti decapiterò.»

«Okay.»

«Farò in modo che sembri un incidente e che gli animali selvatici abbiano banchettato con il tuo corpo.»

«Grande tattica, molto astuta. Mi sta bene.» Detto ciò, l'uomo chiese: «Allora, come voli?»

«Tu sei pazzo.»

«Sacco aerifero!» schioccò le dita Digby, rispondendosi da solo. «Come negli uccelli! Giusto? I vostri polmoni si espandono, rendendovi agevoli al volo.»

La creatura lo guardò con sospetto, e una punta di malcelato stupore.

«È corretto.» Gli concesse soltanto.

Retrocedette d'un passo, studiando quell'omino tremante ma pieno di meraviglia, e ritrasse lentamente gli artigli.

«Magnifico!» batté le mani Digby, sinceramente felice. «Quindi hai anche parte di *aves* nel tuo DNA, incredibile.»

«Cos'è il DNA?»

«Il polimero organico a doppia catena che trasmette informazioni da una generazione all'altra. Per dirla in parole semplici, il motivo per cui assomigli ai tuoi genitori.»

«Non ho genitori» spiegò l'essere, pragmatico. «Sono un Demone di classe superiore. Noi appariamo quando un altro della nostra specie muore.»

«Apparite? Semplicemente?»

«Sì.»

«Beh… questo rivoluziona le leggi della termodinamica, della fisica e della biologia, oltre che–»

«Posso dire, con onestà» lo interruppe l'altro, «che trovo inopportuno il tuo entusiasmo?»

«Perché?»

«Perché sto per ucciderti!»

«Ma sì, ma sì» Digby fece un vago cenno con la mano, come a indicare quanto poco la cosa lo tangesse. «Tutti dobbiamo morire. A me, però, succederà dopo aver saputo verità che non avrei mai neppure potuto credere possibili!»

«Tuttavia questo non cambia la fine che farai!»

«Cos'è quello squarcio nero da cui sei uscito?»

Era disorientante, per il demone, avere a che fare con un umano così poco interessato al proprio destino e così tanto curioso verso di lui. Di solito quelli della sua razza erano tutti un *«Oh no, ti prego risparmiami»* e niente, ti toccava ammazzarli perché, se per caso ti fosse passato per la testa di lasciarli vivere per davvero, quei dementi sarebbero poi tornati con gli amici armati di torce e forconi.

«Il passaggio tra la nostra e la vostra dimensione.»

«Un'altra dimensione!» Digby quasi lo ululò, tanto che alcuni uccelli volarono via dai rami, disturbati dall'eccitazione nella sua voce. «Vivete lì?»

«Naturalmente.»

«Solo voi demoni?»

«Noi e una miriade di razze. Tutte quelle che abitano nei vostri incubi.» La creatura lo disse cupa, come se quello fosse un punto di disonore. «Abbiamo trovato rifugio là da millenni.»

«E com'è la vostra dimensione?»

«Brulla. Spoglia. Scura. Praticamente senza cibo.»

«Quindi ogni tanto passate da questa parte per... nutrirvi?»

«Sì.»

«Non di esseri umani, però.» Rammentò la fine fatta dal pitone.

«Solo le razze che non possono farne a meno. Gli altri, coloro che hanno la capacità di variare la loro alimentazione, devono farlo.» Spiegò il demone. «Cerchiamo di mantenere un profilo basso. Anche se, di tanto in tanto» si ritrovò ad ammettere, con fare placido, «qualcuno che non potrebbe assaggiarvi torna con ossa umane tra i denti.»

«E lo punite?»

«Abbiamo il diritto di uccidervi se minacciate la nostra vita.» Spalancò le enormi braccia nere, tutte tendini e muscoli tesi. «Perciò come potrai intuire, molti se la cavano mentendo sul perché stanno ancora ingoiando la carotide di qualcuno.» Ci rifletté. «Tranne gli zombie. Quei poveracci non sono in grado

13

di mettere più di due parole insieme, e *cervello* è sempre una delle due. Per questo finiscono in prigione regolarmente.»

«Così, di tanto in tanto, voi passate da queste parti – in zone poco abitate, come hai appena fatto tu – mangiucchiate qualcosa e… tornate di là.»

«Pressappoco. Adesso chiudi gli occhi, mi fa impressione ammazzare qualcosa con cui ho appena parlato.»

«Come mai non tentate di vivere da questa parte dello squarcio?»

«Lo abbiamo fatto, in passato» ammise il demone, accigliandosi. «Poi avete cominciato a moltiplicarvi come pazzi e… sai come siete fatti, no? Vi ammazzate tra voi per un taglio di capelli diverso dal solito. Se ci scopriste, non avremmo tregua. Adesso, vuoi chiudere gli occhi?»

«Sì, tra un momento, tra un momento.» Digby era perso nelle sue riflessioni, e sembrava non dare alcun peso alla minaccia di morte incombente che pendeva sul proprio capo. «Procedo per ipotesi. Dimmi se mi segui, okay?»

«Che vuol dire *okay*?»

«Vivete in un postaccio, vi piacerebbe stare da questa parte, ma avete paura degli umani.»

«Sì, è un riassunto di quello che ho detto. Vuoi che ti squarci la gola o preferisci un colpo all'addome?»

«Quindi cercate di mantenere un profilo basso…»

«E gola sia. Fa male solo per poco.»

«Fermo. Aspetta.» Digby alzò le mani verso il demone che si preparava a sferrare il colpo finale, ed esso fu colpito ancora una volta da ciò che vide nel suo sguardo. Non vi era terrore, non vi era smania di sopravvivere. Adesso, le iridi scure di quello strambo personaggio baluginavano d'emozione a stento trattenuta. «Sai cosa potremmo fare? Un esperimento.»

«Un *cosa*?»

«Provare a integrarvi tra gli umani!»

14

La proposta colpì il demone. Dopo una lunga esitazione, però, esso scosse il capo.

«Non funzionerebbe.»

«Inizieremmo con un piccolo gruppo. Ovviamente dovremmo selezionare i vostri rappresentanti meno violenti, certo, ma...»

«Stai farneticando.»

«Perché non dovrebbe funzionare?»

«Perché non *può* funzionare.»

«Senti. Io sono il preside di una scuola.» Digby gli batté una pacca sul petto con sicumera. «Una scuola molto grande...»

Capitolo 1

«La Sunrise School è un luogo unico, speciale. Qui gli alunni entrano bambini ed escono ragazzi, pronti ad affrontare le sfide del college. Vanta dodici dormitori suddivisi per età e per sesso, tre auditorium, quattro diversi plessi scolastici, cinque campi di atletica e due piscine olimpioniche. Da duecento anni, la Sunrise cresce i rampolli della migliore generazione americana. Eppure, per quanto sia già stupefacente, non è solo questo. Grazie alla lungimiranza del nostro dirigente scolastico, da una decina d'anni è stata aperta anche la Night School, dotata di un plesso e un dormitorio a essa dedicati. Offre agli studenti meno abbienti la possibilità di frequentare questo prestigioso istituto. Insomma, ecco cos'è che caratterizza la Sunrise: modernità, genialità e generosità!»

«Posso fermarti?»

Poteva, ma la cosa non rese felice la giovane dai riccioli biondi, interrotta all'apice del suo discorso. Snervata, rivolse un'occhiata al suo auditorium, composto unicamente da una coetanea e da una bambina di circa dieci anni, entrambe accomodate sul divanetto di un minuto ma accogliente salotto.

Tutto, nel dormitorio del rappresentante degli studenti, era piccolo: l'ingresso portava a un cucinino dove preparare i pasti era possibile solo stando di profilo, come in un papiro egizio; dopo di esso, vi era il minuscolo salotto, sul quale si affacciava la stretta scala a chiocciola che portava all'unica camera da letto, e al bagno.

Quel posto apparteneva alla ragazza dai ricci biondi. O almeno, sarebbe stato suo per tutto l'anno scolastico in corso: l'elezione del rappresentante era avvenuta poco prima dell'inizio delle lezioni, con una vittoria schiacciante da parte della giovane.

Nessuno ne era rimasto sorpreso. Quando Cassandra Dron si metteva in testa di ottenere qualcosa, ci riusciva. Semplicemente. Si spianava la strada come un panzer: con determinazione, potenza e senza badare a chi o cosa schiacciasse durante il tragitto.

Il suo povero avversario in quell'elezione era stato tale Connor, un malcapitato, il quale aveva alzato bandiera bianca dopo un confronto con lei e lo scoppio di uno scandalo a proposito di yogurt rubati dalla mensa, ove lui era stato coinvolto casualmente proprio poco prima delle votazioni.

«Il discorso mi piace» mise le mani avanti la giovane che aveva osato interromperla, una studentessa dagli occhi azzurri e capelli rosso fuoco. «Ma è un po'... come dire...»

Vagò con lo sguardo in direzione della terza persona in loro compagnia, una bambina dai medesimi ricci biondi di Cassandra. Sembrava, in effetti, la sua fotocopia in miniatura: era evidente che fossero sorelle, anche se la piccola vantava due sostanziali differenze: iridi blu come il cielo – ben più espressivi di quelli verdi della maggiore – e un sorriso capace di sciogliere i cuori.

«Palloso» disse la piccola, pronunciando quella parolaccia con voce cristallina come acqua di sorgente. «La parola che Ellen sta cercando è *palloso*.»

Cassandra non prese bene la critica. «E tu dove hai imparato quel termine, Cilly?» volle sapere con un borbottio, abbassando lo sguardo e studiando i fogli dove aveva appuntato il proprio discorso.

«Da te. E mi chiamo Priscilla.»

«Nah» la prese in giro Ellen, spintonandola con fare gentile e ridacchiando quando la piccola le rivolse uno sguardo offeso. «Tu sei la nostra Cilly. Mi ricordo quando sembravi una pallina che correva qua e là.»

«L'anno prossimo compirò nove anni» rimbeccò la piccola, offesa.

«Oh, *wow*. Nove. Caspita. Potrai finalmente bere. Guidare.»

17

«Posso prenderti a pugni già adesso?»

«*Ragazze.*» Le richiamò all'ordine Cassandra, sistemandosi una piega della divisa scolastica. «Possiamo concentrarci? È importante.»

«Perché?» volle sapere la bambina, sbuffando. «Ormai hai vinto, no? Sei la rappresentante degli studenti. Il grosso del lavoro è fatto. Devi solo presentarti nell'ufficio del preside, conoscere chi rappresenta quei pezzenti della Night School e fare uno stupido discorso. Non è un affare di stato.»

«Invece lo è» la corresse la sorella maggiore. «Sai perché volevo tanto questo ruolo?»

Le due rotearono gli occhi al cielo, con l'espressione di chi ha già udito fin troppe volte un determinato discorso.

«Mmh...» rispose la bambina, con evidente fare canzonatorio. «Perché il rappresentante ha diritto a un dormitorio privato.»

«Non pensare che stare qua sia una specie di vacanza» sottolineò Cassandra, perentoria. «Quello del rappresentante è un ruolo prestigioso, concesso a pochi.»

«Oh, per l'amor di Dio.» Sospirò Ellen. «Devi solo organizzare delle feste.»

«Non si tratta solo di feste. Ci sono eventi sociali, sportivi, artistici. Il mio obiettivo è ottenere standard che i miei predecessori hanno potuto solo immaginare.»

«Ricordi che c'è un preciso budget da rispettare?»

Il budget eventi annuale. Venticinquemila dollari. In apparenza, un bel mucchietto di soldi. A conti fatti, considerando ciò che Cassandra aveva in mente per l'anno scolastico in corso, appena sufficienti per riuscire nella sua impresa.

«E io lo sfrutterò sino all'ultimo centesimo. Sarò la migliore.»

«Lo ripeto: sei una specie di organizzatrice di eventi. Davvero, non c'è da metterci tutto quell'impegno.»

Anche se, in effetti, quel ruolo prometteva d'essere piuttosto stressante. Durante la loro frequentazione alla Sunrise School, le ragazze avevano assistito al crollo nervoso di almeno due rappresentanti. Uno di loro era addirittura stato portato via in barella, ed era tornato imbottito di Xanax. Cassandra, persino allora, giovane e senza troppi pensieri, non aveva esitato a definire i suoi predecessori dei 'pappamolla privi di spina dorsale'.

Ellen decise di stuzzicarla, giusto per divertirsi. «Magari anche chi rappresenta la Night School vorrà usufruire del budget.»

«Potrà farlo dopo averlo strappato dalle mie fredde dita morte.» Sbottò la studentessa, infervorandosi alla sola idea. «È già tanto che venga loro permesso di studiare qui. Non tocchino il *mio* budget.»

«Non la vedevo così da quando perse quel torneo di tennis» sospirò Priscilla.

«Cilly, hai idea del numero di crediti che vengono concessi a chi ricopre il ruolo di rappresentante? Spalancano la porta di qualsiasi college!»

«Oddio, non credo che al MIT ne tengano conto» osò dire Ellen, facendo ridacchiare la bambina.

«Scherzaci su, se vuoi» mormorò Cassandra, la voce morbida come un cumulo di neve che nasconde un crepaccio mortale. «Sai dove studiano adesso i miei predecessori?»

«Dove?» s'incuriosì sua sorella.

«Non ne ho idea» si rese conto la studentessa, disorientata nel non avere una risposta pronta alla domanda. Reagì immediatamente: «Ma so dove non studiano: in un college statale!»

«Neanche noi studieremo in un college statale. I soldi che ci ha lasciato mamma possono pagare un buon college. E se non bastassero, ci penserà papà.» Considerò Priscilla, facendo spallucce.

«Non ho bisogno che qualcuno mi compri un ingresso. Me lo conquisterò con le mie forze.»

«Sai che tua sorella è una pazza stacanovista.» Argomentò Ellen, con fare bonario.

«Ma insomma» tornò a obiettare la bambina. «Quei crediti ormai li hai in tasca, no? Sei stata eletta.»

«A fine anno il preside valuterà tutto quello che ho fatto.» Fu la torva replica che ricevette. «Se non lo riterrà meritevole, mi negherà i punti, e avrò lavorato per niente.»

«E, questo te lo concedo, l'idea può essere stressante» sorrise Ellen, cercando di aiutare l'amica a trovare la pace interiore. «Ma non mi sembra il caso di agitarsi per uno stupido discorso di insediamento, no?»

«Non sono agitata.»

A vederla, le si poteva credere: Cassandra stava in piedi davanti a loro con una postura rilassata, e i riccioli biondi ricadevano sulle sue spalle in modo apparentemente casuale. Ma Ellen la conosceva troppo bene per farsi prendere in giro dalle sue parole.

La divisa della scuola le ricadeva addosso senza una sola grinza, perché lei l'aveva stirata qualcosa come duecento volte; il colletto rigido e inamidato. Aveva scelto di indossare il modello con calzoni per mere questioni di praticità, ai quali aveva abbinato scarpe scure e brillanti per la gran quantità di lucido che vi aveva applicato. E quei capelli? Vi era sopra tanta lacca da renderli inamovibili. Probabilmente Cassandra avrebbe potuto uscire da un incidente automobilistico con l'addome squarciato, e l'acconciatura ancora perfetta.

«Ascolta, Cassie» disse la studentessa dai capelli rossi, con gentilezza. «Non sei agitata. Perfetto. Che ne dici, adesso, di posare quel discorso e di rilassarti con noi fino a che non avrai l'incontro con il preside? La responsabile del dormitorio di Cilly verrà a prenderla tra un'ora, per metterla a letto.»

«Non ci mette a letto, non siamo bambini»

«Ma alle nove dovete avere tutti le luci spente, o sbaglio?»

Priscilla mise su un adorabile broncio e non la degnò di una risposta. Cassandra si lasciò scappare un sorriso, debole e poco convinto.

«D'accordo» concesse loro, piegando il proprio discorso e sistemandolo in una tasca della divisa. «In fondo, avete ragione. È solo un discorso d'insediamento. Cosa mai potrà succedere?»

Spostarsi attraverso il campus della Sunrise School era una faccenda che richiedeva tempo e fatica e che non poteva essere ovviata con trasporti elettrici in quanto il novanta per cento degli studenti non possedeva l'età e le capacità necessarie per usarli. Per tale motivo i dormitori degli studenti di ogni anno erano stati posti vicini ai plessi scolastici da loro frequentati, in modo che fosse necessario avere chilometri di viali circondati da prati inglesi soltanto per necessità, quali frequentare club sportivi o altre amenità del genere. In pratica, anche se studiavano nel medesimo istituto, ogni anno scolastico rappresentava un piccolo mondo a sé.

La casa ove risiedeva il preside si trovava a circa mezz'ora di cammino dal nuovo dormitorio di Cassandra. Una casupola in stile coloniale, a due piani e dotata di giardino, che sembrava quasi delimitare l'inizio del territorio dedicato alla Night School.

Già, la Night School. Era evidente che fosse di costruzione più recente, e che fosse stata pensata perché i suoi frequentatori non disturbassero gli studenti più abbienti.

Il che, in effetti, non avveniva mai: isolati sulla collina dove era stato posizionato il loro dormitorio, i frequentatori della Night sembravano essere allergici alla luce del sole. Per questioni di risparmio, la loro era una scuola serale, per cui loro uscivano solo di notte, quando avevano lezione.

La nuova, fiera rappresentante degli studenti imparò il suo discorso a memoria e s'incamminò in direzione della casa del preside esattamente quaranta minuti prima del suo appuntamento, in modo da giungere una decina di minuti prima delle nove di sera, orario in cui era stato fissato l'incontro tra lei, il dirigente scolastico e qualsiasi idiota a rappresentanza della Night School.

21

«Arrivare in anticipo è una strategia» le aveva detto una volta sua madre, *«lascia le persone impreparate. Loro non si aspettano di dover iniziare prima, ma tu sì, tu sarai pronta. Devi essere sempre pronta, e avere una strategia. Un piccolo vantaggio può determinare le sorti di una grande battaglia.»*

Parlava sempre di battaglie, sua mamma. Come se la vita fosse stata una specie di… guerra. E lei una soldatessa in trincea, pronta a vincere ogni lotta. Sì, gran guerriera, eh. Come no.

Era arrivato il cancro e se l'era portata via nel giro di un paio di mesi. Quando era successo, Cilly non aveva nemmeno tre anni.

Complimenti per la resistenza nella lotta, mamma. Ottima strategia, davvero. Mollarmi a metà strada come una cretina.

Nonostante tutto, anche Cassandra credeva fermamente nelle strategie: le vedeva come una luce al led, una guida per arrivare da un punto all'altro dell'esistenza senza perdere la rotta nonostante gli imprevisti della vita.

La sua, l'aveva scritta il giorno dopo la morte della madre. Non era un piano facile. E nemmeno veloce. Ma era un piano che poteva essere messo in atto da una persona organizzata e determinata e Cassandra era entrambe le cose.

Suonò il campanello e attese, dandosi un'aggiustata apparentemente distratta alla chioma di riccioli biondi.

Fu Digby Pearson in persona ad aprirle l'uscio, rivolgendole un sorriso smagliante che lei ricambiò con cortesia.

«Signorina Dron! Che bello che sia arrivata un po' prima» l'accolse, facendosi da parte per farla passare. «Il rappresentante della Night School è qui da un po'. Potremmo approfittarne per iniziare prima la riunione, che ne dice?»

Cassandra aprì la bocca e da essa non ne uscì alcun suono perché sì, ritrovarsi a un incontro anticipato senza preavviso, anche se di dieci stupidissimi minuti, in effetti è una cosa che lascia inizialmente confusi e disorientati. Solitamente era una sensazione che lei imponeva agli altri, e ritrovarsi a provarla sulla sua pelle la indispose non poco.

Quale creatura dalla mente malata si presenta *più di dieci minuti prima* a una riunione?

«Che bello» riuscì infine a dire, sfoderando un sorriso più simile a una smorfia degna di un serial killer. «Certo. Sarebbe fantastico.»

«Venga al piano di sopra, nel mio ufficio. Non vedo l'ora di presentarle il suo collega!»

«Il mio collega» ripeté rigidamente la studentessa, non trovando piacevole quella definizione. Seguì l'uomo mentre s'inerpicava lungo una scala in legno scuro che portava al piano superiore dell'abitazione.

«Si fa per dire!» scherzò il preside, facendole l'occhiolino con fare complice. «Certamente i vostri ruoli sono molto differenti. Uno di voi due ha grosse responsabilità e l'altro, beh...»

«Non dica altro. Ho capito.» La studentessa si rilassò impercettibilmente.

Il preside sembrava avere ben chiaro quale fosse l'evidente differenza tra la ragazza in sua compagnia e lo stupido delegato della Night School: su di lei pesava una lunga serie di doveri, mentre al rappresentante dei pezzenti probabilmente era dato il compito di controllare che tra gli studenti non si celassero dei clochard.

«Eccoci arrivati. Prego, dopo di lei, Miss Dron» il Preside spalancò la porta del proprio ufficio e le cedette cortesemente il passo, introducendola in un ambiente che la giovane non aveva mai visto prima. Era avvolto nella penombra, e gli occhi di Cassandra impiegarono qualche minuto ad abituarsi a quella luce fioca. Si guardò attorno, stupefatta.

Vi era un caminetto elettrico posto sulla parete a est, dove fiamme artificiali baluginavano, illuminando a sprazzi i vari complementi d'arredo: una scrivania grande e imponente, souvenir da paesi esotici appoggiati qua e là e due grandi librerie piene di volumi antichi.

Il preside avanzò in direzione del suo tavolo da lavoro. «Si accomodi» la invitò cortesemente, indicandole una delle due sedie vuote poste innanzi a esso.

Cassandra fece per eseguire l'ordine, ma esitò. «Ha detto che anche l'altro rappresentante è qui» osservò, lanciando un'occhiata al posto vuoto accanto a quello destinato a lei.

«Lui preferisce restare in piedi» ammise il dirigente scolastico, accennando a un imprecisato punto del muro, accanto alla penombra creata dal caminetto.

Fu lì che la giovane distinse una sagoma umanoide, alta quasi due metri. Sbatté le palpebre, perplessa, mentre la misteriosa figura si staccava dalla parete e le si avvicinava in religioso silenzio, uscendo pian piano dalle ombre come un mostro mitologico. Si fermò innanzi a lei, osservandola dall'alto in basso, le labbra stirate in un sorrisino divertito.

Era indubbiamente un bel ragazzo, ma sembrava troppo vecchio per essere uno studente: non poteva avere meno di ventuno, ventidue anni. Gli occhi erano viola, i capelli neri come l'oscurità dove si era celato sino a quel momento. Come tutti gli studenti della Night, era esentato dall'uso della divisa; vestiva, quindi, con una camicia scura e pantaloni di jeans. Gli abiti aderivano su di lui alla perfezione, delineando un fisico robusto e muscoloso. Forse aveva ottenuto l'accesso alla scuola distinguendosi per meriti sportivi.

Quando lui abbassò il volto, e i loro sguardi s'incontrarono, Cassandra provò qualcosa. Non un battito d'ali di farfalla nello stomaco per un colpo di fulmine, né la sensazione che quello davanti a lei avesse buone chances per essere il suo unico e vero amore. Anzi, il contrario: un moto di panico le strinse la gola e corse lungo la sua spina dorsale.

Senza nessun motivo logico. Ma accadde. Sentì di dover retrocedere di un passo, di doversi allontanare da lui. Lo fece con una smorfia nervosa che non riuscì a trattenere, e la cosa non parve passare inosservata: il rappresentante della Night School sorrise maggiormente, come divertito dalla sua reazione.

«Rahab» intervenne il preside, diplomatico. «Voglio presentarti Miss Cassandra Dron.»

Che razza di nome era, Rahab? E poi non aveva un cognome? Magari era straniero. In effetti, qualcosa nel suo aspetto le risultò anomalo, anche se non riuscì a definire cosa. Non vi era un dettaglio sbagliato, nel suo viso, ma l'insieme era diverso, in un modo che la giovane non riuscì a comprendere.

«Piacere» mormorò lui, gli occhi viola in contrasto con la pelle pallida e il nero dei capelli. Fece un cenno del capo nella sua direzione, che lei ricambiò meccanicamente.

Pericolo.

Di nuovo quella sensazione. Che si concretizzò in: lui è il predatore, io sono la preda.

Adesso basta pensieri irrazionali, si impose con un moto di nervosismo, interrompendo il contatto visivo con quel tizio. Finse di provare interesse per le fiamme artificiali del caminetto.

«Scommetto che sverrà entro i prossimi due minuti» fu il piatto commento di Rahab.

Cassandra fissò il preside, stupita da quelle parole.

«Perché dovrei svenire?» domandò ironica, credendo che quell'osservazione fosse una stupida e puerile presa in giro, tra l'altro priva di una base logica.

Le bastò un'occhiata al volto del dirigente scolastico per iniziare a dubitare della propria ipotesi: l'espressione dell'uomo era grave, concentrata. Come se in quella stanza stesse avvenendo un conciliabolo capace di rovesciare il destino del mondo intero.

Rahab piegò il capo di lato e la studiò per un lungo istante, simile a un gatto intento a valutare quanto sforzo gli costerebbe balzare su un topolino lì vicino. Lei badò a non incrociare ancora i suoi occhi, perché non le piacevano i pensieri che si scatenavano nella sua testa quando osava sfidare quelle iridi viola cobalto.

«Vogliamo spiegare alla rappresentante la situazione?» domandò infine lo studente della Night, placido.

«La situazione?» ripeté Cassandra, ironica. «Io rappresento la Sunrise School e tu, invece, la succursale dei corsi notturni. Secondo lo statuto della scuola – che ho letto nel dettaglio – il mio compito è organizzare ogni evento previsto nel prossimo anno scolastico; il tuo, quello di evitare che i tuoi compagni di classe disturbino gli studenti veri. Ecco la situazione, il preside può correggermi se sbaglio.»

«Ehm» ammise il dirigente scolastico, colpito. «In effetti, a grandi linee…»

Rahab gli lanciò un'occhiataccia e lui esibì un sorriso colpevole, alzando le mani come per arrendersi con fare giocoso. Strana interazione sociale, per essere uno studente e un preside. Cassandra aggrottò le sopracciglia bionde, perplessa.

«Vogliamo spiegarle la situazione» insistette il rappresentante della Night School. «O no?»

«Naturalmente. Miss Dron, vuole accomodarsi?»

La studentessa scosse il capo e rizzò la schiena. «Anche io sto meglio in piedi.»

«Miss, la prego, si sieda» ripeté il dirigente, stirando le labbra in un sorriso gentile e indicandole nuovamente il posto vuoto davanti alla scrivania. «Mi creda, è meglio.»

Dalla porta dello studio rimasta aperta, altre persone entrarono nella stanza. Cassandra rimase stupita: intravide una donna molto anziana, una ragazza dai lunghi capelli biondi, un uomo incredibilmente pallido, un signore che avrebbe avuto bisogno di una ceretta al collo e altre figure che non distinse chiaramente a causa della penombra.

Stranita dalla situazione, si ritrovò a obbedire al consiglio del preside, accomodandosi al proprio posto.

26

Digby annuì, aspettandosi quella decisione da parte sua. Poi attese lo *sguardo*. Lo stesso genere di sguardo che tanti ragazzi prima di quella studentessa gli avevano lanciato a quel punto della situazione: un'occhiata nella sua direzione, unico volto familiare nella stanza, alla ricerca di rassicurazione e conferma che tutto andasse bene.

Cassandra non lo fece. Fissò i nuovi arrivati con attenzione, quasi fosse impegnata a memorizzarne ogni dettaglio, come un lottatore che, gettato nell'arena, deve tentare di indovinare nel minor tempo possibile i punti deboli dei suoi avversari.

«Posso sapere» disse infine la studentessa, «che cosa sta succedendo qui?»

«Le spiegherò tutto» la rassicurò il dirigente scolastico. «Ma vede, con gli anni, abbiamo imparato che prima è meglio mostrare. Dopo che abbiamo esibito ciò di cui dobbiamo parlare, solitamente i rappresentanti sono più aperti e recettivi.»

«Che c'è da esibir–» la voce le morì in gola.

Il tizio incredibilmente pallido si era fatto avanti. Cassandra ne aveva già notato alcuni dettagli fuori dal normale, come gli occhi color ametista e le pupille verticali, feline. E le orecchie: erano posizionate più in alto rispetto a un paio d'orecchie normali e terminavano in due punte simmetriche, simili ai padiglioni auricolari d'un pipistrello. Piccole zanne appuntite spuntavano dalle sue labbra, violacee e sgradevoli.

L'uomo la guardò intensamente. Per la seconda volta nella serata, pensieri e sentimenti illogici proruppero nella sua mente, invadendola con molta più prepotenza di prima. Le si rimescolò lo stomaco, come nel giorno in cui era morta sua madre; si aggrappò istintivamente ai braccioli della sedia e sentì la terra mancarle da sotto i piedi. Desiderò distogliere gli occhi, ma comprese di non esserne in grado: quelle pupille la ammaliavano, la incatenavano; provò inoltre la strana, irresistibile sensazione di doversi alzare in piedi e strapparsi il colletto della divisa. Sentì di dover mettere il proprio collo nudo in mostra, alla mercé delle zanne celate dalla bocca di lui. Voleva essere morsa, voleva essere prosciugata…

Deglutì, sbattendo le palpebre. Interrompere il contatto visivo in quel modo le diede la possibilità di abbassare il volto di scatto, sfuggendo allo sguardo dello strano tizio. Inspirò, rendendosi conto di aver trattenuto il fiato sino a quel momento. L'aria fresca le riempì i polmoni, andando a darle sollievo al cervello ancora in subbuglio per la strana esperienza appena vissuta.

Udii una risatina divertita. Proveniva dall'uomo con troppi peli sul collo. «Hai fatto cilecca, amico.»

«Che *testarda*» sentì soltanto dire dalla voce del rappresentante della Night School, annoiato. «Dorofey, sei qui per mostrarle ciò che sai fare, non per convincerla di essere la tua cena.»

«Chiedo scusa» rispose l'uomo pallido, con uno strano accento. «Testavo la sua resistenza.»

E poi, divenne un pipistrello.

Così, dal nulla, senza preavviso. Non ci fu una lenta, orrenda, raccapricciante metamorfosi in cui il pelo ricopriva lentamente il suo volto, la massa del suo corpo diminuiva, le dita diventavano zampette ossute. L'attimo prima era un tizio inquietante, quello successivo un adorabile pipistrello nero svolazzava al suo posto.

Cassandra scattò in piedi, facendo cadere la sedia a terra. Era mortalmente pallida e Digby sospirò con dispiacere, facendo cenno a Rahab di tenersi pronto ad afferrarla al volo non appena fosse svenuta. Lui roteò gli occhi al cielo, ma annuì in silenzio.

«Che razza di…» iniziò a dire la giovane, la voce leggermente tremula. «Giochi di prestigio? È questo che fate alla Night School, invece di studiare sul serio?»

Lo studente dagli occhi viola le scoccò un'occhiataccia, offeso da quell'osservazione.

«Giochi di prestigio» sbottò a mezza voce, ripetendo le sue parole quasi fossero state un insulto davvero pesante.

«Rahab, sii gentile: mostra a Miss Dron uno squarcio.»

«Di cosa stai parl–» la domanda le morì in gola.

L'altro rappresentante aveva mosso una mano, fendendo l'aria dall'alto al basso; Cassandra la ritenne una pessima imitazione di una mossa ninja ma, prima di poter fare qualche battuta in proposito, vide qualcosa che la stupì ulteriormente.

La realtà davanti a lei sfarfallò. Tremò. Dapprima come uno schermo televisivo dal segnale disturbato, poi come l'aria resa tremolante da una grande fonte di calore. Infine, semplicemente, si spaccò.

La studentessa sgranò gli occhi verdi, mentre una fenditura si apriva davanti a lei. Divise in due il tessuto dell'esistenza, dandole modo di osservare qualcosa al suo interno: Oscurità. Nera, densa, quasi palpitante.

«È uno scherzo» dedusse, la voce ormai gracchiante. «Vi state prendendo gioco di me. Ecco perché stiamo nella penombra. Usate degli specchi? In qualche modo…»

Si avvicinò allo squarcio, alla ricerca di fili che tenessero una superficie riflettente, proiettori nascosti, qualsiasi cosa. Ne sfiorò il bordo, aspettandosi di attraversare l'aria. Invece fu come sfiorare pelle lacerata, viva e tiepida. Ritrasse la mano di scatto, con sorpresa.

Lo squarcio scomparve, cancellato da un movimento delle dita di Rahab.

«Meglio chiudere» fu l'atono suggerimento di quest'ultimo. «Non è saggio, per un'umana, avvicinarsi alla nostra dimensione. Là ci sono tante cose che *mordono*.»

«Smettila di prendermi in giro» lo ammonì lei. «Anzi. Tutti quanti voi: piantatela subito, adesso. Non so se questa sia una specie di tradizione goliardica riservata ai rappresentanti eletti, ma vi assicuro che non mi sto divertendo e che mio padre conosce diversi avvocati…»

Digby ridacchiò. «Solitamente, a questo punto della serata, ci tocca raccogliere il poveretto di turno e rianimarlo.»

«La trova una cosa divertente?» scattò lei.

«No, anzi: sono sinceramente ammirato dal suo coraggio.»

«Non è coraggiosa» venne corretto da Rahab. «Ma solo troppo stupida per capire.»

La studentessa si volse nella sua direzione, per fronteggiarlo. Lo guardò rabbiosa e, ancora una volta, una vocina dentro di lei urlò per il panico. Quel ragazzo era pericoloso. In un modo che non le era del tutto chiaro. *Lui è il predatore, io la preda.*

Quel pensiero non aveva senso. Eppure era reale, tangibile. Non lo comprendeva, così come non riusciva a capire cosa stesse succedendo.

Gli esseri umani, di fronte a situazioni di pericolo, hanno due scelte: scappare o combattere. I più scelgono la prima opzione, e sono – statisticamente – quelli che hanno maggiori probabilità di sopravvivenza. Cassandra, purtroppo per lei, apparteneva alla seconda categoria.

E lo dimostrò in quel momento.

«Stupida» soffiò nella sua direzione, come un drago pronto a sputare fuoco, zittendo il panico dentro di lei con la sola forza della rabbia e andando all'attacco senza pietà. «Meglio essere stupida, che rappresentare una catapecchia di pezzenti così patetici da essere costretti a vivere separati dagli studenti normali!»

L'affondo andò in profondità ancora più di quanto si aspettasse, se ne rese conto con un sorriso di trionfo. Vide Rahab stringere spasmodicamente le mani in due grossi pugni e trattenersi a stento dal muoversi verso di lei; si aspettò una risposta a tono, ma invece lui ordinò secco: «Meal. Tocca a te.»

Nel dirlo, il rappresentante della Night School fece un cenno a un uomo con troppi peli addosso.

Questo si fece avanti. Aveva occhi scuri, capelli castani folti che andavano a confondersi con la peluria che gli ricopriva il collo e, a giudicare da ciò che s'intravedeva dalla maglietta a maniche corte da lui indossata, anche le spalle e il petto.

Cassandra espirò, ormai stufa di quel teatrino. «Oh, fatemi indovinare» sbottò, ironica. «Adesso diventa un lupo mannaro!»

«Non c'è la luna piena» mormorò Meal, rivolto a Rahab, non degnandosi neppure di ascoltarla. «Non posso rigenerare grosse parti.»

«Una mano sarà sufficiente, immagino.» Rispose quello, con malcelato livore. Dopo le parole della studentessa aveva perso il sorriso tranquillo e strafottente.

Meal emise un mugolio molto – troppo – vicino a un ringhio sommesso, che si diramò dalla sua gola e gli percorse il corpo intero. Quindi, dopo aver rivolto un'occhiataccia alla giovane, fece qualcosa di folle: si azzannò un polso.

Questa volta Cassandra urlò, perché sarebbe stato impossibile non farlo. «Ma che gli è preso?» starnazzò, in preda al panico. «Qualcuno lo fermi!»

Retrocedette sino ad appoggiarsi alla scrivania del preside, non riuscendo a distogliere gli occhi dalla scena: il tizio si morse a sangue, con ferocia, come un pazzo. Affondò i denti e tirò, strattonò. Rivelò i tendini, le ossa. La sua mascella strinse più forte. Vi fu un rumore come d'un ramo secco che viene spezzato senza pietà, e lui alzò il capo tenendo tra le labbra la mano che si era appena mozzato da solo. Fissò Cassandra, poi gliela sputò contro. L'arto veleggiò molle nell'aria, atterrando a poca distanza dai piedi di lei.

Gli occhi verdi della studentessa si soffermarono su quel lugubre trofeo. Vide l'osso spezzato, la carne recisa dai morsi e il sangue che insozzava il pavimento.

«Scusate» mugolò Cassandra, portandosi istintivamente una mano alla bocca.

«Sì. Nel cestino, grazie» il preside fu lesto a porgerle il contenitore dei rifiuti che soleva tenere accanto alla propria scrivania. Lei lo afferrò e vi affondò la testa. Vi fu un inequivocabile rumore di conati. «Stia tranquilla, Miss Dron. Butti fuori tutto. Senza fretta.»

I presenti attesero in silenzio che la crisi di Cassandra finisse, come se vi fossero tristemente abituati. Lei riemerse dal cesto dei rifiuti con una sfumatura vagamente verdognola sul viso, restituendo l'oggetto al dirigente scolastico. Boccheggiò e sedette sulla sedia, la fronte imperlata di sudore freddo.

«B-bei trucchi» balbettò, quando ebbe nuovamente il dono della parola.

«Miss Dron, possiamo convenire insieme sul fatto che non fossero trucchi?» le suggerì gentilmente il preside Digby, porgendole una scatola di mentine affinché si rinfrescasse il fiato. Lei la rifiutò, come temendo che al suo interno potesse esservi nascosta della droga. «Renderebbe il tutto molto più facile.»

«Il tutto cosa?» domandò la studentessa, ormai apertamente disorientata.

«La faccio breve: vede, non siamo soli, a questo mondo. Ci sono… *creature* che si nascondono nell'ombra. Hanno attitudini e potenzialità diverse dalle nostre. Ad esempio, lei ha appena assistito alla dimostrazione delle capacità di un vampiro.» Le indicò il pipistrello. «Mentre il nostro Rahab è un principe del crepuscolo, un nobile della Dimensione Nera appartenente alla razza dei Lalartu. È grazie al suo status superiore che abbiamo potuto ammirare lo squarcio che separa le nostre realtà. Non tutti gli abitanti dell'Altra Dimensione hanno la capacità di aprirli.»

«*Altra?*»

«Per non menzionare lo spettacolo offerto dal nostro buon lupo mannaro. Grazie Meal, spero che la mano ricresca presto.»

«Una notte o due, signore.»

«Un vampiro» gracchiò Cassandra. «Quel *coso* è un vampiro.»

«Il bel pipistrello che ancora svolazza per il mio studio? Eh sì.»

«Senta.» Sbottò la giovane. «Se pensa che io…»

Era incredibile che quella testarda femmina si ostinasse a non credere ancora alla realtà delle cose. Rahab perse la pazienza.

«Trevor» sbottò. «Fatti vedere meglio, amico.»

Una delle figure rimaste sullo sfondo si fece avanti, caracollando come un imbecille ubriaco. Era un cadavere, gonfio e putrido, privo d'un occhio, il volto scarnificato che mostrava la metà destra del cranio. Disse: «Ho fame. Di cervello.»

Digby sospirò. «Trevor, te lo abbiamo già spiegato: gli esseri umani sono amici, non cibo.»

Quello si voltò lentamente a fissare il dirigente scolastico, deluso. «Non sono cibo?»

«No, Trevor. No.» Gli spiegò con enorme pazienza Digby. «Ma abbiamo scoperto che ti piacciono i pretzel, giusto? Quindi–»

«I pretzel sono buoni» replicò la creatura, offesa. «Anche se non quanto il cervello!» e, nel dire così, si rivolse a Cassandra, alitandole addosso un'acre zaffata di marcio che avrebbe fatto impallidire una fossa comune riaperta dopo mesi.

«Preside. Scusi. Potrebbe…» la studentessa cercò di darsi un contegno e indicò ciò che le serviva al dirigente scolastico. Quando lui capì, si affrettò a passarle nuovamente il proprio cestino dei rifiuti, all'interno del quale la giovane depositò gli ultimi rimasugli di cena rimastale nello stomaco.

La giovane glielo restituì, asciugandosi gli angoli della bocca con la punta d'un dito e tutta la dignità che le era rimasta. Guardò il pavimento dell'ufficio del preside, la testa che le ronzava per lo shock.

«Forse la mia esimia collega rappresentante ha bisogno di qualche altra dimostrazione del fatto che non stiamo facendo giochetti di prestigio?» volle sapere Rahab, gongolante nel vederla ridotta così, finalmente privata della spavalderia.

«No.» Rispose lei, dopo un lungo istante di silenzio, la voce non del tutto stabile. «Non ritengo di averne bisogno.»

«Bene» riprese Digby, felice di essere infine giunto a quello che sembrava essere un punto del discorso a lui particolarmente caro. «Come le dicevo, Miss, esistono creature diverse da noi umani che–»

«*Mostri*» sussurrò Cassandra, atona. Probabilmente aveva appena ottenuto traumi sufficienti per finire in terapia sino alla fine dei suoi giorni, ma più che spaventata seguitava a essere arrabbiata. Rialzò il capo, e fissò con occhi disgustati le creature lì presenti, un'espressione di chiara repulsione stampata sul volto. «Mostri disgustosi.»

Rahab mosse un passo nella sua direzione, chiaramente offeso per i termini che quella giovane umana aveva appena usato, ma venne fermato da un gesto severo di Digby, che gli impose di tornare al proprio posto.

«Porta pazienza» lo ammonì. «È tutto nuovo per lei. La situazione non le è chiara.»

«Quale situazione?» balbettò Cassandra, la quale, quando il rappresentante si era mosso nella sua direzione, aveva provato un profondo e disorientante moto di paura. «Che ci fanno questi mostri qui?»

«Preferiscono essere chiamati *diversamente vivi*.» La istruì l'uomo, dolcemente.

La studentessa scosse il capo. «Può anche chiamarli *carote*, se preferisce. Questo non cambia la loro natura.»

«Senti un po', mocciosa viziat–» Rahab venne interrotto dalle parole del dirigente scolastico.

«Alcune di queste creature hanno bisogno d'aiuto. Vede, Miss Dron, loro desiderano imparare.»

«Imparare... cosa?»

«A essere come noi. Vogliono... desiderano *cambiare*, capisce? Ed è questo che la Night School offre loro: uno spazio sicuro dove iniziare, a piccoli passi, il loro percorso per integrarsi nella società umana.»

«Integrarsi!» starnazzò Cassandra, scuotendo il capo innanzi a quella pazzia. «Come pensa d'integrare un... vampiro? O *qualunque* cosa sia il loro rappresentante.»

«Sono un principe del crepuscolo, della nobile stirpe Lalartu» fu la risposta colma di orgogliosa dignità che l'interpellato le diede, fulminandola con quegli occhi viola capaci di far nascere in lei una paura irrazionale.

«Stai pronunciando un fiume di parole che per me non hanno senso, né importanza» lo informò Cassandra, badando bene a evitare il suo sguardo e seguitò a rivolgersi al preside. «Lei dev'essere uscito di testa. Oltre a fare le comparse nelle case del terrore dei parchi a tema, quali altri sbocchi vede per *questi esseri* nella nostra società?»

Beh, quella era decisamente una novità. I suoi predecessori, scoperta la verità sulla Night, terminavano la serata come agnellini diligenti, desiderosi di tornare al proprio dormitorio. Questa tizia, invece, aveva appena scoperto un mondo a lei sconosciuto e questionava con il proprio preside sulla validità delle sue idee.

«Non sono un pazzo, Miss Dron.» La rassicurò quest'ultimo, tranquillo. «Sono un uomo che ha deciso di dare a queste creature una possibilità.»

«Ma si rende conto dei rischi che sta correndo? Qua vicino ci sono edifici pieni di ragazzi e bambini! Se uno di questi *mostri*...» Cassandra gesticolò a vuoto, in preda all'agitazione. Pensò a sua sorella, a pochi dormitori di distanza da quel circo dell'orrore.

«Per questo il ruolo dei rappresentanti è di vitale importanza» annuì il dirigente scolastico, trovandosi concorde con lei. «La vostra collaborazione è necessaria affinché le cose si svolgano in armonia.»

«Collaborare!» sputò la studentessa. «Con uno di quei–»

«*Mostri*» sussurrò ferale Rahab, le mani strette in due grossi pugni a causa della rabbia che lei sembrava aver scatenato dentro

35

di lui. «Lo ha già detto, Miss. A proposito, ha ferito i sentimenti di Trevor.»

Era così. Lo zombie si era ritirato contro una delle pareti e la fissava dispiaciuto, come un cucciolo che è stato preso a calci da un adolescente sadico e non capisce il perché di tanta cattiveria.

«Ha vomitato» pigolò lo zombie. «Guardando me!»

«Ma certo che ho vomitato!» si difese la studentessa. «Avete sentito quanto puzza quel coso?»

«Ooo-ooow!» si lamentò il non morto, esplodendo in un pianto disperato. Molti dei presenti gli si fecero accanto, consolandolo e rivolgendo occhiate di biasimo a colei che lo aveva appena offeso gratuitamente.

«Il *coso* ha dei sentimenti.» La informò Rahab, per poi rivolgersi al preside. «Forse dovrebbe rivedere l'idea di nominare quest'umana rappresentante. È evidentemente inadatta al ruolo.»

«Inadatta?» Digby era seriamente emozionato. «Ma se non è nemmeno svenuta! Secondo me riuscirete a fare meraviglie, voi due insieme.»

«Continua a definirci mostri!»

«Deve solo abituarsi all'idea. Anch'io credevo che le cavallette fritte fossero disgustose, ma mi sono ricreduto.»

«Che cosa c'entr–»

«Di sicuro non rinuncerò al mio ruolo di rappresentante» Cassandra badò bene a precisare la propria volontà in merito. «Solo, non intendo collaborare o avere a che fare con questi–»

«Ti consiglio caldamente di non pronunciare ancora quella parola.» Mormorò Rahab, con l'aria riflessiva di chi non aspetta altro che una giustificazione per spezzare il collo del proprio interlocutore.

«Sì, io credo che avrete una grande intesa» insistette nella sua idea il preside, colpito. «Dovrete forse accordarvi su un paio di dettagli, ma Rahab è esperto del ruolo, sarà una passeggiata. Lascio a voi come organizzare i diversi eventi. E decidere il modo più onesto per suddividere il budget.»

Fu come buttare un petardo in un secchio di nitroglicerina. Cassandra aveva vomitato due volte, assistito all'ammaliamento e alla trasformazione di un vampiro, alle disgustose prodezze di un licantropo autolesionista e di uno zombie ipersensibile, ma quello fu troppo.

Fu la metaforica goccia capace di far traboccare il vaso.

«Questo no!» ululò con tale rabbia da far sussultare tutti i presenti, escluso ovviamente il suo collega: quest'ultimo, più che stupito, parve immensamente compiaciuto nel vederla furibonda. «Il budget non si tocca.»

«Miss Dron» tentò di mediare il dirigente scolastico. «Non credo sia una questione così importante...»

«Non così... importante!» quasi boccheggiò per lo shock. «Nessuno sfiorerà un solo centesimo del mio budget, è chiaro?»

«Vedi di calmarti» intervenne Rahab, piatto. «Noi ne abbiamo diritto quanto voi.»

«Diritti! A dei *mostri*?»

«Ti avevo avvisata di non ripetere quella parola.»

La voce di Rahab era più bassa di prima. Pericolosamente bassa. Nuovamente il panico irrazionale tentò di montare in Cassandra, ed ebbe quasi la meglio. Ma poi intervenne il preside, placido: «Suvvia. Avete agitato Trevor» li ammonì.

Era vero. Lo zombie in questione singhiozzava a più riprese, incapace di consolarsi.

«Devo istruirla su alcune semplici regole» seguitò a dire il dirigente scolastico, rivolto a lei. «Il suo ruolo non è cambiato, Miss Dron. Ha solo delle... responsabilità integrative. Mi aspetto che porti a termine il programma di eventi previsto per l'anno scolastico e che vegli attentamente affinché gli studenti normali non scoprano la verità.»

«Di questo non dovrebbe occuparsi il rappresentante della Night School?» domandò torva lei. «O il suo unico ruolo è starsene contro un muro a fare Babartu Oscuro?»

«Lalartu. Sono un Lalartu.»

«Come se la cosa facesse differenza, per me.»

«Rahab ha il delicato compito di assicurarsi che nessuno dei suoi studenti dimentichi di essere qui per integrarsi con gli umani, e non per mangiarseli. Inoltre» aggiunse Digby, con tono più serio, «deve occuparsi dei fuochi d'artificio di fine anno.»

«I quali costano circa il venti per cento del budget» intervenne Rahab, con malcelato sadismo.

«Il venti per cento?» Cassandra boccheggiò, scuotendo con energia il capo. «Scordatelo. Vuoi fare dei fuochi d'artificio? Ficcati un bel mortaretto su per il–»

«Devo inoltre informarla, signorina Dron» la interruppe prontamente Digby, giusto per sedare una probabile rissa sul nascere, «che se qualcuno della scuola regolare dovesse venire a conoscenza della verità, riterrò lei personalmente responsabile.»

«Io? Perché dovrebbe essere colpa mia, e non del loro rappresentante?»

«Ha già parecchie cose a cui badare.»

«Del tipo?»

«Del tipo evitare che uno dei miei studenti faccia del male a uno dei vostri» flautò l'oggetto del loro discorso, la voce soave in perfetto contrasto con il sorriso feroce con cui pronunciò quelle parole.

«Perché, è già successo in passato?»

Rahab e il preside si guardarono per un istante, in evidente imbarazzo. Non le risposero.

«Oh Dio. È successo» comprese la studentessa, sconvolta. «Q-quando? A chi? E come accidenti siete riusciti a insabbiare la cosa?»

«Un'ottima domanda» si congratulò Digby, ritrovando un po' di brio. «Sarà lieta di sapere che abbiamo un sistema di sicurezza, in caso d'incontri accidentali, a prova di bomba.»

«Perché la cosa dovrebbe rendermi lieta?»

«Beh» lui soppesò la risposta per un lungo istante, quindi gliela concesse con un certo imbarazzo: «Perché se mai si venisse a scoprire del segreto della Night School, lei perderebbe diritto a tutti i crediti garantiti dal suo ruolo, Miss Dron.»

Altro che petardo nella nitroglicerina. Qui Cassandra rischiò letteralmente di saltare a piè pari sulla scrivania e di iniziare a prendere il preside a schiaffi, due alla volta, sino a che questi non fossero divenuti dispari.

Si gonfiò come un tacchino e protestò vivacemente: «Si rende conto di quello che mi sta chiedendo?»

«Me ne rendo conto» l'uomo si fece serio, fissandola da dietro gli occhiali a montatura tonda. «Ma ho seguito con particolare interesse la sua carriera accademica. Se c'è una persona che, a mio modesto parere, possa riuscire appieno in questa impresa, questa è lei, Miss Dron.»

Cassandra esitò, colpita per un lungo istante da quelle parole. Poi fece una smorfia e scosse il capo.

«Lo ha detto a tutti quelli che mi hanno preceduta, vero?» domandò, truce.

«Vero» ammise lui, senza neanche una briciola di pentimento. «Dunque» lui cambiò discorso con fare leggero, «le parlavo del nostro sistema di sicurezza. Mi permetta di introdurla a una delle insegnanti della Night School, Ayez Varzel.»

Le indicò il mucchio dove stavano coloro che erano entrati nell'ufficio all'inizio della riunione. Quella che Cassandra aveva catalogato semplicemente come una donna terribilmente anziana alzò una mano, sorridendo e salutandola lieta. La studentessa non ricambiò, ma la studiò con attenzione.

E adesso che cosa sarebbe successo? La tizia si mosse nella sua direzione, camminando su gambe malferme e piegate dall'età. A giudicare dalla pelle incartapecorita e dalle rughe che le solcavano il viso, doveva avere almeno ottanta o novanta... *secoli*. Gli occhi erano neri, così scuri da non riuscire a distinguere tra iride e pupilla; i capelli, tagliati corti, d'un giallo paglierino sbiadito negli anni.

Si fermò accanto alla sedia dove Cassandra aveva ormai stabilito la propria tana sicura, e le rivolse un'occhiata di reale, sincera comprensione. Oltre che di compassione. Sembrava essere l'unica nella stanza a comprendere la tempesta di emozioni che si agitava nell'animo della studentessa; le posò una mano sulla spalla, come per darle forza.

Cassandra fissò le dita della vecchia ancora attorno a lei. Erano ossute, ma non spiacevoli: trasmettevano tepore e una sorta di sicurezza. L'esatto opposto di quello che provava quando fissava gli occhi del rappresentante della Night School.

«Lei è la nostra *lamia*. Strega per nascita. Non si esalti, Miss Dron, non può fare molti incantesimi.»

«Non sono esaltata. Per niente.» Nel dirlo, la studentessa si scostò, liberandosi da quel tocco. Nella situazione in cui si trovava, anche qualcuno apparentemente capace di trasmetterle calma e serenità la innervosiva.

«Ayez viene in nostro aiuto quando succede l'irreparabile, e siamo costretti a cancellare la memoria di qualcuno» spiegò lui. «Ricorriamo a questa soluzione come *extrema ratio*: gli incantesimi capaci di cancellare i ricordi possono danneggiare il cervello.»

«Cervello?»

«Non adesso, Trevor.»

«Cioè, voi fate girare dei mostri a piede libero e se uno dei ragazzi lo vede gli fate una magia che può anche rovinargli il cervello?»

«Cervello! Buono!»

«Qualcuno può portare un pretzel a Trevor e riempirgli la bocca?» sbottò l'uomo.

Cassandra si passò una mano sul viso, così stralunata e confusa da tutto ciò che le era accaduto nell'ultima ora da aver, finalmente, perso la parola. Il dirigente scolastico parve notarlo, perché tentò di donarle un sorriso d'incoraggiamento.

«Su, su, Miss Dron. So che può sentirsi disorientata. Ma cerchi di capire la sua grande fortuna!»

«Fortuna» gracchiò la ragazza, chiedendosi se la stesse prendendo per i fondelli.

«Lei ha scoperto un mondo nascosto, al di sopra delle leggi del tempo, dello spazio e della fisica!»

«No.» Lo corresse. «Ho appena scoperto che i mostri esistono. Dormono a pochi passi da me. *E vogliono usufruire del mio budget!*»

«Preside, si ricorda di quel rappresentante che urlava e sveniva ogni volta che provavo a parlargli?» domandò Rahab, evidentemente riferendosi a uno dei predecessori di Cassandra.

«Sì, certo.»

«Mi manca.»

«Non fare il melodrammatico almeno tu» flautò il dirigente scolastico. «Sono sicuro che, dopo un inizio un po' in salita, troverete il modo di collaborare in armonia. Perché non vi scambiate i numeri di cellulare, per coordinarvi meglio?»

«Non intendo avere alcuna comunicazione con il rappresentante di questi *mostri.*»

Rahab dovette controllarsi per non prenderla e romperla in due come un grissino. «E nella mia rubrica» replicò, furibondo, «non c'è spazio per una mocciosa supponente.»

«Va bene, va bene.» Alzò le mani il dirigente scolastico. «Facciamo così: manderò a ognuno il contatto dell'altro. Visto? Problema risolto.» Ayez gli rivolse un'occhiata perplessa, e lui fece spallucce. «Ho detto: *dopo un inizio un po' in salita*. Lascia che percorrano la salita, no?»

«Bah» fece soltanto la vecchia, poco convinta. «Chi lo sa. Magari sei abbastanza pazzo per avere ragione.»

Quando udì la suoneria del suo telefono, Ellen balzò a sedere nel letto del proprio dormitorio. Badò che l'insegnante addetto al turno di sorveglianza non la udisse e recuperò l'oggetto da sotto il cuscino. Notò due cose, con gran stupore: primo, era l'una del mattino; secondo, Cassandra la stava videochiamando.

Rispose con una grande preoccupazione nel cuore. Essa aumentò quando il viso della sua compagna apparve nel display, pallido e segnato da occhiaie.

«Cassie!» bisbigliò, cercando di mantenere un tono di voce basso. «Stai bene? Sembri un fantasma!»

«Fantasmi» mormorò Cassandra, la voce trasognata, le gambe che le tremavano. Era appena rientrata dalla riunione più folle della sua esistenza e aveva sentito l'immediato bisogno di chiamare qualcuno. Ellen era stata la sua prima scelta. «No, quelli non li ho visti.»

L'esperienza nell'ufficio del preside era stata come una specie di tsunami emotivo, al quale aveva reagito come sempre: mettendosi sulla difensiva e combattendo. Ma adesso che nessuno la stava guardando come se fosse una papabile cena e non la terrorizzava con la semplice presenza, l'adrenalina in circolo nel corpo della studentessa era finalmente calata, lasciandola vuota e traumatizzata.

«Cassie, mi stai facendo morire di preoccupazione. Devo chiamare un dottore?» balbettò, non riuscendo a comprendere cosa mai avesse potuto sconvolgere tanto una tipa tosta quale era la sua migliore amica.

«No» sussurrò in risposta l'interpellata, scuotendo il capo con forza. «Sto bene.»

«Ma che ti è successo? La riunione è andata male?»

Lei aprì la bocca, per rispondere. Poi ripensò alla lamia, alla minaccia di un incantesimo capace di danneggiare il cervello. Poteva essere così egoista da esporre Ellen a una simile minaccia?

Così balbettò: «Ho vomitato».

«Hai vomitato?»

«Sì.»

«Dove?»

«Nel cestino del preside.»

«Ma... alla riunione?»

«Già.»

«Ah.»

«Due volte.»

«Perché?»

Cassandra aprì la bocca. Per dirle tutto.

Perché un vampiro si è trasformato in pipistrello davanti al mio naso, un tizio di nome Rahab mi ha terrorizzata con la sua sola presenza e ha aperto uno squarcio nella realtà... e infine l'odore di quello zombie era terrificante.

Doveva dirlo a qualcuno. Ma il preside non aveva anche detto qualcosa circa dei punti di credito, in caso gli studenti fossero venuti a conoscenza della verità? Questo pensiero era ancora più terrificante dell'idea che una lamia potesse pasticciare con il cervello della sua amica.

«Ma niente. Mi andava di vomitare.»

Ellen sgranò gli occhi. «Come ti andava di–»

«A te non capita mai?»

«Onestamente? No.» A disagio e in evidente imbarazzo, Ellen cercò un altro spunto di conversazione. «E... ehm, e chi è che rappresenta la Night School?»

Una specie di demone alto due metri, con gli occhi viola.

«Un tizio. Sembra…» *pericoloso*. No. Cercò un qualsiasi altro aggettivo e pronunciò il primo che le venne in mente, senza nemmeno rifletttervi. «Intelligente.»

«Ah» fece Ellen, stranita da un'ammissione che la sua amica non aveva mai concesso a proposito di nessuno, neppure di Pitagora in persona. *«Eh, facile inventare la legge dei cateti, visto che sei il primo imbecille che se ne occupa!»* glielo aveva sentito dire in seconda media. «Beh, insomma, io… io credo che tu abbia bisogno di dormire.»

Cassandra si rese conto che aveva ragione. Annuì senza più osare proferire parola, rendendosi conto di quanto quella telefonata fosse stata inutile: perché aveva chiamato la rossa per sfogarsi con lei, visto che non poteva confessarle praticamente niente?

«Ellen» pigolò, dopo un po'.

«Sì?» domandò la sua amica, col tono isterico di chi non vuole udire altre stranezze.

«Dovremo dividere il budget con la Night School.»

«Oh» fece l'altra, stupefatta da quella notizia. Quindi, sollevata, aggiunse: «Ora ha più senso che tu ti sia messa a vomitare».

Capitolo 2

Il mattino successivo, Cassandra faticò a svegliarsi. Il che non era da lei: solitamente spalancava le palpebre due minuti prima della sveglia, come una specie di droide dalle sembianze umane. Cilly, una volta, aveva definito questa sua particolare capacità *inquietante di brutto*.

Ma quel giorno la studentessa, reduce da una notte trascorsa metà insonne e metà preda di sonni agitati con incubi riguardanti la traumatizzante esperienza della sera precedente, nascose la testa sotto il cuscino e mugolò, implorando altri dieci minuti di silenzio.

Il primo ritardo della sua vita.

Tutto per colpa del preside. Il preside, la sua pazza idea di ficcare dei mostri dentro la scuola e costringerla a collaborare con quel tale Rahab, le cui uniche capacità sembravano essere indisporla e farle venire ingiustificati brividi di terrore.

Quando, infine, si decise a strisciare fuori dal letto e a prepararsi, si rese conto di non avere più tempo di passare dalla sala mensa per recuperare la colazione. Uscì di corsa dal dormitorio, sistemandosi alla meno peggio il colletto della divisa. Percorse rapidamente il viale che conduceva al plesso dedicato al suo anno scolastico e alzò gli occhi al cielo terso sopra di lei, provando la bizzarra sensazione di contentezza al pensiero che il sole fosse alto nel cielo: vampiri, lupi mannari e lamie non girano quando è giorno. Raggiunse la classe di letteratura straniera, dove Ellen la stava attendendo con un posto vuoto accanto a sé; nonostante tutti gli studenti fossero già seduti e la lezione cominciata da diversi minuti, l'insegnante si limitò a lanciarle un'occhiataccia, per poi invitarla ad accomodarsi.

Cassandra lo fece, stupita di aver evitato una punizione.

«Gli ho detto che avevi dei compiti da rappresentante di cui occuparti» le spiegò Ellen, con un sussurro complice. «E che avresti tardato qualche minuto.»

«Sei un angelo» balbettò la studentessa, il cuore colmo di gratitudine. Si abbassò per prelevare dalla sua borsa il tablet che la scuola aveva dato in dotazione a ogni studente, strumento fondamentale per seguire le lezioni. Lo accese e attese il caricamento della schermata iniziale.

In sottofondo, la monotona voce del professore riprese a spiegare. Letteratura fantasy, uno degli argomenti più stupidi e inutili del mondo accademico. Come tenere delle lezioni universitarie sui fumetti. Il tablet vibrò, informandola di essere pronto e operativo. Abbassando lo sguardo su di esso, la giovane notò la presenza di una notifica inaspettata. Segnalava la ricezione di una mail inviatale dal dirigente scolastico in persona. L'aprì non aspettandosi niente di buono.

"Dopo la simpatica chiacchierata di ieri sera, ho pensato potesse farti piacere leggere questo elenco di creature mitologiche."

Tutto qui. Non diceva altro. Aveva allegato un file di testo al messaggio, ma si era ben visto da precisare quale fosse stato il vero oggetto della simpatica chiacchierata della sera precedente. Il maledetto era furbo, oltre che pazzo.

Quella mail non avrebbe mai potuto essere una prova di colpevolezza.

Quasi riuscì a visualizzarlo mentre si difendeva da eventuali accuse: *la ragazza mi ha confessato di essere appassionata di miti e leggende, così le ho fornito un elenco per soddisfare la sua curiosità. Agente, chi crede che sia il pazzo, io che dirigo una rinomata scuola di fama internazionale o la studentessa che prima ha voluto da me un elenco di mostri e adesso urla di averne visti ovunque?*

Trattenne un'ondata di rabbia. Non tanto per essere stata costretta a scoprire e vedere cose capaci di far impazzire chiunque, quanto per essere stata incastrata in una situazione che definire scomoda sarebbe stato un eufemismo. Il dirigente l'aveva intrappolata come un topo, usando un meccanismo che, a giudicare dai suoi discorsi con quel supponente di Rahab, era ormai consolidato nel tempo.

Ricordò i rappresentanti che l'avevano preceduta. Le erano sempre sembrati eccessivamente nervosi, stupidamente oppressi dal loro ruolo. In particolar modo quelli che erano crollati, vittime di immotivati attacchi di panico. Per non parlare del cretino diventato dipendente dallo Xanax. Li aveva giudicati idioti privi di spina dorsale. E invece...

Ecco perché era concesso divenire rappresentante soltanto all'ultimo anno. Nessuno avrebbe potuto reggere una situazione simile per due cicli scolastici consecutivi.

Questo principio, però, non sembrava valere per il suo 'collega': dal modo in cui si era comportato, Rahab non dava l'idea di essere al suo primo incarico, tutt'altro: chissà quanti rappresentanti prima di Cassandra erano crollati, 'collaborando' con lui?

E lei? Che avrebbe fatto?

Posso sempre mollare tutto. Ottenere qualche punto di credito in altri modi. Facendo volontariato, o praticando sport.

Ma non sarebbero nemmeno la metà di quelli promessi a chi ricopre questo ruolo. Addio accesso al college senza il lasciapassare dei soldini di papà.

Aprì il file inviatole dal preside.

L'elenco non era disposto in ordine alfabetico, il che già la infastidì. Prese a scorrerlo con attenzione, udendo distrattamente la voce dell'insegnante che tentava di spacciare agli studenti quanto fosse importante la letteratura fantasy.

Vampiro.

Alcuni morti si risvegliano tramutati in vampiri. Nessuno ha mai scoperto come, o perché. Hanno la capacità di ammaliare una vittima al punto da spingerla a offrirsi come pasto. Non invecchiano, né muoiono. In momenti di panico o furore, il loro cuore riprende a battere. Dopo i primi cento anni di non vita, possono vivere senza bere sangue umano. Alcuni hanno la capacità di assumere la forma di tipici animali notturni, quali pipistrelli, ratti e, in casi molto rari, opossum. Tra le loro più grandi debolezze vi sono aglio, luce del sole e forfora.

Forfora?

Cassandra aggrottò le sopracciglia, continuando a scorrere quella lista e leggendone le varie voci con crescente curiosità. Vi erano nomi mai sentiti prima – come le banshee, donne bellissime capaci di emettere urla mortali – e altri fin troppo conosciuti. Scoprì che i lupi mannari non si trasformano semplicemente a causa della luna piena, ma solo se essa li illumina quando hanno lo stomaco vuoto. L'autore dell'elenco consigliava di passare quel determinato periodo del mese rimpinzando il licantropo, giusto per sicurezza. Stupita, la studentessa apprese del loro potere di rigenerazione, simile a quello di alcuni rettili: ecco perché quel tale Meal si era mozzato una mano davanti a lei. Gli sarebbe ricresciuta a breve.

Zombie.

Forse una delle razze più numerose. Si nutrono di carne e cervello. Sino a oggi, tutti gli altri alimenti della dieta umana sono risultati tossici per il loro fisico. Tranne i pretzel, che sembrano digerire con facilità. Sensibili e molto emotivi, piangono se ascoltano poesia e amano festeggiare. Vivono per un secolo al massimo, il tempo necessario al loro corpo per completare il processo di decomposizione. Debolezze: cuccioli eccessivamente carini, armi da taglio, granate.

Il pezzo sulle lamie fu il più lungo che incontrò. Erano unicamente di sesso femminile e nascevano come normali esseri umani, sviluppando i poteri in tarda età. A quanto pareva, erano state proprio loro a scoprire l'esistenza dello squarcio. Per ironia della sorte, le lamie erano state l'ultima razza a fuggire nella Dimensione Oscura: i loro tentativi di convivenza con gli uomini erano proseguiti con determinazione nei secoli, per poi arenarsi durante il periodo della caccia alle streghe.

Lalartu.

Quando vide quel nome, Cassandra si morse il labbro inferiore, con nervosismo. Era la specie alla quale apparteneva quel gran simpaticone del suo nuovo 'collega'.

Tra le razze nobili, insieme ai demoni e alle lamie, definite tali perché uniche in grado di aprire Squarci tra una dimensione e l'altra. I Lalartu usano questo metodo anche per spostarsi rapidamente da un luogo all'altro. Sopravvivono assorbendo l'energia emozionale degli altri esseri viventi. L'estrazione della stessa può risultare terribilmente dolorosa per la vittima, la quale raramente sopravvive. Hanno bisogno di nutrirsi una volta ogni vent'anni, o al bisogno in caso di necessità particolari. Percepiscono i sentimenti più forti di chi li circonda e possono scatenare ondate di panico negli esseri umani.

La studentessa smise di leggere, come folgorata da quella scoperta. Rammentò la paura che si era scatenata in lei ogni volta che Rahab l'aveva guardata negli occhi.

Bastardo. Aveva sfruttato il proprio potere per tentare di piegarla.

Rilesse la descrizione, rendendosi conto di un dettaglio inquietante: non vi era segnata una forma di alimentazione alternativa, per cui si desumeva che Rahab non avesse smesso di nutrirsi di esseri umani, seppur ogni ventennio.

Un brivido le corse lungo la schiena. E lei avrebbe dovuto avere a che fare con una creatura simile? Un sadico sanguinario che predicava pacifica convivenza, ma aveva trascorso il loro primo incontro usando il suo potere per scatenarle ondate di panico?

Potrebbe trovare la mia paura gustosa e uccidermi per prosciugarla. O peggio. Molto peggio: potrebbe sfruttare la sua capacità per piegarmi, distruggermi, annullare la mia volontà e... rubarmi metà del budget.

Che prospettiva orribile.

Si impose un lungo respiro, cercando di calmarsi. *«Non c'è toro che non possa essere afferrato per le corna, una volta scoperti i suoi punti deboli»* soleva dirle sua madre.

Già. I punti deboli. Abbassò lo sguardo per cercarli nel testo, e li individuò: ferro, terrore del fuoco, se morsi da un rutrillo possono morire avvelenati.

Questo era interessante. Forse poteva usare questi elementi a suo favore. Magari i rutrilli erano simpatici gnomi domestici e uno di loro avrebbe accettato di aiutarla a ridurre Rahab all'obbedienza.

Scorse l'elenco in avanti, fermandosi quando trovò il nome di quella razza mai udita prima.

Rutrilli.

Hanno sembianze umane, ma la loro vera forma è quella presentata in calce. Si nutrono di fanciulle vergini ma sembrano apprezzare molto anche la cucina messicana. Quando la frenesia della fame li coglie, sono inarrestabili. Hanno zanne contenenti un potente acido naturale, capace di sciogliere le parti interne della vittima, o del burrito. Sono aggressivi e passionali. Debolezze: alcol, cerchi di contenimento magico, lame consacrate.

Cassandra abbassò lo sguardo per osservare l'illustrazione volta a mostrare l'aspetto delle creature in questione. Rimase sbigottita dal numero di tentacoli che vide, anche se ciò che la colpì sul serio furono le due bocche armate di denti acuminati e le dieci paia di occhi rossastri.

No. Questo tizio non poteva essere suo alleato contro Rahab. La studentessa tamburellò nervosamente sulla superficie del banco, riflessiva. Ferro, fuoco e rutrilli. Tutto qui?

Doveva esserci un modo. Per proteggere sé stessa, e, soprattutto, per tutelare il suo prezioso budget.

Devo capire quale strategia usare. Una volta stabilitala, avrebbe intravisto la sua familiare linea luminosa, quella capace di portarla dall'inizio di un'impresa all'obiettivo finale.

«*Lo stratega è innanzitutto colui che sa ogni cosa.*» La voce di sua madre intervenne, saggia come al solito. «*Più conosci, maggiore è il tuo potere.*»

Sto già memorizzando le loro caratteristiche. Non v'è via d'uscita. Le rispose, frustrata.

Allora, forse, la via d'uscita non è nelle loro caratteristiche.

Esitò, rigirandosi quel pensiero nella testa, come una nocciolina sulla lingua. Quando l'illuminazione arrivò, sorrise tra sé e sé. Rapidamente, digitò una risposta al preside; chiedendo di poter visionare lo statuto scolastico della Night School.

Fatto ciò, recuperò dai propri file personali lo statuto della Sunrise School, e prese ad analizzarlo in silenzio.

Lo sapeva quasi a memoria. Se lo era studiato non appena aveva deciso di diventare rappresentante. Scorse le pagine elettroniche con attenzione alla ricerca di un dettaglio che le sembrava di ricordare…

Eccolo.

Bingo.

«Su cosa ti concentri tanto?» le sussurrò Ellen, facendola sussultare per la sorpresa e riportandola alla realtà. Cassandra sbatté le palpebre, stupita. Si rese conto che la lezione era finita, poiché tutti gli studenti stavano preparandosi ad abbandonare l'aula.

«Oh, io…»

«Scommetto che indovino a cosa stai pensando.»

E perderesti.

«Sentiamo» rispose però, perché l'aveva già fatta preoccupare abbastanza la sera precedente, quando era tornata dalla riunione e l'aveva chiamata in piena notte con l'espressione di una povera spiritata.

«Halloween» sentenziò la sua compagna, sistemandosi la chioma rossa in un'acconciatura disordinata, con la tranquillità di chi ha il cuore sereno perché non deve fronteggiare un assassino seriale che vuole impossessarsi di metà del suo budget.

«Halloween» ripeté Cassandra, in parte colpita da quella risposta, non del tutto lontana dai suoi reali pensieri. «Diciamo che non ci sei andata lontano.»

L'altra le scoccò un'occhiata vittoriosa. «Sei preoccupata?»

«Per Halloween?»

«Hai detto che il rappresentante della Night School avrà parte del budget. Tu avevi organizzato ogni festa sino al minimo dettaglio senza pensare a una simile evenienza.» Le rammentò Ellen. «Per cui dovrai rivedere tutto, no? E la festa di Halloween è ormai quasi alle porte.»

Già.

A casa aveva un raccoglitore dove si era preoccupata, durante l'estate, di programmare con dovizia di dettagli ogni evento dell'imminente anno scolastico. Prima ancora di essere eletta: dentro di lei, era diventata rappresentante nel momento esatto in cui aveva deciso che lo avrebbe fatto. Poi era stata soltanto questione di procedere come un carro armato e schiacciare ogni ostacolo che si era presentato sul suo cammino.

Fino all'incontro con Rahab, e il suo esercito di mostri.

Ma forse non tutto era perduto. Il dettaglio contenuto nello statuto della Sunrise School era un buon inizio. Tutto stava nel trovarne conferma anche nei documenti della Night School. Sperò che il preside vedesse presto il suo messaggio e vi rispondesse in fretta.

«Cassie?»

«Sì. Halloween» si strinse il tablet al petto. «Festa. Certo. Tutto a posto. Cioè, sono preoccupata, hai ragione tu, ma tutto a posto. Credo di avere già una strategia.»

«Sei… strana» azzardò Ellen, gli occhi castani colmi di preoccupazione per lei. «Da ieri sera… ecco, non lo so. Sembri diversa.»

«Io? No, no..»

«Ma è successo qualcosa, durante quella riunione?»

«Ho… vomitato. Tutto qui.»

«Quando sei rientrata, non sembravi tu. E questa mattina eri in ritardo.»

«El, sto benissimo. Ho solo dormito troppo.»

«Non dormi mai troppo. Talvolta mi stupisco che tu dorma.»

«Ero stanca. Magari sto covando l'influenza. Ho preso freddo, rientrando.»

«Ricordi quando ti sei presa la polmonite, al primo anno di liceo? Nemmeno quel giorno sei arrivata in ritardo.»

«Però sono svenuta a metà mattinata.»

«Dopo aver chiesto il permesso per farlo.»

«Lo vedi? Sono strana da parecchio, non solo da ieri sera.»

«Cass…»

C'erano tre modi in cui Ellen poteva chiamarla. Cassandra quando si rivolgeva a lei in un impeto di rabbia. Capitava di rado, ma succedeva. Cassie era il nomignolo che le aveva affibbiato quando si erano conosciute, e lo usava con tale regolarità che lei era arrivata quasi a ritenerlo il suo nome vero. Cass, invece, era davvero raro. Usciva solo nei momenti in cui era seriamente preoccupata per lei. Provò una fitta di senso di colpa.

«El. Ti ho detto che sto bene.»

«Ma ieri sera…»

«Non avrei dovuto chiamarti.» E lo pensò davvero. L'aveva fatto in un impeto di paura, aveva lasciato che l'emotività avesse la meglio sulla ragione. Ora la stava pagando: la sua migliore amica era preoccupata e non poteva rassicurarla con la verità. «Dai, non pensarci. Muoviamoci, o arriveremo in ritardo anche alla lezione dopo.»

Prima che potessero muoversi, però, il tablet di Cassandra vibrò. Speranzosa, lei vi lanciò un'occhiata e vide ciò che tanto aspettava: la risposta del preside, con allegato lo statuto della Night School.

«Tu… tu precedimi, vuoi?» azzardò, non riuscendo a nascondere un sorriso sadico mentre apriva il documento. «Mi occupo di… una cosa da rappresentante e ti raggiungo.»

«Cassandra, ne riparliamo quando avrai voglia di dirmi cosa ti passa per il cervello.»

Ellen tagliò così il discorso, aggrappandosi alla sua borsa da studente e uscendo dall'aula. Con uno spiacevole nodo in gola, Cassandra fece per seguirla. Poi, esitò, come richiamata dal display del suo tablet. Doveva risolvere quella questione. Doveva solo risolverla, e poi tutto sarebbe andato più o meno a posto. Avrebbe parlato con la sua amica e si sarebbe fatta perdonare. Ma era indispensabile, prima, studiare a fondo lo statuto della Night School.

Prese a leggerlo mentre usciva a sua volta dalla stanza, diretta alla lezione successiva. Quando la raggiunse in aula, notò che la sua migliore amica aveva già preso posto a un banco. Senza riservarne uno vicino per lei.

Era una sciocchezza. Una mossa puerile fatta per stizza, più che per reale rabbia. Ma le fece male quanto bastò.

Quella giornata poteva forse peggiorare?

Certo che sì, grazie al magico apporto di Priscilla, detta Cilly, o anche *vulcano randomico di massivi problemi*.

Rahab trascorreva le giornate dormicchiando. Essendo una creatura alla quale il sole non nuoceva, al contrario di altri studenti, per lui era stato inizialmente difficile accettare un ritmo di vita crepuscolare, rinunciando al calore delle giornate assolate.

Quando era passato al di qua dello squarcio, la luce diurna era stata certamente la prima cosa a colpirlo, sia sulla pelle che nell'anima.

Nella Dimensione Oscura c'era il sole. Una specie. Un astro nel cielo perennemente oscurato dalla fitta nube scura, compatta e spessa, che ricopriva il cielo in ogni stagione, a ogni ora. Nella Dimensione Oscura il concetto di giorno e notte era praticamente sconosciuto, la gente ragionava più con indicazioni temporali quali *«Ci vediamo quando gli zombie escono a caccia»* oppure *«Sono due vite di licantropo che non ti vedo»*, roba di questo genere.

Non era stato male, tutto sommato, vivere lì.

Ma il sole, quello vero, era tutt'altra cosa.

Il Lalartu spalancò le palpebre, rivelando i suoi penetranti occhi viola. Si guardò attorno, spiando la propria camera da letto. In quanto rappresentante, aveva avuto diritto a uno stanzino più simile a uno sgabuzzino al piano di sopra dell'unico dormitorio. Lo aveva arredato, grazie all'aiuto del preside, con una branda e un vecchio armadio dove riporre i vestiti. Teneva gli scuri delle finestre sempre aperti, quasi avesse vissuto per così tanti anni al buio da averne adesso paura.

Era mezzogiorno. Lo comprese dall'angolazione con la quale la luce diurna penetrava attraverso i vetri, andando a picchiare contro dei piccoli cristalli da lui appesi al soffitto e alle pareti, e si scompose in una miriade di arcobaleni che colorarono l'ambiente.

Sorrise, beandosi di quella vista.

Il mondo era pieno, *pieno* di meraviglie. Non che le avesse viste tutte di persona, ovvio. Però aveva libri che ne parlavano spassionatamente, e l'oggetto chiamato 'televisione' gliele aveva mostrate. Rahab sognava di toccare le Grandi Piramidi e ammirare il Colosseo, ma nessuno di quei monumenti sarebbe mai stato bello, ai suoi occhi, quanto la strabiliante e rassicurante luce del sole.

Si mise a sedere, passandosi una mano tra la massa di capelli scuri che gli ricadeva sulla nuca e sul volto, pettinandoli con un gesto. Era troppo alto e massiccio per la branda dove dormiva, e quando si alzava provava uno spiacevole formicolio alle gambe, tenute piegate per troppe ore. Nulla a che vedere con il bel palazzo e i sontuosi arredamenti in cui era cresciuto.

Udì alcuni alunni della Night School parlottare al piano di sotto e sospirò, chiedendosi chi fosse ancora sveglio a quell'ora del giorno. Aprì la porticina che gli garantiva un po' di privacy e discese le scale, abbracciando con lo sguardo quella che, ormai, considerava la sua nuova casa.

Una grande porta interna delimitava lo spazio per il riposo degli studenti, all'interno di una stanza priva di finestre. Era qui che le creature più timorose della luce trascorrevano il giorno; ma altre, come gli zombie o i licantropi, talvolta uscivano dai loro letti e andavano a passare il tempo in compagnia del loro oggetto preferito: la tv.

Fu proprio davanti a essa, spaparanzati su un vecchio sofà ormai ridotto a un sacco quasi del tutto informe, che trovò Trevor, intento a litigare animosamente con Meal.

«Guardiamo questo!» stava dicendo lo zombie. Trevor era una creatura intelligente e sensibile ma, essendo arrivato da poco, per lui era tutto nuovo e si meravigliava per ogni cosa, in più aveva ancora qualche problema con la lingua: «Voglio scoprire verità sul bambino!»

«Ma sul canale 8 ci sono le corse» mugolò il lupo mannaro, con l'aria affaticata che coglie tutti dopo aver cercato di far ragionare uno zombie. «Rahab, amico: aiutami tu!»

L'interpellato aggrottò le sopracciglia scure, lanciando un'occhiata allo schermo: una donna e un uomo – con addosso costumi di scena atti a ricreare abiti del secolo precedente – si stringevano l'uno all'altra in modo forse un po' troppo teatrale.

Incuriosito, sedette sullo schienale del divano, appoggiando i piedi accanto a Trevor e cercando di capire cosa avesse scatenato la discussione tra i due studenti della Night School.

«Oh, Armandoss!» disse lei, esageratamente disperata. «Devo confessartelo: Juandiego non è tuo figlio!»

«Doloresita, no!» urlò l'altro, staccandosi da lei e fissando il vuoto come un pazzo. «No, non puoi dirmi questo!»

«E invece te lo dico!»

«Come puoi dirlo?»

«Lo sto dicendo!»

Il copione non era certo un concentrato di originalità.

«Doloresita, come hai potuto mentirmi?»

«Ho dovuto, Armandoss! Perché Juandiego in realtà... è tuo fratello!»

«Nooo! Lo ha tradito!» urlò lo zombie, terribilmente preso dalla trama. «Deve mangiarsi quel suo cervello di traditrice!»

«Una cosa non capisco» commentò a bassa voce Meal, pensieroso. «Se non gli va che la sua femmina cresca quel bambino, perché non se lo mangia?»

Il rappresentante si volse a guardarlo. Anche Meal era nuovo alla Night School, uno studentello arrivato da soli due mesi; per cui non aveva ancora molta dimestichezza con le regole umane e, soprattutto, con l'etica in generale.

«Non può mangiarlo» spiegò Rahab, scandendo con gentilezza le parole. «Perché è un bambino. E quindi...» lasciò la frase in sospeso, sperando che il licantropo ci arrivasse da solo.

«E quindi...» tentò l'interpellato, sentendosi sotto esame. «Non gli piace la carne tenera?»

«Okay» si arrese Rahab, scrollando il capo. «Fila via. Vai a ripassare Usi e Costumi umani.»

«Ma il canale 8...»

«Avete un esame a fine mese: vai a studiare.»

«Doloresita traditrice» stava ancora borbottando Trevor. Rahab gli posò una pacca sulla spalla, a mo' di conforto.

«Su, Trev.» Lo consolò, monocorde. Quando avevi a che fare con gli zombie, finivi con l'abituarti alle loro scenate emotive.

«Povero Armandoss.» Si disperò il non morto. «Nessuno lo ama, lui.»

«Ma no, guardalo, sta già baciando un'altra» sostenne il rappresentante, indicandogli lo schermo.

In effetti, colui che in realtà era fratello di Juandiego era, adesso, impegnato in un appassionato incontro di lingue con una bella donna dall'aria matura ma procace.

«Carmencita non è il suo vero amore» scosse il capo Trevor. «È solo la sua matrigna.»

«Cosa? Ma loro stanno per...» le mani di Armandoss erano decisamente già sulla seconda base.

Trevor si asciugò le ultime lacrime, e lanciò un lungo, tormentato sguardo al suo rappresentante. «Noi siamo mostri?»

«Uhm?» gli ci volle parecchia forza di volontà, per staccare gli occhi dallo sceneggiato televisivo. Era così brutto che calamitava la sua attenzione, come un incidente stradale particolarmente cruento. Abbassò lo sguardo sullo zombie, perplesso. «Come, scusa?»

«Noi siamo mostri?»

«No» rispose immediatamente il Lalartu, scuotendo il capo dai capelli neri per dare maggior impeto alla propria convinzione. «Cosa diciamo sempre alle lezioni di Filosofia Terrestre?»

«Gli umani non sono cibo» recitò a memoria lo zombie.

«No, Trev. L'altra cosa.»

«Non mordere umani. Anche se sembrano deliziosi.»

«Sì, no, intendevo... quell'altra.»

«Non siamo mostri. Siamo solo *diversi*.»

«Ecco. Visto?»

Lo zombie non parve del tutto convinto. Insistette: «Quella ragazza ieri sera ci ha chiamati *mostri*».

«Ma cosa vuoi che ne sappia quella cretina.»

«Io però» umiliato, il poverino esitò a lungo prima di completare quell'ammissione, «le ho fatto schifo.»

«Non solo tu.» Fu la torva consolazione che ricevette.

Tutti i presenti, compreso lui, l'avevano disgustata. Negli anni il Lalartu aveva perdonato i rappresentanti della Sunrise School per essere svenuti come delle mammolette durante la riunione conoscitiva: una reazione normale a qualcosa di nuovo e sconvolgente, non certo offensiva. Quando erano rinvenuti, seppur terrorizzati, i poveretti non avevano osato proferire un solo insulto contro di loro. In effetti, a causa delle onde di panico a cui lui li aveva sottoposti, un paio di loro non avevano parlato del tutto per diverse ore.

Questa Miss Dron, invece... lei era stata… diversa. Aveva elaborato ciò che le veniva mostrato con razionalità, seppur influenzata da un comprensibile timore. Ma aveva tenuto duro, dimostrando una straordinaria capacità di adattamento. Si era ribellata al suo potere usando un sentimento di cui sembrava essere portatrice: rabbia. E lo aveva sconfitto. Per un attimo, Rahab l'aveva davvero ammirata. Si era illuso di aver trovato qualcuno con l'intelligenza e la spina dorsale necessarie per instaurare una prolifica collaborazione.

Poi lei li aveva fissati con disprezzo e non aveva esitato a chiamarli *mostri*.

Quella parola, andava ammesso, non aveva trafitto solo l'animo sensibile di Trevor. Era riuscita a ferire tutti i presenti, cancellando mesi e mesi di lavoro su loro stessi.

Mostri.

Il preside li cullava da anni con le sue definizioni cortesi, come *diversamente vivi* o *esseri speciali*, cercando di farli sentire compresi e accettati. Il suo agire, unito al lavoro degli insegnanti e al continuo sostegno di Rahab avevano spinto gli iscritti della Night School a credere nella possibilità di un cambiamento.

Poi era arrivata questa mocciosa viziata, ignorante del tanto lavoro svolto sino a quel momento e aveva sputato loro addosso un bel *mostri*, senza mostrare un briciolo di pentimento. Anzi, ripetendolo più volte, come un mantra.

Il disgusto con cui li aveva fissati era stato il riassunto perfetto del perché le loro razze fossero state costrette a fuggire nella Dimensione Oscura, in quella landa di polvere e buio: gli esseri umani erano pronti a morire pur di sterminare qualcosa ai loro occhi diverso.

«Non fai schifo» rispose allo zombie, con determinazione. «Sai chi è che fa schifo?»

«Doloresita?»

«No. Quella Cassandra.»

Trevor soppesò le sue parole, stupito. «Suo cervello sembra buono.»

«Invece è marcio, Trev.» Il Lalartu si passò una mano sul volto, ponderando quel pensiero con rancore. «Imputridito da anni di bambagia. Quella stupida non ha un solo problema al mondo. Hai visto come pestava i piedi a terra, facendo i capricci per il budget? Una bambina con smanie di superiorità, ecco cos'è. Non sei tu a far schifo, ma lei e quelli come lei.»

Con un balzo agile che poco aveva di umano, si alzò in piedi, stiracchiandosi i muscoli come un felino pigro.

«Resta qui, guardiamo televisione» lo invitò lo zombie, gli occhi fissi sullo schermo della televisione. «Inizia *Varicella d'Amore*.»

«Ho del lavoro da fare» si congedò Rahab. «E tu preparati: è pomeriggio, tra poco cominceranno le vostre lezioni.»

La studentessa cresciuta nella bambagia senza un solo problema al mondo, al momento, stava pensando di risolvere uno dei peggiori grattacapi della sua vita prendendolo e affogandolo in una delle rinomate piscine olimpioniche della Sunrise School.

Suddetto problema zampettava dietro di lei, tentando di starle appresso nonostante il suo passo reso affrettato dalla rabbia.

Il silenzio su di loro gravava come una coltre spessa e soffocante. Sì, soffocante era l'aggettivo giusto. Cassandra quasi si sentiva mancare il fiato, per la rabbia, ma anche per la confusione e per la disperazione di non sapere cosa fosse giusto o opportuno fare. Così, si fermò di botto, voltandosi e fissando Priscilla dall'alto al basso.

Erano sole: il crepuscolo stava avvicinandosi e nessuno studente aveva motivo di essere da quelle parti, ovvero nei pressi del dormitorio della rappresentante degli studenti. Ferme sul sentiero di sassolini bianchi che si snodava sul prato inglese, le due sorelle si fissarono negli occhi, blu nel verde; infine, la maggiore parlò.

Sentì di dover dire qualcosa di pedagogicamente positivo e propositivo.

«Sei stupida?» abbaiò però, fallendo miseramente nel suo intento. «Ho una sorella stupida? Ero convinta di averne una intelligente!»

«Non sono stupida» borbottò l'interpellata, perdendo quella guerra di sguardi e abbassando il viso con fare imbronciato.

L'insegnante della bambina l'aveva chiamata un'ora prima, dopo aver tentato di mettersi in contatto con il padre e sentirsi rispondere che per simili questioni marginali ci si doveva rivolgere alla sorella maggiore e non disturbare chi era impegnato altrove.

Questione marginale poi un cavolo, dato che Priscilla, quel volto d'angelo, aveva preso la faccia di un compagno e l'aveva sbattuta un paio di volte contro il muro, a suo dire per *levargli quel sorriso da imbecille*. Inutile dire che la spiegazione del gesto aveva comportato un'ulteriore punizione, aggravando quella già procurata dall'atto in sé.

Cassandra si era scusata a nome della piccola più e più volte, promettendo all'insegnante che le avrebbe parlato. E ci credeva davvero, ma il problema era che non sapeva più da che parte iniziare quel discorso. In primo luogo, perché non era la prima volta che succedeva. E, secondo, perché quello non era un lavoro da sorella maggiore. Ci voleva un genitore.

«Qui non accettano risse. Dove credi di essere, alla scuola pubblica? Puoi finire espulsa, lo sai? Ti sbattono fuori!»

«E magari!» le urlò addosso la piccola, con fervore. «Così non dovrei vedere più nessuno!»

«Non è che il mondo sia vuoto. Dovrai sempre vedere qualcuno!»

«Mi faccio comprare un'isola da papà e vivo lì.»

«Cilly, vuoi mandarmi al manicomio?»

Priscilla non era mai stata brava a farsi amici, e questo era un dato di fatto. Trascorreva la maggior parte del proprio tempo libero in compagnia della sorella maggiore.

La cosa non le era mai parsa un grosso problema. Anche Cassandra aveva sempre preferito la solitudine, ritrovandosi però Ellen come amica. Non che fossero legate da un sentimento del tipo *siamo sorelle* o *morirei per te*, ma stavano bene l'una in compagnia dell'altra, e questo talvolta era di conforto.

La sua ipotesi era che, a causa di una sfortuna nera, Priscilla non avesse ancora incontrato la sua Ellen. Così aveva atteso, sperando che ciò accadesse.

Solo che, ultimamente, le cose avevano iniziato a peggiorare.

Alla fine dell'anno precedente, una tizia, rea di averla presa in giro, si era trovata gettata a terra, con a cavalcioni una Priscilla scatenata intenta a graffiarle la faccia e a strapparle i capelli. Cassandra, anche allora, era intervenuta cercando di appianare le cose e imponendo a Cilly una punizione coi fiocchi. Era convinta che la sorellina avesse imparato la lezione.

Ma a giudicare dall'episodio odierno, non era stato così.

«Questa sera rimani nel mio dormitorio» stabilì la rappresentante della Sunrise School, furibonda. «Ti faccio passare la notte a scrivere *non devo picchiare gli altri*, o cose del genere. E lo farò pensando *ho una sorella stupida.*»

Aprì e chiuse le dita delle mani, dandole le spalle e riprendendo il cammino in direzione del proprio dormitorio per non mettergliele al collo.

Se non altro, quell'episodio aveva un po' appianato le cose con Ellen: vedendo la rappresentante ricevere una telefonata del genere e intuendo la preoccupazione nel suo cuore, l'amica era tornata sui propri passi, offrendole immediatamente il proprio supporto. Si era addirittura offerta di aiutarla ad affrontare Cilly, ma per quanto le fosse sembrata golosa, Cassandra aveva rifiutato. Quelle erano questioni che spettavano a lei.

«Non capisco cosa ti prenda» seguitò a darle addosso, avanzando a grandi passi. «Sei un–»

S'interruppe di botto, non appena svoltò l'ultima curva che conduceva alla sua casupola e intravide la grossa figura che aspettava in piedi, fuori dal suo dormitorio. Rahab. Si stagliava nella luce pomeridiana come un cancro della realtà, il grosso fisico avvolto in una maglia e un paio di jeans grigi, gli occhi viola fissi su di loro. Una brezza leggera gli smosse appena la chioma, un nero contrasto contro il pallore della sua pelle. La fissava con espressione poco conciliante, di totale superiorità.

Cassandra non osò muovere un altro passo. Anche lì, ad almeno quattro o cinque metri di distanza, il potere di lui ebbe influenza sul suo animo: le trasmise una sensazione di pericolo, rimescolandole lo stomaco, facendola sudare freddo. La studentessa deglutì a vuoto, cercando di soffocare quell'immotivata paura. Maledetto bullo. Tentava di piegarla usando i suoi poteri. Utilizzò la rabbia provocata da quel pensiero per contrastare il panico. Vi riuscì, almeno in parte.

«Che cosa fai qui?» domandò, la voce arrocchita dal tumulto emotivo dentro di lei. «Credevo non foste autorizzati a girare tra gli studenti normali.»

Da dietro le sue spalle, invece, Cilly allungò il collo e mostrò di non provare alcun panico. Anzi, sgranò gli occhi azzurri e domandò stupita: «Chi è? Un principe?»

No, principe non era certo il termine adatto. Quel tizio somigliava più a un mostro delle favole, enorme e spaventoso, un orco nero capace di avvelenare chi lo circondava con paura e sofferenza; il tipico soggetto disegnato per spaventare i bambini, non certo un liberatore o un eroe positivo.

Il rappresentante della Night School rimase dapprima sorpreso per quella domanda, poi osservò chi l'aveva posta e si sciolse in un mezzo sorriso, accennando un profondo inchino in direzione della bambina dietro le gambe di Cassandra.

«Principe Rahab al vostro servizio, splendida fanciulla» si presentò, e quella gorgogliò una risatina colma d'imbarazzo.

Non esisteva che quel mostro rivolgesse la parola a sua sorella. Cassandra si frappose meglio tra i due, protettiva.

«Cilly» disse, perentoria. «Vai dentro.»

«Ma…»

«Ho detto di andare dentro. Sei già nei guai, se non sbaglio.»

Rammentando le proprie responsabilità, la bambina chinò il capo e si limitò a obbedire, avviandosi in direzione della porta del dormitorio; cortese, Rahab si fece da parte per agevolare il suo passaggio.

«Mi aspetta una ramanzina» lo informò, lanciandogli una fugace occhiata con quei suoi grandi occhi azzurri, colmi di tristezza e qualcosa che il Lalartu non fu del tutto in grado di interpretare.

«Oh, io odio le ramanzine» le confessò, ammiccandole complice.

Nell'udire la sorellina fare un'altra di quelle risatine sciocche e vanesie, Cassandra cambiò i propri piani per la serata, decidendo che dare fuoco al rappresentante della Night School sarebbe stato assai più soddisfacente che strozzare Priscilla. Non appena la piccola fu scomparsa dietro la porta, lei gli rivolse un freddo sussurro: «Come *osi* venire qui?»

«Mi sono sempre incontrato in questa sede con i rappresentanti.» Fu la replica piatta di Rahab. «Non dispongo di un vero e proprio ufficio. Quindi, solitamente…»

«Non mi importa se, gli scorsi anni, usavi i tuoi poteri raccapriccianti per costringere il poveretto di turno a offrirti un tè mentre lo derubavi del budget annuale. Le cose sono cambiate.» Lo informò Cassandra, secca.

«Lo vedo. È un peccato, perché adoro quando mi viene offerto un tè.»

«Per quale motivo? So che non ti nutri di cibo.» Lo informò la studentessa, con disprezzo. «Cos'è, un tuo malato vezzo per pretendere di essere normale?»

Maledetta mocciosa viziata. Rahab mantenne un sorriso di superiorità solo grazie all'immagine mentale di lei che precipitava su un gruppo di rocce aguzze e ne veniva squartata senza pietà.

«Sono qui per parlare della suddivisione del budget in vista della festa di Halloween.»

«Un giro a vuoto, allora. Non ci sarà nessuna divisione.»

«Io scommetto di sì.»

«Voi *mostri* non avete diritto a niente.»

Parola sbagliata. Il Lalartu reagì con forza, eppure senza muovere neanche un dito: la studentessa sentì il panico montarle dentro, sin quasi a farle girare la testa. Lo ricacciò di nuovo grazie alla propria rabbia. Dopo le prodezze compiute da Cilly quel giorno, ne aveva una gran riserva alla quale attingere.

«Smettila.»

«Di fare cosa?» domandò, con leggerezza.

«Ti consiglio di abbassare la cresta, mostro. Ho trovato un'arma per sconfiggerti.»

Beh, questo sì che solleticò il suo interesse. Una piccola umana era appena riuscita a ricacciare il suo potere, e adesso stava proclamando di averlo in pugno grazie a chissà quali armamenti. Come minimo, doveva nascondere una bomba atomica da qualche parte. Altrimenti non si spiegava.

«Ti ascolto» concesse, curioso, liberandola dal giogo del panico.

«Ho studiato lo Statuto delle nostre scuole.» Lo informò lei, deludendo decisamente le sue aspettative. «Paragrafo cinque, sezione sette, sottosezione f. *Il budget scolastico può essere destinato unicamente agli eventi organizzati da e per gli studenti della Sunrise School.*»

«Prego?» chiese, trattenendo una risata.

«Nel regolamento ufficiale della Night School, inviatomi oggi dal preside» proseguì lei, orgogliosa, «non vi è un solo accenno a un vostro diritto di toccare il budget della Sunrise. Sono due istituzioni scolastiche giuridicamente diverse, per cui puoi anche salutare i tuoi propositi di usare quei soldi. Leggiti le carte, se vuoi. Ho vinto io.»

«Tutto qui?» domandò il Lalartu, a metà tra il divertito e il deluso.

«Non mi serve altro. Le regole stabiliscono che ho pienamente ragione.»

«I tuoi predecessori non hanno mai badato a questo stupido dettaglio. Collaboravano.»

«Collaboravano?» Cassandra ghignò cupamente. «No. Si piegavano alle tue richieste perché terrorizzati. Me li ricordo, sai? Due all'ospedale, uno fatto di Xanax... li hai distrutti.»

«Quanto melodramma. A fine anno abbiamo cancellato loro ogni ricordo di quest'esperienza. Stanno meglio di noi, te lo assicuro.»

«E io ti assicuro che la musica sta cambiando.» Promise Cassandra, con voce vellutata. «Non avrai un centesimo. Non avrai *niente*. Non intendo collaborare con te per nessuna iniziativa, a meno che essa non riguardi una fossa comune dove gettare te e quegli scarti di creature che popolano la tua scuola.»

Rahab andava raramente su tutte le furie. Quando succedeva, però, la cosa risultava evidente a tutti: il viola degli occhi si faceva più scuro, così intenso da somigliare al nero della sua chioma. Fece un passo nella direzione di lei, minaccioso.

Cassandra ebbe voglia di compiere un salto indietro, squittendo come un topolino impaurito. *Tutto* il suo corpo desiderava mettersi in salvo, dando ascolto all'istinto che urlava disperato di scappare da quel mostro alto e intimidatorio.

No.

Scappare è contro la Strategia che ho studiato. Dio, meno male che c'era una Strategia. Le permise di guardare oltre il terrore provocatole da lui, in direzione del proprio obiettivo. Inspirò piano. Piantò saldamente i piedi al suolo e rizzò la schiena, cercando di apparire fiera, tranquilla.

«Non puoi toccarmi» proclamò.

«Vuoi scommettere?» fu il ringhio con cui il Lalartu le rispose, non smettendo di avanzare.

La paura che il suo potere le scatenò dentro triplicò; il cuore parve esploderle nel petto, le braccia le tremarono impercettibilmente. La studentessa abbassò le palpebre, ostruendosi la visione di lui per mantenere un maggiore autocontrollo. Sapeva di essere al limite della sopportazione. Avrebbe ceduto presto.

«Paragrafo sei-cinque-due-nove sottosezione dieci dello statuto della Night School» proclamò, recitando a memoria. «*È di fatto vietato agli studenti nuocere gli esseri umani. Anche se minacciati o in pericolo di vita. Pena: l'espulsione.*»

Rahab si fermò a un passo da lei. Erano così vicini che, dalla propria posizione, lui poteva vedere la foresta di riccioli biondi della studentessa, ognuno perfetto, ognuno assolutamente identico all'altro. Fissò come ricadevano sulle spalle esili di quella

67

ragazzina terrorizzata, schiacciata dal suo potere. Poteva percepire il flusso disordinato dei suoi sentimenti, una tempesta emotiva che, per un attimo, lo schiaffeggiò con potenza. Distinse una rabbia inusuale, per una ragazza di quell'età. Maledetta mocciosa viziata. Aprì e chiuse i pugni, trattenendosi dal compiere gesti irresponsabili.

Non udendolo proferire parola, lei rialzò lentamente il capo. Riaprì le palpebre, gli occhi verdi che si fissarono nei suoi. Aveva ancora paura, certo. Ma poteva controllarla.

«Non puoi nuocermi, o perderesti il ruolo» sostenne. «Non solo. Nessuno dei tuoi colleghi può reagire con violenza, anche se uno studente come me provasse a fargli del male. È buffo, non trovi? Pensa un po' che potrebbe succedere se mi venisse voglia, che so, di darti *fuoco*.»

Non era una parola detta a caso, ma con piena consapevolezza. Rahab comprese che lei era venuta a conoscenza della debolezza della sua specie nei confronti di quell'elemento. Strinse le labbra, infastidito. Pensare alle fiamme era spiacevole, per un Lalartu. Gli faceva provare paura.

Cassandra ammiccò, come leggendogli nel pensiero. «Il mostro ora sa cosa si prova nel venire intimiditi?» domandò, la voce vellutata. «Torna in quel tugurio di scuola che avete e non osare più cercarmi, perché tutto quello che avrai da me è questo: *niente*. O, se mi gira male, una pira della tua misura.»

Lui sgranò gli occhi, non certo abituato a essere preso a schiaffi da una ragazzina. Tentò di replicare con una risposta supponente o minacciosa, ma non gliene vennero in mente. Troppi anni di rappresentanti ai quali imporre senza problemi la propria volontà lo avevano reso poco reattivo.

Ma Cassandra aveva ragione, si rese conto, quest'anno il gioco era cambiato. Una giovane, viziata, insopportabile umana lo aveva sconfitto. Non con armi o sfruttando la forza bruta, ma limitandosi a leggere delle carte come un burocrate qualunque.

Il senso di trionfo che percepì dal suo corpo fu il colpo di grazia: lo umiliò, senza mezzi termini.

«Non finisce qui.» Le promise come il peggiore dei cattivi, oltrepassandola e rifilandole una spallata mentre lo faceva. Il corpo di lei fu un ostacolo piccolo e debole, che quasi crollò a terra per l'impatto.

Ma non cadde.

Ovviamente non cadde.

Quando udì la porta del dormitorio aprirsi e richiudersi, Priscilla alzò lo sguardo dal tablet che stava usando, sprofondata sul divano della sorella. Mise in pausa il video di T5Razor°, il suo youtuber preferito, e posò il dispositivo accanto a sé, inginocchiandosi sui cuscini del sofà. Appoggiò braccia e capo allo schienale, guardando la sorella appena entrata.

«Chi era?» domandò, notando un certo brillio di soddisfazione negli occhi di Cassandra.

«Il rappresentante della Night School.»

«Uno studente della Night?» Cilly lo disse con stupore. «Non ne ho mai incontrati, prima d'ora. Sembrava simpatico.»

«Fidati. Non lo è.»

«Vi ho… sentiti discutere.»

«Abbiamo idee diverse sulla gestione degli eventi scolastici. Del tipo, loro pensano di avere diritto al mio budget.»

Priscilla roteò gli occhi al cielo. Aveva assistito allo spettacolo della sorella, nei mesi antecedenti l'inizio della scuola, intenta a preparare minuziosamente ogni evento per l'anno scolastico in arrivo. Per motivi che la piccola non riusciva a cogliere, portare a termine l'incarico di rappresentante svolgendo ogni compito al meglio era per lei un obiettivo ancora più importante che respirare.

Forse era per i crediti promessi e la prospettiva di entrare in un college grazie a essi. Ma perché faticare tanto? In caso avesse fallito, papà sarebbe certamente riuscito a comprarle l'accesso a una buona scuola. Pensò di farle notare quel dettaglio, ma era consapevole del fatto che lei non voleva sentire simili discorsi. Certe volte la testardaggine di Cassandra era pari... beh, era pari a quella di Priscilla.

«Non indossava una divisa» osservò quindi, per cambiare discorso.

«A quelli della Night non è imposta.»

«Perché?»

Perché procurala tu, una divisa che vada bene a uno zombie e non si decomponga con lui.

«Perché no.» Fece spallucce. «Hanno regole diverse dalle nostre.»

«Dev'essere bella, la Night School» sospirò Priscilla, voltandosi e tornando ad affondare nel divano, le braccia incrociate sul petto.

«Non credo proprio che ti piacerebbe.»

Cassandra la raggiunse, preferendo accomodarsi sopra uno dei braccioli, a debita distanza da lei. Fissò quella creatura a metà tra una bambina e un'adolescente, e provò un moto di tristezza, misto ad ansia.

Fino a qualche anno prima le cose erano state... beh, non semplici, quello mai da quando era morta mamma. Però più facilmente gestibili, ecco. Cilly era stata una bambina forse solitaria, forse un po' riottosa, ma lei era sempre stata in grado di capirla, o perlomeno di gestirla. Adesso le cose iniziavano a essere... più difficili.

«Perché hai fatto male a quel bambino?»

«Oh, non rincominciare» sbottò la sorellina, afferrando un cuscino e affondandovi la faccia con un gesto di puro nervosismo. «Mettimi in castigo e basta.»

«Certo che andrai in castigo. Però se mi dicessi...»

«Non ho voglia di dirti niente!» esclamò con foga, abbassando il guanciale e rivolgendole un'occhiata furibonda. «Mi ha fatta arrabbiare.»

«Ma perché ti ha fatta arrabbiare?»

Priscilla guardò altrove. I suoi occhi, solitamente azzurri e sereni, erano tormentati più che mai. «Ha esagerato e allora» bisbigliò infine, con voce sottile, «l'ho picchiato.»

«Non è quella la reazione giusta. Viviamo in una società con delle regole! Se un qualcuno ti fa un torto, tu devi andare dall'insegnante e riferirle tutto. Sarà lei a prendere provvedimenti. Che ha combinato? Perché te la sei presa tanto?»

Che aveva combinato? A Priscilla, personalmente, niente. Questo idiota aveva trascorso la mattinata vantandosi del suo nuovo smartwatch regalatogli dalla *sua mamma*, di quanto fosse smart e bello e di quanto la *sua mamma* avesse speso per comprarglielo perché la *sua mamma* lo amava e gli regalava qualsiasi cosa lui volesse… alla fine Cilly si era ritrovata con la sua faccia tra le mani, intenta a sbatterlo contro il muro. Ma non per un motivo particolare, soltanto per tacitare il suono noioso della sua voce.

Non seppe davvero come spiegare ciò che era successo. E, se anche vi fosse riuscita, era certa che sua sorella non avrebbe compreso. Si chiuse a riccio, in un ostinato silenzio.

Cassandra inspirò, chiedendosi che fine avesse fatto la bambolina alla quale bastava fare solletico sul pancino per strapparle una risata. Cercò riserve di pazienza dentro di sé, ma scoprì di averne poche. Era stremata: la riunione della sera prima, la discussione con Ellen, tutto quello studio sugli statuti, il confronto con Rahab, e ora questo.

«Va bene, basta» sbottò, prendendo il tablet della sorella dal divano. «Blocco parentale per dieci giorni. Potrai usarlo solo per studiare. Niente youtuber, niente giochini online.»

71

«Cassie!» urlò sua sorella, scandalizzata dalla punizione. «Dopo domani uscirà lo speciale di Halloween di T5Razor°, non posso perdermelo!»

«Vuoi un bel consiglio?» flautò la studentessa, ormai stremata dalla giornata. «Fatti un amico e chiedigli di vederlo sul suo tablet.»

«Userò quello di Ellen!»

«Non se le dico di non dartelo.»

«Invece sì!» le urlò addosso la piccola, alzandosi dal divano e strappandogli il dispositivo dalle mani. «Ti odio, quando fai così!»

«Quando faccio così cosa? Quando ti costringo a pagare per i tuoi errori?»

«No!» e Cilly lasciò che la lingua parlasse, senza alcun controllo da parte del cervello. «Quando ti comporti come mia madre, perché tu *non lo sei*!»

Se quelle parole fossero riuscite o meno a far sanguinare il cuore della sorella, la bambina non ebbe modo di capirlo dalla sua espressione. Ma si pentì immediatamente di averle pronunciate. Gli occhi le si fecero lucidi di lacrime. Esplose in un pianto a dirotto, correndo tra le braccia di Cassandra.

Lei l'accolse, ma non ricambiò la stretta. Non subito, almeno.

«Mi spiace...» iniziò a dire la piccola, e a quelle parole una timida mano della rappresentante le si posò sul capo, tra i capelli riccioli.

«È meglio se rientri al tuo dormitorio.» Disse l'altra, dopo un lungo silenzio. «Tra poco sarà buio.»

«Cass... io...»

La sorella le posò due dita sotto il mento, costringendola ad alzare il viso. Occhi azzurri pieni di lacrime si specchiarono in iridi verdi totalmente asciutte, calme e determinate.

«È tardi» disse Cassandra, carezzandola delicatamente per asciugarle il viso, in un gesto puramente istintivo. «Chiamo un insegnante perché ti riporti al tuo dormitorio.»

«Mi dispiace... di...»

L'altra scosse il capo. Non ne voleva neppure parlare.

«Se dovessero riferirmi di altri episodi violenti da parte tua, le settimane senza youtuber triplicheranno. La prossima volta rifletti bene su quello che fai.»

«Sì, ma...»

«Niente ma, Cilly. Stai diventando grande. Devi iniziare a controllarti.»

«Niente ma, Cassandra. Stai diventando grande. Devi iniziare a controllarti.»

«Sì, mamma.»

«Mi... mi dispiace, Cass...»

«Adesso calmati. Smettila di piangere.»

Chiamò un insegnante addetto alla sorveglianza dei dormitori e attese sulla porta il suo arrivo. Non le lesinò un bacio della buonanotte quando si salutarono, e le chiese nuovamente di comportarsi a modo.

Quando tornò nel salotto della propria abitazione temporanea, ebbe quasi voglia di urlare, prendere qualcosa a caso e scagliarlo contro il muro, per sfogare un insieme di sentimenti confusi e oscuri.

L'unica consolazione era stata dare una bella lezione a quel mostro supponente e intimidatorio di Rahab. Vi ripensò con un sorriso, usando quel ricordo per ritrovare un po' di buon umore. Non fu del tutto efficace, ma qualcosa fece. E di questo si accontentò.

Capitolo 3

Due settimane dopo, quella spiacevole giornata era soltanto un ricordo. All'interno dell'edificio più spazioso della Sunrise School, una rappresentante con l'ansia da prestazione stava trotterellando qua e là come impazzita, sistemando questa o quella decorazione.

Un lavoro pressoché inutile, dal momento che tutto era perfetto. Lo zombie in sua compagnia ne era totalmente convinto.

«Cassie, stai tranquilla. Non ho mai visto il salone più bello» disse Ellen, travestita da zombie.

Aveva indossato un abito scuro strappato in più punti, si era truccata il volto in modo da apparire pallida con gli occhi segnati da occhiaie e aveva sporcato i capelli lisci con del sangue finto ormai rappreso. Per la verità, sembrava più una tizia con del sonno arretrato che era inciampata in un tritacarne sporco di rimasugli animali, ma non stava male.

«A-ah» rispose distrattamente la rappresentante, piegando il capo di lato per osservare l'insieme e cercare di capire cosa le stonasse.

Il grande spazio era stato allestito ponendo i tavoli con il rinfresco a ridosso delle pareti. Le pietanze che svettavano sopra le tovaglie nere erano un tripudio di prelibatezze sagomate e colorate in modo da sembrare cose schifose e orribili. Dal soffitto pendevano ragnatele ornate di ragnetti scuri, il tutto cosparso di glitter nero e viola. Vi era un dj travestito da uovo sodo – non un costume molto spaventoso, a meno che non si temesse il colesterolo, ma ormai non aveva più tempo per costringerlo a cambiarsi – che suonava quella musica rumorosa tanto di moda al momento.

Zucche erano state depositate negli angoli qua e là, cosparse di foglie secche. Appesi alle pareti vi erano teschi, streghe e altre amenità da film horror. Cassandra si morse il labbro inferiore, cercando di capire cosa non le tornasse.

«Qualcosa stona» borbottò, percorrendo la sala a grandi passi e andando a posizionare meglio un corvo finto posto a decorazione di uno dei tavoli principali.

Priscilla era in loro compagnia. Le due sorelle avevano fatto pace come loro solito, ovvero seppellendo ferocemente i sentimenti negativi nel profondo del proprio animo e non parlando più della vicenda, e adesso andavano di nuovo d'amore e d'accordo.

Vestita con un abitino di tulle nero adornato da un paio d'ali da pipistrello, era la cosa più deliziosa presente in sala. I riccioli biondi e le iridi azzurre stonavano con quell'abbigliamento tenebroso, ossimoro messo ancora più in evidenza dal filo di matita nera che Ellen, all'oscuro di Cassandra, le aveva applicato sulla rima inferiore degli occhi.

«So io cosa non va» disse la bambina, con un sorrisino mefistofelico. «Tu non sei in costume, Cass.»

L'interpellata smise di risistemare una lapide in cartapesta, voltandosi e fissandola offesa. «Sì, che sono in costume» replicò, come se quella fosse un'ovvietà.

«Indossi un vestito nero.»

«Infatti. Non la divisa.»

«Sarebbe un costume?»

«Ha anche le maniche a campana, vedi?» agitò la parte d'indumento menzionata, che in effetti si allargava sul dorso della mano con una certa eleganza. «Come le streghe!»

«È un costume finto» la prese in giro Priscilla.

«E nemmeno sexy» le diede manforte Ellen. «Di solito quelle che aprono l'armadio e si inventano un travestimento hanno l'accortezza di scegliere un abito corto e scollato.»

Cassandra abbassò lo sguardo sull'indumento che aveva – in effetti – pescato dall'armadio inventandosi un travestimento. Era un abito in velluto nero che aderiva gentilmente alle sue forme giovanili e terminava in una gonna svasata, all'altezza delle caviglie. Lo aveva comprato due inverni prima per intervenire a un elegante ricevimento natalizio al quale suo padre l'aveva costretta a partecipare. Più che una strega, somigliava a una tizia pronta per una prima al Teatro dell'Opera.

Fece spallucce. Aveva pensato così tanto a come rendere perfetta la sua festa, da dimenticarsi di procurare per sé un costume pauroso. E allora? Nessuno avrebbe badato a lei: l'importante era che ogni cosa andasse come previsto.

«Stai calma» Ellen sorrise, come sempre molto brava nel leggere i suoi pensieri. «Sarà un party magnifico. Adesso controlliamo che nessuno faccia entrare di nascosto dell'alcol e poi avremo finito. Cosa potrà mai andare storto?»

Le ultime parole famose.

In effetti, qualcuno aveva l'obiettivo di far entrare *qualcosa* di nascosto a quella festa. E non si trattava di semplice alcol.

«Miss Dron!» esclamò il preside Digby, raggiungendo la rappresentante degli studenti con un sorriso colmo d'orgoglio e di soddisfazione. «Devo ammettere che non mi aspettavo un simile livello d'attenzione al dettaglio. Devo farle i miei complimenti! Questa festa di Halloween è certamente una delle più riuscite dell'ultimo decennio.»

Non aveva torto.

Erano stati ammessi studenti dagli undici anni in su. Tutti insieme affollavano il salone, chi saltando al ritmo della musica, chi gozzovigliando nel buffet a tema spettrale, chi appoggiato a una parete in attesa di un compagno o una compagna di ballo.

L'unica bambina per la quale era stata fatta un'eccezione, Cilly, al momento sedeva su una comoda poltrona in velluto rosso che faceva parte dell'allestimento e sembrava la fatina tenebrosa più stanca del mondo: si strofinava gli occhietti e sbadigliava di continuo.

Purtroppo, impegnata com'era stata a mantenere salda la presa sulle redini dell'evento, Cassandra non aveva ancora trovato un momento per chiamare un insegnante addetto al suo dormitorio, affinché la venisse a prendere e portasse a letto.

Si ripromise di farlo non appena avesse terminato di cogliere tutte le lodi che il dirigente scolastico aveva per lei; anche se era strano riceverle da un uomo con indosso un costume da cactus, che di spaventoso aveva soltanto il fatto di essere un dozzinale travestimento gonfiabile.

«E sono orgoglioso» proseguì il signor Pearson, posandole una mano sulla spalla come un padre incredibilmente fiero. «Della straordinaria apertura mentale che ha dimostrato. Quando Rahab mi ha detto della sua idea, quasi non potevo crederci! Una mossa molto coraggiosa! Voglio sperare che abbia previsto rimedi per qualsivoglia inconveniente dovesse capitare.»

Cassandra passò dalle stelle alle stalle. Dal sorriso compiaciuto a una buffa espressione di totale e sconcertata sorpresa.

«Come, scusi?» domandò, con un brutto presentimento nel cuore.

Il solo udire quel nome le aveva fatto rizzare i peli alla base della nuca; e fu ancora peggio quando scorse, in arrivo alle spalle del preside, il proprietario dello stesso: la sua alta e massiccia figura si stagliò sulla folla festosa, che fendette come un iceberg nelle acque dell'Oceano Pacifico.

Rahab si fermò accanto al dirigente scolastico. Indossava un completo scuro, composto da un paio di pantaloni, camicia e giacca neri. Il viola dei suoi occhi sembrava spiccare ancora di più, quasi fossero state due gemme.

Due gemme magicamente capaci di indurre il panico e l'ansia in chi avevano di fronte.

In mezzo a tanti travestimenti, lui era un mostro vero.

Cassandra non aveva un bicchiere in mano, o lo avrebbe lasciato cadere a terra per la sorpresa. Spalancò la bocca, incapace di mascherare il totale sconvolgimento che provò nel ritrovarselo davanti.

«Che cosa...» iniziò a dire, in un balbettio che aveva dell'isterico.

«Miss Dron. Non sa con quale piacere io abbia ricevuto il suo invito» con un sorrisino che un demone stesso avrebbe ritenuto da brividi, Rahab si esibì innanzi alla studentessa in un perfetto inchino, lo stesso che settimane prima aveva rivolto a Cilly.

A proposito di Cilly. Mentre Cassandra balbettava una risposta non del tutto dotata di senso, la bambina riconobbe da lontano il *principe nero* già incontrato fuori dal dormitorio della sorella. Si svegliò di colpo e sorrise entusiasta, scendendo dalla sedia e precipitandosi da lui.

Gli si fermò accanto proprio nel momento in cui lui rizzava la schiena con aria sorniona. Attirò la sua attenzione tirandogli la stoffa dei pantaloni. Cassandra se ne avvide troppo tardi, e non seppe cosa fare per non dare una brutta impressione al preside, visto che costui sembrava così contento della festa proprio per la presenza del Lalartu. Rimase perciò in silenzio, ripromettendosi di intervenire in caso sua sorella gli fosse parsa in pericolo imminente.

«Ciao!» esclamò la bambina, quando il suo bel principe chinò lo sguardo per capire che razza di pulce lo stesse importunando. «Ti ricordi di me?»

Rahab scoppiò a ridere, accucciandosi e ponendo il volto all'altezza del suo, sinceramente divertito dalla sfacciataggine della mocciosa. «Certo che sì. E questa sera sei la più bella *strolha* che io abbia mai visto.»

«Ma che dici? Sono una fatina!»

«Le strolha sono fate nere che volano tra le stelle e si nutrono dei sogni umani.» Le insegnò lui, prendendola tra le braccia e sollevandola senza il minimo sforzo. «Vuole che la faccia volare, mia piccola *strolha*?»

«Quanto sei strano!» rise la bambina, aggrappandosi al suo collo, divertita.

«Ehi, voi due!» Cassandra provò l'incontrollabile istinto di strappargli Priscilla dalle braccia e decapitarlo con un unico gesto.

La presenza del preside fu la sola cosa che la trattenne dall'essere violenta, e lei sorrise imbarazzata al dirigente scolastico, facendosi vicina al Lalartu e afferrando la bambina che lui ancora stava tenendo.

«Mollala» ringhiò tra i denti.

Fu come cercare di rimuovere un cucciolo d'orso rimasto nella morsa di una tagliola: il corpo di Rahab era possente, massiccio, inamovibile. E tiepido, si rese conto una parte di lei, con sorpresa. Nella sua mente, lo aveva immaginato gelido come il marmo, forse addirittura viscido.

«Che fai?» domandò offesa la sua sorellina, stringendosi più forte al nuovo arrivato. «Ha detto che vuole farmi volare!»

«Cilly, vieni» sussurrò, cercando di non farle capire quanto il vederla addosso a quel mostro la riempisse di inquietudine. «Ti faccio volare io.»

«Sì, come no. È tutta la sera che non hai tempo per me.»

Touché.

«Lascia che si diverta» Rahab le fece un sorriso tanto dolce quanto falso, notando con la coda dell'occhio che il preside aveva trovato un insegnante con il quale fare due chiacchiere, e si era allontanato da loro. «Tu hai altri problemi.» Aggiunse solo a quel punto, tetro.

Quell'avvertimento le piacque ancora meno del sapere la sorellina ostaggio di una creatura capace di uccidere le prede assorbendo le loro emozioni. Il rappresentante della Night School aveva l'aspetto di chi ha un piano ben preciso in mente e grondava la tipica soddisfazione di chi, quel piano, lo aveva già messo in moto.

«Che hai fatto?» domandò la studentessa, rendendosi conto solo in quel momento di un dettaglio, piccolo ma non insignificante: la festa, improvvisamente, sembrava più affollata. Come se, di punto in bianco, si fossero aggiunti almeno un centinaio di imbucati.

Rahab sorrise. Con una confidenza che lei non gli aveva di certo mai concesso, quasi fossero una coppia con una bambina in comune, la creatura si chinò sulla rappresentante, bisbigliandole nell'orecchio: «Statuto della Night School, articolo dieci, paragrafo due, sottosezione otto. *Qualsiasi incidente che comporti la scoperta della reale natura degli studenti sarà considerato responsabilità diretta del rappresentante in carica della Sunrise School, il quale perderà dieci punti di credito per ogni essere umano venuto a conoscenza della verità. Tali punti non saranno recuperabili in alcun modo.*»

Cassandra impallidì al punto da iniziare a sembrare truccata da vampira. «Non puoi aver...» balbettò, aguzzando la vista.

C'era uno zombie, che ballava in pista. Ed era davvero... troppo realistico.

«Adoro la musica!» urlò Trevor, perché di lui si trattava. «E il cervello-ooo!»

Rahab rise piano, la bocca così vicina all'orecchio di lei da solleticarglielo con il proprio fiato. Con aria da vincitore, rizzò la schiena, guardandola dall'alto in basso al colmo del divertimento. Cassandra si gonfiò come un pappagallino indispettito.

«Sei un...»

«Solitamente cercavo di favorire gli altri rappresentanti, facendo in modo che gli studenti della Night School non incontrassero quelli della Sunrise, così da evitare loro perdite di crediti» commentò lui, osservando soddisfatto un gruppetto di tizi pallidi dalle lunghe zanne che stavano impostando una coreografia imbarazzante con una specie di ballo in stile egiziano. «Ma quest'anno mi sono detto: se la mia esimia collega non vuole collaborare, perché mai io dovrei aiutarla?»

«Avete visto?» si rese conto Cilly, la quale non aveva capito un accidente del discorso. Stava fissando alternativamente colui che la teneva tra le braccia e sua sorella. Sorrise, trovando buffo il dettaglio che le era appena saltato agli occhi: «Voi due siete gli unici a non esservi mascherati!»

Era vero. Rahab lanciò un'occhiata al velluto nero che la fasciava e al taglio elegante della gonna che la copriva sino alle caviglie; parimenti, lei lo fissò di rimando, con espressione che risultò indecifrabile al Lalartu.

«Sembra che abbiate un non-costume di coppia!» ridacchiò ancora Cilly, aspettandosi di farli ridere. Eppure, ottenne solo espressioni torve. «Ho detto qualcosa di sbagliato?»

«Sì» fu la risposta corale che ricevette.

«Quanti ne hai portati, maledetto?» domandò Cassandra, furibonda. «E cosa sono?»

«Dimenticavo di averti promesso un volo, splendida *strolha*» flautò il Lalartu, di certo non intenzionato ad aiutarla. Condusse la bambina con sé, alzandola in alto e dandole la sensazione che le sue ali servissero realmente a librarsi nell'aria. «Lasciamo tua sorella ai suoi compiti: c'è un bel po' di lavoro che l'attende.»

Mai parole furono più profetiche.

Lasciare Cilly in compagnia di quel losco individuo non fu una decisione facile, ma si trovavano in un luogo pubblico e lei sapeva che Rahab non avrebbe potuto farle del male, pena l'espulsione. Ciò non voleva certo dire che l'avrebbe lasciata insieme a lui per il resto della serata, ma al momento non risultava in pericolo diretto quanto i suoi crediti.

In preda al panico, Cassandra si precipitò dal gruppo di tizi pallidi e zannuti: vampiri, probabilmente. La loro epidermide era così chiara che riluceva come pietra bianca sotto le luci della sala da ballo. Ne afferrò uno per un polso, tirandolo con energia verso di sé.

«Voi non siete i benvenuti!» abbaiò, rabbiosa.

La creatura le rivolse un'occhiata di sufficienza. «Rahab ha detto che potevamo divertirci, se non avessimo fatto del male agli umani.»

«Fuori di qui o vi riempio la gola di aglio!»

Se possibile, divennero ancora più pallidi. Cassandra li spintonò malamente in direzione dell'uscita, in cuor suo ringraziando il lato più diligente che l'aveva spinta a imparare a memoria i punti deboli dei diversi mostri.

Non fece in tempo a sbattere fuori quei forsennati danzatori, che qualcosa le passò tra le gambe, grosso quanto un cagnolino. Riconobbe il movimento di otto zampine pelose. Sudò freddo.

Tra gli iscritti c'è anche uno di quei *così*?

Ne aveva letto la descrizione: *Aracnis*. Ragni dal pelo lungo, di circa venti o trenta chili di peso. Al contrario di quanto ci si potrebbe aspettare, mammiferi e monogami, molto affettuosi e di carattere mite. Non avevano debolezze di sorta, a parte i giochini masticabili e le carezze sul pancino. L'unico motivo per cui la loro razza era dovuta fuggire nella Dimensione Oscura stava nella reazione che qualsiasi essere umano aveva quando vedeva uno di loro.

E non tardarono ad arrivare.

«Aaah! Un ragno gigante!»

«Che schifo! Oddio!»

«Guarda come si muove!»

Solo Cilly, ancora intenta a volare grazie al suo principe oscuro, lo notò e ne parve entusiasta: «Un ragno-cane! Che bello!»

Ognuna di quelle urla poteva essere dieci crediti che sparivano dal suo futuro. Cassandra ebbe voglia di urlare, poi il suo sguardo disperato cadde sulla postazione dove il dj vestito da uovo sodo stava impegnandosi come un matto per far divertire i presenti.

Invece di inseguire l'aracnis come l'istinto le suggeriva, si precipitò nella sua direzione e gli strappò malamente di mano il microfono.

Fissò i presenti.

Con la piccola Cilly tra le braccia, Rahab le lanciò un'occhiata colma di derisione, seppur animata da un pizzico di curiosità. Probabilmente stava domandandosi cosa la giovane si sarebbe inventata per risolvere il problema da lui creato.

«Buonasera!» esclamò Cassandra, mettendo tutto l'impegno di cui disponeva per trattenere il tremolio nella propria voce. Essa rimbombò, sovrastando la musica e venne accolta dal boato dei giovani presenti, tutti di buon umore. «Avete visto che splendidi effetti speciali? Ragni finti, zombie e un sacco di altre sorprese che non voglio rovinarvi!»

Anche perché non ne ho idea.

Vide subito i primi risultati portati dal suo annuncio: coloro che erano andati nel panico alla vista dell'aracnis parvero rilassarsi e rivolsero alla stramba creatura uno sguardo curioso, probabilmente colpiti dal grande realismo che essa presentava.

«Mentire è sbagliato, ma se devi farlo, allora sparale grosse; la gente crede più volentieri alle grandi panzane che alle piccole bugie» diceva sua madre.

Dopo aver preso fiato, Cassandra proseguì: «Voglio ringraziare i genitori di Chad, che, grazie ai loro agganci a Hollywood, hanno reso possibile la presenza di animatronics ed esperti di effetti speciali. Vogliamo urlare un 'grazie Chad' al mio tre? Forza! Uno, due…»

«Grazie Chad!» urlarono i presenti, alzando le braccia al cielo e riprendendo a ballare con maggior entusiasmo di prima.

Nessuno di loro aveva idea di chi fosse questo Chad.

Neanche Cassandra, ovviamente.

La rappresentante lasciò cadere il microfono e decise di dover sistemare un'altra questione di fondamentale importanza:

83

attraversò la pista da ballo come un grizzly inseguito dalle api e raggiunse l'epicentro dei suoi tormenti, l'enorme tizio intento a far volare la sua sorellina.

Senza troppi complimenti, gliela strappò dalle braccia. Lo fece con una rabbia tale che lui fu costretto a lasciarla, o le avrebbero fatto del male.

«Ehi!» protestò Cilly, delusa.

«È tardi. Adesso ti faccio portare subito al tuo dormitorio.»

«Ma uffa…»

«Ti stai divertendo, *collega*?» sussurrò Rahab, a voce così bassa che, tra il frastuono dei festanti e la musica, giusto lei poté udirlo.

«Io ti rovino. Non so come. Ma ti posso assicurare che un modo lo troverò, e quando accadrà tu… Ellen!»

La sua amica stava scatenandosi in compagnia di Trevor. Si tenevano per le mani e danzavano in tondo come due perfetti imbecilli, ridendo sguaiatamente.

«Conosci la nuova fiamma di Trev?» domandò Rahab, genuinamente stupito.

«La nuova fiamma? Potenziale vittima, al massimo» ringhiò Cassandra, precipitandosi nella loro direzione prima che accadesse qualcosa di irreparabile.

Non arrivò in tempo: nel bel mezzo di un giro, il braccio di lui si staccò di netto. Ellen se lo ritrovò tra le dita, e lo fissò dapprima incerta, poi sconcertata e infine inorridita. Trevor aveva l'espressione di un tonno finito nella rete.

No, no, no, implorò Cassandra, precipitandosi nella loro direzione con una Cilly protestante tra le braccia. *Non Ellen, non voglio che le cancellino la memoria, hanno detto che potrebbe danneggiarle il cervello…*

«Oddio!» urlò a quel punto la sua migliore amica. Ma non con orrore. Bensì, piena d'entusiasmo. Fece roteare il braccio come fosse il bastone di una majorette, e lo zombie mugolò di preoccupazione a quella vista. «Chi sei, il dio dei travestimenti? Lo avevo immaginato già da come ti eri truccato la faccia, ma questo braccio…! Sembra vero!»

«È vero» spiegò Trevor, cercando di recuperare l'arto con fare impacciato. «M-me lo dai? Mi serve.»

«Sei una sagoma!» scoppiò a ridere l'altra, e fu in quel momento che la rappresentante della Sunrise School arrivò al gran galoppo.

Non si seppe bene come, in un'unica mossa Cassandra riuscì a privarla del pezzo di corpo strappato allo zombie e a ficcarle Priscilla in braccio. «Chiama un insegnante che la porti a dormire!» le chiese d'un fiato. «Io ho troppo da fare!»

«Ma…» era evidente quanto la sua compagna di scuola poco desiderasse staccarsi dal misterioso ragazzo appena conosciuto, il quale, apparentemente, sembrava affascinarla non poco. «Io…»

«Ti prego. È stanchissima.»

Il senso del dovere nei confronti della bambina ebbe la meglio. Ellen sorrise allo zombie, dettandogli il proprio numero di telefono e rendendogli l'arto che il poveretto aveva perso. Quindi, dopo avergli fatto un malizioso occhiolino che Trevor non poté ricambiarle perché, di fatto, una delle sue palpebre era ormai poco mobile, gli diede le spalle e scomparve nella folla.

«Che ragazza… stupenda…» mormorò rapito il non morto, stringendosi il braccio strappato al petto e compiendo un passo in avanti, come per seguirla.

Cassandra lo afferrò per la collottola, neanche fosse il cadavere deambulante di un micetto. «Quanti dei tuoi sono qui?» sibilò, cercando di resistere al rivoltante odore che si sprigionava dal corpo dell'essere. *Come aveva fatto Ellen a ballare con lui?*

«Io…» il non morto esitò, cercando con disperazione Rahab. «Noi non…»

La rappresentante degli studenti lo tirò verso di sé. Trattenne un conato, e usò il disgusto che le rivoltava lo stomaco per aumentare la propria rabbia, già alle stelle. «Se non mi dici per filo e per segno quanti e quali mostri sono presenti alla mia festa, prendo il tuo braccio ancora sano, te lo stacco e te lo ficco su per il–»

Trevor prese a cantare come un uccellino.

E per Cassandra la festa si trasformò improvvisamente in una lunga, estenuante caccia al non morto.

Rahab tornò al proprio dormitorio intorno alle cinque di mattina, più o meno tre ore dopo la conclusione dell'evento. Si era divertito da matti.

La sua esimia collega aveva perso la testa e circa dieci anni di vita nel tentativo di mantenere segreti tutti gli studenti della Night School. In cuor suo il Lalartu era rimasto colpito da tanta efficienza. Quando aveva elaborato il malefico piano per introdursi alla festa di Halloween, aveva avvertito la lamia Ayez di tenere pronti un po' d'incantesimi per cancellare la memoria.

Invece, grazie alle capacità di quell'umana dalla testa più dura della pietra, la cosa non si era resa necessaria.

Cassandra aveva interrogato senza pietà Trevor, costringendolo a rivelarle il numero dei diversamente vivi presenti e le loro razze. A quel punto, si era aggirata tra i festanti come una feroce predatrice vestita di nero.

Ah, sì. Quel vestito nero…

Abituato com'era a vederla con la divisa maschile della scuola, trovarla in una veste elegante lo aveva stupito.

Fiera e orgogliosa, i riccioli biondi in contrasto perfetto con il nero di quell'abito, gli era parsa… beh, inutile stare a girarci attorno. *Piacevole da guardare.* Come un bel quadro, o una scultura ben riuscita. A differenza di un'opera d'arte, però, ammirarla gli aveva provocato una specie di amaro morso alla bocca dello stomaco.

Per un attimo, si era quasi pentito dello scherzo che le aveva giocato.

Poi lei lo aveva chiamato *mostro*, e il pentimento era come svanito nel nulla.

Ma la sensazione di sofferenza allo stomaco no. Quella si era acuita.

Come se il vederla più bella del solito avesse reso maggiormente dolorosi gli insulti che lei gli indirizzava. Curioso.

I Lalartu consumavano sentimenti umani dalla notte dei tempi, ma non erano abituati a provarli. La loro era una società fondata sul rispetto reciproco e su una precisa gerarchia, il che lasciava poco spazio alle emozioni. Vi erano matrimoni, ma avvenivano dopo attente trattative tra i familiari degli sposi. Essere in cima alla catena alimentare e privi di nemici naturali li aveva resi immuni alla paura.

Lui aveva scoperto le emozioni un po' come la luce del sole, rimanendone abbagliato sin da subito. Erano entrate in gioco nella sua esistenza non appena aveva scelto di vivere come un essere umano. Il più delle volte, risultavano piacevoli. Ma in certe occasioni, come in quella, lo confondevano e turbavano.

Rahab sedette nel corridoio che portava alle varie aule, trovando posto su una vecchia seggiola in legno appoggiata al muro, che solitamente veniva usata per spedire fuori qualcuno particolarmente agitato, come un lupo mannaro affamato in prossimità della luna piena.

«Non vieni a lezione?» fu la cortese domanda che gli pose Ayez, la lamia, la quale rimase perplessa nel trovarlo lì, da solo e silenzioso. «Devo spiegare alle nuove leve perché non si mordono gli esseri umani. Potrebbe farmi comodo un po' d'aiuto.»

«Ancora?» ridacchiò fiaccamente Rahab. «Sono ormai diverse settimane che siete fermi sull'argomento.»

«Appunto per questo non sarebbe male avere manforte.»

Lui fece per alzarsi, ma qualcosa nella tasca del suo completo vibrò; perplesso, estrasse il telefono e rimase stupito quando vide chi era l'autore di quella chiamata notturna. Congedò Ayez con un gesto.

«Vai avanti. Sistemo una questione e ti raggiungo.» Le sorrise, quindi tornò a fissare il display, come chiedendosi se quegli aggeggi potessero mentire. Infine, dubbioso, rispose: «Sì?»

«Sei un...» la voce di Cassandra prese a esplicargli con dovizia di dettagli quale – nella sua modesta opinione – fosse stato il mestiere praticato non solo dalla madre, ma anche dal padre di Rahab. «E inoltre, anche un...»

A quel punto passò a enunciare balzane teorie circa la vicinanza evolutiva della razza Lalartu con i prodotti fecali umani. Poi si scusò con suddetti prodotti fecali per l'offesa che doveva aver recato loro associandoli a creature come lui.

«Hai finito?» volle sapere Rahab, quando infine lei tacque.

«Come hai osato?» abbaiò Cassandra, dimostrando che no, non aveva ancora finito. «Come ti sei permesso di portare quei mostri alla mia–»

«Non ho avuto accesso a dei fondi per organizzare una nostra festa. E non potevo certo lasciare i miei compagni a bocca asciutta» replicò lui con voce divertita. «Sai. Adorano ballare, e tutto il resto.»

«Credi che non riuscirò a impedirvi di avvicinarvi a noi, in futuro?» predicò la studentessa, rabbiosa. «Lavanda. Aglio. Verbena. Passiflora. Conosco il punto debole di ognuno di voi. Mi basterà usare delle *originali decorazioni naturali*, e sarete fuori dai giochi.»

«Mi sta bene» commentò Rahab, placido. «Spero che tu sia pronta a vedere uno zombie che corre la maratona, perché il campo d'atletica è il prossimo posto dove manderò Trevor a esibirsi. E lì ti sfido a dare il merito degli effetti speciali, o a un tale di nome Chad.»

«Io ti amm–»

«E se invece» il Lalartu esitò, prima di proseguire. Percepì nuovamente quella morsa dolorosa allo stomaco. «E se invece trovassimo un accordo?»

La sua collega e nemesi rimase in silenzio. Non lo incitò a proseguire, ma neppure a stare zitto. Così aggiunse: «A me, questa festa, è sembrata un esperimento positivo».

«Esperimento positivo?» probabilmente Cassandra ebbe una specie di ictus per la rabbia.

«Gli studenti della Night School hanno passato una serata con quelli regolari. Nessuno ha morso nessuno» beh, facile. Aveva imbrogliato: si era portato dietro soltanto i più diligenti. «I tuoi compagni non si sono accorti di niente. I due gruppi hanno fatto conoscenza e si sono divertiti. Forse potremmo–»

«No, no. Aspetta un secondo» Cassandra lo interruppe, ferocemente ironica. «Stai dicendo sul serio? Perché dal tono lo sembrerebbe, ma so che non puoi essere così stupido.»

Il lungo silenzio di Rahab le fece capire che, forse, la seconda ipotesi non era poi così lontana dal vero. Il Lalartu la sentì scoppiare a ridere, seppur senza traccia di divertimento. Fu un suono amaro, colmo di ribrezzo.

«Ve la siete cavata perché Halloween è la serata dedicata ai mostri, ed eravate a tema.» Disse lei, con tetro realismo. «Voi – è incredibile che la cosa non ti entri in testa – siete dei disgustosi scarti evolutivi e in condizioni normali nessuno, *nessuno*, vorrebbe avervi attorno.»

Rahab strinse la presa sul telefono, le iridi che si scurirono per la rabbia che gli montò dentro. Mai, in tanti anni di scuola, si era ritrovato a lavorare con una creatura del genere.

Era lei, il vero mostro.

Forse poteva sembrare… piacevole, avvolta nel suo abito di velluto nero. Ma celata da quelle fattezze dimorava un'anima che avrebbe fatto rabbrividire anche il peggiore dei demoni. Crudele, viziata, sprezzante dei sentimenti altrui.

«Bene» sussurrò, un suono basso e pericoloso. «Che ci vogliate attorno o meno, l'unico modo che hai per evitare che i miei compagni girino in mezzo ai tuoi è darci la quantità di budget che ci spetta.»

Chiuse la chiamata senza darle la possibilità di rispondere, guardò il telefono e spense anche quello. Se lo ficcò in tasca con una mossa rabbiosa, e gli ci volle un bel po' di solitaria riflessione prima di sentirsi pronto ad andare in un'aula per spiegare perché non si dovessero mordere gli esseri umani.

Quando si alzò, però, suonò la campanella che indicava il cambio delle lezioni. Orde di creature dalle forme e dimensioni più disparate uscirono dalle aule: c'era chi avanzava su otto zampette pelose, chi strisciava, chi sospirava per l'enormità di compiti ricevuta. Tra loro, si fece avanti Trevor, il quale si aggrappò al braccio di Rahab con espressione più disperata del solito.

«Aiutami!» balbettò, porgendogli un altro telefono.

Considerato che aveva appena evitato di distruggere il proprio per la rabbia, il Lalartu ritenne quello un pessimo tempismo. Inarcò educatamente un sopracciglio scuro, non capendo cosa il non morto volesse da lui.

Trevor elencò una sequela numerica, recitandola a memoria. Gli indicò il telefono, ripetendo: «Non so... come si usa! Aiutami!»

«Aspetta un attimo» comprese il rappresentante della Night School, incredulo. «Qualche ragazza alla festa ti ha dato il suo numero di telefono?»

«Si!» esclamò gioioso lo zombie, saltellando appeso al suo braccio come un'adolescente isterica.

«L'amica della rappresentante?»

«Si!» Trevor iniziò a danzare per la gioia, attirando l'attenzione di diversi studenti. Poi gli prese l'oggetto dalle mani, e glielo agitò davanti agli occhi. «Come si usa?»

«Trev, amico...» da dove cominciare quel difficile discorso? Probabilmente non è neanche il suo vero numero di telefono, e se anche lo fosse la sua fidata Cassandra l'avrà già messa in guardia di non sentirti più, inventandosi chissà quale scusa…

«Che succede?» domandò Meal, fermandosi accanto a loro. «Trev ha rimediato il contatto di una femmina?»

«Femmina umana!» urlò lo zombie, scoppiettante di gioia.

Quella notizia incuriosì molte altre creature. Due lupi mannari si fermarono nei pressi dello zombie, insieme a un paio di vampiri assai colpiti.

«Un'umana? Che schifo.»

«È uno zombie. Si deve accontentare.»

«Sì, ma di un'*umana*?»

«Guardate che mia mamma era umana! Siete offensivi.»

«Che strano, un vampiro che si offende. Non succede mai.»

«Io dico che potrebbe tentare.»

«Tanto finirà comunque decomposto.»

«Amico, devi chiamarla!» incitò uno di loro, eccitato.

«Sentite…» iniziò a dire Rahab, cercando di contenerli. «Non è una buona idea…»

«Giusto» convenne uno dei pallidi zannuti, con fare da Casanova esperto. «Chiamare è da disperati. Mandale un messaggio!»

«Cos'è un messaggio?» volle sapere Trevor.

«È come chiamarla, ma apparendo più figo.»

«Oh! Voglio fare quello!» applaudì il non morto. Altri studenti si fermarono ad ascoltare quello scambio, e un capannello di creature ben presto li circondò.

«Trev, amico» tentò ancora una volta il rappresentante. «Sul serio: sarebbe meglio se non lo facessi. Probabilmente lei non–»

«Aiutami!» lo interruppe lo zombie, con determinazione. «Proviamo!»

«Bravo, amico!» Meal fu subito con lui, eccitato. «Proviamo!»

Ben presto, tutti i presenti attorno a lui urlavano: «Proviamo! Proviamo!», tanto che il rappresentante, con un ringhio, si arrese.

Digitò il numero dettatogli da Trevor, scrisse 'Ciao' e lo inviò.

«Fatto!» sbottò, al limite della pazienza. «Ma, amico, guarda che non...»

Il telefono vibrò tra le sue dita. S'illuminò.

Basito, lui sbloccò lo schermo, mentre un incredibile silenzio colmo d'aspettativa calava sui presenti. Con sua somma sorpresa, il rappresentante lesse:

"Ciao a te!"

Vi fu un boato di vittoria che echeggiò tra tutte le pareti della Night School.

«State calmi!» tentò di smorzare gli entusiasmi Rahab, e improvvisamente il telefono nella sua tasca, quello con il quale aveva appena avuto l'ennesima discussione con una mocciosa che lo disprezzava dal profondo del proprio cuore, gli parve incredibilmente più pesante. «Forse ha risposto solo per educazione.»

Ma l'oggetto vibrò ancora.

"Mi sono proprio divertita con te."

Le urla di trionfo che ne seguirono fecero quasi vibrare il tetto.

Capitolo 4

La neve anticipò, quell'anno, arrivando durante la seconda settimana di novembre. Il giorno diciassette, un giovedì qualunque, i primi fiocchi caddero nella notte, creando un sottile manto bianco capace di modificare radicalmente il paesaggio della Sunrise School.

A giudicare dalle nubi scure appese nel cielo, nel tardo pomeriggio o, al massimo, nella prima serata vi sarebbe stata una seconda nevicata, molto più abbondante della prima. Fu per questo che Ellen indossò le scarpe invernali della divisa e raggiunse il dormitorio dell'amica poco dopo la fine delle lezioni pomeridiane, sperando di poter un po' chiacchierare con lei prima che la neve rendesse gli spostamenti più complicati.

La trovò di umore nero, ma non ne rimase sorpresa. Il diciassette novembre era una giornataccia, per le sorelle Dron. Cassie quasi non la guardò negli occhi, impegnata com'era a risolvere quella che aveva l'aria di essere una questione burocratica.

«Accomodati» le borbottò, studiando alcuni documenti sullo schermo del suo tablet. «Scusa il disordine, ma ho dovuto studiare parecchio per quell'insufficienza in matematica.»

Dal momento che frequentavano insieme praticamente tutte le lezioni e non mancavano di farlo sedute vicine, Ellen accolse con sorpresa una simile notizia, dal momento che a lei non risultavano voti gravi a carico dell'amica. Fece mente locale, e le rivolse un'occhiata di compatimento.

«Non era un'insufficienza, Cassie. Era una B.»

«Una B *meno*» la corresse la bionda, crollando a sedere sul divano e non distogliendo gli occhi dal tablet. «Praticamente l'anticamera dell'insufficienza!»

«Ehi, dovresti prenderla con più filosofia» mormorò l'altra, accomodandosi accanto a lei e fissandola preoccupata. «Sei sempre impegnata con le... questioni da rappresentante.»

«Ma no. Non è così impegnativo.»

«Te ne stai occupando anche adesso!» non dovette neppure controllare lo schermo, per avere conferma della propria teoria: sapeva di essere nel giusto. «Cassie, finirai con l'esplodere.»

Cassandra sospirò, come una bambina costretta a subire un'ingiusta e orribilmente lunga ramanzina da parte di una madre incapace di capire di cosa stesse parlando.

«Il club del giardinaggio vuole uno spazio più grande» spiegò, dandole una visione migliore del tablet. «Sto semplicemente convincendo il club degli scacchi a rinunciare ai loro tavolini all'aperto. Una questione di pochi minuti!»

«Da quanto te ne stai occupando?»

«Tre ore.» Scrollò il capo lei, non riuscendo a nascondere un accenno di frustrazione. «Quelli del club degli scacchi sono sempre stati così testardi?»

«Un anno ti hanno scelta come loro presidentessa. Fai tu.»

«Che c'entra? Sono stata presidentessa di almeno sette o otto club.»

Il che era vero. Cassandra era sempre stata una bambina ligia al dovere, ma tranquilla e pacata. Con la morte della madre, la sua forza di volontà si era come triplicata, unita a una specie di rabbiosa competitività con la quale lei aveva ottenuto successi nei campi più svariati: c'era stato l'anno degli scacchi, quello del tennis, quello del nuoto... sempre la migliore, sempre a capo del club di turno.

«Ah!» esclamò Cassandra, inviando una mail all'attuale presidente del circolo degli scacchi. «Comma due del regolamento studentesco. Su questo non potrà dire niente. Lo tengo in pugno!

«Bene. Che ne dici di fare una pausa...»

«El, tesoro, scusa, ma non ho tempo per le pause. Devo ancora sistemare...»

«Credevo che Cilly avrebbe trascorso il pomeriggio con te» Ellen lo disse a bruciapelo, cercando un modo per distrarla. «Oggi è... insomma, è *quel giorno*. Non vi mangiate una cioccolata insieme, o roba del genere?»

Colse un lampo di senso di colpa attraversare gli occhi della sua migliore amica.

«Ho... davvero tanto da fare» azzardò Cassandra, passandosi le dita tra i capelli ricci, quel giorno molto meno composti e ordinati del solito. «Pensavo che avrei potuto passare da lei dopo cena. In fondo, cosa cambia se stiamo insieme il pomeriggio o la sera?»

Ellen comprese di essere a un bivio. Da un lato c'era il desiderio di afferrare per le spalle la sua migliore amica e scrollarla come una lattina di bibita gassata fino a farla esplodere per vedere se, una volta uscito tutto il gas, potesse rendersi conto di quanto Priscilla dovesse aver sofferto vedendosi mettere da parte per impegni scolastici. Dall'altro, però, visto che la conosceva da quando erano bambine e ormai sapeva con assoluta chiarezza cosa girasse in quella testa ricciuta, decise di non infierire oltre sul suo stato d'animo, già sufficientemente turbato dalla fatica e da altri pensieri che, come grossi rapaci neri, sembravano aleggiare nella sua mente.

«Hai ragione» le venne quindi incontro. «Non cambia nulla. Spegni quel coso» le impose poi, strappandole il tablet dalle mani e ostentando indifferenza alle proteste che ricevette. «Ora passiamo del tempo insieme. Parliamo di sciocchezze. Per un'ora almeno.»

«Ma il presidente... devo aspettare la sua risp–»

«Hai detto di averlo in pugno» replicò Ellen, tranquilla. «E se Cassandra Dron dice di avere in pugno qualcuno, allora si può stare pur certi che è così. Adesso parliamo di ragazzi?»

«Ragazzi.» Ripeté la rappresentante, come se l'amica fosse impazzita. Allungò le braccia e tentò di recuperare il proprio tablet. «Non ho tempo, per i ragazzi. Lo sai.»

Sino a qualche anno prima, Cassandra aveva avuto una certa fila di pretendenti. I suoi modi per respingerli erano stati così crudeli e rabbiosi da sterminare ogni altro futuro attentato alle sue virtù. Ellen sapeva che, per la verità, durante le vacanze estive l'amica si era concessa qualche breve avventura di una notte o due. Ma sembrava averlo fatto più per una curiosità tecnica, che per il languore portato dalla solitudine.

«Io sì» flautò, dandole di gomito con fare cameratesco. «E c'è questo tizio che... Dio, mi piace davvero tanto!»

«No, aspetta» la studentessa impallidì, smettendo con i tentativi di recupero del proprio supporto di lavoro tecnologico. «Non dirmi che ti senti ancora con quel...»

«Trevor» Rahab alzò gli occhi al cielo, chiedendosi cosa mai avesse fatto di male per meritare un supplizio simile. «Di nuovo con quei libri di poesia?»

«Eliot» lo zombie gli indicò una pagina precisa de *La Terra Desolata*. «Riga otto. Dieci parole. Cuore in fondo.»

Avendo dita non ancora abituate a digitare su una tastiera digitale e un braccio che era stato riattaccato con dell'ago e del filo dalla paziente Ayez, il non morto non disponeva della velocità necessaria a sostenere una conversazione via messaggio. Per questo, quando lo trovava non impegnato a gestire gli studenti o ad aiutarli nel ripasso, aveva preso di mira Rahab, costringendolo a divenire il suo scrivano.

Per la verità, un po' tutti alla Night School non lesinavano aiuti. Ma il rappresentante era certamente la persona che Trevor preferiva come appoggio. Il perché era un mistero, visto che lui glielo concedeva con mille lamentele di accompagnamento.

«Ma perché ti ostini a mandarle poesie?» volle sapere Rahab, copiando diligentemente il pezzo indicatogli dal non morto. «Alle ragazze di oggi non piacciono quei tizi che urlano alla televisione?»

Meal passò alle loro spalle in quel momento, cogliendo la conversazione. «Urlano anche su YouTube» lo informò, come per dargli del vecchietto non al passo con i tempi. «Sta nevicando, vado fuori a godermela.»

Nell'immaginario comune non esisteva l'idea che i lupi mannari fossero dei completi cretini quando si trattava di fiocchi di neve; beh, così era: Meal e il suo branco di amici avevano quasi marinato le lezioni notturne, pur di starsene fuori a bocca aperta, la lingua pronta a catturare questo o quel cristallo di ghiaccio in caduta libera.

Adesso che era solo pomeriggio e i nuvoloni fuori avevano iniziato a far cadere quella che prometteva di essere una specie di tormenta, erano ipereccitati all'idea di avere parecchie ore prima delle lezioni da trascorrere divertendosi come idioti.

«Metti cuoricino in fondo» gli rammentò Trevor, osservando con l'attenzione di un falco il messaggio che Rahab aveva appena composto. «Invia.»

«Amico» sospirò lui, pur obbedendo al suo ordine. «Senti, dobbiamo parlare. So che sei contento di questa cosa, insomma, ti fa sentire vivo e per uno nelle tue condizioni dev'essere una sensazione rara. Lei ti piace. Lo capisco. Ma non può–»

«… funzionare» Cassandra fece un gesto esplicativo, che Ellen trovò incredibilmente buffo. «Ascolta, io sono stata alla Night School, ho incontrato questo tizio. È fuori di melone, d'accordo?»

«È meraviglioso» sospirò la sua migliore amica, appoggiandosi allo schienale del divano con sguardo trasognato. «Non hai idea di quanto sia profondo, sensibile… saggio!»

La rappresentante della Sunrise evocò un'immagine mentale del soggetto in questione. Nessuno degli aggettivi appena pronunciati dalla sua migliore amica sembrarono potergli calzare. Neanche un po'.

«Cosa potrà mai dire di così saggio?» domandò, onestamente curiosa.

La risposta venne proprio dal cellulare di Ellen, che vibrò ed emise un suono allegro in quel preciso istante. La ragazza lo estrasse dalla tasca della propria divisa e lesse il messaggio che le era appena stato inviato. Arrossì, gli occhi lucidi per l'emozione.

«Guarda!» esclamò, mostrandolo alla sua compagna di studi. «Eliot! Il mio autore preferito! E un *cuoricino*!»

«Poesia d'avanguardia mischiata con comunicazione iconica.» Riassunse Cassandra, seppur prendendo il telefono dalle sue mani e fissando basita il testo che vi compariva. Com'era riuscito quell'idiota di uno zombie a digitare qualcosa del genere? «Bello. Ma ascoltami, voi due siete troppo–»

«... diversi» terminò Rahab, con la morte nel cuore per le parole che era costretto a rivolgere a un suo caro amico. «Lei non sa cosa sei, non l'ha capito. E quando lo scoprirà...»

«Ho... io glielo ho confessato» replicò Trevor. «Le ho scritto: *sono diverso, Ellen*. Ha risposto subito: *mi piaci per quello*.»

«Sono abbastanza sicuro, anzi potrei metterci la mano sul fuoco, che lo abbia detto senza minimamente immaginare in che modo tu sia diverso.»

«Eh?»

«Crede tu sia un poveraccio.»

«Lo sono.»

«Lo sei» convenne il rappresentante della Night School. «Ma certo non immagina che tu sia *anche* in decomposizione.»

Vide gli occhi di Trevor riempirsi di dolore e si morse la lingua, abbassando le palpebre mentre si dava dell'idiota. Quella parola era vietata, con lo zombie. Non che non corrispondesse a verità, ma era offensiva e riusciva a farlo piangere nel giro di pochi minuti.

«Trev» tentò di nuovo, posandogli una mano sul braccio che il non morto aveva perso durante il ballo di Halloween. «Sto solo cercando di…»

«Proteggerti, El. Sto cercando di proteggerti.» Cassandra non sapeva più in che modo prendere il discorso senza offendere la sensibilità di Ellen. «Quello che voglio dirti è—»

«Accidenti. Non mi ero accorta che avesse iniziato a nevicare.» La sua amica l'interruppe, alzandosi e avvicinandosi all'unica finestra del piccolo salotto. Fissò i fiocchi che avevano preso a scendere dal cielo, vorticanti a causa di folate di vento incredibilmente forti. «Non credo che riuscirò a tornare al dormitorio. Sembra una tormenta.»

«Possiamo chiamare e dire che rimani qui da me» fece spallucce l'altra, non considerando granché il problema. Era troppo presa dal discorso importante che si era imposta di farle. «Senti, ascolta, ma tu… quando ballavi con lui, insomma, non ti sei accorta che… voglio dire…»

«Smettila di girarci attorno, Cass» ordinò la sua amica, non molto contenta del fatto che qualcuno stava smontando la sua cotta. «Non mi sono accorta di cosa?»

«La puzza» balbettò Cassandra, in aperto imbarazzo. «Non hai sentito, ehm, quanto… puzzava?»

La studentessa sospirò, chinando il capo. «Ci conosciamo da più di dodici anni.» Mormorò, in imbarazzo. «Quindi a te posso dirlo. Non l'ho mai confessato a nessuno ma… vedi, io sono anosmatica.»

Cassandra brillava in molte materie scolastiche, ma la terminologia medica non rientrava tra esse; per cui batté le palpebre sugli occhi verdi diverse volte, prima di azzardare: «Cioè… ti eccitano quelli che puzzano?»

«Ehi!»

99

«Io lo rispetto» alzò le mani l'altra, credendo che la reazione della rossa fosse dovuta all'imbarazzo. «Non lo capisco, ma lo rispetto.»

«Non mi eccitano quelli che puzzano!» Ellen incrociò le braccia all'altezza del petto, arrossendo per l'imbarazzo. «Non ho il senso dell'olfatto.»

«Cosa?»

«Non ce l'ho. Sono nata con un difetto genetico.»

«Siamo amiche da più di un decennio.» Protestò Cassandra, sconvolta. «Mi sarei accorta di una cosa del genere!»

«Forse non ci hai mai fatto molto caso.»

Un bancale di ricordi riaffiorò dal passato, senza preavviso e travolgendola come un tornado. Lei bambina che porgeva un fiore raccolto a Ellen perché ne assaporasse il profumo, l'amica che l'odorava e faceva spallucce. E ancora: una Cassandra adolescente che, durante le vacanze estive, aveva invitato la sua compagna di scuola a casa, per preparare con lei un piatto di carne assurdamente complicato. Le aveva offerto il mestolo invitandola ad annusare l'aroma, ma Ellen lo aveva messo in bocca, assaggiando il sugo rimasto su di esso. Infine alla festa di Halloween, quando la sua compagna aveva danzato con un tizio letteralmente putrefatto senza neppure avvedersene.

«D'accordo» ammise, stranita, sentendosi un'amica terribile. «Non ci ho mai fatto molto caso.»

«Perché in realtà non è un gran problema» fece spallucce l'altra. «Immagino lo sarebbe, se fossi un cane. In quanto adolescente umana, posso permettermi di rimanere senza olfatto e uscire con un tizio che puzza.»

«Il problema non è solo la puzz–» Cassandra venne interrotta dallo squillare del proprio cellulare. Lo ripescò sotto una pila di fogli di matematica usati per il ripasso pomeridiano, credendo che fosse un'altra stupida chiamata di un altro stupido presidente di un club.

Invece era il numero di uno dei responsabili del dormitorio di Priscilla. Rammentando di dover passare dalla sorella, lei pensò che la chiamata fosse frutto delle insistenze della piccola, desiderosa di vederla. In effetti, pensò con un moto di senso di colpa, l'aveva considerata davvero poco. E quella era una giornata brutta, per loro due.

«So che Cilly ci rimarrà male» rispose, senza neanche sentire quello che avevano da dire dall'altro capo del filo. «Ma è appena scoppiata una tormenta, e–»

La persona dall'altro capo del filo parlò. Ellen comprese immediatamente dal cambio d'espressione dell'amica che le notizie ricevute non fossero delle migliori. Cassandra l'aveva messa a parte del peggioramento di Priscilla: sembrava essere passata dal non riuscire a farsi degli amici a essere aggressiva e scontrosa con quasi tutti i compagni. Forse ne aveva combinata un'altra delle sue.

«No» bisbigliò Cassandra, passandosi disperatamente una mano tra i capelli ricci. Guardò la tormenta di neve fuori dalla finestra. «No, non è qui.»

El fu da lei non appena chiuse la chiamata. «Che succede?» domandò, con un'orribile sensazione che le aggrovigliò le interiora. La sua amica era pallida come un morto, l'espressione di chi ha appena perso la cosa più importante della propria vita.

«Cilly… ha litigato. Con un bambino» spiegò Cassandra, la voce ridotta a un balbettio. «L'hanno messa in punizione. È uscita dalla finestra, poco prima che iniziasse a nevicare. Se ne sono accorti solo adesso, credevano fosse venuta da me, ma…»

«Dio» balbettò Ellen, e anche lei fissò terrorizzata il vorticoso fioccare della neve al di fuori delle finestre. «Con questo tempo! Dove?»

«Rahab?» Meal tornò all'interno del dormitorio ricoperto da fiocchi di neve, lasciando impronte bagnate sul pavimento che indussero il rappresentante a sgridarlo perentorio.

«Sapete chi fa le pulizie? Le banshee! E sapete chi deve ascoltare le banshee, quando si lamentano di quanto sporcate? Il sottoscritto. E sapete *quanto* urlano le banshee, quando si lamentan–»

«Stiamo avendo un problema di etica, là fuori» spiegò il lupo mannaro, senza neppure badare alla ramanzina che l'altro gli stava rovesciando addosso. «Secondo me non possiamo mangiarla. Ma gli altri dicono che si può perché ormai è mezza congelata.»

«Fermo un attimo.» Il Lalartu dimenticò immediatamente il problema legato alla sporcizia, sentendo un campanello d'allarme risuonargli in testa. «Mangiare cosa?»

«Una bambina umana, credo. Suppongo» Meal fece spallucce. «È ferma e non si muove, l'abbiamo trovata rannicchiata sul sentiero che conduce al dormitorio. Per me non possiamo mangiarla. Anche se è mezza morta, è pur sempre *mezza viva*, giusto?»

Rahab fu in piedi e fuori dalla porta prima ancora che lui potesse terminare il proprio quesito. A quanto pareva, teneva molto a partecipare alla decisione sul mangiare o meno quella bambina. Il lupo mannaro trovò curiosa quella reazione, ma non abbastanza da seguirlo. Lanciò un'occhiata a Trevor e gli rivolse un ammiccamento con fare complice.

«Come va con la tua umana?»

Mai domanda fu più sbagliata. «Non mi risponde più» sussurrò lo zombie, preoccupato a morte. «Non le piaccio più!»

«Amico, devi viverla meglio. Rilassato. O questa cosa ti ucciderà.» Si rese conto di aver fatto una seconda gaffe e volse il capo, imbarazzato. «Giusto. Tu sei morto. Scusa.»

Rahab tornò proprio in quel momento, veloce come il vento. Ansimava e teneva tra le braccia un minuscolo fagotto; si era tolto la maglia e lo aveva usato per avvolgervi una bambina dai riccioli biondi, che tremava in modo convulso tra le sue braccia nude.

«Mi servono coperte!» ordinò, abbaiando quelle parole con un'energia che fece sobbalzare i due non morti. «Adesso. Subito!»

«Quindi avevo ragione io, non potevamo mangiarl–» gli occhi di Rahab divennero neri d'avvertimento e Meal chiuse la bocca all'istante. «Coperte. Capito» annuì, precipitandosi in direzione della porta che delimitava la parte interna del dormitorio.

«Trev, vai in biblioteca, c'è un vecchio camino. Riesci ad accendere un fuoco?»

«Fuoco, certo» ripeté lo zombie, alzando in piedi e scattando sull'attenti per l'urgenza di quella richiesta. «Dove metto gli aracnis che vivono nel camino?»

Il rappresentante vide la piccola muoversi impercettibilmente contro di lui, alla ricerca di calore. La strinse più forte, frizionando come riuscì quel minuscolo corpicino.

«Piazzali nelle stanze delle banshee.»

«Si arrabbieranno» Trevor ci pensò. «Tanto.»

«Le sentirò urlare io. Spicciati!»

La bambina appena strappata dalla furia della tormenta mugolò con sofferenza. L'essere stata tirata fuori da un mucchio di neve e il primo calore donatole dall'abbraccio di Rahab dovevano aver sortito un qualche effetto, perché la piccola spalancò piano gli occhi, rivelando iridi azzurre colme di confusione e di paura. Sussultò, non capendo dove fosse o con chi.

«*Strolha*» la chiamò Rahab, ritrovandosi a usare un tono di voce più basso e dolce. «Ehi. Sono io.»

Priscilla, perché di lei si trattava, girò debolmente il viso nella sua direzione e sorrise nel riconoscerlo. Lacrime le attraversarono le guance, e lei tremò più forte. «Avevo t-tanto freddo… e sono caduta… e m-mi fa male la gamba» spiegò, confusa.

«Che ci facevi all'aperto con questo tempo?» domandò il Lalartu, avviandosi nella stanza dove aveva ordinato di accendere un fuoco. «E da queste parti, poi.»

Quella bambina non era un'anonima umana. La conosceva, l'aveva presa in simpatia. Tremò al pensiero di cosa le sarebbe potuto accadere se la discussione dei licantropi su cosa fare di lei fosse terminata nel modo sbagliato. Per un istante, solo per un breve istante, condivise le preoccupazioni che avevano animato Cassandra la sera in cui era venuta a conoscenza della loro esistenza.

Ma i suoi compagni si erano dimostrati giudiziosi. Non l'avevano mangiata. O almeno, si erano rivolti a lui, prima di farlo.

«Cercavo te» spiegò la piccola, chiudendo gli occhi e tremando ancora. «Oggi è una giornata brutta.»

Lo era per davvero, percepì Rahab. Le emozioni della bambina erano un mare in tempesta, tanto che lo investirono con potenza. Dolore, smarrimento e rabbia. Così tanta rabbia da non sapere dove metterla.

Desiderò che non smettesse di parlare. Era così che si doveva fare, con gli umani mezzi assiderati, no? Assicurarsi che non si addormentassero.

«Perché è brutta?» le domandò ancora, giungendo nell'unica stanza della Night School dotata di camino.

Adesso era illuminata da un fuoco scoppiettante che Trevor, dimostrando un grande spirito di iniziativa, era riuscito ad accendere senza fare danni.

Rahab guardò in fondo alla grande sala e notò una sedia in legno fatta a pezzi, in modo da ottenere qualcosa da ardere. *Quasi* senza fare danni, si corresse.

«*Strolha*, parlami» la incitò, vedendola abbassare le palpebre. Sedette direttamente sul pavimento, e il suo istinto urlò di puro terrore per la vicinanza con il fuoco. Strinse i denti, aumentando la presa sulla bambina; evitò di fissare direttamente le fiamme, limitandosi a studiare lei. «Perché è una brutta giornata?»

«Cassie… la passa… insieme a me. Sempre. Il Diciassette novembre. Insieme.» Spiegò la piccolina, tremante. «Mangiavamo cioccolata. In biblioteca. È vietato» gli confessò col sussurro tipico di chi ammette uno scottante crimine, strappandogli un sorriso.

Meal arrivò in quel momento, portando una pila di coperte. Si inginocchiò accanto a Rahab, e insieme presero ad avvolgervi la piccola umana, con l'attenzione di chi tocca un cristallo.

«Cassie ha tanto da fare. Non è venuta» spiegò Priscilla, e altre lacrime le bagnarono il viso. «E poi… ho fatto male a una bambina» tacque, non sapendo come altro andare avanti. Aggiunse solo: «Ero tanto arrabbiata».

Quella rabbia, che continuava ad agitarsi dentro di lei. Mista a dolore e panico. Non aveva grande esperienza con gli infanti umani, ma riteneva che creature di quelle dimensioni non dovessero sopportare sentimenti così tanto più grandi di loro.

Trevor si fece vicino, e prese un lembo di una coperta. Con mosse impacciate, dopo aver lanciato uno sguardo incerto a Rahab, iniziò a sfregarlo sui biondi capelli di lei, tentando di asciugarli. Meal lanciò altri pezzi di legna nel fuoco, rendendolo più caldo e più forte. Provocando immediato, istintivo panico al Lalartu.

Ecco cosa provano gli umani, quando vogliono fuggire da me.

Priscilla osservò Trevor, con un baluginio di stupore negli occhi. «Uno zombie.»

Non fu una domanda, né un'esclamazione d'orrore. Semplicemente, lo constatò. Con la genuinità tipica di chi è nell'età dell'infanzia. Il rappresentante tentò di spingere la bambina a cambiare discorso. «Perché è una brutta giornata?» insistette, rendendosi conto di una cosa: così come i suoi capelli, forse anche gli abiti della piccola erano zuppi. Qualcuno avrebbe dovuto spogliarla. «Vai a cercare una lamia» mormorò a Trevor.

Mentre quello usciva solerte per eseguire la sua richiesta, il sussurro di Priscilla gli raggiunse le orecchie e si impresse nella sua corteccia cerebrale per sempre tanto fu lo shock che gli provocò.

«Oggi moriva mamma.»

Tanti tasselli di stranezze da lui registrate con superficialità andarono a posto, dandogli un'idea del quadro completo. Cassandra che doveva fare una ramanzina a Priscilla il giorno in cui lui aveva conosciuto quest'ultima. E la presenza della bambina al ballo di Halloween, una concessione speciale forse non dovuta al semplice fatto che lei fosse la sorella della rappresentante degli studenti. Erano orfane di madre, e alla piccola era permesso passare più tempo con la sorella maggiore.

Le frizionò la schiena, incapace di pronunciare qualsiasi parola. Cilly si strinse contro di lui, incurante del fatto che fosse a petto nudo, incurante di qualsiasi cosa. Sprigionò un'ondata di paura e tristezza, singhiozzando una volta soltanto.

«Ho qualcosa di sbagliato nel cervello» spiegò ancora la piccola. «Prima mi faceva piangere, pensare a mamma. Ma ora mi fa… arrabbiare. Sono *sempre* così arrabbiata. Ho-ho paura…»

Rahab dovette prendere un lungo respiro. Ebbe voglia di appiccare fuoco al mondo intero, se questo fosse servito a darle un po' di sollievo. Non aveva la minima esperienza né di sentimenti, né tantomeno di cuccioli umani. E quella piccola necessitava di qualcosa capace di farla stare meglio.

Nel suo cervello si fece strada una strategia; magari stupida, ma forse sufficiente a darle un minimo di conforto.

«Meal» chiamò, mentre una lamia più giovane veniva trascinata all'interno della stanza, stupita per l'urgenza con la quale l'avevano convocata. «Vai e trova del cioccolato.»

«Dove?» balbettò il lupo mannaro, sconvolto da una simile richiesta. «La nostra mensa non è esattamente ben fornita di cibi umani. Dovrei attraversare la tormenta, infiltrarmi nella cucina della Sunrise e rubar–»

«Torna qui con del dannato cioccolato!»

Lui schizzò fuori come se avesse avuto dei satanassi alle calcagna. Rahab lasciò che le mani gentili della lamia appena arrivata – di nome Yves, nuova leva della Night School – gli togliessero la bambina dalle braccia, e distolse lo sguardo quando la strega, compreso ciò che era necessario fare, iniziò ad armeggiare per srotolarla dal cumulo di coperte dove l'avevano ficcata e spogliarla.

«Devo fare una telefonata» mormorò, uscendo a grandi passi dalla stanza.

«Non puoi andare là fuori da sola.»

«Qualcuno deve restare qui. In caso arrivasse.»

Dopo averle rifilato quella risposta alla quale Ellen non aveva saputo come replicare, la rappresentante della Sunrise School si era ficcata un giaccone da neve, doposcì ed era uscita nella tormenta senza guardarsi indietro. Il suo piano, da un punto di vista lucido, era quello di percorrere il sentiero che dal dormitorio di Cilly portava al suo, sperando di trovare la piccola impantanata da qualche parte.

Il vero piano, quello creato in preda all'angoscia, consisteva nel girare tutte le proprietà del complesso scolastico sino al ritrovamento della sorellina o alla morte per assideramento.

Avanzava faticosamente nella neve, cercando di aguzzare la vista attraverso i fiocchi che roteavano innanzi al suo volto, cadendole poi addosso. Ogni passo era una fatica, sia per le condizioni meteo avverse, sia per lo schiacciante senso di colpa.

Sentì solo per caso il telefono suonare nella tasca del proprio giaccone e lo estrasse con le mani rese goffe dagli spessi guanti. Sperò che fosse uno dei guardiani della scuola, un insegnante, insomma qualcuno che potesse darle notizie di Priscilla. Invece era solo quel maledetto rappresentante della Night School.

«Qualunque cosa tu voglia» abbaiò, rispondendo soltanto perché aveva bisogno di qualcuno a cui urlare addosso per sfogare il proprio pessimo umore. «Non è questo il momento!»

«Tua sorella è qui.»

Per un attimo, Rahab credette che fosse caduta la linea. Dopo un prolungato silenzio, chiese: «Mi hai sentito?»

«Perché è con voi?!» domandò Cassandra, digerendo a fatica lo shock portato da quella notizia. «Cosa le avete fatto? Adesso ti sei messo a rapire bambini? Io ti–»

«Rapire? L'ho trovata semicongelata sulla strada che portava al nostro dormitorio!» il totale scandalo nella voce di Rahab le fece pensare che forse lui stesse dicendo la verità. Da che lo conosceva, non aveva mai omesso la propria responsabilità in cose fatte a suo danno, anzi ne era parso particolarmente orgoglioso.

«Che ci faceva, lì?» domandò allora, confusa.

«A quanto ho capito, ha picchiato una bambina ed è scappata via.» Il Lalartu si chiese se fosse il caso di aggiungere gli altri dettagli uditi da Priscilla, ma per il momento decise di mantenere salda la privacy di quei segreti confessatigli tra le lacrime.

Cassandra girò i propri passi, lanciando un'occhiata alla Night School proprio sulla collina dietro la casupola del preside. Mezz'ora di cammino in condizioni normali, un'ora di martirio sotto quella tormenta. Sospirò. Non ebbe alcuna esitazione e si mise in marcia.

«Non toccatela. Non torcetele un capello. Non osate farle niente» ordinò, al colmo dell'ansia.

«Non ce la siamo certo mangiata!» *per un pelo*. Aveva fermato i licantropi in tempo. «Sta bene. Le stanno dando dei vestiti asciutti.»

«Si è accorta che voi siete tutti mostr–»

«Più o meno dopo due minuti che era qui.»

108

Dannazione. «Sto arrivando.»

«Con questa tormenta? Mi toccherà venire a prelevare da un cumulo di neve anche te. Rimani dove sei. Tua sorella è al sicur–»

Ma Cassandra aveva già chiuso la comunicazione.

Non andrò a cercarla. Sarebbe già dovuta arrivare, il che è forse preoccupante; ma io *non andrò a cercarla,* Rahab lo promise a sé stesso, osservando un raro esemplare di bambina umana fare amicizia con un aracnis e tutta la sua numerosa cucciolata. *Se è così incapace di fidarsi di noi da affrontare una tormenta pur di correre qua a strappare la piccola dalle nostre grinfie, allora merita di crepare in mezzo alla neve.*

Priscilla gorgogliò di gioia, mentre un battaglione di ragnetti tanto affettuosi quanto pelosi si arrampicavano su di lei, emettendo suoni allegri. Mamma aracnis stava accucciata al suo fianco, prendendosi dei grattini proprio dietro gli otto occhietti, semichiusi e rilassati.

Metà della Night School era radunata attorno a loro. Meal, non sapendo quale fosse il cioccolato giusto da prendere, si era intrufolato nelle cucine umane e aveva arraffato un po' tutto quello che corrispondeva alla richiesta del rappresentante.

Così era arrivato con uno scatolone pieno di barrette, dolcetti vari, cioccolatini e biscotti ricoperti. Stupita da tanta abbondanza, la bambina, rivestita da capo a piedi con abiti che le lamie avevano adattato per magia al suo corpicino di infante, aveva preso qualcosina per sé e offerto la qualunque a chiunque le passasse vicino.

Nel giro di poco, la voce della sua presenza e di quanto fosse buono il cioccolato si era diffusa. Tutti gli studenti non impegnati con lezioni erano venuti per dare un'occhiata alla piccola ospite e per assaggiare la novità – che *non* consisteva nella piccola ospite, come fu spiegato a due vampiri molto delusi.

Meal e altri due lupi mannari le stavano raccontando storie di caccia vissute da cuccioli, facendola ridacchiare nei punti più imbarazzanti. Una banshee le aveva asciugato i capelli alitandovi e urlandovi sopra; adesso, soddisfatta, glieli stava acconciando in una spessa treccia, tipica delle cucciole della loro specie.

Cilly era passata dall'essere depressa e terrorizzata alla gioia più totale: sembrava nata per fare amicizia con persone nuove, anche se diverse da lei. Accoglieva ogni loro stranezza con innocenza e curiosità. L'esatto opposto della sorella.

Già, sua sorella. Che ancora non era arrivata.

Forse dovrei andare a cercarla. Se morisse per il fatto di essere uscita nella tormenta, la piccola soffrirebbe a causa del senso di colpa. Sì, dovrei incamminarmi. Solo per il bene della bambina.

Ma non appena ebbe preso la decisione, il suo fine udito udì qualcuno bussare con grande prepotenza al portone d'ingresso del dormitorio. Per la verità, tutti i presenti tranne Priscilla lo sentirono. Se c'era una cosa in cui i diversamente vivi erano bravi, quella era certamente ascoltare. Potevano percepire un grillo saltare nell'erba a centinaia di metri di distanza. Rahab fece loro cenno di continuare come se nulla fosse, e uscì dalla stanza riscaldata dal camino acceso.

Fu Trevor, casualmente trovatosi in zona ingresso, il martire che aprì la porta. Lo zombie si ritrovò subito con una mano fredda come il ghiaccio stretta attorno alla carotide, che gli strappò il fiato. Ma visto che respirava non tanto per effettivo bisogno quanto per un'abitudine radicata da quando era vivo, invece di reagire con terrore si limitò a una cortese perplessità.

La paura, però, venne subito dopo. Ovvero quando la nuova arrivata usò la presa su di lui per sospingerlo ferocemente indietro, con una forza che non ci si sarebbe mai aspettati da un'umana mingherlina quanto quella. Resa inarrestabile dalla preoccupazione, la nuova arrivata tirò giù il cappuccio con cui si era coperta il capo dalla tormenta di neve, e una cascata di riccioli biondi umidicci esplose attorno al suo capo, sconvolta e spettinata.

«Dov'è?» disse soltanto Cassandra, la voce arrochita dalla stanchezza e dal freddo. Dio, quanto freddo aveva preso. Gli starnutì in faccia.

«Bleah» fece Trevor.

«Che faccia tosta, lasciatelo dire. *Dov'è mia sorella?*»

«Perché sei sempre cattiva con me?»

«Potresti, cortesemente, lasciar andare il mio amico?»

La voce di Rahab interruppe la tortura fisica e psicologica ai danni del non morto; stupita, Cassandra lo mollò di colpo, voltandosi e fronteggiando il rappresentante della Night School con l'espressione riottosa di chi è disposta a lottare sino alla morte pur di riavere ciò che è suo.

«Priscilla?» domandò soltanto, per poi ritrovarsi a starnutire ancora. Imprecando a mezza voce, si tolse la giacca zuppa, passandosi una mano tra i capelli per scrollarli dalla neve che li aveva bagnati. Non indossava la divisa, segno che doveva essere uscita di casa con quello che aveva addosso, mossa dalla preoccupazione per la sorellina. Un maglione nero a collo alto evidenziava la graziosa forma del suo collo, abbinato a un paio di pantaloni del medesimo colore, zuppi per la traversata. Un tremolio l'attraversò e lei starnutì ancora.

Rahab alzò gli occhi al cielo. «Lascia la giacca a Trevor, ti accompagno da tua sorella.»

A quelle parole, la studentessa piazzò contro il petto del non morto l'indumento di cui si era privata, con tale forza che quasi lo ribaltò all'indietro. Non se ne avvide nemmeno.

«Sta bene?» domandò, al colmo della preoccupazione.

«Certo che sta bene. Per chi ci hai presi? Seguimi.» Offeso dalla sua ansia, il rappresentante le diede le spalle e si incamminò.

La studentessa lo seguì, lasciando dietro di sé orme bagnate. Scarpe, calzini e fondo dei pantaloni erano completamente zuppi, e le davano i brividi. Arrivare sino a lì era stato… come attraversare l'inferno. Ma lo aveva fatto senza esitare, tremando a ogni folata di vento. La preoccupazione per Cilly le aveva fatto compiere un'impresa fisicamente estenuante.

D'improvviso, udì la sua risata. Trattenne il fiato, provando un'ondata di calore portato dal puro sollievo. Priscilla! L'avrebbe distinta tra altre mille. Affrettò il passo, stupita. Il rappresentante della Night School si era fermato sulla soglia di una porta e da lì guardava l'interno della stanza su cui essa si affacciava. Non diede cenno di accorgersi dell'improvvisa vicinanza tra loro quando Cassandra gli si affiancò e spiò a sua volta l'ambiente.

Priscilla stava bene. Era bianca e rosa come una pesca, rideva e scherzava. D'accordo, dei ragni enormi le camminavano addosso, ma uno di loro si stava facendo grattare il pancino, quindi la cosa non doveva essere poi così pericolosa. Indossava abiti asciutti e qualcuno le aveva raccolto la chioma in una delle trecce migliori che Cassandra avesse mai visto. Stava scherzando con un gruppo di ragazzotti un po' troppo pelosi – forse lupi mannari – e divideva un dolcetto con una terza creatura che poteva essere una giovane lamia.

«Ha mangiato?» volle sapere. L'ora di cena era passata da un pezzo, anche se lei non se n'era quasi accorta. La paura per Priscilla le aveva letteralmente chiuso lo stomaco.

Rahab annuì. «Voleva della cioccolata.»

Lo pronunciò volutamente con tono neutro, ma i suoi occhi si abbassarono per studiare la reazione della giovane al suo fianco; la vide aggrapparsi allo stipite della porta e stringerlo inconsapevolmente. Un'ondata di senso di colpa lo invase, nera e deprimente.

«Priscilla» chiamò, staccandosi da lui ed entrando nella stanza. Il suo ingresso improvviso lasciò i presenti di stucco, specialmente la bambina in mezzo a loro. Istintivamente, i non morti crearono un passaggio che concesse alla studentessa di raggiungere la sorella, e lei lo fece, inginocchiandosi innanzi alla bambina e avvolgendola in un abbraccio protettivo.

Dopo lo stupore iniziale, la bambina ricambiò immediatamente la stretta. «Cassie» balbettò, mentre tutti i ragnetti su di lei scappavano via per non restare stritolati dalle due umane che si strizzavano vicendevolmente. «Mi dispiace! Mi dispiace tanto!»

Rahab rivolse un'occhiata ai diversamente vivi che occupavano la stanza; cogliendo il suo ordine silenzioso, essi si allontanarono in silenzio, raggiungendo la porta e uscendo, in modo da dare alle due sorelle la dovuta privacy.

Per la verità, non esisteva quel termine, alla Night School. Non puoi pensare di poter avere una conversazione privata in un posto dove tutti o quasi riescono a sentire attraverso le pareti. Ma le due sorelle non ne avevano idea.

«Sei impazzita?» balbettò la voce di Cassandra, con preoccupazione mista a una nota di severità. «Scappare! Con questa neve!»

«Non nevicava, quando sono uscita…»

«Perché lo hai fatto?»

Vi fu un lungo silenzio.

«Cilly» insistette la sorella maggiore, più rigida.

«Ho fatto male a quella stupida di Dolly Partonn.»

Non era una spiegazione, né una risposta. Rahab aggrottò le sopracciglia scure, rimanendo in ascolto.

«Ti rendi conto del rischio che hai corso? La neve, il freddo, e… e venire in mezzo a questa gente! Sono tutti…»

«Simpatici?»

«Mostri.»

«Sì, anche quello.» Convenne Cilly, con leggerezza. «Ma simpatici.»

«Ne parleremo dopo. *A lungo.*» Le promise la sorella, torva. «Perché hai fatto male a quella bambina?»

«Non… lo so. Mi andava.»

«Cilly» Cassandra emise un lungo sospiro colmo di preoccupazione. «Ma che ti sta succedendo, in questo periodo?»

«Non lo so» ripeté la piccola.

Consapevole di essere in un vicolo cieco, lei cercò di aggirare il problema partendo da una domanda diversa: «Perché mai sei venuta in questo posto, e non da me?»

«Perché tu mi avresti messa in castigo.»

«Sì, beh, certo che lo avrei fatto» borbottò la giovane, lievemente in imbarazzo per le dure parole appena ricevute. «Però… non si può certo pensare di scappare dalle conseguenze delle proprie azioni, no? E lo sai che lo faccio perché ti voglio bene.»

Il silenzio di Priscilla che seguì poteva dire due cose soltanto: o la bambina stava rimuginando su quelle parole, trovandole sensate, o la rabbia dentro di lei era appena stata attizzata da un'affermazione decisamente errata.

Rahab comprese che la seconda ipotesi era quella corretta quando la udì sibilare: «Tu non mi vuoi bene».

«Cilly» sussurrò Cassandra, e la piccola si scostò rabbiosamente dalle sue braccia, allontanandosi da lei. «Ma che dici?»

«Non te ne importa niente di me» le rinfacciò la bambina.

«Parli di oggi pomeriggio? Non volevo rimandare la nostra cioccolata in biblioteca, ma… avevo tanto da fare, e…»

«Hai sempre da fare!» proclamò la piccola, esasperata. «Da quando sei rappresentante! Non hai mai tempo per me!»

«È una cosa importante, Cilly. Per il college.»

«Guarda che lo so che te lo inventi!» le rinfacciò la piccola. «Papà può mandarti in qualsiasi college, non hai bisogno di una borsa di studio!»

Dopo un lungo silenzio, la maggiore provò a spiegare: «Magari voglio andarci contando unicamente sulle mie forze, senza usare i soldi di nostro padre».

«O magari non ti va più di stare insieme a me.»

114

«Non è vero, Cilly» Cassandra non riuscì a dirlo senza balbettare, provata dai sensi di colpa. «Ho solo più cose di cui occuparmi…»

«Sei diventata come papà!»

Doveva essere un'accusa davvero grave, perché Rahab sentì la sorella maggiore trattenere il fiato per un lungo istante. Infine, dopo aver cercato la calma necessaria per rispondere in modo civile, lei replicò: «Sai che non è così».

«Invece sì.»

«Io ho molte responsabilità…»

«Come papà.»

«Accidenti, Cilly!» Cassandra alzò la voce, con rabbia. «Non faccio tutto questo perché mi diverto! Sto pensando al nostro futuro.»

«Lo dice sempre anche lui.»

«Sei una bambina, non puoi capire.»

Rahab chiuse le palpebre, mormorando tra sé e sé: «Ahia».

Non che fosse un esperto di infanti umane, ma ormai riteneva di conoscere a sufficienza Priscilla da sapere che le parole appena pronunciate da Cassandra non avrebbero ricevuto una risposta cortese o diplomatica.

«Sei una stupida!» fu l'urlo della piccola, pronunciato con rabbioso fervore. «Oggi volevo solo mangiare della cioccolata con te!»

La sua vocina attraversò le pareti del dormitorio, arrivando a molte orecchie oltre a quelle della sorella. Cassandra retrocedette istintivamente di un passo, fissando addolorata la bambina. Respirò un paio di volte, a fondo, alla ricerca della sua solita calma e compostezza.

Chiuse gli occhi, alzandosi e dando le spalle alla sorella. Solo a quel punto alzò le palpebre, fissando il muro vuoto davanti a sé; Priscilla non poté vedere il luccicore che li inumidiva, ma Rahab, rimasto nei pressi della porta socchiusa, sì. Rimase stupito dalla scoperta che quella mocciosa disponesse di dotti lacrimali e sufficiente sensibilità per usarli.

«Sei in punizione» la sentì dire, con voce il più possibile controllata. «Tre settimane senza YouTube. E non so cosa deciderà di fare la scuola con te. Dopo quello che hai combinato, ti meriti una lezione coi fiocchi.»

Priscilla accolse quella notizia chinando il capo. Singhiozzò una volta soltanto, poi trattenne altri singulti con la stessa energia con cui la sorella si stava negando un pianto liberatorio. Rimasero schiena a schiena, senza più rivolgersi uno sguardo.

Il Lalartu rimase immobile qualche minuto, per vedere se la situazione accennasse a mutare; ma infine si arrese al fatto che le due fossero in stallo e bussò gentilmente alla porta, come se fosse appena arrivato e si preoccupasse di interromperle durante un discorso importante.

Non ricevendo alcuna risposta, spalancò lentamente l'uscio, rimanendo sulla soglia. Le due sorelle lo guardarono: Priscilla con disperato bisogno, Cassandra con orgogliosa freddezza, gli occhi lucidi e le labbra tese in una linea dura.

Ebbe voglia di prendere quest'ultima a schiaffi. Era palese persino per un diversamente vivo come lui quanto Priscilla necessitasse di essere ascoltata, aiutata. Eppure, la rappresentante della Sunrise School le aveva imposto una punizione eccessivamente severa, la quale non sarebbe certo servita a nulla se non ad aumentare la rabbia della bambina.

Forse la piccola aveva ragione: a Cassandra non importava poi così tanto di lei. Altrimenti non l'avrebbe mai lasciata sola in una giornata così difficile, e non l'avrebbe messa da parte così facilmente pur di non mancare ai propri doveri di studentessa e rappresentante.

Eppure...

Eppure, aveva affrontato una tormenta di neve, pur di mettere la sorellina in salvo da quella che credeva essere una banda di mostri assassini.

Più cercava di comprenderla, più risposte trovava, maggiore confusione otteneva.

«La nevicata non accenna a fermarsi» le informò, indicando con un pollice una delle vetrate della stanza, attraverso la quale il turbinio dei fiocchi di neve era evidente. «Non credo potrete tornare a casa, per questa sera.»

Cassandra sembrò realmente preoccupata. Lanciò un'occhiata alla sorellina, azzardando: «Non possiamo passare la notte qui».

Non avrebbe permesso che Priscilla riposasse in un dormitorio pieno di vampiri, lupi mannari e chissà che altro. Sì, nessuno le aveva fatto del male, ma un conto era lasciare che godesse della loro compagnia, un conto era permetterle di dormire alla mercé di quelle creature.

Rahab sospirò. Per la verità, alcuni studenti del primo anno non avevano ancora molto chiaro il perché gli esseri umani non potessero essere rosicchiati almeno un pochino, giusto per assaggiarli. Tenere due studentesse della Sunrise in mezzo a loro poteva non essere la più saggia delle scelte.

«Io ho una stanza privata» spiegò, alzando le mani nel vedere già Cassandra spalancare la bocca per protestare. «Di notte non ne usufruisco. Sarebbe tutta per voi. Potete riposare lì e domani, quando le condizioni atmosferiche lo consentiranno, tornare ai vostri dormitori in sicurezza.»

La rappresentante soppesò a lungo quell'opzione. Ma alla fine dovette comprendere che non ve ne erano altre disponibili, quindi annuì una volta soltanto, con un movimento carico di tensione.

«Voglio esaminarla» decise però, incapace di fidarsi. «Magari ci hai installato una tagliola da letto, o pullula di… che ne so, di pulci di Lalartu.»

«Nessuna delle due è una cosa reale.»

«Neanche i ragni di venti chili lo erano, sino a un mese fa. Eppure, uno è appena tornato per giocare con mia sorella.»

Era vero. Vedendolo rientrare nella stanza con il caminetto acceso, molti mostri vi avevano fatto ritorno, chi per tornare a godere della compagnia di Priscilla, chi goloso di mangiare altri dolcetti. Meal e il suo branco di cinque o sei amici si sdraiarono accanto a lei, facendole smorfie e inducendola a ridere. Avevano sentito tutto, e sembravano desiderosi di consolarla a modo loro.

Tuttavia, non sembrarono provare la stessa empatia anche nei confronti di Cassandra. Furono infatti in molti a guardare con fare torvo la rappresentante della Sunrise School, anche se, invece di metterla a disagio, riuscirono solamente a procurarsi delle occhiate assassine di rimando.

«Ti mostro la camera» decise il Lalartu, con un sospiro, presumendo fosse meglio dividere quella nervosa umana dai suoi studenti, prima che decidessero di saltarsi al collo a vicenda.

«Priscilla, vieni» ordinò Cassandra, incamminandosi in direzione dell'uscita. Si fermò nei pressi della soglia, rendendosi conto che la sua consanguinea non aveva neppure udito il richiamo. Aprì la bocca per ripeterlo, ma esitò.

Cilly stava rotolando dietro i cuccioli di aracnis, cercando di imitarne il modo di camminare. Dal momento che, pur a gattoni, disponeva comunque della metà delle zampe, risultava la cosa più buffa e goffa della stanza. Meal e i suoi ridevano a crepapelle, quasi sino alle lacrime.

«Lasciali giocare» fu il consiglio che Rahab le mormorò, passandole accanto mentre la oltrepassava.

Da quant'è che non la sentiva ridere così tanto? Specialmente in un giorno nero quanto quello. La osservò gettarsi su una lamia per strapparle dalle mani un dolcetto goloso e inscenare con lei una finta lotta, provando uno strano sentimento. A metà tra la serenità e la gelosia.

«D'accordo.» Decise, voltando con decisione le spalle alla scena e seguendo il rappresentante della Night School.

S'incamminarono in un lungo corridoio, nel quale le risate di Priscilla risuonarono ancora, argentine.

«È una bambina molto dolce» commentò Rahab, camminando innanzi alla studentessa e usando il tono leggero di chi sta parlando del tempo atmosferico. «Ha subito fatto amicizia con tutti.»

«Sì. Me ne sono accorta.»

Cilly non riusciva a trovarsi un amico da… beh, da sempre. Le insegnanti avevano più volte manifestato preoccupazione per quel suo carattere chiuso, ombroso.

«Forse sono in errore, ma mi sembri stupita» commentò il Lalartu, mentendo spudoratamente. Non poteva sbagliare, poiché sapeva con certezza quanto la studentessa lo fosse, lo percepiva chiaramente. In quel momento Cassandra era troppo sconvolta per poter innalzare le difese, e i suoi sentimenti erano chiari come un paesaggio illuminato dal sole.

Pensò che lei non gli avrebbe risposto, ma poi la sentì dire: «Priscilla non è mai stata… non ha molto talento, nel conoscere gente» ricorse a un eufemismo. «Ecco perché mi ha sorpresa trovarla circondata di nuovi amici. Ma, in effetti, ha sempre preferito la compagnia di persone più grandi a quella dei suoi coetanei, come me o Ellen.»

Rahab si fermò poco prima di una scalinata che portava al piano di sopra, così di colpo che lei quasi rischiò di andare a sbattere contro di lui. Il non morto girò il viso di tre quarti, fissandola perplesso da sopra la spalla.

«Ma quelli che hai visto *sono* suoi coetanei» spiegò con il tono di chi sta esplicando un'ovvietà. «Meal e i suoi hanno trent'anni: nel conteggio della razza dei lupi mannari, significa che potrebbero frequentare forse la prima o la seconda elementare.»

«Cosa?»

«Credevo fosse evidente dal loro comportamento idiota.» Detto ciò, lui prese a salire i gradini, udendo i leggeri passi di lei seguirlo lungo la scala di legno scricchiolante.

«Supponevo che…» Cassandra si attaccò a un corrimano, elaborando stupita quelle informazioni. «Insomma, mi ero fatta l'idea che tutti i lupi mannari fossero…»

«Idioti?»

La giovane non confermò né smentì quella supposizione. «Invece sono bambini» comprese, stupita. «Più piccoli di lei.»

Rahab annuì. «Inoltre le banshee e le lamie con cui stava parlando non superavano il secolo, il che le rende poco meno che adolescenti: potremmo dire che hanno all'incirca la stessa età di tua sorella.»

«Ah.»

Quando lo vide fermarsi in cima alla scalinata, e posare la mano sulla maniglia di una porta in legno scuro così piccola da far pensare che lui non potesse passarvi senza curvarsi, parve ricordarsi quanto fosse grosso e imponente. La curiosità ebbe la meglio: «E tu?»

«Io cosa?» gli occhi viola del Lalartu cercarono i suoi, interrogativi.

«Cosa sei? Adolescente, bambino o…»

«Lo chiedi perché ritieni che anche io mi comporti da idiota?» ghignò divertito lui, abbassando la maniglia e mostrandole la stanza che le stava mettendo a disposizione. «Ho duecento anni. Quindi, secondo i parametri della mia razza, più o meno la tua età.»

«E dire che mi sembravi più vecchio.»

Ma la prova di ciò che lui le aveva detto stava proprio dentro quella stanza.

Cassandra se ne rese conto oltrepassando la soglia. La camera da letto di Rahab era uno spazio piccolo ma riempito di mille dettagli: vi era una finestra, libri accatastati un po' ogni dove, riviste spazzatura e una branda così piccola da non sembrare adatta al suo fisico. Sembrava, in effetti, lo spazio privato di un liceale, con l'eccezione che, al posto dei poster con le donnine discinte, alle pareti e al soffitto lui aveva appeso decine di cristalli trasparenti, delle dimensioni e delle forme più disparate.

«Soddisfatta dal sopralluogo?» domandò Rahab, dopo che lei ebbe osservato con attenzione l'ambiente. «Vedi tagliole da letto o pulci da Lalartu?»

«No» ammise la studentessa. Rahab percepì imbarazzo da parte sua, e si chiese il perché; la risposta gli arrivò quasi subito. «Senti...»

La giovane tacque, voltandosi nella sua direzione e incrociando le braccia all'altezza del petto, in un'istintiva posizione di difesa. Sembrava intenzionata a comunicargli qualcosa, ma la sensazione era che le parole non volessero saperne di uscire dalla sua bocca.

«Sì?» la incitò, sinceramente curioso.

«La memoria» sputò infine lei, masticando quella parola così tanto da renderla quasi incomprensibile. «Insomma. Dovrete... cancellargliela?»

Quella sì che era una svolta curiosa nel discorso. «Così vorrebbe il regolamento.» Le rammentò, conoscendo il suo attaccamento alle norme.

Cassandra annuì, tornando a osservare i cristalli appesi alle pareti. Anche da lì, riusciva a sentire l'eco delle risate di Priscilla.

«Non potremmo fare un'eccezione?»

«Immagino che, come cortesia professionale, da collega a collega...» Rahab lasciò la frase in sospeso. «In cambio di metà del budget...»

«Un decimo.»

«Un quarto.»

«Un quinto.»

«E sia, mi sarei accontentato di meno.» Ignorando lo sguardo omicida che gli rivolse, lui annuì. «D'accordo. Se teniamo la cosa tra noi, si può fare È una bambina e, anche se andasse in giro a riferire quello che ha visto, nessuno le crederebbe.»

«Bene. Allora affare fatto?»

«Non ancora. Non accetterò senza sapere il perché di questa richiesta. Stai cercando di incastrarmi e di denunciarmi al preside?»

«No.» E lo disse d'un fiato, sinceramente stupita da quell'ipotesi alla quale non aveva pensato. «Sarebbe bello se riuscisse a conservare di essere stata così felice… proprio oggi.»

Rahab annuì, comprensivo. «Mi ha confessato che, per voi, questa è una brutta data.» La informò, stupendola.

«Te l'ha detto?»

«Tra le altre cose, sì.»

«Cos'altro ha…»

«Quella bambina sta male, Cassandra.»

Non aveva mai pronunciato il suo nome, durante nessuno dei loro incontri/scontri. Fu un dettaglio che la spinse ad alzare gli occhi, specchiandosi nello sguardo di Rahab.

Sembrava… impensierito. Provò un moto di fastidio, lo stesso che si potrebbe avere trovando qualcuno intento a frugare tra le proprie cose più private.

«È orfana di madre» gli ricordò, istintivamente sulla difensiva. «Ovvio che non sia la creatura più serena del mondo.»

«È piena di rabbia» fece un gesto incerto con le mani, come se non sapesse neppure lui in che modo quantificare l'enormità dell'emozione percepita dentro la piccola. «Ed è spaventata da questo. Forse dovresti…»

«Ti fermo subito.»

Sorpreso, il rappresentante della Night School la vide alzare l'indice, un ordine secco di tacere. Obbedì, più per curiosità che per diligenza.

«Non azzardarti» mormorò la studentessa, con rabbia.

«A fare cosa?»

«A dirmi come gestirla. È mia sorella. Me ne occupo io.»

«So di essere un perfetto estraneo. Ma…»

«Dovreste fare questo. O quello. O quell'altro. Oppure quell'altro ancora. Quanti consigli pensi che abbiamo ricevuto io e mio padre, da quando mamma è morta?» rise, amaramente. «Tutti buoni samaritani, pronti a dirci come comportarci con lei dopo averla incontrata giusto mezz'ora. Ma a fine giornata, quando la bambina piangeva disperata, chi credi che ci fosse a consolarla?»

«Tuo padre?»

Lei rise, scuotendo il capo. «Già, come no.»

In quel momento, la studentessa dimostrò di essere la degna sorella di Priscilla: la medesima rabbia che il Lalartu aveva percepito nella bambina esplose in lei, investendolo. Era un sentimento nero, soffocante, dal peso quasi insopportabile.

«Perciò» proseguì la studentessa, combattiva, «qualsiasi fosse il meraviglioso e saggio consiglio che avevi da elargirmi, sono pronta a comunicarti dove puoi ficcartelo!»

«D'accordo» sbottò lui, stupito. Finalmente iniziava a capire perché Cassandra fosse così diversa, così rabbiosa. Tuttavia, non poteva perdonarle di aver lasciato sola quella bambina in un giorno tanto difficile. «Non volevo mettermi tra voi. Cercavo di parlarti per il suo bene. L'ho trovata quasi assiderata nella neve, lo sai?»

«Smettila.»

«Non conosco vostro padre, ma se è uno stronzo egoista, beh, allora Priscilla ha ragione. Vi assomigliate.»

«Taci!» urlò la studentessa, così forte da far sobbalzare tutti i non morti al piano inferiore del dormitorio. Trattenne il respiro per un lungo istante, e lui la vide lottare per trattenere una disperazione che, se lasciata libera, l'avrebbe fatta piangere sino allo sfinimento.

Per un attimo, Rahab credette che la diga avrebbe ceduto, che lei non potesse trattenere sentimenti di quella mole, così tanto più grandi di lei.

Ma Cassandra gli dimostrò, ancora una volta, di essere un'esperta in materia: distolse lo sguardo da quello del non morto, fissando ovunque tranne che in direzione dei suoi occhi viola. Emise un sospiro tremulo.

«Di' a Priscilla di venire qua» disse soltanto, la voce non del tutto ferma. «È tardi. Deve andare a dormire.»

La stanza era buia. Rahab aveva dato loro anche più coperte del necessario, sotto le quali le due sorelle si erano accomodate, quando la piccola aveva smesso di fare i capricci per restare ancora un po' sveglia a giocare con i mostri.

Attorno a loro, seppur fosse ormai notte inoltrata, si potevano udire i rumori tipici di una scuola in piena attività: insegnanti che sgridavano studenti, qualche sporadica risata, cori di alunni che ripetevano le lezioni più importanti.

«Non riesco a dormire» mugolò Priscilla, sdraiata su un fianco, la schiena rivolta alla sorella maggiore.

«Dillo a me» sospirò l'altra, supina. Teneva le mani sul guanciale, fissando l'oscurità sopra le loro teste. «Di solito, di notte, non c'è tutto questo rumore.»

E poi si trovava nel letto di un ragazz… di un mostro. Vabbè, insomma, di una creatura di sesso maschile. E la cosa la straniava, perché non le era mai successo prima – aveva avuto esperienze con i ragazzi, e si era divertita, ma mai in un letto. Si sentiva a disagio e non osava chiudere occhio.

Non che fosse scomoda, anzi. Il cuscino era alto, morbido. Le coltri nelle quali si erano avvolte odoravano di un aroma sconosciuto, strano ma per niente spiacevole. Forse, comprese, era la fragranza del bagnoschiuma abituale del proprietario.

Un momento. Ma i Lalartu si lavavano?

«Ricordi quando eravamo in vacanza in Danimarca?» mormorò di punto in bianco sua sorella, sorprendendola. Dalla posizione che aveva scelto e dal modo in cui l'aveva guardata prima che spegnessero le luci, Cassandra aveva pensato che lei fosse ancora terribilmente furibonda nei suoi confronti.

E probabilmente aveva ragione.

L'aveva abbandonata in un giorno difficile. Ma non per menefreghismo, o per cattiveria. Cilly davvero non capiva quanto fosse importante che lei prendesse una buona borsa di studio.

Certe volte meditava di dirglielo. Ma poi desisteva. Non poteva buttare anche il fagotto di quel pensiero sulla schiena della bambina. Era un peso che doveva portare da sola, anche se questo significava litigare con lei di tanto in tanto.

«Sì» ammise, con un sorriso nostalgico. «Avevi paura e sei venuta nella mia stanza. Abbiamo dormito abbracciate tutta la notte.»

«È stato bello.»

«Scalci nel sonno. Per me è stato… avventuroso.»

Risero insieme, a bassa voce. Cassandra sentì il corpicino della sorella muoversi sotto le coperte, rendendosi conto che si stava girando nella sua direzione. Percepì le sue braccia cercarla e si mise subito su un fianco, accogliendola nel proprio abbraccio. Sospirò di sollievo quando affondò la testa nella chioma riccioluta della piccola, inspirandone il profumo del suo shampoo preferito. Priscilla era tornata da lei, infine. La strinse più forte.

«Mi dispiace per la cioccolata» bisbigliò, con voce rotta.

«Qui sono tutti mostri. E tu lavoravi tanto per tenerli nascosti. Adesso ho capito perché non avevi mai tempo.»

Cassandra impallidì, sgranando gli occhi nell'oscurità. «Chi ti ha detto una cosa del genere?»

«Rahab.»

«E quando?»

«Mentre mi accompagnava a letto» la sentì esitare, a disagio. «Dice che mi tieni all'oscuro di tante cose per non farmi preoccupare.»

Le aveva mentito. Spudoratamente. Di certo non per difendere lei, visto che l'aveva accusata di essere menefreghista nei confronti della sorella. Ma allora perché?

La comprensione la illuminò all'improvviso. Sospirò, posando un bacio sulla fronte della sorellina.

Lo aveva fatto per Priscilla. In modo che smettesse di sentirsi uno scarto poco considerato. L'esistenza dei mostri costituiva un ottimo alibi: il Lalartu lo aveva sfruttato in modo che la bambina credesse di essere stata messa da parte per motivi assai più importanti di qualche festival scolastico o litigi tra club diversi.

«Mi dispiace per...» Cilly esitò, un singhiozzo le scosse il corpicino esile. «Per tutto quanto, Cassie.»

«Shh.»

«Qui... qui mi piace tanto. Posso tornare, qualche volta?»

«Non credo sia una buona idea.»

«Perché?»

«Sono mostri, Cilly.»

«E allora? I miei compagni di classe sono noiosi.»

Sì, ma loro non devono seguire dei corsi specifici per imparare tecniche di selfcontrol volte al controllo del desiderio di mangiarti in un solo boccone.

Il discorso era difficile e complicato. «Vedremo» le concesse soltanto, perché per quel giorno aveva già affrontato abbastanza discussioni.

Priscilla si fece bastare quella risposta. Pian piano, il suo respiro si fece più lento, il suo corpo più pesante. Cassandra la sentì cadere in un sonno profondo e godette senza pudori di quel momento: la bambina abbracciata a lei, il morbido calore del suo corpicino contro il proprio, la comodità di quel letto. Erano solo loro due, lontane dal mondo, lontane da tutto. Il vociare della scuola al piano di sotto si fece sempre più indistinto, più incomprensibile.

Strinse la bambina più forte e si addormentò.

Fu così che Rahab le trovò, quando andò a controllare se fossero riuscite ad addormentarsi: aprì silenzioso la porta della propria camera e i suoi occhi capaci di vedere nell'oscurità gli mostrarono la chiara visione delle due femmine umane strette l'una all'altra. I respiri regolari, i cuori che battevano a velocità diverse. Sembravano il ritratto della serenità.

Per un attimo, le fissò incerto. Si chiese come fosse avere nella propria esistenza qualcosa del genere: qualcuno che ti amasse in quel modo. Amante, familiare o altro. Che sensazione era condividere il giaciglio? Un odore consueto da inspirare poco prima di addormentarsi?

Quella cretina di Cassandra aveva accesso illimitato a un tesoro immenso, eppure la studentessa sembrava non rendersene conto. Anzi, a giudicare dai racconti di Cilly, spesso se ne dimenticava, occupata com'era a seguire i propri impegni e doveri. Era davvero così stupida ed egoista?

Aveva la sensazione che la risposta fosse molto più complicata di così. La curiosità lo divorò. Non aveva mai incontrato, in tutta la sua vita, due umane come quelle. Avrebbe dato un braccio, pur di capire meglio cosa girasse nelle loro testoline.

Non aveva certo idea che, di lì a un mese, avrebbe scoperto la verità fino in fondo; purtroppo, ci sarebbe riuscito rischiando di morire nel mezzo.

«Per fortuna state bene!» Ellen, ferma fuori dal dormitorio di esclusivo utilizzo della rappresentante, agitò una mano e saltellò sul posto. I suoi capelli rossi accompagnarono quel movimento, e il contrasto con il candore del paesaggio innevato attorno a lei li fece sembrare, per un attimo, una fiammata.

Cilly lasciò la mano della sorella, che aveva tenuto per tutto il tragitto e si precipitò da lei, ridendo felice e saltandole al collo. La migliore amica di Cassandra se la strinse al petto, posandole mille baci tra i capelli.

«Piccola disgraziata!» la riprese, troppo di buon umore per risultare seria. «Ti sei divertita alla Night School?»

«Come ti senti?» Cassandra l'aveva stretta a sé, dopo che si erano risvegliate il mattino dopo.

Un risveglio che era parso magico: la luce del sole, penetrando attraverso il vetro della finestra, era finita su uno dei cristalli che Rahab aveva appeso nella sua stanza; da lì, si era scomposta in raggi arcobaleno, i quali erano andati a rimbalzare su altri cristalli. La bambina aveva ululato di sorpresa quando si era accorta di quel prodigio, e persino la sorella aveva dovuto convenire sul fatto che quello fosse proprio un bell'effetto.

«Non vedo l'ora di tornare da El, raccontarle tutto! E dire a quella stupida di Dolly che ho un lupo mannaro come amic–»

«Cilly, ascolta» dopo una lunga esitazione, lei era riuscita a spiegarle: «Non puoi. Non puoi dire a nessuno quello che hai visto o fatto qui. Vedi, io e il preside siamo gli unici a sapere la verità. Se altri lo scoprissero…»

«Ma io voglio dirlo!»

«Se si venisse a sapere» aveva terminato Cassandra, con un'idea geniale in mente. «Dovrebbero scappare. Via, lontano. Non potresti rivederli mai più.»

Adesso era giunto il momento della prova del nove. La minaccia di perdere per sempre i nuovi amici conosciuti la sera prima avrebbe trattenuto Priscilla dal desiderio di condividere il segreto della loro esistenza con il resto della scuola?

La bambina spalancò la bocca per rispondere con entusiasmo alla domanda di El. Poi parve pensarci. Ridusse il sorriso a una mesta espressione serena e fece spallucce.

«Sono simpatici, quelli della Night School» ammise, mentendo con una tranquillità che Cassandra trovò quanto meno inquietante. «Ma poveri.»

Riuscì a far ridere l'amica di sua sorella.

«Cassie, inizia a parlare come te!» esclamò El, rivolta alla compagna ormai giunta accanto a loro. «Sei una pessima influenza.»

«Credimi. Non sono la peggiore influenza che ha incontrato.» Commentò piatta lei. «Hai dormito qui?»

«Quando ho saputo che Cilly era al sicuro, ormai la tormenta era troppo forte. Ho chiesto un permesso al referente del mio dormitorio, e me lo hanno concesso.»

«Quindi la mia doccia è piena di capelli?»

Ellen era una persona squisita. Straordinaria. Con una meravigliosa e affettuosa famiglia alle spalle. E un carattere d'oro. Ma quando si lavava pareva un San Bernardo nel pieno della muta. Perdeva così tanto pelame da riuscire a intasare uno scarico dopo una decina di lavaggi.

«Spiritosa» replicò con finta acidità la sua amica. «Ma senti» aggiunse, più civettuola. «Non è che hai incontrato…»

Lasciò la frase in sospeso. Cassandra, però, ancora stanca e spossata per le emozioni e la traversata sotto la neve della giornata precedente, non riuscì proprio a capire di chi stesse parlando.

«Non ho idea…»

«Lo sai.»

«Oh no.» Realizzò, con la morte nel cuore. «Ancora pensi a lui?!»

Prima di andarsene, Cassandra era stata presa da parte dal rappresentante della Night School. Sospingendola verso una parete e chinandosi su di lei per sussurrare il più piano possibile, lui le aveva detto: «Costringi la tua amica a lasciare stare Trevor».

«Perché parli così piano?» era stato il borbottio di lei, alla quale la vicinanza di quegli occhi viola non era piaciuta affatto. Era strisciata di lato sulla parete, ma lui l'aveva seguita, senza lasciarle scampo.

«Perché» le aveva risposto, le labbra a un soffio dal suo orecchio, «questa è una scuola di mostri che hanno un ottimo udito.»

«Ottimo, quanto?»

«Credimi: ottimo al di sopra della privacy consentita in altri posti. Allora, cosa intendi fare?»

«Io? Sei tu che devi dire al tuo zombie di lasciare in pace la mia amica!»

«È lei che lo illude.»

«Ma se è lui a mandarle continuamente poesie!»

«Risponde solo ai cuoricini che gli invia a ogni ora del giorno e della notte.»

«I cuoricini non significano niente.»

«Non per Trevor.»

La discussione tra loro era durata a lungo. E non aveva portato a niente. Come sempre, d'altronde.

«Insomma, lo hai visto?»

«Sì» dovette confessare lei, seppur controvoglia. «Ci siamo incrociati al mio arrivo.»

«Era a torso nudo? Gli hai fatto una foto?»

«Perché avrebbe dovuto essere a torso nudo?»

«Non lo so, ci speravo.»

«El» pontificò seriosa Cassandra. «Stai perdendo il cervello, dietro a quel tizio.»

E poi ridacchiò da sola come una scema, perché si era appena resa conto d'aver fatto, senza volerlo, una battuta davvero adatta a una tizia innamorata di uno zombie.

«Che hai da ridere?»

«No, niente. È solo che ormai sono giunta a un livello in cui o rido o piango. Tutto qui.»

«Dovete aver dormito male» credette di comprendere Ellen, preoccupata. «Andiamo a fare colazione. Ne abbiamo bisogno! Senti, ma Trevor ti ha parlato di me?»

Capitolo 5

Cassandra dovette occuparsi dell'esposizione del club fotografico, di svariate riunioni straordinarie volute dai rappresentanti di classe delle medie per protestare sul metodo di valutazione adottato da un nuovo insegnante d'arte e, ciliegina sulla torta, della festa di saluto prenatalizia.

Tutto andò liscio come l'olio: il ventuno di dicembre gli alunni e buona parte dei professori fecero i bagagli e partirono, lasciando la scuola per le vacanze di Natale. Solitamente, erano autorizzati a rimanere all'interno del plesso soltanto coloro che presentavano una motivazione valida: compiti da recuperare, situazioni familiari complicate. Ma nessuno degli studenti desiderava trascorrere le festività all'interno di un dormitorio vuoto, per cui anche quell'anno praticamente tutti decisero di partire.

Tranne due studentesse: Cassandra, le cui lacune di matematica, a causa dei molteplici impegni, si erano fatte così gravi da costarle un'altra B in un compito in classe. Ed Ellen, perché aveva sbagliato un compito in storia, e necessitava a sua volta di un poderoso ripasso.

Priscilla era partita senza guardarsi indietro, nonostante la prospettiva di dover passare la maggior parte del tempo nella casa paterna: rientrava ancora in quel magico range d'età dove per eccitarsi bastava l'idea di un enorme albero di Natale decorato da una solerte tata e dai regali che la medesima tata vi avrebbe ficcato sotto la Mattina Santa.

La sera del ventitré dicembre Cassandra era di umore nero. Doveva cercare di capire per quale motivo l'asse cartesiano e i calcoli a esso correlato sembrassero sfuggire al suo controllo maniacale e ringhiò letteralmente quando qualcuno bussò alla sua porta, interrompendola.

L'aprì di malumore, ritrovandosi davanti una specie di incubo a occhi aperti. «Buonasera, signorina Dron!» recitò un tizio di circa cinquant'anni, vestito da elfo di Babbo Natale. Un cappello coi campanellini dorati gli cadeva sull'occhio destro, e le protesi alle orecchie erano ormai nere per l'usura. Le stava porgendo un pacchetto, con un gran sorriso. «Consegna speciale dalla Royal Diamond, per augurarle un lieto Natale e un felice–»

La ragazza ringhiò, strappandogli l'oggetto dalle mani e sbattendogli la porta in faccia. Appoggiò la schiena contro l'uscio e fissò il regalo – incartato con velluto viola e adornato con un fiocco d'argento – appena consegnatole.

Che bello. Un altro regalo comprato da una delle segretarie di papà. Quanto amore, quanto sentimento!

Mugugnò qualcosa di indecifrabile, sciogliendo il nodo che teneva ferma la confezione realizzata in modo perfetto. Si ritrovò tra le mani un cofanetto di pelle scura, che fissò come se fosse una specie di prodotto fecale malriuscito.

«Se sono orecchini, urlo. Non ho nemmeno i buchi alle orecchie.»

Aprì il contenitore.

Ovviamente lo erano. Due pendenti di cristallo, che si atteggiavano a diamanti preziosi. Scosse il capo e richiuse l'oggetto, lanciandolo sul tavolo del suo cucinino.

Non fece in tempo ad allontanarsi dalla porta, che qualcuno vi bussò di nuovo. Forse quel patetico cinquantenne aiutante di Babbo Natale aveva da recriminare per il trattamento ricevuto?

«Non intendo darti una mancia!» berciò, spalancando la porta e rimanendovi di sale quando si ritrovò davanti Ellen con addosso un cappotto più elegante del solito. La guardò perplessa e la sua amica, per aiutarla a capire meglio la situazione, lo spalancò: sotto era vestita da elfetto anche lei. Solo che il suo doveva essere alquanto sporcaccione, a giudicare dallo scollo e dalla scarsità della stoffa di cui era provvista la gonna.

«Allora? Cosa mi dici?» sghignazzò, birichina.

«Congratulazioni per il tuo primo film porno?»

«È troppo eccessivo» comprese l'altra, richiudendosi di scatto la giacca. «Oh, no. Lo sapevo. Sembro una monellaccia?»

«Monellaccia è un aggettivo strambo e… riduttivo.»

«Accidenti!» mugolò lei. «L'ho ordinato online, non mi sono accorta che fosse così corto fino a che non è arrivato.»

«Quindi presumo che nella foto esplicativa dovesse essere addosso a una donna con appena dodici centimetri di gambe. Altrimenti non mi spiego.»

«D'accordo, lo ammetto: volevo sembrare un po' monellaccia!»

«Ogni volta che ripeti quella parola mi viene voglia di portarti all'ospedale per verificare la presenza di un trauma cranico.»

«Tu scherzi, ma per me è una rovina!»

«Babbo Natale passerà soltanto se indossi il giusto outfit? Perché ormai sei grande e devo darti una notizia che potrebbe sconvolgerti: lui non esis–»

«Cassie, devi aiutarmi!» Ellen l'afferrò per le braccia. «La festa è tra poco!»

«Di quale festa stai…»

Poi l'illuminazione la colse.

Rahab le aveva telefonato circa una settimana prima, pretendendo lo sblocco del quinto di budget che lei gli aveva promesso in cambio di preservare la memoria della sorella. Dopo una discussione del tutto gratuita – talvolta era come se si sentissero in dovere di urlarsi vicendevolmente di tutto, come una vecchia coppia sposata – lei aveva fatto ciò che le era stato chiesto, e da allora non vi erano stati altri contatti.

Durante la chiamata, però, nel fervore del litigio, in effetti il rappresentante della Night School aveva urlato qualcosa circa l'urgenza di sbloccare i fondi, i quali sarebbero serviti entro il ventitré di quel mese. Cioè, quel giorno.

«El» disse, torva. «Non stai andando a una festa della Night School, vero?»

La sua amica si portò un pollice alle labbra, mordicchiandolo nervosa. Era un tic che conservava dall'infanzia ma che, con addosso quel vestito, poteva assumere tutta un'altra valenza.

«E piantala, sembri davvero una pornoattrice!» la sgridò, afferrandola per il polso e tirandola dentro il proprio dormitorio. Chiuse la porta alle sue spalle. «Rispondi! Stai andando a una loro festa?»

«Senti, non ti arrabbiare. Trev mi ha invitata e mi ha chiesto di non dirti niente…»

«*Trev*?»

«Mi ha chiesto di chiamarlo così» sospirò trasognato l'elfo più pornografico di quella parte di continente. «È una specie di strana festa in maschera, se ho capito bene, però ecco, ehm, questo vestito… ho bisogno di un consiglio!»

«Eccoti il consiglio: cambiati!» le abbaiò addosso la rappresentante. Vi rifletté, per poi aggiungere: «E poi, come sarebbe a dire che ti ha chiesto di non dirmi niente? La stanno finanziando con un quinto del *mio* budget!»

«Cassie, dai, non ti arrabbiare… sai che il loro rappresentante non può vederti.»

«E la cosa è reciproca!» ululò lei. «Ma tu non puoi andarci!»

«Non so se la cosa ti sia sfuggita, però non ho nove anni come Cilly. Non hai il diritto di vietarmi nulla.»

«Non avrai nove anni, ma non hai nemmeno nove centimetri di gonna!»

«Per questo sono qui! Hai qualcosa da prestarmi?»

«Io non ti aiuterò ad andare da sola in mezzo a quella gente, sia chiaro!»

«Allora vieni con me.»

«Cosa? No.»

«Ma scommetto che ti piacerebbe» le sussurrò Ellen, con una vocina mefistofelica che Cassandra onestamente non credeva potesse produrre. «In fondo quell'antipatico del rappresentante della Night School non ti vuole alla sua festa, giusto? Sarebbe bello, presentarsi. Dargli fastidio. Causargli un po' di noie.»

«Pensi davvero che io sia così manipolabile?»

La sua amica si passò una mano tra i capelli rossi, dandole un'occhiata ammiccante. «Magari c'è qualcosa non a norma, là. Che potrebbe comportare la chiusura anticipata del divertimento.»

Accidenti. La carogna sapeva giocare bene le sue carte. *Che stia imparando da me? Sono contagiosa?*

«Buon a Neewhall!» ululò il tizio che aprì loro la porta del plesso più grande della Night School, dalle pareti del quale esplodeva una musica forte e assordante.

Cassandra ed Ellen lo fissarono, sbigottite.

La prima si avvicinò alla seconda, bisbigliando: «Non doveva essere una festa in maschera?»

«Così mi ha detto Trev» rispose quella, tra i denti.

«Piantala di chiamarlo così, dannazione.»

Lo studente della Night School che aveva aperto loro parve udire senza problemi i loro discorsi sussurrati, segno che doveva essere un non morto di qualche tipo. Sorrise, rassicurandole: «È una festa in maschera, certo!»

«Ma tu indossi un completo» obiettò Cassandra, incerta.

«Questa sera è Neewhall! Ci mascheriamo…» lui fece una pausa a effetto. «Da stupidi umani!»

«Che cosa?»

«Io sono un ragioniere in pensione, con due figli e un'amante che in realtà non voglio, ma che devo mantenere per sentirmi pienamente all'interno del mio status sociale.»

«Oh, Dio.»

«Entrate, entrate! Attenti agli scherzi, eh! C'è un tizio che dice di essere dell'agenzia delle entrate!»

Le sospinse dentro, chiudendo la porta alle loro spalle e tornando a folleggiare.

Le due amiche si guardarono attorno. Tutti erano vestiti... nella maniera più casual e normale possibile. C'era un tizio con addosso una divisa da giardiniere, un'altra con una ventiquattrore in mano, una che fingeva di portare al guinzaglio un cane invisibile.

«Porco Babbo Natale» fu l'imprecazione che salì alle labbra di Ellen, la quale si affrettò a far sparire il cappello da elfo che aveva in testa.

Dopo essere stata rincorsa dall'amica per tutto il proprio dormitorio, infine la rappresentante aveva ceduto e le aveva concesso di frugare nel proprio armadio, alla ricerca di qualcosa che potesse sembrare un travestimento.

Ellen ne aveva tratto un abito bianco, lungo al ginocchio, al quale aveva abbinato il cappello e le orecchie da elfo.

«Meglio che niente.» Era stato il suo sospiro. «Tu cosa ti metti per la festa in maschera?»

«La divisa d'ordinanza della scuola, è chiaro» aveva replicato Cassandra, piatta. «Io vengo solo per rovinarla.»

Improvvisamente, le loro scelte dell'ultimo minuto erano divenute l'outfit perfetto per quella festa completamente fuori di testa.

«Salve a voi!» tubò una lamia, con addosso un tubino viola e un cappello appariscente. «Sono un'umana con la passione per le corse dei cavalli. E voi?»

«Io... una studentessa. E lei...» Cassandra diede di gomito a Ellen, ancora sotto shock. Dato che l'amica non reagì, proseguì inventando cose a caso: «La moglie di un politico dipendente da anfetamine».

«Che idee strepitose!» urlò entusiasta la lamia, trotterellando via. «Io davvero non...» Ellen la guardò allontanarsi, sempre più confusa.

«Neewhall» mormorò Cassandra, pensierosa. «*Halloween*, una rivisitazione. Questi perfetti imbecilli hanno organizzato una festa in cui scimmiottano le persone normali?»

«Che cosa originale!» la sua migliore amica si lisciò l'abito bianco, con attenzione. «Miracolosamente, questo vestito adesso è perfetto. Vado a cercare Trev.»

«Aspetta, non puoi andare da sola. *E smettila di chiamarlo così!*»

Tentò di inseguirla, ma non poté fare due passi che un viso a lei ben conosciuto le sbarrò il passaggio. Era Meal, uno dei licantropi con cui Priscilla aveva fatto amicizia più di un mese prima. Per motivi che a lui dovevano essere sembrati geniali, indossava un costume da tirolese.

«Fammi indovinare» sospirò Cassandra. «Sei in costume da abitante delle Alpi?»

«No» scosse il capo, orgoglioso. «Sono un umano in costume da Halloween. Boom! Quest'idea è venuta solo a me.»

«E io mi farei delle domande sul perché.»

«Il capo sa che sei qui?»

«Intendi Rahab? No, ma non appena troverò qualcosa fuori posto provvederò io stessa a farglielo sapere.»

«Non vuole umani, alla festa.»

«La cosa mi spezza il cuore, te l'assicuro.» Lei finse di avere un dolore al petto, poi si distrasse subito. «Sbaglio, o quello là in fondo è un palco costruito senza tener conto di alcuna legge sulla sicurezza?»

«Cosa?»

«Ne parliamo dopo, tizio travestito da tizio che si traveste da tizio» lo congedò, incamminandosi in mezzo agli invitati come un falco alla ricerca di un topolino.

Non fu facile, muoversi tra loro. I mostri erano allegri come non mai, si facevano vicendevolmente degli scherzi alquanto discutibili – «Sono un dentista!» fu la frase che sentì ripetere più spesso, seguita da finte urla di paura – e scimmiottavano il comportamento umano con errori grossolani.

«Voi da cosa siete vestiti?» udì chiedere da un astronauta, rivolto a una coppia teneramente abbracciata.

«Maestro e bambina dell'asilo!» risposero questi, e si baciarono.

Cassandra scosse la testa, aumentando il passo.

Mentre si avvicinava al suo obiettivo – quel palco era totalmente non in sicurezza, anche un bambino se ne sarebbe accorto guardandolo da lontano – qualcosa nella sua visione periferica l'attirò, catturando la sua attenzione.

Una divisa scolastica. Bianca e viola, identica a quella che lei indossava sempre, anche in quel momento. L'unica differenza stava nel fatto che questa uniforme in particolare era addosso a una persona di stazza e altezza decisamente maggiori delle sue, il che costringeva la stoffa a tendersi su quelle spalle ampie e sulle braccia massicce sino quasi al punto di rottura.

Doveva essere un ragazzo. Il quale aveva abbinato a tale abbigliamento una ridicola parrucca di riccioli biondi, spettinata e lucida, di quelle acquistabili a meno di due dollari in un negozio di periferia. Il taglio della chioma era stato livellato all'altezza delle spalle, proprio come la sua.

«Non posso crederci» sibilò la rappresentante della Sunrise School, dimenticando per un istante la scarsa sicurezza del palco e deviando il proprio percorso in direzione di quella che era, palesemente, una mancanza di rispetto alla sua persona. Messa in atto da qualcuno che, anche di spalle, lei non ebbe difficoltà a riconoscere. «Questa volta lo ammazzo.»

Aprì la bocca non appena fu nelle sue vicinanze, ma sentirlo parlare la spinse a richiuderla. Tacque, decidendo di approfondire la questione per capire se fosse il caso di ucciderlo sul colpo o solo dopo lunghe e dolorose torture.

«Oh, Ayez» pronunciò Rahab, perché di lui si trattava, con una vocina sottile e dai toni isterici. Un capannello di mostri si era radunato attorno a lui, seguendone l'esibizione con risate e ovazioni. «Certo che indosso la divisa maschile, io. Lo statuto della mia Scuola Per Umani Viziati, paragrafo sette-comma dodici-sezione chissenefrega stabilisce chiaramente: *alla rappresentante è fatto divieto di sembrare carina*! Quindi abbasso le gonne, viva i pantaloni che mi fanno somigliare a un vecchio giocatore di golf! Mmh, già!»

Tutti esplosero in una risata.

«Tu, laggiù!» urlò la versione alta e muscolosa di Cassandra. «Lo sai che sono stata nominata *sei volte* carogna infame dell'anno? Sei volte! Il premio è un palo in culo, e lo indosso sempre!»

Altre esplosioni di ilarità. La studentessa alzò gli occhi al cielo. Comicità d'alta scuola, proprio.

«Ehi, ehi, voi due!» fece ancora Rahab, indicando personaggi immaginari davanti a sé. «Vi state divertendo! Divertirsi è esplicitamente vietato dal regolamento, articolo dodici, sottosezione chi-se-ne-frega-dei-sentimenti-altrui-ho-ragione-io!»

«Rappresentante» belò uno dei mostri che lo circondava, tra le risate generali. «Ma tu non ti diverti mai?»

«Certo che no. Io vivo la mia vita così: un attacco isterico alla volta.» Rahab si mise in quella che riteneva una posa da fanciulla nevrotica, tirandosi alcuni ciuffi della parrucca.

«E l'amore?» chiamò un altro. «Ce l'hai un fidanzato?»

«Ahimè, no. Ho la tendenza a divorare l'anima di chi mi sta intorno e questo assottiglia la lista dei miei possibili pretendenti a: una roccia, un serpente e un pennarello. Anzi, due. Alla fine il serpente non ne poteva più e se n'è andato» flautò in risposta la falsa Cassandra. «Ma» riprese, con vivacità, «ho un'assicurazione sanitaria eccellente, quindi potrò morire da sola in tutta comodità!»

La vittima di quelle prese in giro decise di averne abbastanza. Aggirò la schiena del Lalartu e si fermò al suo fianco, le braccia incrociate sotto il seno e un'espressione a dir poco minacciosa sul viso.

I presenti notarono il suo arrivo e i loro sorrisi scomparvero immediatamente. Rimasero pietrificati, come un tizio che, la sera di Halloween, dopo aver lavorato ore e ore per travestirsi da vampiro si ritrovasse improvvisamente faccia a faccia con un succhiasangue in carne e ossa. In effetti, a parti inverse, era appena capitata una cosa del genere.

Il Lalartu avvertì quel cambio d'atmosfera e aggrottò la fronte, stupito. «Che vi prende?» domandò, seguendo la direzione dei loro sguardi e notando, accanto a sé, la versione in miniatura e furibonda del suo costume.

Dapprima, sul suo viso comparve un accenno di colpevolezza. Evidentemente, aveva trovato ironico farle il verso, ma non si era certo aspettato che la vittima di quella burla lo ascoltasse esibirsi.

Recuperò il controllo della propria espressione quasi subito e il solito sorriso strafottente emerse sul suo volto.

«Rappresentante» la prese in giro, facendole omaggio di un inchino tanto pomposo quanto ironico.

«Il biondo ti sbatte» proclamò lei, pronunciando la prima cattiveria che le venne in mente per vendicare l'onta subìta. Anche se l'insulto aveva un fondo di verità: i suoi occhi viola non risaltavano come sempre, senza l'appoggio cromatico della sua solita chioma corvina. «E fai ridere quanto una distorsione al polso.»

«Posso, educatamente, chiedere cosa accidenti ci fai alla mia festa?» lui rizzò la schiena e la fissò dall'alto in basso.

«Indovina?» fu l'acida risposta di lei. «Sono lo chaperon di una povera anima che non sa di essere stata invitata da uno zombie.»

141

«Trevor!» ringhiò tra i denti Rahab. «Gli avevo detto di non dirle niente!»

«Aspetta» fece uno degli spettatori delle sue imitazioni. «Trev ha invitato una ragazza?»

«E la ragazza è qui?» soggiunse un altro, con eccitazione nella voce.

«Mitico!» urlarono altri due, e l'intero gruppo sgommò via, alla ricerca della coppia miracolosa, curiosi di vederli in azione.

«I miei complimenti per la tua scelta del costume» commentò il Lalartu, quando rimasero soli. «Credevo sarei stato l'unico vestito da *tizia non gradita alla festa*. E guarda che attenzione al dettaglio ci hai messo! Potresti vincere il primo premio.»

«È così che sprechi un quinto del budget? Con una stupida festa?» sibilò, lasciando ricadere le braccia lungo i fianchi e protendendosi minacciosa verso il Lalartu. Come sempre, gli arrivava a malapena al petto, dunque risultò intimidatoria quanto una gattina.

«Non è esattamente quello che hai fatto tu, la sera di Halloween?» fu la rimbeccata che ricevette, la quale avrebbe anche potuto avere un suo perché, se non fosse stata pronunciata da un tizio intento a risistemarsi una parrucca riccioluta.

«Prima di tutto, per quell'evento ho speso la metà. In secondo luogo, Halloween è una delle feste più stupide che vi siano sul calendario, ma gli studenti la pretendono e sono stata costretta a organizzarla. Questa, invece, è una pagliacciata messa su per il solo gusto di farlo!»

«Ti sbagli» lo sguardo di lui abbracciò i presenti: c'era chi imitava un commerciante di frutta, chi fingeva d'essere un insegnante di Thai-chi. «Stiamo celebrando una delle tradizioni più importanti della nostra cultura.»

«Ma non prendermi per i fondelli!»

«Voi avete il Natale. Noi il Neewhall.»

«Non provare a paragonare le due cose! Questo Neewhall… è una cosa stupida!»

«Più stupida di addobbare abeti e credere che un tizio passi di casa in casa lasciando regali per festeggiare un bambino venuto al mondo millenni fa? Che poi, tra parentesi» aggiunse, pensieroso, «se i regali sono per la sua nascita, perché non li fate a lui?»

«Non puoi capire.»

«Così come tu non puoi capire questa festa. In realtà è molto importante, per la nostra comunità.»

«Vi state facendo beffa degli esseri umani!»

«Voi non vi fate beffa di noi, ad Halloween?»

«È diverso» sbottò Cassandra, rancorosa. «Gli esseri umani non hanno idea che voi esistiate realmente. Non ci vestiamo da lupo mannaro per fare il verso a uno specifico licantropo. Non siamo offensivi.»

Lo disse lanciando uno sguardo eloquente al travestimento di lui. Rahab intese ciò che voleva dire e si lasciò scappare un sorrisino.

«Già. Tu sì invece che sei sempre molto attenta a non essere offensiva» replicò, con fare superiore. «Sai che ho passato i primi tre quarti d'ora della festa limitandomi a indicare tizi a caso e chiamandoli *mostri*? Sembravo la tua fotocopia, così han detto tutti.»

Cassandra comprese di essere appena stata messa al muro, e sviò rapida il discorso: «E io indosso i pantaloni perché sono pratici!» sibilò, piccata. «Chiedo scusa se non faccio uso di un indumento scomodo creato dalla società patriarcale per eccitare ogni uomo che mi circonda!»

«Quanti paroloni. Non basterebbe dire: *non m'importa di essere carina*?»

«Certo che non m'importa di essere carina!»

«Allora perché ti senti in dovere di giustificare le tue scelte d'abbigliamento?»

Altro vicolo cieco. Altro cambio di argomento: «Quel palco non è a norma».

«Cosa c'entr–» lui scosse il capo, privandosi della parrucca e fissando l'oggetto del discorso. «Sì che lo è.»

«No, mancano dei giunti di fissaggio, il traversone di tenuta è storto, non vi sono sostegni sotto. Cadrà al primo idiota che ci salirà sopra. Devi sospendere questa festa.»

«Come no.»

«Statuto sulle norme di sicurezza in caso di eventi pubblici, capitolo ventesimo comma–»

«Ho capito, ho capito!» Rahab si incamminò nervosamente in direzione del fulcro delle loro discussioni. «Andiamo a controllare questo maledetto palco!»

«Non ho bisogno di controllarlo, so che non è stato montato nel modo corretto.»

«Non ho bisogno di controllarlo» ripeté lui, tornando a usare una vocina isterica. «So che è stato montato nel modo corretto!»

«Io non parlo così!»

«Io non parlo così!»

Dannazione. In effetti, ad ascoltarlo, un po' le somigliava.

«Ellen.»

Sentire il suo nome pronunciato da quella voce la fece rabbrividire da capo a piedi, con un languore di aspettativa. Persa in mezzo agli invitati di quella festa, la rossa si volse in direzione di Trevor e rimase di stucco quando lo vide.

Indossava un completo nato per essere elegante e formale, ma annerito in più punti dal fuoco, al quale aveva abbinato guanti di pelle nera. Sul viso, una maschera bianca lo celava completamente, a eccezione dei suoi occhi, lucidi per l'emozione. Aveva un fedora scuro sul capo, che ne nascondeva i capelli. Era elegante e... maliziosamente misterioso.

144

Lei ridacchiò, andandogli incontro. «Da cosa sei vestito?» volle sapere, prendendogli una mano tra le proprie in un gesto istintivo, come se quella fosse stata un'abitudine da sempre.

Lo zombie rimase per un attimo in silenzio, ammirando le sue dita nascoste dai guanti strette tra quelle sottili e morbide dell'umana.

«Io...» mugolò, agitandosi all'istante.

Qualcuno, alle sue spalle, gli diede pesantemente di gomito. Ellen non vide chi, ma quel colpo parve riscuoterlo di botto.

«Umano» le rispose, pronunciando con fatica le parole. «Umano che... è rimasto deformato da un... incendio.»

«Un background oscuro. Mi piace.»

«E...» il poveretto deglutì agitato, prima di riuscire a chiedere: «E tu?»

«Moglie di un politico dipendente dalle metanfetamine. Lo ha deciso Cassie, però m'intriga» lei gli fece l'occhiolino, tirandolo in direzione del gruppo di persone che ballavano indossando vestiti totalmente casual. «Chi lo sa. Magari questa sera tradirò mio marito baciando un altro.»

«Oh no!» ululò Trevor, seguendola mentre emetteva quel verso colmo di disperazione. «Tu hai un marito?»

«Cosa? No. Intendevo...»

«Tu hai un altro?»

«No! Io...» Ellen si fermò, credendo di aver compreso la questione. «Stai facendo il finto idiota per prendermi in giro!» lo accusò, mollandogli un colpetto sul braccio e scoppiando a ridere.

«Ah ah ah» cercò di ridacchiare lo zombie, impacciato. «Il finto idiota.»

«E io ci stavo cascando!»

«Dove? Ti tengo!»

«Sei una sagoma!»

«Sagoma di cosa?»

Ma la giovane umana invece di rispondergli rise ancora più forte, e Trevor pensò che l'appuntamento stesse andando piuttosto bene. Non aveva idea di cosa stesse accadendo di preciso, ma lei sembrava felice e contenta. Tanto gli bastò.

Parlare insieme via messaggio era diverso. Aveva ormai preso dimestichezza con la tastiera digitale, e attraverso lo schermo riusciva a essere naturale, a esprimere la propria anima. Ma trovandosela di fronte, bella come un'alba, lo aveva agitato in un mezzo secondo, facendolo sentire un completo stupido.

Iniziarono a ballare insieme, perché se c'era una questione sulla quale sembravano capirsi al volo, questa era certamente il modo di scatenarsi in pista: era così che si erano notati la sera della festa di Halloween. Entrambi ballerini senza inibizioni, desiderosi più di divertirsi che di apparire aggraziati.

Per Ellen fu tutto magico e perfetto. Il suo Trevor non la conduceva nelle danze, ma seguiva i suoi movimenti e giocava con lei, anche se appariva forse un po' più rigido rispetto al loro primo incontro.

Via messaggio l'aveva avvisata – con una sincerità capace di commuoverla – che probabilmente sarebbe stato molto agitato, in quanto nessuna gli aveva mai concesso un appuntamento, prima.

Dopo essersi scatenati un po', la ragazza si fermò, asciugandosi un rivolo di sudore sulla fronte.

«Scusa» balbettò, a disagio. «Io sudo appena mi muovo.»

Non seppe neppure come fosse riuscita a dirlo. Quel dettaglio della sua persona l'aveva sempre fatta vergognare, come l'avere un po' di buccia d'arancia sulle cosce o il russare nel sonno. Non si sarebbe mai sognata di ammetterlo durante un incontro galante.

Ma, si rese conto, Trevor la metteva a suo agio. C'era qualcosa, nel modo in cui la guardava, nella premura con la quale la scortò fuori dalla pista da ballo, che nessun ragazzo le aveva mai offerto, prima.

La faceva sentire preziosa.

«Dov'è il tavolo delle bevande?» domandò, aggrappandosi al suo braccio come se fossero una coppia qualunque. «Se non bevo dell'acqua, potrei morire.»

«Oh no! Non morire!» urlò il poveretto, terrorizzandosi all'istante. Si guardò attorno, in preda al panico: quella era una festa per mostri e non era previsto alcun tavolo delle bevande. O meglio, ce n'era uno, ma conteneva sostanze che di certo non avrebbero fatto bene a un'umana.

«Sei completamente matto!» scoppiò a ridere lei, e vederla così tranquilla ridimensionò – seppur di poco – l'attacco d'ansia del non morto.

«Non abbiamo un tavolo delle bevande» le spiegò, dispiaciuto. «Non c'è acqua.»

«D'accordo» fece spallucce lei, non ponendosi troppe domande. Lui l'aveva avvisata che le feste alla Night School potevano essere strane, ed Ellen aveva deciso di parteciparvi a mente totalmente aperta. «Allora facciamo una passeggiata in un... posto più tranquillo?»

«Posto più tranquillo? Oh.» Lo zombie comprese. Annuì una volta soltanto, nervoso.

E così insieme scivolarono lontani dalla folla, trovando un angolo tranquillo e appartato, con due sedie libere. Vi si accomodarono sorridendosi e sistemandosi il più vicino possibile, la mano di lui sempre stretta tra quelle di lei.

Per un attimo, su di loro crollò il silenzio.

«Sono felice» disse infine Trevor, la voce bassa, gli occhi fissi sul punto in cui le loro dita s'intrecciavano. «Sei bella... sei simpatica...»

Ellen ridacchiò. «Ti hanno detto che bisogna riempire una donna di complimenti, al primo appuntamento?»

«Sì» ammise lui, con imbarazzo. «È sbagliato?»

«Scontato.»

«Ah.»

147

«Ma non ti ho detto di smettere.»

La ragazza ridacchiò, giocherellando con la sua mano e lanciandogli un'occhiata colma di malizia. Esitò un istante, quindi si protese dalla propria sedia in direzione della sua. Gli posò un bacio sul fianco della maschera, laddove vi sarebbe stata la sua guancia.

«Ah» fece lo zombie, incapace di pronunciare altro se non quel verso di scomposto giubilo. La sentì ridere di nuovo e, se avesse avuto un cuore pulsante nel petto, a quel punto sarebbe esploso per l'emozione. «El» disse, rapito. «Se io ti chiedessi…»

«Sì?»

«Io… mi piacerebbe se noi…»

«Sì?»

«Se tu…»

«Se io?»

«Se noi…»

«*Se noi?*»

«Se non… usassimo i cellulari per sentire qualcun altro.»

Probabilmente lei stava aspettandosi una proposta diversa, poiché parve stupita e lievemente delusa da quella appena ricevuta. Oltre che perplessa.

«Cosa intendi?»

«Io… scrivo solo te. E tu… scrivi solo me.»

Le adolescenti umane, quando vanno a una festa per incontrare un tizio con il quale si sono scambiate messaggi durante tutto il mese e mezzo precedente, non si aspettano certo proposte di quel genere. D'accordo, Ellen forse non si aspettava proposte indecenti – Trevor non aveva fatto mistero di essere timido – ma, insomma…

Sospirò. «Sì» bisbigliò, con pazienza. «Mi piacerebbe.»

La presa della sua mano si fece più forte tra le sue.

Fu in quel momento che l'ex pubblico di Rahab li individuò, due piccioncini in disparte. Non poterono credere allo spettacolo davanti ai loro occhi e, incuriositi, si avvicinarono all'umana e allo zombie. Vedere un tizio in decomposizione riuscire a cuccare, in fondo, era un evento più unico che raro.

«Ma sei cieco o solo stupido?» sbottò la rappresentante della Sunrise School. «Ti dico che non è a norma!»

«Invece lo è… dove ti stai infilando?» Rahab allungò una mano per acchiapparla, ma le sue dita si strinsero attorno all'aria. Senza alcun preavviso, determinata a dimostrargli la propria ragione, Cassandra aveva trovato un accesso tra i tubi di ferro che costituivano la struttura portante del palco.

Come da tradizione, lui aveva richiesto che fosse costruito molto alto: sfiorava l'altezza di tre metri ed era tecnicamente possibile camminarvi al di sotto, come la studentessa aveva già iniziato a fare.

Solo che, beh, non era entusiasta all'idea di seguirla.

«Vieni fuori» la chiamò, nervoso senza un motivo apparente. «Qui è tutto ferro!»

«Ah, già» Cassandra estrasse il telefono dalla propria tasca e lo mise in modalità torcia, illuminando i ponteggi attorno a lei con aria concentrata. «Ferro e fuoco: le due fobie della tua razza. Un po' infantili, non trovi?»

«Non sono semplici fobie, sono gli unici due elementi che possono ucciderci. Vieni fuori, dannazione!»

«Sì, che vengo fuori. Quest'affare è stato montato in maniera pessima. Crollerà alla prima sollecitazione; devi interrompere la festa, o almeno impedire che la gente vi salga sopra.»

Non era pensabile terminare un Neewhell senza il tradizionale concerto di mostri mezzi ubriachi e stonati smaniosi di cantare *We Will Rock You* senza quasi capirne il testo. Pur di evitare quell'ipotesi, il rappresentante prese coraggio e avanzò in mezzo al ferro che tanto temeva.

Rahab era un bestione di quasi due metri. Il che voleva dire che dove lei riusciva a camminare perfettamente dritta lui era costretto ad avanzare con il capo curvo per non rischiare di prendere delle testate contro l'impalcatura. Si sistemò il colletto della divisa da studente della Sunrise School, con nervosismo.

«Allora?» sbottò. «Dove sarebbe questa falla nella sicurezza?»

«Chiunque abbia montato questa roba non l'ha fissata con dei giunti e dei bulloni. È una specie di castello di sabbia! A chi hai dato il compito, a dei bambini?»

Se n'erano occupati Meal e gli altri; quindi, in sostanza, la risposta era: *sì*.

«L'ho chiesto a dei professionisti» disse invece, e la sua fronte sfiorò un tubo. Inspirò per il dolore, facendo un passo indietro. «Possiamo parlarne *fuori*, per favore?»

La studentessa lo illuminò con la sua torcia, incuriosita. «Quindi ti basta sfiorarlo, per sentire male?» domandò, con fare stupito. «Pensavo ti ci dovessero pugnalare, o qualcosa del genere.»

«Per noi è veleno. Come certe piante possono esserlo per voi: lo tocco e mi si irrita la pelle. Ma se mi ci infilzano… le conseguenze sono brutte.»

Si interruppe di colpo, poiché udì un rumore sopra le loro teste: qualcuno era appena salito sul palco, e i suoi passi rimbombarono su di loro. Perché? Il karaoke era previsto per fine serata.

Cassandra impallidì. «Chiunque sia, devi farlo scendere subito! Questo palco–»

Sopra di loro, una voce femminile, appartenente a una delle banshee, parlò al microfono: «Ragazzi! Trev ha un appuntamento! Yu-huuu!»

«Oh, smettila!» sbottò lui, nervoso per il fatto di dover trascorrere il proprio tempo in un angusto spazio ricoperto di ferro insieme a una mocciosa petulante. «So che ti stai inventando tutto per rovinare la mia festa. Non c'è niente che non vada nei ponteggi del palc–»

Venne tradito da uno scricchiolio. Poi da un secondo. Si volse a guardare Cassandra con orrore, ma ovviamente le sue patetiche orecchie umane non avevano udito niente.

Un terzo scricchiolio. Dovevano uscire da lì, subito!

«Muoviti!» urlò afferrandola per un polso e tirandola con sé, in direzione della salvezza. Cassandra emise un verso di protesta, ma lui non l'ascoltò; i suoi sensi superiori erano concentrati su altro.

Qualcosa cedette in fondo a destra. Poi dietro di loro. Aveva poco più di qualche centesimo di secondo per agire. Così lo fece.

Afferrò la ragazza e si avvolse attorno a lei, schiacciandola a terra e usando il proprio corpo come scudo. Il suo istinto urlò letteralmente dal terrore, mentre la montagna di ferro e legno del palco crollava loro addosso, trascinandosi dietro una banshee sconvolta.

Quando Cassandra riaprì gli occhi, si stupì di essere ancora viva. Non aveva compreso subito cosa stesse accadendo, dapprima aveva creduto che lui si fosse stufato per la sua ostinazione e avesse tentato di aggredirla in qualche modo.

Ma poi il tremendo rumore del palco che crollava loro addosso era rimbombato anche nelle sue orecchie, e la giovane aveva istintivamente chiuso gli occhi, sentendo il corpo del suo collega schiacciarla contro il pavimento, in un disperato tentativo di salvarla al quale lei non aveva creduto molto. Pensò che sarebbe morta, nonostante il suo intervento. Che sarebbero morti entrambi.

Dopo secondi che le erano parsi lunghi quanto secoli, il frastuono si era fermato; solo a quel punto la studentessa si era azzardata a sollevare le palpebre. Il petto di Rahab era schiacciato contro il suo viso, e dovette girarsi di lato per poter respirare meglio. Sollevò per quanto riuscì lo sguardo verso l'altro e vide sprazzi di luci raggiungerla attraverso il cumulo di detriti che li sovrastava.

Non sentiva dolore, ma fastidio. Il Lalartu le gravava addosso, per quanto tentasse di non pesare eccessivamente. E qualcosa di freddo e duro le tratteneva una delle gambe, imprigionandola senza pietà. Si agitò e cercò di muoversi, tentando scioccamente di liberarsi.

«Ferma» la voce di lui pronunciò quell'unica parola con tono sofferente, roco. «Stai bene?»

Alzò il viso, trovando gli occhi di lui, di quel solito viola intenso. Annuì, e un tremito le attraversò il corpo. Lui dovette percepirlo, perché assunse un'espressione corrucciata.

«Gli altri stanno già lavorando per spostare tutta la roba che abbiamo addosso» le disse. «Puoi sentirli?»

Cassandra aguzzò l'udito. In lontananza, oltre quella barriera di pezzi di palco, oltre il frastuono del suo panico, voci maschili e femminili si davano comunicazioni a vicenda, organizzando i soccorsi.

«Siamo qui!» chiamò Rahab, sforzandosi per alzare la voce al massimo. «Venite da questa parte!»

«Ci vogliono degli specialisti» balbettò lei, cercando di dettare regole nonostante lo shock. «Bisogna… chiamare i pompieri.»

«Sono più forti degli umani» Rahab si fermò a metà frase, chinando il capo e mugolando di sofferenza. Strinse i denti, per poi proseguire: «Faranno molto più velocemente… di qualsiasi pompiere.»

«Ti… ti sei fatto male?» si rese conto di non averglielo nemmeno chiesto, quando lui le aveva posto quella domanda come prima cosa.

«Solo un graffio» sussurrò il rappresentante, rialzando il viso e mostrandole un sorriso sofferente ma spavaldo.

«Perché mi hai salvata?»

La domanda parve disorientarlo. «Che altro avrei dovuto fare?»

La vide chiudere le labbra, e assumere un'espressione colma di colpevolezza. Dapprima si chiese se lei ritenesse di avere la

152

responsabilità del loro incidente, dato che si trovavano imprigionati sotto quel maledetto palco proprio a causa delle sue insistenze. Ma poi comprese. Comprese davvero. E piegò le labbra in un sorriso amaro.

«Sei sorpresa che non ti abbia lasciata morire» bisbigliò accusatorio. «Perché sono un *mostro*. Vero, Cassandra?»

«Sì.» Non aveva senso, né sarebbe stato corretto tentare di mentirgli.

«E non ti fidi minimamente di me.»

«Sì.»

«Ho salvato tua sorella…» sussurrò Rahab, con un tono dolente nella voce. «Non ti ho mai torto un capello… eppure tu…» tacque, perché qualcosa gli provocò una preoccupante fitta di dolore.

La giovane lo vide abbassare le palpebre e inspirare a fondo per contenere la sofferenza. Si domandò quanto mancasse perché i soccorritori li trovassero. Sempre che, non avendo alcuna esperienza in materia, suddetti soccorritori non lavorassero nel modo sbagliato, facendo cadere loro addosso altri pezzi di palco.

«Mi sembri più malconcio di quello che dici di essere» osservò, cercando di percorrere il corpo che la circondava con una mano, nel tentativo di capire cosa vi fosse che non andava.

Notò che i suoi abiti risultavano zuppi in prossimità della spalla destra, ma non capì perché. Forse sul palco qualcuno aveva messo dell'acqua, che era caduta insieme a tutto il resto?

Non appena il palco era venuto giù, trascinando con sé la banshee e rovinandole decisamente il compleanno, tutti i presenti avevano dimenticato la voglia di divertirsi.

«Oh, Dio!» balbettò Ellen, sconvolta da quel disastro. «C'era qualcuno sul palco? Delle persone si sono fatte male?»

Beh, considerò Trevor tra sé e sé. Che delle *persone* potessero essersi ferite in quell'incidente era una probabilità piuttosto bassa.

153

Che dei mostri fossero in pericolo di vita, invece, poteva essere già più credibile.

«Devo andare ad aiutare» spiegò. «Meglio se corri al tuo dormitorio. Non dovresti essere qui...»

La rossa lo vide alzarsi in piedi, fiero e pronto a dare una mano. Quasi le scappò un sospiro da scolaretta innamorata. Cercò di darsi un tono, ricordando a sé stessa che forse qualcuno si era ferito in quell'incidente.

«Non posso andare» gli spiegò, incerta. «Sono venuta con Cassandra.»

«Glielo dirò io» le promise, afferrandole le spalle e prendendo a sospingerla senza tante cerimonie in direzione della porta d'uscita. «Tu tranquilla.»

La studentessa si ribellò quando fu in prossimità della soglia, svicolando dalla sua stretta e voltandosi a osservarne il volto coperto dalla maschera. Aprì la bocca per protestare, ma poi vi ripensò.

«D'accordo» si arrese. «Probabilmente Cassandra non sarebbe comunque voluta venire via con me. Starà già chiamando il preside e l'intero consiglio dei professori per denunciare le carenze di sicurezza della vostra festa. Resterà qui fino a che non sarà convinta di aver distrutto il tuo rappresentante.»

Per un attimo, lui l'ammirò rapito mentre lei recuperava la giacca e se l'avvolgeva addosso, uscendo nel paesaggio ancora candido per la neve, una fata dai capelli rossi, meravigliosa sotto la luce di una favolosa mezza luna.

Poi si ricordò che dei suoi compagni di classe potevano essere feriti, o in pericolo. Richiuse il portone e si precipitò a controllare la situazione, cercando di capire in quale modo potesse rendersi utile.

Meal e i suoi erano stati i primi ad arrivare. Avevano vagato attorno alla pila di detriti, utilizzando il loro proverbiale fiuto lupesco. I loro nasi erano riusciti a scoprire subito la verità: là sotto c'erano tre creature. Rahab, una banshee e un'umana.

I licantropi stavano ora arrampicandosi tra le rovine del palco, cercando di individuare la posizione precisa di ognuno di loro.

«Qui!» chiamò uno dei più giovani, agitandosi. «Qua sotto sono in due!»

«Sento la banshee!» chiamò Meal, dalla parte opposta.

Vi era una sola cosa da fare. Procedere con attenzione, a mano. Tutti collaborarono solertemente, sollevando ferri e legni, passandoli a coloro che avevano accanto. Si creò una vera e propria catena di smontaggio, attraverso la quale gli studenti della Night School riuscirono a portare fuori dal salone della festa buona parte del materiale. Dei dispersi, però, ancora nessuna traccia.

La prima a emergere da quel disastro fu la banshee, gli occhi colmi di lacrime per il dispiacere e il senso di colpa. «Sono ingrassata di un chilo» balbettò a coloro che allungarono le mani per aiutarla a uscire da quella prigione. «Non credevo avrei fatto, insomma, sembrava un palco resistente…»

Rahab e Cassandra vennero liberati poco dopo. Non appena udì il raspare dei mostri farsi più vicino, il cuore di lei aumentò i battiti. Lui lo percepì appena; era indebolito, frastornato. Aveva smesso di parlarle, e la ragazza credeva che la sua fosse stata una scelta dovuta al mezzo litigio appena avuto con lei.

Ma si sbagliava.

Lo scoprì quando, finalmente la luce li investì in pieno, e un grande varco tra i detriti venne spalancato sopra di loro. Il rappresentante della Night School alzò il capo a quella novità, osservando con un sorriso i suoi compagni di scuola.

Alla studentessa parve più pallido del solito. Pensò che fosse un effetto dovuto all'illuminazione artificiale che le aveva appena offeso gli occhi. Non appena si sentì liberare la gamba dal ferro che vi premeva sopra, scivolò delicatamente sotto di lui, alla ricerca di un po' di spazio vitale.

Sentì i loro soccorritori emettere versi di panico, e non comprese subito; poi, smarrita, abbassò lo sguardo in direzione della mano con la quale aveva tastato il corpo di lui, trovandolo bagnato.

Era rossa.

Ma guarda, fu il pensiero irrazionale che si accese nella sua mente, mentre lei alzava lentamente lo sguardo e scopriva la verità. *Sanguinano proprio come gli umani.*

Uno dei ferri si era spezzato durante la rottura e il crollo, andando a penetrare la spalla destra di Rahab.

Ecco perché lui le era sembrato così pallido. Per questo motivo, quando aveva tentato di muoversi, le aveva imposto di non farlo. Evidentemente, agitandosi sotto il suo corpo ferito, teso nello sforzo di tenere i detriti lontani da lei, gli aveva fatto provare le pene dell'inferno.

Lo tocco e mi si irrita la pelle, rammentò le sue parole, pronunciate poco prima del crollo. *Ma se mi ci infilzano... le conseguenze sono brutte.*

Quanto brutte? Non ne aveva idea. Ma sapeva di dovergli la vita. Se il Lalartu non l'avesse avvolta con il proprio corpo, se non l'avesse protetta... quell'affare acuminato si sarebbe conficcato dentro di lei. Probabilmente, a causa della sua scarsa altezza, in un punto molto più vitale di una spalla.

I mostri iniziarono a urlare ordini l'uno all'altro, sempre più agitati. Si dimenticarono dell'umana senza parole accanto al loro rappresentante, precipitandosi ad aiutarlo.

«Sto bene» mugolò lui, come infastidito da tutte quelle attenzioni. «Sto ben–»

Ma crollò su sé stesso, come un sacco privato improvvisamente del contenuto. Meal fu il primo a sostenerlo, subito aiutato da molti altri.

«È svenuto?» balbettò Cassandra, pulendosi istericamente la mano ancora sporca di sangue contro la parte superiore della propria divisa.

Il licantropo alzò su di lei uno sguardo funereo. «Ferro» sibilò, indicandogli l'oggetto che aveva ferito Rahab. «È condannato.»

«Essere sempre la persona più preparata e informata di una stanza concede due vantaggi: il primo è che, una volta accettatolo, gli altri smetteranno di obiettare a ciò che dirai, credendoci ciecamente. Il secondo è che puoi usare il primo per imbrogliare, di tanto in tanto. Ci cascheranno come polli.»

L'insegnamento di sua madre si era dimostrato valido anche per una scuola di mostri spaventati e allo sbando. Dopo un primo momento di smarrimento, Cassandra si era resa conto del fatto che quei poveretti erano appena stati vittima di un evento traumatico e il loro punto di riferimento risultava disperso ai piani superiori del dormitorio, sotto le cure di un gruppo di lamie. Qualcuno avrebbe dovuto prendere le redini della situazione, o essa sarebbe potuta degenerare.

Così, seppur zoppicante a causa del ferro che le aveva tenuta schiacciata la gamba, lei si era arrampicata con fare goffo su parte della pila di detriti, richiamando la loro attenzione con un fischio colmo di autorità.

«Articolo otto dello statuto della Night School» aveva enunciato, una volta ottenuta l'attenzione di tutti i presenti. «In caso di assenza prolungata del rappresentante in carica, sarà responsabilità della rappresentante della Sunrise School assumere temporaneamente il suo ruolo.»

Questa cosa non stava né in cielo né in terra, e sicuramente non nello statuto. Ma nessuno dei presenti vi aveva mai dato un'occhiata, a eccezione di Rahab. Qualcuno di loro aveva borbottato qualcosa a proposito di prendere ordini da un'umana, ma infine la maggior parte di loro si era arresa a quella stramba legge.

Cassandra aveva ordinato ai più anziani di scortare i non morti giovani nel loro dormitorio. Ma si era premurata di tenere con sé vampiri e licantropi, insieme a Trevor.

«Per vostra fortuna» aveva sibilato loro, «non intendo disturbare il preside a pochi giorni dal Natale per riferirgli cos'avete combinato qui. Ma bisogna fa sparire quello che resta del vostro stupido palco, o non avrete mai più il permesso di organizzare una festa!»

La minaccia era stata sufficiente. La studentessa aveva supervisionato le operazioni per portare fuori i rottami e nasconderli in un magazzino della Night School al momento inutilizzato. Infine, una volta terminate quelle manovre, si era diretta al dormitorio, per assicurarsi che i più giovani fossero andati a letto.

Non s'impegnò in quei lavori per aiutare loro, ma perché serviva a lei. Era così che reagiva ai traumi, scacciandoli dalla propria mente attraverso l'organizzazione e la pianificazione. Tenere la mente occupata è il modo migliore per non pensare agli shock appena vissuti. Lo sapeva bene. Era bambina quando sua madre l'aveva lasciata ma, ehi, nessuno avrebbe potuto disporre un funerale migliore di quello che riuscì a imbastire lei.

Ma, infine, le questioni da sistemare terminarono. Accadde poco prima dell'alba, quando la studentessa chiuse la porta interna del dormitorio e crollò a sedere esausta su un divanetto posto innanzi a una televisione decisamente vecchiotta. Si prese la testa tra le mani, chinando il capo in avanti. Era a pezzi. Mentalmente. Fisicamente.

Sapeva che Ellen era rientrata sana e salva al proprio dormitorio. L'amica le aveva mandato un messaggio ore prima, chiedendole scusa e domandandole se andasse tutto bene. Si era limitata a risponderle con una faccina sorridente.

Ecco come si era ridotta: a utilizzare emoticon.

Piegò il collo all'indietro, appoggiando il capo contro lo schienale del divano. «Buongiorno» mormorò ironica, pensando al sole che stava nascendo al di là di quelle pareti.

«A te» fu il mormorio che ricevette in risposta, pronunciato da una voce femminile. Sussultò di sorpresa, voltandosi e incontrando lo sguardo anziano e triste di Ayez.

«Come sta?» chiese soltanto, il cuore che le accelerò nel petto. La lamia faceva parte del gruppo che aveva preso in carico Rahab, dichiarando di volerlo curare con la magia.

Lei scosse il capo, con un sospiro.

Una nera consapevolezza attraversò l'animo della studentessa. Un medico le aveva fatto lo stesso gesto, anni prima, quando gli aveva chiesto se sua madre sarebbe potuta uscire dall'ospedale in tempo per Natale. Abbassò il viso.

«Resiste. Ma perderà» spiegò la lamia, accomodandosi al suo fianco. «Il veleno del ferro lo sta divorando. E lui ha meno forze, rispetto agli altri.»

«Meno forze?» si stupì Cassandra, voltandosi nella sua direzione. «È, tipo, la creatura più grande e grossa da queste parti. Come fa a essere più debole?»

«Ha fatto una scelta. E ora ne sta pagando il prezzo.»

«Che genere di scelta?»

Ayez scosse il capo, come per darle a intendere che quelli non erano affari suoi; fece per alzarsi, ma Cassandra l'afferrò per un polso, con una determinazione forse addirittura più spaventosa del solito.

«Vedi, io lo verrò a sapere.» Le annunciò, gli occhi verdi colmi di rabbia. «Resta solo da capire come. O me lo dici tu adesso, risparmiandomi un po' di fatica, o vado a cercare Trevor e lo strizzo come un tubetto di dentifricio, spremendo le informazioni che voglio direttamente dalla sofferenza fisica che gli causerò.»

La lamia sorrise dignitosamente, liberandosi dalla sua presa con un gesto aggraziato. Tornò a sedersi accanto a lei: «Sei davvero preoccupata.» Osservò colpita, e l'altra aprì la bocca per protestare. Con un sorriso, l'anziana proseguì: «La razza di Rahab preleva le emozioni da un essere umano una volta ogni vent'anni. Lui ha smesso da tempo. Aveva imparato a controllarsi, a non uccidere la vittima. Ma ancora non gli bastava, detestava sopravvivere in quel modo. Stava lasciandosi morire di fame. È stato allora che è entrato in questa scuola. Noi lo abbiamo aiutato».

Da una parte, l'idea che quell'essere che aveva tentato di piegarla usando il potere di scatenare paura nel suo animo sin dal loro primo incontro avesse deciso di morire d'inedia per non far soffrire altri esseri umani le parve ridicola.

Ma c'era un altro lato di lui che ormai non poteva più ignorare. Quello che lo aveva spinto a recuperare Priscilla. Quello che aveva salvato la vita a lei.

Condannandosi.

«Come avete fatto, ad aiutarlo?»

«Gli abbiamo detto: *nutriti di noi.*»

«Ed è una cosa che si può fare?» si stupì la ragazza, colpita. A lei un piano del genere non sarebbe mai venuto in mente.

«Alcuni devono» annuì la lamia. «I vampiri, quando impazziscono per il desiderio, bevono sangue da altri non morti, volontari.»

«Perché?»

«Perché non siamo qui per fare del male a voi umani.» Dopo quell'affermazione che riuscì a colpire non poco la studentessa, proseguì: «Rahab ha accettato la proposta, e di tanto in tanto assorbe le nostre emozioni. Ma poche, solo quando è allo stremo. Negli anni si è indebolito».

«Beh, allora ridategli forza» propose Cassandra, con foga. «Andate a fargli mangiare qualcos… qualcuno, no?»

Ayez sorrise con tristezza. «La sua è una razza antica, nobile. I nostri sentimenti… possono essere un palliativo, ma non sostituiranno mai quelli umani. Decidendo di non sfiorare più nessuno della tua specie, si è fatto sempre più debole. Da quando è rimasto ferito, lo abbiamo costretto a nutrirsi già molte volte.» Ecco cosa avevano fatto, chiuse per ore e ore con lui. Lo avevano ingozzato come un'oca messa all'ingrasso. «Ma non è bastato. Il veleno del ferro è troppo forte.»

«Ci dev'essere qualcos'altro che potete fare!»

«No» sospirò la lamia. «Abbiamo tentato tutto. Serve...» si interruppe.

«Piantala con queste pause a effetto, strega!» le berciò addosso Cassandra. «Cos'è che serve?»

«Un essere umano.»

«Allora andiamo a cercare un dannato essere umano e...» la studentessa tacque, comprendendo il senso di quel discorso.

Impallidì e si girò istintivamente a guardare la scalinata che conduceva alla stanza di Rahab.

Capitolo 6

Aprì l'uscio e, nel vederlo, ebbe un tuffo al cuore.

Il Lalartu giaceva supino su quella branda che gli faceva da letto, le gambe troppo lunghe lasciate a penzoloni oltre il bordo, il torace nudo. Il punto dove era stato infilzato dal ferro non poteva sfuggire allo sguardo: lì, in mezzo alla scapola, una specie di buco nero sembrava divorarne la pelle pallida.

Stava ramificandosi. Scie scure avevano preso a diramarsi lungo il suo braccio, il suo petto. Come sentieri battuti da esploratori solitari, viticci di un rampicante oscuro che sembrava voler avviluppare la sua vittima per stritolarla a morte.

Respirava a fatica, con la bocca aperta, e sembrava privo di sensi. Ma quando lei si richiuse delicatamente la porta dietro le spalle, tentando di non fare il minimo rumore, le palpebre di lui scattarono, rivelandone gli occhi viola, ora screziati di cremisi.

Stava morendo.

Cassandra lo avrebbe capito anche senza le spiegazioni di Ayez: bastava guardarlo, per rendersene conto. Esitò, incapace di staccarsi dalla soglia. Il suo aspetto era spaventoso.

Rahab girò lo sguardo nella sua direzione, con fatica. Non sembrò in grado di metterla a fuoco, ma parve capace di riconoscerla, perché sorrise con fare acido.

«So perché... ti hanno mandata. Non voglio» mormorò, debolmente. «Vai via.»

«Stai morendo.»

«Mi sta bene...» lui faticò nel parlare ancora, costringendosi a richiudere gli occhi per conservare le forze. «Via.»

Le cose, certe volte, avvengono in maniera strana e tortuosa. Se Cassandra fosse entrata nella stanza di un mostro ferito a morte che avesse proteso verso di lei le braccia urlando qualcosa sul fatto di avere voglia di cenare, probabilmente ne sarebbe uscita urlando e quelle sarebbero state le ultime, sofferte ore di Rahab.

Ma vederlo, invece, combattere con il bisogno di nutrirsi e salvarsi, la spinse ad avvicinarsi al letto. Esitò, a disagio per la mancanza di sedie al capezzale del giaciglio; quindi, impacciata, sedette sullo stesso, in una piccola ansa rimasta libera vicina ai fianchi di lui. Lo guardò soffrire, pensierosa.

«Ti hanno… minacciata?» domandò lui sempre con le palpebre abbassate, stringendo i pugni per soffocare il dolore. «Per… farti venire… qui?»

«No.»

«Allora perché…»

Che bella domanda. Anche lei se la stava ponendo, da quando aveva messo piede sul primo gradino della scalinata che l'aveva condotta in quella stanza.

«Immagino perché ti devo la vita.»

«Uhm» lui emise quel mormorio pensoso con tutta l'ironia che riuscì a mettere insieme. «Ma la mia… non è proprio una vita, giusto? Non sono… umano. Nessuna giuria potrebbe condannarti se tu…»

Cassandra, per un attimo, si chiese come sarebbe stato il mondo se Rahab avesse smesso di respirare lì, in quel preciso istante. Esitò, prima di appoggiare una mano sopra una delle sue, ancora strette a pugno per la sofferenza. Lo sentì sussultare dalla sorpresa, e rilassare impercettibilmente le dita.

«Perché non vuoi che ti aiuti?» domandò, stupita. «Perché vuoi morire?»

«Non è questo.» Esitò, prima di proseguire, «Non voglio… farti del male…»

La studentessa si lasciò scappare un sorriso amaro, abbassando gli occhi sulla mano di lui, così grande e poderosa rispetto alla propria, e voltandogliela verso l'alto, per poggiare il proprio palmo contro il suo.

«Non me ne farai» rispose, dopo una lunga esitazione. «Ti sei condannato a morte, per proteggermi. Adesso so che... posso fidarmi di te.»

Rahab tornò ad aprire gli occhi, stupito. Le sue iridi non erano più viola, ma nere e profonde, pozzi di fame, di sofferenza. Con debolezza, puntellò un gomito contro il lenzuolo, alzando la schiena dalle coltri e sovrastandola. Il suo corpo era bollente, febbricitante. Una specie di mostro delle fiabe, la pelle segnata da una necrosi magica che si prolungava sempre più.

«Sei sicura?» domandò soltanto, la voce arrocchita. «Farà... male.»

Ayez le aveva dato un semplice comando: *«resta immobile»*. E così lei fece. Ricambiò il suo sguardo con una calma che non credeva di possedere e non mosse un muscolo, non sapendo neppure lei cosa aspettarsi.

«Non mi hanno spiegato bene il metodo» ammise, con un mormorio nervoso. «Devi mordermi o...»

Le mani di Rahab si posarono attorno alla sua testa, i pollici premuti sulle tempie, le dita affondate tra i riccioli biondi. Non fece in tempo a spalancare la bocca per la sorpresa che qualcosa le invase la mente, un'intrusione burrascosa, impietosa. Feroce.

Felicità.

Dormire con Cilly, il tepore del suo corpo contro il proprio, la sensazione che il mondo esterno non potesse trovarle, non potesse nuocerle. Cercare la serenità attraverso la – sciocca, patetica – illusione che tutto sarebbe andato per il meglio. Inspirare il profumo del suo shampoo alla fragola e lasciarsi cullare da esso.

Tutto il resto era uno schifo. E l'indomani se ne sarebbe occupata, come sempre. Ma adesso erano insieme e, almeno per quella notte, sarebbero state bene. Proprio come un tempo.

Terrore.

Il tumore era alla testa e su questo non c'erano dubbi. Sua madre aveva perso la lucidità in poco tempo, un pezzetto alla volta, un urlo di dolore dietro l'altro. Alla fine, l'unica scelta possibile era stata quella di metterla in ospedale.

«Mi hanno… otto per dodici, scimmie cremisi, fontane lunari… tolto… libero arbitrio!»

Papà aveva smesso di andare a trovarla, perché l'amava così tanto che vederla ridotta in quello stato gli era intollerabile. O almeno, questa era la spiegazione fornita alla figlia. La verità era che lui aveva firmato per la sua interdizione e lei glielo rinfacciava ogni volta che lo incontrava, solitamente lanciandogli contro sedie o qualche altro suppellettile a portata di mano.

Cilly non aveva il permesso di vederla, o ne sarebbe uscita traumatizzata a vita.

Ma Cassandra era lì con lei ogni volta che poteva.

Era sua madre. E la stava perdendo.

«Non posso spostare altri soldi! Biscotti, radici, mi fa male la testa!»

«Mamma, calmati.»

«Calmarmi! Tuo padre è un calzino» ormai faticava a trovare le parole corrette, ma il tono con cui le pronunciava ancora permetteva di comprendere cosa volesse dire sul serio. Nel caso specifico, probabilmente, *cretino*. «Mille amanti! Manti… sempre in viaggio! Vi abbandonerà! Abbandonerà… sofà… trallalà.»

«Mamma. Ti prego.»

«Avevo creato un fondo. Protetto. Tetto. Per i vostri Trudy.»

«Studi?»

«Ci vorrei mettere altri soldi. Al sicuro da vostro waffle.» Padre. Al sicuro da loro padre. «Ma mi hanno interdetto. Ho male alla testa, infermiere!»

Qualcuno sarebbe arrivato di lì a poco. Quella era una clinica privata molto costosa, non stava bene che gli ospiti urlassero così. La gente, lì dentro, pagava per essere sedata abbastanza da non sentire il dolore della morte in arrivo.

«Sei da sola, Cass. Soldi abbastanza per... Fino alla fine della Sunrise... ma poi, sola.» Tacque, per poi mormorare amara: «Vostro padre, a lui non importa... ha già abbandonato me... re, tè, alchè... Non gli importa!»

«Mamma, per piacere, calmati.»

«No!» uno strillo isterico, addolorato. «College. Un buon college! Dovete sopravvivere!»

«D'accordo. Un buon college. Tranquilla.»

«Ti servirà una borsa studio... sarai senza soldi... senza soldi!» lo urlò, come se fosse la cosa peggiore che potesse capitare alle sue figlie. «Cilly... devi far studiare anche lei.»

«Mamma. Mamma, calmati.»

«Cilly è così piccola. Così. Co-sì. Pic-co-la.»

«Lo so.»

«Tuo padre è un calzino.»

«Come vuoi.»

«Ci devi pensare tu.»

Un'esitazione.

«Cass sei sola. Sole... tu e Cilly»

«Papà potrebbe...»

«Calzino.»

«D'accordo, mamma. D'accordo. A Priscilla penserò io.»

E poi era arrivato un infermiere, che l'aveva sedata per bene, perché quello alla testa è uno dei tumori più dolorosi che esistano.

Sua madre, prima di chiudere gli occhi, l'aveva guardata a lungo, con pazzia, ma anche con una sorta di lucida, calma consapevolezza. Poi si era addormentata.

Fu l'ultima volta in cui la vide viva.

Orgoglio.

«Il mondo là fuori è pieno di omaccioni che si sentono impauriti da una donna competente e determinata. Tanti cercheranno una vittoria facile tentando di intimidirti, di spaventarti. A questi grandissimi scarti fecali non devi dare tregua. Sono patetici, meschini. Sono mostri. Schiacciali, perché non meritano altro.»

E lei lo aveva fatto, sempre. Il bullo che aveva tentato di prendersi gioco di lei alla morte della madre era stato espulso seduta stante quando una soffiata anonima aveva permesso di rinvenire sigarette sotto il cuscino del suo letto. Il borioso presidente del club di scacchi, dopo aver perduto una partita con lei, aveva tentato di sottometterla con altri sistemi, nessuno dei quali ammesso in una società civile. Lei gli aveva preso tutto, dalla presidenza del circolo al record di vittorie consecutive. Ancora distoglieva lo sguardo con terrore, quando la incontrava.

Senza alcuna pietà. Mostri come quelli non la meritavano.

E poi era arrivato l'anno più difficile, quello con lo spartiacque per il futuro suo e di sua sorella: il ruolo di rappresentante. Un ultimo sforzo prima del capolinea, l'unico modo per ottenere una borsa di studio per un buon college.

Rahab era giunto come un fulmine a ciel sereno. Con la sua capacità di far sbocciare un terrore immotivato dentro di lei. Aveva provato a schiacciarla e zittirla, sfruttando quella capacità senza alcuna pietà per la sua debolezza umana.

Un vero mostro.

Lui, e certamente tutto quel circo degli orrori che si spacciava per studenti.

Ma quest'anno avevano scelto la ragazza sbagliata con cui fare i prepotenti.

Solitudine.

«Dillo tu a tua sorella.»

Suo padre c'era poco. Parlava ancora meno. Aveva del tutto smesso di essere presente qualche mese prima che mamma morisse. C'era chi diceva lo facesse per il dolore, chi per menefreghismo. Cassandra aveva solo undici anni e non aveva idea del motivo, ma una cosa la sapeva bene: soffriva per quell'atteggiamento quasi quanto per la perdita della genitrice.

«Ma...»

«Io non ci riesco. Fallo tu.»

«D'accordo.»

«E il funerale. Dannazione, il funerale. Come...»

«Me ne occupo io.»

«Ne sei in grado?»

«È un funerale. Serve una bara e un rinfresco. E un prete. Ci penso io.»

Dolore.

Il vento che le sferzava la faccia, mischiato a fiocchi di neve. I piedi che affondavano nel manto candido, ormai zuppi, ormai semi-congelati. E tuttavia, nonostante la stanchezza, il tremore e la voglia di fermarsi, doveva proseguire con ostinazione, andare avanti.

Strategia. Ripensare alla sua strategia di vita solitamente l'aiutava. Lo fece.

Ottenere i crediti come rappresentante, vincere una borsa di studio in un ottimo college. Terminarlo e iniziare un buon lavoro giusto in tempo per far terminare il liceo a Cilly e avere i soldi per iscriverla a un altro istituto, parimenti qualificato. Aiutarla a laurearsi e infine poter dichiarare concluso un piano lungo due decenni.

A quel punto, far trovare nel letto di quell'idiota di loro padre una testa di cavallo. Così, tanto per ringraziarlo per il suo affetto, la sua presenza e i soldi rubati agli averi di mamma che sperperava con gioia, senza mai curarsi di loro.

Era un'eccellente tattica. Prevedeva impegno, cura e costanza, tre cose sulle quali la studentessa non lesinava mai. Non poteva fallire, lei e Cilly sarebbero sopravvissute, il mondo non le avrebbe divorate, tutto sarebbe andato per il meglio.

Però la vedeva così poco, e le mancava così tanto. Sino all'anno prima avevano sempre trovato un pomeriggio da trascorrere insieme. Ma adesso era all'ultimo ostacolo, quello più duro, e le cose si erano fatte difficili.

Aveva rinunciato al tempo con Priscilla per il suo bene. Sapeva di essere nel giusto. Ma…

Ma l'averla lasciata sola nel pomeriggio del diciassette novembre era come un'ombra marchiata già a fuoco nella sua anima. Il senso di colpa la trafiggeva a ogni movimento, impietoso.

Voleva metterla in punizione per essere fuggita, *doveva* metterla in punizione, perché quella bambina stava diventando ogni giorno sempre più difficile e andava rimessa in riga. Altrimenti il mondo se la sarebbe divorata.

Ogni passo che la conduceva alla Night School era fatica e sofferenza, e lei ritenne di meritare entrambe.

Rahab dovette fare violenza a sé stesso, per staccare le mani da Cassandra. Inspirò a fondo, lasciandola andare di colpo, come uno straccio vecchio. Lei non ebbe alcuna reazione.

Crollò sul giaciglio, sdraiata su un fianco, completamente priva di sensi. Il rappresentante della Night School la guardò con orrore, scorgendo i segni arrossati che le sue dita le avevano lasciato sulla pelle quando si era aggrappato a lei per nutrirsi. Agghiacciato, le posò un pollice sul polso, cercando di percepirne il battito.

Era forte e regolare. Si era fermato in tempo.

Si guardò la spalla: il buco nero che recava l'inequivocabile segno di un'infezione da ferro c'era ancora, ma non le sue mortali ramificazioni. Anche le forze gli erano tornate, seppur non del tutto; respirava meglio, riusciva a mettere a fuoco ciò che osservava senza grandi sforzi.

Pian piano sarebbe stato sempre più facile. Era solo questione di ore. Non si nutriva da tempo di emozioni umane e ritrovarsele in bocca dopo così tanta astinenza lo aveva fatto sentire, almeno per un istante, forte come un leone.

Ma era un leone ancora ferito e bisognoso di riposo.

Abbassò gli occhi sul volto di lei, assopito eppure teso in un'espressione infelice. Pensò che forse sarebbe stato il caso di chiamare qualcuno, affinché la portassero a dormire altrove. Ma, in effetti, mandare un'umana indebolita in un dormitorio dove non tutti i mostri presenti avevano passato a pieni voti l'esame *perché non devo mangiare i bambini* poteva non essere la più brillante delle idee.

E poi... non voleva.

Guardò la massa di capelli di quella che aveva creduto soltanto una mocciosa viziata. Quei riccioli che lei curava in modo maniacale affinché fossero sempre perfetti, affinché nessuno di loro andasse in una direzione diversa da quella voluta. Come il resto della sua vita.

Lentamente, attento a non farle male, si sdraiò al suo fianco, lasciando verso l'alto la spalla ferita. Il viso a un soffio da quello della studentessa, il corpo ben lontano dal suo.

Cassandra e Priscilla Dron. Due orfane, questo aveva pensato di loro, quando Cilly gli aveva confessato della perdita della madre.

Ma adesso comprendeva quanto di ampio respiro fosse quel termine, per le sorelle.

Erano orfane per davvero, con un padre assente, con un futuro incerto. La grande stava lottando con le unghie e con i denti per essere tutto ciò di cui la piccola aveva bisogno: casa, protezione, futuro. Mamma.

E stava fallendo in ogni cosa. Perché non aveva la più pallida idea di come fare. Procedeva più per errori che per tentativi, influenzata da una genitrice che Rahab, furibondo, non esitò a catalogare come la peggiore delle madri.

In che situazione aveva lasciato quella ragazza! Logico che fosse la creatura più nevrotica e incasinata che avesse mai incontrato. Lei, e quella poveraccia di sua sorella.

Sistemò il capo contro il cuscino, e continuò a guardarla.

Sino a che le palpebre non gli si fecero pesanti.

Rahab venne svegliato da un movimento contro di sé, che disturbò il suo sonno. Spalancò gli occhi confuso, non rammentando con chiarezza gli eventi avvenuti qualche ora prima.

La memoria gli tornò non appena scorse tra le proprie braccia la giovane umana; accovacciata su un fianco, il capo appoggiato sopra il suo torace e le mani strette in prossimità del proprio viso, lei respirava piano contro la sua pelle nuda.

Il cuore del Lalartu fece una capriola. Nel sonno, il suo braccio si era posato sul fianco di lei, avvolgendosi istintivamente attorno a esso. L'aveva tirata contro di sé, e adesso la terribile, cocciuta Cassandra Dron riposava pacifica nel suo abbraccio.

Un ricciolo era sfuggito dalla massa e le si era posato sulla fronte. Se fosse stata sveglia, la giovane si sarebbe affrettata a rimetterlo in riga, ricacciandolo con il resto della chioma. Lui lo lasciò lì, limitandosi ad alzare una mano per sfiorarlo.

Aveva una consistenza tenera e soffice, come lana di una pecorella. Sorrise, stupito nel trovare un dettaglio così morbido nella sua persona.

Il suo sguardo scivolò più in basso, sul viso. Con un moto di orrore, notò segni di un principio di epistassi, che le insozzava parte delle narici. Una delle conseguenze provocate dal furto delle sue emozioni, l'unica visibile. Increspò le labbra in una smorfia.

«Pazza, cos'hai rischiato...» mormorò, ma senza malanimo nella voce. Ne studiò i tratti del volto, come se la stesse incontrando per la prima volta.

Era così... banale. Ciglia scure, bocca sottile. Carina, certo, o meglio, piacevole d'aspetto, come avrebbe potuto esserlo una qualsiasi altra ragazza della sua età. Non aveva difetti evidenti, né dettagli che la rendessero diversa dagli altri. Nessuno, vedendola, avrebbe potuto immaginare l'inferno che si celava nel suo animo.

Provò un tuffo al cuore, ricordando quello che aveva trovato dentro di lei. Le sue iridi si annerirono per la forte emozione che lo animò e le sue mani scivolarono lentamente tra le ciocche di riccioli, sino a posarsi con fare protettivo sulla sua nuca.

Ora comprendeva la rabbia di Cilly, e la feroce determinazione con la quale Cassandra perseguiva i suoi obiettivi. Non era una mocciosa che pretendeva di fare il bello e il cattivo tempo a seconda di come le girava l'umore: stava cercando di sopravvivere e, soprattutto, di tenere a galla il futuro della sorellina. Erano due piccole, indifese zattere in balia di una tempesta continua e Rahab si chiese cosa potesse mai fare un mostro come lui per aiutarle a trovare una striscia di terraferma ove riposare.

Cassandra emise un lamento assonnato, disturbata da quella mano che le aveva accarezzato il capo. A fatica, come riemergendo da un sonno molto più profondo rispetto a quello cui era abituata, la rappresentante sollevò le palpebre, e il verde dei suoi occhi apparve alla vista di Rahab.

Per un attimo, la giovane non ebbe reazione. Il Lalartu percepì da lei un ventaglio di emozioni del tutto inaspettate, che durarono un battito di ciglia. *Sicurezza, benessere, pace.*

Gliele aveva trasmesse lui. Con la sua presenza, con il suo abbraccio. Quasi non lo credette possibile.

Ma finì subito. Non appena la giovane si accorse di avere pettorali maschili al posto di un guanciale.

Cassandra arrossì come mai nella propria vita, spingendolo indietro e alzandosi a sedere di scatto. Vide che le loro gambe ancora si toccavano, per cui le raccolse contro di sé, facendole poi scivolare oltre il bordo della branda. Solo a quel punto si schiarì la voce, in imbarazzo.

«Oh bene» gracchiò, trovando per puro caso il ricciolo sfuggito dagli altri, e rigettandolo nella massa con un gesto nervoso. «Ha, ehm, funzionato.»

«Sì» convenne lui, cercando di non considerare quanto freddo sentisse ora in quei punti del corpo laddove lei aveva interrotto ogni contatto. Era una sensazione innaturale, dolorosa. «Ti ho lasciato delle, ehm…»

«Oddio.» si allarmò subito lei. «Mi hai ficcato dentro delle uova? Come gli insetti?»

«Conseguenze. Nutrendomi, ho lasciato delle conseguenze. Potresti sentirti stanca e… hai avuto un principio di epistassi.» spiegò, educatamente perplesso.

«Ah.» Con un moto di imbarazzo, Cassandra si sfiorò le narici, incerta. «Okay. Nessun problema.»

Per un attimo un silenzio imbarazzato cadde su di loro; poi, con un sorriso divertito, Rahab chiese: «*Uova?*»

«Mi sono svegliata a letto con te!»

«E il tuo primo pensiero è stato: *oh no, speriamo che questo tizio non mi abbia riempito di uova!*»

«Non so come funzioni il… la vostra modalità di…»

173

«Punto primo, non ci sono uova di mezzo. Punto secondo, anche se ci fossero» lui scosse il capo, con infinito divertimento, «sono un *gentilmostro*. Non mi metterei di certo a ficcarle dentro delle ragazze senza il loro consenso.»

La studentessa rabbrividì. «Che immagine orribile.»

«Ed è tutta merito tuo.»

Tacquero, senza più guardarsi. Rahab provò un irrefrenabile desiderio di confessarle cos'era successo, quando lei gli aveva permesso di nutrirsi delle sue emozioni, ciò che aveva visto, e quello che aveva compreso sulla studentessa e su Cilly.

Lanciò un'occhiata di sottecchi alla giovane, troppo impegnata a guardarsi attorno con fare disinteressato e contegnoso per accorgersene.

Quanto orgoglio, conteneva quel corpicino di neanche vent'anni. Se Cassandra avesse anche solo sospettato dell'intrusione subìta dai suoi ricordi, avrebbe cercato di seppellirlo vivo. Non era nelle condizioni di condividere il proprio inferno personale con qualcuno, e certamente non con un essere che riteneva inferiore agli umani.

«Non ho ancora capito perché hai raccolto tutta questa roba.» L'osservazione della studentessa lo strappò dalle sue riflessioni. Stava indicandogli le decine di cristalli con i quali lui aveva adornato pareti e soffitto della propria camera da letto. «Sono pendoli mistici, catalizzano le energie, o qualcosa del genere?»

La sua curiosità gli strappò un sorriso amaro. «Ecco... non esattamente.» Ammise, con una nota di imbarazzo che la spinse a voltarsi e a fissarlo direttamente negli occhi, incuriosita.

«Li usate nelle messe nere?» insistette, come una scimmietta che, trovata la breccia in una fortezza, non può fare a meno di scavarvi con un ditino.

«Vengo da un mondo senza sole» spiegò lui, con l'aria di chi si ritrova a dover confessare di non riuscire a dormire senza il peluche di quando era bambino. «O meglio, c'è, ma è perennemente oscurato da una nube nera che ricopre il cielo. Quando sono arrivato qui e ho visto il vostro sole… non mi sembrava vero. Ho scoperto la capacità dei cristalli di infrangere la luce, mettendone a nudo lo spettro dei colori. Me ne sono appassionato.»

«Mmh.» Commentò burbera la giovane, anche se con un accenno di sorriso sulle labbra. «Sai, noi umani passiamo questa fase intorno ai due o tre anni d'età…»

«Sapevo che non avresti capito.» Il Lalartu non parve neppure prendersela a male. «Siete troppo abituati a dare per scontata la luce, per comprendere.»

In effetti, la sua osservazione poteva avere una buona valenza filosofica. Cassandra notò un altro dettaglio sfuggitole la prima volta, e lo studiò con fare stupito.

«Tu sei diplomato alla Night School» comprese, leggendo un attestato appeso sulla parete, vicino alla testata della sua branda. «Da sette anni, ormai.»

«Sì. Ho finito il percorso prima di molti altri.»

«Allora che ci fai qui?»

«Ci sono i nuovi studenti da aiutare. Inoltre…» lui sospirò, alzandosi dal letto e andando alla ricerca di una maglietta. La sua stazza faceva sembrare quella stanza una specie di gabbia troppo piccola.

«Inoltre, cosa?»

Rahab si rivestì, indossando un maglione a collo alto, ovviamente nero. «Che ne diresti di stabilire un punto zero?» cambiò argomento.

«Un cosa?»

«Io ho salvato la vita a te, tu hai salvato la vita a me. Possiamo definirci pari, no?»

«Non proprio» obiettò la studentessa. «Visto che sono quasi morta schiacciata dal tuo traballante palco.»

«Palco sotto al quale ci trovavamo per colpa della tua testardaggine.»

«Testardaggine che dovresti ringraziare. Se io non avessi insistito, come sarebbe andata a finire?»

«Esattamente com'è finita: ovvero con una banshee in perfetta salute tra le macerie, perché lei sarebbe stata ugualmente la prima a montarvi sopra. L'unica differenza? Io non sarei rimasto infilzato come uno spiedino.»

«Mi sembra di averti permesso di strizzarmi come un tubetto di dentifricio, per rimediare a quello!»

«Se ti avessi strizzata per davvero, non avresti più riaperto gli occhi.» Lui sbuffò, innervosito da quella discussione. «Dannazione! Sto provando a stabilire una tregua!»

«Una tregua?» Cassandra di certo non si aspettava una simile parola. Distolse lo sguardo, lievemente a disagio. «Beh, non sei molto bravo.»

«Chissà *cos'è* che m'impedisce di riuscirci bene!» replicò tra i denti Rahab.

Cadde un lungo e malmostoso silenzio, tra loro. Poi, cautamente, la studentessa domandò: «Che genere di tregua avresti in mente, a ogni modo?»

«Aiuto reciproco.» Rahab prese fiato, prima di proseguire. «A entrambi servono i soldi del budget. Su questo siamo d'accordo. Ma ci sono diverse soluzioni per rendere felici tutti. Forse dovremmo esaminarle.»

«Ne propongo una, io mi prendo il gruzzolo. Voi non vi fate più vedere.»

«Questa renderebbe felice soltanto te.» Guardandola torvo, Rahab tentò di proporre un'idea un po' più democratica: «Se i miei ragazzi si occupassero di aiutarti ad allestire i tuoi eventi più importanti e dessero una mano anche con la pulizia, dopo? Risparmieresti qualcosa. E quel qualcosa potresti darlo alla Night School. Non ci servono grosse cifre, per le nostre necessità, abbiamo meno studenti di voi.»

«Interessante» convenne Cassandra, riflettendo su quella succosa ipotesi. «Ma accettare questa proposta significherebbe far camminare parecchi non morti su e giù per la Sunrise. Il rischio che vengano visti e io perda punti di credito è troppo grande.»

«Mi assumo la piena responsabilità. Ti firmo tutte le carte che vuoi, se hai bisogno di metterlo nero su bianco.» Le promise lui, sincero. «In caso di incidenti, sarò il solo a pagarne le conseguenze.»

Lei si girò a guardarlo, stupefatta. «E perché mai dovresti farlo?»

Minacciarla di portare non morti a spasso per la scuola era stato il suo cavallo di battaglia quando tentava di costringerla ad accettare rinunce al budget. Per quale motivo rinnegare il suo unico vantaggio tattico?

«Perché stiamo parlamentando per stabilire una tregua» le rammentò Rahab. «E sarebbe idiota da parte mia, cercare di ottenerla senza porti per primo un ramoscello d'ulivo.»

Cassandra fu presa in contropiede da quel voltafaccia inaspettato. Da quando in qua un suo avversario deponeva le armi spontaneamente, senza costrizioni o forzature? Lo guardò con sospetto.

«Non è un brutto accordo» ammise infine, con lentezza, non ancora del tutto convinta. «Quale percentuale di budget vorresti?»

«Mi accontenterei di un quinto, come avevamo già pattuito» lui fece una pausa, prima di proseguire. «Alcuni eventi potrebbero vedere la partecipazione di alcuni studenti della Night School. Solo ove sarà possibile e con i dovuti accorgimenti, sia chiaro. In quel modo non avrei bisogno di molti soldi.»

«E i mostri faranno ciò che chiedo loro? Come allestire decorazioni o pulire i locali?»

«Se avrai l'accortezza di non chiamarli *mostri*, potrebbero rispettare le tue direttive.»

Cassandra tacque, chiudendosi in un silenzio riflessivo. Da quando si erano svegliati l'uno accanto all'altra, Rahab era diverso. Oltre a essere collaborativo e più cortese del solito era... faticò a trovare un termine corretto per definire il suo sottile, ma evidente cambiamento.

Rifletteva prima di risponderle, sembrava cercare sempre le parole giuste. Conosceva quel tipo di atteggiamento, molti uomini prima di lui lo avevano avuto nei suoi confronti. Prima tra tutti, suo padre.

Le stava mentendo. Cercava di nasconderle qualcosa. Cosa fosse, non ne aveva idea. Ma lei aveva appena rischiato la vita per salvarlo, e certamente non lo meritava.

Ma in fondo, cos'altro aspettarsi? Mostri o meno, i maschi erano pur sempre maschi.

Le scelte erano due: o reagire come una furia, chiedendogli che accidenti stesse nascondendole e per quale dannato motivo o... abbozzare.

In fondo, per il momento le stava proponendo delle soluzioni vantaggiose. E farlo andare a fondo con il suo piano le avrebbe concesso di scoprire quali fossero le sue reali mire. *Non sono solo le buone mosse, a contare su una scacchiera. Un solo errore può rovinare un'intera partita. Lascialo giocare, e aspetta.*

«Potrebbe essere un'idea» concesse. «Ma non sono convinta. Dovrei gestire dei mos... diversamente vivi.»

«Ti aiuterò a farlo. Decideremo insieme come organizzare il lavoro.»

«Credi che abbia tempo anche per questo? Devo studiare. E ho deciso di passare almeno due pomeriggi a settimana con mia sorella.»

Rahab fece spallucce. «Porta Priscilla con te, quando vieni qua. Ormai sa tutto di noi. Così unirai l'utile al dilettevole.»

«Non credo sia una buona idea.»

«Perché?»

178

«Non mi sembrate la compagnia adatta a una bambina.»

«Mi occuperò personalmente di tenerla d'occhio. E mi sembra di averti dimostrato che so essere protettivo, quando serve.»

Protettivo? Aveva salvato Cilly dalla neve. E l'altra sera gli era bastato una frazione di secondo per decidere di frapporsi fra Cassandra e quello che, per lui, rappresentava un muro di materiali velenosi, addirittura letali.

Certo che era protettivo! E premuroso, dannazione. Ma allora perché le stava mentendo? E su cosa? La studentessa tentennò il capo, mantenendo un'espressione volutamente neutra mentre dentro di lei si agitavano dubbi e perplessità.

Doveva prendere una decisione, per non fargli intendere dei propri sospetti. Pensò rapidamente.

«Va bene» si arrese infine, sistemandosi i riccioli biondi con un gesto nervoso, che li scompigliò anziché pettinarli. «Facciamo una prova. Ma se non dovesse andare bene…»

Vennero interrotti dallo squillare di un cellulare. Rimasero entrambi stupiti, poi Cassandra si riebbe riconoscendo la suoneria che aveva personalizzato per Ellen; sorpresa, frugò nelle tasche della sua divisa scolastica, ancora sporca del sangue del Lalartu, rinvenendo lo smartphone.

El la stava videochiamando. Spossata per la notte appena trascorsa e sovrappensiero a causa della misteriosa strategia messa in atto da Rahab, lei non vi rifletté sopra più di tanto, premendo il tasto di risposta. Si accorse della cavolata fatta quando fu troppo tardi.

«Ehi, Cassie! Com'è andato, con quel palco crollato? Il preside che ha detto? Quanti ne hai fatti espellere?» la sua migliore amica aguzzò lo sguardo, studiando meglio l'immagine sullo schermo. «Dove sei? Quella non è la tua camera da letto.»

La bionda impallidì. «No, lo è, cioè, non lo è, voglio dire, m-mi sono fermata alla Night School p-perché… perché…»

«Hai avvisato il preside di quello che è successo?» domandò Rahab, sorpreso e anche ferito. Lui si era quasi fatto ammazzare, per salvarla, e lei si era approfittata della situazione per tentare di metterlo nei guai.

«Non l'ho avvisato» rispose subito l'interpellata, secca.

«Non l'hai avvisato? Ma se non volevi fare altro» la sua amica si interruppe, stupefatta. «Un momento. Chi è che sta parlando?»

«Nessuno.»

«Quel *nessuno* sembra essere il rappr...» Ellen tacque all'improvviso, e la sua sorpresa si tradusse in un sorriso pieno di meraviglia, misto a entusiasmo. «Oooh, Cassandra!»

«No! Non è come sembra.»

«Ora capisco perché non hai avvisato il preside» cantilenò la sua amica.

«S-sì che l'ho avvisato. Certo che l'ho avvisato!»

«Insomma, lo hai fatto o no?» domandò ancora Rahab, piuttosto teso sull'argomento. Se il dirigente scolastico fosse venuto a conoscenza del loro piccolo incidente, non ne sarebbe stato felice. Affatto.

«Dannazione, no! Vuoi stare zitto? Lasciami finire la telef–»

Ellen stava rischiando di cadere a terra dal ridere. «Cassie! Da te non me lo aspettavo!»

Rahab non comprese subito cosa avesse causato tanta eccitazione nell'amica di Cassandra. Poi, finalmente, il suo cervello unì i puntini e lui vide la soluzione: la ragazza pensava che loro avessero approfittato delle libertà concesse dai loro ruoli per regalarsi vicendevolmente una notte di passione.

E la cosa sembrava agitare non poco la sua esimia collega. Sorrise sotto i baffi, divertito nel vederla così imbarazzata, e priva del solito controllo.

«Ho dovuto fermarmi a dormire qui, nient'altro» spiegò la studentessa della Sunrise.

«Nel letto del rappresentante?»

«No!»

«Per la verità» intervenne il rappresentante in questione, desiderando buttare solo un goccio in più di benzina sul fuoco. «Lo era.»

«Cassandra! Uao!»

«Ero da sola!»

«Che dici?» domandò Rahab, con cortese stupore. «C'ero anch'io, siamo stati molto stretti, in due lì sopra. Non ricordi?»

Un lungo silenzio seguì quella precisazione. Cassandra lo fissò come se fosse in procinto di strangolarlo, e probabilmente lo avrebbe fatto, se non vi fosse stata una testimone in linea.

Ellen ululò meglio di un licantropo. «Cassie, sei una monellaccia!»

«Ti prego» pigolò l'interpellata, depressa. «Smetti di usare quella parola.»

«Meglio se chiamo dopo. Anzi, avvertimi, quando torni al dormitorio. Voglio tutti i particolari!» ridacchiò Ellen, spegnendo la telefonata prima che la poverina potesse difendersi ancora. Cassandra fissò lo schermo farsi nero e arrossì come un peperone, con un'espressione da allocca sulla faccia.

Quindi, rivolse la sua ira in direzione di Rahab, trattenendosi a stento dal lanciargli l'oggetto addosso.

«E la nostra tregua?»

«Nessuno ha parlato di non far fare brutte figure all'altro ventilando prestazioni sessuali non avvenute.»

«Io-io ti...»

«Sono stato fin troppo clemente: ho omesso che, in quel letto, qualcuno ha succhiato qualcosa.»

«Ti ammazzo.»

«Monellaccia.» Lui assaporò il suono di quella parola. «Mi piace.»

«Sai cos'altro ti piacerà? Mettere nero su bianco i termini della nostra tregua! Dovesse volerci tutto il giorno, se questa cosa si deve fare, la faremo in modo organizzato e corretto!»

«Parli sempre della tregua, o di quello che la tua amica pensa abbiamo combinato a letto?»

Niente, non ci fu più nulla da fare. Un telefono gli venne scagliato contro la faccia, e lui usò la sua velocità soprannaturale per afferrarlo al volo. Le sorrise, restituendoglielo con un lancio più morbido.

«Forza, rappresentante. Procuriamoci dei fogli e scriviamo i termini della nostra tregua.»

Dubbio.

«Sei già sazio, figlio?»

Re Trahed Moharan afferrò il braccio destro del suo quartogenito, un bambino dagli occhi viola e chioma nera.

«Sì.»

«Ma lui è ancora vivo.»

Lo allontanò dal corpo esanime del pescatore solitario da loro scovato dentro quella mefitica palude. Il padre aveva acchiappato l'umano indifeso per la collottola, sollevandolo dalla sua imbarcazione ancora ancorata a riva nemmeno fosse stato un gattino, e lo aveva offerto al proprio cucciolo, affinché se ne nutrisse. Solo che il piccolo non aveva mangiato tutta la cena, come si suol dire.

Sospirò. Odiava gli sprechi di cibo.

Allungò le mani, le strinse attorno alla testa. Gli ci volle poco. Il bambino guardò altrove.

Solo quando udì suo padre grugnire soddisfatto si volse nuovamente nella loro direzione, osservando come aveva ridotto il corpo dell'uomo: un guscio vuoto e avvizzito, ecchimosi nere

182

laddove egli aveva posato le mani, sangue colato in abbondanza dal naso, gli arti contratti per la terribile agonia che aveva accompagnato la sua dipartita.

Il re usò la sua forza millenaria per colpire un paio di volte il fondo dell'imbarcazione e vi gettò il corpo mentre l'acqua gorgogliante iniziava a invaderla, pronta a trascinarla a fondo con il suo passeggero privo di vita.

Suo figlio gli si aggrappò alle gambe, più con disperazione che con paura.

«Papà» balbettò, sconvolto. «Perché lo hai ucciso?»

«La vera domanda è: perché non lo hai ucciso tu?»

«Avevo nutrimento a sufficienza.»

«Bugiardo. Posso sentire il tuo appetito insoddisfatto. Non mentirmi, Rahab, volevi risparmiarlo, vero?»

Un lungo silenzio carico di sensi di colpa seguì quella domanda, ma non arrivò nessuna risposta. Il re gli prese il mento, costringendolo ad alzare gli occhi sul suo volto. Aveva iridi nere come la notte, e una folta barba scura. Emanava regalità e nobiltà a ogni gesto, anche se quella sera, vedendolo finire la vita di uno sconosciuto, Rahab aveva notato qualcosa mai visto prima in lui: furia, e spietatezza.

«Ho mille inverni e mille primavere sulle spalle. Governo un vasto regno, che un giorno tu e i tuoi fratelli dovrete spartirvi. Siete pochi, ci sarà un trono per tutti.»

Un grave problema dei Lalartu era la sterilità. Per questo, pur avendo al suo fianco una fiera e splendida regina e millenni per generare una numerosa prole, al momento il numero dei suoi eredi si poteva contare sulle dita di una mano.

«Lo so, papà» rispose il piccolo, non riuscendo a comprendere dove quel discorso volesse andare a parare, ma sapendo che doveva portare pazienza.

Suo padre era fatto così. Rispondeva alle domande non con cognizione di causa, ma, almeno in apparenza, con la prima cosa che gli passava per il cervello. Era come domandare a un tizio se il cielo fosse rosso o nero e sentirsi rispondere: banshee.

«E una cosa, una cosa ho imparato sugli esseri umani.»

Una sola, ovviamente. Perché anche lui, alla fin fine, ne aveva incontrati ben pochi. Per quanto fosse un re potente e temuto, doveva ridurre all'osso le sue sortite nella dimensione umana, come tutti gli altri.

«Quale?» domandò Rahab, il quale aveva ancora gli occhi pieni della meraviglia provata qualche ora prima, quando la sua prima sortita di caccia lo aveva condotto in un mondo dove il sole regnava sovrano. Peccato che poi il tutto fosse finito in un truce omicidio, o quella avrebbe potuto considerarsi un'eccellente giornata padre-figlio.

«Possono sembrare deboli. Implorare. *Oh, no non uccidermi, ho famiglia!*» scimmiottò una voce in falsetto, per poi emettere un verso di spregio.

«Beh, in effetti...» il cadavere ormai quasi sul fondo del lago aveva figli. La paura di non tornare a casa da loro era stata l'emozione che aveva spinto il piccolo a risparmiarlo.

«Non provare pena per loro, mai!» gli spiegò il Lalartu, duro. «Sono crudeli, feroci, spietati. E riescono a capire cosa sei, figliolo, per quanto tu possa nasconderlo. Sentono la puzza di chi è diverso. Quando vieni sulla Terra, sono tre le cose che devi fare: trova, cattura e uccidi. Non c'è altro modo.»

«Ma...»

«*Non c'è altro modo.*»

Cassandra balzò a sedere, svegliandosi di colpo, ansimante. Per un attimo, faticò a tornare in sé, come avviluppata dagli ultimi strascichi di quel sogno, che si avvolsero attorno alla sua mente simili a viticci di rovo.

Dovette concentrare lo sguardo su qualcosa di famigliare – la foto di mamma sul comodino – per riuscire a controllare il proprio respiro e calmarsi. Degluṭì a vuoto, sentendosi la gola riarsa, e si passò le dita tra i riccioli biondi, più spettinati che mai.

Si era addormentata con la luce accesa. Rammentò di aver studiato matematica sino a tardi e di essersi coricata con il pensiero di chiamare la sorella, per sapere come stesse. Ovviamente il padre l'aveva parcheggiata con una babysitter, dedicandole giusto il tempo di una cena in compagnia; meglio di niente. Dopo la telefonata, spossata, aveva chiuso gli occhi senza nemmeno rendersene conto.

Guardò le coperte. Durante il sonno, doveva essersi agitata come un pesce preso nella rete: il copriletto era caduto dal giaciglio, il cuscino era voltato dall'altra parte della stanza. Persino il suo pigiama riportava delle conseguenze. Alcuni bottoni della camiciola erano saltati, come strappati con rabbia dalle sue dita.

Trovò sangue sotto le proprie unghie, e segni sul suo petto. Si era graffiata da sola.

Boccheggiò, stupita.

L'incidente che l'aveva portata a farsi prosciugare da Rahab era accaduto poco più di due notti prima. Da allora, dopo aver redatto con lui una tregua piuttosto stabile, Cassandra era tornata alla sua vita di studentessa apparentemente senza patire alcuna conseguenza per ciò che era accaduto.

Oddio, in effetti una sì: Ellen adesso la chiamava 'Monellaccia' e le inviava sms per avere dettagli di una notte d'amore mai avvenuta. Avevano trascorso la vigilia di Natale discutendo su quello. Cassandra imbarazzata oltre ogni limite, la sua amica terribilmente divertita.

Intravide il proprio telefono. Era caduto a una certa distanza dal letto. Esitò, prima di raggiungerlo e prenderlo in mano, rimanendo accucciata sulle fredde piastrelle e fissandone lo schermo per un lungo istante.

Aveva bisogno di parlarne con qualcuno.

Trovò un messaggio di Ellen:

"Ma avete usato precauzioni o fatto il salto della quaglia? XOXO Monellaccia!"

Sicuramente stava parlando di sesso, ma, per quanto lei non fosse una completa ignorante in materia, il legame concettuale con le quaglie le sfuggì.

No, la sua amica era fuori questione.

Cilly le aveva inviato l'emoticon di Babbo Natale e un cuoricino. Sorrise debolmente, sedendo a terra e poggiando la schiena contro il bordo del proprio letto. Sperò che quel cretino di suo padre si fosse organizzato per trascorrere con la bambina almeno la mattina di Natale.

Provò una fitta di senso di colpa. Se Priscilla avesse passato un brutto Natale, la colpa sarebbe stata anche sua; aveva preferito usare la scusa del suo scarso rendimento in matematica per non tornare a casa, lasciando Cilly sola con quell'idiota assenteista.

«Un gesto molto egoista, Cassandra.»

Sì, beh, mamma, anche morire non è stato altruista, da parte tua.

Abbassò le palpebre, con un sospiro tormentato, e lampi della sua visione onirica tornarono, più reali e concreti che mai. Il cadavere dell'uomo, la barca che affondava. Il tizio barbuto con il bambino. Un bambino dalle iridi viola.

Sollevò le palpebre. Rimase a lungo a fissare il telefono. Poi inoltrò la chiamata.

Era mezzanotte passata, il che voleva dire che lui non stava dormendo. Rispose al terzo squillo.

«Esimia collega» lo sentì scherzare. «Siamo stati a letto assieme solo due notti fa. Non è da disperati chiamarmi già adesso?»

«Hai lasciato qualcosa nella mia testa?»

Un lungo silenzio seguì quell'affermazione. Cassandra non poteva certo immaginare come la sua semplice domanda fosse stata capace di portare il già cadaverico pallore di Rahab a un livello di biancore che un qualsiasi medico avrebbe trovato allarmante.

Lo sentì schiarirsi la voce, quindi lui pronunciò una sola parola: «Sogni?»

La studentessa abbassò lo sguardo sul petto che si era graffiata. Fece una smorfia. «Intensi.»

Il rappresentante della Night School disse una parola che lei non comprese, forse un termine proveniente dalla sua lingua natia, ma l'intonazione con cui essa venne esclamata indicò chiaramente che doveva trattarsi di una colorita imprecazione.

«Speravo non succedesse», lo sentì bisbigliare, torvo.

«*Cosa* speravi che non succedesse?»

Rahab esitò. Sta cercando le parole da dire, comprese la studentessa, aumentando la presa sul telefono. Sta per mentirmi anche su questo.

«Quando mi nutrivo di te» rispose infine lui, con voce calma, «mi sono... distratto.»

«Distratto» ripeté lei, poco conciliante. «Non ero una bibita analcolica da sorseggiare spensieratamente, sai?»

«Ne sono consapevole.»

«E che cosa, se posso chiedere, ti avrebbe distratto?»

Da lui non arrivò subito risposta. Uno, due, tre secondi. Tanti ne impiegò, prima di dirle: «Non mi nutrivo di un essere umano da tempo. Sei... insomma, ecco... è stato gustoso.»

Un'altra bugia, pura e semplice. Piegò le labbra in una smorfia.

«Perciò io sono stata una specie di brioches al cioccolato finita in bocca a un diabetico» riassunse, fingendo d'essersi bevuta l'omissione di verità. «La cosa ti ha distratto e?»

«E mentre io prendevo qualcosa da te diciamo che... tu prendevi qualcosa da me.»

«Cosa? Pazzia?»

«Ricordi.»

La giovane perse un battito. L'uomo morto, il re pazzo, il bambino impaurito. Quelle immagini erano reali. Fatti avvenuti nella realtà. Quel tizio era davvero sul fondo di una palude, da qualche parte del mondo, il corpo divorato dai pesci.

«Che hai visto?» domandò lui, incapace adesso di mantenere un tono di voce calmo e pacato.

La studentessa aprì la bocca per dirgli tutto. Poi la richiuse.

Rahab non meritava la verità.

«Nulla. Ti meravigliavi nel vedere il sole. Poi mi sono svegliata.» Rispose pratica, e avrebbe scommesso ciò che rimaneva sul suo conto per pagarsi gli studi che quelle parole lo avessero fatto sospirare di sollievo. «Ma ho come distrutto camera mia. Mi sono graffiata da sola.»

«Può succedere. La vostra mente fatica a gestire i nostri ricordi.»

«Accadrà ancora?»

«Dipende da quanto mi sono distratto.»

«E quanto ti sei distratto?»

Una lunga esitazione.

«Probabilmente non capiterà più.» Bugia. «Ma nel caso… fammelo sapere subito.»

«Ma certo.» Altra bugia.

Per un attimo il silenzio calò su di loro. A Cassandra quasi mancarono i bei vecchi tempi, quando si sentiva libera di urlargli di tutto addosso, e lui faceva altrettanto con lei. Un Rahab che sembrava camminare sulle uova quando le parlava e pareva nasconderle mille segreti era, se possibile, ancora più sinistro di quello che, in un primo momento, aveva tentato di sottometterla usando la paura.

«Ci vediamo prima dell'inizio delle lezioni.» Si congedò, desiderando chiudere quella telefonata per rimanere un po' sola con i propri pensieri. «Per organizzare le attività di gennaio… sempre che tu non voglia tirarti fuori dal nostro accordo.»

«No, certo che no. Perché dovrei?»

Cassandra omise la risposta che avrebbe voluto rifilargli. Spense la comunicazione e guardò il suo letto messo all'aria.

Le aveva lasciato dei ricordi nella testa. Questo era da considerarsi un autogol, o una mossa voluta?

Ritenne che la cosa non facesse parte di una strategia del Lalartu: quando gli aveva detto cosa le era successo, era parso genuinamente sorpreso. Aveva iniziato a mentire soltanto dopo, nel momento in cui lei gli aveva chiesto cosa l'avesse distratto mentre si nutriva delle sue emozioni, al punto da perdersi delle memorie nel suo cervello.

Voleva giocare alle spie con lei? Bene. Ogni sgambetto era valido.

Disapprovazione.

Era stata una scelta difficile, che nessuno dei suoi familiari aveva compreso.

La pace che, da secoli, regnava tra i Lalartu era sicuramente dovuta alla loro cultura, che rinnegava le emozioni, ritenendole un buon pasto ma una corrosiva fonte di debolezza per gli animi più fieri. I loro rapporti si fondavano unicamente su rispetto e onore, e sino a quel momento le cose avevano funzionato. Poi era nato Rahab. La variante impazzita. La cosa era stata chiara a un raduno del clan al completo, durante il quale il figlio di re Trahed Moharan aveva deciso di annunciare le proprie intenzioni.

In quanto appartenenti alla medesima razza, tutti i presenti possedevano chiome corvine e fisici massicci. Ma c'erano tante piccole differenze, tra loro: le femmine avevano zanne più prominenti, e occhi dal taglio a mandorla. Molti dei maschi più anziani avevano scelto folte barbe per distinguersi dai giovani.

Dopo un attimo di silenzio iniziale, voci si erano riversate su di lui. Così tante e così scandalizzate che a stento riuscì a replicare a tutte.

«Se un gerarca demoniaco si è instupidito al punto di stringere un'alleanza con un patetico umano, ciò non significa certo che questa loro 'scuola' sia un buon progetto.» Protestò una delle più belle e sagge del clan. «Anzi! Tutt'altro.»

«Madre» sospirò Rahab. «Non avete neppure voluto esaminare il materiale che vi ho…»

«Nel momento in cui metterai piede in quella scuola, non farai più parte della famiglia.» Lo zittì un cucciolo, di forse un cinquantennio più giovane di lui.

«Fratello, per me non esisterebbe dolore più grande. Ma ti prego di capire questo: non vi sto tradendo, sto cambiando.»

«La tua perversione sarà la tua rovina!» strillò un'altra.

«Cugina, è perverso non voler uccidere?»

«Di sicuro è strano.» Borbottò la voce di un vecchio.

«Oh, nonno, dai. Anche tu? V-voglio dire, ti nutri solo di bambini, da che pulpito…»

«Guarda che li ho ammazzati tutti, quei mocciosi. Dal primo all'ultimo, sai.»

«Questa non è una cosa di cui vantarsi!»

«Per noi sì.» Suo padre aveva interrotto i borbottii e le recriminazioni semplicemente aprendo bocca e ottenendo l'immediata attenzione di tutti i presenti. «Perché questo siamo noi. Questa è la nostra stirpe, la nostra dinastia. Non v'è pena di morte, per chi tradisce i nostri ideali. Per cui, sei libero di andare. Ma, come ti è stato spiegato, non di tornare.»

Rifiuto.

«Per la settima – e mi auguro – ultima volta: ti presento Darren.»

Il giovanotto dagli occhi nocciola era, ormai, pallido come un morto. Stava affrontando la sua prima riunione in qualità di rappresentante della Sunrise School e non sembrava in grado di accogliere le novità della Night School senza svenire come una damigella ottocentesca.

Rahab, nuovo studente e rappresentante fresco di elezioni quanto il suo collega umano, iniziava a preoccuparsi. Quel tizio aveva perso i sensi già sei volte, e sembrava in procinto di vomitare per la terza.

«Forse dovremmo chiamare un medico» azzardò, impensierito.

«No, tranquillo.» Il dirigente scolastico fece un gesto con le dita, minimizzando la sua preoccupazione. «Guardalo. Sta già digerendo tutte le novità.»

«O per vomitare di nuovo.» Incerto, il Lalartu si avvicinò al giovane. Lo vide trasalire per la paura e si fermò immediatamente, alzando le mani in un universale gesto di pace. Sorrise. «Nessuno vuole farti del male. Te lo giuro.»

Darren puntò i propri occhi – nocciola e smarriti quanto quelli di un cerbiatto – in quelli viola di lui, e annuì, seppur non smettendo di tremare.

«Questi… *cosi* vogliono mangiarmi?» domandò, incerto.

«Ma allora non ha capito niente di quello che le ho spiegato» si offese il preside.

Rahab scosse il capo, mantenendo saldamente il contatto visivo con lui. «Nessuno farà del male a nessuno. Vogliamo solo… studiare, imparare. Tu sei il rappresentante degli umani, io dei diversamente vivi. Sarebbe bello, se collaborassimo.»

«Collaborazione del tipo che io faccio da colazione a te?»

«Non ha capito *niente*» sbottò ancora Digby. «Darren! Questa sera hai pensato solo a svenire, o cosa?»

«Non sarai la colazione di nessuno» assicurò Rahab, gentile e comprensivo.

«Devo farmi succhiare il sangue da quel vampiro??»

«No.»

«Perché no?» si lamentò il vampiro in questione, deluso.

«Allora cosa volete che faccia?»

«Dovresti collaborare. Con me» gli spiegò l'altro rappresentante, paziente. «Potremmo metterci d'accordo per… insomma, tanto per cominciare, voi avete un budget per gli eventi, e noi no.»

«Sì» rispose d'un fiato il rappresentante. «Budget? Quanto ne vuoi.»

I diversamente vivi presenti all'incontro mormorarono di approvazione, e Rahab si sentì gonfio di gioia per quel piccolo traguardo. Era la prima volta che intavolava una trattativa con un essere umano, e sembrava stare andando molto bene.

«Sei davvero gentile» si complimentò.

«A-ah» fece soltanto Darren, non smettendo di tremare. Un licantropo gli sorrise allegro, mettendo bene in mostra tutte le zanne per fargli capire quanto apprezzasse la sua generosità, e lui strillò terrorizzato.

Il Lalartu percepì la sua ansia, la sua paura. Ma pensò fossero pensieri istintivi di una persona la cui visione del mondo è appena stata rovesciata. Sembrava proprio un bravo ragazzo. Forse poteva essere l'inizio di una bella amicizia.

E l'amicizia proseguì, durante il resto dell'anno. A distanza, perché Darren aveva sempre un sacco di impegni per lo studio e non poteva quasi mai incontrarlo di persona. Ma, anche se fisicamente lontano, quel ragazzo sapeva mostrarsi molto affettuoso.

Rispondeva alle sue domande più stupide sul mondo umano, al momento ancora abbastanza oscuro per il Lalartu. Perse un intero pomeriggio tentando di fargli capire il significato delle emoticon nei messaggi. Era così premuroso!

Quando Rahab si lasciò sfuggire di aver scoperto i quotidiani, e quanto li trovasse affascinanti per la loro forma, dimensione e mancanza di colori, Darren stipulò un abbonamento a suo nome, facendogliene arrivare direttamente davanti alla porta del dormitorio un pacchetto a settimana! Il Lalartu quasi si commosse per il suo gesto.

Tentò di ricambiare più volte, invitandolo alle feste della Night School. Ma Darren era sempre così impegnato da non poter mai accettare. Ogni volta declinava con una gentilezza squisita, quasi ossequiosa. Probabilmente era un ragazzo molto chiuso e timido, e temeva gli eventi sociali.

Sul resto, era eccezionale: non lesinava loro un centesimo del budget. L'unico punto sul quale non si trovarono molto d'accordo fu la circolazione dei diversamente vivi nel territorio della scuola. Darren chiese che rimanessero confinati nei pressi degli edifici a loro riservati. Rahab non comprese appieno il perché di quella pretesa, ma ritenne doverosa cortesia professionale andare incontro a un collega tanto prodigo di aiuti e gentilezze nei suoi confronti e accettò.

Quando arrivò la fine dell'anno, il Lalartu comprese una cosa, con non poca sorpresa. Si era affezionato allo studente.

D'altronde, sarebbe stato impossibile non farlo.

Darren era gentile, comprensivo, generoso. Uno straordinario esempio di essere umano! Avrebbe voluto sbatterlo in faccia a suo padre, urlando qualcosa del tipo: *Hai visto? Ho un amico!*

Ma meglio di no, perché il re probabilmente lo avrebbe ucciso per cancellare quell'onta.

Quando, l'ultima sera di quell'anno scolastico, lo vide arrivare alla sede della Night School lievemente barcollante, pensò che si fosse preso il disturbo di andarlo a salutare personalmente e ne fu immensamente colpito.

Gli andò incontro ma, già a una certa distanza, i suoi sensi più sviluppati gli permisero di intuire un certo dettaglio.

«Darren» mormorò, stupito. «Hai bevuto degli alcolici?»

Lui si guardò attorno, a disagio. Spaurito. «Sì.»

«Sono vietati, all'interno dei confini della scuola. Doppiamente vietati per te, hai meno di ventun anni.» Gli spiegò, provando un moto di preoccupazione. Perché un bravo ragazzo come lui si era ubriacato? E per quale motivo sembrava così spaventato?

«Sono qui per la cancellazione» aveva replicato lui, senza troppi giri di parole. «Devo partire domattina presto. Ci vorrà molto tempo?»

«Cancellazione?» ripeté il Lalartu, confuso.

«La memoria! Il preside ha promesso che a fine anno mi avreste cancellato la memoria.»

«Certo, lo ricordo.» Rahab rimase colpito dall'integerrima diligenza di Darren, la quale mal si sposava col fatto che fosse alticcio. «Ma solo se lo desideri. Se preferisci conservare i ricordi di quanto ci siamo divertit–»

«Conservare?» lui rise, lievemente isterico. «No, no, no. Io non dormo la notte, ho perso dieci chili per lo stress! Ma che conservare? Ho fatto quello che mi è stato chiesto. Voglio dimenticare tutto, ora, adesso!»

Il Lalartu aveva aperto la bocca per rispondere. Poi, molto cautamente, l'aveva richiusa. Solo in quel momento aveva fissato sul serio quel ragazzo, e i suoi occhi nocciola, colmi d'ansia, colmi di… terrore.

«Tu mi temi?» domandò, con una fitta di dolore.

«Se ti temo? Sei un centenario che vive succhiando sentimenti e comanda un'orda di non morti! S-sì che ti temo!»

«Ma io… non sono mai stato minaccioso, nei tuoi confronti.»

«Non mi verrete a cercare, vero?»

«Prego?»

«Dopo. Quando sarò fuori da questa scuola, e tutto il resto. Tu vieterai ai tuoi di venirmi a prendere, giusto?»

«Perché mai dovremm–»

«Ti ho comprato i giornali, ti ho dato i soldi, tutto quello che volevi, tutto! Mi lascerete stare, vero?»

Gli occhi di Rahab si erano fatti più scuri. Rabbia, mista a delusione. Si era allontanato dal ragazzo, voltandogli le spalle, consapevole che l'espressione sul suo volto avrebbe potuto terrorizzarlo ulteriormente.

Sì, ho un nuovo amico. Si chiama Darren, è terrorizzato da me, e non vede l'ora di sottoporsi a un reset della memoria per dimenticarmi.

«Vieni dentro, preparo la cancellazione dei tuoi ricordi.» Disse soltanto, senza più guardare l'umano dietro di sé. «Ti chiamo subito una lamia, farà in fretta.»

«Falle togliere tutto, eh. *Tutto!*» balbettò lui, seguendolo con passi infermi. «Non voglio più sapere della vostra esistenza. È... è una tortura!»

Una tortura? Quella? E come poteva essere catalogato trascorrere un intero anno scolastico cercando di fare amicizia con un insulso idiota privo di spina dorsale? Per Rahab le loro sporadiche comunicazioni erano state un primo, timido tentativo di stringere amicizia con una razza da sempre temuta, mai realmente capita. E lui, invece, quel ricco moccioso viziato ed egoista, aveva atteso solo quello, il momento in cui avrebbe potuto cancellare il ricordo del loro rapporto dalla propria memoria.

L'anno successivo avrebbe risparmiato tempo ed energie. Era inutile tentare di convincere gli umani delle proprie buone intenzioni ed essere amichevoli per poter collaborare con loro. Conveniva terrorizzarli da subito, e spremerli come limoni: stesso risultato, minor fatica.

E nessuna delusione.

Cassandra spalancò gli occhi, faticando a ricordare chi fosse, e dove si trovasse.

Si era addormentata sul divano del proprio salottino privato, mentre ripassava la maledetta trigonometria; il suo libro di testo, al momento, giaceva ai piedi del muro. Evidentemente, lo aveva lanciato nel sonno. Così come tutto il resto della cancelleria, dalle gomme alle penne, astuccio compreso.

Ansimò di sorpresa e dolore, quando rinvenne ciò che restava del suo quaderno degli esercizi: stracciato in mille pezzi, sparso per il pavimento.

Abbassò lo sguardo sulla propria divisa, trovandola intatta. Questa volta non si era fatta del male da sola. Beh, insomma, non letteralmente. Trucidare i suoi appunti di trigonometria era stato un po' come assassinare parte della sua anima. Provò un moto di rabbia.

Per un attimo, ebbe la tentazione di chiamare Rahab e di urlargli addosso i peggiori insulti che le sarebbero venuti in mente. Era tutta colpa sua.

Quei sogni, quelle... sensazioni dolorose, quei ricordi oscuri, infelici. E lei ne aveva già abbastanza dei propri, grazie.

Inspirò a fondo, cercando di calmarsi. *Chiamarlo non è un'idea saggia, Cassandra. Non lo è e tu lo sai.*

In primo luogo, aveva deciso di non condividere con il Lalartu qualunque cosa fosse riuscita a scoprire sul suo passato attraverso i sogni. Una cortesia professionale, giacché anche il suo esimio collega sembrava celarle dei segreti dalla notte in cui avevano dormito insieme.

Non insieme, si corresse subito. Al massimo nello stesso giaciglio, vicini ma castamente separati. E non lo avevano fatto certo perché lo desiderassero, ma per motivi di forza maggiore: lei aveva perso i sensi quasi subito, e lui era crollato dopo essersi nutrito, bisognoso di rigenerarsi.

Tra loro c'era stato un... perfetto, platonico riposino di natura assistenziale. Le infermiere toccano i corpi dei pazienti, ma non è che lo facciano per motivi diversi da quelli lavorativi, giusto? Ecco, il loro dormire assieme era stato più o meno la stessa cosa.

D'accordo, si era svegliata stretta nel suo abbraccio, il capo poggiato sul suo petto e l'irrazionale sensazione di trovarsi nel posto più sicuro del mondo. Ma la cosa era durata un attimo e certamente la si poteva ricondurre all'esperienza di quasi morte appena vissuta.

A cosa stavo pensando? Sì. Vero. Non devo chiamarlo, non devo dirgli niente.

Perché il signorino, nonostante il loro platonico pisolino di natura puramente assistenziale, si era svegliato e aveva iniziato a mentirle. Su cosa, lei non lo sapeva. Ma non lo sopportava.

Era stata una bambina con una madre malata terminale, circondata da adulti impegnati a dirle che tutto sarebbe andato bene, quindi riconosceva le menzogne a chilometri di distanza.

Prima o poi lo avrebbe messo con le spalle al muro e costretto a dirle cosa accidenti avesse da nasconderle.

Forse, spremendole i sentimenti, l'aveva danneggiata in qualche modo? Non si sentiva diversa, da che il fatto era accaduto, almeno due settimane prima. Ma magari si trattava di conseguenze a lungo termine, e i suoi ricordi nel proprio cervello erano solo il primo campanello d'allarme. Evitare di parlargliene poteva essere considerato stupido, da un certo punto di vista.

Al momento, però, preferiva godere della propria posizione favorevole. Lui non aveva idea che lei avesse intuito le sue menzogne. Ed era stato a causa di quel qualcosa che si ostinava a nasconderle che le aveva proposto una tregua molto vantaggiosa per lei. *Chi dà vantaggio, perde.*

Si sdraiò nuovamente sul divano, la testa piena di mille pensieri che si rincorrevano l'un l'altro.

Ripensò alla visione appena apparsale in sogno. Lo sdegno con la quale la famiglia di Rahab aveva accolto la sua decisione di frequentare la Night School non le parve del tutto incomprensibile: se un suo parente, di punto in bianco, se ne fosse uscito con qualcosa del tipo «*Ragazzi, a parer mio i grizzly non sono poi così cattivi, vado a vivere in mezzo a loro per diventare loro amico»* lei non sarebbe stata forse tra quelli pronti a urlargli quanto fosse idiota, ma di sicuro lo avrebbero pensato.

Il Lalartu aveva fatto una sciocchezza. Così come il preside, o gli altri mostri presenti alla Night School. Stavano lottando per essere accettati in un mondo che non solo non aveva la minima intenzione di accoglierli ma che, anzi, se mai si fosse accorto della loro presenza, li avrebbe distrutti sino all'ultimo atomo.

Erano dei pazzi utopistici.

Come aveva pensato Rahab che quel ragazzotto potesse essergli amico? Il vigliacco aveva semplicemente fatto buon viso a cattivo gioco, cercando di tenersi il sedere al sicuro e tirando ad arrivare a fine anno scolastico. Ripensò al senso di inadeguatezza, provato dal rappresentante della Night School nel momento in cui lo studente aveva implorato che gli venisse cancellata la memoria.

A quello era quindi dovuta la sua decisione di terrorizzare chi lo avrebbe seguito. Perché cercare un rapporto alla pari con un essere umano era inutile, oltre che doloroso. Ma va? Benvenuto nel mondo reale, idiota.

Quindi i suoi predecessori erano finiti sotto Xanax per questo. E poco ci era mancato che non toccasse anche a lei. Attese un impeto di rabbia che…

Questa volta non arrivò.

L'aveva colpita, vedere un Rahab così collaborativo, dolce e gentile. Quindi questa era la sua vera natura, prima di scoprire quanto gli esseri umani potessero essere bugiardi, infimi e manipolatori. Vederlo sotto quella luce non le era dispiaciuto, non del tutto. Si rialzò con un gesto nervoso. Zittì i pensieri impegnandosi nel rimettere a posto la stanza.

«Non voglio farlo!»

«Cilly. Qui non stiamo giocando a quello che vuoi o che non vuoi: *devi*. E lo farai.»

Cassandra, quel giorno, aveva portato con sé qualcosa su cui Rahab aveva da subito posato uno sguardo colmo di cupidigia, un giornale.

«Posso?» aveva azzardato. Non ne vedeva uno dal periodo in cui aveva creduto di essere amico di Darren. La Night School gli forniva vitto e alloggio, ma non un quotidiano.

«Devo ritagliare un articolo per un compito di letteratura. Non rovinarlo» aveva fatto spallucce lei, lanciandogli il rotolo di carta stampato in bianco e nero.

Naturalmente non era vero. Quel giorno le era venuta voglia di recuperare un vecchio giornale dalla biblioteca della Sunrise. Perché aveva intenzione di leggerlo, punto e basta. Il fatto che non lo avesse neppure aperto e lo avesse distrattamente portato con sé alla sede della Night School non c'entrava nulla con le visioni avute nel sonno qualche giorno prima.

Rahab era sprofondato in una poltrona, spalancandolo con un sorriso.

«Te lo restituirò quando ve ne andrete, intonso.»

Il suo parlare al plurale era, ovviamente, riferito alla presenza di Priscilla. La rappresentante della Sunrise School ormai conduceva la sorella nel plesso della Night con regolarità. A quanto pareva, tra quelle mura, in mezzo a quegli strambi scherzi della natura, Priscilla sembrava una bambina un po' meno rabbiosa e aggressiva.

Ma non quel giorno. Le sue urla erano così acute che persino le banshee ebbero la faccia tosta di trovarle fastidiose.

Le due sorelle si trovavano nel salone preferito della minore, quello dove un qual certo Lalartu faceva accendere quotidianamente il camino, nonostante le sue ritrosie nei confronti del fuoco. Seduta a terra, la piccolina si strinse al petto un aracnis adolescente, di forse già una decina di chili di peso, strizzandolo così forte che le otto zampette del poveretto si tesero come corde di violino.

«La tua idea è brutta, stupida e noiosa!»

«No. È pratica, concreta e ti varrà un bel voto.»

«Non mi interessa, la odio!»

Seduto a una certa distanza da loro, Rahab scorreva le notizie sulle pagine del quotidiano, quasi interamente nascosto da esso. Faticava, però, a concentrarsi, perché la rabbia di Priscilla era così intensa e furibonda da colpirlo sino a lì.

Ma intervenire non era un'opzione. Cassandra reagiva a ogni interferenza nei suoi discutibili metodi di allevamento della sorella come un'orsa alla quale qualcuno cerca di rubare i cuccioli.

Quando poteva, lui preferiva restare fuori ai loro litigi o, perlomeno, intervenire in maniera piuttosto indiretta. In modo da lasciare all'umana la sensazione di avere la situazione sotto controllo.

Però sentirle discutere così, standosene zitto, non era un'impresa facile.

«Vuoi che succeda come l'anno scorso?» accusò Cassandra.

«Cosa mai è successo, l'anno scorso?» abbaiò Priscilla, sulla difensiva.

«La gente pensava fossi matta.»

«E allora?»

«E allora non va bene!»

«Non mi importa di loro!» sbottò Cilly, con un acuto tale che i vetri del plesso intero parvero vibrare, prossimi al punto di rottura. Poi, come se un vulcano fosse appena esploso, e adesso il cielo fosse una nube nera di silenziosa, mortale cenere, lei fece cadere le ultime parole della sua risposta addosso alla sorella: «A me importa solo di papà. E lui non ci sarà».

Il Lalartu chiuse gli occhi, stringendo spasmodicamente la presa sul quotidiano. Non credeva in nessun Dio in particolare, per cui non aveva divinità alle quali appellarsi per chiedere la forza di volontà necessaria a non intervenire.

Quindi, cedette.

Abbassò il giornale e le trovò nella loro solita *modalità litigio*, ovvero intente a darsi le spalle a vicenda, la giovane che piangeva rumorosamente, insozzando il povero aracnis tra le sue braccia, e la grande con la schiena dritta, chiusa in un dignitoso, riottoso silenzio.

Una volta, qualche anno prima, Rahab aveva dovuto dividere due licantropi impazziti per la fame e intenti ad azzannarsi l'un l'altro. Uno gli aveva quasi strappato una mano a morsi.

Gli mancò la semplicità di situazioni come quella.

«D'accordo» mormorò, alzandosi e raggiungendo malvolentieri una zona neutra tra le due, un po' troppo vicino al caminetto per i propri gusti. «Percepisco rabbia e tensione.»

«Io sono triste» corresse Priscilla, senza voltarsi a guardarlo, le esili spalle scosse da singhiozzi. «Non arrabbiata.»

Mentiva, senza saperlo. La sua furia mista a dolore era come una frusta che sferzava l'aria tutt'attorno a lei. Lui decise comunque di darle corda, dal momento che era stata l'unica delle due a rivolgergli la parola.

«Cosa ti intristisce, *strohla*?» mormorò, con quella voce calma e dolce che riusciva sempre a tranquillizzarla un poco.

«Cassie vuole decidere quale sarà la mia esibizione il Giorno del Talento!»

«Giorno del Talento?» ripeté lui, non ancora del tutto pratico delle festività umane.

La piccola si asciugò le lacrime, per poi voltarsi e fissarlo con occhioni colmi di sofferenza mentre spiegava: «Vengono tutti i genitori. Ognuno sceglie qualcosa da fare e si esibisce sul palco, davanti a tutti».

«Non ne capisco il senso.»

«Neanche io» convenne Priscilla.

«Non bisogna capirne il senso» sbottò Cassandra, sentendosi trascinata nella conversazione da quell'osservazione. «È una cosa che va fatta, e la farai.»

«Sì, ma a modo mio!»

«Scordatelo!»

Quanto gli mancava, dividere licantropi iracondi. Con un sospiro colmo di pazienza, Rahab provò di nuovo a capire la situazione: «Perché deve scordarselo?»

Cassandra lo fissò, furiosa. «Tu non hai idea di com'è andata l'anno scorso.»

ESATTAMENTE UN ANNO PRIMA

Priscilla era salita in scena, completamente nerovestita, il capo ammantato di un velo scuro e una cavalletta morta tra le dita. Aveva sollevato l'orrido trofeo, mostrandolo al pubblico.

«È deceduta» era stato il suo commento. «Ma, sapete, forse è meglio così. Forse sta meglio di noi. Polvere siamo, polvere torneremo, le nostre esistenze non sono che un patetico dibattersi in una finestra temporale dove il dolore, la sofferenza e la privazione hanno la meglio su tutto il resto...»

«Oh.» commentò Rahab.

«Ha terminato il tutto» seguitò a dire Cassandra, tetra, «mettendo l'insetto morto in una ciotola e dandovi fuoco.»

«Te l'ho già spiegato, si chiama funerale villico!» ululò la bambina, scandalizzata.

«Vichingo, al massimo. Vichingo» la corresse sua sorella, la quale, a differenza del Lalartu, aveva due o tre divinità alle quali chiedere pazienza extra. Ma ormai anche queste scorte stavano finendo.

«È la stessa cosa.»

«No, non lo è. Non lo è affatto.»

«Sarebbe stato più bello, se mi avessero lasciata usare delle frecce infuocate...»

«Ma ti ascolti?»

«Sono stata di certo meno noiosa della stupida Dolly Partonn con il suo stupido violino!»

Cassandra indicò al Lalartu la sorella minore con un gesto risolutivo, come a volergli dire: *e tu le lasceresti fare ciò che vuole?*

«Posso?» azzardò lui, con molto tatto.

Ecco, c'era anche questo dettaglio, che andava a sommarsi alle continue bugie da lui raccontate. Quando si trattava di Priscilla, quel cretino aveva perso il proprio atteggiamento da *stai sbagliando tutto, so io come si cresce una bambina*; anzi, era diventato attento a non intromettersi eccessivamente e, quando lo faceva, si muoveva come sulle uova stando attento a non esagerare. Cosa che la mandava al manicomio. Sapeva gestire un Rahab presuntuoso e arrogante. Questa sua nuova versione di se stesso la confondeva e indisponeva, in realtà senza un motivo in particolare.

O forse sì. Il suo modo di fare piaceva molto a Cilly. *Troppo.* Talvolta al punto da farle pensare che la piccola stesse meglio con quel mostro, invece che con lei.

Fece spallucce. «Accomodati pure. Nemmeno il segretario generale dell'ONU potrebbe persuaderla, quando si intestardisce così.»

Lui non ebbe nulla da eccepire, trovandola una definizione calzante per entrambe. Convincere una delle sorelle Dron a cedere sulla propria posizione era un po' come prendere a morsi del metallo: inutile, oltre che autolesionistico.

Tuttavia, decise di tentare lo stesso. Quelle due ragazze avevano bisogno d'aiuto, ed era incredibile che l'unico al mondo con la possibilità di darglielo fosse un diversamente vivo forse emotivamente ancora più incasinato di loro.

Raggiunse la bambina, abbassandosi alla sua altezza e catturandone gli occhi con il proprio sguardo. Le sorrise, cercando di farle capire di avere davanti un alleato, e non un altro adulto pronto a pretendere qualcosa da lei.

«Cilly» domandò, con gentilezza. «Perché non ti piace quello che ti propone di fare Cassandra?»

«Vuole che io balli! E io faccio schifo a ballare!»

«Sono sicuro che sei bravissima.» La blandì, non osando toccare lei, ma carezzando l'aracnis che la piccola teneva tra le dita. La creatura si rilassò quasi subito e, incredibilmente, ciò riuscì a calmare anche Cilly, seppur di poco. «E poi ballare è divertente.»

Cassandra guardò quella scena di sottecchi, sperando – o, forse, *temendo* – che le parole di lui sortissero effetto laddove le proprie avevano fallito in pieno. In effetti, per un attimo, la piccola tentennò. Ma poi riprese sicurezza, e scosse con forza il capo.

«Non è quello che voglio fare io!»

«D'accordo» Rahab reagì alla sua collera con la calma degna del Dalai Lama, seguitando a sorriderle pacifico. «Cosa vorresti fare?»

«Pittura improvvisata.»

«Si dice estemporanea» intervenne la sorella maggiore, esasperata. «Non sai nemmeno da che parte si tiene, un pennello!»

«Questo è il senso di improvvisata!»

«Non è affatto...»

«Magari potrebbe provare» tentò di intercedere Rahab, meritandosi un'occhiataccia assassina da parte della studentessa. «Forse ha un talento nascosto, non puoi saperlo.»

«È mia sorella. So io quali sono i suoi talenti.»

«No che non li sai, altrimenti non mi costringeresti a ballare!» sbottò Priscilla, facendosi più vicina al Lalartu, come se lui fosse una specie di paravento contro gli improperi e le pretese della maggiore.

A Cassandra quel dettaglio non sfuggì. Fu come una stilettata nell'animo, che la privò di ogni altra energia per continuare a discutere.

«Sai che c'è? Io ci rinuncio» sbottò la rappresentante, ormai ridotta agli ultimi rimasugli di pazienza. «Vuoi renderti ridicola davanti a genitori e alunni? Fallo. Ho di meglio a cui pensare.»

«Lo so, che hai di meglio a cui pensare» fu il borbottio lugubre e risentito, così basso che soltanto Rahab poté udirlo.

Sospirò, osservando Cassandra uscire dalla stanza a grandi passi. Subito dopo, sentì il corpicino della bambina stringersi a lui, alla ricerca istintiva di un abbraccio. Esitò, prima di spalancare le braccia e accoglierla contro di sé. Era così piccolina che stava tutta contro il suo petto, aracnis compreso. Provò un moto di tenerezza.

Maledizione, si stava affezionando a un'umana. Di nuovo. Priscilla non era certo Darren: non sembrava una persona che, una volta finita la scuola, avrebbe richiesto la cancellazione dei loro ricordi insieme. Ma sarebbe cresciuta accanto a Cassandra, e il disgusto che lei provava per la loro categoria prima o poi avrebbe prevalso sulla bontà d'animo della piccola. Un giorno, inevitabilmente, anche lei se ne sarebbe andata per sempre.

«Mi dispiace» la sentì bisbigliare, e il dolore nella sua voce cancellò immediatamente i suoi pensieri.

«Di aver litigato con tua sorella?» domandò, posandole una mano sulla schiena con delicatezza, quasi temesse di poterla rompere a causa della propria forza soprannaturale. «Mi sembra sia ordinaria amministrazione, tra voi.»

«Mi dispiace che lei non capisce.»

«Capire cosa, piccola *strolha*?»

«Non lo so. È… come dire? Quando una persona dice una cosa, ma fa quella opposta?»

«Ipocrita?»

«Esatto. È *ipocrita* perché lei cantava, cantava sempre quando c'era questa festa. Pensa che non me lo ricordo, perché ero piccola, ma invece sì. Me lo *ricordo*. Mamma e io che ascoltiamo la sua voce. Gli applausi. Poi ha smesso.»

«Quando vostra madre…»

«Sì. Papà non c'è mai. Sono rimasta solo io, ad ascoltarla. E se lei non vuole cantare per me, perché io dovrei ballare per lei? Voglio dipingere!»

Rahab rifletté molto attentamente su quelle parole. «*Strolha*» mormorò, pensieroso. «Forse una soluzione ci sarebbe.»

La piccola ascoltò. Sorrise.

Annuì.

Cassandra si sentì toccare la spalla da qualcosa; si voltò, indispettita, trovandosi davanti al naso il quotidiano che aveva portato con sé. Rahab, con Priscilla tra le braccia, glielo stava porgendo in silenzio, il volto inespressivo, la bambina appoggiata alla spalla come una scimmietta piacevolmente abbandonata contro il corpo della mamma.

«Dunque?» domandò, strappandogli la carta stampata dalle mani.

«Cilly ha deciso di ballare.» Le confessò Rahab. «Ha posto delle condizioni un po' particolari, ma credo di riuscire a soddisfare le sue richieste. Sempre se tu sei d'accordo.»

La studentessa nascose in maniera magistrale il moto di fastidio che quella notizia le provocò. Fu così brava che lui non riuscì neppure a percepirlo. Fece spallucce, domandando: «Le condizioni in questione prevedono un funerale vichingo?»

«No.»

«Frecce a cui dare fuoco?»

«Nemmeno.»

«Allora congratulazioni, sei riuscito dove molti hanno fallito.» *Dove io ho fallito.*

Non sembrava felice, e Rahab tentò di tastare le sue emozioni per comprendere il perché. La trovò completamente chiusa a riccio, per cui dovette rinunciare. Aprì la bocca, per tentare di arrivare al nocciolo del problema alla maniera umana, ovvero con le parole. Purtroppo, Cilly lo precedette: «allora pensi a tutto tu?»

Quelle parole sì che slacciarono, seppur di poco, la corazza emotiva di Cassandra. La diffidenza di lei lo colpì come una sciabola.

Mantenne un contegno regale, limitandosi ad annuire. «Ma tu, *strolha*, devi impegnarti.»

Cilly detestava quella parola. Dio solo sapeva quanto. *Impegnarsi* era il termine che maggiormente la mandava fuori dai gangheri, appena dopo *assolvere* chi le faceva un torto. Cassandra attese un'esplosione di rabbia pura che, ovviamente, non arrivò.

«Promesso» annuì la piccola, stringendosi a lui. Gli posò un bacino sulla guancia.

«Se il Mary Poppins dei mostri e mia sorella hanno finito di tubare, sarebbe ora di tornare al dormitorio» disse a quel punto la rappresentante della Sunrise School, forse più caustica di quello che avrebbe voluto.

Rahab le scoccò un'occhiata perplessa, porgendole la bambina, che lei strinse forte a sé.

«Secondo il nostro nuovo trattato, io e cinque dei miei ci occuperemo di allestire la sala per l'evento.»

Era vero. Cassandra annuì meccanicamente, rammentando il resto dell'accordo: svolgere quella mansione avrebbe autorizzato i diversamente vivi a rimanere per lo spettacolo, a patto di comportarsi bene.

«Allora sarò lì subito dopo cena.»

«Hai richieste particolari?»

«No. Perché sarò presente in ogni fase della preparazione, e vi terrò d'occhio.»

«Minacciosa quanto una lamia.»

«Mi stai paragonando a una strega?»

«Per carità. Le rispetto troppo.» Il rappresentante della Night School fece spallucce, come a intendere che lei avrebbe potuto supervisionare i suoi ragazzi anche al bagno. Avrebbe scelto i non morti giusti, per evitare che capitassero incidenti con gli umani.

Cilly ridacchiò a quelle parole, facendogli l'occhiolino. «Ci vediamo il Giorno del Talento, allora?» chiese conferma, con un pigolio adorabile.

Lui le sorrise di rimando. «Certo, *strolha.*»

Poi non poté dirle altro, perché la sorella gli diede rigidamente le spalle e uscì dalla sede della Night School a grandi passi, portando il peso della bambina tra le braccia apparentemente senza sforzo, simile a una rifugiata che è disposta a morire di fatica pur di allontanare la sua prole da una zona pericolosa.

Capitolo 7

Il venti di gennaio l'auditorium principale della Sunrise School si gremì di genitori orgogliosi e in attesa. Rahab spiò il loro ingresso da dietro le quinte, provando uno strano e immotivato moto d'orgoglio per motivi del tutto puerili.

Ad esempio: le sedie. Lui e un licantropo avevano passato il pomeriggio a sistemarle in modo che formassero un elegante arco convesso in direzione del palco. Inoltre, il passaggio che avevano lasciato libero in direzione del bagno e del buffet allestito sulla parete di destra erano incredibilmente ben progettati, e belli a vedersi.

Oddio. Era di cose come questa che Cassandra si rallegrava, nel suo lavoro di rappresentanza? Di come stessero le sedie? Che vita triste.

Però le avevano sistemate davvero bene. Si rallegrò. Quindi si sentì un cretino, e distolse lo sguardo, voltandosi e trovandosi di fronte qualcosa di totalmente inaspettato.

La rappresentante della Sunrise School era stata su di loro come un falco, nelle ultime tre ore. Non aveva proferito parola, limitandosi a osservarli lavorare e a correggere qualche imperfezione qua e là. Tutto sommato, seppur la sua presenza avesse ricordato lo sguardo di un Dio Giudicante e Terribile, non era stata troppo ingombrante.

Si era assentata circa una mezz'ora, spiegando che aveva bisogno di fare una doccia e di cambiarsi. Ma, dannazione, Rahab non aveva certo pensato al fatto che, per una serata del genere, lei avrebbe potuto scegliere qualcosa di diverso dalla solita divisa.

E invece eccola lì. Con addosso quel vestito elegante già usato per la serata di Halloween. Quello che le fasciava le forme con eleganza, e faceva risaltare i suoi riccioli biondi come oro sul velluto nero. Rahab abbassò gli occhi, alla ricerca di qualcos'altro da guardare: fortunatamente, accanto alla gonna svasata di lei, intravide una *strolha* con indosso un tutù fucsia e rosso. Un pugno nell'occhio cromatico, che eppure riusciva a renderla incredibilmente bella.

«Che splendida ballerina» le fece i suoi complimenti, con tenerezza. «Sul palco somiglierai a una farfalla, con quei colori.»

«Lo spettacolo sta per iniziare» Cassandra gli fece cenno di scostarsi, indicando a Cilly dove andare a sistemarsi in attesa che fosse il proprio turno. «Dove sono i diversamente vivi che erano con te?»

«Nel pubblico. In mezzo ai genitori.»

«Ben mimetizzati?»

«Se nessuno mette del sangue tra le bevande del buffet, sì.»

«E tu? Tu non vai a sederti?»

Lui fece spallucce, con una noncuranza così falsa da riuscire a farle provare uno spiacevole brivido lungo la schiena. «No» le rispose, tranquillo. «Preferisco godermi lo spettacolo da qui. Se non ti spiace.»

Cosa stava architettando? C'entrava con l'esibizione di Priscilla? La piccola si era rifiutata di condividere con lei con quali promesse il rappresentante della Night School l'avesse spinta a decidere di ballare.

Sorrise soave, nascondendo la voglia che aveva di strangolarlo per ottenere le informazioni che le servivano.

«Non mi dispiace affatto.» Mentì a sua volta, per poi spingere di prepotenza un tizio al terzo anno di liceo scelto come presentatore della serata. Il poveretto arrivò sul palco quasi in volo, evitò di fracassarsi il naso e, seppur un po' spaesato, diede inizio allo spettacolo.

Vi furono decantatori di poesie, suonatori di strumenti, altre danzatrici. Una tizia tentò qualcosa con dei ricci ammaestrati, che

210

evidentemente sembravano ammaestrati soltanto a lei, dato che si fecero beatamente gli affari propri per tutta la durata del numero. Un'altra fece installare un palo al centro del palco e mise in mostra parti del corpo che, a modesto parere di Rahab, signorine di buona famiglia frequentanti una scuola d'élite come quella avrebbero magari dovuto tenere più segrete. Ma va detto che lo fece dando prova di un'incredibile prestanza fisica; quindi l'applaudì, beccandosi chissà perché un'occhiata colma di giudizio da parte di Cassandra, al suo fianco.

Le cose andarono lisce; mancavano ancora due studenti, poi sarebbe stata la volta di Cilly. Fu a quel punto che, consapevole di essersi messo in un grosso guaio, il Lalartu si avvicinò alla sua collega, porgendole un microfono senza guardarla.

Lei, perplessa, lo prese in mano. Alzò gli occhi verdi, in una muta domanda.

Senza girare troppo attorno alla questione, le rispose: «Priscilla ballerà soltanto se tu canti.»

«Sei impazzito?»

«È a questa condizione che ha accettato di farlo» le spiegò lui, cercando di valutare come lei stesse reagendo a quell'imposizione. Era distratta, e non riusciva a trattenere i propri sentimenti come al solito. Li studiò, incuriosito. C'era rabbia, come previsto. E orgoglio. Ma… anche paura. Molta paura.

«Guarda» iniziò a dire la studentessa, minacciosa. «Che ti ficco questo microfono su per il–»

«Cilly pensa che tu non canti più perché non ti interessa che sia rimasta soltanto lei, ad ascoltarti.»

«Questa è un'idiozia che solo una bambina potrebbe pensare! E tu ci credi anche?»

«È un'idiozia, Cassandra? Lo è davvero?»

«C'è un motivo, se non canto, e non è certo quello che lei pensa. Non salirò su quel palco. Fine della discussione.»

«Allora non mi lasci altra scelta.»

Rahab fischiò una volta. Piano. Trascorse un minuto senza che nulla accadesse, poi i non morti che lo avevano accompagnato ad allestire l'evento e che erano stati bravi e buoni nel pubblico sino a quel momento si presentarono al loro cospetto. Uno di loro teneva una tela gigante arrotolata sotto il braccio. Un altro, due o tre secchi di vernice. Un terzo dei pennelli.

Cassandra fissò quegli oggetti come un condannato a morte potrebbe osservare l'ascia pronta a recidergli l'osso del collo. Boccheggiò a vuoto.

«Non puoi fare sul serio» disse infine, a mezza voce.

«Posso e lo farò.»

«Vuoi darle dei pennelli, una tela e dei colori, in modo che imbratti palco e tutù davanti a tutti? Perché vuoi che si metta in ridicolo, dannazione?»

«Non desidero questo, infatti. Ma non è una scelta che sta a me prendere.» Rahab le spinse la mano con cui lei teneva il microfono in mano contro il petto. «È solo tua.»

Cassandra fissò l'oggetto, come se fosse stato un amico che non vedeva da tanto, troppo tempo. Espirò piano, guardando in direzione delle quinte, laddove Cilly attendeva il proprio turno. Se l'avesse udita cantare, avrebbe ballato. In caso contrario…

«All'inferno. Devi bruciare all'inferno!» sibilò in direzione del Lalartu, per poi scostare il sipario dietro il quale avevano appena litigato e presentarsi in scena, bella e fiera come una regina d'altri tempi.

Con un moto di trionfo, Rahab la udì intimare sottovoce al presentatore di annunciare un fuori programma e di correre a costringere l'addetto all'audio a mettere una certa base musicale.

Essa partì dopo qualche minuto di attesa. Poco avvezzo alla cultura umana, Rahab non la riconobbe. Ma era una melodia dolce, capace di cullare l'animo. Osservò quella ragazza in apparenza così forte e intimamente così sola, farsi coraggio e aprire la bocca. Dopo

212

tanti anni di silenzio, finalmente tornava a cantare. Ed era tutto merito suo.

Quando Cassandra cominciò a intonare le prime strofe, alcuni cani nei dintorni presero a ululare furiosamente. Il rappresentante della Night School sgranò gli occhi per lo stupore, resistendo a stento all'impulso di tapparsi le orecchie.

Un ragazzo arrivò di corsa da dietro le quinte, urlando: «Che sta succedendo? Stanno scuoiando un babbuino sul palco?»

Rahab gli fece cenno che tutto andava bene, ordinandogli a tornare da dove veniva. Fissò i non morti in sua compagnia, tutti in imbarazzo quanto lui.

«Sembra un gatto a cui hanno pestato la coda» azzardò uno di loro.

«A cui gliel'hanno tagliata, vuoi dire» precisò un altro.
«Sembra un gatto a cui hanno tagliato *un'altra cosa*» se ne uscì un terzo, e Rahab ebbe un dubbio: Cassandra stava forse fingendo di non saper cantare per ripicca?

Insomma, da una giovane così piacevole e graziosa, così fiera in quel bel vestito nero, come potevano uscire suoni tanto ributtanti? Aveva accettato di uscire sul palco e di esibirsi solo per prenderlo in giro? Possibile?

Si sentì afferrare la mano da una dita piccole e tiepide. Priscilla, udendo la sorella, si era avvicinata a loro, ammirando la schiena di Cassandra con un sorriso rapito.

«Oh sì» sussurrò, rapita. «È brava come sempre.»

I mostri la guardarono a lungo.

«Otorino» disse infine uno di loro. «È una parola che ho imparato l'altro giorno. Credo che la bambina debba incontrarne uno.»

«Sentite! Non sembra un angelo?» gioì ancora la piccina.

«Al più presto.» Insistette il diversamente vivo.

Terminata la canzone, Cassandra tornò dietro le quinte con la schiena dritta e il portamento fiero. I non morti scapparono rapidi come lepri, tornando ai loro posti in platea e Priscilla le saltò in braccio, gioiosa.

Lei l'accolse in silenzio, rispondendo con un sorriso tiepido al suo entusiasmo e posandole un bacio tra i capelli. Quindi, la mise giù la rimandò tra le quinte, poiché di lì a poco sarebbe toccato a lei. Solo a quel punto scoccò un'occhiata assassina in direzione di Rahab.

«Adesso hai capito perché non canto?» domandò, secca.

«Sì.» Dovette ammettere l'interpellato, incapace di nascondere lo shock.

«Desideri che lo faccia ancora?»

«No» ammise lui. «No. Mai più.»

Manco a dirlo, Cilly fu una ballerina ancora più imbarazzante della sorella canterina. Nel vederla starnazzare qua e là mentre tentava i salti tipici della danza classica, lui agonizzò: «Ma qualcuno, nella vostra famiglia, ha del talento?»

«Di che stai parlando? È bravissima.»

Rahab credette lo stesse prendendo per i fondelli ma, voltandosi, si rese conto di quanto lei fosse sincera. Ammirava le goffe movenze della sorellina con l'adorazione di chi stia godendo dello spettacolo di danza classica più bello del mondo. Per la prima volta da che si erano incontrati, sorrideva senza segni di nervosismo o tensione.

«Bravissima» ripeté incerto, controllando sul palcoscenico per essere certi che stessero guardando la stessa cosa. Cilly era appena inciampata nei suoi stessi piedi, e aveva tentato di mascherare il tutto con un balzo degno di un anfibio obeso. «Sì. Giusto.»

Otorino e oculista, prese mentalmente nota, *servono entrambi.*

Gli studenti, salutati i genitori, presero ordinatamente le vie per i loro dormitori, accompagnati dagli insegnanti responsabili; Cilly, prima di andare con loro, si diresse alla ricerca di Rahab: lo trovò insieme a Cassandra e ai diversamente vivi che lo avevano aiutato ad allestire la sala, impegnati a rimettere tutto a posto.

Gli si attaccò a una gamba con una risata, abbracciandolo con slancio. «Bacio della buonanotte!» chiese, o per meglio dire, ordinò.

Tale sicumera non poteva certo essere contraddetta; dopo un'iniziale esitazione dovuta alla sorpresa, infine il Lalartu si chinò su di lei, scostandole un ciuffo di riccioli biondi dalla fronte. Per un attimo, parve incerto sul da farsi. Infine, posò le labbra su quella pelle liscia, senza però produrre alcuno schiocco. La stranezza di quel bacio riuscì a far ridere divertita la bambina.

«Non sei capace!» lo prese in giro.

Gli prese il viso tra le mani, e lo costrinse a specchiarsi nei suoi occhi, resi lucidi dalla gioia per la magnifica serata appena trascorsa. Rahab si chiese se fosse normale che uno sguardo così innocente e dolce potesse colpire un animo secolare come il suo tanto in profondità.

«Ti voglio bene.» Dichiarò Cilly, così spontaneamente da scioglierli il cuore. «Posso adottarti come fratello?»

Vi fu il fragore di plastica caduta per terra. Tutti i presenti si voltarono, per vedere cosa fosse successo. Cassandra, perché era lei all'origine di quel rumore, alzò una mano come per scusarsi. Una sedia di quelle che stava risistemando le era caduta per errore.

O meglio, le sue dita avevano mancato la presa, quando le parole che la bambina aveva rivolto a Rahab erano arrivate alle sue orecchie.

«Colpa mia» minimizzò la studentessa, dando loro le spalle e affrettandosi a raccogliere ciò che era caduto. «Mi è scivolata di mano.»

«Muoviti, il tuo gruppo sta andando via.» Rahab, scompigliò i capelli della bambina, indicandole con un cenno del capo un mucchietto di bambini della sua età già pronti sulla soglia. «Dormi bene, piccola *strolha*.» Aggiunse, ma i suoi occhi viola non si staccarono un istante da Cassandra, dalla sua schiena rigida e dal modo meccanico con cui lei proseguì nel rimettere a posto le sedie, senza più fiatare.

La studentessa si interruppe solo per un istante, quando Cilly, prima di andarsene, per fortuna ebbe la buona creanza di fermarsi e donarle un abbraccio. La sorella maggiore si chinò su di lei, stringendola per un istante, ma non pronunciò una sola parola di commiato. Le baciò una guancia, producendo un enorme schiocco, poi la sospinse con i compagni.

Quindi riprese il proprio lavoro da dove lo aveva interrotto, come se nulla fosse successo.

«Ragazzi!» quando ormai tutti gli studenti furono andati via e le operazioni di risistemazione della sala erano quasi al termine, il preside in persona li raggiunse con un sorriso raggiante. «Sono… colpito, incredibilmente e positivamente colpito! Quando Rahab mi ha parlato del vostro nuovo accordo, ero perplesso, ma… caspita! Cinque diversamente vivi sono stati in mezzo a degli umani, questa sera, e loro non se ne sono accorti!»

I non morti in questione si fermarono il tempo necessario per lanciarsi degli sguardi colmi d'orgoglio l'un l'altro.

«È stato facile» ammise uno di loro, fiero. «Anche se Dimogtsy continuava a fissare il collo di una tipa.»

Dimogtsy, che era un vampiro e, in quanto tale, piuttosto permaloso, gli rifilò un'occhiataccia offesa.

«Perché era sexy» spiegò. «Non per appetito.»

«Le umane non sono sexy» obiettò il licantropo in loro compagnia. «Bleah.»

«Sono praticamente identiche a noi» gli fece notare un suo simile, perplesso.

«Pure i lupi. Andresti a letto con un lupo?»

«Solo se prima mi invita a cena» il preside si intromise nei loro discorsi, dando una sonora pacca sulla spalla di Dimogtsy e facendogli l'occhiolino. «L'attrazione per gli esseri umani fa parte del processo di integrazione. Sono molto orgoglioso di te!»

«Grazie, signore» si ringalluzzì lui. «Ma non è stato solo merito mio. Aveva delle bocce enormi.»

«Diciamo che sul romanticismo c'è ancora da lavorare.» Il dirigente scolastico si congedò da lui con una risata, raggiungendo Cassandra e fissandola con ammirazione. «Miss Dron. Le voglio porgere personalmente i miei complimenti. Sta impegnandosi davvero molto, e i risultati si vedono.»

La studentessa mise a posto l'ultima sedia. «Grazie.» Rispose brevemente, monocorde. «Ma sta complimentandosi con la persona sbagliata. L'idea di riorganizzare ruoli e responsabilità è partita dal rappresentante della Night School. Per cui il merito tutto è suo.»

Il tono e l'acidità con cui pronunciò quell'ultima frase era evidentemente riferito a un altro argomento, probabilmente a una qual certa sorellina che aveva appena chiesto a quello che era a tutti gli effetti un membro appartenente a una razza diversa di diventare suo consanguineo al posto suo. Rahab si massaggiò il viso con un sospiro, per poi sorridere stancamente al preside che gli andava incontro per riservargli la sua dose di complimenti.

Un tempo li avrebbe accolti con calore, invitandolo a bere qualcosa con lui nella sede della Night School, per festeggiare il successo. Digby era stato il primo – e forse l'unico – umano a farlo sentire una persona qualunque, perfettamente capace di inserirsi in quel mondo così diverso e complicato. Stare insieme a lui era uno svago raro, al quale il Lalartu concedeva volentieri il proprio tempo.

Però non ci riuscì, non quella sera. Annuì a qualche parola che lui gli rivolse, senza neppure ascoltarlo, gli occhi fissi su un punto oltre le spalle dell'uomo. Vide Cassandra sistemare l'ultima sedia, recuperare il proprio cappotto scuro e avviarsi verso l'uscita. A

217

quel punto, come preso da un senso d'urgenza mai provato prima, cercò di congedarsi nel modo più educato possibile.

«Vai di fretta?» domandò l'essere umano, curioso. «Credevo volessi festeggiare insieme a questi diligenti allievi il vostro successo.»

«Sì. No. Voglio farlo.» Rahab azzardò un sorriso teso. «Ma prima è opportuno che ringrazi la mia collega per la collaborazione. Iniziate senza di me, vi raggiungo.»

«Ah. Ma certo.» Con un sorriso da vecchia volpe, Digby gli lasciò libero il passaggio, senza porgli altre domande. Uscendo a sua volta dalla porta, Rahab lo udì dire: «Forza, ragazzi, con me. Si torna al vostro dormitorio e si festeggia!»

La risposta fu un coro estatico. Rahab si slanciò fuori e venne colpito dal freddo della notte. Si guardò attorno, non trovando tracce di Cassandra.

Ma sapeva dov'era diretta. Così s'incamminò a grandi passi, il corpo sferzato da un venticello che sapeva di neve e di gelo; c'era la luna piena, e una luce argentea cadeva a cascata sui plessi della Sunrise School, qua e là interrotta dal chiarore dorato dei lampioni posti lungo le vie pedonali.

La intravide ormai quasi giunta a destinazione: una figura avvolta in un cappotto lungo, i capelli ricci tenuti saldamente dalla lacca, ferma davanti alla porta del proprio dormitorio mentre girava la chiave nella serratura.

«Ehi» la chiamò soltanto, non sapendo bene che altro dire.

Cassandra si volse nella sua direzione, fissandolo stupefatta mentre percorreva la distanza che li separava e si fermava innanzi a lei.

«Che cosa vuoi?» domandò, gli occhi verdi selvatici e riottosi come quelli di una fiera appena tradita.

«Non mi inviti a entrare?»

«Nel mio dormitorio? No.»

«Un atteggiamento fin troppo casto, per una che si è infilata nel mio letto.»

«Io... cosa...» sentire un'accusa simile la spiazzò al punto da cancellare la diffidenza sul suo viso, lasciandovi soltanto imbarazzo e rabbia. «Guarda che ero lì per salvarti la vita!»

«Bene, adesso salva la tua, entriamo. O qua fuori ti prenderai una polmonite.»

«Stavo già entrando! Sei tu che mi hai interrotta!» spalancò la porta lei e si privò della giacca mentre oltrepassava la soglia.

Il diversamente vivo la seguì mentre oltrepassava il cucinino d'ingresso e raggiungeva il salotto, dove accese la luce e si girò per fronteggiarlo.

Rahab comprese una cosa. Avrebbe dovuto scrivere nel loro trattato che a Cassandra era vietato indossare il nero in generale, e quel vestito in particolare. Perché se già quel colore rappresentava una sua piccola debolezza, vederlo abbinato al modello indossato dalla studentessa riusciva a farlo sentire a disagio in un modo nuovo, sconosciuto.

E adesso! Con gli occhi lucidi per la rabbia, le gote arrossate dal freddo. Somigliava al quadro di un artista particolarmente inquieto, alla composizione di un poeta maledetto.

Oh, dannazione, pensò disperato. *Già sua sorella ha in mano il mio cuore, e un giorno ne soffrirò da morire. Ma non posso – non posso – provare attrazione per lei.*

«Allora? Che cosa vuoi?» lo riportò alla realtà Cassandra, evidentemente desiderosa di poter andare un po' a letto a riposare.

«Sei andata via in fretta» osservò, e nell'udire quelle parole lei pigiò un secondo interruttore della luce forse con più forza di quella richiesta.

«Non c'era più bisogno di me» fu la risposta che gli concesse, piatta.

Rahab esitò. La giovane era evidentemente ferita e furibonda, come un animale selvatico colpito da una pallottola ma ancora abbastanza forte da lottare per la propria vita. Una parola sbagliata avrebbe potuto farla scattare come una molla.

E non sarebbe stato uno dei loro soliti, pittoreschi litigi. Se lo sentiva nelle ossa.

«Quello che è successo questa sera» provò a dire, col tono più diplomatico che trovò. «Non era nelle mie intenzioni.»

«Ovvero?» domandò lei, ironica. «Non era nelle tue intenzioni costringermi a cantare?»

«No, quello c'era. Anche se con il senno di poi...» sorrise ironico, e la studentessa ebbe voglia di strappargli il naso a morsi. «L'ho fatto per aiutare tua sorella.»

«Beh, ha funzionato» Cassandra fece due passi indietro, lisciandosi nervosamente il vestito e dandogli le spalle. «Congratulazioni. Sei il fratello di cui ha bisogno.»

La ragazza avrebbe voluto – accidenti quanto lo avrebbe voluto! – riuscire a dire quell'ultima frase con voce ferma e lievemente sarcastica. Ma essa uscì dalle sue labbra più roca e incerta del dovuto. Quasi incrinata.

«Sai che non è così» lo sentì dire, e fu costretta a chiudere gli occhi per un lungo istante, cercando di recuperare la padronanza di sé.

«Invece sì» rispose, con un bisbiglio. «Tu la capisci meglio di me. *L'aiuti* meglio di me.»

«Ho solo avuto fortuna.»

«È migliorata. Da quando le permetto di passare il tempo con voi... *mostri*. I suoi voti sono in aumento. Non ha più mostrato aggressività verso i compagni. Lei è... migliorata.» Cassandra ripeté quella parola con amarezza, come se non la ritenesse appieno una bella notizia. Quindi aggiunse: «E io sono una sorella egoista perché, invece, di esserne felice, non sai quanto ti detesti».

«Non sei egoista.»

«Come fai a dirlo?»

«Un'egoista, avvedutasi dell'affetto che lei prova per noi, avrebbe temuto di perderla e accampato delle scuse per tenerla lontana. Tu no» sottolineò quel dettaglio, fissando la schiena ritta che lei gli stava rivolgendo. «Non appena hai visto i suoi miglioramenti, hai continuato a portarla alla Night. Anche a rischio di non essere più il centro del suo mondo.»

Cassandra esitò. Percepì una punta di sollievo provenire da lei. Oltre che ansia, e senso di colpa. Vederla cedere parte della sua corazza difensiva lo intenerì. Sorrise, avvicinandosi a lei di un paio di passi.

«Sei una brava sorella» mormorò, più gentilmente. «E vi volete bene. Ne ero sicuro prima, ne sono convinto dopo questa sera.»

Cassandra si girò, stupendosi nel ritrovarselo così vicino. Alzò il viso, ma poi lo abbassò immediatamente temendo che lui potesse rendersi conto delle lacrime che le tremavano negli occhi.

«Cosa te lo fa dire?» domandò.

«Solo due persone che si amano immensamente possono pensare che una canti bene e che l'altra sia brava nel ballo.» Riuscì a strapparle un sorriso, che ricambiò istintivamente. «Dico sul serio, siete terribili. Un'offesa per le arti in generale.»

«Non siamo così male!»

«Sentirti cantare è stato come farsi tagliare tutte e dieci le dita delle mani con un temperino smussato.»

La sentì ridere. Era la prima volta che Cassandra scoppiava in una risata spontanea, priva di livore o di tensione. Ascoltò quel suono a lui nuovo e lo trovò davvero apprezzabile.

«Così impari a costringermi.» Rimbeccò lei, quando l'ilarità pian piano scemò.

Rahab fissò quella massa di riccioli biondi e il corpicino avvolto nel tessuto nero sotto di essi. Vide un filo bianco rimasto appeso chissà come alla sua spallina sinistra, un'imperfezione che non tollerò; alzò una mano e la sfiorò, liberando la stoffa da quel difetto.

«Perché hai smesso di cantare?» domandò, percependo il tepore della sua pelle sotto la stoffa. Esitò un secondo di troppo, prima di allontanarle.

Cassandra fissò la grande mano di lui e il modo delicato con cui l'aveva sfiorata, come in trance.

«Perché non ero brava» ammise, decidendosi infine a rialzare il viso e a specchiarsi nelle iridi viola di lui. «Te ne sarai accorto.»

«Sì, ma presumo che tu non lo sia mai stata. O quello, o hai subìto un incidente alle corde vocali. Quindi la mia domanda è: perché prima lo facevi, senza alcun riguardo per i martiri che dovevano ascoltarti, e poi ti sei fermata?»

Lei guardò altrove, facendo spallucce come per minimizzare il fatto. «Ho preferito concentrarmi su altro.»

«Tua sorella ha detto che hai smesso dopo la morte di–»

«Non c'entra niente. Ho solo scelto di impegnarmi in hobby dove non fossi un completo disastro.»

Era vulnerabile, quella sera, stanca e affranta. Non riusciva a controllare del tutto le proprie emozioni, e Rahab percepì un forte senso di vuoto provenire da lei. Il dolore di chi ha perso qualcosa, la sofferenza di una persona costretta a rinunciare, a cambiare.

La borsa di studio, comprese. *Ha smesso di fare quello che le piaceva per concentrarsi su attività che le avrebbero garantito buoni voti e punti di credito.*

«E sei felice della tua scelta?» domandò, con voce bassa.

«Scegliere è soprattutto un'espressione rigorosa ed effettiva dell'etica.» Citò lei, con un sorriso tiepido. «Come ci spiega il mio amico Kant, la felicità non c'entra niente, con le scelte.»

«Non so chi sia questo tuo amico, ma è una stupidaggine.»

«Davvero? Ho deciso di lasciare che Cilly ti frequentasse. Perché questo la faceva migliorare.» Lei abbozzò. «Ma ti assicuro che non è stata una scelta felice.»

«Io non voglio rubarti il posto, o il suo affetto.»

«Ma lei sembra aver bisogno più di te, che di me.»

Ammetterlo fu troppo. Una lacrima le sfuggì dalle ciglia, creando una scia di vergogna lungo il suo volto. Rotolò sino alla linea del mento, dalla quale si tuffò verso l'ignoto. Qualcosa nelle viscere di Rahab si ribellò a quella visione, desiderò asciugare il punto dove essa era caduta con un bacio consolatorio.

Che io sia maledetto. Pensò, pronto a fare una pazzia. *Non riesco a vederla così triste.*

Sorpresa, Cassandra sentì una mano di lui avvolgere la sua. Abbassò gli occhi con stupore, non riuscendo a capire il perché di quel gesto. Permise a Rahab di intrecciare le loro dita, di stringergliele forte.

«Che stai facendo?» domandò, in un mormorio incerto.

«Mi hanno detto» spiegò lui, con la voce più calma che riuscì a trovare. «Che se un albero cade in una foresta deserta, nessuno può accorgersene.»

«Filosofia spicciola. Cosa c'entra con…»

Il Lalartu usò quella presa per tirarla delicatamente contro di sé. Stupita, Cassandra mosse un passo nella sua direzione, e si ritrovò con il volto appoggiato all'ampio, accogliente torace di lui. Le sue braccia l'avvolsero, ricordandole la sensazione di pace e benessere provata quando si era svegliata al suo fianco.

«Rahab?» sussurrò, rimanendo rigida in quella posizione.

Il diversamente vivo abbassò il capo. Le posò le labbra sui capelli, mormorando: «La foresta è deserta. Nessuno può vederti, nessuno può sentirti». Sentiva la stoffa di quell'abito nero sotto i propri palmi, e il suo cuore fece una capriola alquanto dolorosa. «Prenditi questo abbraccio, se lo vuoi. Ma solo se lo vuoi.»

Aspettò l'istante in cui l'avrebbe sentita scivolare via, privandolo della sensazione di tepore.

Quel momento non avvenne. Con un moto di meraviglia, il Lalartu sentì Cassandra abbandonarsi alla sua presa, rilassarsi contro di lui. Non ricambiò l'abbraccio, né disse una parola. Ma vi rimase, poggiando il capo contro il suo torace, chiudendo gli occhi e inspirando quella sensazione di calore che da tanto le mancava.

Forse durò due secondi, forse due secoli. Il tempo si dilatò, ma in una maniera non spiacevole; c'erano solo loro, e la notte fuori, e il vento che sibilava contro le finestre…

Lei mi piace. Ammise, ormai incapace di ribellarsi alla consapevolezza cresciuta in lui. *Quanto, quanto mi piace. Ed è stupido, perché non mi vorrà mai.*

Senza alcun preavviso, le braccia della studentessa scivolarono attorno al suo busto, ricambiando la presa per quanto vi riuscirono. Rahab trattenne il fiato, mentre i loro corpi si fecero ancora più stretti, ancora più vicini. Ebbe voglia di prenderle il viso tra le mani, di alzarglielo, di…

Maledizione. Come fanno gli umani, a controllare questo sentimento? È totalizzante, frastornante.

«Grazie» la sentì dire, ovviamente all'oscuro dei suoi pensieri. «Sono stata ingiusta. Ti ho trattato come se fossi una specie di… ladro d'affetti. Invece sono io a essere una pessima sorella.»

«Non lo sei» le rispose d'un fiato, in agitazione per il tumulto di emozioni mai provate prima, appena animatesi in lui, incapace di controllare anche le parole. «L'errore lo ha fatto tua madre, a darti questa responsabilità. Era impazzita per il tumore, ma ciò non giustifica…»

Smise di parlare e la voce gli venne meno. Sperò che lei non avesse fatto caso all'idiozia appena commessa, ma sarebbe stato come augurarsi che la luna non sorgesse in cielo la notte in cui doveva essere piena.

Da morbida e abbandonata che era, Cassandra si fece rigida e sul chi va là, allontanandosi immediatamente da lui. Interruppe senza alcun ripensamento o pietà quell'abbraccio che aveva donato splendide sensazioni a entrambi e lo guardò con sospetto.

«Come sai queste cose?» domandò, fissandolo con diffidenza.

Lui esitò. Accendendole un campanello d'allarme in testa. Stava per dirle una bugia, una di quelle che le propinava da settimane senza un motivo apparente.

«Me lo ha detto tua sorella.»

«Non l'ho mai raccontato ad anima viva. Men che meno a Cilly.»

Rahab, purtroppo per lui, nuovamente non ebbe la prontezza di fornirle una risposta pronta. Fu in quel preciso istante che la studentessa comprese perché e su cosa le stesse mentendo dalla sera in cui erano quasi morti entrambi.

«La mia memoria!» balbettò Cassandra, a mezza voce per lo shock. «Come io... come io vedo sprazzi della tua memoria... tu ne hai dei miei?»

«Sprazzi?» domandò lui, meravigliato. «Al plurale? Mi avevi detto che ti era successo una volta sola!»

«Mentivo, perché mi ero accorta che tu mi stavi nascondendo qualcosa!» gli abbaiò contro lei, come se quello fosse stato il ragionamento più logico del mondo. Agitata, si allontanò ulteriormente da lui. «Oddio. Oddio! *Questo* ti ha distratto, quella sera? Non solo ti sei nutrito di me, ma hai approfittato della cosa per farti una passeggiata nella mia memoria?»

«Non possiamo fare a meno di... leggere i ricordi, quando assorbiamo le emozioni» ammise Rahab, a disagio. «È imprescindibile all'atto in sé. Non l'ho fatto di proposito.»

«Ma allora perché mentirm... Oh.» La comprensione arrivò sul viso di Cassandra con la velocità d'un lampo. La tradizione letteraria richiederebbe di descriverlo come un fulmine a ciel sereno, ma considerato lo stato emotivo della giovane fu più un fulmine che scoccò in mezzo a nuvoloni neri, carichi di tempesta.

«Noi ti facciamo pena.» Comprese la studentessa, monocorde.

«No.» Si affrettò a rispondere lui.

«Ecco perché ti sei dato tanto da fare!» abbaiò la ragazza, puntandogli contro un indice accusatore. «Sei colmo di pena per le due orfanelle, eh?»

«Stai travisando le mie intenzioni.»

«Tu hai travisato la nostra situazione. A noi non serve un dannato buon samaritano che ci faccia la carità!»

«Lo so benissimo.»

«Ecco perché ti davi tanto da fare, con Cilly!» urlò ancora lei. «E con me. Sei perfino venuto qui, a... confondermi con belle parole e *abbracci...* tutto per compassione, vero? Tu credi che io abbia bisogno di qualcuno che mi compatisca? Pensi che mi serva un idiota indulgente che mi salvi dal mio destino infausto?»

«Cassandra. Le cose non stanno così.»

«Oh, il povero mostro ha trovato chi è più derelitto di lui! Chissà questo quanto ti fa stare meglio!» lei lo spinse indietro, e lo fece con tanta furia che riuscì persino a sbilanciarlo, facendolo arretrare di un passo. «Vai fuori da qui.»

«Ascolta...»

«Vattene o ti denuncio di aggressione!»

Probabilmente non sarebbe arrivata a farlo. Ma era così furiosa e fuori di sé che Rahab correva il serio rischio di finire quella serata denunciando sì un'aggressione, ma avvenuta ai suoi danni da parte della ragazza. La guardò con dolore, per poi voltarsi e darle le spalle, andandosene.

Uscì dal suo dormitorio, chiudendo la porta con un gesto delicato, quasi non facendo un suono. Il vento notturno arrivò a sferzargli il volto con ferocia, e lui appoggiò la schiena contro il legno dell'uscio, alzando il volto in direzione del cielo trapuntato di stelle, unico testimone di quella sua disfatta.

Aveva rovinato tutto.

Cassandra fissò la porta dalla quale lui era uscito, l'orgoglio ferito che bruciava quanto un taglio. Si morse il labbro inferiore, desiderando raggiungere la porta, spalancarla e urlargli addosso qualche altro improperio.

«Che stupida!» balbettò a mezza voce, passandosi le mani tra i capelli e scompigliandosi i riccioli perfetti.

Abbassò lentamente le dita, cercando di riprendere il controllo del proprio respiro e, con esso, di riuscire a reprimere i suoi sentimenti. I quali erano un miscuglio incomprensibile di dolore, vergogna, rabbia e furia.

«Di tutte le crudeltà, le più intollerabili sono quelle che passano sotto il nome della compassione e della consolazione.»

Sua madre le aveva insegnato le parole di un qual certo letterato morto di nome Landor quando lei, ad appena cinque anni d'età, aveva esitato di fronte a un mendicante seduto sul marciapiede. Incerta, trovandosi in mano un soldino, si era sporta verso la ciotola di lui, per donarglielo. La madre l'aveva tirata via con enfasi, come se quello fosse stato un gesto terribilmente offensivo.

«Pietà e carità sono parole inventate» le aveva spiegato, *«i bisognosi non sono altro che vittime sfruttate da coloro che vogliono sentirsi superiori e, ironia della sorte, vogliono essere chiamati benefattori.»*

Nel vederla titubare, aveva insistito: *«Vedi quella donna? Quella che ha appena posato una moneta nel cappello del mendicante? Ora va per la sua strada, probabilmente non si rivedranno mai più. Le è bastato un quarto di dollaro per sentirsi una persona migliore. Ma per quel mendicante è cambiato qualcosa?»*

Rahab aveva lanciato decine di quarti di dollaro nel suo cappello, in quelle ultime settimane. E, cosa ancora peggiore, in quello di Cilly. Con quale stolida arroganza aveva pensato che loro avessero bisogno di carità, o di pietà? Non erano in mezzo a una

227

strada, né pativano la fame. Certo, il loro futuro era un po' incerto, ma Cassandra aveva pienamente sotto controllo la situazione.

Ho una strategia, pensò, anche se con una punta di disperazione. Talvolta aveva la sensazione che facesse acqua da tutte le parti. Gli impegni erano troppi, non riusciva con la matematica, Priscilla diventava sempre più ingovernabile...

Smettila di dubitare. Ti senti debole e insicura perché lui, con la sua carità, ti ha fatta sentire così. Ma non lo sei. Hai una strategia, non ti serve nient'altro.

I punti del suo corpo dove le braccia e le mani del Lalartu l'avevano stretta erano rimasti come scottati da quel contatto, marchiati a fuoco. Se chiudeva gli occhi, poteva riportare alla mente l'esatta sensazione di pace e tranquillità provata durante quell'abbraccio. Era stato strano, lasciarsi andare in quel modo alla premura di qualcuno, ma si era fidata.

Chissà perché, si era fidata di un mostro, così come non aveva mai azzardato a farlo con nessun essere umano. E lui era sembrato davvero coinvolto. Appoggiandogli il capo contro il petto, ne aveva udito il battito del cuore. Sembrava impazzito.

Ma era stata una recita. La più crudele di tutte, e la cosa più orribile era che non se ne sarebbe mai reso conto sino in fondo. Avrebbe proseguito nella sua esistenza convinto di aver tentato di fare qualcosa di buono, non riuscendo nemmeno a immaginare quanto offensivo e umiliante fosse stato per lei sapere che la sua improvvisa disponibilità fosse dovuta soltanto a della stupida pietà.

Aveva coinvolto anche la piccola Priscilla, in quel teatrino di compassione! Quanto doveva essersi sentito buono, e superiore! Il mostro che si prodiga per le due patetiche orfanelle.

Ruggì di frustrazione.

Salì al piano di sopra, colpendo il corrimano della scala a chiocciola che conduceva alla sua stanza da letto con piccoli pugni colmi di nervosismo. Spalancò la porta della stanza, decisa a buttarsi a letto.

Si fermò sulla soglia, spalancando gli occhi e la bocca per la sorpresa.

"LURIDE FEMMINE UMANE"

La scritta sul muro era stata tracciata con vernice rossa come il sangue, ed era sgocciolata in diversi punti, deformando in parte alcune lettere.

"STATE L'ONTANO DA NOI O VE N'E PENTIRRETE!"

Cassandra rimase a fissarla per cinque minuti buoni. Non riuscendo a stabilire se fosse più grave la minaccia in sé o gli errori in essa contenuta.

Ebbe l'iniziale tentazione di chiamare il preside e denunciare l'accaduto, pretendendo che si andasse a fondo di quella maledetta vicenda quanto prima. Perché quella scritta parlava al plurale, perciò si riferiva anche a sua sorella. Il responsabile meritava la decapitazione, come minimo.

Ma si fermò, non appena ebbe preso il telefono tra le mani.

La guardò di nuovo.

Chiunque l'avesse tracciata sulla sua parete, certamente si aspettava una reazione del genere. Non si lascia una cosa del genere su un muro attendendosi qualcosa di diverso. L'umana in preda al panico che chiama il preside, in cerca d'aiuto.

Stavano cercando di manipolarla, attraverso una stupida minaccia scritta senza neppure conoscere il corretto utilizzo degli apostrofi. Cosa cercavano di ottenere? Notorietà? La chiusura della Night School?

O, peggio ancora, la sua sospensione dal ruolo? Il preside avrebbe anche potuto optare per una soluzione simile, pensando di proteggerla, sostituendola con il secondo arrivato alle elezioni.

Tutti quei punti di credito che saltavano in aria.

«Sapete che c'è?» sbuffò, entrando nella camera da letto e raggiungendo il proprio armadio. Lo aprì, e l'anta coprì dalla sua visuale le lettere tracciate in rosso. Prese a cambiarsi, con gesti nervosi. «Se intendete spaventarmi, dovrete fare meglio di così.»

Avrebbe preso le sue precauzioni, naturalmente, più che altro per proteggere Priscilla. Iniziò a chiedersi come le avrebbe spiegato quel cambiamento senza spaventarla. Sicuramente lei l'avrebbe odiata, ma era questo il prezzo da pagare quando si cresce una bambina, giusto?

Indossò il pigiama e richiuse l'armadio, rivolgendo uno sguardo di fuoco alla scritta.

Quando questo maledetto anno scolastico sarà finito, mi farò cancellare tutta la memoria anch'io.

Una piacevole dormita e un abbraccio rassicurante non erano certo ricordi che valeva la pena di conservare, considerato il contesto di diffidenza, menzogne e stupida compassione nel quale erano nati.

Capitolo 8

Esattamente due settimane dopo la sera del Giorno del Talento, Rahab fece una cosa che non avrebbe mai creduto possibile per un essere con le sue decadi sulle spalle. Scrisse un sms pieno di livore.

"Complimenti per il male che stai facendo a tua sorella. Il tuo orgoglio vale così tanto?"

Pensò di aggiungervi alla fine una faccina per meglio esplicare il proprio stato d'animo, come faceva quello stordito di Trevor che non la piantava di scriversi romanticherie con Ellen e stava iniziando a progettare un regalo di San Valentino per lei.

Già, in capo a dieci giorni l'intera vita della Sunrise School sarebbe stata rivoluzionata da quella festa, alla quale, apparentemente, gli adolescenti umani davano parecchia importanza. Pare fosse la data ideale per dimostrare a qualcuno l'affetto che si prova nei suoi confronti. Era pensato principalmente per gli innamorati, ma non riservato unicamente a loro.

Rahab, in tempi non sospetti, aveva preso accordi con una strolha abitante nella Dimensione Oscura, in modo che si facesse trovare il quattordici di febbraio e raccontasse a Priscilla qualche storia. Gli ci era voluto del bello e del buono per convincerla, dal momento che le *strolhe* non erano una delle razze più aperte all'idea di inserirsi in mezzo agli esseri umani, anzi avevano posizioni alquanto estremiste come il resto dei Lalartu. Ma alla fine, con mille moine e corrompendola con la promessa di un bracciale in vero oro, aveva organizzato per la piccola un appuntamento che lei difficilmente avrebbe dimenticato.

Ma ormai sapeva che ciò non sarebbe mai successo. Cancellò il messaggio, comprendendo che non lo avrebbe spedito mai, e si infilò il telefono in tasca con un borbottio rabbioso.

Era furibondo. In primo luogo con sé stesso, ovviamente, visto che era stato così imbecille da gestire le cose con Cassandra nel modo più disastroso e stupido possibile. Non aveva mai provato attrazione, per nessuno. E quando essa era sbocciata nel suo cuore nei confronti della studentessa, non era stato in grado di gestirla, né di controllarsi. Avevano litigato per colpa sua, innegabile.

Ma anche lei non era del tutto innocente, in quella situazione. Sì, aveva certamente mal interpretato il motivo della sua gentilezza, e un po' di livore da parte sua sarebbe stato comprensibile. Però mai, mai si sarebbe aspettato che Cassandra vietasse alla sorellina di frequentare ancora i diversamente vivi.

Non le aveva più permesso di recarsi alla Night School. Attraverso le comunicazioni tra Ellen e Trevor, in mezzo a un cuoricino e a una poesia, Rahab era venuto a scoprire che la bambina aveva ripreso a essere molto inquieta, arrivando quasi alle mani con un compagno.

Cassandra poteva essere arrabbiata con lui. Va bene. La consapevolezza di ciò gli faceva male, in una maniera che non credeva possibile, ma riusciva a gestirla. Il pensiero di non rivedere più il sorriso di Priscilla, quello no. Il pensiero che la bambina avesse perso la loro compagnia e tornasse a soffrire come nel giorno in cui l'aveva incontrata per la prima volta...

Sospirò, dando un freno a quel pensiero per non soffrire ulteriormente. Abbassò gli occhi sul telefono, dove uno spazio vuoto attendeva altre parole al posto di quelle che aveva appena cancellato.

Lui non era nessuno, per quella bambina. Anzi, a voler ben vedere come stavano le cose, lui non era nessuno in senso generico. Non risultava all'anagrafe degli esseri umani. Era un mostro.

Anche se, per qualche istante, quando lei aveva ricambiato il suo abbraccio, si era sentito qualcosa di diverso.

Ci pensò su e digitò nuovamente:

"Credevo volessi il bene di Priscilla."

Lo inviò senza darsi il tempo di ripensarci. Non fece in tempo a rimetterselo in tasca, che la risposta di lei era già arrivata. Una sola parola, caustica, definitiva.

"Infatti."

Dunque Cassandra aveva deciso che il bene della piccola fosse quello di farla stare lontana da loro. Fu un pensiero che lo ferì nel profondo, andando a intaccare una parte del suo animo che per lungo tempo aveva creduto di non possedere.

Con sua somma sorpresa, il telefono vibrò nuovamente. Lui aprì il messaggio pensando che la studentessa si fosse dimenticata di inserire un qualche insulto in quello precedente, ma ciò che lesse gli fece sgranare gli occhi per la sorpresa.

"Se proprio vuoi che lei torni, devi prima sistemare una questione. Vieni al mio dormitorio."

Cassandra sentì qualcuno bussare alla sua porta poco dopo aver spedito quel messaggio. Sapeva chi fosse, ma rimase comunque stupita per la velocità soprannaturale con la quale Rahab aveva raggiunto la sua abitazione privata. Si alzò dal divano e abbandonò il libro matematica che stava studiando, ricoperto di appunti scritti con grafia piccola e furibonda, quasi fosse stata colpa della materia in questione se la studentessa, quell'anno, non riusciva a comprenderla sino in fondo.

«Entra!» abbaiò, massaggiandosi le tempie con una mossa nervosa. Aveva avuto una giornata davvero pesante, durante la quale si era prodigata per superare due compiti in classe, un'interrogazione e l'odio nero di sua sorella la quale, ormai, a stento le rivolgeva la parola. Priscilla non aveva preso bene la questione di non poter più vedere Rahab e aveva pensato di reagire a essa con la tecnica del silenzio riottoso: ormai non degnava Cassandra di nulla più che un saluto, quando lei andava a trovarla al suo dormitorio.

Non era certo stato questo a spingere la studentessa a chiedere un incontro con il rappresentante della Night School. Lo udì aprire la porta ed entrare; non appena la sua ingombrante massa fece la propria apparizione nel suo piccolo salottino, gli rivolse un'occhiata poco conciliante.

«Grazie di essere venuto» lo accolse, con freddezza. «Come ti ho scritto, c'è una questione che non posso più ignorare e che credo sia di tua specifica competenza.»

Lui la guardò e per un attimo rimase sorpreso, tanto che non le rispose immediatamente. Cassandra comprese dal suo sguardo che un dettaglio nel proprio aspetto doveva averlo lasciato stranito. Non riuscì a capire cosa fosse. Indossava la divisa, come al solito, e i suoi capelli erano perfettamente in ordine.

«Che c'è?» volle sapere.

Rahab si affrettò a guardare altrove. «Assolutamente niente.»

Sempre bravo a mentire, eh? Fece mente locale. Aveva mangiato qualcosa che poteva averle sporcato i denti? O forse si era macchiata il viso con la penna? Cosa poteva averlo stupito tanto?

Ah.

Lo comprese e arrossì come una studentella al primo anno.

Quella mattina, Cassandra si era resa conto di aver terminato i pantaloni puliti e, in attesa che essi tornassero dalla lavanderia, era stata costretta a ripiegare su una delle gonne dell'uniforme femminile, un capo plissettato che terminava poco sotto le sue ginocchia. Aveva dovuto sopportare un antipatico e inaspettato venticello alle parti basse per tutto il giorno, il che non aveva aiutato il suo umore.

«Non l'ho messa certo per te!» proclamò istintivamente, prima che il suo cervello riuscisse a censurare quell'esternazione istintiva. Si morse la lingua subito dopo, dandosi dell'idiota.

Rahab inarcò un sopracciglio, non riuscendo a non provare una punta di divertimento. «Perciò non è quella la questione di mia specifica competenza di cui mi devo occupare?»

«No.» Cassandra si sistemò con una mossa nervosa il colletto e prelevò il proprio telefono da una pila di libri piuttosto traballante; cercò qualcosa nella memoria del dispositivo e, seppur controvoglia, mosse due passi nella sua direzione, in modo da porgerglielo.

Lui lo prese, ed entrambi fecero attenzione a fare in modo che le loro dita non si sfiorassero, come se un solo, minimale contatto tra esse avesse potuto generare una reazione chimica altamente velenosa.

«È una foto» commentò lui, dopo aver esaminato lo schermo del telefono.

«Wow. Ho proprio chiamato il migliore dei detective, per questo caso» fu la caustica risposta.

Il Lalartu non badò al suo fare sarcastico e studiò meglio l'immagine. «Sembra... La testa mozzata di un passero?»

«Non *sembra*. Lo è.»

«E me la stai mostrando perché?»

«Secondo te?» Di fronte all'occhiata stupita del Lalartu, lei fece spallucce e proseguì: «Ieri mattina. L'hanno lasciata davanti al mio dormitorio.»

«E io che c'entro? Prenditela con chi si occupa della pulizia del campus.»

«Scorri le altre immagini.»

Rahab lo fece, per nulla convinto. Quando passò alla successiva, però, un cupo interesse si accese nel suo sguardo, mentre lentamente cominciava a comprendere la gravità della situazione.

«È un...»

«Biglietto minatorio, sì.»

«*Sparrisci umana*. Chi mette due 'r' nel verbo sparire?»

La studentessa fece spallucce. «È stato infilato sotto la mia porta, due giorni fa.»

Il Lalartu si interruppe e la fissò attentamente, prima di scorrere altre immagini. «Credi sia stato io?» domandò infine, senza traccia d'acredine nella voce.

Avrebbe avuto senso, dal punto di vista di Cassandra. Loro due litigavano, lei interrompeva ogni rapporto e, improvvisamente, iniziavano ad apparire dei messaggi minatori.

«No, so bene che non sei tu» rispose la rappresentante della Sunrise School, senza esitare. Lui, per un attimo, pensò che quella fosse una toccante prova della fiducia che, nonostante tutto, la studentessa aveva maturato nei suoi confronti. Ma poi Cassandra aggiunse: «La prima scritta è apparsa la sera del Giorno dei Talento. Quindi so che non sei coinvolto, visto che siamo stati insieme per tutto il tempo.»

«Lieto di essere escluso dalla lista dei sospetti in nome dell'amicizia» borbottò tra sé e sé.

«*Quale* amicizia?»

Quella alla quale giriamo intorno pretendendo che non esista, quasi fosse un elefante invisibile nella stanza. Sei così intelligente, eppure, talvolta, così incredibilmente stupida.

Ma ritenne saggio tenere quella risposta per sé.

«Un momento» comprese, scorrendo le immagini. «Hai detto che la prima è apparsa quella sera?»

«Sì.»

«Parliamo di due settimane fa!»

«E quindi?»

«E quindi, in tutto questo tempo, non ti è venuto in mente di parlarmene?»

«Perché avrei dovuto farlo?» lei replicò con noncuranza. «Mi è sembrato l'atto di un idiota in cerca di visibilità, e non gli avrei certo permesso di trovarla grazie a me, venendo a piagnucolare da te o dal preside. Quindi ho messo in atto la reazione più logica, li ho ignorati.»

«Non è *per niente* la reazione più logica!»

Rahab giunse alla prima fotografia in ordine cronologico, ovvero la scritta tracciata con vernice rosso sangue che Cassandra aveva trovato sulla parete della propria camera da letto. Pensò a quanto si dovesse essere idioti per strisciare nella stanza di un'umana indifesa e scrivere parole di minacce a lei e... Un momento.

Si rese conto del plurale usato in quella frase. La prima minaccia era stata rivolta non solo a Cassandra, ma anche a Priscilla. Ebbe un brivido di rabbia, le sue iridi si scurirono all'istante.

«Per questo?» domandò, girando il telefono nella sua direzione. «È solo per questo non hai più mandato Cilly da noi?»

«Sappiamo entrambi che la risposta a questa domanda è molto più complicata di così; se vuoi fingere il contrario, sentiti libero di farlo.»

K.O. tecnico per l'umana.

«Dunque» riassunse lui, preferendo cambiare rapidamente discorso. «Da due settimane subisci insulti scritti da un semi-analfabeta, del quale poco ti importa perché, a parer tuo, dargli rilevanza sarebbe come concedergli una vittoria. Poi, oggi, all'improvviso, hai deciso che dovevo occuparmi della questione. Perché?»

«Per quanto tu voglia farmi passare per un'imprudente» Cassandra aprì il proprio libro di matematica, recuperando tra le sue pagine un altro di quei bigliettini che qualcuno appallottolava e lanciava contro la porta d'ingresso del suo dormitorio. Glielo porse. «So bene quando è il momento di lanciare un allarme.»

"QUESTA NOTTE MORRIRRAI."

«Questa è una minaccia decisamente specifica» mormorò, colpito.

«Scritta da qualcuno che ha una specie di feticismo per le erre.» Convenne la studentessa, sedendo sul divano. Non sembrava preoccupata, o meglio, stava facendo ben attenzione a non far tralasciare un solo segno di nervosismo. C'era una sostanziale differenza, tra le due cose.

«Come intendi procedere? Userai il fiuto dei licantropi per fermare il colpevole, o qualcosa del genere?»

«Sono lupi mannari, non cani da tartufo.» La ragazza lo guardò con sufficienza. Lui si grattò il mento, a disagio. «Presumo che potrei far dare loro un'annusata e vedere cosa ne pensano.»

«Ecco, infatti.»

«Ma sappi che lo troveranno molto umiliante.»

«L'idea mi spezza il cuore» esclamò lei, tornando a concentrarsi sul proprio libro di matematica, come se considerasse la questione ormai chiusa. «In quanto tempo pensi di trovare il colpevole?»

«Devo far sentire loro l'odore sul biglietto, e sguinzagliarli ad annusare tutti gli studenti della Night School» spiegò lui, molto più agitato della giovane. «Di sicuro non entro questa sera!»

«Ho aspettato due settimane, un giorno in più non mi cambierà molto.»

«Ah, no? Perché secondo questo biglietto morirai questa notte.»

«Non ci crederai sul serio?» lei smise di concentrarsi sul volume e lo guardò, perplessa. «Chiunque sia questo idiota, ha solo esagerato con la minaccia perché vedeva che non lo prendevo sul serio. Non ha davvero intenzione di uccidermi.»

«Non è ciò che dice questo tripudio di erre disseminate a caso.»

«Ma davvero credi che un cretino del genere possa passare da una scritta a un omicidio?»

«Non so chi sia più matto. Se il tizio che ti minaccia da due settimane, o tu che non riesci a preoccuparti della questione.»

«Non me ne preoccupo perché non…» Lo vide sedere sul divano di schianto, e aggrottò perplessa le sopracciglia. «Che stai facendo? Non vai a far annusare il foglio ai tuoi canidi?»

«Domattina, forse. Questa notte, resto qui.»

«Prego?»

«Sei stata apertamente minacciata. Sarebbe irresponsabile lasciarti sola.»

«Non sono sola. Ho uno spray al peperoncino, uno all'aglio e un sacco di altri giocattolini che mi sono procurata quando il preside mi ha passato un fascicolo con le vostre debolezze elencate nel dettaglio.»

«Oh, sì, ti ci vedo: *mi scusi, signor assassino che sta per sgozzarmi, posso chiederle a quale razza appartiene? No, perché sa, ho un vasto assortimento di mezzi di difesa, ma se scelgo quello sbagliato rischio la giugulare.*»

«Molto simpatico. Ora esci dal mio dormitorio.»

«Ti sfido a sbattermi fuori di peso.»

Cassandra parve valutare seriamente l'opzione. Ma la differenza di massa, tra loro, era davvero esagerata. In più quella storia, per quanto l'avesse sottovalutata, era riuscita a procurarle un certo stress. Mugolò una specie di ringhio sommesso, tornando a concentrarsi sulla matematica. «Dormi sul divano» impose, determinata. «Se ti azzardi a salire al piano di sopra, ti amputo le gambe.»

Terrore.

«Rahab! Che ci fai qui?» Il preside vide entrare nel proprio ufficio l'allievo modello di quell'anno scolastico, nonché brillante rappresentante della Night School, e gli fece dono di un sorriso entusiasta. «Credevo fossi partito ieri.»

«Sì» ammise il Lalartu, fermandosi sulla soglia, evidentemente a disagio. «In effetti dovevo partire ieri.»

«Come mai questo ritardo? Non sei ansioso di esplorare il mondo, finalmente?»

Ansioso era il termine giusto. Solo con accezione negativa. Era terrorizzato, dannazione. Così tanto che faticava persino a nasconderlo.

«Lo sono» convenne, non sapendo bene come esprimere il proprio stato d'animo.

«Da dove inizierai? Grandi Piramidi o Muraglia Cinese?»

«Lei è sicuro che i documenti che mi avete procurato siano… insomma, tutti in ordine?»

Il dirigente scolastico parve trovare buffa quell'obiezione. Grossa parte del budget della Night School era spesa in affari loschi che l'uomo portava a termine con tizi ancora più loschi, capaci di procurarti una patente e un numero di previdenza sociale in una quantità di ore indirettamente proporzionale ai dollari ricevuti.

Rahab era adesso Ray Montero, nato in uno stato centrale dell'America, ventotto anni, ottima assicurazione sanitaria e un buon conto in banca. Aveva tutto il necessario per iniziare la sua nuova vita, quella per la quale si era impegnato durante il suo anno scolastico.

Ed era stato un anno fantastico, intendiamoci. I suoi compagni lo avevano riempito d'affetto, e Darren, il rappresentante della Sunrise School, anche lui non era stato male… sino a che non aveva implorato una lamia di strizzargli fuori dal cervello ogni ricordo del loro rapporto d'amicizia, perché lui non lo aveva mai considerato tale.

«Rahab» domandò Digby, con un sorriso colmo di dolcezza. «Che cosa c'è?»

C'era che il mondo, fuori dalle rassicuranti mura della scuola era... terrificante. Popolato da esseri umani che sicuramente avrebbero capito, sicuramente sarebbero riusciti a percepire... quanto fosse diverso. Come avrebbe potuto muoversi in mezzo a loro? Aveva studiato per imitare i loro modi. Ma era nato di un'altra razza, e questo niente e nessuno avrebbe mai potuto cambiarlo.

Se fossero stati tutti dei Darren? Adesso gli umani non agivano più con torce e forconi. Ma con pallottole, in taluni casi. E lanciafiamme, se s'incontrava un pazzo armato nel modo corretto.

La verità era che Rahab aveva esitato sulla soglia della Night School tutto il giorno precedente, e tutta la notte. Era una creatura nobile, di un'antica dinastia, cresciuto con l'orgoglio di essere il figlio di un potente re. Eppure, semplicemente, se l'era fatta sotto dalla paura. Come un bambino.

«Non riesco» ammise debolmente, raggiungendo una delle sedie della scrivania del preside e lasciandovisi cadere sopra, sconfitto da se stesso. «L'idea di andare... il pensiero di... mi manca il respiro.»

L'uomo si alzò, aggirando il proprio tavolo da lavoro e raggiungendolo; gli posò una mano sulla spalla, comprensivo.

«Si chiama panico.»

«Lo so» lui esitò, prima di aggiungere una battuta. «Ha un sapore pessimo, sa? Amaro e con un retrogusto acido. Quando posso, cerco di non mangiarlo.»

Risero insieme, piano. «In effetti mi sono sempre chiesto» ammise il preside, divertito, «se per te le emozioni avessero gusti differenti.»

«La felicità sa di fragola.» Rispose Rahab, d'istinto. «La gelosia è come mordere della gelatina frizzante. Poi c'è l'odio, che sa di... di stantio, potrei dire. Adoro l'orgoglio, è come cioccolato piccante. Forte e robusto.»

«E l'amore?»

«Buono.» Il Lalartu esitò, prima di aggiungere. «Anche se non mi piace, quando lo trovo.»

«Perché?»

«Perché non l'ho mai provato. E non lo capisco.»

Nuovamente, il preside ridacchiò, mollandogli alcune pacche sulla spalla. «È come l'amicizia che ti lega ai tuoi compagni. Solo mille volte più potente, tanto da rimbecillire anche il più savio dei saggi.»

Un'altra risata corale. Rahab alzò gli occhi viola, incontrando quelli dell'uomo in piedi al suo fianco.

«Devo dirle la verità» ammise, con profonda vergogna. «Non posso tornare dalla mia famiglia. E ho il terrore di uscire da qui. Io non so dove andare...»

Digby prese molto sul serio la sua confessione. Annuì una volta soltanto, lasciandogli la spalla e allontanandosi da lui. Tornò a passo lento verso la propria sedia, ove si accomodò, studiando attentamente il volto del Lalartu.

«La tua razza non è abituata alla paura.» Disse, calmo. «Siete, da secoli, predatori in cima alla catena alimentare. Ha senso che questo sentimento ti immobilizzi. Non lo conosci, non sai gestirlo.»

«Non ci giri attorno, preside» mormorò lo studente, con dolore. «Diciamolo: sono un vigliacco.»

«Non è così. Hai solo bisogno di più tempo.» Lui incrociò le dita delle mani, perso nelle proprie riflessioni. «Sai, mi è piaciuto il modo in cui hai lavorato come rappresentante. Insomma, sei stato... davvero molto bravo. Forse potremmo prolungare la tua carica. Se accetti di aiutare i tuoi compagni nel loro percorso, la Night School potrà essere la tua casa. Finché non troverai il coraggio di lasciarla.»

«Cassandra. Cassandra.»

Di chi era quel corpo che qualcuno stava trattenendo con fermezza?

Il suo?

Sentì mani grandi e tiepide tenerla per le spalle. Cercò di divincolarsi, ma non vi riuscì. Quella presa era gentile, ma ferrea. Inspirò a lungo, sforzandosi per emergere dal sogno dove era affondata, profondo e nero come un abisso mai esplorato.

Spalancò gli occhi e prese fiato con uno spasmo, quasi stesse davvero riemergendo dall'acqua. Tremò, rendendosi conto di essere madida di sudore freddo. Per un attimo, non distinse dove fosse, o con chi.

«Brava» mormorò la stessa voce che l'aveva chiamata poco prima, bassa e cortese. Una mano le lasciò la spalla destra, e lei sentì un palmo asciutto posarsi sulla sua fronte umida. «Respira. Pensa soltanto a respirare.»

Era un eccellente consiglio. La studentessa abbassò per un attimo le palpebre, concentrandosi sul movimento dell'aria che le entrava e usciva dal petto. Come tutte le volte precedenti in cui le era capitato di sognare in modo così vivido, le servì un lungo istante per liberarsi delle sensazioni provate, e tornare pienamente in sé.

Riaprì gli occhi, trovando il volto di Rahab chino su di lei. Era seduto sul bordo del suo letto, e ancora la tratteneva per una spalla, costringendola a rimanere supina. Sussultò di stupore, agitandosi all'istante.

«Che ci fai, qui?» riuscì a domandare, la voce gracchiante e ancora incerta. «Il piano di sopra ti era precluso.»

Lui sorrise appena di quell'osservazione. Quei suoi dannati occhi viola la perlustrarono con attenzione, e una certa dose di apprensione. Si divincolò dalla sua presa, e il Lalartu la lasciò andare subito.

Cassandra si guardò attorno. Entrando in camera, il non morto doveva aver acceso la luce. La giovane intravide il copriletto a ridosso della parete imbrattata con la scritta minacciosa, mentre il cuscino sembrava essere stato lanciato dalla parte opposta. Con sorpresa, notò diversi strappi sulla stoffa del proprio pigiama, sotto i quali percepì la bruciante presenza di alcuni graffi che doveva essersi fatta da sola.

«Sono dovuto intervenire» le spiegò Rahab, col tono di chi sta spiegando a un rabbioso leone che lo ha toccato solo ed esclusivamente per togliergli una spina dalla zampa e che non merita, quindi, di finire divorato vivo. «Hai iniziato a farti del male.»

Le sfiorò il ventre, laddove un brandello di pigiama penzolava più degli altri. Lo scostò gentilmente, e strinse le labbra in una linea severa quando notò quanto lei fosse riuscita ad andare a fondo con le unghie.

«Era uno dei miei ricordi, vero?»

La studentessa annuì, alzandosi a sedere e allontanandosi impercettibilmente dal diversamente vivo. Raccolse le ginocchia al petto, come a voler mettere una barriera fisica tra loro.

«Quale?»

«Quando hai realizzato di essere un idiota, se paragonato a me.»

«Non è mai accaduto.»

«Nella mia testa, è successo un sacco di volte.»

Rahab incurvò le labbra in un'espressione divertita e vide l'ombra di un sorriso apparire anche sul volto di lei. Provò una fitta al cuore. Erano due settimane che non si insultavano a vicenda e la cosa, incredibilmente, gli era mancata quanto respirare.

Quasi più che giocare con Cilly.

«Che ricordo era?» domandò di nuovo, abbassando gli occhi sul lenzuolo ove erano entrambi accomodati. «Quanto ero mostruoso e disgustoso?»

«Non molto più del solito» non riuscì a capire se quello voleva essere un insulto o un complimento. «Avevi paura di uscire dalla scuola.»

«Ah. La volta in cui ho realizzato di essere un patetico vigliacco.» Commentò, con una punta di amarezza.

«Là fuori è una giungla. È razionale averne paura.» Lei esitò, prima di chiedere: «Cosa… cosa sai tu di me, invece? Hai visto tutto?»

«Solo sprazzi, come quelli che vivi tu in sogno» si affrettò a dirle. «Ti ho vista con tua madre, l'ultimo giorno in cui…»

«Sì. Questo l'ho immaginato.»

«Poco altro. La sera che hai dormito nella mia stanza, con Priscilla.» Sorrise, nervoso. «Il momento in cui mi sono comportato da idiota, cercando di sottometterti con la paura.»

«So perché lo hai fatto.»

Lui non dovette chiederle come facesse a conoscere quel dettaglio. Comprese quale altro ricordo la giovane dovesse aver visto del proprio passato, e provò una fitta di vergogna chiedendosi quanto le fosse sembrato idiota ad affezionarsi a Darren. Sospirò, appoggiandosi allo schienale del letto e alzando gli occhi al soffitto.

«Tu però, mi hai rimesso in riga subito» rammentò, fissando l'intonaco bianco sopra di loro con aria riflessiva. «Eri sola, circondata da un circo di mostri, oppressa dal panico che ti inducevo. Eppure hai reagito.»

«Non sopporto i bulli.»

«Sì, so il perché.»

Era una conversazione paradossale. Ognuno di loro portava nella memoria tracce dei ricordi dell'altro, ma giocavano a carte coperte, senza concedere all'avversario una visione piena delle conoscenze ottenute tramite quel legame creatosi la sera dell'incidente.

«E tu sei l'archetipo del bullo» mormorò Cassandra, sovrappensiero. «Così terrorizzato dagli umani che preferisci incutere timore per ottenere rispetto. Un bullo a tutto tondo, idiota come pochi.»

Riuscì a farlo ridere, anche se fu una risata amara. «Dov'è il tizio che vuole ammazzarti? Potrei valutare di dargli una mano.»

«Non verrà, non ha mai avuto intenzione di farlo. Perché, oltre a essere un bullo, sei anche un patetico cavalier servente che ha il disperato bisogno di sentirsi utile, proteggendo povere orfanelle.»

Rahab si voltò sul fianco verso di lei, piegando un braccio e appoggiando il volto sul palmo della mano. Era una posizione un po' troppo confidenziale, e il modo in cui la guardò spinse Cassandra a stringere ancor più le ginocchia contro il petto.

«A te non mancava?»

«Cosa?»

«Parlare con me.»

«Non stiamo parlando. Ci stiamo insultando a vicenda.»

«E non ti mancava?»

Dannazione, sì. Aveva provato un senso di vuoto, senza qualcuno con cui litigare, capace di tenerle testa. E, comprese con meraviglia, aveva avuto nostalgia persino del modo in cui i sorrisi apparivano sul volto di lui, lenti e radiosi come un sole che sorge.

«La sera in cui ho visto i tuoi ricordi» le mormorò d'improvviso il Lalartu, così piano che la giovane quasi faticò a distinguere le sue parole. «Io...»

La luce scomparve all'improvviso, Rahab sentì qualcosa muoversi vicino a lui, rapido e pesante. Udì l'urlo di Cassandra, un ronzio. Si slanciò in avanti, alla cieca, ma non trovò niente, non afferrò nulla.

Quando l'illuminazione tornò, il Lalartu vide, davanti a sé, un giaciglio interamente vuoto. Di Cassandra non c'era più traccia. Trovò solo un biglietto.

"PAPA' ASPETTA AL RITRROVO."

«Oh, no» gracchiò Rahab.

Tutti quegli errori di ortografia e grammatica. Ma certo! Per gli abitanti della Dimensione Oscura imparare il linguaggio umano era una vera impresa, specie quello scritto. Come aveva fatto a non pensarci subito?

Magari perché non si aspettava certo che un potente e antico re avesse interesse a minacciare o rapire un'umana di nessuna rilevanza.

Istintivamente, usò i suoi poteri per aprire un varco dimensionale. Ma si fermò, rendendosi conto di essere in preda al panico. E lui ormai conosceva quell'emozione, sapeva che andava dominata per non compiere sciocchezze. Ripensò ai ricordi di Cassandra, al modo in cui lei aveva tacitato la propria paura, con orgoglio, fermezza e la determinazione di chi ha sulle spalle la responsabilità di un'altra vita.

Si calmò.

Inspirò piano, guardò il foglietto.

Ed ebbe un'idea.

«Io non ho potuto nemmeno assaggiarla!» si lamentò uno dei figli minori di Trahed Moharan, con un tono lamentoso che fu capace di strappargli una risata divertita.

Si riferiva, ovviamente, alla patetica umana che era stata gettata sul tavolo principale della sala dove avevano trovato rifugio, ormai priva di sensi, il le tempie marchiate dalla presa di diverse dita. Era pallida, perdeva sangue dal naso, respirava a fatica. Aveva perso conoscenza quasi subito, il che, per la verità, era da considerarsi una fortuna, per lei.

Poche persone avrebbero resistito alla pazzia, ritrovandosi a fare da spuntino a una casata di Lalartu.

«Non sai controllarti» ghignò il re, allontanando il suo erede con una spinta goliardica. «La uccideresti. Noi la vogliamo viva. Giusto?»

«Giusto!» risposero in coro gli altri cinque in sua compagnia. Soltanto cinque, perché il re aveva scelto per quella speciale missione coloro di cui si fidava di più: il figlio maggiore, due dei minori e tre vecchi compagni d'arme, risalenti addirittura alle antiche battaglie contro i vampiri.

Nonostante quello fosse un piano organizzato dal capo di un potente e grande clan, si trovavano in una zona poco conosciuta ai più: una casupola in pietra nera costruita nei pressi di una delle rare zone della Dimensione Oscura dove qualche albero era riuscito ad attecchire e a vivere nonostante la quasi assenza del sole.

Quando li aveva precettati per quella particolare missione punitiva, il re aveva dato loro due chiare regole: sarebbe stato lui e soltanto lui a uccidere quell'umana, sotto gli occhi di Rahab. E nessuno, nel nome di ciò che era più oscuro e sacro in quel mondo, avrebbe dovuto avvisare sua moglie del suo piano. La regina, infatti, aveva sempre mostrato un debole per quel figlio strano e bislacco. Persino dopo che lui aveva voltato loro le spalle ed era andato a rendersi ridicolo nel mondo degli umani. Se lei fosse venuta a conoscenza delle azioni del re, non gli avrebbe perdonato una simile interferenza nella vita del suo delicato e sensibile pargolo.

Ed ecco perché aveva scelto di nascondersi con la sua piccola banda e la sua debole preda in quel rifugio dalle pietre scure, ammobiliato con pezzi intagliati nella pietra nera: il ritrovo, ovvero il luogo dove il re e i suoi figli passavano del tempo insieme, quando lui li addestrava a combattere o a cacciare.

Organizzare quel piano era stato, tutto sommato, semplice. Il sovrano del clan aveva sfruttato la naturale capacità dei Lalartu di aprire varchi dimensionali per inviare messaggi minacciosi all'umana che aveva attratto tanto l'attenzione del loro consanguineo, in attesa che lei andasse nel panico e lo chiamasse per avere protezione.

Ecco, questa parte del progetto, in effetti, era durata un po' più del previsto.

Quella pazza si limitava a fotografare i loro messaggi e a gettarli via come fossero spazzatura.

«Rapiamola lo stesso» aveva proposto uno dei più giovani, beccandosi uno scappellotto dal padre.

«No!» aveva urlato lui, imperioso. «Sotto gli occhi di Rahab! Dovrà assistere a tutto: rapimento, agonia e morte. Deve imparare. Deve capire che gli umani sono e rimarranno cibo.»

«Sei il padre migliore che si possa desiderare» aveva sospirato un suo vecchio compagno d'arme. «Il mio vecchio non si sarebbe mai dato tanto da fare, per me.»

«Faccio solo del mio meglio.»

E il suo meglio, sino a quel momento, era stato innanzitutto assaggiare i sentimenti della ragazzina umana. Si era trattenuto, ovviamente, lasciandone un po' anche agli altri due anziani presenti. Nessuno dei tre aveva provato un gran piacere, a nutrirsene.

«È scialba e prevedibile.»

«Giusto un po' piccante.»

«Una volta ho preso un prigioniero di guerra torturato per vent'anni. Quello sì che è stato una prelibatezza.»

Trahed ne era rimasto deluso. Si aspettava un'umana particolarmente gustosa, diversa dagli altri. Quella lì era solo una ragazzina traumatizzata e nevrotica. Cosa ci aveva trovato suo figlio, in lei?

Le voci girano, specie in una dimensione dove il colore principale è il nero e il tempo atmosferico veleggia sempre da nuvoloso a super nuvoloso. All'orecchio dell'anziano capo clan era arrivata la notizia che il suo figlio rinnegato si fosse scimunito al punto da cercare una strolha per organizzare una sorpresa a una bambina umana. Ritenendolo un oltraggio al suo nobile retaggio, Trahed aveva inviato alcuni dei suoi a compiere brevi incursioni.

Erano tornati con notizie tragiche: la cucciola umana in questione sembrava essere imparentata con una femmina che passava molto tempo con Rahab. A quanto pareva, lui si era nutrito di lei. Ma la cosa non aveva intaccato il loro rapporto, tanto che alcune voci raccontavano che, dopo, avessero anche giaciuto insieme.

Quella era stata la goccia che aveva fatto traboccare il già minuscolo vaso della sua pazienza. Deciso a ricordare al proprio discendente quale fosse il suo posto nella catena alimentare, adesso Trahed aspettava pazientemente che lui giungesse al suo cospetto.

E la cosa accadde proprio in quel momento.

Una ferita nella realtà si aprì, rivelando un passaggio con il mondo dei terrestri. Rahab lo attraversò con un unico passo, gli occhi viola già abbastanza scuri. Quando, però, intravide il corpo di Cassandra riverso sul tavolo come un sandwich sbocconcellato, essi divennero immediatamente neri come il resto del mobilio che li circondava.

Lo squarcio si richiuse alle sue spalle. Lui si costrinse a distogliere gli occhi dal corpo della giovane – era viva? Respirava? Purtroppo poteva soltanto sperare – e fissò l'espressione di puro trionfo sul volto del padre.

«Avevo capito di essere stato bandito dal clan» proclamò, rizzando la schiena e allargando le spalle. Non lo raggiungeva in altezza, non ancora. Ma era fiero almeno quanto lui, e rabbioso quanto basta per sembrare ancora più grosso. «Credevo fosse implicito che anche voi lo foste dalla mia vita.»

«Hai disonorato la tua famiglia.»

«Non vedo come, dato che non vi appartengo più.»

«Girano voci sul tuo conto! Sulla tua… perversione verso gli umani!»

Rahab rimase stupito da quelle parole. Si chiese in quale modo simili idee avessero preso a circolare, visto che né lui né gli altri studenti della Night School avevano più avuto contatti con la Dimensione Oscura.

Poi rammentò un certo dettaglio.

«Quella stronza di una strohla» sputò, così disgustato da non riuscire neppure ad apprezzare il gioco di parole che gli era uscito istintivamente di bocca. «Aveva promesso discrezione.»

«Giace con le umane e crede alle promesse delle fate» suo padre sospirò gravemente. «Forse non c'è più speranza, per lui.»

«Fammi indovinare: intendi ucciderla davanti ai miei occhi, per darmi una lezione?»

«Sbagliato! Io intendo…» Trahed ci pensò su. E vi rimase male. «Ecco, sì, a onor del vero, è questo che volevo fare.»

«Prevedibile.» E per fortuna suo padre lo era. Adesso la speranza che Cassandra fosse ancora viva era più concreta.

«Non disprezzare i miei metodi, figlio ingrato! Lo faccio per te!»

«Mamma lo sa?»

«Pensi che io abbia bisogno dell'autorizzazione di tua madre? Posso fare quello che vogl–»

«Sentiamo, Trahed, potente re del clan, mio signore e mio sposo, cos'è che puoi fare?»

Lo squarcio nella realtà era stato aperto dalla splendida Lalartu con discrezione, senza emettere un solo suono. La signora di quei luoghi ne uscì con passo regale, i neri capelli acconciati in una lunga e spessa treccia, gli occhi colmi di rancore.

Suo padre guardò Rahab come se fosse l'ultimo dei traditori. «Non posso crederci» gracchiò, scandalizzato. «Hai avvisato tua madre?»

«Che altro dovevo fare?»

«Ero già contraria all'idea di bandirlo!» proclamò la regina, avanzando in direzione del marito come una furia, bella e terrificante insieme. «Ma tu mi hai imposto il tuo volere! Adesso sono io, mio re, che impongo la mia volontà e ti ordino–»

«Tu ordinare a me? Sciocca femmina, cosa credi…»

Il pugno di lei lo raggiunse alla mascella, spingendogli il viso all'indietro senza alcuno sforzo apparente. Lui fece appena in tempo a raddrizzarsi nuovamente, che un altro colpo a dita chiuse lo raggiunse sul naso, con una potenza fuori controllo.

Ovviamente, i presenti si precipitarono ad aiutare il re. Però, poveri loro, questo comportava dover in qualche modo toccare o contenere la regina. Inimicarsi uno dei due non era una prospettiva che piacque a tre di loro, i quali aprirono i loro personali varchi e sparirono nel nulla, abbandonando il campo di battaglia.

Rahab esitò, voltandosi e guardando la madre.

Sì, era andato da lei, non appena Cassandra gli era stata portata via. Era stata la strada più vigliacca da percorrere, ma anche l'unica che gli potesse garantire possibilità di salvare la vita dell'umana. Convincerla ad ascoltarlo non era stato semplice, ma, venuta a sapere dell'ostinazione con la quale Trahed lo aveva perseguitato nonostante fosse ormai bandito e uscito dal clan l'aveva fatta infuriare al punto da spingerla a intervenire.

Il giovane Lalartu sapeva che la madre se la sarebbe cavata. Era fisicamente più forte del marito, e, dopo uno scherzetto del genere, lui non solo non le avrebbe portato rancore, ma si sarebbe prodigato durante il secolo successivo per farsi perdonare di aver agito alle sue spalle. Tuttavia, esitò, guardandola.

Perché era l'ultima volta in cui avrebbe potuto ammirarla, e lo sapeva.

Lei se ne accorse, mentre, trattenuta per le braccia dai due figli minori, usava una gamba per ridurre le già poche capacità riproduttive dell'amato consorte. Non gli sorrise, ma neppure gli rivolse uno sguardo di disapprovazione. Mosse il capo, facendogli un cenno in direzione di Cassandra.

Rahab si precipitò da lei, tremando nel vedere quel corpo molle, come un burattino al quale erano stati tagliati i figli. Uno dei Lalartu impegnato su sua madre dovette notare il suo movimento, perché lasciò la presa e si precipitò contro di lui, sfruttando la rapidità tipica della loro razza.

Lo afferrò da dietro, e lo gettò a terra. Il corpo di Rahab, istruito da anni di preparazione a eventuali guerre contro altre razze, reagì per puro istinto: frenò la caduta con mani e braccia, rialzandosi e rivolgendo uno sguardo nero d'ira a colui che lo aveva aggredito.

Era Riud, uno dei suoi fratelli minori. Una fortuna. Contro un Lalartu più antico e più esperto, non avrebbe avuto alcuna speranza. Non combatteva de decenni, e l'ultimo pasto decente lo aveva consumato per riaversi da una ferita mortale.

Senza una parola, si lanciò contro di lui, piegandosi di lato quando l'altro cercò di rifilargli un pugno. Usò quel movimento per girarsi e colpirlo all'addome con una gomitata, che lo fece piegare per il dolore. Ne approfittò per afferrargli la chioma nera, così identica alla sua, e costringerlo ad alzare il viso. Strinse le dita della mano libera, colpendolo alla carotide.

Lui inspirò a fatica, stordito. Rahab lo lasciò andare, tornando a voltarsi in direzione di Cassandra. Ma non fece in tempo a fare due passi che le braccia del fratello lo afferrarono per le spalle, costringendolo a girarsi; lo fece preparandosi a incassare un altro pugno, ma il giovane lo sorprese con un calcio in faccia eseguito in maniera davvero perfetta. Lo colpì allo zigomo destro, e il dolore si diffuse, confondendolo per un attimo.

Ma facendolo anche infuriare di più.

«Adesso basta!» ruggì, caricandolo a testa bassa. Usò la sua massa e il suo peso per buttarlo per terra, finendo a cavalcioni sopra il suo torace. Il giovane tentò di colpirlo ancora, ma lui fu più veloce.

Era un Lalartu infettato dai sentimenti umani. E quelli della sua specie non avevano ancora capito quanto ciò, in certe occasioni, potesse essergli di vantaggio.

Lo colpì al naso, con tutta la forza che aveva. «Lasciatemi.» ansimò, rifilandogli un altro colpo, alla tempia. «In.» un terzo pugno, alla mascella. «Pace!»

Lo vide perdere i sensi sotto di sé. Aveva visto Riud nascere, lo aveva aiutato a imparare i primi movimenti di lotta. E adesso era stato costretto a picchiarlo con ferocia, perché lui e il resto del suo clan non avevano semplicemente intenzione di capire o accettare quanto fosse cambiato.

«Rahab» urlò sua madre. Si era liberata di coloro che la tenevano, e stava letteralmente suonando l'amato consorte come un tamburo, gestendo la lotta con lui quasi senza guardarlo. «Vai!»

Quell'ordine lo riscosse. Barcollante, lo zigomo spaccato per il calcio ricevuto, si alzò in piedi. Raggiunse Cassandra, quell'ammasso di riccioli biondi sparsi sul nero del tavolo, avendo quasi il terrore di toccarla. E se non avesse trovato battito, né respiro?

Ebbe un tuffo al cuore quando, raccogliendola tra le proprie braccia, la sentì fredda come la neve.

Non sono arrivato in tempo?

La strinse a sé, aprì un varco e la portò via, lontano dalla Dimensione Oscura, lontano dalla Sunrise School. Nell'unico posto dove avrebbero potuto salvarla.

Capitolo 9

L'ultimo ricordo di Cassandra era quello di essere stata afferrata da qualcuno nell'oscurità piombata improvvisamente in camera sua. Si era ritrovata in un luogo terrificante, una costruzione di pietra grigia e arredata con mobili intagliati nell'onice. Aveva lanciato un'occhiata fuori dalle finestre, intravedendo un cielo coperto da nuvoloni neri, immobili.

Era un posto alieno, eppure familiare. Lo aveva già visto nei ricordi di Rahab: si trovava nel mondo natio del Lalartu. La Dimensione Oscura.

E quel tizio che troneggiava su di lei, in compagnia di altri grandi e grossi quanto lui, che la fissava come se fosse stata uno spuntino particolarmente sfizioso, altri non era che il padre del rappresentante della Night School.

La studentessa non aveva fatto in tempo a reagire, che già lui le aveva messo le mani sulle tempie e la testa, proprio come aveva fatto Rahab poche settimane prima.

Non era stato attento e delicato come il figlio. Per niente. Il dolore era esploso senza preavviso, strappandole un urlo disumano.

Sembrava provenire da ogni punto del suo corpo. Era come andare a fuoco, essere immersi nell'acido, venire colpiti da mazze chiodate. La vista le si era offuscata.

Priscilla…

Aveva perso i sensi convinta di non riaprire mai più gli occhi.

Invece ci riuscì. Tornò alla realtà a poco a poco, sentendosi stordita e confusa. Udì un vociare lontano, rumori di strumentazione elettronica. Si sentiva spossata, ogni osso del suo corpo urlava di dolore. Anche respirare faceva male. Era sdraiata su un letto, ma dove?

Debolmente, mise a fuoco l'ambiente attorno a lei. Riconobbe l'arredamento asettico e spartano di una camera ospedaliera. Doveva essere piena notte, perché da fuori non proveniva alcuna luce; l'unica illuminazione era data da una segnalazione posta sopra la porta chiusa della camera, per indicare la via di fuga in caso di incendio.

Fu seguendo quel bagliore che vide una figura seduta accanto al suo letto. Sussultò per la paura, credendo per un attimo che fosse uno dei mostri responsabili del suo rapimento, e della sua tortura.

Rahab, perché di lui si trattava, parve accogliere con dolore e cupa accettazione quella reazione istintiva. Con movimenti lenti, per non spaventarla ulteriormente, accese una piccola luce posta sopra il letto di lei, dandole modo di osservarlo meglio.

«Sono io» le spiegò. «E sei al sicuro. In un ospedale. Nel tuo mondo.»

Il cervello di Cassandra riconobbe i tratti familiari del volto di lui e ne trasse istintiva sicurezza. Notò un brutto segno sul suo zigomo destro, come se qualcuno glielo avesse spaccato con un colpo molto forte.

«C'era...» iniziò a spiegare, faticando a emettere qualcosa più forte di un bisbiglio. «Tuo padre e...»

«Lo so.» Rahab annuì, distogliendo lo sguardo. «Quando ti ho portata qui, eri appena entrata in arresto cardiaco. Ti hanno salvata per un pelo.»

La notizia le procurò un forte senso di nausea. Non è bello, venire a sapere di essere vivi per miracolo. Rammentò la paura che l'aveva attanagliata nel momento in cui aveva perso i sensi. Il dolore, terribile e devastante.

«La tua faccia» sussurrò, fissandolo. «Cosa...»

Vagamente stupito dall'interessamento della ragazza al proprio stato di salute, il Lalartu sfiorò il punto che suo fratello aveva colpito con un calcio, ferendolo a sangue. Era doloroso, ma sarebbe passato in fretta. Fece spallucce.

«Ho dovuto… discutere con la mia famiglia.»

Era un chiaro eufemismo. «Per me?»

«Sì, naturalmente» lui scosse il capo, con frustrazione. «Sono stati loro, a mandarti quei biglietti minatori. Mio padre ha scoperto…» esitò, non sapendo bene come proseguire quella frase.

«Non accetta i miei cambiamenti. Volevano darmi una lezione, usando te.»

«Ridevano della mia paura» bisbigliò la ragazza, provando un moto di terrore e, insieme, di rabbia per quel ricordo. «Ora dove sono?»

«Ho dovuto far intervenire mia madre» lui fece una smorfia, come aspettandosi una presa in giro per la soluzione adottata. «Lei non ha approvato le loro azioni. Non credo abbia ancora smesso di picchiare mio padre. E gli altri, poveretti quando li troverà. Stai tranquilla: a nessuno di loro passerà più nemmeno per l'anticamera del cervello di toccarti.»

Cassandra guardò il proprio corpo coperto da un lenzuolo. Vide l'ago di una flebo infilato nell'incavo del suo gomito destro, e un pulsometro che le avvolgeva l'indice.

«Sto malissimo» ammise, a fatica. «Le mie ossa… fa male tutto. È diverso da quando ti sei nutrito tu…»

«Perché io ho cercato di essere gentile» le spiegò il Lalartu, seguitando a non guardarla. «A loro non importava.»

«Perché se la sono presa con me?»

«Colpa mia» dopo una lunga esitazione proseguì: «Volevo fare una sorpresa a Priscilla, presentarle una vera strolha. Ho preso contatti con una di loro, offrendole dell'oro in cambio di un pomeriggio con la bambina. Le aveva chiesto discrezione, ma in effetti è stato idiota da parte. Le fate sono chiacchierone. Nella dimensione oscura hanno iniziato a girare delle voci».

«Quale tipo di voci?»

«Su… noi due.»

«Tuo padre pensa che tu sia coinvolto in una relazione...» riassunse lei, troppo debole per alzare la voce, ma non abbastanza per evitare di arrabbiarsi. «E cerca di uccidere la persona con la quale l'avresti? Perché?»

«Sei umana. Per lui è umiliante.»

«Umiliante. Ah!» la studentessa alzò il mento, in una fiacca imitazione del suo solito atteggiamento pieno d'orgoglio. «Al massimo sarebbe umiliante per *me*.»

Nonostante fosse un chiaro insulto rivolto alla sua persona, Rahab provò sollievo. Se si sentiva abbastanza bene da tornare a disprezzarlo, allora era davvero fuori pericolo come i medici gli avevano assicurato.

«Ho avvisato il preside. Prenderà provvedimenti» le spiegò, monocorde. «Esiste un trattato di non belligeranza reciproca, redatto da lui e da alcuni membri anziani delle gerarchie demoniache. Mio padre ha fatto il passo più lungo della gamba, toccando una studentessa della vostra scuola. Dovrà spiegare le sue azioni al Tribunale del nostro mondo.»

«Bene» commentò caustica lei, lieta al pensiero che quel mostro avrebbe subito le giuste conseguenze per il male che le aveva fatto.

Una dottoressa entrò in quel momento, con delicatezza. Vide la giovane con gli occhi aperti e le sorrise istintivamente, chiudendosi la porta alle spalle per raggiungere Cassandra.

«Si è svegliata» mormorò, con sollievo. «Ci ha fatto prendere un bello spavento. Per fortuna questo giovanotto l'ha portata da noi.» Accennò a Rahab, e lui azzardò un sorriso così nervoso da farlo sembrare un completo idiota.

«Vi lascio sole» azzardò subito il Lalartu, alzandosi dalla sedia. Fu goffo, come non gli era mai capitato da che Cassandra lo conosceva. Quasi inciampò nei propri piedi, tanto era ansioso di uscire dalla stanza.

La dottoressa sorrise. «Lei ha trovato un vero angelo, signorina. Non si è staccato un secondo dal suo capezzale. Gli infermieri mi hanno detto che non ha neppure mangiato! Sicuro di essere umano, signor Montero?»

«Umano? Ah-Ah. Certo che lo sono. Umano. Certo.» Rahab retrocedette con un sorriso nervoso, e finì addosso a un supporto per flebo dimenticato dietro di lui. Rotolò a terra con esso, recuperò l'equilibrio con un movimento davvero troppo rapido per una persona normale, poi fece loro un cenno di saluto e volò letteralmente fuori.

Montero? La studentessa rammentò quel cognome. Faceva parte dell'identità falsa che il preside aveva procurato al rappresentante della Night School. Quella che lui non aveva mai osato usare, perché troppo terrorizzato dall'idea di superare i confini della scuola.

La dottoressa studiò i parametri dei macchinari attaccati a lei, pensierosa. «Il signor Montero mi ha detto di non sapere chi lei sia» commentò, dolcemente. «E di averla trovata priva di sensi su un marciapiede non lontano da qui. Può dirmi come si chiama?»

«Priscilla.»

La donna segnò quel dato, e rimase in attesa, aspettandosi evidentemente anche un cognome da affiancare a quel nome falso. Troppo stanca per pensare, Cassandra fornì il primo che le venne in mente: «Smith.»

«Priscilla Smith» ripeté lei, pensierosa. «Quanti anni ha?»

«Ventuno.»

La dottoressa smise di scrivere e la fissò, torva. «Ventuno.» Ripeté, piatta.

«Sono giovanile, me lo dicono tutti.»

«Lo immagino» fu il commento di lei, privo di intonazione. Era evidente che non le credesse. «Ricorda cosa le è accaduto?»

Sì, la famiglia del signor Montero mi ha rapita e ha tentato di uccidermi. «No.»

«Ha degli strani segni, sulle tempie. Perdeva sangue dal naso.» Proseguì la donna, con tranquillità. Ma i suoi occhi scuri la stavano studiando attentamente, sospettosi. «Ricorda cos'è successo?»

Cassandra scosse il capo.

«So solo di aver avuto delle vertigini. Devo aver perso i sensi. Non rammento altro.» Spiegò, abbassando la mano.

La dottoressa scrisse con fare diligente ciò che le veniva detto. Poi, la guardò attentamente.

«Quindi una persona che non l'ha mai vista in vita sua l'ha trovata per la strada, l'ha condotta qua e ha trascorso le ultime dieci ore al suo capezzale. Mi sembra una storia regolare. Che non fa acqua da tutte le parti.»

«Senta, può sembrarle strano, ma è quello che è successo.»

«Il signor Monterosi è anche offerto di pagare tutte le spese mediche.»

«Lo ringrazierò, allora.»

«È raro che uno sconosciuto lo faccia.»

«Sembra un bravo ragazzo.» Cassandra volse il capo altrove, con stanchezza. Sostenere quell'interrogatorio mentendo era estenuante. «Mi ha riferito che ero in arresto cardiaco, quando sono arrivata qui. Mi avete sottoposto a una TAC? Degli esami per capire cosa sia successo?»

Non sapeva quali fossero le conseguenze di ciò che era accaduto. Lo shock per l'improvviso prosciugamento emotivo aveva portato il suo cuore a cedere? O era stato il dolore? Avrebbe avuto conseguenze a lungo termine?

«Per ora abbiamo prelevato un campione di sangue. I valori erano… strani. Lei si nutre e si idrata con regolarità?» chiese la dottoressa, pensierosa.

«Sì.» Rispose automaticamente Cassandra, riflettendo su quell'elemento. Ecco come morivano, le vittime dei Lalartu. In qualche modo, il procedimento che assorbiva le loro emozioni li privava anche dei nutrimenti vitali.

«Domani faremo esami più approfonditi.» Le promise il medico. «Inoltre, se lo desidera, ritengo che sarebbe il caso... di farla parlare con degli agenti.»

Ecco. Ci mancava anche quello.

«Non credo sia necessario.»

«Signorina... Smith» la dottoressa pronunciò il suo cognome col tono di chi conosce la verità. «So che denunciare può essere spaventoso. E difficile. Ma ci sono associazioni che possono aiutarla e...»

La studentessa scosse il capo, abbassando le palpebre con stanchezza. Si sentì in colpa a provare fastidio per il terzo grado che stava subendo, perché quella donna era un bravo medico e stava facendo il proprio dovere. In effetti, dal punto di vista di una persona estranea ai fatti, la situazione poteva sembrare più che preoccupante.

«Che cure mi state facendo?» domandò, cambiando argomento con fare volutamente vago.

«Dopo averla rianimata, abbiamo provveduto a immetterle in circolo una soluzione di glucosio, per ridarle energia. Il suo corpo ha reagito molto bene.»

Insomma, la stavano alimentando artificialmente per sopperire alle carenze di nutrienti dovute all'aggressione della famiglia di Rahab. Annuì.

«La ringrazio molto. Se non le dispiace, credo di dover riposare.» La congedò. Vedendola ansiosa all'idea di uscire dalla stanza, aggiunse: «Domani mattina le assicuro che parlerò con degli agenti. Ma ora la prego, mi lasci dormire».

Quella promessa parve rassicurare la donna. Più tranquilla, lei aprì la porta. Si fece da parte mentre Rahab oltrepassava la soglia, e le chiedeva incerto come stesse la paziente. Lo rasserenò con un paio di parole, mantenendosi distaccata e professionale. Lui annuì, e le sorrise, probabilmente per sembrare tranquillo.

Cassandra lo studiò da lontano, vedendolo inciampare ancora una volta nei propri piedi mentre chiudeva la porta per mettere un muro tra lui e il resto delle persone che animavano la vita di quell'ospedale. Si comportava come un imbecille da quando la dottoressa era arrivata. Non l'aveva mai visto così goffo. Cosa lo agitava tanto?

Ho il terrore di uscire da qui.

Nei suoi ricordi, lo aveva sentito confessare questo al preside. Il Lalartu non aveva mai osato mettere piede al di fuori della Night School, perché spaventato all'idea di dover affrontare un'intera società di esseri umani. Ecco il motivo per cui sembrava un perfetto idiota: portarla in quel posto e fare in modo che lei venisse curata lo aveva costretto ad affrontare uno dei suoi terrori più grandi.

Avrebbe potuto benissimo lasciarla in un letto del pronto soccorso e andarsene, mettendosi al sicuro, ma, a sentire la dottoressa, non si era mai staccato dal suo capezzale. Nonostante la paura che doveva provare all'idea di essere scoperto.

«Ha detto che stai meglio» mormorò lui, all'oscuro dei suoi pensieri. «E che devi riposar... *cosa fai?*» evitò per un pelo di strillare le ultime due parole, quando la studentessa cercò di usare tutte le sue forze per alzarsi a sedere e scendere dal letto.

«Dobbiamo andar–» Cassandra ebbe un capogiro, e quasi rischiò di svenire ancora.

Sentì Rahab sedere sul giaciglio accanto a lei, e un suo braccio passarle attorno alle spalle, per aiutarla a sostenersi. La tenne contro di sé, e lei trovò naturale appoggiare il capo contro di lui.

«Devi riposare» la sgridò, a bassa voce.

«Domattina arriverà la polizia e vorrà sapere cosa mi è successo» spiegò la studentessa, cupa. «Rimani tu a rispondere alle loro domande?»

«Quali domande? Ho detto di averti trovato per terra.»

«Ho dei segni addosso. Pensano che stia coprendo un compagno violento, o qualcosa del genere.»

«Oh.» Comprese lui. «Ma… non puoi andartene. Guarda quel coso che ti hanno infilato nel braccio. Ci sono le medicine…»

«È solo acqua e zucchero.» Rispose lei, seccata. «Si compra in qualsiasi farmacia. Posso essere curata all'infermeria della scuola, se il preside insiste. E visto che lo stiamo facendo per evitare l'intervento della polizia, sono certa che lo farà.»

Parlare così a lungo la lasciò senza fiato. Dovette tacere e appoggiarsi maggiormente a lui, detestando quel senso di debolezza. Sentì il braccio di Rahab stringerla con maggior forza, e alzò gli occhi, osservandolo incerta. Era tormentato, sofferente.

«Riposa ancora qualche ora» le propose. «Ti riporterò a scuola prima che faccia giorno.»

Sembrava anche lui a pezzi. Non fisicamente, forse, ma emotivamente. In fondo, aveva appena affrontato il suo intero clan per salvarla; e poi gli era pure toccato stare in mezzo a un mucchio di umani, nonostante i suoi timori verso il mondo al di fuori della Night School.

«D'accordo.»

«Poi me ne andrò.»

Sgranò gli occhi a quelle parole inaspettate. «Dove?» domandò, stupita.

Rahab non ne aveva la più pallida idea. «Sei quasi morta per colpa mia. E per fortuna non hanno preso di mira tua sorella. Non posso restare.»

Incredibilmente, l'idea le parve intollerabile. «È una stupidaggine» rispose, senza riflettere. Vedendolo rivolgerle un'occhiata curiosa, cercò di argomentare le proprie parole in modo logico: «Hai detto che i responsabili non avranno la possibilità di farlo ancora. E poi, dove andresti? Dalla tua famiglia che ti ha bandito? O a girare per il mondo? Perché ti ho visto e, credimi, in mezzo agli umani sei un disastro.»

«Non sono così male.»

«Sei terrorizzato e lo si vede da un chilometro di distanza.»

Tacquero entrambi. Rahab fissava dritto innanzi a sé, cercando di non dare importanza a quanto una parte di lui trovasse bello e piacevole tenerla in quel modo, stringerla a sé.

Quando aveva temuto che fosse morta... era stato un dolore mai provato prima. La sensazione che anche un pezzo della propria anima fosse deceduto insieme a lei.

«Non ho mai provato commiserazione per te» sussurrò di punto in bianco, sempre senza guardarla. «Credi che io sia cambiato nei tuoi confronti per pietà, ma non è così. Nei tuoi ricordi, affondando nei tuoi pensieri...»

Cassandra si girò nella sua direzione, un movimento che rese ancora più vicini i loro visi. Tacque, lasciandolo proseguire.

«Ho scoperto chi sei» riuscì infine ad ammettere Rahab. «Chi sei *davvero*. Forte. Orgogliosa. Determinata. Da quella sera sono cambiato non per commiserazione, ma perché mi è piaciuto quello che ho visto.» Prese un lungo respiro, prima di concludere: «Mi sei piaciuta tu».

La mano di Cassandra si posò sulla sua guancia, costringendolo a voltarsi, a guardarla negli occhi. Lo fece a disagio, stupendosi nel ritrovarsi su di sé uno sguardo intenso, imperscrutabile. Lentamente, in modo delicato, le dita di lei scorsero lungo la sua guancia, andando a sfiorargli lo zigomo che Riud gli aveva quasi rotto. Quando lo toccò, Rahab strinse appena le palpebre in una smorfia di dolore, e la giovane smise subito.

A cosa stava pensando quella femmina, dannazione? Avrebbe dato un braccio o forse due, per poter frugare nelle sue emozioni. Ma era così agitato, così emozionato che a stento poteva controllare le proprie. Si sentì indifeso, esposto.

La studentessa chiuse gli occhi. Allungò il collo, e le sue labbra si posarono sul volto di Rahab, vicino all'angolo della sua bocca. Incapace di reagire in alcun modo, lui abbassò a sua volta le palpebre, accogliendo quel piccolo e meraviglioso dono con un sospiro carico di meraviglia.

Il cuore prese a martellargli nel petto. Era felice, eppure insoddisfatto. Un languore lo colse, prepotente, martellante.

Desiderò di più, desiderò scoprire di cosa sapessero quelle labbra così morbide. Girò maggiormente il capo, per cercarle con la propria bocca. Ma ebbe una delusione. Cassandra abbassò il viso, negandogli con dolce fermezza un contatto più intimo.

Si fermò, capendo che lei non gli avrebbe concesso altro. Non comprese il motivo, ma in lui montò un moto di frustrazione mai provato prima. Esso peggiorò quando lei, lentamente, si liberò dal suo abbraccio, tornando ad appoggiarsi contro lo schienale del letto. Gli mancò all'istante.

«Grazie di avermi salvata» bisbigliò Cassandra, ormai spossata.

Era stato solo quello il motivo del suo gesto? Semplice riconoscenza? Ecco perché le aveva negato qualcosa di più. Lui le aveva appena confessato che lei gli piaceva, ma la risposta di Cassandra era stata inequivocabile. Non ricambiava il sentimento.

Perché sono un mostro?

«Non andare via dalla Night School» chiese nuovamente la studentessa, ormai sulla via del sonno perché troppo spossata.

«È inutile discuterne. Ho già deciso.»

Lei rimase in silenzio, affaticata. «Avevi ragione, sai.» Disse infine. «Mancava anche a me.»

«Che cosa?» mormorò il Lalartu, troppo impegnato nelle sue elucubrazioni sentimentali per darle tutta la propria attenzione.

«Parlare con te.»

Alzò gli occhi, stupito. Cassandra aveva abbassato le palpebre, addormentandosi quasi di botto. Fissò la sua figura minuta, riccioli biondi sparsi sul cuscino, i segni delle dita dei suoi simili che risaltavano sul pallore della sua pelle come spettri di una morte sfiorata.

Le toccò una mano con la propria, assaporando la morbidezza della sua pelle, sentendosi ancora una volta il cuore in tumulto. Mille dubbi e domande affollavano la sua mente, e si chiese come accidenti facessero gli esseri umani a gestire un'emozione tanto forte, capace di scardinare ogni certezza, di minare ogni consapevolezza.

Una cosa, però, gli fu chiara, mentre le carezzava la mano, aiutandola a rilassarsi nel sonno.

Non sarebbe partito.

Capitolo 10

«Quindi puoi farlo ogni volta che vuoi?»

«Teoricamente, sì. Ma è stancante.»

Cassandra si stava riferendo allo squarcio nella realtà, per mezzo del quale lui l'aveva portata via dall'ospedale, poco prima del sorgere dell'alba.

Era stato un viaggio davvero strano.

La studentessa, resasi conto di stare indossando soltanto un camice ospedaliero, lo aveva costretto a cercare ovunque la sua preziosa divisa. Era stata rinvenuta con la camiciola ridotta in brandelli, probabilmente strappata per la fretta dai paramedici che le avevano salvato la vita.

«Portiamola via lo stesso» aveva deciso lei, ficcandosi il fagotto tra le braccia. «Quella dottoressa chiamerà sicuramente la polizia. Non voglio lasciare tracce.»

«La flebo?»

«Staccala dal supporto. Ce la portiamo dietro.»

E così lui l'aveva aiutata ad avvolgersi il lenzuolo addosso, le aveva piazzato in grembo i rimasugli dell'uniforme, la sacca di liquido attaccata alla sua vena e si era caricato il tutto tra le braccia. Aveva aperto uno squarcio… direttamente all'interno dell'infermeria della scuola. Cassandra non era nuova a quel tipo di magia, ma era la prima volta che rifletteva su quanto potesse essere utile. Per i rapimenti improvvisi com'era capitato a lei, certo, ma anche per evitare di arrivare tardi a lezione.

«Io lo userei tutti i giorni.»

«Beh, tu non stai cercando di imparare a comportarti come un essere umano» borbottò lui di rimando.

267

La depositò su una branda libera, lanciando un'occhiata in direzione della piccola guardiola dove l'infermiera scolastica era solita accogliere gli studenti bisognosi di cure. Era vuota. Il preside, dopo aver autorizzato che Cassandra venisse curata nell'infermeria, aveva ideato un piano affinché lei vi entrasse senza sollevare troppi sospetti. Si era limitato a indicare loro l'esatto momento durante il quale la collega della notte avrebbe dato il cambio all'infermiere del turno di giorno.

Rapido, il diversamente vivo trovò un supporto dove appendere la flebo e aiutò Cassandra a liberarsi dal lenzuolo dell'ospedale. Giurò a sé stesso di non guardare il corpo di lei avvolto in quel camice sottile, mezzo nudo, ma l'occhio gli cadde, anche solo per un attimo. Vide un fisico snello, pelle liscia e forme invitanti. Tutto il pacchetto completo per torturarlo, insomma. Si affrettò a coprirla con uno dei teli usati dall'infermeria, e aprì uno squarcio per sé stesso nel momento esatto in cui il nuovo infermiere di turno abbassò la maniglia della guardiola.

«Sei a posto?» domandò, studiandone il viso ancora segnato da occhiaie e stanchezza, nonostante le ore di sonno che le aveva concesso.

Lei annuì, facendogli cenno di sparire. Quindi, non appena il povero tizio entrò, convinto di avere davanti a sé una tranquilla giornata di lavoro, la ragazza gli abbaiò addosso: «Beh? La mia colazione?»

L'infermiere era un uomo di circa quarant'anni, con una famiglia a casa e un bambino piccolo che lo lasciava dormire davvero poco. Vedendola, dapprima si strofinò gli occhi, credendola una specie di illusione da stanchezza.

«Ma...» esalò, sbalordito. Andò al bancone dell'accettazione e ne afferrò la cartella che la collega vi aveva posato sopra, incerto. «Nedeie non mi ha detto che c'era uno studente in infermeria.»

«Evidentemente Nedeie non tiene al suo lavoro» sostenne Cassandra, con spocchia. «Allora? Questa colazione? E la mia flebo è quasi finita, va cambiata.»

«Flebo? Noi non siamo… di solito non…» il poveretto studiò ancora la cartella. «Perché stai facendo una flebo? Chi te l'ha prescritta? Dovresti andare in ospedale, per cose di questo genere…»

«Cos'è tutto questo balbettare? Pensi che mi stia divertendo, qui rinchiusa con un ago nella vena?» sbottò lei, aggressiva. «Il mio medico personale mi ha visitata questa notte e ha decretato che potevo essere curata qui. Probabilmente non conosceva il livello di incompetenza del personale.»

«Ma… ma…»

Con aria da mocciosa viziata, Cassandra lesse il nome del poveretto dal cartellino appuntato sul suo camice bianco. «Ascolta, *Fred*. Il preside ha dato personalmente il suo benestare al fatto che io venga curata qui. Puoi chiamarlo e verificare, sai. È un caro amico di mio padre.»

Metà di quella frase era vera, l'altra no. Paradossalmente, fu la menzogna dell'amicizia tra il genitore di Cassandra e il dirigente scolastico a far schizzare il povero Fred come uno scoiattolo impazzito.

Ottenuta la colazione, la studentessa si premurò di avvisare Ellen della propria assenza, spiegandole di aver avuto un malore dovuto al ciclo mensile, raccomandandole di riferire a Cilly per quale motivo non si sentissero o vedessero da oltre due giorni.

«Un malore proprio il giorno prima dell'interrogazione di matematica, eh?» fu il commento di Ellen. «Sei una monellaccia.»

«Basta. Uscita da qui ti costringerò ad affezionarti a un altro insulto, magari uno che non ti faccia sembrare un'educanda di inizio secolo.»

Verso metà pomeriggio, il preside in persona venne a farle visita. Portava un mazzolino di fiori gialli ed esibiva un sorriso non troppo tranquillo.

«Ehilà» salutò l'infermiere, chiudendosi la porta alle spalle. «Come sta la nostra ricoverata?»

«Ha avuto una doppia colazione, il pranzo e le ho cambiato già tre flebo, signore» scattò Fred, con una tensione tale nel corpo che il dirigente scolastico faticò a non rispondergli qualcosa come 'Riposo, soldato'.

Perplesso, Digby gli fece un cenno di saluto e raggiunse la parte interna dell'infermeria, chiudendosi la porta alle spalle con delicatezza. «Perché il ragazzo di turno sembra soffrire di stress post traumatico?» domandò, incerto.

Cassandra roteò gli occhi al cielo. «Avrebbe iniziato a fare domande. Ho finto di essere un'isterica viziata con il paparino amico del preside. La paura ha otturato il suo canale investigativo all'istante.»

«La nostra Miss Dron, sempre un passo avanti» commentò con fare lievemente preoccupato lui, cercando un contenitore dove posare il mazzo di fiori che le aveva portato.

Lei li guardò con disapprovazione.

«Girasoli» commentò. «È venuto qui per rabbonirmi, e ha pensato di farlo con dei girasoli? Sono i fiori più odiosi di tutti.»

L'uomo ebbe, per un attimo, la tentazione di approfondire la cosa. Perché una persona dovrebbe trovare antipatici dei fiori, e soprattutto, perché proprio i girasoli? Ma Cassandra, talvolta, era un caleidoscopio di piccole stranezze alle quali era meglio non riservare troppe attenzioni. Andò subito al sodo: «Rahab ti avrà riferito che i responsabili verranno puniti».

Lei guardò l'ago che le andava in vena. «A-ah.» Commentò, a mezza voce. «Sa, vero, che questo non mi basta per ritenere chiuso l'incidente, giusto?»

Il preside trovò il luogo perfetto per il proprio mazzo di fiori: un bidone della spazzatura. Ve li gettò con un sospiro, raggiungendo il letto ove la ragazza giaceva e accomodandosi sulla sedia posta accanto a esso.

«E sentiamo» disse a quel punto, guardandola attraverso gli occhiali tondi. «Cosa vorresti fare? Denunciare la scuola? Posso farti cancellare la memoria in un battito di ciglia.»

«Può, naturalmente. Ma vuole?» cinguettò la giovane, fingendo di trovare interessante la cucitura del lenzuolo che Rahab le aveva gettato addosso, e il povero Fred le aveva rimboccato dalle cento alle duecento volte nel giro di poche ore. «Se non sbaglio, è stato lei stesso a dire che quest'anno sta vedendo finalmente degli straordinari progressi. Azzerarmi la memoria e sostituirmi sarebbe spiacevole, oltre che controproducente per il suo progetto di integrazione.»

«D'accordo» sospirò lui, arrendendosi. «Lei desidera qualcosa, Miss Dron. Mi dica cos'è e vedrò se posso accontentarla.»

Cassandra esibì l'espressione di un gatto che è finalmente riuscito a costringere un topolino all'angolo.

«Lettere di raccomandazione redatte da lei in persona per i college più rinomati» proclamò, senza tanti giri di parole.

«Sei brava, a negoziare.» Le concesse il preside, divertito da tanta tracotanza. «Molto risoluta. Non invidio i poveracci che dovranno lavorare con te, un giorno. D'accordo, affare fatto.»

Lei sorrise, soddisfatta. Quindi mormorò: «Devo chiederle ancora un'altra cosa. Un favore personale…»

«Ovvero?»

«Permessi per mia sorella» esitò, prima di aggiungere. «Permessi per valicare i confini della scuola.»

Nel tardo pomeriggio, Ellen accompagnò Cilly a trovare la sorella maggiore. Cassandra si sentiva ormai meglio, e avrebbe tanto desiderato fare a meno di flebo e brandina da infermeria. Ma il preside aveva acconsentito alla sua ultima richiesta dietro promessa di passare almeno una notte sotto monitoraggio, per cui aveva dovuto cedere.

Ciò a cui non aveva pensato, però, era lo stato emotivo di Priscilla.

La piccola si arrampicò sul suo giaciglio più velocemente che poté, accoccolandosi contro di lei. E lì rimase, simile a un gattino che ha trovato rifugio dalla pioggia.

«Stai morendo?» domandò subito, lasciandola basita.

«Cilly… no. È solo un malore» replicò stupita lei. «Sto benissimo.»

«Se muori, posso andare con Ellen?»

«Non sto morendo» sospirò, voltandosi verso l'altra ragazza. «El, puoi dirle che non intendo tirare le cuoia?»

«Credimi» fu il sospiro dell'amica, colmo di amarezza, «non faccio che convincerla di altro da ore.»

Cercando di risollevare l'umore della piccola, le due ragazze presero a parlare di sciocchezze, le più frivole che vennero loro in mente. Chiacchierarono alle spalle di alcuni insegnanti, commentarono il look di qualche loro coetaneo, risero insieme del profilo social di una compagna alquanto esibizionista.

Tutto fu invano: Priscilla non si rilassò affatto. Quando fu il momento di riportarla al suo dormitorio, Ellen non trovò moina o preghiera per indurla a muoversi.

«No!» borbottò la bambina, stringendosi più forte al corpo della sorella. «Io dormo qua! Non la lascio sola!»

«Cilly, sto in un dormitorio singolo dall'inizio dell'anno.»

«Sì, ma di solito non sei in fin di vita!»

«Non sono in fin di vita» sospirò lei, lanciando un'occhiata incerta alla propria amica. «Ho solo avuto un malore. Qui sono al sicuro. C'è sempre un infermiere.»

«Lo dicevate anche di mamma in ospedale.»

Un gelo colmo di imbarazzo cadde tra le due studentesse. Fu proprio in quel momento che Rahab bussò alla porta della stanza, per poi aprirla e spiarne l'interno. Non appena notò la presenza di altre persone oltre Cassandra, esitò.

«Ero venuto per vedere come stavi» spiegò, non resistendo a lanciare un piccolo sorriso alla bambina sul letto con lei. «Ma sei in compagnia. Vi lascio in pace.»

«Oh, no, figurati» trillò Ellen, voltandosi e facendo l'occhiolino a Cassandra con fare complice.

«Perché ammicchi?» domandò secca lei.

«Perché vado e vi lascio soli!» ridacchiò l'amica, manco avesse avuto undici anni.

«Ehi. Dove vai? Eh! Devi riportare Cilly al suo dormitorio!» protestò, cercando di staccarsi di dosso la bambina-cozza.

«Adesso non la convinceresti neppure con le cannonate.» Risatina. «Ma se ti disturba, se volete rimanere *soli*, posso…»

«Vai pure, Priscilla può rimanere.» Rispose in un sol fiato Cassandra, rimandando ogni altro tentativo di liberarsi dalle braccia della bambina.

Ellen andò verso la porta, si fermò accanto a Rahab, se lo mangiò con uno sguardo soddisfatto e gli diede una cameratesca pacca sulla spalla. Quindi, uscì, lasciandolo a metà tra il perplesso e il divertito.

«Non sei ancora riuscita a convincerla del fatto che non abbiamo una tresca?» domandò il Lalartu, chiudendosi la porta alle spalle.

«Cos'è una tresca?» domandò la bambina, voltando il capo e lanciando una lunga occhiata al diversamente vivo. Le era mancato un sacco, in quelle settimane di distanza forzata.

«Lascio alla mia esimia collega il compito di definire il nostro rapporto» flautò lui, cercando di mantenere un'espressione beffarda. In realtà, era una risposta che interessava forse più a lui che a Priscilla.

Cassandra arrossì, anche se non violentemente come al solito. Fu più un rossore tenue, diffuso appena sulle gote. Non figlio di un sentimento violento quanto l'imbarazzo, ma di un'emozione misteriosa che le colorò il volto con pennellate lievi e delicate.

«Cilly, ho una bella notizia» tentò di distrarla, passandole una carezza tra quei capelli così simili ai suoi, anche se più scarmigliati e spettinati. «Se vuoi, puoi tornare a passare qualche pomeriggio nel dormitorio della Night School.»

«Davvero?» lo chiesero in coro sia la piccina che il rappresentante del dormitorio in questione, entrambi con un accenno di genuina gioia nella voce.

Gli occhi verdi della studentessa si alzarono su di lui. «Certo. Sappiamo che il problema che le impediva di venire è stato risolto alla radice, no?»

Rahab raggiunse il giaciglio e sedette sulla sedia situata accanto, incrociando le dita delle proprie mani con fare pensieroso mentre le guardava. «Avevi detto che quei messaggi erano solo parte del problema.»

Rammentava la furia con la quale si era allontanata da lui, portandogli via persino la compagnia di Cilly, nel momento in cui si era convinta che la sua gentilezza fosse dovuta soltanto a un sentimento compassionevole.

«Io ritengo superato il problema in ogni suo aspetto» rispose la studentessa, pacata.

Le parole con le quali lui aveva spiegato ciò che sentiva per lei le risuonavano ancora nella mente. Non provava pietà, né pena. Anzi, l'ammirava. E non solo quello, forse.

Negargli quel bacio, quella sera in ospedale, era stato uno sforzo più grande di quanto avesse creduto. Ma concederglielo avrebbe voluto dire iniziare un qualcosa destinato a naufragare, a estinguersi. Qualcosa che avrebbe fatto soffrire entrambi.

«Allora posso tornare a passare qualche pomeriggio alla Night?» domandò conferma Cilly, alzando il capo e sorridendo felice. «Me lo prometti?»

«Tu mi prometti di tornare al tuo dormitorio?»

La piccola mise il broncio, tornò a stringersi a lei e nascose il volto contro il suo corpo. Non rispose, e sua sorella la guardò addolorata, limitandosi ad accarezzarle i capelli.

Comprendendo dal suo sguardo che qualcosa non andasse, Rahab cercò un argomento più leggero: «Quanti compiti in classe o interrogazioni dovrai recuperare, dopo questi giorni di assenza?»

Lei roteò gli occhi al cielo. «Cinque» sospirò. «Alla Night School com'è andata, senza di te?»

«Pare che l'improvvisa sparizione di pretzel abbia causato una momentanea ribellione da parte degli zombie.»

«Ribellione?»

«Hanno mangiato tutta l'insalata di pollo dei licantropi.»

«Wow. Ti occupi di roba grossa, eh? Non hai un secondo di riposo.»

«Non sminuire il mio lavoro. Sono arrivato appena in tempo per convincere i licantropi che le banshee non fossero un'alternativa sana alla cena. O sarebbe stata una strage.»

Cassandra ridacchiò, seguitando a carezzare i capelli di Cilly. «Credevo che le banshee fossero più forti dei lupi mannari.»

«È così, infatti. La strage in questione sarebbe stata di canidi.»

«Il tuo sembra un ruolo indispensabile» commentò con fare leggero lei, lanciando un'occhiata pensierosa alla flebo attaccata al proprio braccio. «Per questo hai deciso di restare?»

«Forse» rispose soltanto lui, senza concederle molto di più. Quindi, si rese conto di una cosa: «Si è addormentata».

Il petto di Priscilla si sollevava e abbassava con regolarità, e le sue palpebre erano morbidamente abbassate. Si era addormentata nel giro di pochi minuti, nonostante l'eccitazione che aveva provato al pensiero di poter tornare a trascorrere del tempo con i diversamente vivi.

«Era a pezzi» mormorò Cassandra, staccandola lievemente da sé e sistemandola accanto al proprio corpo, con il capo sul cuscino. La guardò, non potendo nascondere un velo di tristezza.

«Quando sono entrato» azzardò lui, dopo una piccola esitazione, «ho percepito terrore cieco provenire da lei. Cosa l'ha spaventata tanto?»

«Nulla. È solo una bambina. Vede certe cose più grandi di quello che sono.»

«Sarà. Ma ora sento te preoccupata.»

«Non leggere le nostre emozioni» lo rimbeccò la studentessa. «Abbi rispetto della privacy.»

«Quando sono così intense, non sono io a cercarle. Mi arrivano addosso, come schiaffi.» Rahab si protese sul giaciglio, sollevando un lembo del lenzuolo che copriva Cassandra e tirandolo sin sopra le spalle della bambina, affinché godesse di maggior tepore. «Cos'è successo?»

«Si è spaventata» si ritrovò a spiegare la giovane, controvoglia. «Quando mi ha vista con la flebo e tutto il resto, ha… insomma, crede che potrei morire, come mamma.»

«Ti vuole molto bene.»

«Sì. Ma non è solo quello» la studentessa esitò. Poi scosse il capo, come arrendendosi, e aggiunse: «È terrorizzata all'idea di rimanere sola. Preferirebbe stare con te, piuttosto».

«Me?» chiese lui, piacevolmente colpito.

«Non sei stato la prima scelta» precisò Cassandra. «La vincitrice della classifica è Ellen.»

«Sì, ma è mortale. Sul lungo tempo, vinco io.»

«Mostro.»

«Me lo dici spesso.»

Rahab allungò le braccia, proponendosi di prendere la bambina. «Vuoi che la porti io al suo dormitorio?»

Vedendola esitare, però, si fece subito indietro, rendendosi conto di aver fatto forse il passo più lungo della gamba. Probabilmente, Cassandra non se la sentiva di affidargli un compito delicato come quello. Magari preferiva chiamare un insegnante, uno sconosciuto ma almeno di razza umana pura.

«Sono quasi morta» mormorò infine lei, a voce bassa. «So che non è educativo dargliela vinta. Ma… ho davvero la tentazione di lasciarla dormire qui con me.»

Ecco il motivo della sua esitazione. Rahab si lasciò sfuggire un sorriso intenerito. «Ci sono tentazioni alle quali è sano cedere» le bisbigliò.

«No, non credo» con un sospiro e un grosso sforzo di volontà, lei gli indicò un indumento che Ellen aveva appeso al risicato appendiabiti quando erano entrate. Il cappotto di Priscilla. «Avvolgila bene e portala via. Non riposerebbe, in questa brandina stretta.»

«Sei sicura?» domandò lui, ma dalla sua voce non fu chiaro se parlasse solo di quello o anche di altro. «Sicura di non voler cedere, neppure questa volta?»

Lei rizzò il mento, con una mossa orgogliosa. Ma nel suo sguardo vi era un tormento profondo, quasi disperato. «Anche se volessi, non posso» spiegò, dicendogli tutto e niente.

«Ho parlato con il preside. Vorrebbe che… discutessi di quello che ti è successo con qualcuno.»

«Qualcuno chi?»

«Uno psicologo, se ho capito bene.»

«Sarebbe opportuno» convenne la giovane. «Ma a quale dottore potrei dire: *credo di soffrire di stress post traumatico perché un clan di immortali ha banchettato con le mie emozioni*?»

Rahab le donò uno di quei suoi sorrisi che nascevano lenti, e sembravano luminosi quanto il sole. Scosse il capo.

«Per la verità, sono… sorpreso. Un'altra, al tuo posto, sarebbe ancora in un angolo, a tremare traumatizzata.»

«Un altro, al tuo posto, soffrirebbe le pene dell'inferno per essere stato costretto a combattere contro i propri familiari per difendere le sue idee.»

«Tu come fai?»

«Affogo nei compiti e negli impegni i ricordi negativi e gli incubi che ne conseguono. Terapeutico, vero?»

Risero insieme, evento assai raro. Rahab posò una mano sul capo di Priscilla, donandole incerto una dolce, breve carezza.

«E tu» domandò Cassandra, osservando la naturalezza e l'affetto di quel gesto, «come fai?»

«Continuo a cercare» sospirò lui.

«A cercare cosa?»

«Non lo so neanche io» ammise, con una certa tristezza nella voce.

La sentì ridacchiare. «Insoddisfatto e depresso» lo prese in giro, bonaria. «Inizi a sembrare un vero e proprio umano.»

Capitolo 11

Tre giorni prima di San Valentino, Priscilla e Cassandra andarono a trovare i non morti al dormitorio della Night School. Ormai le visite erano riprese regolari da una settimana, e il ritorno della piccola aveva come ridato colore alle aule e alle lezioni dei diversamente vivi. Cilly portava con sé un continuo senso di stupore, meraviglia e ammirazione. Faceva sentire chiunque incontrasse importante, e speciale. Era la persona giusta da tenere in mezzo a un branco di non morti disadattati, anche perché quando udiva le battute più truci rideva peggio di loro.

Rahab andò incontro alla piccola, quando la vide entrare dalla porta principale. Lei si slanciò verso di lui, tuffandosi tra le sue braccia con una risata estatica. «So della sorpresa!» urlò, al settimo cielo.

Quelle parole lasciarono perplesso il rappresentante della Night School, che si ritrovò a lanciare una lunga occhiata interrogativa in direzione di Cassandra.

Lei alzò gli occhi al cielo. «Potrebbe avermi sentita borbottare qualcosa sul fatto che avevi preparato una sorpresa per San Valentino.»

Il Lalartu impallidì. Certo, ci aveva provato. Aveva preso contatti con una strolha vera, per presentarla alla bambina. Ma quella maledetta di una fata si era presa la briga di andare a raccontare i fatti suoi per tutta la Dimensione Oscura, e questo aveva quasi portato Cassandra alla morte.

«Direi che quella sorpresa è... saltata» azzardò, usando un eufemismo.

«Sì. Ho trovato un'alternativa.»

«Come un'alternativ–»

«Le ho detto che l'avresti portata a Disneyland.»

«Cosa?»

«Sono pronta!» urlò la bambina, entusiasta. «Cassandra ha detto che hai un portale magico! Partiamo?»

Il poveretto impallidì più che mai, rivolgendo un'occhiata colma di terrore alla creaturina che aveva preso a saltargli intorno. Aprire uno squarcio e gettarsi in un posto pieno di centinaia di persone? Con una bambina di cui doversi prendere cura al seguito?

«Disneyland!» ululò Priscilla. «Non ci sono mai, mai stata! Papà non mi ci ha mai portata! Voglio vedere i pirati, e Atlantide!»

Il non morto non la guardò, per non vedere quegli occhietti colmi di eccitazione e di gioia. Ma gli bastò l'emozione nella sua voce per fargli crollare il capo, e abbattere ogni sua resistenza.

Cassandra gli rifilò lo zainetto che aveva tenuto in mano sino a quel momento. «Qui ci sono un cambio d'abiti pulito, dei soldi, uno spray per il sole. Non farla stancare troppo e ricordati che deve ancora fare merenda.»

«No, un momento.» Come pietrificato, lui esalò: «Non vieni anche tu?»

L'altra lo guardò come se fosse scemo. «È quasi San Valentino» gli ricordò. «Devo organizzare uno stupido set fotografico per coppiette, vicino al padiglione per lo Sport. Non posso proprio lasciare i miei doveri.»

«Nemmeno io!» tentò quella strada Rahab. «Sono un rappresentante, devo occuparmi dei bisogni di tutti gli student–»

«Finché sarai assente, posso occupare io la tua carica. L'ho già fatto, quando il palco ti è caduto addosso. Mi hanno obbedito come agnellini.»

Alcuni non morti testimoni della conversazione dovettero convenire l'uno con l'altro che sì, Cassandra era stata in grado di gestirli come cani addestrati.

Rahab non parve convinto. «Non ne sei minimamente in grado.»

«Avanti, cosa vuoi che succeda?» fece spallucce la studentessa. «Starete via solo per poche ore. Su, andate. Divertitevi anche per me, d'accordo?»

«Lo faremo!» promise gioiosa Priscilla, aggrappandosi alla gamba del Lalartu e osservandolo in trepidante aspettativa, in attesa di quella che prometteva di essere un'avventura fantastica.

Per la bambina, magari. Per lui sarebbe stato un incubo a occhi aperti.

Cassandra sorrise di trionfo, quando lo vide aprire controvoglia un varco magico, caricarsi la bambina tra le braccia e attraversarlo con un passo.

Si sentiva raggiante, la sua idea aveva funzionato appieno. Le cose per San Valentino erano ormai quasi del tutto pronte, per cui l'aspettava un carico di lavoro davvero minimale. E il compito in classe di matematica era andato molto bene. Insomma, quel giorno niente sarebbe potuto andare storto.

La sua sicurezza venne minata da un improvviso tanfo di putrefazione. Seppe chi era senza neanche doversi voltare: Trevor lo zombie, quel giorno più lamentoso e strascicato che mai.

È dura da immaginare per un corpo in decomposizione, ma quel tizio aveva una cera addirittura peggiore del solito.

«Dov'è Rahab?» domandò, alitando in direzione del viso di Cassandra un fiato che sapeva di morte e formaggio stagionato. «Ho bisogno di lui.»

«Sarà fuori per tutto il pomeriggio» rispose la studentessa, indietreggiando per mettersi al riparo dall'insopportabile aroma emanato da Trevor.

«Oh. No. Mi serve» lo zombie esitò, guardandosi attorno. «Deve consigliarmi.»

«Questo pomeriggio lo sostituisco io.» Cassandra lo guardò dall'alto in basso. «Vuoi dei consigli? Tanto per iniziare, compra un sacco di quegli alberelli profumati e attaccateli un po' ovunque.»

«Parlo di… consigli sentimentali…»

«Oh, mamma» borbottò Cassandra, alla quale non piacque affatto la piega che la conversazione stava prendendo. «So che ti senti ancora con Ellen. Se ti stai chiedendo quand'è il momento giusto per chiuderla con questa storia senza capo né coda, la risposta è: almeno un mese fa.»

«Non voglio chiudere» replicò lui. «Voglio dirle tutto.»

«Tutto cosa?»

«La verità. Su di me.»

«Ti hanno colpito alla testa e ne è uscito quel poco di cervello che ti rimaneva?»

«Lei mi ama. Lei capirà.»

«Non puoi farlo. Non ti rendi conto che…»

«Le ho scritto. Sta già venendo qui.»

«Maledizione!» balbettò Cassandra a mezza voce. La giornata non sarebbe stata per niente facile.

«Maledizione» balbettò a mezza voce Rahab, quando lui e la bambina stretta al suo petto apparvero nascosti dietro una grande giostra.

Cilly aveva viaggiato a occhi chiusi, il viso premuto contro la stoffa degli abiti di lui. Non appena udì il festoso vociare delle centinaia di persone in movimento fuori dal loro nascondiglio, li aprì e si guardò attorno, meravigliata.

«Siamo davvero qui?» balbettò, la voce resa tremolante per l'emozione.

«A quanto pare» il Lalartu non osava uscire allo scoperto. «Hai visto? Un sacco di gente, attrazioni qua e là. Niente di speciale. Vuoi tornare al nostro dormitorio, a giocare con gli aracnis? C'è una cucciolata nuova…»

«Quello è Topolino!» ululò la bambina, intravedendo qualcosa con due enormi orecchie. Balzò giù dalle sue braccia e, prima che lui potesse anche solo tentare di acchiapparla, lei si era già fiondata in mezzo alla folla.

Perché se c'è una creatura che può muoversi più veloce di un Lalartu, questa è certamente una bambina che ha appena visto passare davanti a sé l'idolo della sua infanzia.

«Cilly!» chiamò disperato. Fu costretto a seguirla, afferrandola infine per un braccio e tirandola contro di sé con fare protettivo. Troppo tardi, si rese conto, con un moto di panico. Erano allo scoperto.

Ingoiò a vuoto, aggrappandosi alla bambina come se questa fosse stata il suo peluche terapeutico.

Qualcuno gli andò addosso, altri lo evitarono distrattamente. Vi fu qualche persona che notò la sua altezza e massa raguardevoli, ma le loro occhiate non durarono più di qualche secondo. Agli occhi di tutti, era un uomo che portava una cucciola di essere umano in un parco di divertimenti. Niente di speciale, o di diverso.

Cilly si agitò tra le sue braccia. «Andiamo su quella giostra? No, aspetta, prima voglio comprare un gelato laggiù. Guarda, ci sono i corn-dog! Ehi, quella è Minnie!»

«L'inferno» esalò il poverino. «Sono finito all'inferno.»

«Oh, ciao Cassie! Anche tu qui?»

Ellen si chiuse alle spalle la porta del dormitorio della Night School con un sorriso tranquillo e beato. Era più bella che mai, aveva pettinato i capelli rossi in modo da dare loro più vapore, e truccato il volto per far risaltare la forma sensuale delle sue labbra.

«Già» azzardò la sua più cara amica, provando una fitta al cuore nel vedere il suo aspetto così curato.

«Ti intrattieni con il tuo rappresentante? Monellacc–»

«Davvero, cambia insulto» la prevenne lei. Poi precisò due punti che le parvero molto importanti: «Comunque, il rappresentante non è mio e non mi ci intrattengo».

«Chi disprezza, compra» flautò la sua amica, dandole di gomito con fare complice. «Hai visto Trevor? Mi ha chiesto di raggiungerlo qui. Ha detto di avere una grande sorpresa per me.»

Certo che aveva visto Trevor. Una volta venuta a sapere del suo piano geniale, Cassandra aveva optato per l'unica scelta possibile: avvertire gli altri non morti e studiare con loro un'astuta strategia per impedire il disastro.

Alla fine, avevano optato per legarlo con due metri di corda e rinchiuderlo in uno stanzino, badando bene che fosse sorvegliato a vista. L'umana si sarebbe occupata di mandare via la sua amica, e tutto si sarebbe sistemato in fretta.

«Trevor?» Cassandra si grattò distrattamente una guancia, riflettendo. Scosse il capo. «No, non l'ho visto. Se non sbaglio, doveva andare a fare qualche commissione.»

«Si avvicina San Valentino» sospirò Ellen. «Chissà che sorpresa ha in mente per me. Continuo a pensarci, ma non so proprio cosa aspettarmi!»

Oh, quello che ha in serbo per te non potresti immaginarlo nemmeno tra un milione di anni.

«Al momento, però, non è qui. Forse dovresti tornare domani.»

Non sarebbe stato facile convincerla, ma Cassandra aveva tempo e determinazione, cose che intendeva usare a proprio vantaggio.

Purtroppo, il piano ideato in fretta e furia da lei e dagli altri prevedeva una falla alla quale qualcuno non aveva ancora pensato. Una falla davvero enorme.

Ovvero la guardia posta a controllare Trevor, London, una zombie di sesso femminile anch'essa appassionata di telenovelas spagnole. La poverina, dall'animo sensibile e romantico, ora stava udendo il suo simile urlare: «Voglio parlare con l'unica donna che amo!» e perdeva lacrime dagli occhi per la commozione, sentendosi incapace di negare a quel povero innamorato ciò che desiderava.

«Sì» singhiozzò infine, girando la chiave nella toppa. «Vai, Trevor! Vai e parla con lei!»

«Sei diverso.»

Cilly disse quelle parole con un'indifferenza tutta infantile, pronunciando un dato di fatto più che un'accusa vera e propria. Tuttavia, esse furono in grado di far provare a Rahab una fitta di senso di colpa.

Sedevano l'uno accanto all'altra, intenti a mangiare quei corndog per i quali la piccola sembrava impazzire. Non erano spiacevoli, a dire il vero. Avevano un gusto pieno, ricco di sale e grassi saturi. Erano stati l'unico modo che lui aveva trovato per costringerla a fermarsi e a riposare per almeno dieci minuti; le due ore precedenti gli erano parse una specie d'inferno. Cilly lo aveva trascinato da un'attrazione all'altra, luoghi rumorosi e affollati.

Insieme avevano affrontato file interminabili, pressati in mezzo ad altri esseri umani. In ultimo, avevano fatto acquisti in un negozio davvero strano, dal quale la sorellina minore di Cassandra era uscita con un paio di orecchie sul proprio capo e un paio per lui. Dopo così tante insistenze da sfibrargli un'anima che non credeva di possedere, infine aveva ceduto e le aveva indossate a sua volta. Adesso sembravano un enorme topo-orso e una minuscola topina-fata, seduti l'uno accanto all'altra.

«Non ti piace stare con me?» insistette lei, non ricevendo alcuna risposta da parte sua. «Possiamo tornare indietro, se vuoi.»

Rahab abbassò le palpebre per un momento, dandosi dell'idiota. Le passò un braccio attorno alle esili spalle, stringendola a sé per un istante, cercando di trasmetterle che tutto andava bene.

Anche se non era per niente così. Non sapeva se l'idea di spedirlo là fosse stato un elaborato ma efficiente piano di Cassandra per vendicarsi di quello che la sua famiglia le aveva fatto, o per qualche altro motivo di cui non era a conoscenza, ma una cosa era certa: non avrebbe retto ancora a lungo.

Priscilla alzò gli occhi nella sua direzione, evidentemente aspettandosi qualcosa di più della sua risposta non verbale. Esitò, messo in croce dal suo sguardo incerto, sofferente.

«Mi piace tantissimo passare il tempo con te. Ma...» non seppe come proseguire a esprimere un concetto che forse una bambina come lei non avrebbe capito mai. Cercò di semplificarlo il più possibile, anche se ciò lo costrinse a pronunciare parole che gli fecero provare un moto di umiliazione: «Ho paura».

«Di cosa?» si stupì lei. «Cenerentola? Non piace neanche a me. Sorride in modo strano, hai visto?»

Riuscì a strappargli una piccola risata. «No, piccola *strolha*» mormorò. «Mi fanno paura le persone.»

«Perché?»

Rahab si guardò attorno nervosamente, verificando che nessuno li stesse ascoltando. Si sistemò le orecchie da topo sul capo, agitato.

«Ho paura che gli altri vedano quanto sono diverso. Che sono un...» *mostro*.

«Credi che ti prenderebbero in giro?»

Pensavo più a un buon vecchio inseguimento con torce e forconi. «Qualcosa del genere.»

«Dovresti fare come Cassandra» commentò la bambina, dando distrattamente un morso al proprio corn-dog. «Dice sempre che vorrebbe andarsene in un'isola deserta e starci per un mese. Lì nessuno ti farebbe paura.»

«In effetti...» ammise, scompigliando i capelli della piccola. «Sai che mi hai dato un buono spunto?»

Lei ridacchiò, orgogliosa. Rahab vide quell'emozione illuminarle il viso. Era fiera di essere stata utile, di aver confortato un adulto al quale, ormai era evidente, teneva molto. Provò un istintivo, straziante moto d'affetto nei suoi confronti, e si rese conto di una cosa.

Ma quale isola deserta? Là non ci sarebbe stata Cilly, e la sua risata argentina. Il modo in cui si imbronciava quando la testardaggine aveva la meglio sul buon senso, e la tenerezza con la quale si stringeva a lui, in cerca di conforto e affetto.

Là non ci sarebbe stata Cassandra.

Forse un pezzo di spiaggia in mezzo al mare avrebbe potuto essere un'opzione, tanti anni prima. Ma, adesso, lui comprese che non gli sarebbe mai bastata.

Una coppietta passò davanti a loro, stringendosi l'un l'altro. Erano due ragazzi di forse vent'anni, con orecchie da topolino decorate da cuoricini rossi, e sorrisi estatici sul volto. Con l'avvicinarsi di San Valentino, anche il parco tematico si era organizzato con eventi dedicati alle coppie, e merchandising abbinato. Lui li fissò, pensieroso.

«Tua sorella» iniziò a dire, non sapendo bene come proseguire. Le indicò la coppia. «Lei, insomma… cosa pensa, di cose di questo genere?»

Cilly seguì il suo sguardo e osservò a sua volta i ragazzi. Fece spallucce. «Dice che l'amore è amore e nessuno deve permettersi di giudicare.»

«*No*, intendo come se la cava? Nel senso. Come dire… con l'altro sesso, ecco, lei…» non era semplice. Il concetto da esprimere risultava più o meno questo: *sai quale sia il suo tipo ideale, visto che mi ha rifiutato come un formaggio andato a male?*

«A scuola in tanti hanno provato a essere il suo ragazzo» gli confessò Cilly, facendo spallucce. «Ha sempre detto di no. D'estate, invece, ogni tanto dice di sì.»

«Come, ogni tanto?»

La bambina fece spallucce. «Quando andiamo in vacanza. Qualche volta trascorre del tempo con dei ragazzi» abbassò la voce, complice. «L'ho sentita dire a Ellen che con qualcuno di loro lo *ha fatto*. Non ho capito bene cosa. Ma diceva proprio così: *l'ho fatto.*»

Rahab, invece, sapeva cosa intendesse. Fu doloroso immaginare sconosciuti capaci di ottenere quel bacio a lui così spregiudicatamente negato. E non solo quello. Visualizzò le loro mani tra i suoi riccioli biondi, e i due corpi nudi che…

Rahab diede un morso al proprio corn-dog, perso nelle proprie riflessioni. Cassandra sembrava molto schizzinosa, in fatto di ragazzi. Chissà quali qualità possedevano questi tizi che erano riusciti laddove lui e molti altri avevano fallito?

Forse erano intellettuali. Forse erano biondi.

Sicuramente non erano mostri.

«Senti…» Cilly esitò, prima di chiedere, «posso farti una domanda alla quale nessun adulto mi ha voluto rispondere?»

«Certo.» Colpito da quella richiesta, lui si voltò a osservarla. Forse aveva tentato di conoscere il significato della vita e quello della morte, o altre questioni imbarazzanti delle quali esisteva una risposta precisa, ed era stata lasciata nel limbo dell'incertezza. Beh, lui non l'avrebbe lasciata a bocca asciutta, sarebbe stato sincero, sino in fondo. Quella bambina se lo meritava.

«Cosa vuol dire che lo *hanno fatto*?»

«Guarda! Paperino!» urlò, indicando il famoso papero con voce isterica.

La piccola si volse, dimenticando immediatamente la domanda appena posta. Fece per alzarsi con un sorriso estatico, ma il pupazzo del personaggio venne circondato proprio in quel momento da una scolaresca festante, che le tolse ogni possibilità di avvicinamento.

Priscilla li guardò imbronciata, risistemandosi meglio al fianco del suo accompagnatore e appoggiandosi a lui.

«Quei bambini sono senza genitori?» domandò, vedendoli privi di un adulto di riferimento.

«Credo siano una classe in gita, *strolha*» mormorò lui, adocchiando poco lontano una tizia stressata e spossata, che identificò come loro probabile insegnante.

Priscilla li studiò con rinnovata curiosità, allungando il collo e dando un altro morso alla propria merenda. Masticò in silenzio, ammirando il modo in cui i piccoli giocavano tra loro, spintonandosi, scherzando e ridendo.

«Non indossano la divisa» osservò. «Cassie dice che quelli senza divisa vanno in scuole da poveracci, e che tornano a casa tutte le sere. È vero?»

«Se ho capito bene come funziona il tuo mondo, la norma è quella di frequentare la scuola sino al pomeriggio e poi tornare dalla propria famiglia. La Sunrise School è una rarità, in quel senso.»

«Io vorrei andare in una di quelle scuole» azzardò Priscilla, a bassa voce. «Magari vicina al college dove andrà Cassie. Così potremmo vivere insieme e vederci tutti i giorni.»

Rahab abbassò gli occhi sulla figura della bambina, notando la voce contrita con la quale lei azzardò quell'ipotesi, quasi si aspettasse di essere ripresa o punita. Le posò una mano tra i capelli, in mezzo alle orecchie da topo.

«Quindi non sei felice, nella tua scuola?»

«No» ammise lei, colpita da quella domanda che nessuno aveva mai pensato di farle. «I bambini sono… antipatici. Gli insegnanti e i dormitori… è tutto brutto, mi sento sola, Cassie e papà dicono che devo farci l'abitudine, e che se non sono ancora riuscita a farmi degli amici è colpa mia. Dicono che non mi impegno.»

Il diversamente vivo provò una fitta di dispiacere, ma si limitò ad annuire comprensivo. «Quella scuola, però, ti farà avere un bel lavoro e una bella vita.»

«Ma io voglio viverla adesso, la bella vita. Voglio tornare a casa, dopo le lezioni. Voglio dormire in una stanza tutta mia.»

«Hai provato a dirlo a Cassandra?»

«Darebbe di matto.»

Sì. Quello era certo.

«Su, *strolha*» cambiò gentilmente discorso, «scegli un'ultima giostra, poi dobbiamo tornare a casa.»

«La casa stregata!» propose Priscilla, prendendogli la mano e alzandosi con entusiasmo dalla panca. Poi si rese conto di quello che aveva detto, e azzardò un sorriso imbarazzato. «Scusa. Forse a te non piacerebbe. Mandano un messaggio sbagliato sulla vostra cultura.»

«Ma tu, questi paroloni, dove li impari?» domandò lui, rizzandosi in piedi a sua volta e prendendo a tirarla pigramente verso l'attrazione da lei proposta.

«Trevor!» Cassandra lo annusò ancora prima di vederlo arrivare, e si girò in direzione di Meal con sguardo a metà tra l'interrogativo e l'accusatorio. Quello si strinse nelle spalle, comunicando che non aveva la più pallida idea di come lo zombie fosse riuscito a liberarsi. «Allora sei qui! Credevo fossi uscito!»

Ellen trasalì, guardandolo mentre si avvicinava. «Tesoro» azzardò, spiazzata dal suo look. «La sorpresa è che andremo a una festa in maschera? Potevi dirmelo, avrei messo qualcosa di adatto...»

«No, nessuna festa in maschera.» Proclamò lui, con il petto gonfio d'orgoglio, e due costole che ne uscivano in un modo orrendo. «Non sono truccato.»

«Scusa?»

«Sono un vero zombie, Ellen.»

La ragazza sorrise, incerta. «È una delle strambe tradizioni della Night School? Lo scherzo per San Valentino? Perché è... ehm, strano. Non divertente, strano.»

Cassandra si coprì il viso con una mano. «Vai a chiamare Ayez» sussurrò al licantropo nelle proprie vicinanze. «Credo che tra poco necessiteremo di un reset della memoria.»

Rahab trovò un posto più appartato dove infilarsi con la piccola tra le sue braccia, alle spalle di una grossa attrazione. Qui, dietro lo splendore dei baracconi e l'incredibile magia di quel luogo, vi era l'altra faccia della medaglia, quella nascosta al grande pubblico: sporcizia alla quale gli addetti non erano arrivati durante le pulizie notturne, ombra nera e qualche escremento di topo qua e là.

Però era deserto. Il diversamente vivo sospirò di sollievo, nel trovarsi infine in un luogo dove poter abbassare la guardia. Si liberò delle orecchie da topo, dandole in mano a Priscilla. Lei le accettò con entusiasmo, lanciando un'occhiata di disgusto al pavimento sotto di loro.

«Bleah» commentò, istintiva. «Qua dietro fa schifo.»

«È vero» le diede ragione, stringendola istintivamente un po' più forte.

Adesso Cilly poteva trovare in lui e negli altri della Night School qualcosa di diverso, un mondo capace di accettarla e di farla sentire a proprio agio nonostante le sue grosse problematiche di bambina orfana e poco considerata dal padre. Ma era solo un'illusione, comprese lui.

La sua piccola *strolha*, che gli correva tra le braccia da lontano, e coccolava ragni di quindici chili, apparteneva al mondo là fuori, quello illuminato dal sole, dove l'illusione che tutto fosse perfetto regnava sovrana.

E quando fosse stata meglio, quando la maturità l'avrebbe aiutata a sentirsi una persona completa, lei sarebbe corsa alla luce, lasciando tutti loro indietro. Il che andava bene, era normale. Fisiologico.

Ma sarebbe tornata, di tanto in tanto? Avrebbe sopportato la sporcizia, l'ombra e gli escrementi di topo, pur di rivederli?

Aprì lo squarcio nella realtà, le iridi viola più scure del solito. *No*, pensò con disperazione, *e io non avrò mai il coraggio di seguirla in mezzo agli altri.*

Cilly si mosse tra le sue braccia, aggrappandosi al collo. Premette le labbra contro la sua guancia destra, donandogli un bacino umido.

«Grazie» mormorò, gli occhi luccicanti di felicità. «È stato bellissimo. La prossima volta mi porti a Springland, in Colorado? Dicono che ci sia un drago che spara laser dagli occhi.»

La prossima volta? Sono a malapena sopravvissuto a questa!

«Dobbiamo chiedere a tua sorella, piccola» le rispose con fare diplomatico, entrando nello squarcio e desiderando soltanto un po' di pace, la solitudine della sua stanza, e del tempo per pensare.

Comprese che non gli sarebbe stato concesso niente di tutto ciò non appena attraversò lo squarcio, e mise piede nel dormitorio della Night School, che, dannazione a lui, aveva affidato a Cassandra per poco meno di mezza giornata.

Quello che trovò fu peggio di una rivolta di zombie, o di una guerra tra licantropi e banshee.

Da una parte, vide la rappresentante della Sunrise School tenere Ellen tra le braccia. Erano entrambe sedute a terra, a ridosso di una parete, e i capelli rossi della sua amica sobbalzavano per i singhiozzi che sembravano scuoterla da capo a piedi. Cassandra la reggeva con espressione paziente e dispiaciuta, passandole carezze sulla schiena.

Dalla parte opposta, Trevor ululava come mai prima, cercando abbracci e consolazioni da chi gli capitava a tiro, e trovandoli raramente, visto l'imbarazzo che regnava tra gli altri studenti.

In mezzo a tutto ciò, Meal e altri due licantropi stavano adoperandosi per ripulire una pozza di vomito. Ayez presenziava alla scena con lo sguardo di chi sta osservando adempiersi un destino fin troppo a lungo rimandato, e gli rivolse un cenno con il capo non appena lo vide arrivare.

«Che puzza» mugolò Priscilla, notando solo in quel momento la disperazione di Ellen. Si agitò tra le braccia del Lalartu, il quale si rese conto di dover pensare prima a lei.

«Non ti preoccupare, *strolha*. Credo non sia niente di grave.»

«Ma Ellen piange.»

«Forse di gioia. Ci pensiamo io e tua sorella, sono cose da grandi.»

«Io sono grande. E lei è mia amica.»

«Questo è vero. Ma sai, avrei bisogno del tuo aiuto da un'altra parte. Nella stanza con il camino un'aracnis ha appena avuto dieci cuccioli. Non è che andresti a vedere come stanno?» Vedendola esitare, lui aggiunse con furbizia: «Hanno ancora gli occhietti chiusi e, nel caso li vedessi tristi, sappi che adorano le grattatine in mezzo all'addome».

Fu come seminare bricioline per gli uccellini. L'appoggiò a terra e Priscilla gli promise tutto il proprio impegno per prendersi cura delle nuove creature. Si allontanò zampettando, con ancora le orecchie da Topolino che svettavano nel cespuglio dei suoi riccioli biondi.

«Cos'è successo?» pretese di sapere il Lalartu, preferendo raggiungere la lamia e chiederle spiegazioni. L'età e il pragmatismo l'avevano resa molto brava nel riassumere questioni anche piuttosto complicate.

«La coppia dell'anno è scoppiata» spiegò lei, con noia. «Trevor ha avuto la magnifica idea di far toccare con mano alla sua umana la verità. Lei è svenuta, poi ha vomitato, quindi è svenuta di nuovo, e così via. Una lunga, ripetitiva giostra. Adesso siamo nella fase delle lacrime per entrambi.»

«Fantastico.» Ringhiò lui, chiedendosi perché mai Cassandra avesse permesso un simile pandemonio. Raggiunse le due umane, e quella che ormai gli faceva battere il cuore senza controllo alzò gli occhi verdi nella sua direzione. «Che hai…»

«Il tuo stupido zombie» abbaiò lei, senza lasciarlo finire. «Gli ho detto che era una pessima idea, ma ormai aveva già invitato Ellen qua. Non sono riuscita a mandarla via in tempo, prima che lui si liberasse.»

«Si liberasse?»

«L'ho fatto legare e rinchiudere in uno sgabuzzino.»

«Tu *cosa*?»

«Era così ostinato a dirle la verità!»

«Non sarebbe stato più pratico addormentare lei e portarla via?»

La bionda si bloccò, colpita da quel piano. In effetti, non le era venuto in mente. Scosse però il capo, in segno di diniego. «E a che sarebbe servito? Solo a rimandare l'inevitabile. Trevor voleva dirglielo, punto e basta.»

«Come gli è venuta quest'idea?»

«Pensava che lei lo avrebbe amato lo stesso.»

Ellen ebbe un conato di vomito, udendo quelle parole. Fortunatamente aveva già esaurito qualsiasi cosa contenuta nel suo stomaco, o la divisa dell'amica avrebbe necessitato di una bella lavata.

«Io lo amavo» singhiozzò la rossa, aggrappandosi a lei e fissando lo zombie come se lui l'avesse appena tradita nel peggiore dei modi. «Ma è un cadavere!»

«Mi ha chiamato cadavere!» fu la compita e orgogliosa reazione di Trevor. Il succhiasangue che stava cercando di consolarlo si tramutò in pipistrello, volando via rapido.

«Cassandra, perché non me lo hai detto?» accusò la ragazza, rivolgendo all'amica un'espressione colma di livore. «Credevo di essere tua amica!»

«E lo sei» sospirò quella, seguitando a carezzarle il capo. «Ho cercato di farti riflettere. Ma non potevo dirti la verità, e tu non volevi ascoltarmi.»

«Su, giovane umana» Ayez intervenne con la sua solita voce pacata. «Tra poco le tue sofferenze saranno finite.»

«Oh Dio» esalò Ellen. «Stanno per mangiarmi?»

Due o tre licantropi alzarono gli occhi, colmi di speranza.

«Nessuno mangerà nessuno» li rimise in riga Rahab, troppo spossato per la giornata appena trascorsa a Disneyland per arrabbiarsi sul serio. «Vuoi cancellarle la memoria, Ayez?»

«Così prevede il regolamento.»

«Sì, ma questa… è una situazione particolare, non trovate?» Il Lalartu provò fastidio a quel pensiero. Fu qualcosa di inconscio, che non comprese appieno. «Tra i due c'è un forte sentimento.»

«C'era» precisò Ellen, cupa.

«C'è!» urlò da parte sua lo zombie.

«Si amano da mesi» insistette Rahab. «Noi solitamente cancelliamo ricordi di apparizioni casuali. Ma in questo caso…»

Cassandra roteò gli occhi al cielo. «In questo caso, cosa? Non c'è favore più grande che potreste fare a Ellen. Lei vuole dimenticare.»

«Magari invece…»

«Voglio!» strillò d'un fiato la ragazza, staccandosi dalla propria migliore amica e alzandosi in piedi, barcollando leggermente sulle gambe. «Frullatemi il cervello, fateci quello che volete, ma liberatemi del ricordo di questa giornata! Adesso!»

Rahab rimase in silenzio a quella richiesta, comprendendo che le sue obiezioni non erano servite a nulla. Si limitò ad annuire, accettando senza proteste le pretese dell'umana.

Ayez l'avvicinò, posandole gentilmente una mano sulla spalla. «Vieni con me» la invitò, con gentilezza. «Ci vorrà pochissimo. Poi starai meglio.»

«Andiamo fuori» decise Cassandra, unendosi a loro. «Vicino al suo dormitorio. Così sarà in un posto familiare. Puoi riscrivere il ricordo della giornata, in modo che rammenti qualcosa di sereno?»

«Sì, vi prego» bisbigliò la rossa, prendendo la mano dell'amica e stringendola forte. «Vi prego.»

«El, no!» implorò lo zombie, scuotendo il capo. «Non dimenticare me!»

Ma nessuno lo considerò. Cassandra guardò il Lalartu: «Cilly?»

«Sta giocando con una nidiata di ragni giganti.»

«Ci sono anche i ragni giganti, qui?»

«Calma, El. Va tutto bene.» Cassandra fece un cenno a lui, sbrigativa. «La tieni d'occhio tu? Verrò a prenderla tra poco.»

Si incamminarono insieme verso la porta. Trevor provò a slanciarsi nella loro direzione, ma Rahab fu costretto a passargli una mano attorno al costato, trattenendolo con fermezza.

Fu attento a non stringere troppo per non peggiorare la già precaria situazione del suo corpo in decomposizione, e lo tenne contro di sé, provando un moto di profondo dispiacere nel percepire la sua disperazione.

«Mi dispiace, amico» sussurrò. «Ma devi lasciarla andare.»

«Vi prego» implorò lui, disperato. «Capirà. Non cancellate la memoria. Capirà.»

«Ha già capito, Trev. Non ti vuole.»

«Tempo. Date lei tempo.»

Rahab sentì le lacrime di lui bagnargli il braccio. Non provò disgusto, ma anzi gli appoggiò una mano sulla schiena, in un tocco colmo di conforto.

«Non vuole tempo» gli spiegò, amaramente. «Vuole dimenticarsi di te.»

Fu una sensazione strana. Il dolore che si diramò dal corpo del non morto lo colpì, e trovò terreno fertile nel suo animo. Perché vederlo in quello stato aveva fatto nascere un'oscura malinconia in lui. Ripensò al bacio negatogli, alla dolce confusione che provava quando Cassandra era vicina a lui. E si rese conto che un giorno non molto lontano avrebbe sofferto esattamente quanto Trevor.

Quando Cassandra tornò, era ormai quasi sera. Le cose sembravano essere tornate alla normalità, più o meno. Trevor si era rinchiuso nel dormitorio interno, e di tanto in tanto i suoi mugolii di disperazione risuonavano attraverso le pareti.

Priscilla era stata nutrita da Meal e gli altri con abbondanza. Ormai i licantropi erano diventati dei veri esperti di prelibatezze umane, grazie alle sortite fatte alle cucine per procurare merende gustose alla bambina, quando trascorreva il pomeriggio con loro.

La piccola li aveva istruiti con fare saputo, degno di una dietologa: «Mai mangiare il cioccolato insieme alla marmellata, è buono ma vi verrà il mal di pancia; la Coca-Cola è ottima ma intingerci i biscotti è una pessima idea; e, cosa importante, diffidate dei broccoli.»

Forse non aveva fornito loro la migliore delle piramidi alimentari, ma adesso la Night School aveva un intero armadietto riservato agli alimenti dedicati ai soli umani, cosa mai accaduta prima.

Cassandra lo trovò aperto mentre andava alla ricerca della sorella, e scosse il capo con un sorriso tiepido quando vide che un'intera scatola di biscotti mancava all'appello. Stare coi mostri, forse, faceva bene all'animo della piccola, ma non certo al suo fegato.

«Dovrei parlarne con Rahab» borbottò, obbedendo al suo bisogno compulsivo di riordinare e richiudendo lo stipite rimasto aperto.

«Parlare con me di cosa?»

Sobbalzò. «Accidenti» sussurrò, portandosi una mano al petto e voltandosi. «Un giorno o l'altro ti metterò un campanello al collo, come i gatti. Sei troppo silenzioso.»

La razza di lui si era evoluta per predare quella di lei. Ecco perché gli veniva naturale muoversi senza emettere un suono. Una parte del suo cervello rifletté su quel dettaglio, l'altra lo ricacciò tra le cose prive di importanza. Anche se non lo era, e lo sapeva.

«Di cosa volevi parlarmi?» domandò, per distrarsi da quel pensiero.

«Del fegato di mia sorella. Che esploderà, se non iniziate a procurarvi del cibo sano da darle.»

Rahab ridacchiò, appoggiandosi alla parete del corridoio dove aveva incrociato quella che, ormai, poteva considerarsi a tutti gli effetti una delle sue due umane preferite. Le attività serali stavano per iniziare, e i non morti erano altrove, pronti per le lezioni. «Provvederò affinché venga procurata frutta fresca.»

«Grazie» annuì lei. Un ululato di Trevor, simile al richiamo di un dingo ferito, risuonò in quel momento. «Uao. Questo sì che è un lamento.»

«Non me ne parlare. Come sta Ellen?»

«L'ho lasciata tranquilla e serena. È convinta di aver passato la giornata a spettegolare con me, e di non essere mai stata qui.»

«Ayez ha cancellato ogni ricordo di Trevor?»

«Solo questa giornata. Hanno avuto una relazione davvero lunga. E profonda. Eliminare un simile sentimento avrebbe potuto danneggiarle il cervello. Quindi» Cassandra esitò, prima di aggiungere, «Trevor dovrebbe mandarle un messaggio per lasciarla, visto che lei è convinta stiano ancora insieme.»

«Fantastico.» Ringhiò tra i denti lui, consapevole di quanto questo avrebbe fatto male al suo già disperato compagno di scuola. «Sarà come gettare sale su una ferita.»

«Ehi, è lui che si è ficcato in questo guaio. Cos'altro si aspettava?»

«Non lo so...» Rahab fece spallucce, con finta indifferenza. «Comprensione?»

«Comprensione? È uno zombie.»

«Sì, ma la tua amica proclamava di essere innamorata di lui.»

«Quel tizio si decomporrà nel giro di quanto, un'ottantina d'anni? Stai davvero sostenendo che El avrebbe dovuto fare spallucce e dire: *okay, ci sto*, come se nulla fosse?»

«Mi sarei stupito se fosse accaduto» convenne lui. «Ma non sarebbe stato bello vedere tanta apertura mentale?»

«Questo concetto è idiota» replicò lei. «Non puoi giudicarla per averlo lasciato. Era un suo diritto.»

«Non la sto giudicando.»

«Oh sì, invece. E sei scorretto. Il fatto che Ellen non se la sentisse di continuare un rapporto con Trevor non implica che sia un'egoista, o una persona superficiale.»

«Eppure lo ha mollato per il suo aspetto.»

«Aspetto che denotava l'appartenenza a una razza *molto* diversa. C'è una grossa differenza.»

«Io non la vedo.»

«Non capisci, Rahab. Non tutti se la sentono.»

Cercò di sondare i suoi sentimenti. Ma trovò un muro, quella fortezza che lei erigeva istintivamente, impenetrabile nei momenti in cui la studentessa aveva il pieno controllo di sé e della situazione. Si staccò dalla parete e l'avvicinò, cercando nel suo sguardo una risposta ai propri dubbi.

«Anche io sono diverso» sottolineò, con voce più bassa.

La giovane guardò altrove, come se quell'osservazione l'avesse messa a disagio. «Non così tanto. Tu *sembri* normale.»

«Ma sai che non lo sono» ribadì, con dolore. «Rimarrò anche io sempre un gradino più in basso, rispetto ai tuoi simili?»

«Davvero non so cosa c'entri. Noi non abbiamo una relazione.»

«È una domanda che va al di là dell'avere una relazione o meno. Ai tuoi occhi valgo meno di un essere umano o no?»

Cassandra tornò a fissarlo, a metà tra lo sgomento e l'offeso. «Oggi ti ho affidato mia sorella. Lasciandotela portare a migliaia di chilometri da qui. In un posto pieno di sconosciuti. A quanti esseri umani darei la stessa fiducia?»

Evidentemente quella risposta lo prese in contropiede, perché Rahab rimase a lungo in silenzio. Se qualcuno, in quel momento, fosse passato per quel corridoio avrebbe visto il Lalartu fissare l'umana innanzi a lui con un'espressione indecifrabile, quasi fosse stata un tesoro a portata di mano, eppure inafferrabile.

«In ospedale» disse infine lui, dopo un silenzio che parve infinito. «Quando ho tentato di...» *baciarti.*

Non riusciva neppure a dirlo.

Cassandra sgranò gli occhi verdi, evidentemente comprendendo a cosa si stesse riferendo. Scosse il capo, e lo abbassò. Si sistemò nervosamente una piega invisibile nella divisa, quindi, finalmente, mormorò: «L'ospedale è stato come la storia della foresta vuota. Non c'era nessuno a vedere l'albero che cadeva. Quindi è come se non fosse mai successo».

«Dicevi che era filosofia spicciola.» Lei non gli rispose, e Rahab provò un moto di frustrazione. «Allora d'accordo. Sia come vuoi. Nessuno ha visto l'albero, non è mai caduto. Meglio se porti via Cilly. Inizia a essere tardi, al suo dormitorio potrebbero preoccuparsi.»

Capitolo 12

«Miss Dron» il preside Digby si fece da parte, introducendo la persona alle sue spalle con un gesto incredibilmente teatrale. «Questo è l'unico, il geniale Omar Melcrose.»

L'unico e geniale Omar Melcrose indossava un dolcevita nero, occhiali da sole incredibilmente grandi per la sua faccia, pantaloncini di lurex gialli e – il senso estetico di Cassandra fece fatica a digerire quel dettaglio – sandali di plastica verdi ai piedi. Piedi da hobbit, tra l'altro, enormi e straordinariamente pelosi.

«Sono maasir di conoscerla, signorina» si presentò costui, con il tono di chi non è per niente *maasir* – qualunque cosa volesse dire.

Dimenticando immediatamente la sua esistenza, lui percorse l'auditorium principale della Sunrise School, misurandolo a grandi passi. Di tanto in tanto, si fermava ed esclamava un urlo pazzesco, ascoltandone l'eco in ritorno con le orecchie tese.

«Passabile» disse dopo un po', lanciando un'occhiata al festone di benvenuto che Cassandra aveva preparato per lui, usando le sante manine dei bambini delle classi elementari. Era un lavoro semplice ma fatto con il cuore, con colori pastello. «Quello fa schifo. Via.»

Il preside fu lesto nell'afferrare il polso di Cassandra e tirarla gentilmente verso di sé, prima che lei potesse aprire la bocca e spiegare nel dettaglio cosa pensasse dei tizi con calzature in petrolio lavorato che criticavano lavoretti preparati da degli innocenti bambini.

«Come le ho spiegato, Miss Dron» azzardò il dirigente scolastico, cercando di frenare ogni rissa sul nascere, «il signor Melcrose è uno dei più famosi maestri teatrali del continente. Ha ideato un metodo rivoluzionario ed è considerato un genio nel suo campo. Siamo molto onorati di averlo qua con noi.»

«Sì» sibilò lei, liberandosi dalla presa dell'uomo con un gesto brusco, e rifilando uno sguardo velenoso a quel simpaticone pieno di sé, il quale adesso era salito sul palco e ne stava saggiando la composizione leccandone le assi. «Onorati.»

«E faremo di tutto per far sì che il suo spettacolo si svolga senza intoppi.» Sembrava molto eccitato. «Ci sta facendo un grande onore. Un uomo importante, brillante e meraviglioso come lui metterà in scena uno spettacolo nella nostra scuola!»

Omar Melcrose fece una capriola. E nemmeno una di quelle belle. Fu come assistere allo spettacolo di una polpetta che inciampa su sé stessa, e crolla di lato. Piegò le labbra in una smorfia e borbottò qualcosa sulla convergenza del palco.

«Brillante e meraviglioso» ripeté Cassandra, mantenendo il contegno richiesto dalla situazione. «Non c'è problema. Provvederò a procurare il necessario. Servono attrezzi di scena, o...»

«No!» urlò il tizio, scattando in piedi con fin troppa enfasi. «No, no, no! Niente attrezzi di scena, niente scenografia! I miei spettacoli vanno oltre questo, trascendono l'idea vetusta di teatro!»

La studentessa si girò in direzione del preside, in attesa di traduzione.

«Il signor Omar ha una compagnia di improvvisazione teatrale» spiegò costui, con tranquillità. «Il metodo è semplice: lui dirige il tutto da dietro le quinte. Attraverso degli auricolari, ordina agli attori cosa fare. Lo spettacolo si svolge così.»

«Cioè, nel caos.»

«Arte, signorina» la corresse il regista, a petto in fuori. «Noi creiamo un'arte sempre diversa, sempre nuova. Nessuno spettacolo è uguale ai precedenti. Sa qual è il mio segreto?»

Essere completamente pazzo e trovare degli idioti che scambiano tale pazzia per genialità?

«Sono curiosa. Mi illumini.»

«Inserisco dei non-attori.»

«Non-attori. Sarebbero?»

«Loro rappresentano l'elemento di disturbo, l'ostacolo che i miei professionisti devono aggirare!»

«Ma lo sente?» domandò Digby, al settimo cielo. «Quanto è progressista! Costui è un veggente, vede al di là della forma, al di là delle comuni prassi.»

«Quindi non servono altro che un impianto audio e degli auricolari.» Riassunse Cassandra, alla quale non importava molto altro. «Chiamo del catering per gli attori?»

«No! Possono salire sul palco solo dopo due giorni di digiuno. Purifica.» Ci pensò su. «Però mi servirebbero dei glitter. Glitter da lanciare sul pubblico.»

«Glitter. Fantastico. Se non serve altro…»

«Girerò tra le vostre classi» annunciò Melcrose, col tono di chi stava dando la lieta novella dell'arrivo di Nostro Signore. «Cercherò due non-attori, con i quali rendere completo il mio spettacolo.»

«Sarà dura trovare qualcuno che non si nutre da più di quarantotto ore.» Non poté trattenersi dall'obiettare la ragazza.

«Ai non-attori non è richiesta la purificazione. La loro perfezione risiede nelle imperfezioni.»

«Un genio!» ululò il preside. «Signor Melcrose, non sa quanto io sia felice del dono che sta facendo alla nostra scuola! Farò in modo che tutto sia perfetto!»

«Ma non potevamo mettere in scena quell'idiota di Shakespeare, come tutti gli anni?» borbottò tra sé e sé Cassandra, recuperando il proprio cellulare e segnandosi brevemente la necessità di reperire dei maledetti glitter.

Fu in quel momento che Rahab entrò dalla porta dell'auditorium, con un movimento nervoso.

Melcrose lo guardò per un istante, ma poi fu distratto dal bisogno di accarezzare la stoffa del sipario. Chiamò il preside per domandargli quali bachi da seta l'avessero prodotta, e il pover'uomo si precipitò da lui per spiegargli che in effetti nessun baco ne era stato il creatore, giacché si trattava non di seta ma di velluto.

Cassandra non fu sorpresa di vedere il rappresentante della Night School: era stata lei stessa a mandargli un messaggio, invitandolo a raggiungerla lì per vedere insieme la possibilità di dare a qualche non morto l'occasione di collaborare alla preparazione dello spettacolo e, eventualmente, di mescolarsi con gli umani.

Rimase, però, stupita nel vederlo avvicinarsi a lei con passi rabbiosi. Il Lalartu le fece cenno di allontanarsi dalle orecchie dei due uomini, e la studentessa lo seguì nei pressi dell'uscita, dove infine le sussurrò furente: «Devi tenere a freno la tua amica!»

«Di che accidenti stai parlando?»

«Per me è già stata una specie di miracolo costringere Trevor a mandarle un messaggio in cui chiudeva la loro relazione» sbottò lui, torvo. «Adesso tocca a te dirle di piantarla di scrivergli! Lo implora tutti i giorni di tornare insieme, hai idea di cosa stia passando quel poveretto?»

Ellen, una volta perduta la memoria sul perché avesse deciso di terminare la relazione con Trevor, aveva subìto il terribile trauma di essere lasciata via sms. Dopo tante lacrime versate sulle spalle di una Cassandra colma di sensi di colpa, la rossa aveva stabilito con determinazione che non avrebbe mollato. Il suo amore per Trevor avrebbe vinto su ogni cosa.

«Non è certo colpa mia!» sbottò la ragazza, alzando gli occhi al cielo. «Lui doveva lasciarla, non rendersi irresistibile!»

«Irresistibile? Prego?»

«Il modo in cui ha rotto con lei l'ha praticamente fatta innamorare di più.»

304

«Le ha scritto che devono lasciarsi perché soffre di una malattia terminale.»

Cassandra roteò gli occhi al cielo. «Per l'appunto. Irresistibile.»

«Cosa c'è di irresistibile nel fatto che stia morendo?» starnazzò a mezza voce Rahab.

«Per alcune può essere... romantico.»

«Romantico» ripeté Rahab, spiazzato. «Praticamente è come se fosse uno zombie!»

«Non è affatto la stessa cosa, e trovo onestamente strambo che tu le ritenga paragonabili.»

«Dimmi quali sarebbero le differenze!»

«Primo: un malato terminale non è un morto in decomposizione!»

«Dagli temp–»

«Non azzardarti nemmeno a pronunciare una cosa tanto orribile!»

«Voi due!» a urlare quelle parole fu il geniale Melcrose, da sopra il palco.

Cassandra si morse la lingua, pensando che avessero esagerato ad alzare la voce e si girò nella sua direzione con aria fintamente mortificata, pronta a scusarsi.

«Chi è quel tizio?» mormorò Rahab, stupito. «Non aspettavi una specie di genio del teatro?»

«Voi due!» insistette il regista, indicandoli come se fosse appena stato folgorato da un pensiero divino. «La vostra energia! La vostra chimica! Meraviglioso! Ho deciso» si volse in direzione del preside, eccitato. «Sul palco, con i miei attori, dovranno esserci loro!»

«Una splendida idea!» applaudì il dirigente scolastico, al settimo cielo quanto l'altro. «Sono i nostri rappresentanti scolastici! Sarà come unire due mondi, l'arte farà da metafora per...»

«Che è appena successo?» gracchiò il Lalartu. Si girò e provò un moto di genuino panico nel vedere Cassandra pallida come un morto. «No, davvero. Che è successo?» insistette, agitandosi maggiormente.

La compagnia teatrale del signor Melcrose arrivò all'ultimo, quando ormai l'auditorium era gremito di studenti pronti ad assistere a quello che era stato promesso loro come uno spettacolo innovativo e fuori dagli schemi.

Rahab guardò gli attori. Due signore di una certa età, un bel giovanotto di forse vent'anni, una sua coetanea dall'aria intellettuale e... un cane. Il quattrozampe scodinzolava in mezzo alle loro gambe, per nulla nervoso all'idea di doversi esibire di lì a poco.

Beh, beato lui.

«Non posso farcela» aveva spiegato il Lalartu al preside, solo qualche ora prima. «Lei mi sta chiedendo troppo.»

«Melcrose non ammette rinunce, quando sceglie! La tua assenza potrebbe far saltare lo spettacolo» aveva replicato Digby, guardandolo con fare comprensivo. «So di chiederti tanto. Davvero. Ma ho fatto i salti mortali, per dare agli studenti l'opportunità di ammirare questo genio all'opera. Ti prego. Nel nome di tutto quello che la Night School ti ha donato in questi anni...»

Come dire di no a una simile supplica? Così aveva obbedito alle richieste dello stramboide che indossava occhiali da sole al chiuso, e si era presentato mezz'ora prima dello spettacolo, vestito di scuro come gli era stato ordinato.

Cassandra arrivò in quel momento, con l'aria nervosa di chi è costretto a fare qualcosa di orribilmente stupido per accontentare un bambino. Ovviamente, vista la richiesta di abiti non colorati e formali, si era messa quel maledetto abito di velluto nero, che dalla sera di Halloween perseguitava Rahab.

«Ah, ecco la nostra non-attrice!» Melcrose le andò incontro, storcendo il naso nel vedere che lei si era raccolta i capelli in una crocchia severa, nascondendo il volume dei suoi ricci. Glielo sciolse con un paio di gesti, liberando le onde della sua chioma. «Il suo auricolare. Se lo metta.»

Con espressione omicida, la studentessa accettò il dispositivo che lui le mise in mano.

Fantastico. Abito nero, capelli selvaggi, sguardo assassino. Adesso era più bella che mai. E sarebbero andati in scena nello stesso spettacolo. Rahab decise di osservare qualcos'altro, giusto per calmare il rimescolio del suo stomaco.

«Le illustro le regole» spiegò ancora il geniale maestro di teatro. «Qui ho un foglio con dei suggerimenti per voi. Racchiude una trama che non vi è dato conoscere. La scoprirete a poco a poco, sul palco. Potete fare tutto ciò che volete, tranne andarvene. Non si esce di scena, mai. Lo spettacolo va avanti, sempre e comunque.»

«E se avessi un bisogno fisiologico? Sono previste le pause bagno?» domandò la rappresentante della Sunrise School, posizionandosi il microfono nel padiglione auricolare.

«I veri attori non ci vanno!» sbottò lui. «Una volta ebbi un attacco di dissenteria. Feci tutto sul palco. La critica ne discusse per mesi.»

«E ne sta parlando con orgoglio?!»

«Ma certo!»

Iniziò la *Sonata al Chiaro di Luna* di Chopin, e le luci in sala si abbassarono. Quello doveva essere il segnale dell'inizio dello spettacolo. *Fantastico*, pensò con ferocia Cassandra, *ne faccio parte e non so nemmeno in quale modo dovremmo cominciare.*

Per una persona organizzata e schiava delle strategie come lei, quello era una specie di incubo.

Ma il vero incubo lo stava sicuramente vivendo il non morto, troppo timido per varcare i cancelli della scuola e andare a prendersi un hamburger nella città più vicina, il quale ora sarebbe stato costretto a esibirsi davanti a tutti. Un po' barcollante, Rahab si fece vicino al resto della compagnia.

In sala vi erano tre lamie e una zombie un po' meno decomposta della media, truccata e pettinata in modo da sembrare solo molto brutta e vecchia. La loro presenza era l'unico conforto del poverino; se proprio fosse scoppiato un guaio a causa sua, le streghe sarebbero intervenute con la loro magia, cancellando la memoria ai presenti.

«Direttive prima di entrare in scena. Dilaia» Melcrose indicò una delle signore più anziane, «tu sei un girasole borsaiolo. Alex, tu un giramondo vergine. Adelaide, tu un pirata della strada finito a fare il clochard. Non-attrice numero uno, tu una stregona millenaria che ha una tresca segreta con il nostro non-attore numero due, anche lui un clochard. Per quanto riguarda te, Taby» si abbassò prendendo il cane per il muso e schiaffandogli un bacio sulla punta del tartufo, «va'… sei perfetto come sei.»

L'animale abbaiò e corse allegro in direzione della scena. Dopo un lungo momento di concentrazione, Dilaia prese a muoversi con movenze strambe, rotatorie, ed espressioni da manigoldo, creando quella che doveva essere l'imitazione di un girasole borsaiolo. Alex assunse l'aria di chi ha visto ogni posto ma mai quello che l'interno dei suoi pantaloni avrebbe tanto voluto visitare, e insieme entrarono in scena.

Adelaide prese a zoppicare, chiedendo la carità, seguendoli con fare molto professionale.

Cassandra alzò gli occhi su Rahab, accanto a lui. «Tresca segreta» disse. «Okay, facile.»

«Ah sì?» fu l'unica obiezione di lui, pronunciata con nervosismo. Lei lo prese sottobraccio e lo condusse in scena, facendo ben attenzione a rimanere nelle retrovie, lasciando il centro del palco agli attori principali.

«Stai fermo qui e fingiamo di avere una relazione» gli ordinò, piazzandolo in fondo a sinistra e premendosi contro il suo braccio.

«Facile. Certo.»

Lo spettacolo ebbe inizio. E fu davvero strano, ma non del tutto brutto. Gli attori ricevevano suggerimenti per portare avanti la trama, che logicamente coinvolgeva gli attori professionisti, lasciando i due neofiti liberi di starsene in secondo piano. A quanto pareva, il girasole era geloso dell'ex pirata della strada ora divenuto un senzatetto, poiché lui gli aveva rubato il cane. Il giramondo si era innamorato del clochard a prima vista e si era offerto di aiutarlo, sperando di avere in cambio qualcosa che mai aveva trovato nei suoi viaggi.

Erano bravi. Alcune battute e situazioni nate dalla mera improvvisazione risultarono geniali, contro ogni aspettativa. Riuscirono a strappare una risatina a Cassandra, che lei nascose fingendo di posare il volto contro Rahab.

Lui non sapeva se quello fosse una specie di paradiso o di inferno. Lei era lì, in quel bel vestito di velluto, stretta a lui. Lo abbracciava e gli trasmetteva il suo calore, ridendo contro il suo petto. Era meraviglioso, e insieme tremendo. Perché pura e crudele finzione.

Di punto in bianco, Cassandra si irrigidì, portandosi una mano all'orecchio. Il non morto comprese che lei stava udendo un suggerimento arrivatole dal regista. Per un attimo, la giovane rimase immobile, come indecisa sul da farsi.

Quindi gli prese una mano, e lo portò con sé, simile a un cagnolino tenuto al guinzaglio, verso il centro del palcoscenico, sotto la luce dei riflettori.

«Oh, mio caro» lo apostrofò. Si fermò, in mezzo alla scena, e volse gli occhi verdi nella sua direzione. «Ahimè! Perché ti ostini a farmi la corte, sapendo che non hai speranze?»

Rahab la fissò come un pesce lesso. Erano parole così calzanti con la sua attuale situazione sentimentale che si ritrovò a chiedersi se la giovane avesse parlato sul serio, o dietro suggerimento giuntole da Melcrose.

«Beh?» borbottò Cassandra tra i denti, mantenendo nei suoi confronti una finta espressione addolorata. «Vuoi improvvisare qualcosa, o no?»

«Ehm» fece lui, stringendole con forza la mano, e afferrandole l'altra in una posa da innamorato implorante. Era tutto finto, lo sapeva. Però…

«Mi ostino perché… perché io ti amo.»

Ed era così, maledizione. Dirlo a voce alta gli fece ancora più male. Non vederla sussultare per l'emozione, ma proseguire a recitare come se nulla fosse, fu una stilettata che affondò ancora più a fondo nel suo animo.

«Okay, ragazzo» la voce del regista si fece sentire nel suo orecchio. «Convincila a lasciare tutto quello che ha e che conosce per stare con te.»

La fai facile, tu.

«So che ti chiedo molto» balbettò, a disagio. «Ma lasciati andare.»

Cassandra udì il suggerimento nel suo auricolare. Quindi disse: «Se lo facessi, perderei tutto».

«Insisti» fece Melcrose nell'orecchio del Lalartu, incisivo. «La vuoi! Dannazione, la vuoi o no? Faglielo capire, o la perderai!»

Quelle parole lo frastornarono. Certo che la voleva. Di più. La bramava, letteralmente. Abbassò gli occhi viola su di lei e la studentessa dovette vederlo cambiare espressione, perché aggrottò le sopracciglia chiare, perplessa.

Le passò il braccio attorno alla vita sottile, attirandola verso il proprio corpo. La osservò rapito. Così morbida e invitante in quell'abito nero, le labbra dischiuse per lo stupore. Era come una cascata nel mezzo della foresta, splendida e in parte selvaggia, uno spettacolo che si poteva solo ammirare, senza poter pensare di tenerla per sé.

La strinse più forte.

«Una possibilità» mormorò, con voce arrocchita. «Vorrei solo questo: una possibilità. Per dimostrarti che posso renderti felice.»

«E… e le conseguenze, mio amato?» rispose lei, un po' a disagio per l'intensità di quella finzione.

«Lascia perdere le conseguenze!» replicò, senza nemmeno ascoltare quello che il regista gli suggerì. «Che conseguenze ci sarebbero state, a baciarmi? Eh? Hai paura di quello che avresti provato per un *diverso*?»

Qualunque cosa il signor Melcrose avesse in mente per la loro scena, Rahab non lo scoprì mai. Le affondò una mano tra i capelli, posandole il palmo sulla nuca. Si abbassò con disperazione mista a furia, attirandola a sé.

E la baciò.

Davanti a tutti.

Avvolse ancor di più l'altro braccio attorno alla sua vita, tenendola contro di sé come se ne andasse della propria esistenza. Quasi Cassandra fosse stata l'àncora e lui un veliero sperduto nella tempesta. Sospirò su quelle labbra, scoprendo che erano morbide, e dolci, e meravigliose proprio come se le era immaginate.

Fu un momento sospeso, perfetto.

Poi, lentamente, dovette staccarsi. Si allontanò dalla sua bocca provando una sofferenza indicibile, sollevando le palpebre che aveva abbassato durante quel contatto così intimo e fissandola. Le gote arrossate, gli occhi lucidi, l'espressione sconvolta, spiazzata. Quanto avrebbe voluto straziare quel viso con altri dieci, mille baci.

La lasciò andare. Le sue mani scivolarono lungo le braccia della ragazza, cercando e trovando le sue dita, che strinse tra le proprie.

Quindi, contravvenendo alla regola imposta dal regista, si scansò da lei e uscì di scena, lasciando un posto vuoto sul palco.

Vi fu un attimo di spettrale silenzio.

Poi il pubblico esplose in un'ovazione, e l'applauso che ne seguì accompagnò il Lalartu mentre si precipitava nelle quinte, cercava l'uscita dal teatro e fuggiva nella notte, celato dall'oscurità a cui apparteneva.

Cassandra, rimasta sul palco con un pugno di mosche in mano, fissò il pubblico come una povera scema.

Non aveva idea di ciò che era appena successo, di come Rahab fosse stato incapace di mantenere il controllo quando se l'era trovata tra le braccia; dal suo punto di vista, quel bacio non era stato altro che una prova d'attore.

Tra l'altro molto convincente. Il modo in cui l'aveva stretta, e fissata, l'intensità con la quale le aveva parlato e il trasporto con cui aveva posato la propria bocca sulla sua erano stati capaci di far librare in volo parecchie farfalle nel suo stomaco. Più di quando alcuni ragazzi lo avevano fatto per davvero.

Ma era stata, appunto, solo recitazione.

Solo che poi lui era uscito di scena, violando la seconda sacra regola del regista. Questo l'aveva stupita, ma il non vedere Melcrose dare di matto a riguardo le aveva fatto ritenere che anche quella fosse stata una mossa suggerita da lui. Per cui comprese che tutto fosse a posto e che lei doveva semplicemente andare avanti con lo spettacolo.

Tentò di concentrarsi sulla performance, e non sull'impronta che le labbra di lui avevano lasciato sulle proprie, marchiandola come a fuoco. Non fu facile. Le ronzava ancora la testa.

La voce del regista le consigliò nell'orecchio: «Improvvisa un canto per far capire a tutti quanto stai soffrendo!»

«Di questo ti pentirai» bisbigliò tra sé e sé, cercando nei meandri della propria memoria una canzone che si adeguasse alla situazione. Non le venne in mente niente, per cui prese a intonare qualche canzone di Britney Spears. Alcuni cani iniziarono quasi subito a ululare a diversi chilometri di distanza, e il genio del teatro si affrettò a zittirla dopo un minuto e dodici secondi circa, decimo più, decimo meno.

«Vai sullo sfondo e fai l'albero» le disse a quel punto, e lei fece spallucce, obbedendo. Fu un bel salice per tutto il resto del tempo.

Lo spettacolo andò avanti. Il giramondo perse la sua verginità, il girasole seccò e il cagnolino tornò al suo legittimo proprietario, che si scoprì essere l'ex pirata della strada clochard. Un momento, ma non era lui sin dall'inizio?

In effetti, la trama non era molto chiara, o coerente. Però quei ragazzi erano bravi. Tiravano fuori battute nei tempi giusti, facevano smorfie e gesti capaci di conquistare il pubblico. Tutto sommato, lei si divertì a proseguire quell'avventura con loro. Era la prima volta che si impegnava in un'attività priva di regole, o di una strategia precisa.

Poi vi furono gli applausi e un inchino finale. Il pubblico si alzò in piedi per acclamare quella strana ma coinvolgente performance, e gli attori mandarono baci ai presenti, sollevando il cane e facendo in modo che anch'esso facesse ciao-ciao con una zampina. Infine, il sipario calò su di loro.

«Meravigliosi!» dietro le quinte, il regista lanciò per aria i fogli di quello che doveva essere stato il copione, tanto per dare maggiore enfasi al proprio entusiasmo. «Una prova incredibile! Incredibile! Alex, sei stato meraviglioso!»

«Lo so» confermò il bel giovanotto, con Taby tra le braccia.

«E quel non-attore» il maestro teatrale si rivolse a Cassandra. «Che talento! Quanta passione! Quale capacità di improvvisazione!»

«A proposito, dove...» la giovane si guardò attorno, cercandolo dietro le quinte. Era qui, infatti, che si aspettava di rivederlo, magari appoggiato a una parete, infuriato per essere stato costretto a dare spettacolo davanti a una massa di persone. Ma non lo individuò.

Strano.

«Però rivoglio il mio auricolare» Melcrose si rivolse di nuovo a lei, severo. «Il tuo amico lo ha portato via, quando è scappato. Puoi recuperarlo tu?»

Il muscolo cardiaco di Cassandra fermò la propria attività per un istante: quell'informazione era un nuovo indizio che andava a comporre una realtà molto diversa da quella che lei aveva immaginato.

Un terribile, atroce dubbio prese a torturarla.

Rahab non era uscito di scena poiché ordinatogli da quell'idiota d'un regista. Era letteralmente scappato via, dimenticando anche di lasciare il piccolo microfono usato durante lo spettacolo. Perché?

E, soprattutto... vi erano state altre parole o azioni che aveva compiuto su quel palco, senza che il regista gli ordinasse di farlo? Parlando di lui, Melcrose ne aveva osannato la capacità di improvvisazione. Fino a che punto la recitazione di Rahab era stata guidata?

«Certo» si sentì rispondere, con gli ingranaggi del cervello che andavano a mille.

Aveva bisogno di risposte per i suoi dubbi. Immediatamente. Ma come e dove trovarle?

Si guardò attorno, non badando ai festosi commenti della compagnia teatrale. Fu in quel momento, mentre il regista sollevava qualche appunto da migliorare nelle edizioni successive, che la giovane notò i fogli di quello che era stato il copione della loro serata, ora sparsi a terra.

Dopo un attimo di esitazione, lei li raggiunse e li raccolse. Erano appena cinque pagine, appunti scritti in stampatello dal grande genio del teatro. Li rimise in ordine cronologico, leggendoli con curiosità.

A un certo punto, sgranò gli occhi.

Guardò gli attori; nessuno le prestava più attenzione. Così ripiegò i fogli in quattro parti e recuperò la propria giacca, ficcandoli bene a fondo di una delle tasche interne.

«Vado a recuperare il suo auricolare, signor Melcrose» annunciò a quel punto, uscendo dal teatro e sperando che i non morti della Night School riuscissero a occuparsi di risistemare l'auditorium da soli. Lei aveva una cosa molto più importante di cui occuparsi.

Doveva recuperare un auricolare.

Le lezioni della Night School erano iniziate da un po', ma il rappresentante non era presente in nessuna delle aule, quella sera. Aveva lamentato di sentire uno strano malessere, chiedendo scusa e chiudendosi nella propria camera da letto.

Che un Lalartu stesse male era credibile quanto l'oceano che smette di muoversi. Ayez si girò in direzione di Meal, mormorando: «Scommetti che c'entra qualcosa l'umana?»

«Ma figurati. Dieci dollari che è solo stanco.»

Cassandra arrivò in quel momento, spalancando la porta del dormitorio e rivolgendo uno sguardo interrogativo ai due. Non seppe perché, ma l'anziana lamia le sorrise divertita, e il lupo mannaro la fissò torvo.

«Scusate» disse, infreddolita per il cammino appena fatto nel gelo notturno. «Sto cercando...»

«Nella sua stanza» Ayez le indicò la scala che conduceva al buco con branda che costituiva il rifugio di Rahab.

«Mi devi dieci dollari!» abbaiò contro Meal, senza un come o un perché.

Stupita, oltre che perplessa, lei diede loro le spalle e si arrampicò sulla scala, arrivando alla porta che delimitava lo spazio privato di quello che, a conti fatti, era diventato uno degli esseri più importanti della sua esistenza.

Se ne rese conto prima di bussare, con il pugno teso in direzione della porta, che non osava toccarne il legno. Inspirò a fondo, dandosi dell'idiota per quell'esitazione. Picchiò le nocche, con forza.

«Avanti» mormorò la voce di lui, stanca e spossata.

Obbedì a quell'invito. Lo trovò sdraiato sulla propria branda, le braccia dietro il capo e un'espressione che faticò a decifrare.

«Inviti qualcuno a entrare nella tua stanza senza chiedere chi sia?» domandò con ironia, richiudendosi la porta alle spalle.

Rahab distolse gli occhi da lei, osservando le decine di cristalli che, negli anni, aveva appeso al soffitto e alle pareti della sua stanza.

«So sempre chi è, a bussare. Vi riconosco dal respiro.»

«Udito soprannaturale. Me n'ero dimenticata.»

«Già.»

Per un attimo, tra loro vi fu un silenzio pesante e soffocante. Lui tentò di carpire i sentimenti della giovane, ma la trovò più rinchiusa in sé stessa che mai. Smise immediatamente.

«Cassandra» iniziò a dire, alzandosi a sedere e curvando la schiena, appoggiando i gomiti sulle ginocchia con l'atteggiamento di un uomo sconfitto. «Se sei qui per...»

«Mi ha mandata quel cretino di un regista» disse lei, parlandogli sopra. «Rivuole il suo auricolare.»

«Oh? Ah.» Il Lalartu si rese conto di quel dettaglio, e pescò l'oggetto dal proprio orecchio. Esitò, poiché era implicito che dovesse consegnarglielo, eppure non osava avvicinarla.

Come se, toccandola, temesse di perdere il controllo.

Ancora una volta.

Fece infine uno sforzo di volontà e glielo porse; Cassandra lo prese dalle sue dita, sfiorandole per un breve istante. Era gelida, segno che quell'idiota l'aveva mandata a recuperare quel piccolo oggetto nonostante il freddo notturno. La osservò mentre se lo faceva scivolare in una delle tasche della giacca.

Sotto di essa, doveva esserci quel vestito nero che lo turbava tanto. Quanto le stava bene. Aveva perso il controllo, trovandosela tra le braccia. Aveva imparato a gestire sentimenti nuovi come il panico, ma l'amore... quello era difficile da trattenere. Su quel palco, non era riuscito a tenerlo a bada.

E aveva rovinato tutto. Perché lei era certamente venuta lì a dirgli che, seppur onorata del suo interessamento, non lo era a sua volta. Forse gli avrebbe rifilato la storiella già usata con Ellen, ovvero che scegliere uno come lui, un *diverso*, era qualcosa che non si sentiva di affrontare.

Ma, in ogni caso, sapeva di averla persa. Del tutto. Ogni rapporto amichevole tra loro sarebbe divenuto freddo, artificioso. Forse avrebbe nuovamente smesso di portare Cilly alla Night.

Di sicuro non vi sarebbero più stati abbracci dati nell'oscurità, come alberi che cadono nella foresta quando non v'è nessuno a guardare. Avrebbe dovuto essere meno avido, e imparare ad accontentarsi di quelli.

«Mi ha detto di complimentarsi vivamente con te» aggiunse ancora la studentessa, facendo spallucce. «È rimasto colpito dalla tua interpretazione.»

«E dalla mia fuga» commentò lui, amaro.

La studentessa si lasciò scappare un sorriso. «Quella scelta non gli è piaciuta. Ma ha convinto il pubblico, per cui ci ha permesso di continuare lo spettacolo» ammise, dandosi una sistemata a un ricciolo ribelle. «E poi avevi già compiuto la scena principale del tuo personaggio, dopo quel bacio non c'era molto altro in copione, per te.»

«Copione?»

«Sì, il canovaccio che aveva compilato per questa sera. L'ho letto e, credimi, ti sei solo evitato di baciare anche il cane. A parer mio, ci hai guadagnato.»

Rahab perse il respiro, mentre comprendeva il senso di quelle parole. Finalmente osò guardarla di nuovo, gli occhi viola colmi di sorpresa.

«Baciarti era sul copione?»

L'umana sbatté le palpebre, perplessa. «Certo, che c'era. Altrimenti perché lo avresti fatto?» lo guardò, incerta. «Tutto a posto? Sembri più pallido del solito. Ayez ha detto che non ti senti bene.»

«No. Cioè, sì. A posto» balbettò, ancora scosso dalle parole appena udite.

«È stata dura per te, immagino» considerò la giovane, comprensiva. «Tutta quella gente che ti guardava. Sembri frastornato.»

«Frastornato. Sì, è la parola giusta.»

«Però li hai lasciati tutti senza fiato» lo consolò ancora lei. «Eri davvero convincente. Dovresti rifletterci. Magari il mondo del teatro è quello che fa per te.»

«Ci penserò.»

«Devo andare» si congedò la giovane, aprendo la porta della camera e dandogli le spalle.

«Quindi» azzardò lui, alzandosi d'istinto in piedi, come per evitare che lei se ne andasse prima che ogni dettaglio fosse stato chiarito a modo. «Tutto a posto, tra noi?»

Cassandra voltò il capo di tre quarti, guardandolo stupita da sopra la spalla. «Perché non dovrebbe essere a posto?» volle sapere.

Il Lalartu aprì la bocca per parlare. Ma poi la richiuse. Dopo una lunga esitazione, ammise: «Perché sono scappato via e ti è toccato venire fin qui a recuperare l'auricolare».

«Ah, già» annuì lei, pensierosa. «Troverai un modo per farti perdonare. Per esempio, Cilly vuole andare tanto a Fairyland. Ce la porti tu, vero?»

Si richiuse la porta alle spalle e se ne andò senza lasciargli il tempo di risponderle. Come avrebbe fatto normalmente, durante uno dei loro soliti battibecchi. Rahab fissò l'uscio a lungo, in silenzio.

«Il bacio era sul copione» balbettò, non potendo credere alla propria fortuna.

Sedette nuovamente sul giaciglio, passandosi le grandi mani tra i capelli neri e massaggiandosi il capo con espressione stranita. Si lasciò cadere sdraiato e fissò il soffitto.

Cassandra non sospettava nulla. Per lei non era cambiato niente. Non si era creato nessun muro di imbarazzo, tra loro. Era uscito da quel teatro con la convinzione di averla persa per sempre. E invece…

«Il bacio era sul copione.»

Ma nel suo cuore, nella sua mente, esso era avvenuto sul serio, non per finzione teatrale. E il sollievo di non aver perso la sua amica si mescolò con il doloroso languore che provò al ricordo delle sue labbra contro le proprie, di quel corpo stretto tra le sue braccia. Del suo profumo, e del rossore che le aveva colorato le gote. Chiuse gli occhi, comprendendo che quella sarebbe stata una notte di sogni tormentati.

Più tardi, quella sera, Cassandra, dopo aver portato l'auricolare al suo legittimo proprietario, giunse spossata e infreddolita nel proprio dormitorio. Accese le luci, si tolse la giacca e si scrollò i riccioli biondi, con un sospiro di stanchezza. Ripescò dalla tasca del soprabito i fogli che aveva recuperato in teatro e nascosto in tutta fretta. Li fissò a lungo.

Quindi, li strappò. In quattro pezzi precisi, che gettò alla rinfusa nel cestino della spazzatura. Li fissò mentre cadevano insieme agli altri rifiuti, con un sorriso a metà tra il vittorioso e l'amaro.

Per uno scherzo del destino, parte di quelle scritte rimasero leggibili anche così, poiché rivolte verso il bordo del cestino.

NON-ATTORE IMPLORA L'AMATA DI RIMANERE CON LUI. NON-ATTRICE LO RIFIUTA. POI, PER IL DOLORE, NON-ATTORE FA UN BALLETTO CON TABY.

Questo diceva con chiarezza la scrittura del regista.

Nessun accenno al bacio.

Cassandra infilò un piede sporco di neve nel cestino, e compattò con forza i rifiuti. Sporcando e schiacciando quelle parole, prova della menzogna che aveva rifilato a Rahab.

Provò una fitta di senso di colpa, ma la scacciò con forza. Era stata costretta a farlo, dannazione.

Quando aveva scoperto che ogni parola, ogni gesto, ogni sguardo colmo d'amore che lui le aveva rivolto sul palco non erano stati unicamente finzione teatrale, il panico si era impossessato di lei.

Sapeva cosa sarebbe successo dopo quelle azioni sconsiderate: si sarebbe ritrovata costretta a rifiutarlo, perché tra loro non poteva esservi niente, e questo avrebbe distrutto lo strano, delicato equilibrio che si era venuto a creare tra le loro anime. Quello strambo rapporto che Cassandra non riusciva a definire a parole, ma che da tempo aveva iniziato a farla sentire meno soffocata dalle proprie responsabilità e dalla propria vita.

Il bacio su quel palcoscenico sarebbe stato solo l'anticamera di un cambiamento. Di un doloroso, inevitabile allontanamento.

Mentire a proposito del copione era stato l'unico espediente che le era venuto in mente, per rimettere tutto a posto. E aveva funzionato. Il treno della loro amicizia era tornato sui binari, come se non fosse mai deragliato.

Ma il ricordo delle sue labbra sulle proprie restava fonte di subbuglio, epicentro di un desiderio inespresso che le dannò l'anima per tutto il resto della notte.

Capitolo 13

Nel periodo di tempo che trascorse sino alla fine di marzo, non accadde nulla di nuovo. Priscilla veniva ospitata regolarmente alla Night School, e trascorreva due o tre pomeriggi della settimana in compagnia dei diversamente vivi. Nonostante dedicasse minor tempo allo studio, il suo rendimento e la sua condotta migliorarono notevolmente.

In qualche occasione, Cassandra la piazzò in braccio a Rahab con uno zainetto pieno e tante raccomandazioni, sfruttandolo affinché la bambina potesse fare un giro in posti che aveva sempre e solo sognato di vedere. Controvoglia, il non morto accettò di condurla un paio di volte in parchi a tema pieni di persone; poi, prendendo la situazione in mano, pretese di decidere da sé le mete per i viaggi. Fu così che la piccola vide il deserto del Sahara e il Grand Canyon, località dalle quali tornò sporca di sabbia e di terra ma piena d'entusiasmo.

«Lui sì che conosce posti belli!» fu ciò che disse alla sorella maggiore, saltellando felice. «D'ora in poi non scegli più tu dove andremo!»

Se Cassandra prese male o bene quelle parole, non è dato saperlo. Si limitò a prenderne atto, lanciando a Rahab un lungo sguardo che lui non seppe bene come decifrare.

A parte questo, però, le cose andavano bene. Funzionavano.

Certo, se si escludeva la costante del *problema Ellen*.

Rahab aveva iniziato a chiamarla così dopo la seconda incursione, beccandosi un brutto epiteto da parte della rappresentante della Sunrise School, la quale trovò davvero di cattivo gusto quel nomignolo.

Dopo la terza incursione, iniziò a usarlo anche lei.

Le cose stavano così: la rossa, povera anima in pena, non riusciva a darsi pace per la fine del suo amore con Trevor. La sua prima incursione avvenne tre giorni dopo San Valentino. Arrivò al dormitorio della Night School in piena notte, alla ricerca dell'amato con il quale intendeva trovare un modo per affrontare la sua brutta malattia insieme.

Purtroppo, giunse durante la serata tacos al gusto di pretzel degli zombie, e ciò che si ritrovò davanti agli occhi fu capace di farla strillare così forte da indurre le banshee a credere che una lontana zia fosse giunta a fare loro visita. Inutile dire cosa successe quando vide Trevor. Lacrime, svenimenti, vomito e via da capo, in una ripetizione continua. Rahab chiamò Cassandra, affinché venisse a recuperare la sua amica, e istruì una lamia perché le cancellasse la memoria.

Il guaio, come per la volta precedente, era che si potevano giusto rimuovere i ricordi di quella giornata. Il sentimento era troppo forte per osare togliere di più, pena gravi rischi per il cervello della ragazza. Per cui, Cassandra e la strega stabilirono che lei avrebbe rammentato le informazioni seguenti: era giunta al dormitorio, dove aveva incrociato studenti *perfettamente normali*, aveva incontrato Trevor, trovandolo in *perfetta salute*, e aveva scoperto che lui le aveva mentito sulla propria malattia per poterla lasciare più agevolmente.

«Piangerà sulla mia spalla per una settimana» era stato il commento di Cassandra. «Ma perlomeno poi se ne farà una ragione e andrà avanti senza più cercarlo.»

Come no. Ellen pianse anche più di una settimana, ma attorno al dieci marzo, forse ispirata dall'aria della primavera in arrivo, partì per una seconda sortita alla volta del dormitorio, decisa a fare una piazzata al suo ex innamorato per spiegargli quanto le avesse fatto male mentendole. E per ammettere, con dolore, che, nonostante tutto, non riusciva a smettere di pensare a lui.

«Ha rovinato la corsa dei licantropi» fu ciò che Rahab disse a Cassandra, quando arrivò a recuperare l'amica ormai già priva di sensi. «Devi risolvere il *problema Ellen*, una volta per tutte.»

«In primo luogo, non ti permetter di chiamare *problema* la mia amica» aveva sbottato lei, sulla difensiva. Poi rifletté sulle sue parole. «In secondo luogo, che accidenti è una corsa di licantropi?»

La risposta era passata davanti al suo naso. Un micino sfrecciò come una scheggia, subito inseguito da creature mostruose, metà uomini e metà lupi, ringhianti e sbavanti.

Il silenzio era calato su di loro.

«Chi vince può tenersi il gatto» era stata la giustificazione di lui.

«Questo non la fa sembrare una cosa normale!»

«Non per mangiarlo, come animale da compagnia!»

«Non sembra comunque una cosa normale!»

Trascinando con l'aiuto di una lamia la sua più cara amica d'infanzia, Cassandra si era scervellata per porre rimedio alla questione. Un'idea le era baluginata in mente, all'apparenza geniale.

«Mettile in testa che Trevor ha un'altra. Questo la terrà lontana.»

Come no. Il *problema Ellen* fu di ritorno al dormitorio esattamente una settimana dopo. La cosa non interruppe nessun evento speciale, ma vi fu la solita sequenza di vomito-urla-svenimenti che ormai i non morti registravano come parte della routine della Night e neppure consideravano più.

«Lo so» Cassandra prevenne ogni commento da parte di Rahab, quando arrivò dopo la sua telefonata. «Il *problema Ellen*. Ci penso io.»

«Magari un po' meglio di come ci hai pensato sinora?»

«Se hai un'idea che può funzionare, sono aperta a suggerimenti!»

«Falle credere che è partito per l'Europa e ha cambiato scuola, no?»

«Oh.» Perché una pensata così maledettamente buona non era venuta in mente a lei?

Procedette come richiesto, e non vi furono altri incidenti per tutto marzo. Il che fu un sollievo perché, con l'avvicinarsi degli esami di fine semestre, il carico di studio della rappresentante crebbe a dismisura, tanto che faticò a trovare un momento libero per partecipare a un incontro richiestole dal preside in persona.

Naturalmente, era per i Giochi Olimpici. Non quelli veri, per carità, ma una competizione dal nome omonimo e dall'importanza, se possibile, ancora maggiore. La Sunrise School organizzava quell'evento da anni, invitando delegazioni di atleti degli altri istituti a partecipare a tre giorni all'insegna dello sport, del fair play e della collaborazione tra sportivi.

Il tutto, logicamente, si traduceva in un bagno di sangue, dove ogni scuola cercava di guadagnare il maggior numero di medaglie. Nonostante fosse da sempre la promotrice dell'evento, la Sunrise non era mai nella rosa dei migliori; a quanto pareva, i suoi atleti non spiccavano per bravura sugli altri.

Ogni volta, i Giochi Olimpici finivano lasciando la scuola in una tetra atmosfera che sapeva di perdenti e di demoralizzati. Ma non quell'anno. Quell'anno le cose dovevano cambiare, in un modo o nell'altro.

Dopo un incontro sull'argomento, il preside e Cassandra concordarono su un determinato piano che forse avrebbe permesso loro di portare a casa una vittoria schiacciante. Fu quel motivo a condurli, in pieno pomeriggio, alla ricerca di Rahab, stravaccato davanti al divano in compagnia di un depresso Trevor.

Lo zombie stava guardando una telenovela nuova, girata forse nel Nord Europa. I personaggi erano tutti biondissimi, impettiti e dalle acconciature perfette. I due erano così presi dalla trama che neppure si accorsero dell'ingresso degli umani, i quali si fermarono alle loro spalle, fissando a loro volta lo schermo con espressione a metà tra il perplesso e il disgustato.

«Hans» stava dicendo una fanciulla, la cui camiciola ispirata alla moda di inizio Novecento lasciava intravedere un'abbondante porzione del suo tondo e morbido seno. «Non posso amarti.»

«D'accordo, questo è un eccidio di neuroni» stabilì il preside, individuando il telecomando sul tavolino posizionato accanto al divano e usandolo per spegnere la televisione. «E i miei studenti non ne hanno bisogno. Specialmente tu, Trevor.»

Il Lalartu e lo zombie sussultarono dalla sorpresa.

«No!» protestò il secondo. «Devo sapere chi è sua sorella!»

«Per l'amor di Dio, vai a studiare qualcosa» lo apostrofò il dirigente scolastico, e quello non poté fare altro che alzarsi mestamente e obbedire, strascicando via il proprio corpo in decomposizione.

«Che succede?» domandò invece Rahab, trovando strana la presenza dei due, specie a quell'ora del giorno. «Qualcuno della Night ha combinato un guaio?»

«No. No, al contrario.» Digby sorrise a Cassandra, la quale ricambiò l'espressione con fare alquanto tiepido. «Miss Dron ha appena avuto un'idea meravigliosa, che metterà in luce i vostri straordinari talenti!»

Lusinghe non richieste. Il rappresentante della Night School andò automaticamente in uno stato di allerta.

«È strano.» Commentò, alternando nervosamente lo sguardo dal viso di lui a quello di lei, entrambi tranquilli e sorridenti. «Dovrei accogliere con piacere queste parole. Eppure, mi è appena corso un brivido lungo la schiena.»

«Miss Dron» la invitò il preside, con fare galante. «Prego, esponga il meraviglioso pensiero con il quale mi ha illuminato la giornata.»

«Non mi dia meriti che non ho» sorrise l'interpellata, con quello che parve a Rahab un atteggiamento di finta modestia. «L'idea è partita da lei, signor preside.»

Adulazione e reciproco compiacimento. I campanelli di allarme nella mente del Lalartu triplicarono.

«Cosa volete?» domandò, ormai sulla difensiva.

«I Giochi Olimpici» disse senza troppi giri di parole Cassandra. «Vincere i Giochi Olimpici.»

«Quelli che si svolgono ogni quattro anni in un continente diverso?»

«No» roteò gli occhi al cielo lei. «Parliamo dei Giochi Olimpici organizzati annualmente dalla Sunrise School.»

«Quindi di un appuntamento molto più importante di quelli veri» precisò il preside, non si sa se con ironia o credendoci sul serio. «Ormai li conoscerai, Rahab.»

«So che, attorno a questo periodo, qui arrivano un sacco di ragazzi appartenenti ad altre due scuole, che fanno il sedere a strisce ai vostri» concesse lui. Negli anni precedenti, gli ululati di delusione degli spettatori tifanti la scuola ospite avevano raggiunto più e più volte il dormitorio.

«Sì» ammise Digby, annuendo tristemente con il capo. «Veniamo regolarmente sconfitti. Tutti gli anni. Ma quest'anno Miss Dron ha pensato…»

«Lo ribadisco, l'idea è partita da lei.»

«Sempre così umile!» ridacchiò il preside, rivolgendole un'espressione colma di ammirazione.

Cassandra. Umile. Già.

Il livello di allarme di Rahab raggiunse altezza massima.

«Posso sapere quale meravigliosa idea vi è venuta in mente?» domandò, secco.

«Farvi partecipare» la studentessa lo propose con tranquillità, come se fosse la cosa più sciocca del mondo. «Non tutti voi, ovviamente. Soltanto alcuni. I più… bravi a stare in mezzo agli umani.»

«State scherzando, vero?»

«No, naturalmente» replicò il preside, stupito dalla sua reazione. «Sarebbe un bel modo di integrarvi con il resto della scuola. Di fare amicizia.»

«E di barare» borbottò lui. «Siete affamati di vittoria» comprese. «E, pur di ottenerla, siete disposti a gettare dei poveri diversamente vivi in arene di gioco dove sarebbero circondati da umani vocianti, e rischierebbero di far scoprire la loro vera natura se solo si azzardassero a perdere il controllo e a usare troppa forza o troppa velocità. Vi risponderò con una parola: no. Nessuno della Night verrà coinvolto in questo vostro carnevale di muscoli e sudore.»

«Giochi Olimpici» lo corresse il preside, con espressione addolorata sul viso. «Ma come? Non vi interessa innalzare il nome della vostra scuola?»

«Non con questi mezzucci.»

«Non sono mezzucci.» Intervenne Cassandra, con disinteresse. «Nessuno vi doperà, o cose del genere. Sareste voi, semplicemente voi, a competere. Nel regolamento dei Giochi non c'è scritto che essi sono vietati a creature non del tutto umane.»

«Quanto sarebbe fantastico vincere almeno i cento metri maschili!» ululò il preside, con l'aria di chi predica nel nome di un grande ideale. «È la competizione più importante! Se solo uno dei tuoi...»

«No.»

Il preside emise un lungo sospiro. Alzò le braccia in segno di resa, e chinò il capo per la sconfitta.

«D'accordo» si arrese, dispiaciuto. «Cassandra, hai altro da dire?»

«Solo che avremmo potuto evitare questo giro a vuoto» commentò piatta lei, arrendendosi senza insistere oltre. Il che mandò in tilt l'allarme interiore di Rahab. Non era da lei, un comportamento del genere.

Dov'era la studentessa rabbiosa e iraconda, pronta a uccidere pur di ottenere ciò che voleva? Perché sembrava tanto distaccata sull'argomento? Cosa c'era davvero sotto?

«Vieni.» Sospirò il preside. «Andiamo a studiare come accogliere le delegazioni delle altre scuole. E prevediamo un giorno di lutto per l'uccisione dello spirito scolastico a opera di questi barbari invasori.»

Si allontanò da loro, e lei fece per fare lo stesso. Fu la voce di Rahab a fermarla: «Beh?»

La studentessa aggrottò le sopracciglia chiare, perplessa. «Beh cosa?» volle sapere.

«Tutto qui? Ti arrendi e basta? Non è da te.»

«Sei contrario alla cosa, lo capisco e lo accetto» replicò la giovane, con fare pragmatico. «Perderemo. Me ne farò una ragione.»

«Quando mai te ne sei fatta una ragione?» domandò lui, sinceramente perplesso dal suo atteggiamento. «Che fine ha fatto la Cassandra che strepita e trova un modo per ricattarmi, spingendomi a fare quello che vuole lei?»

«Non è qui perché non ha un reale interesse per questo discorso» la studentessa roteò gli occhi al cielo. «Te l'ho detto, non è neppure stata un'idea mia, ma del preside. Torna alle tue telenovelas.»

Sulla soglia del dormitorio, Digby si voltò e lo guardò a lungo, con somma delusione. «Perlomeno» disse, «vieni a vedere i Giochi. Se non vuoi aiutare la scuola, almeno vieni a fare il tifo.»

«Ma perché vi comportate come se fossero i veri Giochi Olimpici?»

«Non lo sono» lo corresse il preside. «Sono più importanti.»

Il livello di organizzazione, in effetti, era tale da far supporre che quello fosse un appuntamento immensamente sentito da tutte le scuole partecipanti. Si rivelarono essere tre, come Rahab ebbe modo di scoprire il giorno dell'inizio dei Giochi Olimpici, studiando gli ospiti presenti nell'unica tribuna, composti da due presidi di sesso maschile e una, di sesso femminile, dai capelli rossi e l'aria giovanile. Insieme a loro, vi erano i rappresentanti degli studenti.

L'altera figura di Cassandra per la Sunrise, una balda campionessa di tiro con l'arco per la Ronwald e infine il portavoce della Finweld, un biondino dagli occhi furbetti che si distinse immediatamente dagli altri per maleducazione e totale ignoranza sulle regole del sano competere.

Spettatore della cerimonia d'accoglienza che si svolse nel tardo pomeriggio della prima giornata di Giochi, Rahab vide questo tizio dal sorriso mefistofelico prendere il microfono sino a quel momento usato soltanto dai presidi per predicare amore e sportività. Lo trovò un gesto di pessimo gusto; nessun altro rappresentante si era permesso di parlare agli studenti lì raccolti, preferendo lasciare l'onore e l'onere dei discorsi ai dirigenti scolastici.

Notò l'occhiata infastidita che Cassandra gli rivolse, e non poté non concordare con lei.

«Amici» enunciò il giovane, con quella che il Lalartu giudicò istintivamente una delle voci più antipatiche mai udite in vita propria. «Per me è un piacere e un onore essere ancora qui, ospite di questa meravigliosa scuola. Sì, la Sunrise è un posto magnifico. Visitatela, se potete, ha davvero tutto. Anche» aggiunse, con un mezzo sorriso, «una bacheca dei trofei, quasi del tutto vuota. Ragazzi, mi dispiace così tanto. Noi della Finweld cercheremo di lasciarvi qualcosa, quest'anno.»

Il moto di rabbia che attraversò il corpo di Cassandra fu evidente solo a Rahab, che aveva ormai imparato a conoscerla bene. Tutti gli altri la videro rimanere sdegnosamente al proprio posto, gli occhi fissi in avanti e l'espressione di chi non ha appena udito una palese presa in giro rivolta alla propria scuola.

«Scherzo» proseguì costui, con una dolcezza velenosa nella voce. «Non vi lasceremo niente. Ehi, ehi, attenzione; non sto dicendo che i ragazzi della Sunrise siano dei perdenti» si affrettò a precisare.

A quel punto si volse, fissando Cassandra con un sorriso di pura provocazione, per sfidarla a interromperlo. Lei lo guardò come se fosse un perfetto idiota, ma non mosse un dito.

«Non è colpa vostra, amici della Sunrise» proseguì allora lui, gongolando di quella che ritenne una piccola vittoria morale. «Purtroppo per voi, noi della Finweld siamo… incapaci di accontentarci. Ed è questo a renderci così passionali. Così imbattibili.»

Ovviamente, gli studenti della scuola in questione esplosero in un boato di ovazione, mentre gli appartenenti agli altri due istituti si limitarono a sguardi colmi di pietà per quell'idiota tanto invasato. Rahab lo giudicò immediatamente come un figlio di papà belloccio e di scarsa intelligenza; solo un idiota si sarebbe esposto in quel modo, facendo una figura che definire da cretino sarebbe stato poco.

Lo vide andare a sedere insieme agli altri studenti in tribuna, e fare in modo che la rappresentante della Ronwald gli cedesse il proprio posto accanto a Cassandra. Una volta che le fu vicino, le rivolse un sorrisino da degenerato, che lei ignorò stoicamente.

Iniziarono le prime gare.

Fu, ovviamente, un bagno di sangue. Lo studente della Sunrise che doveva competere per il salto in alto picchiò una testata non molto dignitosa contro la trave che delimitava l'altezza dell'ostacolo. Il lanciatore del peso per poco non colpì qualcuno nel pubblico e il tizio del salto in lungo parve più un partecipante alla competizione del salto in corto.

Rahab sedette sull'erba in mezzo agli altri tifosi, spiccando come un faro nero tra le loro teste. Di tanto in tanto, la sua attenzione era come calamitata da quel biondo antipatico della

Finweld, e dal modo con cui continuava a parlottare in direzione di Cassandra quando uno studente della Sunrise veniva sportivamente ma impietosamente umiliato. Sembrava infierire su di lei, ma senza ottenere nessuna reazione.

Sempre più strano. O in fondo no? La studentessa gli aveva più volte ribadito di non provare alcun interesse per la competizione in questione. Forse era vero. Questo avrebbe giustificato la sua indifferenza anche alle continue battutacce di quell'idiota. Cassandra non sprecava tempo e fiato con gli imbecilli.

«Eh, povera Cassandra» a dirlo fu il preside. Era fuggito dalla tribuna d'onore e alla compagnia degli altri dirigenti scolastici con chissà quale scusa, e aveva raggiunto Rahab sul prato, sedendo accanto a lui come se fosse uno studente pari agli altri. «Cosa le tocca sopportare.»

«Ho visto» confermò il Lalartu, senza staccare gli occhi neri dai bei tratti del biondino, e dal suo sorrisino da bastardo. «Io lo avrei già preso a pugni.»

«Temo tu non sappia tutta la storia» commentò il dirigente scolastico, dispiaciuto. «Vedi, quel ragazzo, tale Andrew, non è solo un maleducato e uno spaccone. Hai notato il sottile modo in cui umilia i nostri ragazzi, come infierisce quando uno di noi perde, senza che lei reagisca? Non ti sei chiesto perché?»

«Ha detto che questi giochi non le interessano» replicò il Lalartu, provando però un enorme moto di curiosità nell'udire quelle parole. C'era forse dell'altro, sotto?

«Sì, è ufficiale, non sai tutta la storia» si rese conto Digby. «Quell'Andrew è stato una fiamma di Miss Dron. Se ho capito bene i pettegolezzi circolati tra gli studenti, la loro storia è finita molto, molto male. Pare che quel borioso ragazzino abbia diffuso foto di lei nuda. Non ho avuto prove della cosa, naturalmente, o avrei sporto denuncia. Miss Dron, quando mi sono interessato alla questione, ha negato tutto. Quindi prendi quello che ti dico con le pinze, naturalmente.»

Il sangue gli defluì dalla testa e il cuore gli accelerò nel petto, mosso dalla rabbia che provò nell'ascoltare quel racconto.

Adesso sì che la storia prendeva ben altri contorni. Cassandra era davvero stata con quell'idiota? Un bastardo che si era approfittato della sua fiducia, del suo corpo, rubandole scatti osé e diffondendoli tra i compagni? Li guardò con maggiore attenzione, attraverso lo schermo di quella nuova verità; adesso l'atteggiamento di lei gli era più chiaro.

Era parsa così disinteressata, così distaccata perché... in realtà quella situazione le stava facendo male da morire.

Gli aveva chiesto apertamente di aiutarla contro un maledetto che l'aveva umiliata, e seguitava a farlo, approfittando della sudditanza psicologica che il modo in cui si erano lasciati aveva provocato in lei. E lui le aveva rifiutato il proprio supporto, lasciandola sola, alla mercé di quell'idiota.

Lo vide farle una battutina. Lei si guardò le unghie, con espressione vuota.

«Perché non me lo ha detto prima?» sibilò, furibondo.

«Non avrei dovuto farlo nemmeno adesso» sospirò il preside, con dispiacere. «Non dovrei impicciarmi delle vite di voi studenti. Ma vederla così immobile... è innaturale. La nostra Cassandra è una forza della natura. Ho sentito il bisogno di parlarne con qualcuno. Scusami, Rahab. Fai come se non ti avessi raccontato nulla.»

Si alzò, spolverandosi i pantaloni dall'erba che vi era rimasta attaccata. «Suppongo di dover tornare dai miei colleghi» mormorò, con fare annoiato. «Sanno fare solo discorsi monotoni! Goditi i Giochi, almeno tu.»

«Signor preside?» chiamò lui, mentre si allontanava.

«Sì?» rispose perplesso, voltandosi e guardandolo incuriosito.

«Per oggi credo che le competizioni siano quasi finite. Ma sa dirmi quali gare si svolgeranno domani?»

L'altro aggrottò le sopracciglia, perplesso da quella domanda. «Nuoto, corsa a ostacoli, tiro con l'arco, e naturalmente i cento metri maschili. Capisco che tutto questo ti annoi. Se non avrai voglia di venire, lo capirò.»

«Farò un salto, credo» fu l'unica promessa che fece Rahab. Poi, non appena l'uomo si fu allontanato, prese il telefono dalla tasca dei propri pantaloni e compose il numero di Meal con movimenti rabbiosi, quasi rischiando di rompere l'apparecchio. Attese che il licantropo gli rispondesse, quindi ringhiò: «Ascolta bene. Mi serve uno che nuoti veloce, uno che salti bene e qualcuno che abbia una buona mira».

La mattinata successiva fu all'insegna dell'incontro e della reciproca conoscenza. I delegati sportivi delle due scuole ospiti assistettero a lezioni della Sunrise School, parteciparono a un pranzo in compagnia e, tutto sommato, si divertirono un sacco.

Certo, quelli della Finweld trascorsero il tempo vantandosi dei risultati già ottenuti. Ma lo facevano con tanta boria da risultare poco più che dei montati cretini, inducendo i loro coetanei a ignorarli più per pietà che per pazienza.

La preside di quell'istituto era tra le promotrici maggiori del loro atteggiamento. Sedette al tavolo degli insegnanti, accanto alla dirigente di Ronwald e dirimpetto a Digby, al quale rivolse un sorriso divertito.

Era una donna straordinariamente elegante. Vantava capelli rossi come il fuoco, occhi azzurri e modi di fare degni di una nobile inglese. Peccato che, quando apriva bocca, ogni parvenza di raffinatezza spariva, distrutta dalla sua arroganza senza fine.

«I tuoi ragazzi non hanno ancora preso una medaglia, Preston?» apostrofò il direttore della Sunrise School, rischiando di fargli andare di traverso l'acqua che stava bevendo.

«Ieri erano gare minori» rispose questi, quando l'eccesso di tosse causatogli da quella domanda finì. «Oggi si gioca per i premi più importanti. E posso assicurartelo, avrai delle sorprese.»

E le sorprese arrivarono. Già dalla prima competizione, che si svolse nella piscina olimpionica della Sunrise.

Appollaiata sugli spalti con quell'antipatico e viscido di Andrew della Finweld seduto accanto a lei, Cassandra notò a bordo piscina un movimento che la stupì non poco. Aguzzò lo sguardo, concentrandosi su ciò che stava avvenendo sotto gli occhi di centinaia di persone.

Meal era arrivato in costume da bagno, accompagnato da un Rahab vestito formale e da due lamie in tenuta sportiva. Il suo ingresso scatenò l'ilarità dei presenti, poiché il licantropo, con addosso soltanto un paio di calzoncini da nuoto, aveva messo in mostra tutto il pelame extra che lo ricopriva. Non dava l'impressione di essere il mostro che era, per fortuna, ma un giovane con la sfortuna di avere bulbi piliferi più laboriosi della media.

Il gruppo dei diversamente vivi raggiunse l'atleta della Sunrise, già pronto a prendere parte alla competizione. Parlottarono per un po' con lui, come per convincerlo di qualcosa. Costui, dapprima, non parve molto contento, né disposto a venire a patti con i nuovi arrivati. Poi Rahab gli si mise di fronte, sovrastandolo con la propria stazza, gli occhi viola già tendenti al nero fissi in quelli di lui. Rimase per un istante in silenzio, limitandosi solo a guardarlo. Tanto bastò.

Il nuotatore della Sunrise lasciò il proprio posto in gara a Meal, il quale prese posizione facendo roteare le braccia iperpelose, come per riscaldarsi.

«Dron» l'apostrofò lo stupido Andrew, non riuscendo a trattenere una risata per la scena grottesca alla quale avevano appena assistito. «Chi è quel tappetino umano?»

La bionda gli fece un cenno secco con la mano, infastidita. Era troppo concentrata a cercare di capire cosa accidenti avesse in mente Rahab; perché rifiutarsi di partecipare ai Giochi, per poi arrivare all'ultimo momento e minacciare un atleta affinché lasciasse il proprio posto a uno dei suoi?

Lo guardò dall'alto, e infine lui incrociò il suo sguardo. Era furente, determinato. Cassandra rimase sorpresa nel vederlo tanto arrabbiato. Sillabò senza voce: «Che fate?»

Il labiale con cui lui le rispose fu secco, privo di fronzoli. Lo comprese senza fatica.

«Vinciamo.»

«Allora, chi è?» insistette il biondino al suo fianco. «Pare un randagio appena raccolto per la strada.»

«Uno degli studenti della Night School.»

Negli altri istituti si sapeva che quello devolveva una piccola parte dei suoi fondi e del suo spazio ai ragazzi meno fortunati, offrendo loro un dormitorio a parte e corsi dedicati. Andrew comprese perché nessuno dei nuovi arrivati indossasse una divisa, e fece spallucce.

«Quindi non mi sbagliavo. È davvero un randagio appena raccolto dalla strada» commentò, con divertimento. «Mi auguro che tutto quel pelame non faccia troppa resistenza con l'acqua, o il vostro tempo sarà il peggiore di sempre. Ma può gareggiare? Non hanno nemmeno le uniformi della scuola.»

La ragazza si girò a fissarlo, gli occhi verdi illuminati da una rabbia nuova.

«Sono studenti della Sunrise a pieno titolo.» Proclamò, con determinazione. «E hanno il diritto di competere come gli altri.»

Andrew ridacchiò, colpito dall'improvvisa furia che le lesse nello sguardo. «Calma. Se a voi fa piacere che il pelosetto si faccia una nuotatina, noi non abbiamo niente in contrario.»

Non erano dello stesso avviso gli altri studenti della scuola ospitante. Vedere il loro campione rimpiazzato da quello che sembrava un tizio bisognoso di epilazione laser causò mormorii e malumori. Qualcuno riconobbe in Rahab il rappresentante della Night School, e girò subito la voce che fosse stato deciso per questioni di pari opportunità tra gli studenti benestanti e quelli meno fortunati. La cosa, ovviamente, non fece che aumentare le occhiatacce e il fastidio provato dai ragazzi della Sunrise.

Tutto ciò ebbe fine con il fischio d'inizio.

Meal si tuffò con un attimo di ritardo. Ma recuperò subito. Quell'affare ricolmo di peluria sfrecciava nell'acqua della piscina come una specie di strambo, orripilante delfino umano. Le sue bracciate erano potenti, implacabili. Staccò il gruppo composto dagli altri due studenti e prese ad andare con una potenza inimmaginabile.

Dopo un primo momento di stupore, gli ululati dei padroni di casa si fecero sentire subito. Il tifo esplose, mentre il licantropo raggiungeva il bordo opposto della piscina, lo toccava e ripartiva per tornare indietro, seguito a ruota dagli altri.

Si capì che avrebbe vinto già negli ultimi cinque metri. Dagli spalti, tutti gli studenti della Sunrise si alzarono in piedi, incitandolo, urlando d'euforia e d'eccitazione. Nel momento in cui Meal toccò per primo il punto d'arrivo, vi fu un'esplosione tale di gioia che quasi fece tremare il tetto della costruzione. Il licantropo sorrise estatico per quell'accoglienza, alzando un pugno peloso fuori dall'acqua e levandolo in direzione del cielo, in segno di vittoria. I suoi nuovi tifosi lo acclamarono ancora più forte, per poi intonare: «Sunrise School! Sunrise School! Sunrise School!»

Cassandra si girò, curiosa della reazione che avrebbe avuto Andrew. Sembrava un turista occidentale che era appena stato costretto ad assaggiare una specialità a lui sconosciuta, come le cavallette fritte. Ostentava tranquillità, ma era evidente quanto faticasse a ingoiare il boccone.

«Beh» sibilò infine, con estrema calma. «È solo una gara. Una medaglia dobbiamo concedervela, di tanto in tanto.»

La studentessa sorrise, con finta dolcezza. «Se ho capito bene quello che sta succedendo» mormorò, sedendo più rilassata sugli spalti, «andrete via da qui piangendo.»

Il resto della giornata fu incredibile, dal punto di vista degli studenti che giocavano in casa. Ma tremendo, per gli altri. I partecipanti della Ronwald trattennero il fiato quando la loro rappresentante si presentò per il tiro con l'arco.

L'atleta della Sunrise era stata, manco a dirlo, tirata via con la forza da Rahab. Al suo posto, una lamia di nome Rizzlit si posizionò con incredibile precisione e incoccò la freccia con un gesto davvero elegante. Quasi non mirò, lasciò la corda tesa e la freccia percorse l'aria come un pugnale, conficcandosi nel centro esatto del bersaglio.

La delegata della Ronwald le rivolse uno sguardo stupefatto, colmo di ammirazione. «Hai una tecnica bellissima» commentò. «Chi ti ha insegnato?»

«Antiope.»

«Ma dai» commentò l'altra, con un sorriso divertito. Era un'appassionata di mitologia, e quel particolare l'aveva colpita. «Lo stesso nome della regina delle amazzoni. Che coincidenza buffa.»

«Già.»

La lamia mise a segno un altro tiro perfetto. Accanto a loro, l'atleta della Finweld cercò in tutti i modi di recuperare un po' dei punti persi, ma diede una prestazione davvero terribile. Finì in fondo alla classifica, e questo cancellò del tutto l'espressione da beota sia dal volto di Andrew, che da quello della sua preside.

«Dirigente Preston» protestò vivamente quest'ultima, sulle tribune. «Ma chi sono, questi ragazzi? Ha fatto iscrivere alla sua Night School atleti professionisti, allo scopo di vincere?»

«Mercedes» replicò questi, con l'espressione di chi provava offesa sincera. «Puoi verificare, sono studenti che frequentano regolarmente il nostro istituto. Per chi mi hai preso? Barare in una sciocca competizione tra scuole? Oh, guarda… avete appena perso il salto a ostacoli.»

Era vero. L'altra lamia giunta in campo aveva percorso con balzelli degni di un'antilope tutto il percorso; a un certo punto, si era addirittura voltata indietro, aspettando qualche secondo il resto del gruppo, come per dare loro speranza di vittoria. Quindi aveva ripreso ad avanzare, con un sorriso colmo di divertimento sulle belle labbra.

I ragazzi della Sunrise erano ormai ubriachi di trionfo. Non conoscevano i nomi di coloro che li stavano portando nell'olimpo della gloria sportiva, ma sopperivano a questo urlando incitazioni e slogan, sbracciandosi e sgolandosi. In quel momento, a nessuno di loro importò che gli atleti in campo appartenessero a una sezione secondaria della scuola. Li osannarono come se fossero loro pari.

Il momento in cui tutti rimasero davvero straniti fu la corsa dei cento metri, considerata universalmente la competizione più importante di tutti. Si presentarono una ragazza della Finweld, un giovanotto della Ronwald e un Lalartu che Cassandra conosceva bene, il quale non si era neppure preso il disturbo di vestirsi con qualcosa di sportivo per dare almeno l'impressione di essere normale.

Quando lo videro schierarsi sulla linea di partenza con addosso pantaloni formali e camicia scura, persino i tifosi della Sunrise ebbero un lungo momento di esitazione, non sapendo se fosse il caso di seguitare a tifare, dato che il tizio posto a loro rappresentanza sembrava un idiota.

Dieci secondi dopo il fischio d'inizio, ovvero quando quell'enorme ragazzo arrivò al traguardo staccando gli altri a metà percorso con l'espressione di chi sta facendo una passeggiata nel parco, ogni dubbio svanì.

Cassandra scoppiò a ridere per quello sfoggio di insolente menefreghismo, mentre gli studenti della scuola si alzavano in piedi e correvano in campo, in direzione del povero Rahab. Per un istante, lui parve pronto a difendersi da qualsiasi attacco fosse stato diretto alla sua persona. Ma poi, con immenso stupore, si rese conto che quella folla non era armata di forconi o di cattive intenzioni. Gli si strinsero attorno non per bruciarlo vivo e disperderne le ceneri, ma per acclamarlo, festeggiarlo.

Stupito, confuso, il poveretto faticò a mantenere la calma. Già gli era costato un enorme sforzo correre abbastanza lento da risultare credibile e, soprattutto, mettersi in mostra di fronte a tutti quegli esseri umani, che avrebbero potuto capire cosa lui fosse. Ne era valsa la pena?

Alzò gli occhi in direzione degli spalti, cercando il viso di Cassandra; la vide sorridere divertita, intenta ad applaudirlo piano, scuotendo il capo per quella che, evidentemente, le era parsa una pazzia. Andrew si stava allontanando da lei, visibilmente arrabbiato.

Sì. Ne era valsa la pena.

«Siamo i vincitori!» ululò il preside, perdendo ogni parvenza di sportività e alzandosi in piedi, saltellando sul posto come un idiota. «Abbiamo vinto!» urlò, e il suo entusiasmo contagiò ulteriormente gli studenti. «Questa sera si festeggia!»

Parve calmarsi un attimo, voltandosi e rivolgendo un sorriso educato agli altri due dirigenti scolastici. «Ovviamente» bofonchiò, non riuscendo a smettere di sorridere, «anche voi e le vostre delegazioni sono invitate.»

La preside della Finweld sbottò qualcosa che lui non riuscì a comprendere del tutto. Si rialzò dal proprio posto e se ne andò senza aggiungere altro, dando ordine che i suoi ragazzi venissero radunati, caricati sui pullman che li avevano condotti sin lì e riportati all'istituto di appartenenza. Digby le fece ciao-ciao con la manina, e con un bel sorriso stampato sul volto.

«Beh, signor Preston» commentò il direttore della Ronwald, alzandosi e porgendogli una mano con estrema sportività. «I suoi ragazzi della Night School sono stati una vera sorpresa. Avete vinto voi i Giochi Olimpici, quest'anno. E ve lo meritate.»

L'uomo accettò quel gesto, stringendogli le dita con le proprie. «La ringrazio» sospirò, lieto. «Volete rimanere per i festeggiamenti?»

«Dobbiamo rientrare; i miei ragazzi non hanno dormitori, le famiglie li aspettano. Inoltre, non vogliamo disturbare. Credo che farete festa per un bel po'.»

«Oh, giusto qualche bibita analcolica e due stuzzichini. Non ci piace esagerare.»

Alle undici di sera, i festeggiamenti proseguivano senza sosta. Alcuni studenti della Night School dall'aspetto meno sospetto di altri vennero chiamati da Meal e dagli altri vincitori e si unirono all'entusiasmo generale. Tanto, c'era da bere e da mangiare in abbondanza. Chissà perché il preside aveva fatto scorta di salatini e bevande gasate, come se quell'anno si fosse aspettato di vincere.

Tutti saltavano, urlavano, ridevano e scherzavano. Vampiri e umani, banshee con ragazzi normali. L'atmosfera generale era davvero incredibile, tanto che persino Cassandra accettò di bere qualcosa e di fermarsi a chiacchierare con un gruppo di coetanee alle quali, solitamente, non prestava una grande attenzione.

Rahab la fissò da lontano, provando nel petto una forma di orgoglio mai sentita prima. Era qualcosa di più della semplice consapevolezza di averla aiutata a vendicarsi di un idiota. Sentiva di averla protetta, e questo gli scaldava il cuore.

Quando la vide andare a prendere qualcos'altro da bere, le si fece silenziosamente vicino. «Stai passando una bella serata?»

Lei sussultò, ritrovandoselo accanto. Alzò gli occhi al cielo, borbottando qualcosa sul fatto di dovergli piazzare un campanello al collo per sentirlo arrivare.

«Passabile» replicò, prendendo un bicchiere e pescando un mestolo da una delle numerose ciotole di succo di frutta con ghiaccio messe a disposizione dal preside. Era al melograno, rosso e dall'aspetto appetitoso.

«Sono tutti entusiasti.» Commentò il rappresentante della Night School, rivolgendo uno sguardo soddisfatto all'atmosfera di generica festa che regnava tra i ragazzi.

«Avete fatto faville» la studentessa bevve un lungo sorso, pensierosa. «Non credevo vi sareste esposti. Sicuramente non pensavo che lo avresti fatto tu.»

«Quell'Andrew meritava una lezione.»

«Chi?»

«Il rappresentante della Finweld» Rahab trovò stupido che lei seguitasse a fingere indifferenza nei confronti di lui. «So tutto. Che è il tuo ex e quello che ti ha fatto. Gli abbiamo dato una lezione.»

Cassandra smise di bere. Lo guardò per un lungo istante, con incredibile sorpresa. Poi, molto lentamente, domandò: «Chi ti ha detto queste cose?»

«Il preside» confessò. «Ma non prendertela con lui. Si è sfogato perché era preoccupato per te.»

«Preoccupato per me.» Sorrise lei, divertita. «Oh, Dio. Non so davvero come dirtelo.»

Non era quella la reazione che si sarebbe aspettato. Rahab aggrottò la fronte, attendendo in silenzio che la ragazza proseguisse il proprio discorso. Lei lo fece, cercando le parole giuste, come una persona che deve dare una brutta notizia con il maggior tatto possibile.

«Per la verità, non avevo mai incontrato prima quell'Andrew» gli confessò.

«Cassandra. Non c'è bisogno di mentire. Non lo dirò a...»

«C'era un solo ex, a questo evento» proseguì la studentessa, bevendo un altro sorso di succo. «Ovvero la preside della Finweld.

Lei e Digby sono stati sposati per una decina d'anni. I pettegolezzi dicono che lo abbia lasciato per l'allenatore della sua scuola.»

«*Cosa?*»

«Perché credi che a lui interessasse tanto vincere questi Giochi? Li organizza tutti gli anni allo scopo di umiliare lei e il suo amante, anzi, ormai credo sia il suo attuale marito. Non c'era mai riuscito, prima di, beh... convincere te e gli altri a partecipare.»

«No» replicò lui, mentre la verità sulla questione gli arrivava addosso senza pietà, facendogli quasi ronzare la testa. «Tu eri strana! Fingevi che non te ne importasse niente.»

«Fingevo?» la giovane scoppiò a ridere. «Che si vincesse o si perdesse, il mio unico compito era fare in modo che la competizione si svolgesse nel migliore dei modi. Non ho interesse per gli sport. Mi piacciono solo gli scacchi.»

«Ma...»

«Ti ho detto più volte che non mi interessava la cosa. Ti ho anche detto che l'idea di farvi partecipare era partita dal preside, e non il contrario come lui si ostinava a ribadire.»

«Mi ha fregato» comprese il Lalartu, provando per la prima volta la tentazione di ammazzare sul serio un essere umano. «Si è preso gioco di me.»

Provò un moto di imbarazzo senza fine. Non solo per il fatto di essere stato fregato in quel modo, ma per aver appena messo a nudo con indicibile chiarezza di aver compiuto quell'impresa per lei. Guardò altrove tranne che nella sua direzione, e Cassandra sorrise impercettibilmente.

Rahab sentì una delle mani della ragazza sfiorare la propria. Una carezza breve, data con tenerezza.

«Però è stato dolce, da parte tua» ammise lei, con sincerità. «Sfidare la tua paura di esporti per... beh, per *aiutarmi*, diciamo.»

Vi fu un attimo d'incredibile intensità tra loro. Lui abbassò gli occhi sulle loro dita ancora vicine, il cuore che gli galoppava nel petto. Percepì un moto di reale affetto da parte di Cassandra, un sentimento che raramente lei gli aveva permesso di percepire. E mai nei suoi confronti.

Fu bellissimo.

Ma poi la studentessa non poté fare a meno di scoppiare a ridere, scuotendo il capo. «Scusa» balbettò, seguitando a ridacchiare. «Solo che... non posso credere che il preside ti abbia raggirato così bene!»

Si allontanò da lei che ancora rideva. Sfruttò la sua ragguardevole altezza per trovare il baluginare delle lenti tonde di Digby, e lo intravide dalla parte opposta della grande folla, intento a chiacchierare festoso con alcuni suoi studenti.

Attraversò la massa di quei corpi danzanti come un panzer, deciso a schiacciarlo sotto i propri cingoli. Quando gli fu vicino, scacciò a male parole i poveri ragazzi che stavano parlando con lui, poi lo afferrò per un gomito e lo tirò più lontano dagli altri. Il preside era un uomo adulto, ma non poté opporsi alla forza che il Lalartu usò su di lui.

«Rahab» balbettò, scandalizzato. «Ma cosa...»

«So tutto!» gli sibilò il diversamente vivo, in preda alla furia. «Mi ha usato per... avere vendetta sulla sua dannata ex moglie!»

Comprendendo che la recita era finita, il dirigente scolastico sospirò e annuì. «Non sono orgoglioso di quello che ho fatto» ammise, per poi lanciare un'occhiata agli studenti festosi. «Oh, ma a chi la voglio raccontare? Ne sono fiero. Quella dannata strega meritava una lezione!»

«Me lo poteva chiedere direttamente» sibilò Rahab.

«Non lo avresti mai fatto. Non per me. Ma per la tua esimia collega...» il preside lasciò in sospeso il discorso, sistemandosi gli occhiali sul naso con un sorriso colmo d'astuzia.

Lui ebbe voglia di urlargli addosso. Poi si calmò, e abbassò il capo, voltandosi e rivolgendo uno sguardo di sottecchi a Cassandra, adesso intenta a chiacchierare con Ellen, sempre un po' mogia nonostante la grande giornata appena trascorsa.

«È così evidente?» sussurrò, frustrato.

Il preside non ebbe il bisogno di chiedergli a cosa si riferisse. Vedendolo meno furioso, gli appoggiò gentilmente una mano sulla spalla, concedendogli un tocco amichevole e complice.

«Lo è» ammise, sincero. «E non solo ai miei occhi. Perché continui a soffrire in silenzio? Dille quello che provi.»

Ripensò al bacio che le aveva dato in scena. Alle parole che lei gli aveva rivolto subito dopo. Non erano sue, le aveva soltanto recitate. Eppure, una parte di lui sapeva bene quanto esse corrispondessero alla realtà dei suoi pensieri.

«Non mi vorrà mai.»

«Rahab. Ho aperto una scuola per diversamente vivi all'interno di uno degli istituti più in vista e ricchi di questo continente. Sai qual è il mio motto? Mai dire mai.»

«Sei qui!» Meal andò incontro a loro, trascinando letteralmente un vampiro per le orecchie. Sembrava incredibilmente agitato, addirittura spaventato. La cosa mise in allerta sia l'umano che il Lalartu, all'istante.

«Che succede?» chiese quest'ultimo, studiando il succhiasangue che il licantropo aveva portato da loro con la forza. Era una nuova leva di quell'anno, un tizio che Rahab aveva adocchiato per poco impegno negli studi e un senso dell'umorismo davvero pessimo.

Meal lo spinse in avanti, contro di loro. «Di' che hai fatto!» sibilò, feroce.

«Calmati!» ridacchiò quello, trovando la situazione non degna del panico provato dal suo compagno di scuola. «È solo uno stupido scherzo!»

«Diglielo!»

«Che hai combinato?» domandò Rahab, guardandolo dall'alto in basso, e usando un po' del proprio potere per instillargli un attacco di panico. L'altro reagì sgranando gli occhi, e subito perse il sorriso, come rammentando chi ci fosse in cima alla gerarchia.

«Niente di che» bofonchiò, abbassando il capo. «Volevo dare un po' di brio alla festa. Ho messo del sangue nelle bevande.»

«Sangue?» starnazzò il preside, intervenendo di prepotenza nella discussione. «Sangue di vampiro? Hai messo del sangue di vampiro nella roba che stanno bevendo quei ragazzi?»

«Ma sì» fece spallucce lui. «Da noi lo facciamo sempre. Dà un po' di euforia.»

«A dei non morti, forse» il dirigente scolastico si scambiò un'occhiata colma di apprensione con Rahab. «Ma questi sono umani! Loro reggono poco la potenza del sangue di vamp–»

«Ragazzi!» ululò uno degli studenti della Sunrise del terzo anno. Era montato su un tavolo, con un bicchiere in mano, gli occhi luccicanti di eccitazione. «So volare!»

Non era vero, ovviamente. Piombò faccia a terra contro il pavimento, spaccandosi il naso. Eppure, ridacchiò.

Rahab e il preside si scambiarono una rapida occhiata. «Quanto tempo abbiamo, prima che inizino a crollare come castelli di sabbia?» gracchiò quest'ultimo, con un filo di voce.

«Venti minuti. Al massimo.»

«Insegnanti!» volò via l'uomo, richiamando a sé i propri dipendenti. «I ragazzi vanno riportati nei loro dormitori e messi a letto! Subito!»

Il sangue di vampiro era un po' l'alcol del loro mondo: forniva una sensazione di euforia e potenza, privando il soggetto che lo aveva assunto di ogni controllo. L'unica cura era dormire. Dopo il sonno, i suoi effetti sparivano come nel nulla, portando però con sé qualsiasi memoria di ciò che si aveva fatto quando si era sotto gli effetti di quel liquido. Per fortuna, gli umani non erano progettati per reggerlo; vi sarebbe stata forse una mezz'ora di delirio generale, ma sarebbero poi crollati tutti addormentati come bambini. L'importante era fare in modo che ciò accadesse nei dormitori, come se fosse una cosa naturale, e non che vi fosse uno svenimento di massa che li avrebbe spinti a farsi alcune domande su ciò che era capitato loro.

Rahab ordinò ai suoi non morti di dare una mano, per velocizzare le operazioni. Si mosse per aiutare a sua volta, poi un ricordo gli apparve nella mente, all'improvviso: Cassandra che si gustava del buon succo di melograno mentre parlava con lui. Imprecò divinità nelle quali non aveva mai creduto e andò alla sua ricerca, non badando ai ragazzini attorno a lui che, con gran disperazione di coloro addetti a trascinarli in branda, stavano iniziando a dare di matto.

La trovò poco lontano, in disparte. Sembrava normale. I capelli ricadevano in morbidi riccioli sulle spalle, la divisa non aveva una sola piega come al solito. L'unica stranezza consisteva nel fatto che il bicchiere di succo fosse caduto ai suoi piedi, e lei stava studiandosi le mani con l'espressione di chi non riesce proprio a venire a capo di un dubbio amletico. Forse non aveva bevuto abbastanza sangue di vampiro da perdere il controllo.

«Cassandra» la chiamò, raggiungendola a grandi passi. «Niente domande. Devi tornare al tuo dormitorio subito, come gli altri.»

«No, adesso no. Ho un problema da risolvere.»

Rahab la vide concentrarsi maggiormente. «Del tipo?» domandò, con una pessima sensazione nel vederla così.

«Io ho dieci o dodici dita?» volle sapere lei, combattuta. «*So* che sono dieci. Ma quando le conto, mi sembrano dodici.»

Okay. Ufficiale, aveva bevuto sangue di vampiro. E tutto quello che riusciva a fare, mentre i suoi compagni in preda alla medesima sostanza si davano allo sballo, era riprendere la sua sempiterna lotta con la matematica. Lui scosse il capo, con un tiepido sorriso sulle labbra.

«Sono dieci» sospirò, sospingendola gentilmente in avanti. «Vieni, ti accompagno.»

«Dove?»

«Al tuo dormitorio. Tra un quarto d'ora crollerai addormentata come una bambina.»

La studentessa si girò a guardarlo, stupita dalle sue parole. Poi parve notare qualcosa sul suo volto, un dettaglio che la incuriosì come una gattina. Spalancò le labbra per la sorpresa e gli si avvicinò forse un po' troppo, appoggiandogli una mano sul petto e alzandosi sulla punta dei piedi per studiarlo meglio.

Gli premette un dito sulla punta del naso. «Ne hai uno.» Commentò, stupefatta. «E dire che mi sembravano due.»

«D'accordo, signorina» lui rise piano, solleticandole la mano con cui ancora gli toccava la faccia con il proprio fiato. «Devi decisamente tornare al tuo... attenta!»

Lei barcollò all'indietro, perdendo l'equilibrio senza una reale spiegazione. Rahab le passò il braccio attorno alle spalle, sostenendola con una mossa istintiva. Cassandra guardò prima a destra, poi a sinistra, confusa. Infine, chiuse gli occhi e poggiò il capo dai riccioli biondi contro di lui, con un mugolio di sofferenza.

«Perché il mondo gira così veloce?» balbettò, e quasi cascò a terra nonostante il sostegno del diversamente vivo.

Poveretta. Non si era imbottita di quella roba apposta. Non aveva idea di cosa le stesse accadendo. Rahab studiò la situazione attorno a loro, per decidere quale fosse la cosa giusta da fare. Il preside e gli insegnanti, insieme agli altri non morti, avevano organizzato il resto degli studenti festaioli in gruppi ben compatti, e li stavano scortando in direzione dei rispettivi dormitori. Non sembravano avere bisogno di lui. Per cui, si chinò e passò il secondo braccio dietro le ginocchia di lei.

La sollevò, e lei spalancò gli occhi per l'agitazione. «So volare?» balbettò, aggrappandosi istintivamente alla camicia del suo portatore.

«Shh» le consigliò Rahab, incamminandosi con pazienza nel tepore di quella notte ormai profumata di primavera. «Meglio se tieni chiusa la bocca, nello stato in cui sei. Credimi.»

La giovane, per la prima volta nella sua esistenza, diede retta a un consiglio ricevuto senza protestare o discutere. Riconobbe istintivamente quel calore già conosciuto in altre occasioni, e si accoccolò maggiormente contro il suo petto, trovandovi rifugio.

«Mi piace» bisbigliò, sfregando il volto contro la sua camicia. «Mi piace tanto, quando mi abbracci.»

Per poco non le cascò di mano dalla sorpresa. Rahab fu costretto a rafforzare la presa, mentre lo shock portato da quella confessione prendeva lentamente possesso di lui. Abbassò lo sguardo, seguitando a camminare e fissando intensamente gli occhi verdi di lei, le palpebre semiabbassate, il totale abbandono con il quale stava tra le sue braccia.

«Non ne avevo idea» le disse, con voce bassa e lievemente emozionata.

«A volte lo sogno. Sogno di abbracciarti.»

Sapeva che, il giorno dopo, lei non avrebbe rammentato un solo istante di quel dialogo. Fu solo per questo motivo che osò dirle: «Anche io ti sogno, di tanto in tanto». E non erano solo abbracci, quello che si davano nei suoi viaggi onirici. Cassandra aveva acceso in lui un desiderio nuovo, dilaniante. Si chiamava lussuria ed era assai ben peggio dell'amore; lo costringeva a risvegliarsi ansante, sudato, perennemente insoddisfatto.

«Ripenso tanto a quel bacio. Sul palco. Davanti a tutti.»

Rahab ebbe come la sensazione che il tempo si fosse fermato. Arrestò la propria marcia, perché non poteva concentrarsi su altro che su di lei, e sull'importanza delle parole appena udite. Esitò a lungo, prima di chiederle: «È stato bello?»

«Oh no, terribile. Impacciato e goffo. Il peggior bacio della mia vita.» Confessò la studentessa, ridacchiando. Tornò però seria, sfiorandogli il petto con una carezza. Gli rimescolò il sangue nelle vene. «Ma il modo in cui mi hai stretta... quello non lo scorderò mai.»

Non avrebbe mai sperato di sentirla confessare una cosa del genere. «Neanche io...» si ritrovò a dire, e desiderò che quell'istante non finisse mai, lasciandoli per sempre congelati in quel modo, la giovane umana abbandonata contro di lui.

«Il bacio non era sul copione. Me lo sono inventato io.»

Questo sì che era uno shock. «Perché hai mentito?» domandò, la voce ridotta a un sussurro.

«Sarebbe finito tutto.» Spiegò lei, lacrimevole. «Ti avrei perso. Non volevo.»

«O avremmo potuto iniziare qualcosa insieme, Cassandra» l'accusò, dolorosamente.

«Non posso, Rahab» si sentì rispondere. «Non posso stare con te.»

Provò una fitta di dolorosa consapevolezza. «A causa di quello che sono?»

Lei parve confusa. «Alto?»

«No, un mostro.»

«Buffo.» Cassandra sorrise appena. «Lì per lì non ci avevo neppure pensato.»

Rahab la strinse così forte da rischiare di farle male. «Sono un mostro» insistette, come se da quella domanda dipendesse la propria vita. «È per questo che non puoi stare con me?»

Lei abbassò del tutto le palpebre. Il sonno indotto dalla sostanza che aveva bevuto stava prendendo possesso di lei, senza lasciarle scampo.

«Cass» resistette all'impulso di scuoterla come una bambola, ma alzò lievemente la voce, cercando di tenerla sveglia. «Rispondimi, perché non puoi...»

Ma non terminò neppure la domanda, rendendosi conto di stare parlando con un'umana ormai profondamente addormentata.

Osservò il suo volto rilassato dal sonno, e il lento movimento del suo petto. Sospirò.

La condusse al suo dormitorio, armeggiando con la porta a fatica per potervi accedere senza farla cadere. Quindi, raggiunse la camera da letto della giovane, notando con un sorriso di condiscendenza che lei non si era mai occupata di cancellare la scritta minatoria lasciatale dai suoi simili. Qualunque altro essere umano sarebbe impazzito, addormentandosi con una cosa del genere davanti agli occhi, tutte le sere. Ma Cassandra non aveva tempo, per quelle idiozie.

La posò tra le coltri, liberandola delle scarpe. Lei emise un borbottio infastidito, trovandosi improvvisamente da sola; si rigirò, afferrando un cuscino e aggrappandosi a esso, vi affondò il volto. Il Lalartu si ritrovò a invidiare quel guanciale, e sedette sul bordo del letto, incapace di distogliere gli occhi da lei.

Cosa sarebbe successo se l'avesse affrontata il giorno dopo, costringendola a parlare con lui, ad ammettere perché non potevano stare insieme? Avrebbe ottenuto delle risposte? Forse. Era pronto a sentirle? Assolutamente no.

Si alzò, lasciandola riposare. E uscì dal suo dormitorio come un'ombra più nera della notte che lo circondava.

Il giorno successivo, intorno a metà mattina, la suoneria del telefono di Rahab squillò con insistenza, svegliandolo da un sonno tormentato e poco riposante. Lui guardò chi fosse l'autrice della chiamata ed emise un mugolio, poco desideroso di parlare con la persona in questione.

Era ancora tutto impresso nella sua mente. Le parole di lei, le confessioni che gli aveva permesso di ascoltare, l'ammissione di desiderare altri baci.

Era tornato alla Night School con il cuore in tumulto e non aveva smesso di pensare a lei un solo istante. Si era scervellato, cercando di capire come risolvere le cose tra loro. Ma nessuna idea gli era venuta, e infine, con il sorgere del sole, lui era andato a dormire sconfitto. L'unica strategia che gli era venuta in mente era quella di fare finta di nulla, almeno per il momento. Doveva attendere, comportarsi come se niente fosse successo. E, al momento giusto, cercare di comprendere quale fosse la mossa corretta da fare.

«Sì?» domandò, con voce stanca. «Che c'è?»

«Mi sono risvegliata, questa mattina!»

«Non sono esperto di esistenze mortali» sbadigliò lui. «Ma non è esattamente ciò che vi augurate accada, ogni mattina?»

«No, intendo, mi sono svegliata nel mio letto!»

Rahab si lasciò scappare un sorriso. «Speravi fosse il mio?»

D'accordo, aveva deciso di fare finta di niente. Ma questo non escludeva torturarla un po'. Il minimo sindacale. Come giusto risarcimento per le abnormi pene d'amore che era costretto a sopportare.

«Certo che no!» urlò la studentessa, così forte che lui dovette allontanare il telefono dal proprio orecchio, con una mezza risata.

«Non capisco il problema, né il motivo di questa telefonata» flautò lui, quando la sentì calmarsi il necessario per proseguire la conversazione in modo civile. «Anche io mi sono appena svegliato nel mio letto, tra l'altro disturbato da una telefonata senza capo né coda, ma non sento il bisogno di andarlo ad annunciare a qualcuno.»

«Non ricordo di essere andata a dormire!» starnazzò lei, innervosita dal suo modo di fare. «Rammento di essere stata alla festa, aver bevuto del succo di melograno. Poi, il vuoto.»

«Doveva essere bello forte, quel succo.»

«Piantala di fare lo gnorri! Non è successo solo a me. Un sacco di miei compagni di classe stanno raccontando una storia simile, sai?» sibilò lei, con rabbia a stento trattenuta. «Tu hai una spiegazione valida?»

352

«Sei incredibile» si scandalizzò il diversamente vivo. «Succede qualcosa che può sembrare causato da una forza paranormale e automaticamente io devo saperne qualcosa?»

«Già.»

«In effetti, so tutto.»

«E allora perché l'hai tirata tanto per le lunghe?»

«Perché non è successo niente di grave» Rahab sbuffò. «Un vampiro ha pensato di versare del suo sangue nelle vostre bevande.»

Vi fu un lungo, imperscrutabile silenzio. Poi la sentì dire: «Stai scherzando».

«Purtroppo no.»

«Ho bevuto del sangue di vampiro? Che schifo!»

«Guarda che è una prelibatezza, dalle nostre parti. La usiamo al posto del vostro alcol.»

«Cioè, fa ubriacare?»

«L'effetto è simile, per noi. Voi, in quanto esseri umani, avete avuto accesso a circa dieci minuti totalmente privi di inibizioni, poi siete crollati addormentati come gattini.»

«Io vi ammazzo. Vi rendo doppiamente non morti. Ti rendi conto di quello che poteva succeder–»

«Tutto sotto controllo. Il preside era con me, quando l'ho saputo. Abbiamo provveduto a interrompere la festa e a far correre tutti a letto prima che la sostanza facesse effetto, in modo da far sembrare che gli addormentamenti improvvisi fossero normali.»

«Beh, avete toppato!» sibilò la studentessa. «Cinque o sei miei compagni non sanno come sono arrivati al loro dormitorio!»

«Probabilmente devono essersi attardati durante le operazioni di rientro e il sangue deve essere entrato in circolo. Oltre a far addormentare, cancella i ricordi di quel che si è fatto sotto il suo effetto.»

Cassandra fece per dire qualcosa, poi si bloccò. Le labbra di Rahab s'incurvarono in un sorriso amaro, e lui la immaginò mentre interrompeva una sequela di insulti da rivolgergli e rifletteva sulle informazioni appena ricevute, iniziando a sudare freddo.

«Un momento» gracchiò infatti, incerta. «Anche io non ricordo niente.»

«Sì, te ne sei lamentata qualche attimo fa.»

«Quindi anche io, insomma...»

«Ti sei resa abbastanza ridicola anche tu, sì.»

Lei tacque per un lungo istante. «Cosa ho...»

«Continuavi a contarti le dita delle mani. Dicevi di averne dodici. Giuro, avrei voluto farti un video. Poi ho pensato che mi avresti ammazzato.»

«Difatti.» La giovane esitò, prima di chiedere: «Non ho fatto, o detto... nient'altro?»

«Hai provato a contarmi il naso. Ti confermo di non averne due» la prese in giro il diversamente vivo, faticando a mantenere un tono di voce beffardo e superiore. «Ti ho accompagnata al tuo dormitorio e sei andata a letto. Tra parentesi, non è il caso di cancellare la scritta minatoria lasciata dai miei familiari? È inquietante che sia ancora lì.»

«Non ho avuto il tempo» rispose rapida lei, delegando quel pensiero a un'importanza minore. «Quindi sei entrato in camera mia?»

«Come se fosse una novità. Ci sono già stato.»

«Non è questo, insomma...»

«Eri ormai incapace di camminare da sola. Che dovevo fare, lasciarti per terra?»

«Il divano sarebbe bastato.»

«Ottimo suggerimento. La prossima volta ti lascio lì, così mi evito una fatica inutile.»

«Bene. Bravo.» Dopo aver sbottato ciò, lei tacque per un lungo istante. Quindi chiese ancora: «Perciò, insomma... tutto a posto tra noi?»

Buffo. Era esattamente quello che lui le aveva chiesto dopo averla baciata sul palco. Quando lei gli aveva mentito a proposito del copione. Tu guarda l'ironia della vita, o nel suo caso, della non vita.

«Certo che è tutto a posto» confermò. «Inoltre, se te lo stai chiedendo, sappi che il responsabile è stato personalmente punito dal preside. Un mese di sospensione. Se lo ritieni opportuno, posso chiedere alle lamie di cancellare la memoria dei tuoi compagni.»

«No. Voglio dire, non è che abbiano poi molto da raccontare» rispose automaticamente la studentessa, ancora un po' impensierita dall'idea di essere stata priva di freni inibitori, e di non ricordare nulla. «Immagino che vada bene così.»

«Fatti dare un'imbiancata alla parete della stanza» le consigliò di nuovo lui, con fare leggero.

«Come no» sbuffò la giovane. «Mi ci vedo, a spiegare all'imbianchino: *stia tranquillo, l'autore del messaggio è stato esiliato nella Dimensione Oscura con il resto del suo clan malvagio.*»

Quella era una buona obiezione. «Allora te la cancello io, o uno degli altri. Trevor è bravo, con i pennelli. Dimmi quando non ti disturbiam–»

«Sei entrato in camera mia già più volte di quelle che mi aspettassi» replicò lei. In effetti, considerata la sera in cui si era fermato da lei per proteggerla a causa delle famose minacce, era stato nella sua stanza ben due volte. «Me la tengo com'è, grazie.»

«Come desideri. E… Cassandra?»

«Sì?»

«Dacci un taglio, con la matematica. Davvero, sembravi completamente fuori di testa.»

Lei riattaccò senza nemmeno degnarlo di una risposta.

Capitolo 14

Aprile arrivò senza preavviso. Portò con sé venti più tiepidi e un sole più duraturo, più caldo. Priscilla accolse quei cambiamenti uscendo spesso sui prati scevri da neve attorno al dormitorio della Night School in compagnia dei licantropi, i quali si erano messi in testa d'insegnarle a cacciare.

I vampiri partecipavano all'attività coperti con occhiali da sole e ombrelloni neri, con l'unico scopo di fare da opposizione. A parer loro, la ragazzina era semplicemente nata per cacciare come una succhiasangue, e andava istruita affinché lo facesse con le loro tecniche.

«Guarda come è piccola! Arriva da dietro, prende alle spalle e *zack*!» stava spiegando Rodoj, rivolto allo stesso Meal.

«Come in quel film» comprese il licantropo, annuendo con fare vago. «Come si intitolava? *Intervista col tapiro.*»

Il non morto divenne pallido più che mai per la rabbia. «Vampiro! Era *Intervista col vampiro*!» gli urlò addosso, scandalizzato. «Un classico della cultura umana sulla nostra specie!»

«Credevo che il classico fosse quello dove i vampiri hanno i glitter addosso.»

«Non ti permettere...»

«Scusate» Priscilla intervenne tra i due litiganti, perplessa dal loro livore. «Ma io non ho ancora capito perché devo imparare a cacciare.»

«È sempre utile» le spiegò Meal, e Rodoj annuì con espressione seria a quelle parole. «Poni che un giorno ti ritrovi senza un tetto, senza lavoro e senza soldi. In quel caso devi cacciare, uccidere e mangiare una preda.»

«È necessario ucciderla?»

«Puoi anche mangiarla mentre è ancora viva» ammise il vampiro, con un cenno di assenso. «Ma ti avverto, non la *piantano* di lamentarsi un secondo.»

Cassandra arrivò proprio in quel momento, stanca per la giornata trascorsa sui libri. Vide da lontano la sorellina e le sorrise, mentre la piccola si affrettava a correrle incontro con entusiasmo. Quando le fu vicina, la prese tra le braccia e la sollevò, abbracciandola stretta.

«Allora?» le domandò, posandole un bacio sulla fronte. «Ti sei divertita?»

«Mi insegnano a cacciare e a uccidere le prede!» proclamò Priscilla, eccitata.

Sua sorella rivolse un lungo sguardo di disapprovazione ai diversamente vivi davanti a lei; di fronte alla sua espressione severa, loro chinarono il capo, in imbarazzo.

«Non proprio a uccidere» bofonchiò Meal.

«Più che altro a tramortirle» gli diede manforte Rodoj. «Così, solo in caso avesse fame.»

«Siete qui per imparare a non fare del male agli esseri umani» rammentò la studentessa. «Non per incitare mia sorella a trucidare suoi simili.»

«Ma solo se sono povera e ho fame. Altrimenti, è sbagliato» spiegò Cilly, e il suo commento fece nascere nel cuore dei non morti, vittime di quella ramanzina, la speranza che l'umana trovasse il dettaglio sufficiente per smettere di guardarli male. Stranamente, non fu così.

Il telefono di Cassandra squillò in quel momento, salvando in corner i diversamente vivi rei di aver cercato di trascinare la sorella nella spirale degli omicidi seriali. La giovane guardò chi era l'autore della chiamata e strinse per un attimo gli occhi, come a voler cercare fondi di pazienza messi da parte per un'occasione come questa.

Mise giù la sorella, ordinando ai presenti di prendersi cura di lei senza minare ulteriormente le sue idee su bene e male e, muovendosi in fretta, si allontanò da loro, per poter rispondere alla chiamata in solitudine.

Girò l'angolo e si appoggiò contro la porta d'ingresso del dormitorio della Night School. Si guardò attorno, controllando di essere in salvo da orecchie indiscrete. Quindi, rispose: «Ehi. Ciao».

Una voce maschile le parlò dall'altro capo del filo. Lei rimase in silenzio, sorbendosi tutto ciò che la persona aveva da dirle, senza emettere un suono. Parlò soltanto alla fine, sbottando: «È il suo maledetto compleanno. Dovevi fare solo una cosa, tenerti la domenica libera!»

Vi fu nuovamente una risposta, lunga e prolissa che fu capace soltanto di farla innervosire di più. Al termine di essa, urlò: «Non me ne frega niente, papà! Non ti vede da Natale, non pensi che le farebbe piacere la presenza del suo *unico* genitore durante… No. No, no. Senti, a lei puoi rifilare le tue stronzate, ancora ci crede. Ma non sprecare fiato con me. Io ho smesso di ascoltare le tue scuse, d'accordo?» Tacque, con il cuore che le batteva come un tamburo per la rabbia. «Ti parlo come accidenti mi pare, e se la cosa non ti sta bene, sei libero di venire qui, di persona, a farmelo presente! Magari domenica!»

Chiuse la chiamata con quell'urlo, ficcandosi il telefono nella tasca dei pantaloni con un movimento secco. Si staccò dall'uscio e fece qualche passo, per poi battere un pugno contro la parete, mordendosi le labbra quasi a sangue.

Si ricompose nel momento in cui udì qualcuno tentare di aprire la porta del dormitorio. Rendendosi conto di avere gli occhi lucidi, prese un bel respiro e cercò di darsi una calmata, sistemandosi istintivamente i riccioli biondi.

Fu Rahab a spalancare la soglia. La guardò in silenzio, non sorprendendosi di vederla lì, o di trovarla in quelle condizioni.

Prima che lei potesse dire qualcosa, lui piegò le labbra in un sorriso amaro, indicandosi un orecchio.

«Udito sovrannaturale» le rammentò.

«Hai origliato?»

«Per la verità, stavo leggendo un libro e i tuoi discorsi mi sono letteralmente arrivati addosso. Non avrei potuto evitare di sentire neanche se avessi voluto» il non morto lanciò un'occhiata a Priscilla, poco lontana da loro. «Immagino fosse tuo padre.»

«O quel che ne resta» bofonchiò Cassandra, fissando a sua volta la bambina, al momento impegnata a giocare a rincorrersi con due licantropi e un vampiro. «Sarebbe meglio definirlo come l'idiota che detiene la nostra patria potestà, e non sa che farsene.»

Era raro che la studentessa si sbottonasse tanto, a proposito dei propri sentimenti o della sua vita privata.

«So cosa significa avere un rapporto complesso con il proprio padre» ammise. «Anche se per noi è un discorso diverso. Il legame che ci unisce ai nostri famigliari è più basato sull'onore e sul rispetto reciproco, che sull'affettività. Quindi non so immaginare cosa possiate provare, nel sentirvi costantemente rifiutate da lui.»

«Io? Io non provo niente.» La studentessa minimizzò subito la cosa, facendo spallucce. «Ormai non mi importa un accidente, di lui. Ma a Cilly sì. È convinta che venga qui per il suo compleanno, sai? *Convinta*. E invece…»

«Possiamo sopperire alla mancanza» propose immediatamente lui, con fare pratico. «Le organizziamo una bella festa. O la porto da qualche parte. Uno zoo, un acquario, qualsiasi posto voglia visitare.»

«Vuole *suo padre*» scosse il capo Cassandra. «Possiamo commissionarle la torta più buona del mondo, un intero battaglione di pagliacci e dei cani addestrati, ma nulla di tutto questo sarà sufficiente per distrarla dal fatto che quel cretino non si disturberà a venire!»

Rahab rimase in silenzio. La giovane era così sconvolta che non controllava le proprie emozioni. Le esplorò per un istante, trovandovi una certa dose di rabbia, una piccola parte di tristezza e… anche un sottofondo di paura.

Smise subito di frugare, stupito. La guardò con fare incerto.

«Tuo padre è un idiota» mormorò, posandole gentilmente una mano sulla spalla. Lei sussultò al suo tocco, e lo guardò stupita. Ma non si ritrasse. «Cilly un giorno dovrà fare i conti con la verità. E questo ti spaventa. So che vorresti proteggerla ed evitarle questo dolore, ma non puoi. Tutto quello che puoi fare, tutto quello che possiamo fare noi, è cercare di farle capire che ha delle persone che la amano.»

«Persone che la amano» sbuffò la studentessa, liberandosi solo in quel momento dalla sua presa. «Non venirmi a raccontare queste idiozie, d'accordo? Sono stata una bambina senza mamma prima di lei. Credi che non abbia capito come gira il mondo?»

«Forse sono io, a non averlo capito. Spiegami.»

«Finché sei piccola, e carina, quando il dolore è fresco, casa si riempie. Persone colme di buona volontà che vogliono farti giocare, e distrarti, e aiutarti a pensare ad altro.» Fece un cenno con il capo in direzione della bambina, e dei suoi attuali compagni di malefatte. «Ma poi cresci. E più diventi grande, più questa rete di esseri umani attorno a te si assottiglia. È come un albero che viene sfrondato sempre più, di anno in anno. Finisce così… ti rendi conto di essere sola al mondo. Se ti va male, con un padre idiota e una sorellina che cerchi di far crescere nel modo più equilibrato possibile.»

Aveva pronunciato quel discorso tutto d'un fiato, fissando l'espressione gioiosa e allegra sul volto della sorella, quasi potesse vedere, in esso, il riflesso del proprio passato. Incrociò le braccia, emettendo un lungo sospiro tremulo, segno di quanto avesse faticato a raccontargli la propria esperienza.

Rahab seguì la direzione del suo sguardo, e rimase a lungo in silenzio, incamerando ogni dettaglio fornitole da Cassandra.

«Quando è iniziato?» disse infine, in un bisbiglio.

«Come?» domandò lei, voltandosi e rivolgendogli un'occhiata perplessa.

«È sempre stato così? O è cambiato quando vostra madre...» lasciò in sospeso il discorso, anche se era chiaro a entrambi a cosa si riferisse.

«Da che lo ricordo» concesse la ragazza, di malavoglia, «certe volte penso che lei lo avesse sposato perché era un tontolone con i genitori pieni di soldi.»

«Cosa ti ha fatto venire quest'idea?»

«Mia madre era... organizzata.» Lei usò quel termine con una smorfia, probabilmente non ritenendolo il più corretto, ma non trovandone altri che le parvero maggiormente adeguati. «Aveva delle idee. Un piano. Una strategia. Voleva il successo. Guarda caso, è andata a sposare una persona i cui soldi hanno rappresentato il suo trampolino di lancio per aprire un'azienda che ha trionfato nei mercati mondiali.»

«Non credo non ci fosse amore, tra loro. O non sareste nate tu e Priscilla.»

Comprese di aver detto qualcosa di sbagliato. Percepì un'ondata di dolore provenire da lei, e aprì la bocca per scusarsi di qualunque parola inopportuna avesse pronunciato. Ma si fermò, sentendola ripetere: «Mia madre era organizzata. Aveva una strategia.» Dopo un'esitazione, Cassandra proseguì: «Io e Cilly eravamo l'obiettivo finale».

«Non credo di capire.»

«Quando è morta, ho trovato... come posso definirli? Suoi vecchi scritti, pensieri di quando era una ragazza, come me. A dodici anni l'hanno strappata ai suoi genitori. Non specificava il motivo, era furibonda. Scriveva che lo avevano fatto perché i suoi erano poveri.»

«Conosco poco la legge umana in questi casi, ma non credo che…»

«Anche io sono convinta che vi fossero delle altre ragioni. Ma nessuno le spiegò a lei, e crebbe con quella convinzione. Ha viaggiato di casa-famiglia in casa-famiglia sino alla maggiore età. Quel quaderno fu il suo unico… affetto stabile, possiamo dire.» La studentessa roteò gli occhi al cielo. «Non so nemmeno perché te lo sto dicendo. Lascia perdere.»

«Per piacere» la voce di lui la sorprese, per l'intensità e la serietà con le quali pronunciò quelle parole. «Continua. Cosa significa che tu e Cilly eravate l'obiettivo finale?»

«Voleva…» sentì gli occhi farsi lucidi, e abbassò il viso con la scusa di doversi sistemare il colletto. «Dei bambini. Ma non osava. Era terrorizzata di perderli, se un giorno fosse rimasta priva di mezzi, come la sua famiglia. Da qui, la strategia. Lavorare, fondare un'azienda, diventare ricca. E poi, finalmente, realizzare il suo sogno.»

«Voi due.»

«Già.»

Rahab espirò piano, tornando a guardare la gioia con la quale Priscilla giocava in mezzo ai diversamente vivi. Provò un moto di angoscia per lei e Cassandra. Avevano avuto la sfortuna di nascere da una coppia di tizi in apparenza normali, ma celatamente del tutto squilibrati. Una traumatizzata da un'infanzia di privazioni, l'altro, al contrario, cresciuto nei vizi e nella bambagia, tanto da non essere in grado di assumersi le proprie responsabilità di padre.

«Quando tua madre ha saputo di stare per morire, la sua intera strategia è naufragata, così…» iniziò a dire, e la studentessa annuì.

«È andata nel panico. Perché non sarebbe più stata qui a proteggerci.»

«Perciò ha riversato tutte le responsabilità su di te.»

«Puoi darle torto? Di certo non poteva fidarsi di mio padre.»

No, comprese Rahab, *e neanche tu. Neanche tu puoi fidarti dell'unico uomo al mondo che dovrebbe spalleggiarti, ed essere sempre dalla tua parte.*

Allora comprese. Le storielle estive che lei si concedeva di tanto in tanto... solo con giovani conosciuti in vacanza, che sarebbe stata sicura di non rivedere. Cassandra aveva deliberatamente scelto di voler rimanere sola.

Accettare un rapporto duraturo avrebbe voluto dire fidarsi di un uomo. Permettere a quella persona di avvicinare Cilly, magari di conquistare anche il suo, di cuore. Così, quando costui se ne sarebbe andato – e nella mente della studentessa era inevitabile che accadesse, visto ciò che aveva imparato rapportandosi con suo padre – non avrebbe fatto soffrire una sorella Dron, ma entrambe.

Tenendo a distanza i ragazzi, lei proteggeva tutte e due.

Io non vi abbandonerei mai.

Ma sapeva che sarebbe stato del tutto inutile provare a convincerla. La studentessa proveniva da un'infanzia di promesse fatte e mai mantenute, di compleanni solitari, di abbandono. Dentro di lei la capacità di fidarsi del prossimo era probabilmente ormai avvizzita, come una pianta rimasta senza sole per troppo tempo.

«Allora» cambiò argomento, con fare leggero. «Che festa vogliamo organizzarle?»

«Purtroppo» replicò lei, funerea, «quest'anno va pazza per gli unicorni. Preparatevi a montagne e montagne di glitter.»

«Ahi. Questo non farà piacere ai vampiri.»

Il fatto che Priscilla compisse gli anni di domenica permise a Rahab e ai suoi compagni di fare le cose in grande. Quando Cassandra l'accompagnò in direzione del dormitorio della Night School, non poté credere a quello che vide.

Cilly scoppiò a ridere, saltellando sul posto e applaudendo.

In qualche modo difficile da immaginare, i diversamente vivi erano riusciti a creare un finto corno di unicorno, grande almeno un paio di metri, che avevano piazzato sopra l'entrata del loro edificio principale. Dal tetto avevano fatto in modo che striscioni di materiale scintillante ricadessero da entrambi i lati, dando l'idea di una folta criniera in lurex dorato.

Era una bella giornata, e loro avevano organizzato una sorta di pic-nic all'aperto, sistemando un grosso tavolo di legno su uno dei prati adiacenti all'edificio e decorandolo con ogni sorta di cosa color arcobaleno o ricoperta di brillantini che avevano trovato. Non vi era cibo, ma oggetti dalle forme più disparate... alcuni davano l'idea di essere decorazioni o giocattoli acquistati in regolari negozi, altri avevano l'aspetto di un qualcosa creato artigianalmente, e non tutti i risultati ottenuti erano forme con un senso. Ma l'impegno che vi stava dietro era evidente.

I pipistrelli, poveri martiri, erano stati pitturati di rosa e cosparsi di glitter, e svolazzavano tutt'intorno, lasciando ricadere la polverina fatata sui presenti.

«Alla fine i vampiri hanno collaborato» commentò basita Cassandra, e sua sorella si staccò da lei per correre in direzione di quelle meraviglie.

Venne accolta dall'abbraccio corale dei diversamente vivi, i quali si prodigarono nel mostrarle tutti gli oggetti che avevano preparato per lei sul tavolo. Fu in quel momento che la sorella maggiore si rese conto di cosa fosse quella buffa esposizione: i loro regali.

Le avevano fatto la festa e si erano dannati per trovare qualcosa da donarle. Il pensiero le strappò un sorriso intenerito e d'un tratto il pacco regalo che aveva portato con sé, nascosto in una borsa di carta, le parve un pensiero banale.

La festa iniziò col botto. Cilly ricevette una corda arcobaleno per saltare, e subito coinvolse zombie e vampiri in una sfida. Quegli idioti non se lo fecero ripetere due volte, prendendo logicamente la cosa più sul serio di quanto fosse necessario, e cominciarono così una specie di derby del salto alla corda, con tanto di tifo esagerato da parte del resto dei presenti.

Cassandra ridacchiò. Individuò un gruppo di sedie in disparte e si accomodò su una di esse, decidendo di rimanere un po' in disparte e di ammirare la felicità della sorellina.

«La festa è di tuo gradimento?» ovviamente Rahab riuscì ad arrivarle accanto senza che lei se ne accorgesse e facendola sussultare, come al solito.

«Quand'è che ti appenderai un campanello al collo?»

Ridacchiando, lui prese posto al suo fianco. Adocchiò la borsetta che lei aveva portato con sé, e il suo contenuto riccamente incartato.

«Il tuo regalo?»

Lei annuì. «Una scacchiera» spiegò, con un moto di orgoglio. «Ormai è abbastanza grande per imparare. Scommetto che diventerà bravissima.»

«Le regali una scacchiera.» Ripeté lui, con un sorriso divertito. «Ah.»

«Ah? Cosa intendi, con *ah*?»

«No, nulla.»

«Magari può sembrarti un dono inadatto» si innervosì lei, «ma conosco mia sorella. Vuole giocare con me da quando sono stata presidentessa del club della scuola. Sarà felicissima di riceverla.»

«Sì, no, no, certo, ne sono sicuro. Solo, assicurati di darglielo prima del regalo delle lamie.»

«Cosa vuoi…»

Rahab le fece l'occhiolino e si alzò. «Gli aracnis hanno insistito per occuparsi della torta. Vado a vedere come se la cavano.»

«I ragni stanno cucinando?»

«Sì. Immagino avremo un impasto pieno di peli.» Lui ci pensò su. «E considerato che non credo abbiano idea di cosa mangino gli umani, forse non sarà nemmeno commestibile. Mi dispiace, da queste parti bisogna accontentarsi.»

Cassandra sentì Priscilla ridere più forte, visto che un pipistrello glitterato era sceso a terra e si era ritrasformato in un vampiro rosa, deciso a prendere parte alla sfida contro i licantropi.

«Cilly si sta accontentando» commentò, con aria soddisfatta.

E lo era davvero. La bambina aveva chiesto del padre solo di mattina, e un'espressione di dolore le aveva contratto il viso quando lei le aveva spiegato che lui non si sarebbe presentato a causa di impegni troppo urgenti per poter essere rimandati.

Adesso sembrava essersi letteralmente dimenticata di quella mancanza. Fu infine costretta ad ammetterlo con sé stessa: in quegli ultimi mesi, in materia di comprensione e affetto, i non morti avevano dato a Cilly molto più di quello che erano stati in grado di darle i vivi.

Ma questo, ovviamente, non sarebbe durato per sempre. Finché lei fosse stata una bella bambina dal sorriso meraviglioso, certo. Ma dopo, naturalmente, anche loro sarebbero scomparsi. Le orfane, alla fin fine, restano sempre sole con loro stesse.

Glielo aveva insegnato il quaderno scritto da sua madre. E la vita.

«Cassandra!» urlò sua sorella, richiamandola a sé. «Vieni qui anche tu, dai!»

La studentessa sorrise e le fece un cenno d'assenso, alzandosi. Portò con sé il proprio regalo, ansiosa che fosse il momento giusto per consegnarglielo, anche se l'avvertimento di Rahab ancora le ronzava in testa. Cosa accidenti avevano imbastito, le lamie?

La torta fu un successo. Incredibile ma vero.

Creature con otto zampine e altrettanti occhi erano riusciti in un miracolo di pasticceria che lasciò a bocca aperta i presenti. Rahab, aiutato da tre banshee, portò fuori in giardino una struttura alta tre piani, decorata minuziosamente con fiori arcobaleno, meravigliosi unicorni miniaturizzati, glassa dai mille colori e, sulla cima, una dannata cascata di cioccolato.

Cassandra rimase a bocca aperta, e Cilly ancora di più.

«Ma...» iniziò a dire, rivolgendosi al Lalartu e indicandogli sbalordita ciò che aveva appena portato fuori.

«Splendida» annuì lui. Poi aggiunse: «Non commestibile. Hanno triturato qualsiasi cosa, in quell'impasto. Mi manca una scarpa e ho il forte sospetto...» non continuò, ma si voltò e fissò intensamente il dolce.

«Priscilla» avvisò immediatamente la studentessa. «Guardare ma non toccare. D'accordo? Non. Si. Mangia.»

«Mangiarla? Non vorrei tagliarla per nessun motivo al mondo!» urlò la bambina, correndo tutt'intorno a quell'opera artistica, e studiandone entusiasta ogni dettaglio.

Gli aracnis uscirono alla luce del sole, cosa che facevano assai più di rado rispetto agli altri studenti della Night School e rimasero seminascosti sulla soglia per osservare la reazione della festeggiata. Vedendola contenta, agitarono le zampine con allegria, e furono insieme sia carini sia terrificanti.

Cassandra decise che era giunto il momento per il suo regalo. Attese che la sorella si calmasse, quindi la richiamò a sé e le porse il proprio incarto. Essendo quello l'unico dono portato da un essere umano, i diversamente vivi si radunarono attorno a loro, curiosi. Quando la bambina strappò la carta e rivelò la presenza di una scacchiera, loro si guardarono a vicenda, perplessi.

«Uao» esclamò Priscilla, con un sorriso decisamente più tiepido, ma decisa a non risultare maleducata.

«Ora sei abbastanza grande per giocare con me» cercò di spiegare sua sorella, come per convincerla di quale fantastico regalo fosse quello. «Ho pensato ne meritassi una tutta tua!»

«Fantastico. Uao.» Ripeté lei, anche se i suoi occhi non trasmettevano esattamente stupore. Tuttavia, si alzò in piedi e la raggiunse, premendosi a lei e donandole un bacio sulla guancia come ringraziamento.

Quindi, arrivò il regalo delle lamie.

«Priscillaaa» chiamò Ayez, la più anziana. Arrivò dal fondo del prato, portando per le briglie quello che sembrava…

«Un vero unicorno!» ululò la bambina, quasi tirando la scacchiera in testa alla sorella per alzarsi e precipitarsi da loro.

Era un animale splendido. Dal manto bianco come la neve, criniera folta e aspetto fiero. Sul capo, un corno color avorio spiccava dalla pelle del muso, in mezzo a due occhi neri colmi di intelligenza. I diversamente vivi ne festeggiarono l'arrivo, acclamando quello che, probabilmente, era forse il regalo più bello che una bambina di quell'età potesse ricevere.

«Non credevo esistessero sul serio» balbettò Cassandra, con la scacchiera tra le mani e le pive nel sacco.

«Non esistono, infatti» le confermò Rahab, fermo al suo fianco. «Hanno preso un cavallo e usato la magia per impiantargli mezza zanna di elefante in mezzo alla testa.»

«Che cos–»

«Non ti preoccupare. Lo abbiamo affittato sino a questa sera, Cilly non può tenerlo.»

«Non era questa la mia preoccupazione. Quella povera bestia…»

«Sono sicuro che poi gli cancelleranno la memoria del dolore.»

«Ho capito, ma *in questo momento* sta soffrendo.»

«Sei solo invidiosa perché tu le hai regalato una scacchiera.»

«No» fece lei, sbalordita. «Non è questo il problema. Non è *affatto* questo il problema.»

«E abbiamo un altro regalo per te!» si sentì dire da una delle lamie, mentre la bambina alzava le mani e sfiorava con fare estatico il manto vellutato dell'equino tramutato con la forza in una creatura mitica. «Noi lamie ti doniamo la facoltà di esprimere un desiderio!»

Priscilla non ebbe neppure bisogno di pensarci su. «Sì! So cosa voglio! Fatelo parlare! Fatelo parlare!»

«E sia.»

«Aspettat–» Rahab non fece in tempo a intervenire, che le lamie già avevano intrapreso l'incantesimo per accontentare la bambina. Vi fu un attimo di silenzio, respiri sospesi dei presenti in attesa del risultato. Poi: «Iiih-iddio quest'osso conficcato nel cervello mi fa maliiih-issimo siiih-iete pazze brutte sadiiih-iche maledette.»

«Ma che sta dicendo?» domandò la povera bambina, inconsapevole.

«Via la voce all'unicorno. Adesso» ordinò il Lalartu, con voce così imperiosa che le lamie si ritrovarono a obbedire all'istante. Con un sorriso non del tutto convinto, lui raggiunse Priscilla e le mormorò: «Scusalo, piccola. È ubriaco».

«Gli unicorni si ubriacano?»

«Di gioia. Era ubriaco di gioia all'idea di conoscerti!»

Un buon salvataggio. Cassandra scosse il capo e alzò gli occhi al cielo, con un mezzo sorriso sulle labbra. In che mondo strano erano finite. Ragni pasticceri capaci di confezionare torte bellissime ma in grado di uccidere al primo morso. Unicorni fatati che in realtà erano povere bestie in preda a indicibili sofferenze.

Era quella, la contraddizione della Night School. Esseri oscuri che tentavano di vivere alla luce del sole. Non avevano speranze, ne era convinta. Anche se, ogni tanto, un po' le veniva da credere in quel progetto. Quando li vedeva provare tanto affetto per una bambina. O quando si impegnavano per vincere gare sportive e dare lustro a una scuola formata da studenti che non li volevano, né li apprezzavano. Forse non sarebbero mai stati gli ospiti ideali di un golf club, certo, ma magari nel mondo avanzava uno spicchio di spazio anche per quelli come loro.

Priscilla venne fatta salire a cavallo dell'unicorno, e si fece un giro del prato con l'animale saldamente tenuto per le briglie dalle lamie, orgogliose del loro regalo riuscito. La povera bestia, nuovamente zittita, patì quella prova con fin troppa pazienza, tenendo la cucciola umana sulla propria groppa senza neppure accennare una ribellione.

Quando l'entusiasmo per l'unicorno finì, Rahab prese Priscilla tra le braccia e se la posò di fronte, accucciandosi innanzi a lei con un sorriso colmo di dolcezza sulle labbra. Erano un tale ossimoro, posti in quella posizione. La piccolina, dagli occhi azzurri e riccioli biondi, che guardava con infinita fiducia quella creatura massiccia, vestita di scuro, dalla chioma nera, così grande da privarla della luce del sole.

«Credo sia il momento per darti il mio regalo» annunciò lui, infilandosi una mano nella tasca dei pantaloni.

Ne estrasse qualcosa che fece calare sui presenti un gelido, imbarazzato silenzio. Cassandra si accorse del cambio d'atmosfera quasi subito, e notò gli sguardi che i presenti lanciarono al rappresentante della Night School. Sembravano… spaventati.

Oh, no. E adesso cosa stava arrivando tra le mani di Priscilla?

Cosa poteva inquietare dei tizi che non avevano battuto ciglio alla vista di un cavallo con un osso conficcato nella calotta cranica? Avanzò in mezzo a loro, guadagnandosi un posto in prima fila e cercando di capire cosa lui stesse consegnando alla sorella.

Inarcò un sopracciglio. Si trattava solo di un piccolo, innocuo medaglione color bronzo. Cilly lo fissò con meraviglia, e Rahab le mostrò che si poteva aprire; lo girò verso il suo volto, mostrandole ciò che conteneva.

«Dove ha trovato quel *coso*?» bisbigliò Meal, al fianco della studentessa. «Credevo li avessero distrutti tutti.»

«Non può fare una cosa del genere» annuì una banshee al suo fianco, sbalordita.

«È pazzo» fece eco un vampiro, annuendo. «Non c'è altra spiegazione.»

«Ma insomma» sussurrò Cassandra, voltandosi e guardandoli torva, innervosita dal fatto di non riuscire a capire per bene quella che sembrava essere una situazione molto grave. «Cosa vi prende? È solo uno stupido ciondolo, di quelli dove infilare le foto!»

Si beccò occhiate poco concilianti. «Quello non è un gingillo qualunque» le spiegò infine Meal, cupo. «È un *habis*.»

«Una delle cose che più temiamo» mormorò la banshee, contrita. «Secoli fa, le lamie ne hanno creato un migliaio, durante la guerra che combattemmo contro di loro. Ci sconfissero così.»

«Un'arma di distruzione di massa? Vado a toglierlo di mano a Cilly!»

«È innocua, per gli umani» la fermò Meal. «Ma è il peggior incubo, per i diversamente vivi. Finire… rimanere imbrigliati con un affare del genere è la cosa peggiore che possa capitare. Crea un vincolo.»

«Un rapporto di sudditanza» confermò la banshee. «Da cui è impossibile sfuggire.»

Cassandra si girò, osservando Rahab che aiutava la bambina a mettersi il ciondolo al collo. Le sussurrò qualcosa e lei sbatté le palpebre, sbalordita, guardando prima lui, poi l'oggetto con occhi pieni di meraviglia.

«Si è appena condannato ad appartenere a tua sorella, finché lei avrà vita.»

Cilly stava leggiucchiando insieme a un paio di lamie un libro che una di loro le aveva regalato. A un certo punto, un punticino luminoso apparve ai suoi occhi, flebile quanto una timida, minuscola lucciola. Sfrigolò nell'aria e produsse un piccolo fulmine, spaventandola.

«No, no, bambina» la istruì una delle streghe, carezzandole il capo. «Quelle non sono parole da leggere ad alta voce.»

«Mai» le impose la seconda, e Priscilla annuì con aria coscienziosa riprendendo poi la lettura di quello che doveva per forza essere un grimorio di incantesimi.

Cassandra lo mise mentalmente nella lista di regali che le avrebbe dovuto sequestrare, quando fossero state sole. Fissò il ciondolo che le pendeva dal petto, e baluginava sotto il sole di metà pomeriggio, un oggetto piccolo e in apparenza innocuo, il cui aspetto non rappresentava certo l'enorme potere racchiuso al suo interno.

«So che sei tu» borbottò, voltandosi e ritrovandosi accanto il Lalartu, al quale rivolse un'espressione poco conciliante.

«Mi sono schiarito apposta la voce prima di avvicinarmi» le rispose lui, sedendole accanto con fare tranquillo. «Sono stufo di vederti sussultare ogni volta che non mi senti arrivare.»

La studentessa lo studiò, in cerca di qualcosa di diverso. Ma era sempre il solito. Spalle larghe, sorriso beffardo, occhi viola. Quel giorno indossava una semplice maglietta nera abbinata a pantaloni del medesimo colore, abiti che mettevano in risalto l'ampiezza del suo petto, e la muscolatura delle gambe.

Tornò a guardare la sorella, pensierosa. «Quell'affare che hai dato a Cilly» mormorò, non disposta a girare attorno all'argomento. «Mi hanno detto che è una specie di... collare per schiavi. È vero?»

«Una definizione davvero creativa, devo dirlo.»

«È vero?»

Lui sospirò. «In passato le lamie li usavano per costringere i prigionieri di guerra a cambiare fronte. Addio libertà personale, sino a che la strega non fosse morta, o avesse sciolto l'incantesimo.»

«Non devi avere tutte le rotelle al posto giusto» sbottò Cassandra, incapace di credere a ciò che stava udendo. «Per quale assurdo, maledetto motivo hai messo al collo di una bambina una cosa capace di costringerti a rimanere a sua disposizione per sempre?»

Rahab mantenne lo sguardo saldo, il volto rilassato. «Perché è esattamente ciò che ho intenzione di fare.»

«Smettila di dire idiozie.»

«Non è quello che vuoi fare anche tu? Restarle vicino fino alla fine dei tuoi giorni?»

«Sì, ma è mia sorella.»

«Ed è mia amica» ribadì il Lalartu, con enfasi. «È stato il primo essere umano a volerlo essere.»

«Sì, ma tu…»

«Io le ho fatto un giuramento, mettendoglielo al collo. Le ho detto che potrà sempre, sempre contare su di me. Che le starò accanto, e lotterò perché sia felice. L'habis mi costringerà a tenere fede a quello che ho detto, non mi trasformerà in un inserviente costretto a sventolare foglie di palma per rinfrescarla.»

«Glielo potevi promettere senza usare un dannato ciondolo magico! Ti avrebbe creduto, è una bambina!»

«Lei sì» replicò Rahab, molto lentamente. «Tu… no.»

Cassandra incamerò quell'informazione con stupore, aprendo la bocca per replicare qualcosa di acido, e poi richiudendola subito. Vedendola rimanere in silenzio, lui proseguì con più dolcezza.

«Cilly è straordinaria. Le voglio bene. Le voglio *davvero* bene.»

«Questo cosa…»

«So che non ti fidi degli uomini in generale. E di quelli che promettono di rimanervi accanto in particolare. Ma io non sono qui di passaggio, non la sto usando come passatempo. Io resto.»

«E perché tieni tanto al fatto che io ci creda?»

«Perché se riuscirai a fidarti di me…» lui allungò una mano nella sua direzione, per sfiorare la sua, ma Cassandra la ritrasse, troppo nervosa e sulla difensiva. «Se riuscirai a fidarti, sarà… più facile. E più bello per lei. Potremmo collaborare per il suo bene.»

«Non hai idea di cosa stai parlando. L'impegno che ti sei preso…»

«Sì?»

«Non ne hai semplicemente idea.»

«Sai, certe volte mi fai davvero innervosire» disse lui, con un sospiro. «Voglio dire, la tua supponenza la reggo. Il più delle volte. Mi sono reso conto, però, che quando la usi per decidere cosa sia bene o male per Cilly... mi fa arrabbiare.»

Cassandra faticò a non scoppiare in una risata scandalizzata. «Prego? Tu ti arrabbi quando io gestisco mia sorella nel modo che io ritengo maggiormente adeguato?»

«Sì» convenne lui. «È proprio così.»

«Questa, poi!»

«Sei così convinta di fare la cosa giusta, da non renderti nemmeno conto di quando sbagli. Di quanto male riesci a farle.»

«Le dedico ogni mio minuto libero, e ti assicuro che sono pochi! Sto... la mia esistenza ruota praticamente attorno a lei, e al suo futuro! Come osi.»

Rahab sollevò la scacchiera dal mucchio dei regali, ancora inscatolata. «Ecco un valido esempio.»

Cilly non l'aveva neppure aperta. «Cos–» la studentessa perse per un attimo il contegno, e indicò l'oggetto con un gesto disinteressato. «Cosa vuoi che significhi? Forse il mio dono non è il più appariscente della giornata, ma certamente è meglio di un ciondolo maledetto, di un cavallo martoriato o di... credo che le abbiano regalato un testo stregato, sai?»

«Un testo stregato *adatto ai bambini*. Le streghe non sono matte.» Rahab agitò la scatola degli scacchi, facendone risuonare i pezzi al suo interno. «Questo qui, invece, è la perfetta metafora di quello che stai facendo a tua sorella. Non ti importa cosa voglia lei, o cosa le piaccia. Sei convinta che l'unica maniera per farla sopravvivere è instradarla in un preciso percorso di vita, e ce la stai forzando. Spezzarla non è importante, farla soffrire nemmeno. Lo scopo finale è che sia indipendente. Infelice, forse, ma indipendente.»

«Ti ho già avvisato una volta di non azzardarti a dirmi cosa devo...»

374

«Lei odia questa scuola.»

«Lo so.»

«La *odia*. Vuole andare in un istituto normale. Vuole tornare a casa, la sera, dalla sua famiglia, dormire in una stanza che sia sua.»

«Pensi di aver scoperto l'acqua calda? So anche questo. Ma non si può. In primo luogo, la famiglia in questione non c'è. In secondo luogo, andrò al college e non avrò certo il tempo di…»

«Perché andrai al college? Per trovarti un lavoro. E cosa farai con questo lavoro? Pagherai il college di Cilly.»

«Già, guarda un po', ho un piano per il suo futuro. Sono davvero un *mostro* di sorella.»

«Stai barattando la sua felicità di oggi per un grigio futuro che vedrà forse un domani!»

«Credi che non vorrei fare qualcosa di diverso? Renderla felice, essere *io stessa* felice, avere la possibilità di scegliere? Ma la vita non è così. Le cose fanno schifo? Potrebbero fare ancora più schifo. Io cerco di tenere tutto in carreggiata.»

«E lo fai male.»

«Come ti permett–»

«La bambina è infelice. Quindi, lo fai male.»

Cassandra stette zitta, con le fiamme negli occhi. Rahab comprese di aver oltrepassato un limite, di aver rotto una barriera che lei aveva innalzato, ritenendola sacra e inviolabile.

«Ora cosa vuoi fare?» le domandò, morbidamente. «Vietarle di vedermi di nuovo? Aggiungere altra sofferenza nella sua vita?»

«Non hai il diritto…»

«Va bene, Cassandra. Hai ragione tu. Non ne ho il diritto. Facciamo così» aprì il sigillo di sicurezza della scacchiera, guardandola intensamente negli occhi, «giochiamocela.»

La ragazza sbuffò. «Cosa ne sai, tu, di scacchi?»

«Niente. Anzi, avrei bisogno che mi spiegassi le regole, prima di iniziare.»

«Sei ridicolo.»

«Se vinco, Cilly cambia scuola.»

«Pensi davvero che mi giocherei il futuro di mia sorella in questo modo?»

«Tu sei una campionessa, io non so da dove iniziare. Questo è giocarsela?»

«Allora perché me lo proponi?»

«Se perdo» proseguì lui, imperterrito, «chiederò a una lamia di sciogliere l'incanto che mi lega a lei. Così tornerete a essere voi due sole, libere dalla mia presenza.»

La vide esitare, con dolore. «Non ho detto di volere questo.»

«Bene, allora cosa vuoi?»

«Se perdi non oserai mai più pronunciare una sola critica nei confronti dei miei metodi educativi.»

«Non sono metodi e non sono educativi, ma va bene. Ci sto.»

Cassandra lo guardò con sospetto. «Davvero non hai mai giocato a scacchi?»

«Lo giuro sul mio onore.»

«Intendi usare i tuoi poteri sovrannaturali per vincere, come durante i Giochi Olimpici?»

«Nessun trucco sovrannaturale. Solo io, te e la scacchiera.» Aprì la scatola. Rimase perplesso. «Cos'è questo coso con la testa di equino?» Aveva prelevato il cavallo nero, e se lo stava rigirando pensosamente tra le mani.

Cassandra era furibonda. Ebbe voglia di prendere il pezzo in questione e costringere il Lalartu a ingoiarlo. Quel grosso, borioso idiota meritava una lezione e non aveva idea del guaio in cui si era appena messo, sfidandola a un gioco nel quale era stata la campionessa imbattuta per un intero anno scolastico.

«D'accordo» sibilò, velenosa. «Preparo il tutto e ti spiego come si muovono le pedine. Poi ti distruggo.»

Lui sorrise. «Non vedo l'ora.»

Mentre i pezzi venivano disposti sulla griglia bianca e nera della scacchiera, i non morti non poterono fare a meno di lanciare occhiate colme di curiosità ai due contendenti. Cassandra non era stupida, conosceva perfettamente il motivo di tanto interessamento: avere privacy alla Night School era già difficile quando si sussurrava. Dunque supponeva che, arrivando quasi a urlarsi addosso a vicenda, loro avessero offerto ai presenti un teatrino ancor più succoso delle telenovelas che Trevor seguiva regolarmente.

Solo Cilly disponeva di un udito perfettamente umano, per cui non comprese il perché molti si fossero radunati attorno ai due rappresentanti, posti ai lati della scacchiera.

«Che fai, Cassie?» domandò, con innocenza.

L'interpellata lanciò uno sguardo di fuoco al suo avversario. «Insegno a Rahab a giocare» rispose, monocorde.

«Ah. Ti interessano gli scacchi?» chiese allora la piccola, rivolgendosi all'altro.

«No» rispose costui, con il medesimo ardore nello sguardo. «Io sono qui per insegnare a tua sorella a stare al mondo.»

«Ah...»

Cilly cercò supporto in coloro che la circondavano, perché di quei discorsi non ci aveva capito un bel niente. Fu Ayez a chinarsi su di lei e a prenderla per mano, invitandola a dimenticarsi di quel gioco noioso e portandola a trascorrere ancora un po' di tempo con quel povero cavallo bianco mascherato da unicorno.

«Inizi tu?» domandò cortese il Lalartu.

«I bianchi aprono» fu la risposta di lei, poco conciliante. «Hai già dimenticato le regole?»

«Sono molte» ammise lui, per niente preoccupato. Frugò tra le pedine presenti sulla scacchiera e infine mosse in avanti un pedone, mandandolo in avanscoperta.

Cassandra glielo mangiò nella mossa successiva.

Lui mandò avanti il cavallo. Parve funzionare, poi lei in un paio di giri riuscì a farglielo fuori, e ad abbattere anche una povera torre

377

che non aveva fatto niente di male a nessuno. Il gioco proseguì, e fu un massacro per i bianchi.

«Sei davvero poco sportiva» ridacchiò Rahab, tranquillo nonostante le perdite devastanti. Mandò avanti l'altra torre, riuscendo a privare l'avversaria di un cavallo. «Dovresti andarci più piano, con chi è alle prime armi.»

«La vita non è sportiva» lo istruì la ragazza, muovendo la regina e mangiandogli anche quel pezzo. Lasciò scoperto il re, ma non vi diede molta importanza... lui era un totale incapace, ed evidentemente in svantaggio. «Ora inizia a capirlo? Non c'è tempo per essere felici e sereni. Bisogna studiare la propria strategia. O si viene mangiati.»

«Strategia. Già» sussurrò il Lalartu, spingendo a sua volta in avanti la regina. «Però devo dirlo. Mi piace, la concentrazione con cui giochi.»

«Senza quella si perde» replicò sovrappensiero Cassandra, esponendo un alfiere. Stava creando una trappola perfetta, che avrebbe invitato l'avversario a mangiare quel pezzo, permettendole di fare scacco matto.

«Verissimo. Ah, a proposito» lui si chinò in avanti, la voce ridotta a un sussurro, attento che soltanto lei potesse udire le parole successive. «So che ti piace, quando ti abbraccio.»

La studentessa, da subito, non comprese il senso di quelle parole. Perché il loro significato era un qualcosa che il suo cervello si rifiutò di ammettere. Arrossì immediatamente per l'imbarazzo.

«Cosa...» bofonchiò, cercando di rimanere vaga. Mosse una pedina, quella sbagliata. Nemmeno se ne accorse.

Rahab sorrise tra sé e sé. Andò a caccia di un innocente pedone con uno dei suoi, e lo eliminò dalla scacchiera.

«E so» aggiunse, alzando gli occhi viola, fissandoli in quelli verdi e agitati di lei. «Che hai mentito sul copione.»

Cassandra abbassò immediatamente il viso, fissando la scacchiera senza guardarla davvero. Il cuore prese a martellarle nelle orecchie.

Lui sapeva.

Sapeva.

Ma come? Come lo aveva scoperto? E... da quanto? Oddio. Forse dalla sera stessa dello spettacolo?

Mosse la regina, per mangiare il suo pedone. Una regina che si disturba a far fuori un pedone. Si accorse dell'errore non appena ebbe terminato la mossa, ma ormai non poté più fare altro.

La regina bianca arrivò puntuale accanto al suo re nero. Rahab la guardò da sopra la scacchiera, sorrise beato e annunciò: «Scacco matto».

Cassandra non parve molto contenta di quel finale inaspettato. Si alzò in piedi con movimenti rigidi, senza più guardarlo negli occhi. «Immagino tu ti sia divertito.»

«Immensamente» confessò lui. «Ho un paio di brochure che parlano di scuole perfette per...»

«Non ci pensare nemmeno. Non era una vera scommessa!»

Fu proprio in quel momento che Meal si avvicinò a Rahab, tirandogli la manica della giacca con uno sbuffo annoiato.

«Problema Ellen» annunciò. Ormai anche il licantropo aveva iniziato a usare quel termine.

«Cos–» Cassandra si volse, in tempo per vedere la compagna di scuola dai capelli rossi. La poverina teneva un regalo in mano, e fissava i presenti – unicorno compreso – con un'espressione a dir poco impagabile. «El! Che ci fai qui? Trevor è in Giappone.»

«Europa» la corresse il Lalartu, a mezza voce.

«Europa, sì. Ricordavo male.»

«Questi esseri» balbettò la nuova arrivata. «E quel cavallo! Cosa...»

«Davvero, Ellen, cosa ci fai qui?»

«Io…» pigolò la poverina, tremante in tutto il corpo. «Volevo dare un regalo a Cilly… Credevo fosse nel tuo dormitorio e non trovandovi ho pensato foste… qui. Venite sempre qui. Oddio. Chi o cosa sono queste creature?»

«Fa che non urli» alzò gli occhi al cielo una banshee. «Odio quando lo fa.»

Fu quello il momento in cui la nuova arrivata notò gli aracnis in disparte. Si lasciò completamente andare, dando pieno sfogo ai propri polmoni. Prima che i diversamente vivi decidessero di risolvere il *problema* decapitando la sua stessa origine e rovinando il compleanno della bambina, Cassandra e Rahab la raggiunsero, seguiti dalla fedele Ayez. Fecero cenno a Cilly di continuare a godersi la festa e la sospinsero più indietro.

«Facciamo veloce» sospirò la lamia. «Voglio tornare alla festa.»

«Facciamo veloce cosa?» balbettò Ellen, quasi in preda a una crisi isterica. «Cass, che sta succedendo?»

L'interpellata sospirò. «D'accordo. Allora… ti sei innamorata di uno zombie, Trevor. Quando lo hai scoperto, hai dato di matto.»

«Cos'è Trevor?!»

«Hai fatto tipo così, esatto.»

«Mi viene da vomitare.»

«Sì, lo dici ogni volta. Calmati. Respira.»

«C'erano dei ragni giganti! Oddio, svengo.»

«Ma no, stai andando alla grande. Non hai ancora dato di stomaco.»

«Cass, ma che succede?»

«Vedi, questa è una scuola per diversamente vivi.» Lei si bloccò, rendendosi conto di un dettaglio. Ellen non stava vomitando, né agonizzando dopo aver recuperato i sensi. E aveva accolto quella notizia con una certa, inquietante calma interiore. «Ehi, sembri meno sorpresa delle altre volte.»

«In effetti» ammise la sua compagna di scuola, incerta. «Non so perché, ma questi concetti mi sembrano… familiari. Oddio. Devo essere impazzita.»

«Ormai certi ricordi sono entrati nel suo subconscio. Le abbiamo cancellato la memoria troppe volte» spiegò Ayez, preoccupata.

«Mi avete *cosa*?»

«Continui a tornare, a scoprire che siamo non morti e a strillare isterica. Cos'altro dovremmo fare?» intervenne Rahab, il quale non aveva certo previsto un simile intoppo per la festa di Priscilla, e sembrava molto innervosito. «Sei più persistente e fastidiosa di…»

«Me ne occupo io, ti dispiace?» intervenne la rappresentante della Sunrise School, rivolgendogli un'occhiataccia colma di livore.

«Cassandra!» pigolò la poverina, vedendola interagire con loro con tanta sfacciataggine. «Sei d'accordo con questi… *mostri*?»

«Tutto quello che voglio è che tu sia felice» disse con dolcezza la sua amica, senza rispondere direttamente alla sua domanda. «Trevor non è quello giusto.»

«Certo che no, è un maledetto zombie!» lei ci pensò. «Come ha fatto uno zombie a farsi ammettere in una scuola europea?»

«N-no, quella era palesemente una scusa per fare in modo che lo lasciassi stare.»

«Quindi non è mai partito?»

«Iniziano a vedersi i primi danni al cervello» commentò tra i denti la lamia. «Se le resettiamo i ricordi per la quinta volta, non so come andrà a finire.»

«Scusa?» sbottò nella sua direzione la ragazza, traumatizzata. «Mi avete frullato la memoria in quattro occasioni?»

«Non sappiamo come altro comportarci. Tu… continui a tornare da lui. Poi scopri che è uno zombie. Che gli altri sono mostri. Urli. Vomiti e svieni, anche. Così cerchiamo di darti serenità…» sospirò Cassandra. «Mi dispiace, El. Ce la sto mettendo tutta, per aiutarti a superare questa storia. Ma ogni volta cerchi Trevor, e non riesco a evitare che tu lo faccia.»

«Io… torno sempre» balbettò la ragazza, apertamente sconvolta da quelle parole. «Torno sempre qui. A cercarlo. Questa è la *quinta* volta…»

«Quarta» borbottò Rahab. «La prima volta è stata colpa sua, ha voluto dirti tutto, perché credeva nel vostro amore. Gli hai dato il benservito.»

«E… e ci credo» replicò lei, con veemenza, anche se condita da una punta d'incertezza. «È uno zombie!»

«Sì, Ellen, abbiamo afferrato il concetto» fu la dura risposta che le concesse. «Trevor è un morto vivente, ti fa schifo e piange da allora. Dunque, possiamo spicciarci a rimandarti indietro? Perché per te magari sarà tutto nuovo o forse un po' familiare, però sappi che io inizio a essere stufo di questo copione. Ho di meglio da fare.»

Ayez posò una mano su quella di Ellen, donandole un sorriso rassicurante. «Cercherò di stare attenta. Tu rilassati. Tra poco non ricorder–»

«Aspetta» la ragazza si ritrasse dal suo tocco, facendo due passi indietro e allontanandosi da tutti loro. «Aspettate. Vi prego.»

«Che succede?» volle sapere Cassandra, stupita. «Nelle occasioni precedenti imploravi affinché ti venissero tolte dalla mente le immagini di ciò che avevi visto.»

«Sono tornata qua quattro volte» ripeté la sua compagna di scuola, come fissatasi su un dettaglio apparentemente insignificante. «Io…»

«Se sei preoccupata per i danni al cervello» la interruppe Rahab, pratico, «Ayez starà attenta.»

«Non è questo! È…» Ellen si volse e cercò lo sguardo dell'amica, incerta e combattuta. «Se sono tornata qua già quattro volte deve… deve voler dire qualcosa.»

«Sì. Che sei testarda.» La sua compagna le sorrise, cercando di rassicurarla. «Per questo siamo amiche.»

«No» balbettò lei, scuotendo il capo. «Io…»

Rimase in silenzio, e i tre attorno a lei si guardarono a vicenda, cercando di capire cosa le stesse succedendo. Cassandra sembrava incapace di comprendere perché esitasse a liberarsi di un tale fardello, Rahab invece incrociò gli occhi della lamia e trovò qualcosa che lo colpì incredibilmente: speranza.

«Se… se vi dicessi che voglio conservare i ricordi?» domandò Ellen, dopo una lunga, difficile riflessione. «Ho… bisogno di pensarci su.»

«Pensare a cosa?» balbettò la sua compagna, stupefatta.

«A tutto. È obbligatorio che mi venga tolta la memoria?»

«Da regolamento, lo sarebbe» ammise la lamia, con l'ombra di un sorriso sul volto. «Ma sono davvero molto stanca, oggi. Ho formulato incantesimi tutto il giorno, per la festa della bambina. Forse sarebbe più sicuro rimandare quello che devo fare a te; il cervello è un organo delicato, non voglio rischiare di danneggiarlo.»

«Se dirai qualcosa a qualcuno, però…» l'avvisò Rahab, non del tutto convinto da quell'idea, «io e questa strega passeremmo dei grossi guai. E anche la tua amica potrebbe risentirne.»

«Non intendo raccontarlo a nessuno» replicò lei. «Voglio solo… del tempo. Per riflettere.»

«Ma, El, sei sicura?» mormorò Cassandra, preoccupata. «Il tempo non cambierà niente. Trevor è uno zombie e questo fatto resterà immutato. Perché vuoi torturarti in questo modo? Dimenticalo e vai avanti.»

Non si avvide degli occhi viola del Lalartu, fissi su di lei e poco concilianti. Qualcosa in quello che la studentessa aveva detto doveva averlo ferito nel profondo, poiché le sue iridi si scurirono, seppur di poco.

«Ha detto che vuole rifletterci» intervenne, forse un po' più brusco del dovuto. «Lascia che lo faccia. Tanto ha promesso di non farne parola ad anima viva.»

«Cercavo solo di aiutarla a non perdere tempo con cose che non hanno speranza di esistere.»

«Invece, forse, dovresti farti gli affari tuoi.» Sbottò lui, dando un cenno di saluto a Ellen e allontanandosi poi da loro, deciso a tornare alla festa di Priscilla.

«Forse è meglio se accompagno la tua amica al suo dormitorio» commentò Ayez, come per spezzare l'imbarazzato silenzio nel quale loro tre erano state abbandonate. «Mi sembra abbia la testa piena di cose sulle quali riflettere.»

Già, ammise Cassandra, ancora sbalordita dalla durezza della reazione avuta da Rahab. *E non solo lei.*

Dopo aver convinto Cilly a salutare il suo unicorno/equino in preda a dolori indicibili, Cassandra la riaccompagnò al suo dormitorio e rientrò al proprio, l'umore nero nonostante il grande successo della festa.

Vide sul tavolino del suo piccolo salotto i compiti di matematica che l'attendevano e grugnì. Era una ragazza studiosa, ma non amava studiare. Non c'era una materia che la incuriosisse o l'appassionasse davvero. Il suo approccio alla scuola era più quello di un martello pneumatico, picchiava e picchiava la testa sui libri, con il solito obiettivo: eccellere.

Ma quell'anno la matematica sembrava non voler abbassare le armi. Complice lo stress dovuto al ruolo di rappresentante e tutte le altre piccole cose che le erano capitate sino a quel momento – tipo essere rapita e torturata, per citarne una tra tutte – lei si rendeva conto di essere in realtà troppo stanca per riuscire anche in quella sfida.

Eppure non demordeva. *Chi si arrende ha già perso.*

«D'accordo» borbottò, passandosi le mani sul volto con fare stanco. Fece per sedere sul divano, ma in quel momento accadde qualcosa che le strappò un urlo di sorpresa e spavento.

Rahab apparve da uno dei suoi squarci della realtà, a metà strada tra l'ingresso e il tavolino. Sollevò un sopracciglio quando la notò fissarlo sconvolta.

«Da quando in qua puoi fare questo?» sbottò la ragazza, mentre lui attraversava il passaggio dimensionale ed esso si richiudeva silenziosamente alle sue spalle.

«È uno dei miei poteri» le rammentò educato lui. «Lo hai dimenticato?»

«Intendo da quando pensi di avere il diritto di poter piombare in mezzo al mio salotto, senza nemmeno bussare?»

«Oh, quello. Facciamo che ce l'ho da oggi?»

«No» sibilò lei, mettendo parecchia intenzione in quell'unica sillaba per sottolineare quanto fosse contraria alla proposta. «Che cosa vuoi?»

«Ho portato le brochure delle scuole per Priscilla» Rahab sorrise beffardo. «Ho pensato potessimo guardarle insieme.»

«Smettila con questa storia» sbottò Cassandra. «A proposito, ordina subito a una delle lamie di sciogliere l'incantesimo in quel habios, habis, hummus, o come accidenti si chiama.»

«Lo avrei fatto se tu avessi vinto la partita, come pattuito. Ma – correggimi se sbaglio – non è andata così.»

«Hai imbrogliato!»

«Facevo conversazione spicciola» spiegò tranquillo il diversamente vivo. «Ho tirato fuori un argomento a caso.»

«A caso. Certo!»

«Sei stata tu a dargli importanza. Per me era solo un allegro aneddoto di cui chiacchierare.» Lui tacque, prima di aggiungere: «Non sono suscettibile come te, quando vengo a sapere qualcosa che mi è stato tenuto segreto».

Ovviamente si riferiva a quanto lei si fosse infuriata quando aveva scoperto che il Lalartu, nutrendosi delle sue emozioni, aveva osservato sprazzi del suo passato, e scoperto cose parecchio personali.

«Certo, non lo sei» ironizzò la ragazza, in risposta. «Hai solo covato desiderio di rivalsa e atteso il momento più opportuno per sbattermi quello che sapevi in faccia.»

«La verità» lui soffiò divertito quelle parole, avvicinandosi a lei di qualche passo. La sovrastò dall'alto della sua statura e le rivolse un sorriso ironico. «È che non sai perdere.»

Cassandra ebbe voglia di retrocedere, di mettere una distanza di sicurezza tra i loro corpi. Aver parlato di quel bacio era stato come scoperchiare il vaso di Pandora; il ricordo delle emozioni provate nel momento in cui l'aveva stretta a sé era, per certi versi, doloroso. Ripensarci, pericoloso. La induceva in una tentazione che non credeva nemmeno di poter provare.

«Sciogli quell'incantesimo» ripeté, mantenendo però saldi sia la propria posizione che lo sguardo. «È una cosa strana, malata.»

«Giurare a una bambina di volermi prendere cura di lei è strano e malato?»

«Tu non c'entri niente con Priscilla!» sbottò Cassandra. «Non sei suo padre, o…»

«Meno male, direi» ridacchiò lui. «Direi che un amabile papà le basti e avanzi. Non capisco cosa ti disturbi tanto. Sei stata tu a premere perché io e Cilly passassimo dei pomeriggi insieme. Quante volte ci hai spedito fuori dalla scuola? E adesso ti scandalizzi se abbiamo legato?»

«Non era questo lo scopo!»

«So benissimo che lo scopo era di usare il mio potere per distrarla mentre eri impegnata. Ma, nel frattempo, io e lei siamo diventati amici. Accettalo!»

«Quei pomeriggi» gli vomitò addosso Cassandra, furibonda, «non erano per Cilly. Né per procurarmi del tempo libero. Erano per *te*!»

Rahab sgranò gli occhi, basito. «Ma di che stai…» iniziò a dire. Tacque, cercando di trovare un senso a quel discorso.

La studentessa distolse lo sguardo, come se l'aria confusa e incerta di lui potesse risultarle più minacciosa del suo fare strafottente, o rabbioso.

«Ho pensato che… ti sarebbe passata» spiegò, facendo spallucce come per minimizzare la cosa. «Sai, la tua paura degli esseri umani.»

Rahab aggrottò le sopracciglia scure. «Per questo» comprese in un mormorio. «Per questo hai iniziato a spedirci qua e là. Volevi… aiutarmi?»

Lei alzò di nuovo le spalle. «Tu mi avevi appena salvato la vita affrontando la tua stessa famiglia. Ho pensato di doverti qualcosa.»

«Ma perché mandarmi con Cilly? Potevamo uscire io e te.»

«Con una bambina da tenere a bada sarebbe stato più facile» spiegò la giovane, a disagio per quella proposta. «Non c'è niente che cancelli la paura come la necessità di prendersi cura di qualcuno. Credimi, io lo so.»

Già, lo sapeva. Rahab pensò alla piccola Cassandra che combatteva il terrore di una vita senza mamma concentrando tutta sé stessa sulla sorellina, e sul loro futuro. Solo così era riuscita ad andare avanti. A combattere lo sgomento.

E aveva tentato di fargli fare lo stesso. Arrivando ad affidargli Priscilla, pur di aiutarlo.

«Hai avuto un pensiero… davvero dolce.»

Le prese una mano, facendola sussultare dalla sorpresa. La guardò a lungo, sfiorandole le dita con le proprie, e infine intrecciandole tra loro con un movimento lento, dolce. Per un attimo, Cassandra le fissò come ipnotizzata, assaporando la sensazione di tepore portata da quel contatto. Poi, rapida come un serpente in fuga, ritrasse la propria.

«Sì, molto dolce» convenne con fare acido, osservando i compiti di matematica abbandonati sul tavolino. «Ma ovviamente la cosa mi si è ritorta contro.»

«Di che stai parlando?»

«Del fatto che adesso tu… sei convinto di avere una specie di ruolo, nella vita di Priscilla. Ma non è così. Non sei nessuno, per lei.»

«Sappiamo entrambi che non è così.»

«D'accordo, sei un buon amico. Questo non ti dà il diritto di decidere cosa studierà, né dove o come lo farà.»

«Sto soltanto cercando di aiutarvi, di… Lo *sai*» mormorò Rahab, e tornò a prenderle la mano, con la medesima delicatezza di prima. «Lasciami entrare, Cassandra. Smettila di respingermi.»

La studentessa questa volta ricambiò istintivamente la sua stretta. La vide fissare ancora una volta le loro dita, con un'espressione indecifrabile sul volto.

«E va bene» la sentì dire. Non comprese il senso di quelle parole sino a che la giovane non gli si aggrappò con le mani alla camicia, alzandosi sulla punta dei piedi. «Facciamola finita.»

Non ebbe quasi tempo di stupirsi. Vederla protendersi in direzione del suo volto e abbassare le palpebre, accese in lui un fuoco immediato, divampante. L'avvolse tra le braccia, premendole una mano sulla nuca e si chinò, dando vita a un bacio colmo di desiderio.

Per un attimo vi fu solo il sapore di lei, la morbidezza di quel corpo contro il proprio, il profumo dei suoi capelli. Emise sulla sua bocca un mugolio istintivo, quando Cassandra dischiuse le labbra e gli permise di invaderla, di assaggiarla più in profondità.

Eppure, per quanto fosse schiavo della passione, la sua parte razionale ripassò le parole appena udite, e suonò immediatamente un campanello d'allarme al quale lui non riuscì a non dare ascolto. Le prese le spalle e la staccò da sé, fissandola incerto.

Fu uno sforzo di volontà non indifferente. Cassandra aveva gli occhi, ora aperti e colmi di sbalordimento per l'improvvisa interruzione, lucidi per la passione. La bocca era arrossata, così come le gote. Sarebbe stato così bello, così facile tornare ad assaporarla, perdersi in lei.

«Che vuol dire» balbettò, in un mormorio incerto, «*facciamola finita?*»

La studentessa non si aspettava certo di sentirsi rinfacciare quell'espressione. Fece spallucce, non trovandola certo preoccupante, o offensiva.

«Ti sto dando quello che desideri» gli spiegò, tranquilla.

«Quello che desidero» ripeté lui.

Eh, non aveva mica tutti i torti. I suoi occhi scivolarono sul colletto inamidato che le celava il collo sottile, e sul modo in cui la camiciola della divisa si tendeva all'altezza del seno. Sotto quei pantaloni vi erano gambe seriche, da carezzare e baciare. Tuttavia…

«E tu, non lo desideri?»

Cassandra abbozzò un sorriso malizioso. «Non sono abituata a concederlo, se non lo voglio.»

«Sì, ma perché dire *facciamola finita?*»

«Santo cielo. Dobbiamo fare l'analisi logica di ogni mia parola?»

«Tu… Pensi che abbia fatto tutto questo per portarti a letto?»

«No, non ti ritengo una persona così squallida» rispose la studentessa, facendolo sospirare di sollievo. Giusto per un attimo: «Non lo hai fatto certo a livello conscio».

«Non l'ho fatto a nessun livello!» balbettò, allontanandosi da lei.

«Sappiamo entrambi che sei fisicamente attratto da me.»

«Non solo fisicamente!» lui pronunciò quelle parole con enfasi, passandosi una mano sulle labbra con le quali l'aveva appena baciata. «Perché pensi che abbia donato la mia libertà a Cilly? Volevo la tua fiducia, dannazione! Perché senza fiducia non c'è amor–»

Si fermò, impedendosi di terminare quell'ultima parola. Sarebbe stato umiliante. Lo comprese dal lampo di sorpresa che attraversò gli occhi della ragazza.

«Oh, Dio» balbettò lei. «È questo, che speri? Che io possa innamorarmi di te?»

Fu il modo in cui lo chiese. Il tono, l'aria dispiaciuta con la quale pronunciò quelle parole. Era triste, e in imbarazzo. Come un adulto al quale un bambino chiede di far tornare in vita l'animale domestico morto, e non sa in che modo comunicargli che il suo è un desiderio praticamente impossibile. Anzi, peggio. Innaturale.

«Non accadrà mai» comprese con dolore il Lalartu. «Vero?»

«No, non credo.» Lei abbassò il volto. «Mi dispiace.»

«Perché? Perché sono un *mostro*?» Con il dolore del rifiuto, lui parlò a ruota, senza controllarsi. «Non posso far parte della tua strategia, vero?»

«In effetti, no, non ne fai parte.»

«Già» mormorò Rahab, la voce ridotta a un sussurro. «Dannazione. Mi fai proprio pena.»

«Prego?»

«Non è colpa tua» spiegò il Lalartu, scuotendo il capo. «Di base sei una persona straordinaria. Davvero. Sei una delle umane più incredibili che abbia mai conosciuto. Ma sei rovinata, Cassandra, incrinata come un cristallo rotto. Tua madre lo era, prima di te.»

«Come ti permetti…»

«No, ascoltami, anche se è morta io non ti indorerò la pillola per rispetto. Ti ha cresciuta male. Non sei mai stata una bambina, ma un essere umano da addestrare a una guerra che soltanto lei vedeva. Mi dispiace dirlo, davvero, perché ho capito che lei, come te, credeva di essere nel giusto. Siete state entrambe sfortunate, e *ti giuro* che questo mi addolora. Ma se pensi…» aggiunse, avvicinandosi a lei e puntandole un dito contro, «che io starò zitto e in disparte mentre tu farai la stessa cosa a Cilly, allora non hai capito niente di me!»

Cassandra era rimasta completamente senza parole, come presa a pugni dal suo discorso. «Che cosa intendi fare?» mormorò, cupa. «Portarmela via?»

«Non vi separerei mai» sospirò Rahab, distrutto. Era passato dal paradiso al sentirsi nuovamente un mostro rifiutato e deriso. «Continuerò a insistere. Prima o poi capirai.»

«Non c'è niente che io debba capire.»

«Invece ci sono molte cose che ancora non hai inteso per bene. Come l'importanza che Priscilla ha per me. Vuoi sapere chi mi è più cara, tra voi due?»

Ovviamente era lei, Cassandra non aveva dubbi a proposito. Se la voleva portare a letto. Di più, desiderava che lo amasse.

«Non sei tu» parve leggerle nel pensiero Rahab. «O a quest'ora saremmo su quel divano, nudi.» L'immagine gli fece male, provocandogli un'ondata di languore. Ma proseguì imperterrito: «Priscilla è la persona più importante, per me. Altrimenti perché avrei rinunciato a quello che vuoi concedermi? Perché starei litigando con te sul suo futuro?»

Era l'innegabile verità. Cassandra la accolse con un moto di stupore, provando reale incertezza a quel pensiero. Rahab provava per Priscilla un bene talmente grande da travalicare l'attrazione e il desiderio di essere amato da lei?

Se le cose stavano così, i suoi timori sul futuro di Cilly erano fondati? Aveva ragione? Lei la stava crescendo nel modo sbagliato, la stava condannando alla sofferenza?

Aveva sempre avuto una strategia. Una scala di valori.

Poteva essere errata?

«È meglio che tu vada» bisbigliò, raggiungendo il divano e sedendovisi sopra. Con il cuore in tumulto, aprì i libri di matematica. Doveva studiare, eccellere. Quella era la strada giusta. Solo quella.

Vero?

Quando Rahab aprì il passaggio dimensionale e uscì dalla stanza in perfetto silenzio, non alzò neppure gli occhi per salutarlo.

Capitolo 15

Da quel giorno trascorsero quasi due settimane. Rahab si fece sentire solo una volta, via messaggio.

"Posso usare i miei poteri per prendere Cilly fuori dal suo dormitorio e riportarla. Ho individuato un punto in cui posso apparire senza attirare l'attenzione. Così non ti sarà più necessario perdere tempo per portarla qui."

La stava estromettendo. Forse per stuzzicarla e vedere la sua reazione. O magari, più semplicemente, perché non aveva piacere a rivedere la sua faccia dopo il loro ultimo litigio. Dopo aver scoperto che lei non era intenzionata ad amarlo, a inserirlo nel suo progetto di vita. Chissà qual era la verità. Forse un miscuglio tra le due ipotesi.

"Ok."

Fu l'unica cosa che gli rispose, senza dilungarsi ulteriormente.

Non ci furono impegni di rappresentanza che coinvolsero la Night School, e gli unici appuntamenti del quale lei dovette occuparsi risultarono di rilevanza abbastanza limitata affinché riuscisse a cavarsela da sola. Sistemò uno per uno i grandi vasi per l'esposizione del club del giardinaggio, rovinandosi una divisa e forse procurandosi un'ernia inguinale. Poi allestì con l'aiuto della presidentessa in carica la mostra annuale del club artistico, trovando un po' più leggero il compito di dover spostare delle tele dipinte, ma desiderando piangere quando fu il momento delle sculture.

Fu il suo primo periodo interamente scevro da diversamente vivi dall'inizio della scuola. Ora le cose si erano invertite. Era Priscilla a non avere più molto tempo per lei. Le inviava messaggi giornalieri di buongiorno e buonanotte, talvolta le raccontava ciò che aveva fatto durante la giornata; ma il pomeriggio, dopo aver studiato, lei era tutta della Night School.

La chiamò un paio di volte, verso sera, giusto per sentire la sua voce.

«Che avete fatto, oggi?»

«Gli zombie hanno messo su una crew di ballo! Sono fantastici!»

«Oh. Wow. Ehm. Nessuno ha chiesto di me?»

«No, ma figurati» la tranquillità con cui lo disse fu sia crudele che infantile. «L'unico che chiede qualcosa è Trevor. Vuole sapere di Ellen. Ci sono novità?»

Sì. Non vuole parlare dell'argomento, né risponde ai miei messaggi. E, cosa peggiore al mondo, quando la cerco per chiacchierare un po' sorride come se andasse tutto bene, per poi andarsene via.

Probabilmente riteneva lei in parte responsabile della spinosa situazione in cui era finita. Ed era giusto, voleva lasciarle i suoi spazi. Ma quella era l'ultima voce amica rimastale.

Adesso le restava soltanto il grigio chiacchiericcio dei professori durante le lezioni. Cassandra le seguiva con il consueto impegno, anche se qualcosa sembrava non andare come al solito. Studiare era un po' più pesante. Nozioni che solitamente imparava nel giro di un'ora sembravano non volerle più entrare in testa.

Forse era una questione di stanchezza. Dormiva poco, a fatica. Si rigirava nelle lenzuola, le membra distrutte dalla giornata, il cervello più sveglio che mai. Qualcosa le toglieva il sonno e, invece di tentare di rilassarsi, lei si torturava ulteriormente. Quando si svegliava nel cuore della notte, rendendosi conto che non si sarebbe più addormentata, navigava con il telefono su siti di istituzioni scolastiche adatte a Cilly. Posti che avrebbe potuto frequentare di giorno, avendo una stanza tutta sua alla sera.

Risparmiando sulla retta annuale della Sunrise, potrei permettermi un monolocale, pensava ripetutamente. Ma non certo i pasti e l'assicurazione sanitaria, senza un lavoro. Forse potremmo tirare avanti un anno.

Quella scelta, insomma, l'avrebbe privata del college.

Talvolta il sole sorgeva impietoso, illuminando la sua stanza attraverso gli spiragli degli infissi, sorprendendola che ancora guardava quelle scuole, e cercava di raccapezzarsi. Ogni scelta sembrava una sconfitta. Ogni strada un vicolo cieco.

Talvolta aveva la sensazione di soffocare.

Se non riprendo le redini dei miei voti, posso anche smettere di scervellarmi. Nessun college mi vorrà.

Ecco un pensiero che le martellava il cervello, andando a unirsi al coro cacofonico degli altri.

Figurarsi come andò con la matematica. Ovviamente, un compito in classe venne fissato la mattina della Giornata dell'Ecologia, il primo evento importante di quel periodo, di così grande richiamo che il preside le aveva raccomandato la presenza di una delegazione della Night School.

Si era limitata a informare Rahab per messaggio e lui neppure aveva risposto. Fu questa la cosa che più le... fece male. Lo ammise a sé stessa: il suo continuo, ostinato silenzio non le causava rabbia, non la faceva sentire sfidata a una gara d'orgoglio. La feriva, e basta. Senza un motivo preciso.

Le mancava, dannazione. E lei non mancava a lui? Talvolta era stata tentata di scrivergli, di fare la prima mossa. Ma poi si era trattenuta. A che pro? L'anno scolastico volgeva al termine. Fuori dalla Sunrise, Rahab non c'era. Era il momento di abituarsi alla sua assenza.

Non aveva idea se lo avrebbe visto in serata, ma il dubbio fu sufficiente per rovinarle lo studio. Fece un esercizio disastroso e uscì dalla classe con la consapevolezza di essere a rischio insufficienza. Provò un groppo in gola che fu difficile da ingoiare, che le fece mancare il fiato. Tornò al dormitorio un paio d'ore, il tempo di darsi una sciacquata prima di lanciarsi verso l'auditorium principale, e fare in modo che venisse decorato nel modo corretto.

Trovò le sedie già sistemate. Il mappamondo gigante che i ragazzini delle medie avevano preparato era stato appeso sopra il palco. Per un attimo, rimase basita; poi comprese: i non morti. Pur non dandole risposta scritta, Rahab li aveva attivati affinché facessero la loro parte del patto e aiutassero con l'allestimento.

Già. Cassandra si girò in direzione di tre casse piene di ornamenti per il palco e per la platea. Peccato che avessero dimenticato circa un terzo del lavoro. Sospirò e si mise di buona lena, sola contro l'orologio che ticchettava.

Cilly la raggiunse poco prima dell'inizio della serata. La trovò china sull'ultima fila di sedie, impegnata a decorarla con gli alberi e gli uccellini in carta che proprio la sua classe aveva realizzato con l'aiuto dell'insegnante. Entusiasta, aiutò la sorella ormai stremata ad attaccarli, e osservò il risultato finale con il petto gonfio d'orgoglio.

«Grazie» mormorò Cassandra, avvolgendola da dietro in una stretta affettuosa. «Guarda che belle trecce!» si stupì, notando che la sua chioma riccia e ribelle era stata domata in un'acconciatura semplice ma adorabile, che faceva risaltare ancora di più l'aspetto da piccola monella della bambina.

«Me le ha fatte Areella, la banshee!» disse orgogliosa la bambina. «È la migliore!»

«Stai benissimo» lei esitò, prima di aggiungere. «Magari... magari domenica potremmo vederci, mangiare insieme e...»

«Oh. Non so, è il compleanno di Meal.» La bambina ci rifletté. «Cioè. Ho scoperto che nessuno di loro ha un compleanno. Così hanno scelto un giorno ciascuno, e li festeggiamo. Abbiamo già avuto tre feste! Se vuoi, puoi venire.»

Tre feste alle quali era stata invitata la sua sorellina minore e non lei. Se la cosa non le avesse fatto venire le lacrime agli occhi, avrebbe riso. E domenica non sarebbero state insieme, a quanto pareva, visto che nessuno sembrava volerla neppure allo stupido compleanno inventato di uno stupido licantropo.

«Ci penserò» le promise. «Vai, scegliti un posto in prima fila. Tra poco arriveranno i tuoi compagni e gli altri studenti.»

Non si fecero attendere. Ordinati come loro solito, gli iscritti alla Sunrise vennero scortati all'interno dell'auditorium, e sistemati in ordine d'età. Non sembravano granché entusiasti dell'evento che erano stati portati a vedere, ma in fondo era comprensibile. La Giornata dell'Ecologia era una specie di lezione serale, con adulti grigi che borbottavano qualcosa sul riscaldamento globale e la possibile fine del mondo.

I relatori, giunti poco dopo il pubblico, non delusero le aspettative. Ometti calvi e signore dagli occhiali spessi, nessuno di loro con l'aria brillante di chi riesce a esprimere concetti catastrofici come l'invasione delle microplastiche mettendoci in mezzo una bella battuta.

Cassandra venne chiamata da uno di questi, il quale si lamentò della scarsità delle luci sul palco. Con uno sbuffo, lei si guardò attorno, alla ricerca di un compagno di classe da mandare sulla graticcia sopra il palco per sistemare i faretti in modo più ottimale.

Fu in quel momento che, da dietro il palcoscenico, vide Rahab entrare dal fondo del locale. Lo fece con una banshee accanto.

Appoggiata al suo braccio.

Bene. Questa fa male.

Conosceva quella diversamente viva. Le era simpatica, addirittura. Aveva capelli color oro lunghissimi, com'era tradizione della sua razza, occhi piccoli e una bocca enorme. Si teneva all'arto di Rahab, mentre lui si guardava attorno, alla ricerca di una sedia.

«Vado a sistemare le luci» disse meccanicamente, andando alla ricerca della scaletta che portava alla torre scenica, il magico luogo sospeso al di sopra del palco dove luci e pesi regolavano scenografia e atmosfera durante le scene.

Arrivata in cima, ebbe un accenno di vertigine. Era davvero molto in alto. Si diede della stupida, perché non aveva mai sofferto di una paura simile, e si affrettò a muoversi sul ponte sospeso dal quale era possibile regolare i faretti. Quando vide, da basso, il relatore che si era lamentato farle un cenno d'assenso, annuì e si girò per tornare indietro.

Fu quando raggiunse la scaletta per scendere che il telefono nella sua tasca squillò. Lo estrasse, pronta a dire a chiunque fosse che non era il momento giusto per disturbarla.

Ma era suo padre.

Abbassò le palpebre. Desiderò chiudere la chiamata. *Tu puoi rimandare, ma il tempo non lo farà.*

Sospirò, riaprì gli occhi e rispose.

«Caz, ciao!»

L'unico idiota sulla Terra a chiamarla in quel modo. Sin da quando era piccola. Era arrivata a pensare questo: non si trattava di un nomignolo affettuoso, ma di un modo sbrigativo per parlare con lei, come per risparmiare secondi preziosi anche pronunciando il suo nome.

«Dimmi.»

«Avresti problemi a tenere tua sorella con te per le vacanze di primavera?»

«Non ho mai problemi a tenere Cilly con me» rispose, sul chi va là. «Ma lei è convinta di passarle con te. Ci tiene molto. La porti sempre in quel posto di mare…»

«A-ah. Sì. Senti, puoi dirle che quest'anno rimane con te?»

«Perché?»

Lo sentì sospirare. «Non mi piace girare intorno alle cose, Caz. Te lo dico e basta, mi sono fidanzato.»

«Bravo.» Lo disse con più acrimonia del dovuto. Un coltello conficcato nel petto avrebbe fatto meno male.

«Si chiama Susan. Stiamo benissimo, insieme. Ma si innervosisce, quando bisogna stare con voi.»

«Questo un padre normale lo vedrebbe come un campanello d'allarme, ma vai pure avanti.»

«Non essere sempre critica su tutto. Ti ho solo chiesto di stare con tua sorella durante le prossime vacanze. Io ho già sopportato le lamentele di Susan a Natale, quando è stata con noi.»

«Dev'essere stata dura.»

«Sì, in effetti è così. Grazie di capire.»

«Ho da fare.»

Chiuse la telefonata con la testa che le ronzava. Fissò il telefono per un lungo istante, ed ebbe voglia di scagliarlo lontano, direttamente sul palcoscenico, spaccandolo in mille pezzi.

Si impose la calma.

Suo padre con un'altra donna. Diversa da mamma. Che non sopportava le sue figlie.

La testa le ronzò più forte. Si mise il telefono in tasca, sentendo uno strano formicolio alle mani. Aprì e richiuse le dita, i pensieri offuscati da quella novità.

Era finita. Finita del tutto. Se fino a quel momento era stato un genitore assente, adesso sì che le cose sarebbero cambiate. Certo, la legge gli avrebbe imposto di provvedere economicamente alle sue figlie, fino a che non fossero state maggiorenni. E lui lo avrebbe fatto, probabilmente. Ma a conti fatti, tirando le somme, guardando il quadro generale… era finita. Non si sarebbe mai più fatto vivo. Neppure quelle due o tre volte l'anno.

Siamo sole.

Lo comprese con un'intensità che fece male. Sentì, per la terza volta in una sola giornata, la gola chiudersi, e faticò a inspirare. Il ronzio tra le sue orecchie aumentò, così pure come la sensazione alle mani, che parvero aver perso sensibilità.

Si concentrò sul respiro. Si aggrappò al corrimano della scala, e discese uno scalino. Poi un altro. Era difficile tenersi, perché le dita non rispondevano bene ai comandi, e il terreno davanti a lei sembrava ondeggiare instabile. Respirare era sempre più faticoso.

Diede un'ultima boccata, come fosse in procinto di affogare.

E poi ci fu il buio.

«Ecco. Puoi sederti qui» Rahab, trovata una sedia libera, aiutò Teerlas la banshee ad accomodarsi. «Fa molto male?»

Quella sorrise, lasciandolo andare e tenendosi una gamba tra le mani. «Forse si è rotto un tendine. Dovrebbe andare a posto in mezz'ora.»

«Abbassa la voce» le sussurrò lui, guardandosi attorno con sospetto. «È la prima volta che vieni in mezzo a loro. Stai attenta.»

«Lo so, che è la prima volta» replicò la diversamente viva. «Ero così agitata che sono caduta come una scema, per la strada!»

«La tua fidanzata ti prenderà in giro finché avrà fiato» flautò il Lalartu. «Alla sua prima uscita è stata perfetta. Neanche una sbavatura. Morirà dal ridere, quando lo saprà.»

«Non glielo dire!» sussurrò la banshee. «Riderà di me per l'eternità.»

«Esagerata. Vivete al massimo per un paio di millenni. Riderà di te per una ventina di secoli, a vederla brutta.»

«Ma perché vuoi dirglielo?»

Lui piegò le labbra in un sorriso. «Perché *non* glielo dovrei dire?»

«Sei… come dicono, gli umani? Un bastardo.»

«Ah. Vedo che le lezioni di buone maniere non sono servite a molto.»

Poi vi fu un rumore che in pochi percepirono, a causa del frastuono dovuto agli studenti in attesa dei vari discorsi previsti della serata. Ma Rahab e i suoi lo udirono subito, e lui si precipitò in direzione delle quinte prima ancora che una delle relatrici, essendo più vicina al luogo dell'incidente, urlasse per la sorpresa. Arrivò rapido come un fulmine, ed ebbe un colpo al cuore. Cassandra giaceva ai piedi delle scale, dopo quella che sembrava essere stata una brutta caduta. Si precipitò accanto a lei, chinandosi sul suo viso privo di sensi.

Respirava rapida come un cucciolo spaventato. Il suo cuore sembrava un fringuello impazzito, e la pelle era imperlata di sudore. Sembrava essere nel panico, ma chi o cosa l'aveva spaventata?

Ebbe l'istintivo pensiero di prenderla, aprire un passaggio dimensionale e portarla via, da un medico. Ma ormai troppi si erano avvicinati, incuriositi e preoccupati. Notò che uno di loro stava già chiamando il numero d'emergenza, e ingoiò a vuoto, limitandosi a prenderle la mano.

«Cassandra?» bisbigliò, quando la vide sbattere appena le palpebre. Alzò il viso sulle persone chinate e abbaiò loro di allontanarsi, di lasciarle aria.

Dopo alcuni istanti di lotta per recuperare la propria coscienza, lei riuscì a spalancare gli occhi. Le sue iridi verdi brillarono sotto la luce dei riflettori, e la ragazza non parlò per un lungo istante, come spaesata.

Quando girò lo sguardo nella sua direzione, istintivamente le sue dita si strinsero attorno alle sue. Ricambiò la stretta senza pensarci, spostandole un ricciolo biondo che le ricadeva sul viso.

«Sei caduta. Che è successo?» mormorò, non comprendendo cosa potesse avere.

Era spaventata. Quasi come il giorno in cui era stata rapita. Non credeva che avrebbe mai potuto vedere una simile paura nel suo sguardo.

«Non lo so» balbettò, agitata. «Io... non lo so!»

«Calmati.»

Gli studenti seduti in platea non potevano vedere chi si fosse sentito male, a causa dell'altezza del palco e delle persone che lo circondavano. Allungavano il collo, curiosi, nonostante i rimproveri dei loro insegnanti.

«C'è l'ambulanza!» si sentì dire a un certo punto, e persone in divise appariscenti fecero la loro comparsa, portando una barella. Cassandra la fissò come se fosse una condanna a torture indicibili.

«Non serve» balbettò, cercando di rialzarsi. «Sto ben–»

Rahab le posò una mano sulla spalla, costringendola a rimanere giù. I suoi occhi erano neri, determinati. No, non stava bene. E chiunque le avesse fatto quello, l'avrebbe pagata cara.

Si fece da parte, lasciando ai paramedici il loro lavoro. Ordinò a un licantropo accorso come lui di andare nel pubblico e trovare Cilly, in modo che fosse una voce amica a riportarle del malore della sorella. Quindi si fece coraggio e avanzò in direzione di uno degli uomini in divisa, inventando di sana pianta: «Sono il suo fidanzato. Posso venire anch'io?»

«Ciao…»

Trevor esitò, non sapendo cos'altro dire, né che fare. Sedeva sull'erba, sul prato dove solo pochi mesi prima avevano festeggiato il compleanno di Priscilla ed Ellen aveva visto per l'ultima volta tutti gli studenti della Night.

Da allora, non vi era più stato alcun contatto da parte sua. Quando Rahab gli aveva confessato con sorpresa che la studentessa aveva rifiutato la cancellazione della memoria, nel cuore immobile del non morto era nata una speranza segreta, innominabile.

Aveva più volte preso il telefono in mano, osservando la sua lunga conversazione via messaggio con Ellen. I loro ricordi migliori, parole scritte quando lei ancora non sapeva. Pian piano, lui aveva preso sempre più dimestichezza con l'uso della tastiera digitale. Oltre che con la comunicazione umana in generale.

Avevano parlato di qualsiasi cosa. Dalle telenovelas che tanto amava, ai poeti e scrittori che piacevano a lei. Talvolta si erano scritti guardando il medesimo cielo stellato, così vicini eppure così lontani. L'ultimo messaggio di lei era stato:

"Sei meraviglioso. Ti amo."

Poi più nulla, se non si consideravano le parole scritte dalla poveretta quando lo pensava malato terminale, o un traditore, o emigrato in Europa. A quei messaggi Trevor aveva risposto a fatica, con la morte nel cuore. Perché è dura, amare qualcuno con tutto sé stesso, e tenerlo a distanza.

Quando lei gli aveva domandato di vedersi, aveva accettato all'istante. Non sapendo neppure cosa aspettarsi, ma ormai così sfibrato da quella situazione da essere deciso ad affrontare qualsiasi cosa. Anche a sentirsi dire, per l'ennesima volta, quanto lo disgustasse.

Avevano deciso di approfittare della serata dedicata all'Ecologia, decidendo di marinarla con la consapevolezza di trovare pochi studenti da quelle parti, sia dell'una che dell'altra scuola.

Lei ricambiò il saluto con evidente imbarazzo, sistemandosi la gonna della divisa e sedendogli accanto. Ovviamente, era bella da fare male. Ancora più ovviamente, i suoi occhi guardavano ovunque, tranne che nella sua direzione.

«Scusami» fu la prima cosa che le disse, come sempre incapace di contenere le proprie emozioni. «Tu pensavi… credevi… ti ho fatta soffrire. È questa la cosa che mi… distrugge.»

Ellen rimase stupita. Finalmente, i suoi occhi si girarono a guardarlo e lo zombie la vide fare uno sforzo per mantenere un'espressione impassibile di fronte al suo aspetto.

«Non sono arrabbiata. Posso capire perché mi hai mentito» gli confessò, senza alcun rancore nella voce. «Non ho chiesto di vederci per rivolgerti delle accuse.»

«Grazie» bisbigliò lui, realmente grato di ciò. L'aveva vista già piangere troppe volte, accusandolo di essere un mostro, un bugiardo.

Lei prese un lungo respiro, osservando il cielo terso sulle loro teste. Esitò, prima di dire: «Non faccio altro che rileggere le nostre conversazioni.»

«Anche io...»

«E lì dentro vedo la persona di cui mi sono innamorata.» Ellen scosse il capo dai lunghi capelli rossi, gli occhi lucidi. «Trev, più scorro lo schermo e vedo le parole che mi scrivevi, più mi innamoro di te. Sei... quello che hai dentro è...»

«Il problema... è quello che ho fuori» lo zombie sussurrò addolorato da quelle parole. «Se ci fosse un modo... io farei qualsiasi cosa, qualsiasi.»

«Qualsiasi?» domandò la studentessa. «Per me?»

«Anche morire» lo sussurrò con incredibile sincerità e lei lo guardò con stupore, misto a meraviglia. «Ma un modo non c'è.»

«Invece sì» la mano di Ellen scivolò sull'erba, lenta, incerta. Trovò quella dello zombie e la sfiorò, riempiendolo di gioia.

«C-che fai?» balbettò il non morto, abbassando gli occhi sulle loro dita che si toccavano, non avendo idea di come reagire.

«È l'unico metodo per stare con la persona di cui mi sono innamorata» gli spiegò lei, con dolcezza. «Non sei tu, a dover cambiare. Sono io, a doverti accettare.»

«No!» balbettò, ritraendo la mano, quasi con orrore. «Sei bella, dolce, buona, sei un... un fiore che deve vivere al sole e con me vicino dovresti... ti condanneresti a...»

«A cosa? Dovremo stare attenti, certo.»

«Dovremo stare *nascosti*.»

«Non è detto.»

«El. Vuoi davvero…»

«Trevor. Hai appena detto che moriresti, pur di stare con me» sussurrò lei, facendoglisi più vicina, visibilmente emozionata. «Io credo di poter reggere a un braccio che si stacca, di tanto in tanto.»

«Non sono solo le braccia» ammise lo zombie, a disagio. «S-sono diverso in altre cose.»

«Ti decomponi. Prima o poi lo farò anche io, perciò non è che siamo così diversi.»

«Mangio solo cervelli e pretzel.»

«Quando ordineremo da mangiare, lo faremo da due ristoranti diversi.»

«Faccio sesso per ore» insistette lui, ormai in pieno panico.

Questo sì che la stupì. «Scusa?»

«Noi zombie… l'amplesso dura un'ora. O due.»

«Non puoi dire sul serio.»

«So che per un'umana può essere sfiancante… noi non…»

«Sfiancante?» Ellen scoppiò a ridere. «Io direi interessante.»

Lentamente lei prese coraggio, spinse il viso verso di lui, verso quel volto che l'aveva riempita di orrore. Gli sfiorò le labbra con dolcezza, timida e delicata come una farfalla. Trevor scoppiò a piangere per la gioia. Perché gli zombie sono emotivi, e questo era un difetto che tutti gli abitanti della Dimensione Oscura rinfacciavano loro dalla notte dei tempi.

Ma la studentessa, invece, lo adorava. Sorrise, appoggiandosi a lui, abbassando le palpebre con un sospiro, rendendosi conto di amare la meravigliosa anima che quel corpo conteneva.

«Attacco di panico.»

«Molto divertente. Adesso sia serio, cos'è successo?»

«Gliel'ho detto, signorina. Un attacco di panico.»

Cassandra sedeva in un letto d'ospedale. Di nuovo.

Fortunatamente, non lo stesso in cui Rahab l'aveva condotta mesi prima, dopo averla tratta in salvo.

Le avevano fatto un sacco di esami. Di nuovo.

Questa volta, però, i valori avevano dato risposte che lei non intendeva accettare.

«Non riuscivo a respirare» obiettò, cercando di spiegare che quello che le era accaduto doveva essere qualcosa di più grave di uno stupido attacco di panico, roba che solo alle donnicciole o ai cretini senza spina dorsale poteva venire.

«È uno dei sintomi.»

«Le mani formicolavano!»

«Altro sintomo.»

«Avevo le vertigini.»

«Signorina, capisco che sia difficile da accettare.» Era un dottore giovane, dai capelli castani e con un sorriso gentile. Dopo una piccola esitazione, sedette accanto a lei, guardandola con gentilezza. «Non c'è nulla di male» le mormorò.

«Di male c'è che mi state trattando come una matta, quando io sono sicura di avere avuto un malore serio!»

«È un periodo stressante, questo, per lei?»

Cassandra si agitò sotto le coperte. Ma rispose: «No».

«Ha avuto brutte notizie, ultimamente?»

«Chi non le riceve, a questo mondo?»

«Ho avuto anch'io la sua età, sa. I problemi piccoli sembrano enormi.»

Piccoli. Come no. Quel dottore si stava sforzando di essere gentile e disponibile, ma non aveva la minima idea della sua situazione. Pensava di avere davanti una mocciosa con patemi esistenziali, o chissà quale altra stupidaggine.

All'oscuro delle sue cupe elucubrazioni, lui proseguì: «Cedere al panico non è un sintomo di debolezza. Il suo corpo le ha solo comunicato che… ha bisogno di staccare la spina, per un po'. Si è stancata molto, in questo periodo?»

«No!» sbottò, pur di non dargliela vinta. Poco importava che studiasse a fatica e quasi non chiudesse occhio da due settimane.

Il medico riguardò la cartella clinica di lei, più per farla felice che per un reale dubbio. «La distorsione alla caviglia non è grave» cambiò gentilmente argomento, indicandole la gamba sinistra, fasciata poco sopra il piede. «Una volta a casa, potrà persino levare la fasciatura. Però sarebbe meglio tenerla a riposo, per qualche giorno.»

«Posso camminarci?»

«Sopportando il dolore, sì. Ha capito la parte sul riposo?» Sospirò, riconoscendo sul viso della giovane la cupa determinazione di chi non intendeva concedersi neanche un minuto di zoppia.

«Tutto chiaro. Posso andarmene, adesso?»

«Signorina» comprendendo di avere di fronte una testa dura, lui posò la cartella e la guardò con gentilezza. «*Deve* riposare. Non glielo sto dicendo perché la ritengo una persona debole, o qualsiasi altra sciocchezza possa passarle per la testa in questo momento. Ha fatto troppo e ora deve tirare il fiato.»

«Sì, d'accordo» replicò lei, con un tono che ben intendeva quanto gliene importasse di quei consigli.

«Abbiamo provato a contattare suo padre.» Aggiunse il dottore, incerto. «Ma non risponde.»

Cassandra ridacchiò amaramente. «E se anche rispondesse» mormorò, cupa, «che differenza farebbe, per me?»

Rahab era una persona che teneva alla propria privacy e a quella altrui, ma non quella sera. Quella sera la sua parte meno razionale era stata risvegliata dalla preoccupazione e dal desiderio di protezione. Al diavolo il rispetto, doveva capire cosa fosse successo a Cassandra.

Credendolo il suo ragazzo, gli avevano affidato il suo cellulare. Mentre aspettava un responso, divorando ad ampi passi il corridoio dove si affacciava la stanza in cui lei era stata ricoverata, lo prese in mano. Ebbe un attimo d'esitazione, l'ultimo barlume di logica rimastagli. Quindi mandò a quel paese tutto e lo sbloccò.

Cassandra non aveva un pin, una sequenza personalizzata o nessun altro tipo di controllo per l'accesso al proprio dispositivo; questo, se la conosceva bene, perché non voleva perdere secondi preziosi della sua giornata digitando numeri o lettere per identificarsi. Il telefono gli mostrò il display senza opporre resistenza e lui lo studiò, pensieroso.

Avviò dapprima il browser web, ed esso si aprì sull'ultima pagina visualizzata da lei: il sito di un istituto non lontano da lì, adatto a bambini dell'età di Cilly. Aggrottò le sopracciglia per la sorpresa, chiedendosi se fosse stato quello il motivo del malore.

Entrò nella cronologia, ma scoprì di essersi sbagliato; era entrata in quel sito ore prima. In piena notte. Con stupore, si rese conto che erano tutti accessi notturni a siti come quelli. Scorse l'elenco, scoprendo che il trend era identico anche nei giorni precedenti. Come se Cassandra trascorresse le notti in bianco, riflettendo sul futuro della sorella.

Lo chiuse, pensieroso. Si sentì davvero meschino per ciò che stava facendo, ma aprì i messaggi. Gli ultimi erano stati con Cilly, domande su come avesse trascorso la giornata alle quali la bambina aveva risposto frettolosamente, troppo stanca per dilungarsi. Trovò una conversazione con Ellen, ma risaliva a tre giorni prima e dunque non poteva essere responsabile della crisi serale. Decise di lasciarla perdere, preferendo preservare la loro privacy.

Fu a quel punto che aprì il registro chiamate. Provò uno strano senso di furore misto a rabbia quando scoprì che l'ultima chiamata ricevuta da Cassandra era avvenuta proprio due minuti prima del malore, ed era stata opera del padre.

Fu a quel punto che le sue orecchie udirono distintamente le parole tra la studentessa e il medico che si stava occupando di lei. Sorrise impercettibilmente nel sentirla così forte e fiera, ma fu un sorriso amaro. Quello esternato da Cassandra era qualcosa di diverso dall'orgoglio. Era il disperato dibattersi di un animale ferito, messo all'angolo.

Quando il medico uscì, Rahab accennò un sorriso nella sua direzione. «Posso?» azzardò, indicandogli la porta che lui si era appena chiuso alle spalle.

L'uomo lo guardò, incerto. «Le visite notturne non sarebbero permesse» commentò. Per poi aggiungere: «Lei è il fidanzato, mi hanno detto?»

«Detto. Io. Sì.» Aveva imparato a comportarsi in mezzo agli umani, ma in casi di grave agitazione tornava a sembrare una specie di babbuino ammaestrato. Annuì, chiudendo la bocca per non aggiungere altro.

«Ha intenzione di aiutarla a calmarsi, o la vostra è una di quelle storie tutto tormento d'amore e litigi scenografici?»

Cavolo. Questa sì che era difficile. Entrambe le risposte corrispondevano al vero, almeno in parte.

«Non voglio lasciarla sola» rispose allora, con sincerità. Aveva imparato che, in certe occasioni, poteva essere una carta vincente. Paradossale, dato che lui viveva in mezzo agli umani, mentendo spudoratamente sulla propria natura.

«Allora vada» gli permise il medico, con un sorriso. «La considero una terapia d'emergenza. Niente sesso.»

«Io... cos... certo che no.» Sbalordito da quella raccomandazione del tutto inaspettata, il diversamente vivo si avvicinò alla porta di lei. Prese la maniglia tra le dita, ma esitò.

Non avrebbe mai immaginato che Cassandra potesse stare così male. Era successo nei giorni in cui lui aveva scelto di prendersi un po' di spazio, per non vederla e non soffrire al ricordo di ciò che si erano detti, e la cosa lo spinse in modo del tutto illogico a provare un senso di colpa.

No, si corresse, *è colpa di suo padre. Non so cosa le abbia detto, ma intendo scoprirlo.*

Cassandra sussultò per la sorpresa, quando qualcuno aprì la porta della sua stanza. Si era sdraiata contro lo schienale semi-rialzato del suo letto, e fissava con espressione vuota la fasciatura sulla sua caviglia. Sembrava spossata, ma non in procinto di addormentarsi.

«Che ci fai, qui?» domandò in un sussurro, stupefatta.

«Sono io che ti ho trovata» spiegò lui, avvicinandosi al letto con le mani nelle tasche dei pantaloni, studiandola con attenzione. «Non lo ricordi?»

La giovane esitò. La sua prima memoria dopo lo svenimento risaliva al momento in cui i paramedici la caricavano sulla barella, spaventandola non poco. Scosse il capo.

«Cilly era in prima fila. Si è spaventata?»

«Un licantropo è corso a rassicurarla.» Le porse il telefono. «Puoi chiamarla e farle sentire che stai bene con la tua voce, se lo desideri.»

Stupita, la ragazza allungò una mano, prelevando l'oggetto dalle sue dita. Se lo mise in grembo e lo fissò un istante, prima di scuotere il capo. I riccioli biondi accompagnarono mosciamente quel movimento.

«È notte fonda. Non voglio svegliarla.»

Rahab si accomodò sulla sedia accanto al letto, quella che il medico aveva occupato poco prima. «Come desideri» le concesse, preferendo non commentare quella decisione. «Cos'è successo? Che ha detto il dottore?»

«Pressione bassa.» Mentì d'istinto la studentessa. «Forse sono anemica.»

«A-ah. Ti ho già spiegato la cosa del mio udito sovrannaturale, vero?» sospirò lui, in parte deluso per il fatto che la ragazza si ostinasse a erigere un muro tra loro. «Ho sentito ogni cosa.»

«Quindi, se già sai tutto, perché chiedi?» sbuffò lei, nervosa per il fatto di essere stata colta in flagrante. «Lascia perdere. Sto benissimo. Ho interrotto il tuo appuntamento, torna pure da *lei*.»

Questo sì che incuriosì il Lalartu. «Lei chi?»

«Quella banshee, no? Vi ho visti entrare, a braccetto.»

«Ah.» Rahab nascose un'espressione da gattone soddisfatto, appoggiandosi allo schienale della sedia e incrociando le braccia. «E così hai pensato…»

«Non ho pensato niente. Quello che fai nella tua vita privata sono affari tuoi.»

Lui non resistette. Scoppiò a ridere, stupendola. Cassandra strinse le dita sulle lenzuola, osservandolo mentre il Lalartu faticava a ridacchiare piano, per non disturbare gli altri pazienti della clinica medica.

«Si è fatta male venendo all'auditorium» le spiegò, indicandole la caviglia fasciata. «Mi limitavo a sorreggerla, visto che la sua fidanzata non era presente.»

«Fidanzata» ripeté Cassandra, rendendosi conto solo poco per volta di cosa quella parola significasse. Quindi la splendida banshee appesa al suo braccio non era interessata a lui. Anzi. Aveva già un impegno sentimentale.

«Qualcuno ha sentito i morsi della gelosia?» flautò lui, chinandosi nella direzione del suo letto.

«Certo che no! Ho solo avuto una deduzione sbagliata, tutto qua.»

Ma lo disse arrossendo, e non potendo evitare un piccolo, timido sorriso di sollievo. Le sfuggì soltanto per un attimo, un bagliore nell'oscurità, eppure fu sufficiente per emozionarlo. Era gelosa, maledizione. Palesemente gelosa.

«Cassandra, cos'è successo?» domandò in quel momento, con voce più gentile. «Perché hai avuto un attacco di panico?»

«Non è stato un attacco di panico.»

Preferì soprassedere. Inutile insistere, non era pronta ad ammetterlo. Non ancora.

«Ho visto una telefonata di tuo padre, sul telefono. Poco prima del malore.»

«Come ti sei permesso di…»

«Cassie» non l'aveva mai chiamata così, come solevano fare Cilly ed Ellen. Era un diminutivo troppo intimo, troppo delicato. «Cos'è successo?»

La ragazza sbuffò, lasciando ricadere la testa all'indietro, contro il cuscino. Guardò il soffitto, ripensando a quella telefonata. Impegnò tutta sé stessa nel tentativo di non piangere, e il respiro le mancò di nuovo, anche se solo per un attimo. Il cuore aumentò d'intensità nel suo petto.

«Ehi. Non agitarti» lo sentì mormorare, e il tepore della sua mano coprì una delle sue. Fu un contatto troppo intimo, e non richiesto. Ma Cassandra lo subì senza ribellarsi, anzi. Le sue dita cercarono quelle del Lalartu, e si intrecciarono a esse, in una muta richiesta colma di disperazione. Fu capace di incrinargli il cuore. «Calmati.»

«Riportami al mio dormitorio» mormorò la studentessa, la voce arrocchita. «Voglio andarmene da qui.»

Esitò. «Il dottore ha detto che devi rimanere in osservazione.»

«Non mi osservano per il mio bene, lo fanno solo per evitare denunce nel caso mi lasciassero uscire e io stessi male di nuovo.»

«Passeresti dei guai» l'avvertì, pratico. «L'altra volta non avevano i tuoi documenti. Ora saresti una minorenne in loro custodia che scappa nel cuore della notte. La polizia verrebbe persino a scuola, per cercarti.»

«Non sono più minorenne.»

«Cosa?»

Cassandra guardò l'orologio appeso al muro, unica decorazione della parete dirimpetto al letto oltre a un piccolo televisore fissato con una staffa al soffitto.

Segnava mezzanotte, anche se passata da poco.

«Sono maggiorenne ed emancipata da ben tre minuti.»

«È il tuo compleanno? Priscilla non mi ha detto…»

«Non lo festeggio da quando era piccola, lei non ricorda la data esatta.»

Forse il padre l'aveva chiamata per farle degli auguri anticipati? Questo poteva aver scatenato il suo attacco di panico? Le cose non combaciavano, si rese conto. Dannazione. Ogni volta che riusciva a risolvere un rebus su Cassandra, ecco che un altro emergeva dalle ombre, più complicato e intricato del precedente. Ebbe un moto di frustrazione.

«Mi dispiace tu sia stata male per il tuo compleanno.»

«Non me n'è mai fregato nulla. Te l'ho detto solo per una questione legale. Posso uscire da qui quando voglio» replicò lei, senza acrimonia, solo con ferrea determinazione. «Se mi aiuti, bene. Altrimenti saltellerò su una gamba sola fino all'uscita. Per me non c'è differenza.»

«Non credo tu possa farcela, onestamente.»

«Perché credi che stia tanto insistendo per il tuo aiuto?»

«Cassandra, sei illogica. E non è da te. Riposa una notte tranquilla.» Insistette Rahab, con pazienza. «Sarebbe meglio se i dottori…»

«Odio gli ospedali. Dannazione. Lo sai.» Cassandra si girò a guardarlo, e qualcosa nei suoi occhi lo colpì particolarmente. Non era arrabbiata, né furibonda. Era implorante. «Portami via» ripeté, con voce più bassa, incerta.

Rahab guardò quella figura esile e dall'aria smunta, pallida come non mai. Comprese che avrebbe obbedito, perché non aveva difese quando la studentessa abbassava il muro tra loro, e gli concedeva di intravedere quanto fosse spaventata, e sola.

«D'accordo» mormorò, chinandosi e passandole un braccio sotto le spalle, mentre l'altro scivolava tra le coltri, afferrandola da dietro le ginocchia. Era mezza nuda, con soltanto un camice d'ospedale addosso. Ma non vi trovò nulla di sensuale, in ciò. Gli permise solo di sentire quanto fosse più leggera, come svuotata, divorata dal peso dello stress. «Però andiamo dove dico io.»

Con quell'avvertimento criptico, aprì uno squarcio nella realtà. La sollevò dal letto e Cassandra si ritrovò ad appoggiare il capo contro il suo petto, percependo il forte battito del suo cuore. Abbassò le palpebre, combattendo contro lacrime che volevano uscirle dagli occhi. Non per il dolore, non per la rabbia, ma per il sollievo e il piacere di essere nuovamente tra le sue braccia.

Si lasciò rapire da lui, affidandoglisi completamente.

«Se i dottori dovessero chiamarla per fare domande, ha abbandonato l'ospedale di sua volontà. E sta bene.»

Il preside annuì alla spiegazione datagli dal Lalartu, tentando di mantenere un contegno nonostante il favoloso pigiamino con gli orsetti che stava indossando. Tentò di darsi un tono schiarendosi la voce, e alzò maggiormente le coperte per celare allo studente della Night School il proprio outfit notturno.

Era apparso nella sua stanza pochi istanti prima, svegliandolo di soprassalto. Il dirigente scolastico aveva evitato per un pelo di urlare per la paura, poi, notando lo sguardo serio del diversamente vivo, gli aveva subito domandato cosa lo portasse lì.

Naturalmente lo avevano avvisato del malore di Cassandra non appena lei era stata condotta in ospedale. Era deciso ad andare a verificare il suo stato di salute la mattina successiva, ma Rahab gli aveva risparmiato l'incombenza. Anche se quello che gli aveva detto lo impensierì.

«D'accordo» concesse, notando che il suo Teddy Bear spuntava dalle coltri. Fece un movimento apparentemente disinvolto per ficcarvelo sotto. «Ma posso chiedere cos'è successo?»

L'altro esitò. «Ha avuto un attacco di panico.»

«Cassandra?»

«Può succedere a tutti.»

«No, no, certo. Questo lo so.» Il preside tacque, prima di ripetere: «Un attacco di panico. *Cassandra*».

Persino per un uomo dalla mentalità straordinariamente aperta come la sua era difficile da comprendere. Per Rahab, invece, era chiaro come il sole. Aveva sperimentato quanto potessero essere potenti le emozioni, più volte il panico si era impossessato di lui. Imparare a controllarlo era stato difficile, estenuante. Forse era il solo in tutta la scuola a capire davvero cosa avesse passato la ragazza.

«Ha bisogno di riposo.»

«Non c'è problema. È mercoledì, da domenica inizieranno le vacanze di primavera. Potrà...»

«No, il riposo inizia oggi» sentenziò il Lalartu, con tono che non ammetteva repliche.

Era raro che gli si rivolgesse in quel modo e Digby decise di soprassedere. Parlava così perché preoccupato, e desideroso di proteggere una persona a lui cara. Lo trovò un buon passo avanti per un diversamente vivo che cercava di inserirsi nella società umana, per cui annuì.

«Provvederò io a giustificare la sua assenza.» Espirò lentamente, riflettendo sulle informazioni appena ricevute. «Non appena ho saputo del suo malore, ho contattato i suoi insegnanti, per sapere se avessero notato qualcosa. In effetti, ieri mattina ha combinato un disastro con un compito di matematica. E da un paio di settimane faticava con le lezioni. Non è da lei.»

Due settimane. Esattamente da quando loro due...

Poteva esserci un nesso? Sapeva di essere stato meschino, nei suoi confronti. Non che lei non se lo meritasse, con le cose che gli aveva detto. Ma lui aveva fatto in modo che Priscilla non avesse tempo per la sorella, e l'aveva deliberatamente esclusa dalla vita della Night School. Una piccola, sottile vendetta.

Davvero vigliacca e umana, si rese conto. Forse il suo processo di integrazione stava funzionando anche troppo.

«Tu non ti eri accorto di niente?»

L'altro evitò il suo sguardo. «No. Non la vedevo da un po', noi…» esitò, prima di aggiungere. «Avevamo discusso.»

«Su questioni gravi?»

«Vitali» ebbe la forza di ammettere Rahab, azzardando un sorriso amaro. «Ho passato la sera cercando un responsabile per il suo malessere, sarebbe ironico se l'avessi avuto davanti allo specchio per tutto il tempo.»

«Forse un responsabile non c'è» cercò di risollevargli il morale l'uomo, dispiaciuto dal vederlo così contrito. «Forse ha davvero solo bisogno di un po' di riposo.»

«Chi lo sa» concesse lui, senza crederci sul serio. Ebbe un pensiero improvviso, che lo illuminò in parte. «Posso chiederle il… permesso di parlare con la sorella minore, per rassicurarla?»

Digby fece un cenno vago con la mano, annuendo. «Su una cosa, però, non transigo: voglio sapere dove l'hai portata. In fondo, maggiorenne o meno, è una mia studentessa. Ho il diritto di conoscere la sua posizione.»

Rahab si concesse un mezzo sorriso. Glielo spiegò, con dovizia di dettagli. Riuscì a stupirlo, e non poco.

«Capisco» annuì infine il preside. «Sarà certamente costretta a riposarsi. Da quelle parti non ci sono molte alternative.»

«Già.»

«Accidenti. Dev'essersi *davvero* arrabbiata, quando ha scoperto quello che volevi fare.»

«Non ne ha idea.»

In un primo momento, quando era giunta lì, Cassandra si era stupita nel vedere il primo baluginare di un'alba imminente. Avevano lasciato l'ospedale a notte fonda, e in quel luogo era già quasi giorno. Il secondo moto di stupore lo ebbe quando lui l'appoggiò a terra, sostenendola per evitare che il suo peso gravasse sulla gamba ferita dalla caduta.

L'unico piede che toccò il suolo trovò sabbia. Fredda e sottile, dalla consistenza quasi farinosa.

«Ma che…» balbettò, notando un'immensa distesa viola notte attorno a sé, così immobile da confondersi quasi con il cielo sopra di loro.

Erano su una spiaggia. Vide piante a lei sconosciute protendersi dalla riva in direzione del mare – o oceano, non ne aveva idea – e nient'altro che fitta vegetazione qualche metro indietro rispetto al bagnasciuga.

«Siamo sull'Oceano Indiano» le spiegò Rahab, aiutandola a zoppicare in direzione della vegetazione. Qui, in un'ansa creata ad arte sotto fronde piegate in modo da costituire una cupola naturale, vi era un vecchio lettino prendisole. Ve la fece accomodare, con delicatezza. «Un'isola delle Maldive. Ospitava un resort, parecchi anni fa» le indicò qualcosa, poco dietro di loro. Una piccola costruzione, grossa abbastanza da ospitare una stanza da letto, ma non di più. «Lo tsunami del 2006 l'ha quasi del tutto distrutto.»

«Dieci anni fa? E nessuno ha tentato di rimetterlo in sesto?»

«Probabilmente ristrutturare sarebbe risultato più costoso che costruire qualcosa di nuovo altrove. O l'azienda a cui appartiene è fallita; non ne ho idea. So soltanto che è abbandonata da allora.»

«Un'isola deserta» mormorò Cassandra, onestamente colpita all'idea di trovarsi lì. «Come hai trovato questo posto?»

«Era il mio hobby.» Lui sorrise appena. «Durante le pause estive scovavo luoghi inabitati, dove stare in pace, per conto mio. Questo non è tra i miei preferiti, ma ho pensato che potesse piacere a te.

417

Una volta Cilly mi ha detto che sogni un'isola deserta dove rifugiarti.»

«È bellissima» ammise lei. «Ma non capisco perché siamo venuti qui. Perché non mi riporti al mio dormitorio?»

«Nel tempo libero, ho lavorato su quella» le indicò la costruzione alle loro spalle, senza dare una risposta ai suoi dubbi. «Era una delle poche strutture rimaste in piedi. Ho trovato un letto, e qualche mobile per arredarla. Vengo qui di tanto in tanto. Per cui bado a tenerla pulita. Insomma, è abitabile. Ho rimesso in sesto il generatore elettrico e, anche se non a pieno regime, riesce a far funzionare un po' il filtro per desalinizzare l'acqua, non è potabile ma puoi usarla per farti una doccia. Una veloce. E scordati che sia calda.»

«Perché dovrei farmi una…»

«Questo» proseguì il Lalartu, recuperando un secondo lettino e sollevandolo apparentemente senza sforzo. Lo condusse in direzione del mare, posandolo sul bagnasciuga, in modo che le onde lo bagnassero per metà. «Lo metto qui, se volessi rilassarti al sole. Quello su cui ti trovi è sempre all'ombra, a qualsiasi ora del giorno.»

«Aspetta. Non capisco che hai intenzione di…»

«Farò un po' avanti e indietro.» Le spiegò ancora, pratico. «Per procurarti il necessario.»

«Il necessario per cosa?»

Rahab le rivolse un'occhiata. «Ci sono pochi metri, dal lettino dove ti trovi al mare. O da quello alla camera da letto. Credo tu possa spostarti agilmente con qualche saltello su un piede solo, ma vedi di non esagerare.»

«Stai pensando di… un momento» comprese finalmente lei. Arrossì, infervorandosi all'istante. «Vuoi lasciarmi qui, da sola? Sei impazzito? Indosso una camicia da ospedale… completamente aperta nella parte posteriore! E…»

«È un'isola deserta. Possono vederti al massimo le lucertole.»

418

«Non puoi pensare di mollarmi in queste condizioni!»

«No, certo che no» il Lalartu le si fece vicino, sorridendole. Abbassò la mano più velocemente di quanto lei potesse percepire, e le tolse il telefono che ancora teneva. «Ecco. Adesso sì che ci siamo.»

«Rahab!»

«Prova a dormire un po'. Senti che bella temperatura? Calda ma con un venticello piacevole. L'ideale per rilassarsi!»

«Non provarci. Non provare a–»

Lui aprì lo squarcio nella realtà. E scomparve nel nulla, lasciandola sola su una magnifica spiaggia, sotto il magico cielo indiano, a vomitare bestemmie e insulti verso il cretino che l'aveva appena, di fatto, rapita.

L'inizio della giornata non fu facile. Cassandra imprecò per almeno mezz'ora, per poi rendersi conto che lui non avrebbe fatto ritorno a breve. Non poteva camminare, e non aveva mezzi per comunicare con il mondo; il sole sorse rapido, illuminando l'oceano davanti ai suoi occhi e rivelando lo straordinario candore della sabbia, così bianca da rifulgere.

La studentessa si sdraiò sul lettino, masticando altre bestemmie. Sentì la superficie di quello strumento per rilassarsi sulla schiena e sulle natiche, laddove la camicia ospedaliera rimaneva aperta. Alzò le braccia, portandosi le mani al viso e sfregandoselo.

Guardò in alto, furibonda.

La luce cercava di raggiungerla, ma il muro di foglie era troppo fitto. La cupola naturale creata dal diversamente vivo era alta, piacevolmente ventilata. In effetti, la temperatura di quel posto sapeva di paradiso.

E il silenzio.

La ragazza non aveva mai sperimentato quel tipo di silenzio.

Un'assenza di suoni non totale, tutt'altro. Udiva il ripetitivo moto delle onde, i richiami di uccelli tropicali, fruscii e movimenti provenire dalla vegetazione. Ma nessun rumore era prodotto dall'uomo. Non vi erano voci, motori, macchinari in funzione. Era sola, lontana dal mondo.

«Dannazione. Ho un compito di matematica da recuperare!» sbottò, in un impeto di rabbia. Ma fu inutile, come tutte le imprecazioni di prima. Urlò per la frustrazione, quindi prese lentamente un lungo respiro, comprendendo quanto fosse stupido dibattersi e starnazzare se nessuno poteva udirla, o aiutarla.

Volse il capo, osservando il continuo, incessante movimento dell'oceano, che si ostinava ad arrampicarsi sulla spiaggia, per poi tornare indietro placido. Sospirò, lasciando che quell'immagine la rilassasse. Era stanca, spossata. E, nel suo fuso orario, quella era notte fonda, non l'alba. Forse poteva abbassare le palpebre, e riposarsi, almeno un po'.

Così, quando Rahab fosse tornato, avrebbe potuto strozzarlo.

Peccato che, quando lui fece ritorno, lei stava dormendo della grossa, un braccio sul viso e l'altro abbandonato lungo il fianco, sdraiata sul lettino al riparo dai raggi solari. Il diversamente vivo sorrise istintivamente nel trovarla così e uscì dallo squarcio aperto il più silenziosamente possibile.

Posò un paio di sacchetti e qualche bottiglia d'acqua naturale accanto alla giovane donna; si allontanò, scomparendo così com'era venuto.

«Priscilla» l'insegnante della prima ora apostrofò la piccola con un cenno del capo veloce. «Puoi uscire, per favore? Il rappresentante della Night School ha bisogno di parlare con te.»

La bambina rimase stupefatta. La notte appena trascorsa era stata difficile, per lei. Un licantropo, la sera precedente, era andato a recuperarla nel pubblico, portandola da parte e spiegandole che la sorella maggiore non si era sentita bene e aveva bisogno di una visita dal medico.

Le aveva assicurato che non fosse nulla di grave, arrivando a giurarlo sul proprio onore. La piccola gli aveva creduto, ovviamente, ma vedere i paramedici portare via Cassandra su una barella le aveva stretto il cuore in una morsa di paura.

Gli incubi che ne erano conseguiti e il non aver trovato suoi messaggi sul cellulare il mattino dopo l'avevano spinta a saltare quasi la colazione. Aveva seguito con fare diligente il gruppo dei suoi pari, sperando con tutta sé stessa di avere notizie al più presto.

Evidentemente qualche angelo aveva dato ascolto alle sue preghiere, mandandole qualcuno che certamente avrebbe saputo rassicurarla. Si alzò rapida dal banco e ringraziò educata l'insegnante, per poi precipitarsi fuori dalla scuola.

Vedere Rahab fu come bere acqua fresca dopo una passeggiata nel deserto: necessario e bellissimo. Gli corse incontro, e lui si abbassò, spalancando le braccia per accoglierla.

«Piccola *strolha*» la chiamò con dolcezza, quando gli si appese al collo.

«Cassandra» fu la prima cosa che lei gli disse, con vocina ansiosa. «Dov'è? Sta bene?»

«Benissimo» il non morto le sorrise, donandole un buffetto sulla guancia. «Il dottore ha detto che deve riposare un po'. Così l'ho portata in un posto tranquillo. Senza compiti o cose da fare.»

«Fantastico» Priscilla pensò che dovesse essere un paradiso; quindi, aggiunse: «Dev'essere arrabbiatissima».

«Lo è.»

«Ti ha urlato addosso?»

«Puoi starne certa.»

«Allora sta bene.» Sorrise, finalmente rassicurata. «Posso vederla?»

«Per la verità, il dottore ha detto che deve dormire. Meglio lasciarla in pace. Ma domani pomeriggio ti porterò da lei, promesso.»

«Grazie.» Quando Rahab prometteva, la bambina gli credeva. Senza esitazione alcuna. Era incredibile il livello di fiducia che riponeva negli adulti. Gli ricordava quanto fosse delicata, sensibile.

Ma anche sua sorella lo era. Solo in modo completamente diverso.

«Vorrei portarle qualcosa di buono da mangiare. Ma non ho idea di cosa le piaccia» le spiegò, con gentilezza, togliendosi di tasca il cellulare per usarlo come blocco per gli appunti. «Perché non mi parli un po' di lei?»

Cassandra riaprì gli occhi con lo stomaco che brontolava. Per un attimo, si guardò confusamente attorno, non rammentando dove si trovasse. Poi la memoria le tornò, a poco a poco. Il malore, l'ospedale, e il *rapimento*. Questa volta non a opera di creature che volevano torturarla, questo va detto. Ma per mano di un idiota che l'aveva costretta a rimanere su un'isola deserta, con nient'altro che un camice ospedaliero addosso.

Guardò il sole. Aveva superato lo zenit, segno che lei aveva dormito come un sasso sino al tardo pomeriggio. Il suo stomaco emise un altro verso di protesta, dal momento che non si nutriva da ormai diverse ore.

Abbassò gli occhi, percependo un profumo piacevole provenire dal basso. Intravide, posati sulla sabbia, un paio di sacchetti di carta, attentamente richiusi. Si chinò, prendendoli e alzandosi a sedere mentre li apriva, esplorandone il contenuto.

Nel primo trovò un bikini e della crema solare. «Pezzo d'idiota» sibilò, estraendo il costume a due pezzi. Triangoli di stoffa dai lunghi nastri, regolabili in piena libertà, segno che chi li aveva acquistati ammetteva di non avere idea di che taglia scegliere. Erano di un allegro color giallo, un pugno negli occhi.

Ma erano qualcosa di meglio di un camice aperto sulle chiappe, quindi lei, dopo essersi guardata attorno con diffidenza, decise di indossarlo.

Fu straniante, spogliarsi nuda all'aria aperta, baciata dal sole. Lo fece con un senso di imbarazzo immotivato, dato che nessuno avrebbe potuto spiarla. Si affrettò a indossare il costume, sospirando di sollievo quando i due pezzi le coprirono le sue parti intime.

Gettò da parte il camice, aprendo il secondo sacchetto. Trovò un libro dall'aria economica, diversi tipi di dolci e un frappuccino conservato in un bicchiere di carta. Estrasse per primo quello, prendendo una lunga sorsata che la riportò al mondo.

Rahab lo aveva comprato completamente a caso, facendovi aggiungere caramello e cannella. Solitamente non amava sapori troppo dolci, ma in quel momento le parve meglio dell'ambrosia. Chiuse gli occhi e sospirò, assaporandolo nuovamente.

Prelevò il libro, posando il bicchiere sulla sabbia e guardandone perplessa la copertina, mentre con la mano ora libera pescava uno dei dolci acquistato per lei. Lo morse, mentre leggeva il titolo del volume.

«*Guida galattica per autostoppisti*? Che razza di idiozia è?» borbottò critica, dando un morso al dolce. Era al cioccolato, e le parve squisito. Lo finì quasi senza rifletterci, rigirandosi il testo tra le dita. «Io non leggo queste stupidaggini. Ehi!» abbaiò, rivolta a nessuno in particolare. «Portami un maledetto libro di matematica!»

Ma Rahab non era lì. Cassandra emise un mugolio di rabbia e sbatté il libro contro il lettino, preferendo a esso il pasto che le era stato portato. Lo consumò in silenzio, lanciando di tanto in tanto occhiate al tranquillo, incessante movimento delle onde.

Scivolavano sulla sabbia bianca, andando a lambire il lettino che lui le aveva lasciato a disposizione. Se ci si fosse sdraiata, l'acqua le avrebbe bagnato parte delle gambe, e della schiena. Immaginò quella piacevole frescura, contrapposta al calore del sole sopra di lei.

Scacciò quell'immagine e finì di mangiare, recuperando il frappuccino. Lo bevve a piccoli sorsi, immersa in quell'atmosfera straniante; il caldo era piacevole, ma non soffocante. Una meravigliosa brezza la rinfrescava, senza farla rabbrividire. Il profumo dell'oceano era intenso, impregnava l'aria e spazzava via ogni pensiero.

Guardò il libro.

«Tanto chissà quando si degnerà di tornare quell'idiota» borbottò tra sé e sé, prendendolo in mano.

Si alzò a fatica dal lettino, tenendo la gamba malata sollevata. Fece quattro saltelli in tutto, quelli necessari per raggiungere la spiaggia, e la sua meta. Si appoggiò sulla sdraio e, con un ultimo sforzo, crollò su di essa, lasciando che il fresco abbraccio dell'acqua le lambisse parte del corpo.

Fu... beh, inutile stare a girarci attorno. Fu meraviglioso. Evitò a stento di fare le fusa, alzando gli occhi in direzione del cielo limpido.

Era strano, starsene lì. Costretta a rimanere ferma, senza nulla da fare, con ore e ore di solitudine davanti a sé. Guardò il libercolo che lui le aveva lasciato. In condizioni normali, non avrebbe sprecato un solo istante del proprio tempo con robaccia del genere.

Lo aprì e lo alzò, usandolo per farsi ombra al viso mentre iniziava a leggerlo.

Capitolo 16

Quando, durante l'ultima ora di sole della giornata, Rahab arrivò da uno dei suoi squarci portando con sé un bel po' di roba, la sentì chiaramente ridacchiare. Incuriosito, non trovandola più sul lettino, girò lo sguardo in direzione del mare; sorrise istintivamente nel trovarla distesa e rilassata, con il libro che aveva preso per lei tra le mani.

«Vedo che ti sei ambientata bene» commentò divertito e, nel sentirlo, lei smise immediatamente di leggere. Abbassò il volume di scatto, alzandosi a sedere e voltandosi per rivolgergli un'occhiata omicida.

Ma, non appena lo vide, la studentessa non riuscì a spiccicare parola.

Fatti gli acquisti necessari, il diversamente vivo era tornato nella propria stanza alla Night School e qui aveva scelto un outfit adeguato a passare del tempo sulla spiaggia. Il che significava che era partito indossando soltanto un paio di boxer da nuoto. Ecco cosa aveva fatto evaporare ogni parola dalla bocca di Cassandra.

Un po' per la sorpresa. Si era girata senza aspettarsi certo di trovarlo mezzo nudo. Ma un bel po' per la meraviglia. Il corpo di Rahab era un trionfo di possanza maschile. C'era, però, qualcosa di strano, in lui. Era quasi del tutto glabro, cosa già vista in altri ragazzotti amanti della ceretta, ma, aguzzando meglio lo sguardo, Cassandra comprese quale fosse il dettaglio che le suonava stonato: era sprovvisto d'ombelico.

Il diversamente vivo seguì la direzione del suo sguardo, e fece una piccola smorfia. A disagio, sistemò l'elastico del costume da bagno, tirandolo più su in vita, come per coprire l'assenza di quel buco caratteristico di ogni pancia umana.

Sapeva di essere diverso. Aveva meno peli degli esseri umani, e un foro d'areazione mancante sul ventre. Gli era stato difficile, scegliere di mostrarsi senza maglietta. Specialmente considerato il fatto che lei, invece, sembrava in tutto e per tutto perfetta. Complice la giovane età, il suo corpo stava alla perfezione nel bikini che le aveva acquistato, una meraviglia morbida e soda, invitante quanto un dessert. Gli scappò quasi una risata amara. Eccoli lì. Il mostro e la sirenetta.

«Visto quello che indossi» considerò lei, forse notando il suo disagio e preferendo non commentare ciò che aveva notato, «immagino che tu non sia qui per riportarmi al mio dormitorio.»

«Non sperarci» lui le fece un sorriso. «Il preside ti ha concesso tre giorni di assenza.»

«Tre giorni?» quasi gettò il libro in mare per la rabbia. Non lo fece perché – dannazione – ormai si era appassionata ai personaggi e voleva sapere come andasse a finire. «Non avrai intenzione di tenermi qua tanto a lungo!»

«Ho intenzione di farti rilassare. Più collaborerai, prima ce ne andremo. Hai fatto il bagno?» domandò, avvicinandosi al lettino dove stazionava, e sospirò di piacere quando l'acqua gli lambì i piedi. Era calda, cristallina, avvolgente come un abbraccio.

«Primo, ho una caviglia fuori uso. Non posso nuotare. Secondo, se ti avvicini, ti affogo.»

«Perciò non hai visto la barriera corallina. Rimediamo subito» fece lui, allegro tanto quanto lei era stata minacciosa e autoritaria.

«Ti ho detto che non posso nuotare, sei sordo o…»

«Non c'è problema, per quello.»

«Rahab, oggi sei completamente impazzito?» Ma strillare e protestare non servì a nulla, ancora una volta. Lui la sollevò senza fare tanti complimenti e si avviò placido in direzione dell'oceano, tenendola premuta contro di sé. «Dico davvero, ti hanno rimpiazzato il cervello con un'omelette? Ti rendi conto che mi hai rapita, imprigionata su un'isola, lasciata sola a…»

«A goderti mare e sole?» il Lalartu ridacchiò. «Sicuramente la convenzione di Ginevra ha un capitolo dedicato a questo.»

«Maledizione, mettimi giù! Ti avverto, troverò un modo per vendicarmi e ti assicuro che–»

Tacque immediatamente, nel momento stesso in cui lui, con l'acqua che lo lambiva ormai alle braccia, arrivò nei pressi di una grossa massa sommersa, attorno alla quale volteggiavano come angeli una moltitudine di pesci grandi quanto piedi, dalle forme e dai colori più disparati.

Rapita dalla curiosità, Cassandra allungò il collo, dimenticando per un attimo di voler strozzare il tizio che la stava reggendo. Intravide un pesce pagliaccio, che passò loro vicino come se nulla fosse. Un altro lo seguì. Poi fu la volta di un branco di creature dalle pinne lunghe e frangiate, gialli e bianchi. Meravigliata, spalancò la bocca in silenzio quando vide avvicinarsi una grande, lenta tartaruga marina.

«Visto?» la domanda di Rahab venne pronunciata con tenerezza, e un pizzico di divertimento.

«Sembra di essere in un acquario» commentò a bassa voce la ragazza, ed era vero. La trasparenza dell'acqua rendeva quel mondo a portata di sguardo, quasi come se tra loro ci fosse stato un vetro cristallino. «Guarda là! Cos'è... una manta?»

«Scopriamolo» le propose, riprendendo a camminare sul fondo sabbioso, tenendola contro di sé.

Se c'era qualcosa di più bello della sensazione del sole che gli cuoceva la pelle in opposizione a quella dell'acqua che gli rinfrescava il corpo, beh questo era certamente il sentire quelle forme seminude premute contro le proprie.

L'oceano rendeva il corpo di Cassandra leggero, quasi privo di peso, e talvolta il rollio pigro delle onde lo sospingeva con più convinzione contro di lui; era in quelle occasioni che il Lalartu sospirava per un attimo, guardando altrove per controllare le reazioni che ciò scatenava dentro il suo animo.

Non che volesse buttarla su uno scoglio e possederla come un animale. Aveva troppa poca esperienza per pensieri di questo genere. Il suo istinto si sarebbe accontentato di prenderla e straziarla di baci, divorandole la pelle con carezze curiose, riempiendosi le mani delle sue carni.

«Lo è! Mettimi giù.» Sentirla sussurrare quella richiesta lo riportò al presente, cancellandogli dalla mente quei pensieri davvero sconvenienti. La vide concentrata su una grande massa nera che nuotava nella loro direzione e l'accontentò, posandola delicatamente sul fondo.

«Stai attenta» la blandì, non riuscendo a mascherare la preoccupazione.

«Sì, sì.» La studentessa rimase in equilibrio su una gamba, gli occhi fissi sulla creatura, rimanendo immobile mentre questa scivolava pigramente in mezzo a loro. Alzò incerta una mano, sfiorandone la parte superiore del corpo nel momento in cui le passò accanto. Sorrise, sbalordita. «Devi portarci Priscilla, qui. Lo adorerà.»

«Domani pomeriggio le ho promesso di portarla a trovarti.»

Il sole iniziò la sua lenta discesa, e la luce su di loro cominciò a cambiare, facendosi di una tinta assai simile a quella dell'oro puro. Cassandra alzò gli occhi in direzione del cielo, osservando il suo primo tramonto sull'oceano. Le ricordò uno di quei quadri impressionisti, pennellate di rosso fuoco che andavano a mescolarsi con il viola del mare, e il cerchio brillante del sole impegnato in una lenta, ma inesorabile fuga verso il bordo estremo dell'orizzonte.

Lei ammirava lo spettacolo, e Rahab anche. Solo che il suo era proprio lì, davanti a lui: Cassandra e il suo accenno di sorriso, il modo in cui la luce del crepuscolo si rifletteva nel verde dei suoi occhi. Si riempì lo sguardo di quell'immagine. I suoi capelli, in parte bagnati, che ricadevano sulle spalle nude, la fierezza con la quale si reggeva in piedi nonostante fosse in equilibrio su una gamba sola, il modo in cui il suo seno spuntava dal triangolo del bikini.

Come ho potuto anche solo pensare di avere una possibilità? Non è normale, è perfetta. Per quale forma di sadismo dovrebbe pensare di sprecare il suo tempo con un essere come me?

«Vieni» bisbigliò, sfiorandole un braccio per attirare la sua attenzione. «Hai fame? Ho portato qualcosa da mangiare.»

Lei distolse lo sguardo dal tramonto, rivolgendo a lui un'occhiata poco conciliante. «Quindi deduco che adesso vorrai portarmi in braccio sino a riva… Ah! Avverti prima di fare così!»

L'urlo era dovuto al fatto che lui si fosse chinato e, nuovamente senza tanti complimenti, l'avesse presa tra le braccia.

«Se ti avverto, fai resistenza» commentò solo, cercando di non mostrare, di non dare a vedere quanto fosse bello averla lì, contro di sé. Fingere, anche solo per un istante, che quello fosse un abbraccio vero.

Un cielo stellato apparve sopra le loro teste dopo meno di mezz'ora. Rahab accese alcune torce che aveva portato con sé dalla civiltà, piantandole sulla spiaggia attorno a un grosso telo. Su di esso dispose il resto dei pacchi con cui era arrivato, probabilmente viveri per nutrire la sua prigioniera politica.

Cassandra pensò di chiedere se le avesse portato anche qualcosa di più da mettere addosso, prevedendo che, con l'aria notturna, un costume da bagno non sarebbe stato sufficiente. Invece, con sua grande sorpresa, l'assenza del sole non cambiò la temperatura del posto. Rimase piacevolmente caldo e accogliente.

Una luna piena comparve all'orizzonte, riflettendosi sull'oceano nero come un faro argentato. La studentessa sedette sul telo che lui aveva preparato e guardò in direzione di quello spettacolo, chiedendosi se avesse mai visto l'astro celeste così bello e luminoso.

E quante stelle!

Scevro dall'illuminamento artificiale con cui era solita osservarlo, il cielo era una trapunta decorata con centinaia, migliaia di piccoli diamanti. Brillavano nell'oscurità come divinità lontane, immobili e splendidi.

«Dunque» mormorò Rahab, mostrandole il contenuto di un pacchetto confezionato con straordinaria attenzione. La carta che lo avvolgeva le era familiare, richiamò qualcosa dalla sua memoria. Fu un ricordo vago, che faticò ad afferrare. «Qui abbiamo croissants. Da questa parte...» prese una diversa confezione, le cui scritte erano in ideogrammi asiatici. Anch'essi le risultarono familiari. «Takoyaki di polpo. Qui, invece...»

Cassandra lo vide aprire altri cinque o sei pacchi alimentari. Vi era una varietà di cibi provenienti dai diversi angoli del globo. Stupita, prese una delle polpette di polpo, delle quali era ghiotta, ma che non assaggiava da almeno tre anni, da quando era stata in vacanza con Priscilla a... dov'è che erano andate?

Le bastò il primo morso, per ricordare. Sgranò gli occhi quando il sapore andò ad acchiappare la sua memoria, come un amo da pesca, e afferrò dal suo subconscio ricordi sepolti.

«Li mangiavo a New York!» balbettò, abbassando gli occhi e finalmente comprendendo perché la scatola dove erano stati riposti le fosse tanto familiare. «Durante un viaggio. Papà aveva sempre qualcosa da fare, io e Priscilla dovevamo stare chiuse in albergo, quindi sgattaiolavamo in questo chiosco giapponese gestito da un norvegese e...»

Tacque. Afferrò la carta che aveva protetto i croissants. Impallidì.

«Parigi. Due anni fa. Quel bar dove abbiamo fatto colazione tutte le mattine. Le migliori brioches...»

«Della tua vita» concluse per lei Rahab, con una piccola risata. «Priscilla me lo ha detto.»

«Hai fatto su e giù per il mondo per prendere i miei piatti preferiti?»

«Solo quelli che tua sorella ricordava. Quindi sono risalito a poco più di tre anni addietro» ammise lui, facendo spallucce. «Mi dispiace.»

«Ma non hai detto che aprire squarci per viaggiare ti stancava?»

«Sì, è così.»

Cassandra lo studiò con maggior attenzione. Quando era arrivato, si era preoccupata di notare solo i tratti più evidenti del suo aspetto: cioè che era mezzo nudo, e che non aveva l'ombelico. Ma adesso vide dell'altro, dettagli che sino a quel momento le erano sfuggiti. Gli occhi viola di lui avevano segni scuri sottostanti, piccole occhiaie di stanchezza. Anche il suo modo di comportarsi da quando era arrivato era stato diverso. Meno propenso a perdersi in litigi e chiacchiere, più diretto e determinato. Capì il motivo solo in quel momento. Era a pezzi.

Rimase incredibilmente colpita dallo sforzo che Rahab aveva fatto. Se lo immaginò saltellare da un punto all'altro del globo, cercando locali dove comprare il suo cibo preferito. La cosa doveva averlo tenuto occupato per ore. Era la prima volta da quando sua madre l'aveva lasciata sola che qualcuno si impegnava tanto per curarsi di lei.

«Non...» esitò, posando la polpetta che aveva morso a metà, sentendosi indegna di continuare a mangiarla con tutta la fatica che gli era costata. «Non dovevi fare tutto questo.»

Rahab allungò gentilmente una mano, prendendo la sua e costringendola con gentilezza a recuperare il cibo posato. La incitò a riportarselo alla bocca, con un sorriso stanco. «È il tuo compleanno» rispose, come se questo bastasse a giustificare tutto.

Nessuno festeggiava quel compleanno da un sacco di tempo. Cassandra provò dentro di sé un'emozione dimenticata, un calore che fu capace di renderle gli occhi lucidi. Fissò il viso di Rahab, un volto ormai conosciuto e familiare, e il sorriso dolce ma stanco con il quale la stava osservando. Il cuore le accelerò nel petto, senza un motivo apparente, e lei abbassò di scatto il volto, con la scusa di voler mangiare dell'altro.

Il Lalartu le fece compagnia, assaggiando questo o quel piatto. Era tutto il pomeriggio che attendeva di farlo: a ogni morso, scoprendo un sapore che l'aveva appassionata, aveva come la sensazione di conoscerla meglio, di imparare qualcosa di più di lei.

«Attenzione. È il momento della torta» l'avvisò, quando ebbero spazzolato via quasi tutto.

«Le torte di compleanno sono per le bambin–» ma la sua protesta tacque quando lui tirò fuori dal cilindro un dolce che Cassandra non vedeva da quattro lunghi anni. Spalancò le labbra, stupefatta. «Non può essere.»

«Cioccolato al peperoncino, pasticceria Sarrina in centro a Roma» spiegò lui, posizionando sopra al dessert una piccola, buffa candelina color rosa shocking.

Lo fissò mentre accendeva lo stoppino con attenzione, e spingeva il tutto davanti a lei, gli occhi viola illuminati dal timido baluginare di quella piccola fiammella.

«Esprimi un desiderio e soffia.»

Cassandra si arrese ed eseguì l'ordine, abbassando le palpebre nel farlo. Quando le riaprì, rivolse al non morto uno sguardo frustrato.

«Non ha funzionato» lamentò, finalmente tirando fuori un po' della sua solita ironia. «Sei ancora vivo.»

«Desiderare la morte dell'unico che può riportarti a casa» Rahab scoppiò a ridere, deliziato da quella battuta, così tipica di lei e del suo carattere, «è un po' autolesionistico, non trovi?»

«Sono costretta a darti ragione.» Accettò la fetta di torta che lui le porse, e se la portò alle labbra con estatica anticipazione. Già al primo morso, ritrovò un sapore da lei adorato, perso nel tempo. Mugolò, non riuscendo a trattenersi.

Anche Rahab emise un verso. Ma di sofferenza. Si affrettò a posare il dolce e recuperò una bottiglietta d'acqua, con il volto palesemente arrossato. Bevve tre lunghe sorsate, con la disperazione di un eremita di ritorno dal più caldo dei deserti.

Fu la prima volta che la sentì ridere da quando era stata male. Cassandra dovette coprirsi la bocca ancora piena di torta, troppo divertita per riuscire a controllarsi. Lui finse di guardarla male, ma in cuor proprio trovò stupendo essere riuscito a strapparle quel sorriso.

«Il cioccolato al peperoncino è solo per i tipi tosti» lo prese in giro lei, quando si calmò.

«Sono tosto» ci tenne a precisare, pulendosi la bocca ancora sofferente con un tovagliolo. «Ho finto che mi desse fastidio.»

«Finto, eh?» commentò Cassandra, non credendogli minimamente. «E come mai?»

«Avevo voglia di sentirti ridere di nuovo.» Era una scusa, ma era anche una mezza verità. Lo sapevano entrambi e, per un istante, rimasero a guardarsi negli occhi, sotto quel cielo puntellato di miliardi di stelle.

Lui parve sul punto di pronunciare qualcosa di molto importante. Ma infine esitò, abbassando il viso con un sorriso tiepido. Si limitò a dirle: «Mi dispiace, ma credo che il regalo sarà deludente.»

«Un regalo?» si stupì Cassandra. «Credevo che fosse… cioè, che consistesse nella cena. Non dovevi.»

«Non mi è costato né soldi né fatica» mise le mani avanti lui, recuperando il cellulare dalla tasca, e posandolo in mezzo a loro. «Ma ho pensato che ne avessi bisogno.»

Premette un tasto sul telefono. Dopo un attimo di silenzio, partì una registrazione: «Non ricordo tutti i cibi che le piacciono» pigolò la voce di Priscilla, incerta. «E nemmeno i posti precisi. Mi dispiace.»

«Tranquilla, *strolha*. Facciamo così, parlami un po' di tua sorella. Forse riesco a farmi io un'idea.»

«Come puoi capire dove andare a comprare i panini che le piacciono se ti parlo di lei?»

Cassandra sorrise di quell'obiezione tanto brillante e pragmatica. Cilly talvolta sembrava terribilmente identica a lei: intelligente, testarda e con la risposta sempre pronta.

«Tu provaci.»

«Cassie è cocciuta» spiegò la voce di sua sorella, pensierosa. «Ma gentile. Cioè, non con gli altri. Con me. E con Ellen. È gentile con quelli che le piacciono, diciamo.» Una pausa. «Non credo che tu le piaccia.»

«Sì, me ne sono accorto.» Dopo quel commento torvo, lui proseguì: «Sei contenta che Cassandra sia tua sorella?»

«Certo.»

«Perché?»

«Sono domande strane, lo sai?»

«Prova solo a rispondere.»

Cilly emise un sospiro. «Non so come spiegarlo.»

«Fai un tentativo.»

«Lei è perfetta per me.»

«Cioè?»

«Quando ero più piccola e dormivo nel suo letto, la abbracciavo, e ficcavo le gambe tra le sue, e pensavo proprio questo: *siamo due pezzi di puzzle, ci incastriamo troppo bene.* Perché stai sorridendo? Ho detto una cosa stupida?»

La registrazione si interruppe in quel momento. Rahab guardò Cassandra e la vide sorridere, ma piangere nel contempo. Lacrime silenziose le scendevano dagli occhi, bagnandole il viso. Fu un'immagine che gli provocò un dolore profondo, colmo di senso di colpa.

«Sono stato un idiota» le confessò in un bisbiglio, deciso a essere sincero, anche a costo di farsi odiare da lei. «In queste due settimane, l'ho deliberatamente tenuta lontana da te. Perché volevo farti soffrire.»

«Sì, lo avevo immaginato» fu la risposta che ricevette, e lo spiazzò.

«Sapevi cosa stavo facendo?» domandò, incerto.

«Certo. Sarebbe stato evidente anche a un cretino.»

«Allora perché non sei intervenuta?»

La ragazza sbatté le palpebre, comprendendo di non avere una risposta a quella domanda. Aveva subìto passivamente un trattamento iniquo e crudele, senza reagire. Forse per la prima volta in tutta la sua esistenza.

«Presumo» bisbigliò, roca, «perché lei mi sembrava felice. Tu hai tutto il tempo del mondo, da dedicarle. Io no. Ho sempre qualcosa a cui pensare. Sarebbe stato egoista… separarvi.»

Ammetterlo fu dura. Più di quanto si aspettasse. Cassandra comprese di aver trascorso le notti cercando una soluzione per mandare Priscilla a una scuola normale, senza dover rinunciare al college, quando in realtà un modo per farlo c'era. Se avesse chiesto a Rahab di occuparsi della bambina, lo avrebbe fatto senza esitazione. Di sicuro assai meglio di come sarebbe riuscita lei.

Era così semplice, no? Bastava trovare la forza. La forza di rinunciare a Cilly. Come aveva cercato di fare in quelle due settimane.

Il solo pensiero le diede la sensazione che il suo cuore potesse esplodere. Provò un'ondata di dolore paragonabile solo al momento in cui le era stato comunicato di essere orfana di madre. Si sentì spiazzata, sola, in balia del mondo intero. Un singhiozzo la scosse da capo a piedi, senza che lei potesse far niente per evitarlo.

In un battito di ciglia, rovesciando cibo sulla sabbia, Rahab le fu accanto. Non esitò, non tentennò. La cinse tra le braccia, tirandola a sé, e affondò una mano tra i suoi capelli, posandogliela sulla nuca.

«L'hai sentita, vuole bene a te» si ritrovò a dire il diversamente vivo, tenendola stretta, quasi cullandola. «Lascia perdere quello

435

che è successo in queste due ultime settimane. Sono stato un egoista, un...»

Pensò che lei avrebbe cercato una via di fuga da quell'abbraccio, ma non fu così. Cassandra gli permise di tenerla stretta contro di sé, rifugiandosi quasi nel calore che lui le stava offrendo. Le sue mani gli sfiorarono la schiena, in un tenero tentativo di ricambiare.

«No» bisbigliò, con un mezzo sorriso. «Sei stato solo *umano*. Non è ciò che volevi? Integrarti tra noi?»

Rahab chinò il capo, turbato. «Non miravo a diventare questo tipo di uomo» ammise, trovandosi con il viso appoggiato ai suoi capelli, e sentendola rannicchiarsi maggiormente contro di sé.

Nella sua cultura non esisteva il concetto di paradiso. Ne aveva sentito parlare solamente lì, sulla Terra: un luogo perfetto, dove l'unica emozione è la felicità. Gli era parsa un'idea un po' stupida, ma adesso la rivalutò. La loro pelle nuda a contatto, il modo in cui Cassandra si lasciava cullare e lo abbracciava di rimando... sì, il paradiso doveva essere qualcosa di simile a quello.

«Sei molto meglio di certe persone» le sentì dire, con tristezza. «Prendi mio padre. Ha chiamato l'altra sera, tutto contento, per raccontare della sua nuova fidanzata. Una tizia che non sopporta me o mia sorella. A quanto pare, non siamo più gradite in casa sua.»

«Stai scherzando» gracchiò, incerto. Le sue braccia si avvolsero più strette attorno al suo corpo, senza che lui neanche se ne accorgesse.

«Buffo. Volevo urlargli addosso la stessa cosa.»

Lo disse con ironia, ma il Lalartu percepì chiaramente una sferzata di dolore e paura provenire da lei. Si stupì nel non trovare rabbia. Solitamente, Cassandra reagiva a trattamenti di quel tipo con l'energia di un animale ferito, pronta a lottare per la vita. Ma adesso quella forza sembrava... prosciugata.

Già. Prosciugata.

Dopo due settimane di solitudine, insonnia e stress, lei aveva ricevuto una telefonata durante la quale suo padre l'aveva, allegramente e tranquillamente, ripudiata. Probabilmente da un punto di vista legale la cosa non era fattibile, lo stronzo sarebbe stato costretto a pagare gli alimenti a Cilly sino a che non fosse stata maggiorenne.

Ma Cassandra ormai lo era. Emancipata, adulta. Ciò significava che il genitore non aveva più alcun obbligo, nei suoi confronti. Tirando le somme, lei non aveva più nessuno.

E in fondo, nemmeno Priscilla. Perché inviare un assegno mensile a chi se ne sarebbe preso cura non significava esattamente essere presente nella vita di qualcuno. Quell'infame bastardo. Tutta la furia mancante all'appello nell'animo della ragazza si accese in lui. Le prese delicatamente il mento con due dita, facendole alzare il viso e fissò quegli occhi verdi ora arrossati dal pianto. Un pezzo di cristallo. Ecco cos'era. Bellissimo, ma incrinato al suo interno. Che ora stava sforzandosi come non mai, tentando di non andare in mille pezzi. Prese ad accarezzarle un braccio, con un movimento affettuoso, delicato.

«Come va la caviglia?» le domandò di punto in bianco, cambiando discorso con una repentinità che la sorprese.

«Meglio» azzardò, staccandosi lievemente da lui, incerta.

«Hai mai nuotato nell'oceano di notte?»

«Cosa? No. Certo che no.»

«Oh, bene. Allora vieni.»

La lasciò andare, e il ritrovarsi improvvisamente sola dopo quel dolce abbraccio le diede come la sensazione di essere nuda. Stupita, lo osservò dirigersi verso le acque nere davanti a loro. La massa dell'oceano era imperscrutabile, oscura. Vedere Rahab entrarvi senza esitazione la colpì, in un modo che non riuscì a definire. Lui, in un certo senso, apparteneva a quelle ombre, a quel mistero. Ne osservò le ampie spalle illuminate dalla luna.

«Non è che ci sono degli squali?» domandò, incerta.

La risata di lui fu una risposta sufficiente a farla sentire stupida.

Dopo un ultimo istante di esitazione, zoppicò nella sua direzione. Rimase stupita, quando l'acqua le lambì i piedi. Era più calda, rispetto al pomeriggio. Piacevolmente tiepida; entrarvi fu meraviglioso, a dir poco. Man mano che il suo corpo si immergeva, il tepore le rilassò i muscoli, dandole sollievo, spazzando via stress e pensieri.

«Ti muovi molto meglio» commentò lui, osservandola camminare incerta sul fondo sabbioso, sino a raggiungerlo. L'acqua, all'interno della barriera corallina, non riusciva a essere abbastanza profonda da coprirli oltre le spalle. La raggiunse, fermandosi accanto a lei e rivolgendole un mezzo sorriso. «Allora? Nessuno squalo ti sta divorando le gambe?»

Cassandra abbassò gli occhi per puro istinto, come per sincerarsi che non vi fossero davvero dei predatori annidati nella sabbia. Non le servì a molto. Poteva scorgere le sagome dei loro corpi, grazie alla luce lunare. Ma ciò che stava sotto l'acqua rimaneva invisibile, un mistero che le diede i brividi. Si sentì piccola, sola ed esposta contro l'immensità di quella massa oscura.

«Non ho idea di dove sto andando.»

«Questa è una bella metafora di vita, non trovi?» mormorò lui, porgendole una mano.

Lo era davvero. Incerta, la ragazza accettò quell'appoggio, e Rahab la tirò gentilmente contro di sé. Persino lì, nel buio, le iridi di lui risultavano di un viola straordinariamente intenso, e riflettevano l'argento della luna come pietre preziose.

«Forse dovresti provarci, ogni tanto» le mormorò, con tenerezza. «Lasciare la riva e affrontare l'ignoto.»

«Non posso.»

«Sei terrorizzata» lui lo disse non come un'accusa, ma determinando quello che era un dato di fatto. «Ed è buffo, perché parliamo di una che tiene delle scritte minatorie sul muro della propria camera da letto.»

Cassandra sospirò. «Non rincominciare.»

«Qualunque altro essere umano sarebbe impazzito, addormentandosi tutte le sere sotto il ricordo di un rapimento seguito da tortura.»

«Non è che le lettere mi urlino addosso, quando devo dormire. Mi basta guardare da un'altra parte.»

«Esatto» annuì Rahab, serio. «È questo che fai da tutta una vita, vero? Quando qualcosa ti spaventa, guardi da un'altra parte. La meta dove vuoi arrivare.»

Era vero. Ma d'altronde: «Cosa c'è di sbagliato?»

«Non ho detto che sia sbagliato. Ma sei felice?»

«E tu, sei felice?»

«No.» Il diversamente vivo lo ammise con leggerezza, per poi aggiungere: «Lo sono a sprazzi. Prima, quando ci abbracciavamo, lo ero. E settimane fa, quando ti ho baciata su quel palco, ho toccato il cielo con un dito».

L'accenno all'episodio riuscì a provocarle un rossore che lei sperò venisse celato dal buio. Fece un passo indietro, per ritrarsi da lui, ma la sua schiena incontrò una roccia sommersa, che la frenò. Il Lalartu dovette notarlo, perché sorrise appena.

«Sei in imbarazzo» comprese. «So di essere stato un completo imbranato. Ma era un'esperienza nuova, per me.»

«Non ho mai detto che non sia un gran ricordo. Io… aspetta.» Lei si bloccò, colpita da uno specifico dettaglio. «Sono stata il tuo *primo bacio*?»

«Non dirlo come se fosse un'accusa.»

«Beh, lo è! Non… non si danno i primi baci così, a caso! Sono… importanti.»

«Ti assicuro che non l'ho dato a caso.»

«Non può essere» disse infine lei, incerta. «Per uno come te, ci dev'essere la fila. Umane e non morte dovrebbero prendere il numerino e aspettare il loro turno…»

«Non ho mai detto di avere sofferto di mancanza di candidate» replicò il non morto.

«Allora perché lo hai dato a me?!»

«Perché, prima di incontrarti, non ho mai desiderato darlo a nessuno.»

Non era una dichiarazione che poteva essere presa alla leggera. Niente di tutto ciò che lui aveva fatto o detto quella sera poteva esserlo. E ogni parola che andava ad aggiungersi ai loro discorsi riusciva a scavare sempre di più nel suo cuore.

«Sembri sconvolta» commentò il diversamente vivo, incuriosito. «Tu a chi hai dato il tuo primo bacio? Un ragazzo importante?»

«No, certo che no» replicò, meccanicamente. «Era un idiota conosciuto in vacanza.»

«Ma...»

«Ero curiosa di provare.»

«Provare cosa?»

La ragazza fece un paio di gesti vaghi. «Un po' tutta la questione in generale.»

«La questione?»

«Sesso. La questione sesso.»

«Ah.» Comprese lui, irrigidendosi istintivamente. «Quindi gli hai dato qualcosa di più di un primo bacio.»

«Volevo solo capire se mi piaceva.»

«E...»

Esitò. «Non è stato male.»

«E dopo questo idiota, quante altre volte...»

«Ogni tanto, quando incontravo dei ragazzi. Due o tre giorni bollenti, quindi tanti saluti e addio per sempre.»

«Hai sgridato me per non aver scelto con cura la prima persona da baciare, quando tu...»

«Ma la situazione è completamente diversa» si difese lei, quasi senza pensarci. «Hai detto di volere l'amore! Io...»

Dovette rendersi conto di essere andata un po' troppo oltre. Tacque all'istante, voltandosi e sfiorando con una mano lo scoglio che le impediva la fuga. Poteva pensare di arrampicarsi su di esso come un granchio, gettarsi dalla parte opposta e sfuggire dal discorso? Forse si sarebbe rotta una gamba. Ma magari era un rischio da mettere in conto.

Sentì la mano di Rahab posarsi sulla sua spalla destra, bagnata e tiepida. Gentilmente, lui la costrinse a voltarsi di nuovo, e a confrontarsi ancora una volta con il suo sguardo, acceso d'interesse.

«Tu?»

«Cerca... cerca di capire» balbettò, quasi implorante. «Io ho Cilly, ho la mia strategia, e nessun ragazzo di cui innamorarmi pazzamente può esservi compreso.»

Sentì le sue dita stringersi appena sulla propria spalla. «Cassandra» balbettò infine la sua voce, tesa per un'emozione a stento controllata. «Tu non mi hai rifiutato perché sono diverso. Vero? Tu lo hai fatto perché...»

«Perché innamorarmi di te sarebbe come nuotare in questo oceano» confessò lei, ormai messa con le spalle al muro. «Non saprei dove sono, o cosa mi aspetta. Mi terrorizza, lo capisci?»

Rahab posò le braccia ai lati di lei, contro la roccia che aveva alle spalle. «Qualunque cosa ti aspetti» le disse, con voce bassa, debole, «non l'affronteresti da sola.»

La baciò, senza lasciarle scampo. Dopo un primo istante di rigidità, lei si sciolse e abbassò lentamente le palpebre, alzando le mani e aggrappandosi alle sue spalle. Dischiuse la bocca, abbandonandosi infine a lui.

Rahab sospirò di desiderio, e finalmente le sue mani si riempirono delle forme di lei. Le prese i fianchi, sistemandola contro di sé, per poi risalire lentamente lungo la sua schiena nuda, ricambiando con passione, assaporandola inebriato.

Sentì Cassandra allacciargli le gambe attorno alla vita, e le passò un braccio sotto le natiche, avvolgendole la schiena con l'altro. La sollevò e non smise un solo istante di baciarla, trasportandola in direzione della riva. Quando fu arrivato, l'adagiò sul bagnasciuga, alzandosi e ammirandola per un istante.

«Se vuoi» mormorò, roco, «puoi andartene.»

«Non vorrei… essere in nessun altro posto» ammise lei, provando un brivido nel rendersi conto che lo pensava davvero. Non aveva mai provato un simile desiderio, per nessun altro. Né un simile bisogno.

Cassandra alzò le braccia, slacciando i nodi che tenevano saldo il pezzo sopra del bikini. Esso cadde sulla sabbia bianca e ciò che si presentò davanti agli occhi di lui fu qualcosa di molto vicino al paradiso. Tremò quasi di aspettativa, inginocchiandosi tra le sue gambe e chinandosi su di lei.

«Cassandra» chiamò, bisognoso di sentire il nome di lei nella propria bocca. Si ritrovò a mordicchiarle il collo, preda del proprio istinto, riuscendo a farla rabbrividire e sorridere insieme.

«Hai delle precauzioni?» domandò la studentessa, affondandogli le dita tra i capelli neri, con un gesto così passionale che lui si chiese da quanto tempo desiderasse farlo.

«I maschi della mia specie sono quasi sterili. Non usiamo precauzioni» le rispose, alzando per un attimo la testa per valutare come lei avrebbe preso quell'informazione.

«Perfetto. Mi piaci.»

Sorrise di quel commento inaspettato, mentre la ragazza lo spingeva indietro, e lo costringeva a sdraiarsi sulla sabbia bagnata, supino. Le pigre onde gli lambivano il corpo sino alle natiche, e provò un brivido di eccitazione al pensiero di cosa stessero facendo, soli su quella spiaggia deserta, con soltanto le stelle a spiarli. La vide salirgli a cavalcioni e l'ammirò dal basso, illuminata dalla luna, bella come una dea. Gli parve un sogno.

Cassandra gli sfiorò un punto particolarmente sensibile, celato dai suoi boxer. La sentì sussultare per la sorpresa e l'aspettativa.

«Vi mancherà l'ombelico» fu il suo bonario commento, «ma su altri fronti siete decisamente ben forniti.»

«Lieto che l'attrezzatura incontri il tuo gusto.» Trovò la forza di scherzare lui, per poi abbandonarsi a un sospiro di puro piacere quando le dita di lei si insinuarono sotto l'elastico del costume.

Rahab scoprì un universo di nuove sensazioni sotto un cielo stellato che, da bambino, mai avrebbe sognato di poter ammirare. Lo fece tra le braccia di una donna che finalmente si sciolse, rivelandosi per ciò che era davvero: passionale, dolce, bisognosa. La possedette con estenuante lentezza, mai sazio dei suoi baci, delle sue carezze. La tenne così stretta da rischiare quasi di romperla e, quando la voce di lei iniziò a chiamarlo ripetutamente per nome, fu costretto a chiudere gli occhi per affrontare l'ondata di piacere che colse entrambi, un fiume in piena che gli annebbiò la vista, il cervello.

«Cassandra» balbettò solo, quando rimasero immobili alla fine di tutto, ansanti, sconvolti da ciò che li aveva appena uniti. Aveva bisogno di dirle ciò che provava, quanto tutto ciò che era appena accaduto tra loro fosse importante. Voleva confessarle che lei teneva il suo cuore tra le mani.

Ma le parole che lei aveva pronunciato con timore in mezzo alle acque nere dell'oceano, gli avevano fatto capire quanto ancora non fosse pronta a un impegno del genere. Confessandole i propri sentimenti, l'avrebbe spaventata e basta. Per cui li ricacciò dentro di sé, come un boccone troppo grande da essere ingoiato tutto in una volta.

Non avevano più indossato i loro costumi. Erano rimasti abbandonati sulla spiaggia, in memoria di quello che era accaduto in quel punto magico laddove il mare arriva a lambire la sabbia.

Quello che avevano fatto lì, insieme, era andato oltre ogni aspettativa del diversamente vivo. Il modo in cui lei si era mossa sopra di lui, le sue mani che le stringevano i fianchi, i baci passionali che gli aveva dato tra un mugolio di piacere e l'altro. Tutto era impresso a fuoco nella sua memoria.

E ora la stringeva tra le braccia. Abbassò lo sguardo sulla massa di capelli ricci sparsi sul proprio petto, appena rischiarati dal calore dell'alba in arrivo.

Quando la loro prima, selvaggia cavalcata era finita, nessuno dei due sembrava averne avuto abbastanza. Il tempo di riposare l'uno vicino all'altra, e poi i baci erano ripresi. Era riuscito a malapena a sollevarla, senza smettere di sospirare sulla sua pelle, e portarla all'interno della piccola stanza da lui ristrutturata mesi prima. Qui, su un letto di recupero coperto soltanto da un lenzuolo, l'aveva adagiata. E avevano proseguito, senza più freni inibitori.

Quella ragazza era una specie di fuoco umano, quando lasciava perdere l'autocontrollo. Non erano stati tanto i trucchi da lei conosciuti, a stupirlo, quanto l'incredibile passionalità con la quale li aveva messi in atto.

Come avevano fatto, i ragazzi che lo avevano preceduto, a tenere il suo passo? Perché lui era immortale, e ne era uscito con il fiatone.

Sospirò per il piacere di sentirsela addosso, aumentando la presa sul corpo della studentessa. Era sdraiato supino e lei gli si era appoggiata contro il fianco, una gamba nuda sovrapposta alle sue, le braccia attorno al suo torace. Respirava tranquilla e pacifica, immersa nel mondo dei sogni. Sua, era sua. Finalmente sua. Dopo tanti desideri, tanti tormenti.

Si chinò su di lei e le posò un bacio sul capo, per poi tornare a guardare il soffitto in legno del loro rifugio, assaporando l'innaturale calma di quel momento. Sorrise, sentendola muoversi tra le sue braccia. Quando Cassandra sollevò il volto dal petto e gli rivolse un sorriso assonnato, Rahab si chiese se fosse possibile innamorarsi per due volte della stessa persona. Spettinata, sconvolta dalla loro attività notturna, era più bella che mai.

«Buongiorno» sussurrò la ragazza, con un mormorio.

444

«Hai riposato bene?» le domandò, prendendo ad accarezzarle la schiena nuda con movimenti lenti, ripetitivi.

«Niente insonnia.»

«Sicura? Perché abbiamo passato più della metà della notte a...»

«Idiota» lo zittì, tappandogli la bocca con un bacio. Non fu tanto il gesto in sé, quanto l'istintività con cui lo fece a colpirlo, e a fargli battere il cuore. Le sorrise, probabilmente sembrando davvero un idiota. Non gli importò.

«Non sono pratico, di queste situazioni» ammise, lasciandola andare. «Avrei bisogno di qualche linea guida per la nostra relazione.»

Cassandra si sistemò un ricciolo biondo, come un gesto compiuto decine di altre volte davanti a lui, il corpo celato dalla divisa castigata. Mentre adesso lo stava facendo completamente nuda, rendendolo inconsapevolmente qualcosa di erotico.

«Linee guida» ripeté, perplessa.

«Non voglio compiere errori stupidi.»

«Mi hai appena chiesto delle linee guida per la relazione. Direi che è tardi per questo.»

«Se ho capito bene, il matrimonio non è più un obbligo per gli umani, dopo un coito.»

«Cominciamo con l'evitare le parole *matrimonio* e *coito*.» Cassandra però rise nel dirlo, più allegra che mai. L'attività notturna doveva averla rilassata parecchio. «Viviamo alla giornata. Che ne dici?»

«Alla giornata» ripeté, annuendo, cercando di non lasciare trasparire nulla. «Perfetto. Mi piace.»

«Cos'è questo posto?» fu la prima domanda che Priscilla pose, quando uscì insieme a Rahab dallo squarcio da lui creato, e si ritrovò gli occhi pieni della meraviglia di una spiaggia maldiviana. «Cassie!»

Sua sorella rise, spalancando le braccia per accoglierla. La bambina quasi scalciò per scendere il più rapidamente possibile dalle braccia del diversamente vivo e zampettò saltellando come un coniglio nella sua direzione, sino a che non si appese al suo collo. Per fortuna Cassandra era seduta sul lettino adagiato sul bagnasciuga, o la sua caviglia avrebbe risentito di quel carico aggiuntivo. Non zoppicava quasi più, ma era ancora in via di guarigione.

A causa di ciò, il Lalartu si avvicinò a loro schiarendosi la voce con fare severo. Cilly arrossì non appena udì quel suono, e interruppe immediatamente la morsa di ferro nella quale la stava stringendo.

«Cos'abbiamo detto, *strolha*?» domandò lui.

«Scusami! Scusami, hai ragione!» balbettò la piccola. «Cassie sta male e devo stare attenta.»

«Altro?»

«Devo starle vicina e obbedire. Altrimenti mi riporti dritta al dormitorio.»

Cassandra rimase basita da quelle parole. Era la prima volta che il non morto usava un atteggiamento severo nei confronti della bambina. Solitamente le cose tra loro funzionavano in questo modo: lei faceva la figura della strega cattiva e lui interveniva con fare diplomatico, uscendone come un principe salvatore. Evidentemente, Rahab stava cercando di scusarsi con lei per averle tenuta lontana la sorellina e cominciando a porsi con lei in maniera più autoritaria.

Cilly si accomodò meglio accanto alla rappresentante della Sunrise, guardando con estrema curiosità l'acqua cristallina sotto il lettino. Allungò una mano per sfiorarla, e rimase colpita da quanto la sentì calda. Vide due pesciolini passare a poca distanza e ridacchiò, stupita.

«Papà dovrebbe venire qui con noi, la settimana prossima!» propose, entusiasta. «Questo posto gli piacerebbe tanto da fargli dimenticare il telefono!»

La bambina non sapeva ancora che non avrebbe visto il genitore durante le vacanze primaverili. Rahab e Cassandra si scambiarono uno sguardo, poi quest'ultima prese la piccola tra le braccia, e la strinse forte, posandole un bacio sul capo.

«Senti…» mormorò, incerta, rivolgendosi a lui. «Puoi lasciarci sole, per un po'? Abbiamo… insomma, devo parlarle di un paio di cose.»

«Sicura?»

«Sì.»

«Non vuoi che resti?»

Dalla sua espressione, si capiva che lo desiderava, eccome. Ma i suoi doveri di sorella prevalsero, e lei scosse il capo. «Credo sia meglio se ne parliamo da sole.»

«Di cosa?» domandò la piccola, con un sorriso innocente.

Rahab immaginò le lacrime che, di lì a poco, avrebbero bagnato quella bocca atteggiata in un'espressione felice. Tutto per colpa di un idiota privo di cuore. Gli si rivoltò lo stomaco.

«Torno più tardi» promise soltanto, cupo. «Porto delle pizze.»

Aprì lo squarcio, per tornare alla Night. E va detto che ci provò, davvero. Ma non ci riuscì.

Arrivò in tutt'altro posto.

Hercule Dron, un nome da idiota. Come un cretino del genere avesse generato figlie meravigliose quali le sue restava un mistero. Probabilmente tra il suo materiale genetico scadente e quello della madre pazza era successo una specie di miscuglio miracoloso, dal quale erano nate loro.

Di questo poco gli importava. Una volta scoperto il nome dell'uomo, trovarne l'abitazione era stato, tutto sommato, semplice.

Una villa costruita in un bel quartiere residenziale, con un garage riempito di automobili di lusso.

Si trattava bene, il bastardo.

Sua figlia stava dannandosi come una pazza per assicurarsi una borsa di studio e lui comprava un'auto nuova all'anno. Rahab le aveva osservate con fare riflessivo, chiedendosi da quale avrebbe potuto iniziare l'opera di distruzione.

Entrare non era stato difficile. Non esiste allarme al mondo capace di prevedere uno squarcio nella realtà. Gli era bastato aprirlo e passeggiare all'interno della proprietà privata, non visto da nessuno, vicini o telecamere.

Il Lalartu procedette con incredibile dedizione, armandosi con un crick trovato in mezzo alle macchine; spaccò dapprima tutto quello che trovò nel garage, poi vide l'accesso all'interno della casa. E lì continuò, badando bene a non tralasciare nulla.

Hercule non era in casa, per fortuna o per sfortuna. Dipende da che punto la si voglia guardare.

Quando rientrò, intorno a sera tarda, parlando allegramente al telefono con la propria fidanzata, in un primo momento non si avvide di nulla. Lasciò l'auto con cui era uscito – una BMW che avrebbe potuto pagare tre college a Cassandra – nel vialetto esterno e si avviò all'ingresso, distratto dalle paroline dolci che la fanciulla gli stava mormorando, facendolo ridacchiare.

Entrò in casa e si chiuse la porta alle spalle, nella penombra. Non accese subito le luci, perché la sua amata gli aveva appena mormorato una cosa tanto sconcia da causargli un moto di acuto desiderio. Aprì la bocca per rispondere con una porcata di pari livello, ma in quel momento notò qualcosa di diverso nell'arredamento.

448

«Aspetta...» mormorò, incerto. Premette l'interruttore, e il grande lampadario posto all'ingresso, quello composto da cristalli di Boemia del quale non aveva potuto rinnovare l'assicurazione perché dopo la morte della moglie le azioni dell'azienda di famiglia stavano ormai colando a picco, s'illuminò.

O meglio, quello che ne restava. Il meraviglioso oggetto d'arte risultava come menomato, distrutto in parte da una forza rabbiosa, priva di controllo.

Basito, l'uomo fece scorrere lo sguardo sul resto dell'ambiente. Qualcuno aveva spaccato tutto.

Tutto.

Mobili, chincaglieria, persino i muri. Una mano violenta aveva rotto l'intonaco in più punti, afferrando e tirando cavi, distruggendo un tubo dell'acqua. Sotto di esso, vi era una piccola pozza, fortunatamente limitata in quel punto.

Il telefono gli cadde dalle mani per lo stupore. Era un modello costoso. Si ruppe pure quello, cozzando contro il pavimento. L'uomo rimase immobile, sconvolto. A mani vuote.

Rahab tornò dalle ragazze con delle pizze, che Priscilla, gli occhi gonfi per il pianto, riconobbe provenire dalla sua pizzeria d'asporto preferita. Ciò riuscì a strapparle un sorriso timido. Sua sorella scosse il capo divertita, credendo che lui fosse andato apposta nel locale vicino alla loro casa paterna per procurare degli altri suoi cibi preferiti.

Mangiarono in compagnia. Il tempo di un bagno serale e poi Priscilla venne riaccompagnata al proprio dormitorio, con la raccomandazione di lavarsi via l'acqua di mare prima di andare a dormire.

Fu solo al suo ritorno, quando la trovò seduta in riva al mare con quel bikini che già adorava slacciare e gli occhi pensierosamente rivolti all'oceano ormai nero quanto la notte sopra di loro, che le sedette accanto, e le disse ciò che aveva fatto.

Cassandra abbassò il viso, fissando i cartoni di pizza vuoti.

«Lo hai rovinato» sussurrò infine, basita. «L'azienda è ormai quasi del tutto fallita. Stava spendendo e spandendo soldi che non aveva. Adesso dovrà guardare la realtà in faccia. Chi lo sa. Forse dovrà persino trovarsi un lavoro.»

«Mi dispiace» mormorò il Lalartu, senza osare guardarla. «Ho visto Cilly così felice, e… il pensiero che di lì a poco le avresti spezzato il cuore per colpa di quel verme…»

«È normale» azzardò la ragazza, con l'ombra di un sorriso malizioso, «che la cosa mi ecciti?»

Rahab la guardò per un istante, sorpreso. Poi scoppiò a ridere di cuore, piegandosi su di lei e afferrandole la vita con una presa sicura, possessiva.

«Cosa c'è di normale, in te?» la prese in giro, e le tappò la bocca con un bacio, zittendo la sua rispostaccia.

Tutto sommato, le vacanze di primavera non furono male. Approfittarono dell'isola e Cilly si divertì come una matta, esplorando il mare in loro compagnia. Per sette, lunghi giorni, Rahab fece avanti e indietro, portandole lì al mattino e riconducendole ai rispettivi dormitori la sera, cosa che entusiasmò da matti la bambina.

«È come andare in vacanza… ma tutte le sere puoi tornare a casa a fare la cacca!» fu il suo poetico modo di spiegare il proprio punto di vista.

In sua presenza, i due evitarono di dare mostra del nuovo sentimento nato tra loro. Cassandra non lo aveva specificatamente chiesto, ma Rahab comprese il suo bisogno. Prima di condividere la novità con il resto del mondo, la studentessa aveva bisogno di assimilarla. Non volle sforzarla, preferendo accontentarsi, almeno per il momento, dei loro baci notturni, e delle carezze che lei gli donava sotto le stelle, sempre più abbandonata, sempre più fiduciosa.

Qualche giorno dopo il rientro degli altri studenti dalle vacanze di primavera e l'inizio delle lezioni, il Lalartu approfittò della assenza mattutina di Cassandra per cancellare l'orrenda scritta lasciata nella sua camera da letto dal proprio clan. Nel farlo, scostò alcuni mobili e spostò alcuni vestiti dall'armadio. Uno di questi gli rimase per un attimo tra le dita, e il Lalartu lo guardò pensieroso, divorandolo quasi con gli occhi.

«Metti questo?» le propose quella sera, porgendoglielo.

Era il famoso vestito nero di Halloween, quello che le aveva visto addosso in diverse occasioni, e che sapeva accendere in lui una fiamma oscura di desiderio. Quante volte aveva desiderato sfilarglielo di dosso, e godere della pelle che vi avrebbe trovato al di sotto.

«Sicuro?» fu l'obiezione di lei, basita. «Non è... sexy.»

«Adoro il nero. Adoro il velluto.»

«Non ne avevo idea.» Cassandra si rigirò il pezzo d'abbigliamento tra le mani, pensierosa. «Ecco perché ogni tanto mi guardavi stranito, quando lo indossavo.»

«Te n'eri accorta?»

«Oh, sì. In certe occasioni» ammise, alzando su di lui uno sguardo da vera birichina «la cosa mi ha anche eccitata.»

Dentro di Rahab vi fu una specie di terremoto ormonale ed emotivo.

«Mettilo» le iridi viola di lui si scurirono appena, come un avvertimento. «Ma solo se non ti importa che io lo rovini.»

Ridacchiando, la giovane obbedì. Quando glielo vide addosso, bella e proibita come la prima volta in cui aveva iniziato a provare crampi di desiderio nei suoi confronti, la prese tra le braccia, posandola sulle coltri come una bambola preziosa.

La vita di quell'abito terminò quella notte. Ma, finita la lunga sessione che seguì al suo estremo sacrificio, entrambi concordarono sul fatto che ne fosse valsa la pena.

Cassandra, dopo tutto ciò, gli si abbarbicò addosso come una pianta rampicante, facendo quasi le fusa mentre gli posava il capo sul petto. Bisbigliò qualcosa sul volersi comprare un intero armadio di abiti neri, riuscendo a farlo ridere nonostante la spossatezza.

Incredibile a dirsi, il *dopo* era il momento preferito di Rahab. Non le carezze, i baci o gli orgasmi. No, quell'istante in cui il mondo sembrava fermarsi, e lei, nuda, scivolava tra le sue braccia, lasciandosi tenere, resa pacifica e felice dal piacere che si erano appena donati a vicenda.

«Cassandra?» mormorò, quella sera, accarezzandole con fare trasognato la schiena.

«Dimmi» bisbigliò lei, godendosi il tepore della loro vicinanza, gli occhi chiusi e un sorriso sulle labbra.

«Non sarebbe il momento di... dirlo a Cilly?»

«Dei suoi voti in calo? Avevo intenzione di parlarle, ma...»

«Intendevo» riprese lui, cercando di tenere a bada l'agitazione per la proposta che le stava per fare. «Parlare a Cilly di noi.»

La prese in contropiede. La ragazza puntellò un gomito contro il suo ampio petto, alzando il viso e rivolgendogli un'occhiata incerta. Poi, però, sospirò.

«Non vedo perché no» gli concesse. «Che tra noi vada bene o male, ormai tu fai parte della sua vita. Inoltre, non è una bambina stupida. Meglio dirglielo, prima che lo capisca da sola, e...» Lo guardò, sorpresa. «Sembra ti stia venendo un attacco cardiaco. Che succede? Se non sei pronto, per me non è un problema rimandare di qualche...»

«Pronto? Io *muoio* dalla voglia di farglielo sapere.»

«Oh. D'accordo. Ottimo.» La ragazza gli batté una mano sul petto, sorridendo per quella risposta. «Allora sai che c'è? Lo farai tu.»

«Cosa? Davvero?»

«Certo.»

«Vuoi sul serio che sia io a farle un discorso del genere?»

«Oh, sì.» Cassandra tornò ad abbracciarsi a lui, con un piccolo sorriso. «Hai detto che vuoi più responsabilità nella sua vita, no? È tutta tua.»

«Io… Cassie, non hai idea di quanto questo significhi per me.» Esitò. «Ma… sei sicura?»

«Oh, sì. Sicurissima.»

In effetti, lo era persino in modo esagerato. In un modo che avrebbe dovuto risultare sospetto. Ma lui era troppo contento per riflettervi su, e si addormentò con un sorriso da cretino stampato sul volto.

Il giorno dopo, prese Priscilla da parte, se la portò in un angolino soleggiato e iniziò a spiegarle con incredibili metafore colme di romanticismo quale straordinario sentimento fosse sbocciato tra lei e la sorella. Finì col sentirsi dire: «Quindi fate sesso?»

«C-Cosa?»

«Sesso» insistette Cilly, col tono di chi parla a un idiota. «Il mio compagno Mark dice che gli innamorati fanno sesso. Fate sesso?»

«Ehm. Noi…»

«Vi sposerete?»

«Uh. Ah. Vedi…»

«Aspettate di sposarvi, per fare sesso?»

«Dannazione» balbettò. Comprese solo in quel momento il perché della grande apertura mentale di Cassandra sul fatto che fosse lui l'addetto a quel discorso. «Hai una… domanda che non riguardi il sesso?»

La bambina ci pensò. «Sì.»

«Partiamo da quella.»

«Se stai con mia sorella, sei mio cognato. E a me questa cosa non piace. Possiamo cambiarla?»

«Cambiarla?»

«Sì» insistette la bambina, decisa. «Cognato è una parola stupida.»

La prese tra le braccia con una mossa lenta, dolce. Sorrise, posandole un bacio tra i capelli, e ridacchiò quando lei ricambiò la sua stretta avvolgendogli le braccia attorno al collo, così forte da rischiare di strozzarlo.

«Come vorresti definirmi?» le domandò, incuriosito.

«Fratello.»

Sino a quel momento, Rahab era stato consapevole di amare quella bambina. Non le voleva semplicemente bene, sarebbe morto, pur di farla felice. Ma sentirle pronunciare quella semplice parola fu un dono meraviglioso, senza prezzo.

«Mi piace» le confessò, con voce tremula per l'emozione. «Mi piace un sacco, mia piccola *strolha*.»

«Bene. Ascolta» disse lei, con fare pratico, «in quanto mio fratello, è normale se fai sesso con mia sorella?»

Già. La determinazione di quella bambina era proprio la stessa di Cassandra. Rahab maledisse la donna che amava per averlo ficcato in quella situazione, comprendendo di avere davanti a sé un lungo, complicato e difficile discorso.

Capitolo 17

A metà giugno, il preside chiamò Cassandra nel proprio ufficio, e le mise in mano un plico di fogli vergati dalla sua precisa calligrafia, e firmati uno per uno.

«Ecco le raccomandazioni che mi hai estorto con il ricatto» le spiegò, con fare tranquillo. «Non ne ho mai scritta nessuna, in tutta la mia vita. Sarai la più popolare tra le candidate alle borse di studio. Avrai solo l'imbarazzo della scelta.»

Cassandra non ne era del tutto certa. «I miei voti in matematica non sembrano essere d'accordo con lei.»

L'uomo sospirò, guardandola. Sedeva alla propria scrivania come al solito e, come al solito, era pronto a preoccuparsi per uno dei suoi studenti.

«Continui ad avere problemi con quella materia?» domandò, pensieroso.

«Quest'anno sono un disastro» mormorò la ragazza, sistemandosi una piega sulla divisa con sguardo tormentato.

«Forse sei ancora molto stressata.»

«Oh, no. Le assicuro. Ho trovato un modo molto efficace per combattere lo stress» e nel dirlo, le scappò un piccolo sorriso.

«Tai-chi?»

Kamasutra, al massimo.

«Yoga. Fatto in casa.»

«Ah. Un eccellente metodo» annuì lui, soddisfatto. «Allora cosa c'è che non va? L'insegnante non svolge bene il suo lavoro?»

«Non sarebbe il primo insegnante di questo tipo che mi trovo davanti. Ma non è mai stato un problema» spiegò lei. «Quest'anno… non lo so. Continuo a ripetere, e ripetere. Non mi entra in testa.»

«Questo è il tuo primo errore. Non bisogna imparare le lezioni come dei pappagalli, ma incamerare le nozioni come parte del proprio processo di crescita.»

«Bella filosofia, davvero. Ma io do il meglio di me quando imparo a memoria.»

«Perciò i tuoi alti voti sono dovuti alla tua capacità di ripetere lezioncine apprese sui volumi, non al tuo amore per le materie.»

«Adesso la scandalizzerò, ma le posso assicurare che è così più o meno per tutti.»

Digby si prese un lungo momento di silenzio, riflettendo su quella giovane e sui suoi occhi tormentati. «Cassandra» le domandò infine, più serio. «Ma a te... piace, studiare?»

«Piacere? No. Non dev'essere un piacere, è più che altro un dovere.»

«Mmh-mmh.» Fu l'unica risposta che lui le concesse, ma i suoi occhi celati dalle lenti tonde degli occhiali la studiarono ancora più approfonditamente, quasi scorgessero dentro la sua calotta cranica una risposta che le era stata celata per lungo tempo. «Fossi in te, proverei a chiedermi cosa voglio fare davvero nella vita.»

«Studiare economia e trovare un buon lavoro» rispose la studentessa, automaticamente.

«Ti piace il ramo finanziario?»

«No. Perché?»

Il preside emise un sospiro. «Allora perché ti iscriverai alla facoltà di Economia?»

«Perché è il modo più veloce per avere un lavoro sicuro e di successo.»

«Cassandra...»

«No, non sono una sprovveduta» lo prevenne lei. «So benissimo che prima ci vorrà una gavetta in una grande azienda. Ma con degli ottimi voti e molto olio di gomito, sono certa di riuscire in breve tempo.»

«Oh, sono sicuro che riusciresti» annuì Digby, mentre lei raccoglieva le raccomandazioni ricevute e le sistemava con un sorriso in una busta. «Se c'è una cosa che ho imparato da te, è che costanza e determinazione sono due costanti con le quali è possibile schiacciare il mondo. Ma anche le anime.»

«Prego?»

«Hai mai pensato di... non studiare?»

Probabilmente, se le avesse chiesto di mettersi in tanga e improvvisare un balletto sexy per lui, lei avrebbe assunto un'aria meno scandalizzata.

«Mi *scusi*?»

«E se la tua strada non fosse in un college? Forse potresti prenderti un anno sabbatico per...»

«Certi discorsi, da un *preside*, non me li sarei mai aspettati!»

Detto ciò, la ragazza si strinse la busta con le raccomandazioni al petto e si avviò in direzione della porta, rigida. Aprì l'uscio, si voltò, gli rivolse un'occhiata colma di malevola disapprovazione e poi uscì dal suo ufficio rivolgendogli a malapena un saluto.

Rimasto solo, l'uomo spalancò le braccia. «Che ho detto?» sospirò. «Stavo solo preoccupandomi per...»

Ma non fece in tempo a terminare la lamentela, che uno squarcio venne aperto nel suo studio, proprio innanzi alla sua scrivania.

Attrasse la sua curiosità. In silenzio, attese che la creatura dietro quella spaccatura nella realtà facesse il proprio ingresso.

Sorrise, quando si ritrovò davanti una creatura dalla pelle rossa, zampe digitigradi ed enormi ali da pipistrello. Le corna erano più lunghe da quando si erano conosciuti, circa dieci anni prima. Ma i suoi occhi erano spaventosi come sempre.

«Azul» lo salutò, evidentemente felice di incontrare il demone con il quale aveva iniziato a progettare una prima bozza di quella che, in seguito, era divenuta la Night School. «Non ti facevi vedere da mesi! Come stai?»

«Sono qui per confermarti che il clan dei Lalartu ha subìto una feroce condanna dal nostro Tribunale» fu la risposta del demone. «Per aver attaccato una delle tue studentesse.»

«Non dovevi disturbarti di persona» fece un cenno con la mano lui, cercando di apparire disinvolto. «Anche se sono felice, che tu sia qui. Sai, ho un'idea che mi sta rimbalzando per il cervello. E, in effetti, mi farebbe piacere ascoltare la tua opinione.»

«Un'altra pensata dell'umano pazzo che vuole aiutarci a tornare nel mondo reale» ghignò il demone, spalancando le grandi ali per accomodarsi su una delle sedie poste dirimpetto alla scrivania. «Sono proprio curioso di sentirla.»

«Non hai idea delle cose che mi ha detto il preside, oggi!»

Cassandra camminava avanti e indietro, gesticolando agitata. Seduto sul proprio letto, Rahab aggrottò le sopracciglia. Che al dirigente scolastico fosse arrivata la voce della loro relazione? Era di questo che avevano parlato?

Dopo averlo detto a Cilly, avevano lasciato che la loro storia trapelasse anche al resto del corpo studentesco. Gli iscritti alla Sunrise sapevano vagamente che la loro rappresentante aveva ceduto agli occhi viola dello spiantato alto quasi due metri appartenente alla Night School e non avevano dato grande peso alla notizia. Altra storia era per gli alunni diversamente vivi: dopo il miracolo di Ellen e Trevor, la notizia dell'amore sbocciato tra Cassandra e Rahab fu qualcosa che lasciò tutti a bocca aperta.

Visto che la cosa era di dominio pubblico erano, ormai, molte le volte in cui Cassandra andava a passare la notte alla sede della Night. Indubbiamente il letto della camera di Rahab risultava più piccolo e scomodo, ma andare a riposare lì consentiva al suo collega di passare del tempo con lei e insieme di occuparsi dei propri obblighi. L'unico problema consisteva nell'udito sovrannaturale di quel particolare corpo studentesco, a causa del quale Cassandra non gli si concedeva tra quelle mura.

Ma, in fondo, non era male. Stretti sulla sua brandina, dormivano come forse non era mai capitato loro nella vita: tranquilli, rilassati e in pace con il mondo.

«Che ha detto?» domandò, alzando le gambe e sdraiandosi sul letto con un sospiro di stanchezza, le mani incrociate sotto il capo.

«Che non dovrei studiare!»

«Ah.»

«Anzi! Sai cos'altro si è permesso di sostenere? Che a me non piace studiare!»

«A te piace studiare?»

«Che domanda, no! A nessuno piace studiare!»

«Ah.»

«Dice che non dovrei andare al college. Ma ci pensi? Un preside!» Cassandra gesticolò, agitata. «Loro non dovrebbero predicare... che so, cultura e studio a ogni costo?»

«No, sono abbastanza convinto che il loro compito sia quello di consigliare a ognuno il percorso di vita più idoneo.»

«Beh, con me quel Pearson ha toppato, ha toppato di brutto.»

«Sicura?»

«Direi di sì.»

«Ha capito che non ti piace studiare.»

«Beh, è come indovinare che una persona non gradisca i broccoli, si vince facile.»

«Però, in effetti, *non ti piace studiare*» insistette lui, cercando di farla ragionare.

«Faccio fatica con la matematica, tutto qui!»

«Ah.»

«D'accordo, Rahab» lei si fermò, puntellandosi le mani sui fianchi e osservandolo con espressione minacciosa. «Questo è il terzo 'ah' di fila, e so bene cosa significa. Mi stai assecondando. Perché?»

459

«Perché sei agitata» ammise il Lalartu, con tono pacato. «E vorrei che ti calmassi.»

«Calmarmi? Il preside mi ha…»

«Ho capito cosa ti ha detto» lui si alzò a sedere, appoggiando le mani alle ginocchia e guardandola con intensità. «E sei libera di non ascoltarlo. Hai la tua strategia, con tanto di college e tutto il resto. Ma forse – dico solo forse – dovresti dare a te stessa il beneficio del dubbio.»

«Il beneficio del…»

«Magari il college non è la tua strada.»

«Hai visto i miei voti?»

«Sono straordinari» le concesse lui. «Ma ho anche visto come ti riduci per mantenerli così alti. Non sei felice. E inoltre…»

«Sì?»

«Beh. Noi saremmo… lontani.»

«Per l'amor del cielo, Rahab. Ci sono cellulari e telefoni, per tenersi in contatto» lei lo guardò storto. «Per non citare il tuo magico potere di aprire uno squarcio nella realtà e andare dove vuoi in un attimo.»

«Sai di cosa parlo.»

«No, per la verità no.»

«È che… non capisco. Siamo sempre insieme, dormiamo insieme, è come se stessimo davvero *insieme*. L'ho detto a tua sorella. Insomma, tra noi è una cosa ufficiale. Tranne il fatto che smette di esserlo quando tento di essere incluso nei progetti per il tuo futuro.»

«Quello è una cosa diversa, più grande. L'impegno, il… sai che ho molto da fare. Non voglio distrazioni» esitò, guardandolo. «Per quanto piacevoli siano.»

«Ma…»

«Ne abbiamo già parlato. Io ho la mia strategia.»

«E in quella non c'è posto per me. Molto bene.»

Rahab si alzò per rivestirsi. Lei lo considerava uno spreco di tempo e di energie mentali. Ma non poteva essere solo così, o quell'ondata di affetto di prima non sarebbe mai esistita.

«Cassandra» sussurrò. «Stai di nuovo perdendo di vista chi hai vicino, mirando a un obiettivo troppo lontano.»

La rappresentante della Sunrise School rimase impassibile, o almeno tentò di farlo. Lui vide nei suoi occhi verdi sofferenza, mista a un sentimento che riuscì a scoprire solo imbrogliando. Usò i propri poteri per approfittare della sua distrazione, e frugare nel tumulto di emozioni che le aveva procurato con quella dichiarazione.

Lesse paura. Un'immensa, incredibile paura. Ma, sotto di essa, lo trovò.

Un barlume d'amore. Per lui. Quasi gli mancò il fiato.

«È complicato… non possiamo continuare come abbiamo fatto finora?» Stavolta non gli servì saper leggere le emozioni, la supplica era evidente nel suo sguardo. «Io… cerca di capirmi.»

«Capirti» ripeté, così distratto da quello che aveva trovato nel suo animo da ascoltare a stento le sue parole. «Sì, certo. Ti capisco più di quanto tu creda.»

«Quindi?»

Il diversamente vivo dovette pensare in fretta. «Quindi dobbiamo prenderci una pausa.» Rahab azzardò un sorriso tranquillo. «Voglio stare con te. Ma voglio starci sul serio. Se un giorno avrò spazio nella tua strategia… fammelo sapere.»

Capitolo 18

Arrivò la sera del ballo.

Il tema che aveva scelto era l'inclusione. Non seppe neppure perché le venne in mente una parola così altisonante, e tanto difficile da riprodurre con striscioni e decorazioni. Ma la sua natura organizzatrice le andò incontro, e lo spirito artistico di una lamia molto gentile fece il resto.

Il salone principale della Sunrise School, quella sera, divenne un fondo marino, dove pesci di ogni forma e dimensione collaboravano e si davano le pinne in ogni disegno appeso qua e là. Tende viola davano l'impressione di essere sul fondo dell'oceano, quello nero e oscuro dove esistono creature che l'uomo non può neppure tentare di immaginare.

Una sfera stroboscopica era appesa al soffitto, perché sarebbe stato un delitto farla mancare. Il tavolo del buffet e delle bevande venne allestito, e uno zombie piazzato a guardia di esso affinché evitasse ai vampiri di rifare lo scherzetto della sera dei Giochi Olimpici.

Quello, infatti, era il primo ballo della Sunrise al quale avrebbero partecipato anche gli studenti della Night School. Dapprima, i due gruppi entrarono nella sala scettici, ognuno rimanendo sul proprio lato, nonostante la musica allegra che il dj seguitava a far suonare.

Ma poi, un ragazzotto del terzo anno, rimasto senza accompagnatrice, aveva avvicinato una banshee, con sguardo ebete. Incerto, le aveva chiesto di ballare.

Lei aveva accettato.

E questo aveva cambiato radicalmente l'atmosfera.

Coppie e gruppetti misti avevano occupato il centro della stanza, ballando con euforia ed energia. Licantropi che improvvisavano break-dance, umane che cercavano di imitarli tra mille risate nonostante gli abiti eleganti indossati da tutti.

Cassandra guardò quello spettacolo e sorrise tra sé e sé. Si strinse la mano da sola: quella era in assoluto la festa più bella che avesse organizzato. L'ultima, ma la migliore. Se ne stava andando con il botto, poco ma sicuro.

Era tutto perfetto. Tranne un piccolo, infinitesimale dettaglio. Quel gran figlio di una Lalartu di Rahab era arrivato tenendo al braccio un'altra tizia.

Non che la cosa l'avesse colta di sorpresa. In fondo, quello era un liceo, per quanto strano e abitato da creature particolari. La voce che il rappresentante della Night School sarebbe uscito con una tale Trelka del terzo anno aveva iniziato a circolare dapprima come un pettegolezzo da niente, per poi diventare una notizia confermata che, seppur con dispiacere, Ellen le aveva riportato, non volendo che l'amica arrivasse alla sera impreparata a quel tradimento.

La notizia l'aveva devastata. Non soltanto a livello emotivo, ma anche sul fronte di tutto ciò che aveva faticosamente costruito per sé stessa in quel periodo. Quel debole tentativo di fiducia nei confronti del prossimo, che Rahab aveva preso e gettato alle ortiche chiedendo una pausa alla prima difficoltà.

Dopo tante promesse e tante belle parole, l'aveva abbandonata. Esattamente come suo padre. Forse era quella, la vera natura degli uomini; mostri o umani che fossero, erano tutti inaffidabili, voltagabbana senza ritegno.

Certamente non gliel'avrebbe fatta passare liscia. Un simile tradimento meritava vendetta. Aveva studiato una strategia mirata per servirgliela su un piatto d'argento.

L'abito che aveva ordinato era perfetto. Velluto nero, il suo punto debole. Sexy e provocante, come non aveva mai osato essere.

Se quella Trelka voleva Rahab, avrebbe dovuto tenerselo ben stretto.

Per un attimo, esitò sulla soglia del salone ove si stava svolgendo il ballo. Vide quasi subito le ampie spalle di lui, nei pressi del tavolo delle bevande. Stava versando un bicchiere di qualcosa a una ragazzina al suo fianco, alta e magra, dai lunghi capelli castani.

Già. Trelka.

Prese fiato, ed entrò. Si sentiva assolutamente non a proprio agio in quell'abito, ed ebbe la tentazione di incurvare le spalle, di nascondersi.

«Le cose sono due: o sei qui per dare una lezione a un idiota, o sei qua per sembrare un idiota. Nel secondo caso, vattene. Nel primo, ricordati che un vincente lo si vede da come cammina.»

La voce di sua madre le diede rinnovato vigore. Alzò il mento, rizzò la schiena, sistemò la gonna ed entrò.

Non accadde come nei film, nessuno si fermò per sospirare di meraviglia al suo ingresso. Anzi, non un'anima diede segno di essersi accorta di lei. Cassandra mise un piede davanti all'altro, i piedi avvolti in scarpe nere di una stoffa simile al vellutino, dai tacchi a spillo, i cui lacci si arrampicavano lungo la sua gamba in mille nodi, fermandosi al di sotto del ginocchio.

Venivano in parte coperti dall'abito. Oh, quello era il pezzo forte. Duecento dollari di pezzo forte, nonostante la sua poca stoffa. Consisteva in un top in velluto scuro, con scollo a cuore, dal quale i suoi seni sembravano voler erompere. La lasciava nuda proprio sotto di essi, ad eccezione di una striscia sottile che le scivolava sul ventre, coprendole l'ombelico. Era stato cucito alla gonna, aderente e dannatamente provocante, lunga sino alle caviglie ma dotata di un profondo spacco all'altezza della coscia sinistra.

I capelli erano meno ordinati del solito, più selvaggi e liberi. Incorniciavano un viso che Ellen aveva truccato al meglio delle proprie capacità: ombretto verde come le sue iridi, rossetto scuro, dato in modo da far risaltare la forma della sua bocca.

Potrei uscire di qui e fare un sacco di soldi mettendomi accanto a un palo, pensò, e le sue spalle si incurvarono.

Le rialzò con una mossa orgogliosa. Arrivò al tavolo delle bevande e si versò da bere, in apparenza senza prestare attenzione al Lalartu che stava scherzando con la sua accompagnatrice.

«Le Maldive» lo sentì dire. «Certo, ci sono stato. Ho visitato diversi posti. Mi piace viaggiare.»

Grazie a me.

Sei qui grazie a me. Stai facendo il galletto con quella tipa grazie a me. Sono stata io a trascinarti fuori dal tuo bozzolo di paura, a spingerti in direzione della luce che tanto amavi. Sono stata io…

Si sentì una stupida.

A respingerti, perché dovevo dare la precedenza alla mia strategia. E adesso sono qua come una patetica ex, tutta vestita provocante, per cosa? Dio, per cosa? Se potessi esprimere solo due desideri, uno sarebbe per la felicità di Priscilla, l'altro per la tua.

Devo andarmene.

Rahab si voltò in quel preciso istante. Smise di parlare, e rimase semplicemente a fissarla, senza parole.

I suoi occhi viola sembrarono una macchina per le radiografie. La guardarono dall'alto in basso, e poi fecero il percorso inverso, incapaci di staccarsi da lei.

«Cassandra…» iniziò a dire, incredibilmente colpito. Vederla aveva reso persino il suo volto un po' meno pallido del solito. «Non sapevo venissi anche tu.»

«Decisione dell'ultimo momento.»

«E ti sei messa addosso il primo straccio che hai trovato, vedo» replicò lui, non potendo evitare un nuovo sguardo di cupidigia.

Trelka gli prese un braccio, con dolcezza. Lo invitò a ballare e lui, dopo averla fissata di nuovo, si ritrovò ad annuire, sorridendole. La scortò al centro della pista e Cassandra, rimasta con le pive nel sacco, non poté fare altro che osservarli mentre ballavano.

Seppe di avere la vittoria in pugno dal modo in cui lui l'aveva guardata... a Cassandra il Panzer sarebbe bastato poco, neanche mezza serata, per distoglierlo da quella ragazzina e tenerlo per sé. E poi...

E poi?

E poi avrei rovinato qualcosa che potrebbe essere bello, per lui, solo per il gusto di impormi. Dio. Cilly aveva ragione. Talvolta sembro davvero egoista come papà.

Posò il bicchiere che si era riempita, incurvò le spalle. Diede un'ultima occhiata a Rahab e poi si allontanò nella direzione opposta, ticchettando sugli alti tacchi e stando attenta a non cadere. Raggiunse il prima possibile l'uscita dalla sala, la spalancò.

E ne uscì, fuggendo nell'aria tiepida della notte.

Ellen non era stata invitata al ballo. Probabilmente perché quello che, al momento, era il suo attuale ragazzo non voleva rischiare di metterla in imbarazzo, costringendola a partecipare a un evento mondano con un essere come lui al proprio fianco.

Così lo aveva invitato lei. Per la verità, il verbo *invitare* non sarebbe del tutto corretto. Gli aveva inviato un messaggio indicandogli data e ora, avvisandolo che avrebbe preso la sua assenza per una mancanza di rispetto.

Questa cosa della mancanza di rispetto era uno degli aspetti che aveva scoperto frequentando fisicamente lo zombie, e non più soltanto via messaggio.

Quando l'imbarazzo dei loro primi baci era evaporato, quando lentamente e dolcemente avevano iniziato a scoprirsi a vicenda, i due avevano trovato nello spogliatoio della palestra meno usata del campus un'alcova d'amore. Qui, Trevor le aveva mostrato cosa fosse il sesso con uno zombie.

Duraturo. Passionale. Animalesco.

Ellen si era lasciata prendere nelle posizioni più impensabili, sui tappetini da ginnastica in disuso, appoggiata a una scala svedese, addirittura tenendosi appesa a essa. Quando perdeva il controllo, Trevor dimenticava tutto il resto. La baciava, succhiava, penetrava, liberando i suoi desideri più oscuri, chiedendole cose così sconce da fare arrossire un attore porno.

Era meraviglioso.

E poi, quando tutto terminava, quando le aveva strappato innumerevoli orgasmi e crollava ansante su di lei tornava in sé.

Si girava mortificato, guardando il modo in cui l'aveva sconvolta, osservando quel corpo usato senza pietà e sussurrandole: «Ti ho mancato di rispetto?»

Lei scoppiava a ridere ogni volta.

Però quella sera le stava mancando di rispetto sul serio. Lo attendeva da almeno mezz'ora, e iniziava a spazientirsi. Non era entrata in un abito con corsetto e in un paio di scarpe coi tacchi per essere lasciata lì come un fungo in attesa della pioggia.

Qualcuno le picchiò una mano sulla spalla. Un tocco timido, dolce, che lei riconobbe all'istante.

«Finalmente» dichiarò, spazientita. «È quasi ora dei balli Anni Novant–»

S'interruppe, incapace di proseguire. Era Trevor, lo riconosceva dagli occhi e dal sorriso gentile. Ma non era lui.

La pelle era a posto. L'attaccatura dei capelli perfetta. Indossava un completo elegante che lo faceva somigliare a un principe. Un normale, ordinario, banale principe.

Rimase senza fiato.

«Scusa il ritardo» bisbigliò lui, prendendole le mani e tirandola verso di sé. Ma la studentessa oppose resistenza.

«Che hai fatto?»

«Ayez, la lamia» fu la sua spiegazione. «Ha stregato questo.»

Le mostrò un anello in ferro scuro e spesso come una catena, che gli avvolgeva il mignolo sinistro.

«Ti ha reso umano?»

«No. È solo... un'illusione.» Trevor fece spallucce. «Mi dispiace, non si può fare di più. Ci ha messo un sacco, per stregarlo. Ecco perché sono in ritardo.»

«Perché hai fatto una cosa del genere?»

«Volevo avessi... il ballo perfetto. Io... con me accanto...» tacque, chiudendo la bocca.

«Proveresti imbarazzo?» domandò la studentessa. «Nel farti vedere come sei?»

«No. Lo provocherei a te.»

Ellen emise un verso di puro disprezzo. Afferrò l'anello, senza tanti complimenti, e glielo tolse. L'immagine del cavaliere in completo elegante sfarfallò per un secondo, lasciando posto al vero aspetto del suo accompagnatore.

Lui la fissò, sconvolto.

«Ecco» sbuffò la rossa. «Adesso è perfetto. Ora portami a ballare per farti perdonare di avermi mancato di rispetto arrivando in ritardo.»

«El...» iniziò a dire, con la voce piena di emozione.

«E dopo andiamo da qualche parte.» Lei gli fece l'occhiolino, divertita. «Così mi mancherai di rispetto nel modo che più piace a me.»

«Cassandra!»

Udì la voce di Rahab, ma non si fermò. Non aveva idea di come lui, pur ballando, si fosse reso conto della sua improvvisa sparizione, e non aveva intenzione di fermarsi a chiederglielo. Aumentò il passo.

«Cassandra!» Era pur sempre una ragazza su tacchi a stiletto inseguita da un uomo le cui gambe potevano concorrere per il concorso di Mister Coscia Lunga. Si sentì afferrare per un polso e si fermò, incapace di voltarsi e confrontarsi con lui.

«Cosa vuoi?» domandò, tentando di mantenere un contegno, e la voce ferma.

Il Lalartu la voltò, costringendola a girarsi e afferrandola delicatamente per le spalle. Si trovavano sotto uno dei tanti lampioni che illuminavano i sentieri della scuola, quindi lui poté vedere chiaramente le lacrime che brillavano negli occhi della studentessa.

«Cassandra» ripeté per la terza volta, con dolcezza. «Perché sei scappata?»

«Lasciami andare.» Esitò, prima di aggiungere: «Ti prego».

«Se non stai bene, posso riaccompagnarti al dormitorio.»

«Preferisco usare le mie gambe.»

Sembrava davvero spaesato. Ancora più di quando l'aveva vista presentarsi davanti a lui così vestita e truccata. Quello, forse, era un gesto che lui si era aspettato. Ma la sua fuga, evidentemente, no.

«Che cosa succede?» le mormorò, con dolcezza. Quella dolcezza con cui aveva rotto quasi tutte le sue barriere, tranne una, l'ultima la più impenetrabile.

«Non succede niente» replicò, cercando di divincolarsi dalla sua presa. «Vai, tornatene a ballare. C'è quella Trelka che ti aspetta.»

«Lo dici come se fosse un'accusa.»

«Non lo è.»

«Ma lo sembra.» Esitò, prima di chiedere: «Dimmi almeno perché piangi».

«Perché siete tutti uguali, voialtri.»

«Noi mostri?»

«Peggio, voi uomini. Ti sei integrato alla perfezione, Complimenti. Ora sei come tutti gli altri.» Finalmente, Cassandra riuscì a sgusciare dalle sue dita, e retrocedette di due passi, con

469

sguardo fiero. «Come mio padre. Non hai neppure finito con me, che già passi a un'altra.»

Quell'accusa parve capace di farlo sentire schiaffeggiato. «Noi eravamo in pausa.» L'afferrò nuovamente, tenendola per i polsi, osservandola come se stesse cercando di leggere dentro di lei.

«Hai ragione. Per questo me ne sono andata. Perché tu possa essere felice, con un'altra.»

Rahab la tirò contro di sé, stringendola in una presa ferma, tenera. Lei vi rimase rigida, ma non ebbe la forza per ribellarsi. «Non posso essere felice senza di te.»

Una risata amara eruppe dalla bocca di lei. «E lo dimostri andando al ballo con un'altra, ovviamente.»

«Non…» provò a interromperla lui, senza successo.

«Sai sull'isola, quando ho espresso il desiderio? Ho mentito. Quello che ho chiesto davvero era di non rimanere mai più sola il giorno del mio compleanno…»

Non si aspettava certo una confessione del genere. Né la lacrima che ne seguì, la quale bagnò solitaria il viso di quella ragazza cocciuta e fragile quanto il cristallo.

«Quella là dentro non è nemmeno una studentessa» le sussurrò Rahab, «è Ayez.»

Un lungo silenzio cadde su di loro. Cassandra boccheggiò per un attimo, incapace di capire cosa stesse succedendo. «No» balbettò. «Ayez è una vecchia…»

«Strega» terminò il Lalartu, cupo. «Si è fatta un incantesimo illusorio per imbrogliarti. Trelka non esiste.»

«Perché?»

«Volevo spingerti a reagire. Ho pensato che, se mi avessi visto con un'altra, tu magari…»

«Cosa? Io cosa?»

Il Lalartu non seppe come proseguire. «Magari avresti provato a lottare per me» disse infine, con voce addolorata. «Invece sei scappata via, ancora una volta.»

«Sono scappata per te, cretino! Perché fossi felice con un'altra...»

«Io non posso essere felice senza di te!» lui quasi urlò, afferrandola per la vita e tirandola verso di sé. Abbassò il capo, tenendola contro il proprio corpo con una presa dolce, ma ferrea. «Cosa... cosa pensavi? Che davvero potessi trovare un'altra? Sei l'unica. Ho paura che lo sarai per sempre. Quando ti allontani, sono spezzato a metà.»

Lei si afflosciò, abbandonandosi all'abbraccio a cui il diversamente vivo l'aveva costretta. Non parlò, ma appoggiò il capo contro il suo petto, con un sospiro tremulo.

«Dovrai insegnarmi a nuotare» la sentì dire, di punto in bianco.

Nonostante sembrasse la risposta più bislacca dell'universo, lui sembrò prenderla in considerazione. La sua presa divenne una carezza. Chinò il capo e le posò un bacio tra i capelli, improvvisamente comprendendo la verità.

Nuotare nell'oceano di notte. «Impareremo insieme.»

La ragazza alzò le mani e si aggrappò alla stoffa della camicia di lui, finalmente sorridendogli.

«Io... Ti amo.»

Lui sentì qualcosa pungergli gli occhi. Ricambiò il sorriso, assaporando una sensazione mai provata prima, cioè una felicità tale da commuoverlo. Le prese il volto tra le mani, osservandola a lungo, imprimendosi nella memoria ogni dettaglio di quella cocciuta, straordinaria persona.

«Finalmente» bisbigliò, e posò la bocca sulla sua. Aprì uno squarcio dietro di sé, nel quale si infilò. «Ti amo anch'io» rispose, prima di riprendere a baciarla.

Cassandra si rese a malapena conto di essere apparsa insieme a lui nella propria camera da letto.

Rahab non smise di baciarla, né di tenerla come se fosse stato un tesoro prezioso. Sembrava teso ad assaporare ogni centimetro delle sue labbra, quasi come se l'avesse appena scoperta di nuovo. Lei aveva appena ammesso di amarlo, e si era finalmente abbandonata a quell'idea. Percepì ondate di quel sentimento provenire dal suo animo, e ognuna di esse fu capace di farlo rabbrividire dall'emozione.

La staccò da sé, e ammirò l'abito che aveva indossato. Cassandra provò un brivido di aspettativa, vedendo le sue iridi scurirsi appena, segno di un desiderio in aumento.

«Sei sconcia» le bisbigliò, scivolando con un dito lungo la sua profonda scollatura, assaporando la sensazione di velluto e di pelle sotto il proprio polpastrello. «Questo trucco. Questo abito... appena ti ho vista, sono impazzito dalla voglia di strappartelo di dosso.»

Scese con entrambe le mani lungo il suo ventre rimasto nudo, con i pollici che sfioravano la stoffa al centro di esso. Cassandra gli si aggrappò alle spalle, abbassando le palpebre per assaporare quelle carezze.

Quando arrivò ai fianchi, lui si bloccò.

La studentessa lo sentì irrigidirsi, e staccarsi appena da lei. Incerta, riaprì gli occhi, cercando risposte sul volto del diversamente vivo. Lo trovò a metà tra lo scandalizzato e l'eccitato.

«Tu» balbettò, con un filo di voce. «Non indossi...»

Cassandra sbatté educatamente le palpebre. «Non avrei potuto, con una gonna così attillata.»

Rahab le afferrò le natiche, con forza. «Niente» balbettò, roco. «Sei venuta a quella festa per me... e qui sotto non c'era... *niente.*»

«Sembri sconvolto, ma è una cosa che si fa spesso, con questo tipo di abito. Ah!»

Cassandra strillò quando lui la prese e la gettò sul letto. Dopo un primo momento di stupore, lei si sciolse in un sorriso, vedendolo slacciarsi i pantaloni con mosse veloci, determinate.

«Accidenti» mormorò, non potendo evitare una piccola risata. «Credo di essermi appena messa nei guai.»

«Non sai quanto» le confermò lui, gli occhi ormai del tutto neri. La seguì sopra il giaciglio, piazzandosi tra le sue gambe. Abbassò la striscia di velluto che le copriva il seno, alzandole poi la gonna. Sospirò sul suo collo, rabbrividendo.

«Ti amo» le disse, mordicchiandola piano, con fare giocoso.

Quindi non vi fu più spazio per le parole.

Epilogo

«No, no, no. Così non può funzionare.»

«Me è mio diritto.»

Cassandra Dron tamburellò nervosamente le dita sulla sua scrivania. Era una signora scrivania, con piano di lavoro in vetro temperato, una foto di Priscilla su un lato e una di Rahab sull'altro. Al centro vi era addirittura una targa che recava 'AGENZIA DI COLLOCAMENTO NIGHT', segno che lei era una importante, eppure il vampiro seduto innanzi a lei non sembrava voler tenere in considerazione la cosa.

«Lei. Non. Può.» Scandì, piazzandosi una penna dietro l'orecchio, vicino al raccolto di capelli biondi che si era fatta quella mattina, uscendo di fretta da casa. «Rubare nel suo posto di lavoro!»

«Ma io…»

«È così che si finisce licenziati! Al che lei torna qui, io devo cercarle un altro lavoro, dal quale lei si farà licenziare di nuovo! Signor Domogtosj» riprese, cercando di calmarsi.

«Domotgosj.»

«E io che ho detto?»

«Ha detto Domogtosj. Invece è Domotgosj.»

«Domotgosj»

«No, Domogtosj.»

«Senta, *lei*» trovò una soluzione al problema, pragmatica come suo solito. «Si rende conto della fatica che faccio?»

«Io…»

«Tutti i giorni mi sbatto. E lo sa perché mi sbatto?»

«Beh…»

«Perché io sono il cuscinetto, il tramite tra il vostro beato e magico mondo della scuola e quello vero. Qua fuori non ci sono esercitazioni, non ci sono errori. Bisogna rigare dritto, o la rimando ai corsi di recupero estivi! È questo che vuole, signor Domotgosj?»

«Domogtosj...»

«Sto per ficcarle una collana d'aglio in bocca. Davvero.»

«Era mio diritto!» insistette il non morto, agitandosi. «Come fare io? Lavorare in banca del sangue! Mio diritto prendere spuntini!»

«No, ne parliamo da mezz'ora almeno! Ma chi è l'idiota che le ha dato un diploma?»

Qualcuno bussò alla porta. Cassandra sbuffò un invito a entrare e lanciò un'occhiata torva al suo ex preside, quando questi si affacciò con un sorriso tranquillo. Dietro di lui, la ragazza intravide la sagoma di una creatura enorme e rossa. Sapeva che era un demone, quando aveva dovuto sostenere il proprio colloquio, prima di essere assunta, aveva dovuto parlare proprio con lui. Probabilmente, i due erano apparsi direttamente nella sala d'attesa fuori dal suo ufficio, per non seminare il panico in giro per le strade.

«Io e Azul siamo venuti a vedere come vanno le cose con la nuova Agenzia di Collocamento Night.»

«Andrebbero meglio se mandaste qui persone che hanno superato il corso Diritti e Doveri dei Lavoratori!»

Digby si volse in direzione del demone alle sue spalle. «Vanno benissimo» disse, alzando un pollice con fare entusiasta. «La lasciamo lavorare, Miss Dron! Si goda il suo anno sabbatico.»

Richiusero la porta. Lei fissò il vampiro. Lui la guardò di rimando.

«Non si ruba.»

«Ma...»

«Neanche se è sangue di tipo zero.»

«Io...»

«Neanche se è zero negativo.»

Riuscì a metterlo a tacere e a fargli chinare il capo, piegato dal senso di colpa. Lo spedì fuori da lì con una lavata di capo e un secondo tentativo di inserimento nella società: guardiano notturno di uno zoo in una città poco lontana da lì.

Non appena il succhiasangue uscì dalla porta, lei alzò gli occhi al cielo, con un sospiro di stanchezza. Era stata dura, ma sapeva che era necessario. Ormai faceva quel lavoro da sei mesi, e aveva già imparato una cosa: la prima occasione non era mai quella buona. Quei poveretti si impegnavano davvero, ma mancavano di esperienza.

Solitamente, con una bella ramanzina, il secondo tentativo andava a buon fine. Anche se questo vampiro si era dimostrato particolarmente cocciuto, nelle sue posizioni.

Il suo telefono si illuminò, segno che qualcuno le aveva scritto. Sorrise, scoprendo che il mittente era Rahab.

"Cosa ti va di mangiare, questa sera?"

Rifletté a lungo, prima di digitare.

"Te."

Ovviamente erano parole scritte tanto per dire. In quella casa nessuno poteva mangiare nessuno sino a che l'angioletto dagli occhi azzurri che viveva con loro non avesse fatto i compiti e non fosse filata a dormire.

Cassandra la passò a prendere dopo il lavoro. Insieme a Priscilla, avevano scelto una scuola molto diversa dalla Sunrise: non prevedeva divise, rette annuali o dormitori. In compenso, c'era un metal detector che verificava gli studenti all'ingresso.

«Com'è andata, *strolha*?» le domandò, ormai avvezza al soprannome che Rahab aveva dato alla sua sorellina. «Il compito di storia?»

«Ho preso il massimo dei voti.»

«Brava!»

«Anche perché sono stata una dei pochi a consegnarlo.»

«Bravissima?»

«E non ho tagliato le gomme dell'auto dell'insegnante.»

«*Cilly*. Sei sicura che quella scuola ti piaccia?»

«Da morire! Sono la più brava in tutto!»

Cassandra scosse il capo e la condusse a casa. Casa loro. Era la prima volta che potevano chiamare così delle mura, dalla morte della madre. Dopo di essa, vi erano stati dormitori scolastici, e ville prese in affitto dal padre, o alberghi per le vacanze.

Invece quel buco per topi di periferia, davanti al quale la giovane parcheggiò l'automobile, era casa loro. Una costruzione a un piano, con due camere da letto, bagno e cucina. Niente di straordinario. L'ideale, per una giovane coppia e una sorellina pestifera.

E poi, a che serve una casa favolosa quando il tuo compagno può aprire uno squarcio nella realtà e portarti un po' dove accidenti vuoi?

«Siamo a casa» avvisò, aprendo la porta e posando le chiavi nel portaoggetti posto nel corridoio. «Rahab?»

Lo trovò in cucina. Era impegnato a spadellare sui fornelli, e dava loro le immense spalle. Sembrava davvero troppo grosso per quella casetta, ma non era uno svantaggio.

Per esempio, appena arrivata nella nuova scuola Priscilla era stata maltrattata da un bambino. A Rahab era bastato aspettarlo fuori da scuola il giorno dopo, e guardarlo. Nient'altro. Guardarlo.

«Com'è andato il lavoro?» domandò lui, voltandosi e iniziando a preparare i piatti per la cena.

«Quell'idiota del mio collega ha mandato un vampiro a lavorare in una banca del sangue. Ovviamente lui non ha resistito e ha rubato qualche spuntino.»

Il Lalartu esitò appena, con un mezzo sorriso sulle labbra. «Magari al tuo collega il vampiro sembrava pronto.»

«Allora» replicò lei, soave, «magari il mio collega ha il prosciutto davanti agli occhi, quando si tratta di diversamente vivi, e non è capace di discernere tra quelli in grado di fare certe cose e quelli ancora troppo imbranati.»

«Ma magari il tuo collega vuole che costoro si mettano alla prova e imparino dai loro errori.»

«Ma magari sarebbe prima il caso di provvedere al loro sostentamento.»

Priscilla fece per entrare in cucina, li udì e attuò un rapido dietrofront. In due le abbaiarono di restare ferma dov'era e di sedersi a tavola. Con un sospiro mesto, la piccola obbedì.

«Vi prego» pigolò, annoiata. «Non passate la serata a discutere di lavoro. Siete così noiosi.»

«Questo è il bello di tornare a casa dalla famiglia, alla sera» replicò Cassandra, ma lo disse senza rancore, anzi con lo spettro di un sorriso sulle labbra.

«Quando lo chiedevo, non pensavo che avrei convissuto con due che lavorano insieme. Non parlate d'altro!»

Rahab stava in agenzia i giorni dispari, lei quelli pari. Per cui era normale che i loro discorsi fossero monopolizzati dall'argomento.

«D'accordo» concesse Cassandra, mettendole un piatto pieno davanti al naso e portando poi a tavola il proprio. «Parliamo di vacanze. Dove si va, quest'anno?»

«C'è quel luna-park dove Trevor è andato a fare la comparsa nella casa degli orrori» propose Rahab. «Magari possiamo fare una capatina lì.»

«Non è lontano dal college di Ellen. Sarebbe un'idea, Priscilla, che ne dici?»

Cilly li guardò entrambi, seria.

Poi lasciò cadere la bomba come solo una bambina avrebbe saputo fare: «Quando fate un bambino? Sono stufa di essere la più piccola in casa».

Cassandra si soffocò con il boccone che aveva appena messo in bocca; Rahab guardò Priscilla traumatizzato, quindi si chinò sulla giovane compagna e sussurrò, incerto: «Credo sia ora di prenderle un cane».

Ma certo, che era ora.

Cilly sorrise, soddisfatta di sé. Adulti. Che fossero umani, o mostri, rigirarli era sempre un gioco da ragazzi.

Indice

Vi è piaciuto Dark Students?

Lasciate 5 stelle e un commento carino per motivare gli altri lettori!

Non vi è piaciuto?

♠

Scrivete per proporci la storia che sognate di leggere!

https://cherry-publishing.com/contact

Per essere informati su tutte le nostre pubblicazioni e ricevere capitoli in omaggio, iscrivetevi alla nostra Newsletter!

https://bit.ly/3sIzFbm